신의 왼손

1

THE LEFT HAND OF GOD
by Paul Hoffman

THE LEFT HAND OF GOD

신의 왼손

1

폴 호프먼 장편소설 | 이원경 옮김

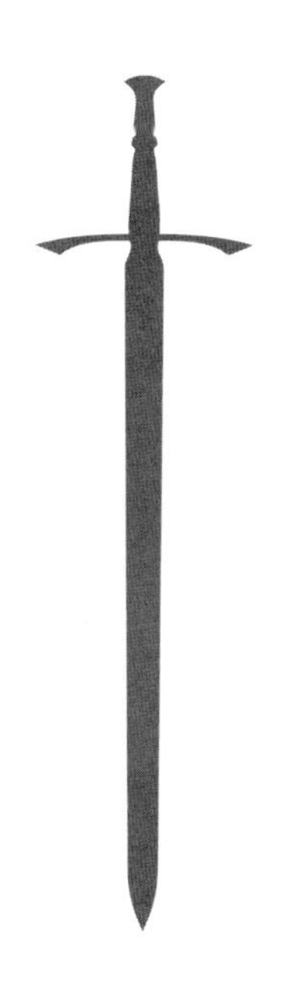

문학동네

일러두기

1. 주석은 모두 옮긴이주다.
2. 본문 중 고딕체는 원서에서 이탤릭체나 대문자로 강조한 부분이다.

빅토리아 호프먼과 토머스 호프먼에게

1

잘 들어두길. 샤토버 스크랩에 있는 '리디머Redeemer(구원하는 자)의 성소聖所'는 그 이름에 걸맞지 않은 곳이다. 거기에는 구원도, 성스러움도 없기 때문이다. 주위에는 온통 거친 덤불과 웃자란 잡초뿐이고, 일 년 내내 지독히 추워 여름과 겨울의 구분이 따로 없다. 드문 일이긴 하지만 간혹 더러운 안개가 걷히면 수마일 밖에서도 보이는 그곳은 부싯돌과 콘크리트, 쌀가루로 지어졌다. 쌀가루를 섞은 콘크리트는 돌보다 단단하다. 그 덕분에 실은 감옥이나 다름없는 성소는 수많은 포위 공격을 견뎌냈고, 지난 수백 년간 아무도 샤토버의 성소를 넘보지 못했다. 그래서 오늘날 그런 공격은 부질없는 짓으로 여겨진다.

그 더럽고 냄새나는 곳에 제 발로 향하는 자는 로드 리디머Lord Redeemer들뿐이다. 그렇다면 그곳의 죄수들은 누구인가? 사실 샤토버로 보내지는 자들에게 죄수라는 호칭은 맞지 않다. 죄수는 범죄자를 뜻하는데, 그들 중 인간이나 신이 만든 법을 어긴 자는 아무도 없기 때문이다. 더구나 우리가 흔히 아는 죄수의 모습을 한 자도 없다. 이곳에 보내지는 자는 모두 열 살 미만의 소년들이다. 들어올 때의 나이에 따라 다르지만 대부분 십오 년은 지나야 여기서 나가고, 그나마도 절반만 나간다. 나머지 절반은 푸르스름한 수의에 싸여 방벽 아래 펼쳐진 묘지, 깅키스 필드에 묻힌다. 끝이 보이지 않을 만큼 드넓은 묘지는 샤토버의 규모가 어느 정도인지, 그리고 거기서 살아남는 것이 얼마나 어려운지 짐작하게 한다. 성소 전체가 얼마나 큰지 정확히 아는 이는 아무도 없고, 수없이 많은 복도가 층층이 얽혀 있어 정글에서처럼 길을 잃기 쉽다. 성소의 외관은 변화라고는 없다. 그곳의 모든 것은 하나같이 갈색에, 어둡고 음침하며, 오래되어 퀴퀴한 냄새를 풍긴다.

그 복도 한 곳에, 한 소년이 커다란 암청색 자루를 들고 서서 창밖을 바라보고 있다. 열네 살이나 열다섯 살쯤 되었을까. 하지만 정확한 나이는 소년 자신도, 어느 누구도 모른다. 자신의 진짜 이름도 잊었다. 이곳에 들어오는 자는 모두 로드 리디머 순교자들의 이름으로 개명되기 때문이다. 까마득한 옛날부터 리디머 종교를 받아들이지 않은 이들은 모두가 리디머를 끔찍이 증오했기 때문에 그런 순교자가 많았다. 창밖을 바라보는 소년의 이름은 토머스 케일이다. 그러나 이곳에서는 모두 성으로만 부르기 때문에, '토머스'라는 이름을 쓰는 것은 중죄에 해당한다.

소년을 창가로 이끈 것은 북서문이 삐걱거리며 열리는 소리였다. 어쩌다 드물게 그 문이 한번 열릴 때면 늘 지독한 무릎 관절염에 시달리는 거인이 신음하는 듯한 소리가 났다. 그가 지켜보는 가운데 검은 수단* 차림의 리디머 두 명이 여덟 살가량의 작은 소년을 이끌고 문턱을 넘었다. 이어서 조금 더 어린 소년이 따라 들어왔고, 뒤이어 또다른 소년이 들어왔다. 케일이 세어보니 도합 스무 명이었다. 마지막으로 들어온 또다른 리디머 한 쌍이 힘겹게 천천히 문을 닫기 시작했다.

몸을 앞으로 내밀어 닫히는 문 너머의 스캐블랜드**를 바라보는 케일의 표정이 어두워졌다. 십여 년 전 이곳에 온 이후, 그가 방벽 밖으로 나간 것은 고작 여섯 번이었다. 듣기로 그는 지금껏 성소에 들어온 아이 중 가장 어렸다. 나갈 때마다 감시자들이 따라붙었는데, 그들은 그를 감시하는 데 자신들의 목이 걸려 있는 듯 굴었고 실제로 그러했다. 만약 그 여섯 번의 시험에서 한 번이라도 통과하지 못했다면 케일은 그 자리에서 살해당했을 것이다. 성소에 오기 전의 삶에 대해서 그는 아무것도 기억하지 못했다.

문이 닫히자 케일의 관심이 다시 소년들에게 쏠렸다. 통통한 녀석은 한 명도 없었지만 다들 어린아이답게 얼굴이 동글동글했다. 요새의 어마어마한 크기와 거대한 방벽을 보고 모두 눈이 휘둥그레졌다. 그러나 주위의 낯선 풍경에 당황하고 놀랐을 뿐 겁먹은 눈치는 아니었다. 형언할 수 없이 깊고 묘한 감정이 케일의 가슴속에 가득찼다. 하지만 그런 감정에 사로잡힌 와중에도 과거에 수없이 그랬듯 주위에서 벌어지는 모든 일에 귀기울이는 재주가 그를 구했다.

---

* 가톨릭 사제가 입는 긴 치마 같은 옷.

** 불모의 화산 용암지라는 뜻.

케일은 창가에서 벗어나 복도를 따라 걸어갔다.

"거기 너! 기다려!"

케일이 걸음을 멈추고 돌아섰다. 겹겹이 접힌 살덩이가 옷깃 위로 축 늘어진, 엄청나게 뚱뚱한 리디머가 복도 한쪽 문간에 서 있었다. 그의 뒤로 보이는 방에서 이상한 소리와 김이 뿜어져나오고 있었다. 케일은 표정의 변화 없이 그를 바라보았다.

"이리 와서 얼굴을 보여라."

소년은 사내 쪽으로 걸어갔다.

"아, 너구나. 여기서 뭘 하는 거냐?" 뚱보 리디머가 물었다.

"규율 로드께서 저더러 이걸 북에 갖다놓으라고 하셨습니다." 케일이 파란 자루를 들어 보였다.

"뭐라고? 크게 말해!"

케일은 뚱보 리디머의 한쪽 귀가 들리지 않는다는 걸 알고 있었다. 그래서 일부러 나지막이 말한 것이었다.

케일은 우렁찬 목소리로 같은 말을 되풀이했다.

"지금 장난하는 거냐?"

"아닙니다, 리디머."

"창가에서 뭘 하고 있었던 거야?"

"창가라뇨?"

"허튼수작 부리지 마. 무슨 짓을 하고 있었지?"

"북서문이 열리는 소리가 들렸습니다."

"그래? 정말이냐?"

이 대답에 리디머는 관심을 보였다.

"일찍들 왔군." 그는 짜증스럽다는 표정으로 끙 소리를 내고 고개를 돌려 조리실을 바라보았다. 이 뚱뚱한 사내는 식량 로드, 즉 리디머들의 풍족한 식사를 책임지는 조리장이었다. 물론 소년들의 식사는 늘 빈약했다. "스무 명분 저녁밥 추가!" 그는 뒤에서 뭉글뭉글 뿜어져나오는 악취 나는 증기 속으로 소리쳤다. 그리고 다시 케일을 돌아보았다.

"저 창가에서 생각을 하고 있었던 거냐?"

"아닙니다, 리디머."

"몽상에 젖어 있었던 거냐?"

"아닙니다, 리디머."

"또다시 빈둥거리는 모습이 내 눈에 띄면 죽도록 패줄 줄 알아. 알아들었어?"

"네, 리디머."

식량 로드가 다시 조리실로 들어가더니 문을 닫기 시작했다. 그 사이 케일은 나직이, 그러나 귀가 먹지 않은 자라면 누구나 들을 만큼 또렷한 목소리로 중얼거렸다.

"증기에 질식해서 죽어버려라, 살찐 똥자루."

문이 쾅 닫히자 케일은 커다란 자루를 질질 끌면서 복도를 따라 내려갔다. 거의 십오 분 동안 뛰다시피 한 끝에 좁은 통로 끄트머리에 있는 북에 다다랐다. 생김새가 북과 비슷해서 그렇게 불리긴 하지만 실은 높이가 6피트나 되는, 벽돌담에 박혀 있는 커다란 장치였다. 북 건너편은 성소로부터 격리된 장소로, 소문에 의하면 리디머들만을 위해 요리를 하고 빨래를 해주는 열두 명의 수녀가 산다고 했다. 케일은 수녀가 뭔지 몰랐으며 본 적도 없었다. 이따금 북을 사이에 두고 얘기를 나누기는 했지만, 다른 여자들과 어떻게 다른지는 알지 못했다. 이곳에서 여자는 혐오와 금기의 대상이었다. 다만 '목 매달린 리디머'의 '거룩한 누이'와 '축복받은 이멜다 람베르티니' 둘만은 예외였다. 이멜다는 열한 살에 첫영성체를 하다가 무아경에 빠져 죽었다. 리디머들은 무아경이 뭔지 설명해주지 않았으며, 그게 뭐냐고 물을 만큼 어리석은 소년은 없었다. 케일이 북을 회전시키자 축을 중심으로 빙그르르 돌면서 커다란 입구가 드러났다. 케일은 파란 자루를 입구 안으로 떨어뜨리고 다시 북을 회전시킨 다음, 이쪽 면을 세게 쳐서 쾅 소리를 내고 삼십 초 동안 기다렸다. 이윽고 북 건너편에서 나직한 목소리가 들려왔다.

"이게 뭐지?"

케일은 북에 머리를 가까이 대고 귀를 기울였다. 그러고는 벽면에 입술이 닿을 정도로 바짝 대고 소리쳤다.

"리디머 보스코 님이 내일 아침에 그 자루를 달라고 하십니다."

"나머지 자루들은 어쩌고 이것만 가져왔어?"

"젠장, 내가 그걸 어떻게 알아요?"

북 건너편에서 날카롭고 노기 어린 고함소리가 들렸다.

"버릇없는 꼬맹이, 네 이름이 뭐냐?"

"도미니크 사비오입니다." 거짓말이었다.

"좋아, 도미니크 사비오. 규율 로드에게 네놈을 죽도록 두들겨주라고 일러주마."

"좋을 대로 하세요."

이십 분 뒤, 케일은 전투 로드의 훈련실로 돌아왔다. 방안에 혼자 있던 전투 로드는 고개를 들지 않았고 아예 케일을 보지 못한 듯이 굴었다. 오 분 동안 계속 장부 정리를 하던 그는 마침내 입을 열었지만, 여전히 고개는 들지 않은 채였다.

"어째서 이렇게 오래 걸렸느냐?"

"건물 외곽 복도에서 식량 로드가 저를 불러 세웠습니다."

"어째서?"

"바깥의 소음을 들었나봅니다."

"무슨 소음?" 마침내 전투 로드가 케일을 바라보았다. 그의 눈은 창백한 옥색이지만 날카로웠다. 그 두 눈은 놓치는 것이 별로 없었다. 아니, 전혀 없었다.

"새로운 소년들을 들이느라 북서문을 열고 있었습니다. 그분은 아이들이 오늘 올 줄 몰랐나봅니다. 떨떨한 표정으로 투덜대더라고요."

"말조심해라." 전투 로드가 꾸짖었다. 하지만 평소의 무자비한 말투에 비하면 온화한 편이었다. 케일은 그가 식량 로드를 경멸한다는 것을 알고 있었다. 그래서 리디머를 그런 식으로 조롱해도 별로 위험하지 않다고 느꼈다.

"아이들이 도착했다는 소문에 관해 네 친구에게 물어봤다." 전투 로드가 말했다.

"제겐 친구가 없습니다, 리디머." 케일이 대꾸했다. "친구를 사귀는 건 금기니까요."

전투 로드가 가볍게 웃었다. 기분좋은 웃음은 아니었다.

"물론 그렇겠지. 그 점에 대해서는 걱정하지 않는다, 케일. 하지만 내가 누굴 얘기하는지는 너도 알 거다. 그 앙상한 금발 녀석 말이야. 너희는 그놈을 뭐라고 부르느냐?"

"헨리요."

"이름은 나도 알아. 별명이 있을 텐데."

"'베이그 헨리(흐리멍덩한 헨리)'라고 부릅니다."

전투 로드가 웃었다. 하지만 이번에는 평범하고 유쾌한 느낌이었다.

"아주 재미있구나." 그가 칭찬하듯이 말했다. "내가 새로운 소년들이 몇시에 도착했느냐고 묻자, 녀석은 여덟 번 타종과 아홉 번 타종 사이였다고 얼버무렸다. 몇 명이 왔느냐고 묻자, 열다섯 명쯤인데 더 많을지도 모른다고 했고." 그는 케일의 눈을 똑바로 보면서 말을 이었다. "나는 그놈에게 매질을 했다. 앞으로는 더욱 명확하게 대답하라고. 네 생각은 어떠냐?"

"제 생각은 늘 한결같습니다, 리디머." 케일은 단조롭게 대답했다. "그 녀석은 당신께 벌을 받아 마땅합니다."

"정말이냐? 그렇게 생각해주니 참 고맙구나. 애들이 몇시에 도착했느냐?"

"다섯시 직전이었습니다."

"몇 명이었느냐?"

"스무 명이었습니다."

"나이는?"

"모두 일곱 살 이상 아홉 살 이하였습니다."

"종류는?"

"메조 넷, 위틀랜더 넷, 폴더 셋, 혼혈 다섯, 미아미 셋, 나머지 한 놈은 모르겠습니다."

케일이 모든 질문에 아주 정확히 대답하자 전투 로드는 살짝 실망한 듯 끙 소리를 냈다. "저 탁자로 가거라. 너를 위한 문제를 준비해놓았다. 시간은 십 분 주마."

케일은 커다란 탁자 쪽으로 걸어갔다. 가로 세로가 모두 20피트인 탁자 위에 전투 로드가 펼쳐놓은 지도가 가장자리 너머로 살짝 늘어져 있었다. 지도에 그려진 산과 강, 숲 따위는 쉽게 알아볼 수 있었지만, 나머지 부분에는 숫자와 상형문자가 적힌 작은 나무 블록들이 널려 있었다. 그중 일부는 질서정연하고, 나머지는 아무렇게나 늘어놓은 듯했다. 케일은 정해진 시간 동안 지도를 응시하다가 고개를 들었다.

"그래, 얘기해볼까?" 전투 로드가 말했다.

케일이 자신의 해법을 설명하기 시작했다.

이십 분 뒤, 케일은 여전히 두 손을 내민 채로 이야기를 끝냈다.

"아주 영리해. 감동적일 정도야." 전투 로드가 말했다. 케일의 눈 속에서 무언가가 변했다. 그러자 전투 로드가 작지만 두꺼운 압정들이 박힌 혁대로 소년의 왼손을 엄청난 속도로 후려쳤다.

케일은 얼굴을 찌푸리며 고통스럽게 이를 악물었지만 금세 신중하고 싸늘한 표정으로 돌아갔다. 요즘 전투 로드 앞에서 늘 짓는 표정이었다. 전투 로드가 자리에 앉더니, 흥미롭지만 썩 만족스럽지 않은 물건을 살펴보듯 소년을 관찰했다.

"기발하고 독창적인 재주를 부리는 게 자만심에 휘둘리는 것뿐임을 언제 깨칠 테냐? 네가 말한 방법은 통할지언정 지나치게 위험해. 너는 이 문제에 대한 기존의 해법을 익히 알고 있다. 전쟁에서는 어중간한 승리가 눈부신 승리보다 항상 더 좋은 법이다. 넌 그 이유를 깨달아야 해."

그가 탁자를 쾅 내리쳤다.

"리디머는 예상 밖의 행동을 하는 놈을 그 자리에서 즉시 죽일 권리가 있다는 걸 잊었느냐?"

전투 로드가 다시 탁자를 내리치고 일어서서 케일을 노려보았다. 여전히 앞으로 내민 케일의 왼손에서 피가 뚝뚝 떨어졌다. 많은 양은 아니지만 구멍 네 곳에서 피가 흘러내렸다. "어느 누구도 나처럼 널 관대하게 대해주지 않았을 거다. 요즘 규율 로드가 너를 주시하고 있다. 몇 년에 한 번씩 본보기로 삼을 놈을 찾지. 그에게 걸려 '신앙 증명'의 제물이 되고 싶으냐?"

케일은 앞만 바라볼 뿐 아무 말이 없었다.

"대답해라!"

"아닙니다, 로드."

"쓸모없는 녀석, 네가 중요한 존재라고 생각하느냐?"

"아닙니다, 로드."

"이는 내 죄이로소이다, 내 죄. 내 크나큰 죄이로소이다." 전투 로드는 손으로 자기 가슴을 세 번 치고 말을 이었다. "이십사 시간 동안 네 죄를 곱씹은 다음, 규율 로드 앞에서 잘못을 뉘우치도록 해라."

"네, 리디머."

"이제 나가거라."

케일은 두 손을 옆으로 늘어뜨린 채 돌아서서 문으로 걸어갔다.

"매트에 피 흘리지 말고." 전투 로드가 소리쳤다.

케일은 멀쩡한 손으로 문을 열고 나갔다.

자기 방에 홀로 남은 전투 로드는 문이 닫히는 것을 지켜보았다.

문이 철컥 소리를 내며 닫히자, 가까스로 억누른 분노의 표정이 생각에 잠긴 호기심의 표정으로 바뀌었다.

복도로 나온 케일은 성소 구석구석을 비추는 섬뜩한 갈색 빛 속에 잠시 서서 왼손을 살펴보았다. 혁대에 박힌 압정은 격렬한 고통만 줄 뿐 낫는 데 오래 걸리지 않도록 제작된 것이라 상처는 깊지 않았다. 주먹을 쥐고 힘을 주자 손에서 피가 주르륵 흘러 바닥에 떨어졌다. 두개골 깊은 곳에서 작은 진전*이 일어나듯 머리가 부르르 떨렸다. 다시 손에서 힘을 뺐다. 음침한 빛 속에서 끔찍한 절망의 표정이 얼굴에 어른거리다 곧 사라졌다. 복도를 따라 걸어가는 케일의 모습은 이내 어둠에 휩싸였다.

성소의 소년들은 그곳에 정확히 몇 명이 있는지 몰랐다. 현재 인원은 만 명이지만 매달 늘어난다고 주장하는 소년들도 있었다. 그것이 요즘 주된 이야깃거리였다. 거의 스무 살이 된 녀석들조차 오년 전까지는 인원이 일정했다고 입을 모았다. 하지만 그후부터 수가 늘기 시작했다. 리디머들의 행동도 달라졌는데, 그건 불길하고 이상한 일이었다. 리디머들에게 습관과 변함없는 일상은 숨쉬는 자에게 공기와도 같은 것이었다. 오늘은 내일과 같아야 하고, 이달은 다음달과 같아야 했다. 작년과 금년과 내년이 달라서는 안 되었다. 하지만 이제는 인원이 엄청나게 늘어서 변화가 필요했다. 새로 들어온 소년들을 수용하기 위해 기숙사의 침대는 2층, 심지어 3층으로 높아졌다. 모든 소년이 날마다 기도하게 하고 천벌 모면의 징

---

* 무의식적으로 머리나 손, 몸에 일어나는 불규칙한 근육 운동.

표를 쌓게 하려다보니 쉼 없이 예배가 이어졌다. 그리고 이제는 밥도 다같이 못 먹고 여러 차례로 나눠어 먹어야 했다. 하지만 이런 변화의 이유를 아는 소년은 없었다.

빨래 노예들이 버린 더러운 리넨 천조각으로 왼손을 감싼 케일은 나무 식판을 든 채 두번째 식사조가 모여 있는 거대한 식당을 가로질렀다. 아주 늦지는 않았지만 늦게 온 편이라 매를 맞고 쫓겨날 수도 있었다. 그는 식당 끄트머리에 있는 커다란 탁자 쪽으로 걸어갔다. 항상 밥을 먹는 자리였다. 케일은 키와 나이가 자신과 비슷한 다른 소년의 뒤에 섰다. 소년은 먹느라 바빠 케일이 뒤에 서 있는 것도 알아차리지 못했다. 나머지 소년들이 고개를 들고 눈치를 주었다. 소년이 고개를 들었다.

"미안해, 케일." 남은 음식을 입에 쑤셔넣고 벤치에서 물러난 소년이 자기 식판을 들고 황급히 자리를 떴다.

케일은 자리에 앉아 음식을 내려다보았다. 소시지처럼 보이는 것이 있었지만 진짜 소시지는 아니었다. 그것은 흐물흐물해질 때까지 끓여서 누르죽죽하게 변한 정체불명의 뿌리채소와 멀건 고기국물 소스에 덮여 있었다. 옆 그릇에 담긴 죽은 일주일 전에 진창으로 녹은 눈처럼 차갑고 칙칙하고 질척거렸다. 배가 등짝에 붙을 지경이었지만 잠깐 입맛이 떨어졌다. 그때 누군가가 옆자리에 앉았다. 케일은 그쪽을 보지 않고 밥을 먹기 시작했다. 입꼬리의 희미한 경련만으로도 음식이 얼마나 형편없는지 알 수 있었다.

케일의 옆자리로 밀고 들어온 소년이 입을 열었다. 하지만 케일에게만 들리는 아주 작은 목소리였다. 식사 시간에 옆 사람과 떠들다가 걸리는 건 어리석은 짓이었다.

"내가 뭔가 발견했어." 들릴락 말락 했지만 흥분한 기색이 역력했다.

"축하한다." 케일은 무덤덤하게 대꾸했다.

"멋진 거라니까."

이번에 케일은 들은 척도 않고 죽을 삼키는 데 열중했다. 구역질을 참기가 여간 어렵지 않았다. 옆자리의 소년은 잠시 아무 말이 없다가 입을 열었다.

"음식이 있어. 먹을 만한 음식 말이야." 케일은 고개를 들지 않았다. 하지만 옆자리의 소년은 자기가 이겼음을 알았다.

"네 말을 어떻게 믿지?"

"베이그 헨리가 나랑 같이 있었어. 일곱시에 '목 매달린 리디머' 뒤에서 우리랑 만나."

말을 마친 소년이 일어서서 가버렸다. 고개를 든 케일의 얼굴에 묘한 갈망의 표정이 스쳤다. 늘 세상에 드러내던 차가운 가면과는 사뭇 다른 표정이었다. 맞은편의 소년이 케일을 빤히 보며 물었다.

"그거 안 먹을 거야?" 역겨운 소시지와 질척하고 칙칙한 죽이 천상의 기쁨을 주기라도 한다는 듯, 소년의 두 눈은 희망으로 가득 차서 반짝이고 있었다.

케일은 대답하지도 않고 소년을 보지도 않은 채, 영양실조에 걸리지 않으려고 다시 억지로 음식을 삼키기 시작했다.

식사를 마친 케일은 나무 식판을 설거지실로 가져가 설거지통에 넣고, 모래로 문질러 닦은 다음 보관대에 도로 넣었다. 그리고 식당 전체가 내려다보이는 크고 높은 의자에 앉은 리디머가 지켜보는 가운데, 목 매달린 리디머 상 앞에 무릎을 꿇고 자기 가슴을 세

번 때린 다음 중얼거렸다. "이는 내 죄이로소이다, 내 죄. 내 크나큰 죄이로소이다." 그 말의 의미에 대해서는 눈곱만큼도 관심이 없었다.

어두컴컴해진 바깥에는 저녁 안개가 깔려 있었다. 다행이었다. 덕분에 남의 눈에 띄지 않고 앰보*에서 그 거대한 상 뒤에 자리잡은 수풀로 숨어들기가 한결 수월할 터였다.

약속 시간에 맞춰 도착했을 때는 너무 어두워서 겨우 15피트 앞까지만 보였다. 케일은 앰보에서 내려와 상 앞의 자갈밭으로 들어섰다.

그 상은 성소에 있는 신성한 교수대 중에서 가장 큰 것이었다. 성소의 교수대는 수백 개나 되었는데, 그중 크기가 몇 인치밖에 안 되는 것들은 벽에 걸리고 벽감에 놓이고, 복도 끝마다 있는 성스러운 유골함을 장식하고, 모든 문 위에 있는 공간에 놓였다. 워낙 흔하고 너무 자주 언급되어 그 형상의 의미는 오래전에 잊혔다. 새로 들어온 소년들 말고는 아무도 그것들을 신경쓰지 않았다. 밧줄에 목을 걸고 교수대에 매달려 있는 남자의 형상. 처형 전에 당한 고문으로 온몸이 상처투성이가 되고 두 다리는 괴상한 각도로 꺾여 대롱거리고 있었다. 천년 전 성소가 세워지는 동안 만들어진 목 매달린 리디머의 신성한 교수대들은 조악하고 사실적이었다. 조각 솜씨는 형편없었지만 눈과 얼굴에 서린 공포는 생생하고, 몸뚱이는 고통으로 뒤틀렸으며, 입밖으로 혀가 튀어나와 있었다. 조각가들의 말에 따르면 그것은 죽음을 섬뜩하게 묘사하는 한 방식이었

* 율법이나 기도문을 낭독하기 위해 만들어진 봉독대.

다. 세월이 흐르면서 상들은 점점 정교해졌지만 동시에 강렬함도 사라졌다. 거대한 교수대와 굵은 밧줄, 거기에 매달린 20피트 크기의 구원자를 표현한 그 거대한 상은 불과 삼십 년 전에 만들어진 것이었다. 등의 채찍 자국은 선명하지만 흉하지 않고 핏자국도 없었다. 두 다리도 고통스럽게 꺾여 있지 않고 마치 쥐가 난 것 같은 자세였다. 하지만 가장 이상한 것은 표정이었다. 질식의 고통이 아니라 단지 속이 불편한 듯 성스러운 표정. 마치 작은 뼈가 목에 걸려서 점잖게 기침하는 것 같기도 했다.

그러나 안개와 어둠에 휩싸인 이 밤에 케일의 눈에 보이는 것은 하얀 안개 밖으로 삐져나온 리디머의 대롱거리는 거대한 두 발뿐이었다. 이 기묘한 풍경에 소년은 불안해졌다. 소리를 내지 않으려고 조심하면서 수풀 속으로 들어갔다. 거기 있으면 지나가는 사람에게 들킬 염려가 없었다.

"케일?"

"응."

식당에서 만난 소년 클라이스트와 베이그 헨리가 케일 앞의 덤불에서 나왔다.

"위험을 무릅쓸 가치가 있는 것이어야 해, 헨리." 케일이 속삭였다.

"그렇다니까, 케일. 내가 장담해."

클라이스트가 벽을 뒤덮은 덤불 속으로 따라오라고 손짓했다. 그곳은 훨씬 더 어두워서 케일은 어둠에 눈이 익기를 기다려야 했다. 나머지 두 소년은 기다렸다. 그곳에 문이 하나 있었다.

놀라운 일이었다. 성소에는 출입구가 아주 많지만 문은 거의 없었다. 이백 년 전 대개혁 기간에 리디머의 절반 이상이 이단으로 몰려 화형당했다. 승리한 측의 리디머들은 배신자들이 소년들을 물들였을까 두려워 말썽의 씨앗을 뿌리 뽑고자 소년들을 참수했다. 그리고 새로운 소년들로 성소를 채우고 많은 변화를 주었는데, 그중 하나가 소년들이 지내는 곳의 문을 전부 없앤 것이었다.

죄인들에게 문이 무슨 필요가 있겠는가? 문은 무언가를 감춘다. 리디머들은 문이 사악한 것들을 위한 물건이라고 생각했다. 비밀을 만들어내고, 혼자 혹은 여럿이 음모를 꾸미게 한다고 여겼다. 개념이 그렇게 정립되자 리디머들은 문이라면 질색하고 두려워했다. 이제는 악마는 뿔 달린 괴수가 아니라 자물쇠 달린 사각형으로 묘사되었다. 물론 문에 대한 이런 혐오는 리디머 자신들에게는 해당되지 않았다. 자기 일터와 침실의 문을 소유하는 것이야말로 구원의 징표였다. 손목에 찬 사슬에 더 많은 열쇠가 달려 있을수록 더욱 거룩한 리디머였다. 열쇠를 짤랑거리며 걷는 것은 이미 천국행이 약속된 존재임을 보여주는 것이었다.

알려지지 않은 문의 발견이 놀라운 건 그 때문이었다.

어둠에 눈이 익자 케일은 문 옆에 쌓여 있는 바스러진 벽토와 깨진 벽돌 더미가 눈에 들어왔다.

"체트닉을 피해 숨다가 여길 발견했어." 베이그 헨리가 말했다. "모서리의 벽토가 떨어져서 손으로 집었더니 쉽게 바스러졌어. 습기가 찼더라고. 문은 금방 찾았지."

케일은 문 가장자리로 손을 뻗어 조심스레 밀었다. 그러고는 다시, 또다시 밀었다.

"잠겼잖아."

클라이스트와 베이그 헨리가 빙그레 웃었다. 클라이스트가 호주머니에 손을 넣더니 무언가를 꺼냈다. 케일은 그런 걸 갖고 있는 아이를 본 적이 없었다. 열쇠였다. 길고 두껍고 녹이 슬어 있었다. 세 소년은 모두 흥분해서 눈이 반짝거렸다. 클라이스트가 자물쇠에 열쇠를 꽂고 끙 소리를 내면서 돌렸다. 이윽고 철컹 하는 소리와 함께 열쇠가 돌아갔다.

"열쇠 구멍에 수지獸脂랑 이것저것 쑤셔넣으면서 문을 여는 데 사흘 걸렸어." 베이그 헨리가 의기양양한 목소리로 말했다.

"열쇠는 어디서 났어?" 케일이 물었다. 클라이스트와 베이그 헨리는 케일의 반응에 신이 났다. 마치 죽은 사람을 되살렸거나 물위를 걷기라도 한 것처럼.

"안에 들어가서 말해줄게. 어서." 클라이스트가 어깨를 문에 대자 나머지 두 소년도 똑같이 했다. "경첩이 낡았을지 모르니 너무 세게 밀진 마. 소리내면 안 돼. 내가 셋을 셀게." 클라이스트는 잠시 사이를 두었다. "준비됐지? 하나, 둘, 셋."

그들은 밀었다. 아무 일도 없었다. 문은 꿈쩍도 하지 않았다. 소년들이 밀기를 멈추고 심호흡을 했다. "하나, 둘, 셋."

다시 밀자 이번에는 끼익 소리와 함께 문이 움직였다. 소년들은 놀라서 뒤로 물러났다. 소리가 새어나가면 들킬 테고, 들키면 어떤 일이 기다릴지 알 수 없었다.

"이러다 교수형당하겠어." 케일이 말했다. 나머지 두 소년이 케일을 바라보았다.

"설마. 교수형까지는 아닐 거야."

"전투 로드가 그러는데 규율 로드가 본보기로 삼을 건수를 찾고 있댔어. 마지막 교수형이 오 년 전이었거든."

"설마." 겁먹은 베이그 헨리가 다시 중얼거렸다.

"설마가 아냐. 이건 사악한 문이고 너희는 열쇠를 갖고 있어." 케일은 클라이스트 쪽을 보며 말했다. "너 아까 나한테 거짓말한 거지? 넌 저 안에 뭐가 있는지 몰라. 어쩌면 막다른 길일지도 모르지. 훔칠 만한 것도 없고, 알 가치도 없는 곳일지 모르잖아?" 그는 다시 베이그 헨리를 보았다. "위험을 무릅쓸 가치가 없는 일이야. 정 하고 싶으면 네 목이나 걸어. 난 빠질래."

케일이 돌아서려 할 때, 앰보 쪽에서 조급하고 성난 목소리가 들려왔다.

"거기 누구야? 방금 그게 무슨 소리지?"

곧이어 한 남자가 목 매달린 리디머 앞의 자갈밭으로 발을 내디디는 소리가 들렸다.

2

그 소리를 듣고 클라이스트와 헨리가 느낀 공포는 무엇에도 비할 수 없었다. 자신들의 어리석음이 부른 잔인한 운명이 눈앞에 생생했다. 침침한 빛 아래 숨죽인 채 기다리는 어마어마한 군중, 교수대로 끌려가는 자신들을 향해 터져나오는 함성, 한 시간 동안 이어지는 끔찍한 미사곡, 마침내 밧줄에 목이 묶여 대롱대롱 허공에 매달린 채 캑캑대며 발길질을 해대는 소년.

하지만 케일은 이미 문에 다가가 있었고, 경첩이 덜렁거리는 문을 조용히 힘껏 들어서 밀었다. 문은 거의 소리 없이 열렸다. 케일은 돌처럼 굳은 두 소년의 어깨를 잡고 문틈으로 밀어넣었다. 그러고는 곧바로 자기도 따라 들어간 다음 다시 힘껏 문을 밀었다. 이번에도 문은 거의 소리 없이 닫혔다.

"나와라! 어서!" 남자의 목소리는 아까보다 작게 들렸지만 여전히 또렷했다.

"열쇠 이리 내." 케일이 말했다. 클라이스트가 열쇠를 건넸다. 케일은 문 쪽으로 돌아서서 자물쇠를 찾아 더듬거리다가 이내 멈췄다. 그는 열쇠를 어떻게 사용하는지 몰랐다. "클라이스트! 네가 해!" 그가 속삭이자 클라이스트가 더듬더듬 자물쇠를 찾은 다음 묵직한 열쇠를 꽂아넣었다.

"조용히." 케일이 말했다.

목숨이 걸린 일이라는 걸 아는 클라이스트의 손이 덜덜 떨리고 있었다. 그가 열쇠를 돌렸다.

열쇠 돌아가는 소리가 망치로 쇠그릇을 내리치는 소리처럼 들렸다.

"당장 이리 나와!" 작아진 목소리가 다시 들렸다. 하지만 케일은 그 목소리에 확신이 없음을 알아차렸다. 안개 속에 있는 사내는 자신이 무슨 소릴 들었는지 잘 모르고 있었다.

소년들은 기다렸다. 정적을 흔드는 것은 나직한 두려움의 숨소리뿐. 이윽고 사내가 자갈을 밟으며 돌아가는 소리가 들리더니 금세 조용해졌다.

"가우저Gouger(도려내는 자)들을 데리러 간 거야." 클라이스트가 말했다.

"아닐지도 몰라." 케일이 대꾸했다. "저 사람 아마 식량 로드였을 거야. 게으른 뚱보 자식인데다 자기가 무슨 소릴 들었는지도 몰라. 덤불을 살펴볼 수도 있었는데 그러지 않았어. 살찐 몸뚱이를 가누기가 힘들어서 작은 덤불 뒤도 확인하지 않는 놈이니 가우저들과 개들을 부르러 가는 것도 귀찮아할걸."

"저 사람이 내일 아침 여기로 돌아오면 문을 발견할 거야." 베이그 헨리가 말했다. "우리가 지금 탈출한다 해도 놈들이 쫓아올 거라고."

"'누군가'를 뒤쫓긴 하겠지. 죄인들이건 아니건 반드시 찾아낼 거야. 하지만 이곳을 우리와 연관시킬 까닭은 없어. 결국 누군가가 화를 입겠지만 그게 우리일 이유는 없다고."

"도움을 청하러 갔으면 어쩌지?" 클라이스트가 물었다.

"얼른 문 열고 나가자."

클라이스트가 더듬거리며 문을 찾은 다음 자물쇠에 꽂혀 있는 열쇠 쪽으로 손을 내렸다. 열쇠를 돌렸지만 꿈쩍도 하지 않았다. 다시 돌려보았다. 마찬가지였다. 이번에는 있는 힘껏 돌렸다. 그러자 뚝 소리가 났다.

"무슨 소리야?" 베리그 헨리가 물었다.

"열쇠." 클라이스트가 대답했다. "자물쇠에 꽂힌 채 부러졌어."

"뭐?" 케일이 작게 외쳤다.

"열쇠가 부러졌다고. 우린 여기서 못 나가. 적어도 이쪽으로는."

"제기랄!" 케일이 내뱉었다. "이 멍청한 자식. 캄캄한 걸 다행으로 알아. 안 그랬으면 네 목을 비틀었을 테니까."

"나가는 길이 더 있을지도 몰라."

"이렇게 깜깜한데 무슨 수로 찾냐고." 케일이 씩씩거렸다.

"양초를 가져왔어." 클라이스트가 말했다. "필요할 것 같았거든."

클라이스트가 자기 수단을 뒤적이다가 무언가를 떨어뜨리더니 다시 집어든 다음 계속 호주머니를 뒤적였다. 그사이 잠깐 정적이 흘렀다. 이윽고 그가 부싯돌로 불꽃을 일으켜 마른 이끼에 불을 붙였다. 금세 불꽃이 커졌고, 클라이스트가 초 심지에 불을 붙이는 모습이 불빛에 비쳤다. 잠시 후 그는 초를 유리 덮개 속에 넣었다. 소년들은 처음으로 주위를 볼 수 있었다.

촛불을 들고 있는 상태에서는 사물이 잘 보이지 않았다. 짐승 고기에서 나온 누런 기름으로 만든 초의 불꽃은 침침하기만 했다. 하지만 주위를 둘러본 소년들은 그곳이 방이 아니라 막다른 복도라는 걸 금세 알아차렸다.

케일이 클라이스트에게서 불을 빼앗아 문을 살펴보았다.

"이 벽토는 그리 오래되지 않았어. 기껏해야 몇 년이야."

그때 구석에서 무언가가 후다닥 움직였다. 세 소년 모두 같은 생각을 했다. 쥐.

쥐를 먹는 것은 종교적 이유로 금지되어 있지만, 금기로 삼아야 할 합리적인 이유도 있었다. 쥐는 네 발 달린 병균 덩어리였다. 그러나 이곳의 소년들은 쥐고기를 굉장한 진미로 여겼다. 물론 아무나 쥐고기를 바를 수는 없었다. 모두가 부러워하는 그 기술은 값비싼 물건을 대가로 받고 서로 이익이 될 경우에만 도살자에게 전수받을 수 있는 것이었다. 은밀하게 활동하는 쥐 도살자들은 쥐고기를 발라주는 대가로 고기의 절반을 요구했다. 대가가 너무 비싸서 이따금 쥐를 잡은 몇몇 소년들은 직접 고기를 바르고 저희끼리 나눠가졌는데, 그 초라한 결과물을 본 나머지 소년들은 군말 없이 대가를 지불하고 도살자에게 고기를 맡겼다. 클라이스트는 숙련된 도살자였다.

"그럴 시간 없어." 그의 마음을 읽은 케일이 말했다. "더구나 불빛이 썩 환하지 않아서 고기를 바르기도 어려워."

"난 칠흑같이 어두워도 쥐의 껍질을 벗길 수 있어." 클라이스트가 대꾸했다. “우리가 여기 얼마나 처박혀 있을지 누가 알아?” 그는 자기 수단을 쳐들고 엉덩이 쪽의 비밀 주머니에서 커다란 돌멩이 하나를 꺼냈다. 그러고는 신중하게 조준하고 침침한 어둠 속으로 냅다 던졌다. 구석에서 찍 하는 소리가 들리더니 몸부림치는 섬뜩한 소리가 이어졌다. 클라이스트는 케일에게서 초를 빼앗아 소리나는 쪽으로 다가갔다. 그러고는 주머니에 손을 넣고 작은 천조각을 꺼내 아주 조심스럽게 펼치더니 그걸로 쥐를 움켜잡았고, 손목을 재빨리 놀려 쥐의 목을 꺾은 다음 같은 주머니에 넣었다.

“마무리는 이따가 할게.”

“여기는 복도야. 한때 어딘가로 이어졌을 테니 지금도 그럴지도 몰라.” 케일의 말이 끝나자 초를 든 클라이스트가 앞장섰다.

일 분 뒤, 케일의 생각이 바뀌기 시작했다. 기대와 달리 벽돌로 막힌 문간조차 나타나지 않았다.

“여긴 복도가 아냐.” 마침내 케일이 말했다. 목소리는 여전히 나직했다. “좁은 터널 같아.”

삼십 분이 넘도록 소년들은 계속 걸었다. 바닥이 아주 매끈하고 쓰레기가 전혀 없어 그들은 어둠 속에서도 빠르게 움직였다.

마침내 입을 연 것은 케일이었다.

“여기 와본 적도 없으면서 왜 음식이 있다고 한 거야?”

“그럴 수밖에 없었어.” 베이그 헨리가 대답했다. “안 그럼 네가 여기 왔겠어?”

“내가 이렇게 멍청한 짓을 하다니. 너 나한테 음식을 준다고 약속했었어, 클라이스트. 널 믿은 내가 바보지.”

“네가 사람을 믿지 않기로 유명해서 어쩔 수 없었어.” 클라이스트가 대꾸했다. "어쨌거나 쥐는 잡았잖아. 그리고 난 거짓말 안 했어. 여기 틀림없이 음식이 있단 말이야."

"그걸 네가 어떻게 알아?" 헨리가 물었다. 허기가 느껴지는 목소리였다.

"여긴 쥐가 아주 많아. 쥐가 살려면 먹을 게 있어야 해. 놈들은 반드시 어디선가 먹을 걸 구해올 거야."

클라이스트가 불현듯 멈춰 섰다.

"왜 그래?" 헨리가 물었다.

클라이스트가 초를 내밀었다. 그들 앞은 벽이었다. 문은 없었다.

"아마 이 벽 너머에 음식이 있을 거야." 클라이스트가 말했다.

케일이 손바닥으로 벽을 만지고 손마디로 두드렸다. "이건 벽토가 아냐. 쌀가루와 콘크리트로 만든 벽이라고. 성소 외곽의 방벽과 똑같아." 뚫을 수 없는 벽이었다.

"돌아가야겠어. 어쩌면 우리가 이 터널 옆면에 있는 문을 지나쳤을지도 몰라. 오는 도중에 찾지 않았으니까." 클라이스트가 말했다.

"없을 것 같은데." 케일이 말했다. "게다가…… 초가 얼마나 더 버틸 것 같아?"

클라이스트는 자기가 들고 있는 수지 초를 바라보았다. "이십 분쯤."

"그럼 어쩌지?" 베이그 헨리가 물었다.

"불을 끄고 생각해보자." 케일이 대답했다.

"좋은 생각이야." 클라이스트가 말했다.

"그렇게 생각해주니 고맙군." 케일이 중얼거리면서 바닥에 앉았다. 곧이어 클라이스트도 주저앉더니 유리 덮개를 열고 엄지와 검지로 불을 껐다.

어둠 속에 앉은 세 소년 모두 초의 짐승 기름 냄새에 정신이 팔렸다. 수지가 타는 역한 냄새를 맡고 있자니 머릿속은 한 가지 생각뿐이었다. 음식.

오 분 뒤, 베이그 헨리가 말문을 열었다.

"난 그냥……" 그가 말꼬리를 흐렸다. 나머지 두 소년은 기다렸다. "여긴 터널의 한쪽 끝이고……" 다시 사이를 두더니 말했다. "하지만 터널로 들어오는 길은 둘 이상일 텐데……" 또 말꼬리가 흐려졌다. "내 생각일 뿐이야."

"생각?" 클라이스트가 쏘아붙였다. "잘난 척하지 마."

헨리는 대꾸하지 않았다. 케일이 일어섰다.

"불을 켜."

잠시 후 클라이스트가 이끼와 부싯돌로 불을 붙이자 다시 주위가 보였다. 케일이 쭈그려 앉았다.

"그거 헨리한테 주고 내 어깨에 올라타."

클라이스트는 초를 건네고 케일의 등에 올라 두 다리로 목을 감쌌다. 끙 소리와 함께 케일이 클라이스트를 공중으로 들어올렸다.

"초 받아."

클라이스트는 시키는 대로 했다. "이제 천장을 올려다봐."

초를 쳐든 클라이스트는 무얼 찾아야 하는지도 모르면서 천장을 살폈다.

"있다!" 그가 외쳤다.

"야, 조용히 해!"

"구멍문이 있어." 클라이스트는 기쁨에 겨워 속삭였다.

"손이 닿아?"

"응. 팔을 뻗을 필요도 없어."

"조심해서 살살 밀어. 근처에 사람이 있을지도 모르니까."

클라이스트는 구멍문의 가장 가까운 쪽 가장자리에 손바닥을 대고 밀었다.

"움직여."

"한번 밀어봐. 뭐가 보이는지 살펴봐."

구멍문이 열리면서 긁히는 소리가 들렸다.

"아무것도 안 보여. 어두워. 양초를 저기 올려놔야겠어." 잠시 정적이 흘렀다. "여전히 잘 안 보여."

"올라갈 수 있겠어?"

"네가 내 발을 밀어주면. 내가 구멍문 가장자리를 잡을게. 지금!"

케일이 클라이스트의 발을 움켜잡고 위로 밀어올렸다. 클라이스트가 서서히 움직이면서 위로 올라갔다. 두 소년의 머리 위에서 구멍문이 덜그럭거리는 소리가 들렸다.

"소리 내면 안 돼!" 케일이 나직이 외쳤다.

하지만 클라이스트는 사라져버렸다.

케일과 헨리는 어둠 속에서 기다렸다. 머리 위의 구멍에서 새어 나온 희미한 불빛이 그들을 비췄다. 클라이스트가 초를 들고 주위를 살폈지만 그 불빛마저 점점 흐릿해졌다. 결국 캄캄해졌다.

"저 녀석이 도망치지 않을 거라고 믿어도 될까?"

"글쎄." 베이그 헨리가 대답했다. "그럴 거야." 그리고 잠시 사이를 뒀다. "아마도."

이윽고 구멍에서 다시 불빛이 새어나오더니 클라이스트가 머리를 내밀고 속삭였다.

"여긴 방 같아. 하지만 다른 구멍문에서 새어나오는 불빛이 보여."

"내 어깨에 올라타." 케일이 베이그 헨리에게 말했다.

"넌 어쩌려고?"

"걱정 마. 너희 둘이 위에서 기다리다가 나를 끌어올리면 돼."

베이그 헨리는 클라이스트보다 훨씬 가벼워서 들어올리기가 쉬웠다. 클라이스트가 헨리를 끌어올렸다.

"초를 최대한 낮게 내려서 불을 비춰줘."

클라이스트가 아래로 몸을 늘어뜨렸고, 그러는 동안 위에 있는 헨리가 그의 발을 잡고 있었다.

케일은 터널 벽 쪽으로 가서 손을 뻗어 갈라진 틈을 차례차례 붙잡고 올라갔다. 잠시 후 마침내 클라이스트의 손 쪽으로 팔을 뻗을 수 있었다.

두 소년이 서로 손목을 맞잡았다.

"잘할 수 있겠어?"

"너나 잘해, 케일. 초는 헨리한테 넘길게."

구멍 아래로 몸통의 반을 늘어뜨린 클라이스트가 베이그 헨리에게 초를 건네자, 불빛이 다시 어둠 속으로 사라졌다.

"내가 셋을 세면 하는 거야." 클라이스트는 잠시 사이를 두었다. "하나, 둘, 셋."

케일은 벽에서 손을 떼고 공중에서 대롱거렸다. 클라이스트가 그의 무게를 감당하며 힘겹게 신음했다. 케일은 흔들림이 멈추길 기다리면서 잠시 매달려 있다가 잠시 후 자유로운 팔을 뻗어 클라이스트의 어깨를 잡았다. 그사이 헨리가 클라이스트의 두 다리를 잡아당겼다. 그들이 움직인 거리는 겨우 6인치였지만, 케일이 구멍문 가장자리를 붙잡으면서 클라이스트와 헨리를 놓아주기엔 충분했다. 케일은 잠시 그 상태로 매달려 있다가 이내 나무 바닥으로 올라왔다.

세 소년은 바닥에 드러누워 힘겹게 숨을 헐떡였다. 잠시 후 케일이 일어섰다.

"다른 구멍문을 보여줘."

클라이스트는 바닥에서 일어서서 이제 거의 다 녹은 초를 집어 들고 방 맞은편으로 갔다. 케일이 눈대중해보니 가로 20피트 세로 15피트 정도였다.

클라이스트가 새로운 구멍문 옆에 꿇어앉자 나머지 두 소년도 따라 했다. 그의 말대로 구멍문 한쪽에 깨진 틈이 있었다. 케일은 그 틈에 눈을 바짝 댔지만, 새어나오는 빛 말고는 또렷이 보이는 것이 없었다. 이번에는 귀를 댔다.

"무슨 소리 들려?"

"조용히 해!" 케일이 나직이 소리쳤다.

그는 몇 분 동안 바닥에 귀를 대고 있었다. 그러고는 일어나 앉더니 구멍문으로 다가갔다. 문을 들어올릴 방법이 없어 보였다. 케일은 고정되어 있는 가장자리 쪽으로 잡아당길 만한 틈을 찾아 더듬었다. 마침내 찾은 좁은 틈에 손가락을 넣고 당겼지만 문은 살짝 움직이면서 삐걱거릴 뿐이었다. 약이 오른 케일은 얼굴을 찌푸렸다. 손가락 하나 들어가기 어려울 정도로 공간이 좁아서 잡고 있으려면 나무에 손톱을 박아야 했다. 테두리를 잡아당기는 동안 손가락이 아팠지만 곧 손을 집어넣을 만큼 문이 들렸다. 케일이 구멍에 끼어 있던 문을 들어올리자 세 소년 모두 밑을 내려다보았다.

15피트 정도 아래 난생처음 보는 광경이 펼쳐져 있었다. 아니, 지금껏 꿈도 꿔보지 못한 광경이었다.

3

돌처럼 굳은 채, 꿀 먹은 벙어리처럼, 세 소년은 계속 밑을 내려다보았다. 그 방은 부엌이었다. 사방이 음식이 담긴 접시로 뒤덮여 있었다. 소금과 후추를 발라 껍질이 바삭바삭해질 때까지 구운 닭고기, 두툼하게 썬 쇠고기, 파삭하게 구워서 깨물면 바싹 마른 막대가 부러지는 소리가 날 것 같은 돼지고기. 두껍게 썰어놓은 빵은 껍질 색깔이 짙어서 까매 보일 정도였고, 수많은 접시에 자줏빛이 도는 양파를 비롯해 쌀과 과일, 통통한 건포도, 사과가 그득그득 쌓여 있었다. 그리고 산처럼 쌓인 머랭과 샛노란 커스터드, 클로티드 크림 같은 푸딩들도 있었다.

소년들은 눈앞에 보이는 음식의 이름을 거의 몰랐다. 커스터드라는 음식이 있다는 걸 상상해본 적도 없는데 이름을 알 턱이 있겠는가. 고기라고는 내장과 발, 뇌 따위를 모아 끓여 속을 채운 쓰레기 소시지밖에 모르니 두툼한 쇠고기 덩어리와 저민 닭 가슴살의 맛은 짐작조차 할 수 없었다. 갑자기 앞을 보게 된 장님에게 세상의 색깔과 풍경이 얼마나 이상할지 생각해보라. 혹은 날 때부터 귀머거리였던 사람이 백 개의 플루트에서 나는 소리를 듣게 된다면 기분이 어떻겠는가.

소년들은 당연히 놀라고 당황했지만, 허기가 그들을 구멍 아래로 내몰았다. 그들은 구멍 가장자리에 원숭이처럼 매달려 대롱거리다가 탁자 너머 부엌 한가운데로 뛰어내렸다. 일어선 세 소년은 주위에 가득한 음식을 보고 놀랐다. 케일조차 하마터면 구멍문을 닫아야 한다는 걸 잊을 뻔했다. 향긋한 냄새와 화려한 색깔에 어리둥절한 와중에도 케일은 접시 몇 개를 치우고 탁자에 올라섰다. 그러고는 두 손을 최대한 높이 뻗어 가까스로 문을 당겨 구멍에 도로 끼웠다.

케일이 다시 바닥에 내려섰을 때 나머지 두 소년은 이미 경험 많은 약탈자들처럼 능숙하게 음식을 훔쳐 담고 있었다. 모든 접시의 음식을 하나씩 집어든 다음, 남은 음식을 다시 배열해 없어지지 않은 것처럼 해놓았다. 유혹을 이기지 못하고 닭고기와 빵을 조금 먹긴 했지만, 훔친 음식 대부분은 수단 안쪽에 만들어놓은 비밀 주머니로 들어갔다. 쉽게 훔치고 숨길 수 있는 금지 물품을 발견하면 숨겨두곤 하는 주머니였다.

케일은 뇌 속으로 밀려드는 것 같은 강렬한 냄새 때문에 어질어질했다. 마치 그 냄새에 이상한 증기가 들어 있기라도 한 듯 현기증이 났다.

"먹지 마. 숨길 수 있을 만큼 챙기기만 해." 나머지 두 소년과 자기 자신에게 한 말이었다. 케일도 음식을 열심히 챙기긴 했지만 주머니가 적어서 많이 감추지는 못했다. 평소에는 이렇게 훔칠 기회가 드물어 은닉처가 많을 필요가 없었다.

"여기서 나가야 해. 당장." 케일이 문 쪽으로 걸어갔다. 마치 깊은 잠에서 깨어나기라도 한 듯 클라이스트와 베이그 헨리는 자신들이 얼마나 위험한 상황에 처했는지 깨닫기 시작했다. 케일은 문에 귀를 대고 잠시 듣다가 살짝 열었다. 바깥은 복도였다.

"여기가 어딘지는 알 수 없어. 어쨌든 숨을 곳을 찾아야 해." 케일이 문을 밀어 열고 밖으로 나가자, 나머지 소년들도 조심조심 뒤따랐다.

그들은 벽에 바짝 붙어 재빠르게 이동했다. 몇 야드 걸었을 때 위로 뻗은 층계가 나타났다. 베이그 헨리가 층계로 다가가자 케일이 고개를 저었다. "창문을 찾아내거나 밖으로 나가서 여기가 어디인지부터 알아내야 해. 초가 다 닳기 전에 숙소로 돌아가지 않으면 우리가 없어진 걸 들키고 말 거야." 소년들은 계속 이동했다. 하지만 왼쪽에 있는 문에 다다를 즈음 그 문이 열리기 시작했다.

소년들은 순식간에 돌아서서 다시 층계로 달려가 꼭대기까지 뛰어올라갔다. 셋 다 층계참에 납작 엎드렸다. 밑에서 복도를 따라 여러 사람의 목소리가 지나갔다. 곧이어 다른 문이 열리는 소리가 들리자 케일이 고개를 들고 살짝 보았다. 하지만 방금 그들이 나온 부엌으로 사람 하나가 들어가는 모습밖에 보지 못했다. 베이그 헨리가 케일 옆으로 다가왔다. 당황하고 겁먹은 표정이었다.

"아까 그 목소리들 좀 이상해." 그가 속삭였다. "무슨 일일까?"

케일은 고개를 저었다. 하지만 그 목소리들이 이상하다는 건 그도 알아차렸다. 뱃속에서 이상한 움직임이 느껴졌다. 그가 일어서서 주위를 살펴보았다. 뒤쪽의 문 말고는 갈 곳이 없었다. 케일은 재빨리 손잡이를 돌리고 문 뒤의 방으로 들어갔다. 그런데 방이 아니었다. 문에서 10피트쯤 떨어진 그곳에 있는 것은 담장이 낮은 발코니였다. 케일이 담장 쪽으로 기어가자 나머지 소년들도 따라 했다. 마침내 모두 담장 뒤에 웅크렸다.

발코니에서 내려다보이는 곳에서 웃음과 환호성이 들려왔다.

세 소년은 오싹했다. 성소에서는 웃음소리를 들을 일이 거의 없는데다 그렇게 요란하고 즐거운 웃음은 아예 들을 일이 없기 때문이었다. 더 섬뜩한 것은 그것이 몹시 새된 웃음소리라는 점이었다. 방금 복도에서 들은 목소리들처럼 그 소리는 소년들의 마음 깊은 곳에서 기묘한 흥분을 불러일으켰다.

"살짝 보자." 베이그 헨리가 속삭였다.

"안 돼." 케일이 나직이 대꾸했다.

"네가 봐. 안 그럼 내가 할 거야."

케일이 헨리의 손목을 잡고 꽉 쥐었다.

"걸리면 우린 죽어."

베이그 헨리는 마지못해 다시 발코니 벽에 기댔다. 밑에서 또 웃음소리가 터져나왔지만 이번엔 케일이 헨리에게서 눈을 떼지 않았다. 그때 클라이스트가 무릎을 꿇고 일어나더니 밑을 내려다봤다. 꾸밈없는 웃음소리에 홀린 듯했다. 대개 애콜라이트*의 웃음은 어색하고, 짧고, 우울했다. 케일이 도로 앉히려고 기를 썼지만 클라이스트는 베이그 헨리보다 기운이 셌고, 너무 세게 끌어내리려 했

* 미사 때 신부를 돕는 소년. 여기서는 성소의 소년들을 일컫는다.

다가는 당장 들킬지도 몰랐다.

케일은 천천히 고개를 들고 발코니 담장 너머를 내려다보았다. 그곳에는 부엌의 음식보다 훨씬 더 충격적이고 당혹스러운 광경이 펼쳐져 있었다. 마치 몸속의 모든 것이 리디머들의 징 박힌 몽둥이 백 자루에 두들겨맞는 기분이었다.

담장 아래 커다란 홀에는 십여 개의 탁자가 놓여 있었는데, 모두 소년들이 부엌에서 본 음식들로 덮여 있었다. 탁자들은 서로 마주 볼 수 있도록 둥그렇게 배열되어 있었다. 순백의 드레스를 입은 여자 두 명이 그 축하 의식의 주인공인 듯했다. 길고 검은 머리에 눈동자가 짙은 초록색인 아가씨가 유독 눈에 띄게 아름다웠다. 그러면서도 쿠션처럼 통통했다. 둥그렇게 늘어선 탁자들 한가운데 더운물이 가득 채워진 커다란 웅덩이가 있고, 안개 같은 수증기가 수면 위에 떠 있었다. 웅덩이에서 노는 대여섯 명의 여자를 본 케일과 클라이스트는 돌처럼 굳어 눈이 휘둥그레졌고, 천국을 보기라도 한 듯 놀라고 당황한 표정이 되었다.

웅덩이 안의 여자들은 알몸이었다. 각자 인종에 따라 피부는 분홍색이거나 갈색이었지만 몸매는 모두 관능적인 곡선이었다. 하지만 소년들이 깜짝 놀란 건 여자의 알몸을 보아서가 아니었다. 그들은 여자를 난생처음 본 것이었다.

그들의 기분을 누가 설명할 수 있겠는가? 그 섬뜩한 기쁨, 충격과 두려움을 말로 표현할 수 있는 시인은 없다.

이번에는 두 소년 옆에서 베이그 헨리가 기겁을 했다.

그 소리에 케일은 정신을 차렸다. 그는 주저앉아 담장에 기댔다. 몇 초 뒤 나머지 두 소년도 창백하고 넋이 나간 표정으로 똑같이

했다.

"끝내준다." 베이그 헨리가 혼잣말을 중얼거렸다. "끝내줘. 진짜 끝내줘!"

"가야 해. 안 그럼 우린 죽어."

케일이 손과 무릎으로 문까지 기어가자 나머지 두 소년이 뒤따랐다. 그들은 안으로 들어와 층계참 가장자리로 기어가서 귀기울였다. 아무 소리도 들리지 않았다. 잠시 후 소년들은 층계를 내려와 복도를 향해 가기 시작했다. 다행히 운이 따랐다. 발코니까지 가서 충격적인 광경을 내려다본 이 노련하고 조심스러운 녀석들의 흔적은 전혀 남지 않았다. 하지만 흥분하고 도취된 상태가 세 소년을 다른 복도로 이어진 문간으로 이끌었다. 그들은 왼쪽으로 방향을 틀었다. 굳이 오른쪽으로 갈 이유가 없어서였다.

숙소로 돌아갈 시간이 삼십 분밖에 남지 않자 셋 다 뛰기 시작했다. 하지만 채 일 분도 지나지 않았을 때 길이 급하게 꺾였다. 20피트를 더 가자 길 끝에 묵직한 문이 나타났다. 소년들은 절망에 사로잡혀 고개를 떨궜다.

"제기랄!" 베이그 헨리가 나직이 중얼거렸다.

"사십 분 후면 우리를 잡으려고 가우저들이 출동할 텐데."

"여기 처박혀 있으면 금세 붙잡힐 거야."

"그럼 어쩌지? 여기서 본 것들 때문에 우릴 그냥 두지 않을 텐데." 클라이스트가 물었다.

"그렇다면 여길 뜨는 수밖에." 케일이 대답했다.

"뜨다니?"

"멀리 달아나서 영원히 돌아오지 않는 거야."

"여기서도 못 나가고 있는데?" 클라이스트가 콧방귀를 뀌었다. "그런데 아예 성소를 탈출하자고?"

"지금 우리에겐 선택의 여지가……" 케일의 말이 끝나기도 전에 소년들 앞의 문에서 열쇠 돌아가는 소리가 들렸다. 두께가 최소 6인치인 거대한 문이라 다 열릴 때까지 숨을 곳을 찾을 시간이 몇 초는 있었다. 하지만 숨을 데가 없었다.

케일이 두 소년에게 문이 열리면 가려질 벽에 찰싹 붙으라고 손짓했다. 물론 문이 도로 닫히면 끝장이었다. 하지만 선택의 여지가 없었다. 왔던 곳으로 달려가 숨으면 결국 숙소를 비운 사실이 들통나 금세 붙잡혀서 천천히 죽게 될 터였다.

문이 열리기 시작했다. 문을 여느라 힘이 드는지 짜증스러운 신음과 욕설이 들렸다. 한층 더 심한 욕설과 함께 문이 소년들 쪽으로 움직이더니 이내 멈췄다. 곧이어 작은 나무 쐐기 하나가 문 밑에 끼워졌다. 문을 열어두려는 것이었다. 다시 욕설과 신음이 들리더니, 이번에는 작은 수레를 밀고 복도로 들어오는 소리가 들렸다. 문 가장자리에 있던 케일이 살짝 고개를 내밀고 보니, 검은 수단을 입은 낯익은 형체가 수레를 밀고 절뚝거리면서 모퉁이 너머로 사라지고 있었다. 케일은 나머지 소년들에게 따라오라고 손짓한 다음 재빨리 문밖으로 나갔다.

바깥에는 차가운 안개가 깔려 있었다. 석탄을 가득 실은 또다른 수레가 안으로 들여보내주길 기다리고 있었다. 늘 게을러터진 하급 리디머 스미스가 지시받은 대로 문을 잠그지 않고 열어둔 건 그 때문이었다.

평소 같으면 들고 갈 수 있을 만큼 석탄을 훔쳤겠지만, 지금은 주머니가 음식으로 꽉 차서 곤란했다. 어차피 너무 겁이 나서 엄두도 나지 않았다.

"여기가 어디지?" 베이그 헨리가 물었다.

"몰라." 케일이 대답했다. 그는 이정표를 찾기 위해 안개와 어둠에 익숙해지려고 애쓰며 앰보에서 내려갔다. 하지만 이제는 탈출했다는 안도감도 희미해지고 있었다. 소년들은 터널 속을 오래 걸었다. 수많은 건물과 앰보, 복도로 이루어진 이곳이 미로 같은 성소의 어디쯤인지 알 도리가 없었다.

바로 그때 발 두 개가 안개 속에서 나타났다. 한 시간쯤 전에 소년들이 떠나온, 거대한 목 매달린 리디머 상이었다.

오 분도 지나지 않아 세 소년은 숙소로 들어가는 행렬에 따로따로 합류했다. 숙소의 공식 명칭은 '영원한 구원의 여인' 기숙사였는데, 아무도 그 의미를 몰랐고 궁금해하지도 않았다. 소년들이 다 함께 노래하기 시작했다. "오늘밤 내가 죽으면 어찌되나? 오늘밤 내가 죽으면 어찌되나? 오늘밤 내가 죽으면 어찌되나?" 지금껏 리디머들은 애콜라이트들의 그 음울한 질문에 분명히 답해주었다. 너희 대부분은 역겹고 시커먼 영혼을 지녔으니 지옥에 떨어져 영원토록 불태워질 거라고. 한밤에 죽는다는 주제는 오래전부터 자주 거론되어왔고, 그럴 때면 종종 케일이 앞으로 불려나갔다. 그러면 담당 리디머가 케일의 수단을 들추고 등의 맨살을 드러내 목덜미에서 엉덩이까지 뒤덮인 상처를 보여주곤 했다. 크기가 다양한 그 상처들은 회복 상태가 각기 달라서, 이따금 케일의 등은 파란색, 회색, 초록색, 진홍색, 금색에 가까운 누런 자주색이 뒤섞인 한 폭의 추상화처럼 아름답게 보였다. 그걸 보고 리디머는 이렇게 말했다. "이 색깔들을 보아라! 거북의 발처럼 새하얘야 할 너희의 영혼은 이 소년의 등 위에 보이는 검은색과 자주색보다 우중충하다. 주님께는 너희 모두가 이런 색으로 보인다. 자주색과 검은색. 그러니 오늘밤 죽는 놈이 어떤 줄에 서게 될지 내게 물어볼 필요도 없지. 그 줄 끝에서 기다리는 야수들은 너희를 먹어치우고 똥으로 싼 다음 다시 먹어치운다. 그곳에 놓인 금속 화덕은 시뻘겋게 달궈져 있고, 너희는 한 시간 동안 구워져 재가 된다. 그런 다음 기름 덩어리가 되고, 그런 다음 악마에 의해 재와 기름이 뒤섞인 흉측한 반죽으로 만들어져 다시 태어나고 다시 불태워지고, 그렇게 영원히 태어나고 불태워지기를 되풀이하게 된다."

한번은 보스코와 반목하는 콤프턴이라는 리디머가 찾아와 그 광경을 목격했다. 채찍으로 케일의 등에 상처를 내는 광경까지 목격한 그는 보스코에게 따져 물었다. "이 소년들은 불경스러운 '안타고니스트Autagonist' 무리와 싸우기 위해 육성되는 아이들입니다. 아무리 악마의 노리개로 전락한 소년이라 해도 그런 과격한 폭력을 가하는 것은, 주님의 시야에서 저들의 신성모독을 쓸어버리는 우리의 과업을 도울 만큼 강해지기도 전에 사기를 꺾는 행위입니다."

"그 소년은 망나니도 아니고, 악마의 노리개와는 거리가 멀어도 한참 멀다네." 케일에 관해 이야기할 때면 늘 지극히 신중한 보스코는 그렇게 대충 둘러대면서도 괜히 대답했구나 싶어 금세 자신에게 화가 났다.

"그렇다면 왜 이런 짓을 내버려두십니까?"

"이유는 묻지 말게나. 더는 해줄 말이 없어."

"말씀해보세요, 리디머."

"할말 없다니까."

그리고 리디머 콤프턴은 이번만은 보스코보다 현명하게 입을 다물었다. 하지만 나중에 그는 성소에서 밀고자 두 명을 고용해, 등짝이 자줏빛인 소년에 관한 정보를 모조리 캐내라고 지시했다.

"오늘밤 내가 죽으면 어찌되나? 오늘밤 내가 죽으면 어찌되나? 오늘밤 내가 죽으면 어찌되나?" 케일과 소년들이 중얼중얼 노래하면서 침대로 가는 동안, 워낙 오래전 어린 시절부터 되뇌어 의미가 거의 사라진 그 질문은 다시금 섬뜩한 힘으로 세 소년의 마음에 두려움을 불러일으켰다. 오늘 그들은 눈만 감아도 야수의 뜨거운 입김이 느껴지고 금속 화덕의 까맣게 탄 문짝이 덜그럭거리는 소리가 들릴까봐 뜬눈으로 밤을 지새우리라.

십 분 뒤 거대한 숙소가 꽉 차고 문이 닫히자, 완벽한 정적이 흐르는 가운데 오백 명의 소년은 크고 춥고 침침한 헛간 같은 곳에서 잘 준비를 했다. 이윽고 초가 꺼졌고, 새벽 다섯시부터 깨어 있던 소년들은 금세 잠이 들었다. 곧이어 소년들이 행복 혹은 두려움이 기다리는 꿈속으로 빨려들어가면서 코 고는 소리, 훌쩍이는 소리, 끙끙대는 소리가 요란하게 뒤섞여 기숙사를 가득 채웠다.

물론 세 소년은 금방 잠들지 못하고 몇 시간 동안 뒤척였다.

4

케일은 일찍 일어났다. 언제부터 그랬는지 기억나지 않을 만큼 오래된 습관이었다. 덕분에 꼬박 한 시간 동안 혼자 있었다. 물론 오백 명의 소년이 한방에서 같이 자고 있으니 혼자라고 할 수는 없었다. 하지만 새벽을 앞둔 어둠 속에서는 아무도 그에게 말을 걸거나, 바라보거나, 이래라저래라 하거나, 위협하거나, 두들겨팰 구실을 찾거나, 죽이려 들지 않았다. 비록 배는 고프지만 적어도 담요 안이라 춥지는 않았다. 그리고 잠시 후, 자연스레 음식이 생각났다. 호주머니에 가득한 음식. 침대 옆에 걸어놓은 수단에 손을 뻗는 건 무모한 짓이었지만, 거부할 수 없는 무언가가 그를 재촉했다. 단지 배고픔이 아니었다. 허기라면 늘 달고 살았으니까. 그것은 정말 맛있는 음식을 먹는다는 참기 힘든 쾌감, 그 생각, 행복감이었다. 케일은 천천히 호주머니에 손을 넣어 가장 먼저 잡힌 것을 꺼냈다. 커스터드가 한 겹 덮인 평범한 비스킷이었다. 그것을 입에 쑤셔넣었다.

처음에는 행복해서 미쳐버릴 것만 같았다. 설탕과 버터의 맛이 입안에서뿐 아니라 머릿속에서도, 영혼 속에서도 폭발했다. 계속 씹다가 삼켰다. 형언할 수 없는 기쁨이었다.

잠시 후 역시나 배가 아파왔다. 코끼리가 하늘을 나는 데 익숙하지 않은 것처럼 그는 이런 음식에 익숙하지 않았다. 갈증이나 허기에 죽어가는 사람처럼 조금씩 물이나 음식을 먹어야 했다. 안 그러면 그토록 필사적으로 원하던 것을 몸이 거부해서 죽을지도 몰랐다. 케일은 삼십 분 동안 누워서 토하지 않으려고 기를 썼다.

몸이 회복되기 시작할 즈음, 기상 전 숙소를 점검하는 리디머의 발소리가 들렸다. 자는 소년들 사이로 돌아다니는 그의 딱딱한 신발창이 돌바닥에 부딪혀 따각따각 소리를 냈다. 그렇게 십 분이 지났다. 갑자기 발걸음이 빨라지더니 손뼉 치는 소리가 들렸다. 기상! 기상!

아직 속이 울렁거리는 케일은 가까스로 몸을 일으켜 수단을 입기 시작했다. 꽉 찬 주머니에서 음식을 하나라도 흘릴세라 조심했다. 그사이 오백 명의 소년이 끙끙대면서 비틀비틀 일어났다.

몇 분 뒤 그들은 빗속을 뚫고 거대한 석조 회당인 '영원한 자비의 바실리카'로 행진했다. 거기서 미사를 주관하는 열 명의 리디머를 따라 두 시간 동안 기도를 읊조리는데, 오래전부터 반복해온 기도문은 이제 그 의미조차 공허해졌다. 케일은 미사에 크게 신경쓰지 않았다. 어린 시절부터 눈을 뜬 채로 다른 소년들과 함께 기도를 읊조리면서 꾸벅꾸벅 조는 요령을 터득해두었다. 게으름 피우는 녀석들을 감시하는 리디머들을 조심하기 위해 정신의 일부만 깨어 있으면 됐다.

그후에는 아침을 먹었다. 칙칙한 죽과 죽은 사람 발,* 여러 가지 짐승 고기와 산패한 채소 기름으로 만든 케이크, 그리고 온갖 종류의 씨앗들. 보기에는 역겹지만 이렇듯 골고루 먹인 덕분에 소년들은 살아남아 있었다. 리디머들은 소년들에게 삶의 쾌락을 조금도 허락하지 않지만, 훗날 안타고니스트들과 대대적인 전쟁을 치르려면 건강해야 했다. 물론 이미 죽은 소년들은 상관없지만.

여덟시 정각, 소년들이 체력 단련을 위해 '자애롭기 그지없는 우리 리디머들의 훈련장'에 줄 서 있는 동안 세 소년은 다시 만났다.

"배 아파." 클라이스트가 말했다.

"나도." 베이그 헨리가 소곤거렸다.

"난 토할 뻔했어." 케일이 털어놓았다.

"아무래도 음식을 숨겨야겠어."

"아니면 버리거나."

"곧 음식에 익숙해질 거야." 케일이 말했다. "먹기 싫으면 나한테 주든가."

"체력 단련이 끝나면 제의祭衣를 개러 가야 해." 베이그 헨리가 말했다. "너희 음식을 주면 거기다 숨겨놓을게."

"떠드는구나. 이놈들. 떠들고 있어." 여느 때처럼 리디머 말릭이 그들 뒤에서 나타났다. 기척이 전혀 없어서 신기할 따름이었다. 사람에게 몰래 다가가는 묘한 재주가 있는 말릭이 주위에 있을 때는 엉뚱한 짓을 하지 않는 게 상책이었다. 펜 전투 이후 줄곧 이질

* '개똥 버섯'이라고도 불리는 버섯의 별명.

에 시달려 '똥싸개 피츠'라는 별명이 붙은 리디머 피츠시먼스 대신 말릭이 예고도 없이 훈련 교관으로 배치된 것은 소년들에게 불운이었다. "이백 번 실시." 말릭이 클라이스트의 목덜미를 힘껏 움켜쥐고 말했다. 그는 세 소년만이 아니라 그 줄 전체에 주먹 쥐고 팔굽혀펴기를 시켰다. 말릭이 다시 말했다. "넌 아니다, 케일. 넌 물구나무." 케일은 쉽게 물구나무를 선 다음 위아래로 팔굽혀펴기를 시작했다. 클라이스트 말고 그 줄의 나머지 소년들은 이미 괴로워서 오만상을 찌푸렸지만, 케일은 영영 멈추지 않을 것처럼 계속 위아래로 움직였다. 그의 눈빛은 아득히 먼 곳에 가 있는 듯 텅 비어 있었다. 클라이스트는 따분해하는 표정으로 아주 쉽게 다른 아이들보다 두 배 빨리 움직였다. 마지막 소년이 녹초가 되어 고통스럽게 팔굽혀펴기를 끝내자 말릭이 케일에게 스무 번 더 하라고 지시했다. 힘자랑한 벌이었다. "물구나무를 서라고 했지 팔굽혀펴기를 하라고는 안 했다. 어린놈의 자만심은 악마에게 맛있는 간식이지." 앞에서 그를 멍하니 쳐다보는 애콜라이트들에게 이런 식의 윤리 교육은 헛짓이었다. 맛이 있건 없건, 간식을 먹어보기는커녕 상상해본 적도 없으니까.

종이 울리고 훈련 시간이 끝나자, 오백 명의 소년은 아침 기도를 드리기 위해 다시 느릿느릿 바실리카로 걸어갔다. 거대한 회당 뒤편으로 이어진 샛길을 지날 때 세 소년은 몰래 빠져나갔다. 클라이스트와 케일은 주머니 속의 음식을 전부 베이그 헨리에게 준 다음 바실리카 앞 광장으로 몰려가는 긴 줄에 다시 합류했다.

그사이 베이그 헨리는 양손에 빵과 고기, 케이크를 잔뜩 들고 어깨로 성물실 문의 빗장을 밀어올렸다. 곧이어 문을 밀어 연 다음 리디머가 있는지 귀기울였다. 뭐라도 보이면 도로 나갈 준비를 하고 조심조심 갈색 어둠 속으로 들어갔다. 안은 텅 비어 있는 듯했다. 재빨리 벽장으로 다가갔다. 하지만 벽장문을 열려면 음식을 조금 바닥에 내려놓아야 했다. 흙 좀 묻은 걸 먹는다고 죽진 않아, 그렇게 생각하고는 문을 열고 벽장 안에 손을 넣어 바닥의 나무 널판 하나를 들었다. 그 밑의 넓은 공간에 베이그 헨리가 숨겨놓은 물건들이 있었다. 죄다 금지 물품이었다. 애콜라이트들은 자기 물건을 가질 수 없었다. 리디머 피그(돼지)는 소유물이 생기면 '이 세계의 물질적인 것을 탐하게 된다'고 했다(그의 본명은 글레베였다).

방금 뒤에서 울려퍼진 소리는 바로 글레베의 목소리였다.

"거기 누구냐?"

음식의 4분의 3을 은닉처에 숨긴 베이그 헨리는 들고 있던 음식과 바닥에 놓아둔 닭다리와 케이크를 벽장 속으로 밀어넣고 문을 닫은 다음 일어섰다.

"부르셨습니까, 리디머?"

"아, 너로구나. 뭘 하고 있었느냐?"

"제가 뭘 하고 있었느냐고요?"

"그래." 글레베의 말투에서 짜증이 묻어났다.

"저는…… 그러니까…… 그게……" 베이그 헨리는 영감을 얻으려는 듯 주위를 둘러보았다. 천장 어딘가에서 찾은 듯했다.

"저는…… 리디머 벤트가 두고 가신 긴 제의를 치우고 있었습니다." 리디머 벤트가 확실히 제정신이 아니긴 했지만, 그가 뭐든 잘 잊어버린다는 오명은 대부분 애콜라이트들의 농간 때문에 생긴 것이었다. 소년들은 물건을 잃어버리거나 수상한 짓을 할 때마다 번번이 그를 들먹였다. 엉뚱한 짓을 하거나 금지된 장소에 있다가 들키면 리디머 벤트의 지시였다는 변명부터 했는데, 그의 기억력이 나빠서 후환이 없을 것이기 때문이었다.

"내 제의를 가져오너라." 베이그 헨리는 그런 말은 난생처음 들어본다는 듯 글레베를 멀뚱멀뚱 쳐다보았다.

"뭐야? 왜 그래?" 글레베가 말했다.

"제의요?" 베이그 헨리가 되물었다. 글레베가 한 대 갈기려고 다가오자 그는 명랑하게 말했다. "물론 가져다드려야죠." 그러고는 돌아서서 다른 벽장으로 걸어가 기운차게 활짝 열어젖혔다.

"검은색으로 드릴까요, 하얀색으로 드릴까요?"

"너 왜 그래?"

"왜 그러느냐고요?"

"그래, 이 멍청아. 망자를 기리는 달의 평일에 뭐하러 검은색 제의를 입겠느냐고."

"평일에요?" 베이그 헨리는 그 말에 놀란 듯이 대꾸했다. "물론 안 입으시죠, 리디머. 하지만 스라녹은 필요하실 겁니다."

"무슨 소리를 하는 거야?" 글레베가 성난 목소리로 물었지만 확신 없는 말투였다. 성물실에 보관되어 있는 수백 벌의 제의와 장신구는 대부분 성소가 세워지고 천년 동안 사용되지 않았다. 글레베는 스라녹에 대해 들어본 적이 없는 눈치였다. 하지만 그가 모른다고 그런 물건이 존재하지 않는 건 아니었다.

리디머 글레베가 지켜보는 가운데 베이그 헨리는 서랍 하나로 다가가서 열었다. 그리고 잠시 무언가를 찾다가 작은 구슬들로 만든 목걸이를 꺼냈다. 목걸이 끄트머리에는 작고 네모난 천조각이 달려 있었다. "순교자 풀턴의 날에는 이걸 걸치셔야죠."

"지금껏 그런 건 걸쳐본 적이 없는데." 여전히 자신 없는 말투였다. 글레베는 근처에 놓인 성전聖典으로 다가가 그날 날짜에 해당하는 곳을 펼쳤다. 정말로 순교자 풀턴의 날이었다. 하지만 일 년 날수에 비해 순교자가 너무 많아서 몇몇 하위 순교자들은 기껏해야 이십 년에 한 번씩 기려졌다. 글레베가 짜증스레 콧김을 내뿜었다.

"어서 해. 늦었다."

베이그 헨리는 아주 엄숙한 태도로 글레베의 목에 스라녹을 걸어주었고, 우아하게 장식된 희고 긴 제의를 입는 것을 도왔다. 준비가 끝나자 소년은 글레베를 따라 아침 기도 시간에 맞춰 바실리카로 들어갔고, 거기서 삼십 분 동안 스라녹으로 리디머를 놀린 일을 떠올리며 즐거워했다. 스라녹은 베이그 헨리의 상상 속에만 존재하는 것이었다. 그는 그 구슬 목걸이의 끄트머리에 달린 네모난 천조각이 무엇인지 전혀 몰랐다. 하지만 성물실에는 오래전에 종교적 의미가 잊힌 정체 모를 잡동사니가 한가득이었다. 헨리는 단순히 리디머를 놀리는 즐거움 때문에 그런 엄청난 위험을 무릅썼고, 이번이 처음도 아니었다. 만약 거짓말이 들통났다면 등가죽이 벗겨졌을 터였다. 과장이 아니라 정말로 그랬을 것이다.

케일이 지어준 헨리의 별명은 누구나 알았지만 그 별명의 진짜 의미를 아는 사람은 그들 둘뿐이었다. 어벌쩡하게 대답하거나 상대의 질문을 되묻는 헨리의 버릇은 이해력이 부족하거나 분명히 대답할 줄 몰라서가 아니라, 참을성 없는 리디머들의 짜증을 자극하도록 일부러 어수룩하게 굴어 반항하기 위함이라는 사실을 아는 소년은 케일뿐이었다. 헨리의 그런 엄청난 무모함이 마음에 든 케일은 자신의 가장 중요한 원칙 하나를 깼다. 친구를 사귀지 않고 어느 누구의 친구도 되지 않는다는 원칙을.

케일은 속죄의 기도 시간에 잠을 보충하기로 마음먹고 제4바실리카의 빈 의자에 앉았다. 기도중에 잠자기의 달인이 된 그는 졸면서 자신의 죄를 읊었다. 배덕의 죄, 음울한 쾌락의 죄, 유희의 죄, 가능한 욕망과 불가능한 욕망을 품은 죄. 제4바실리카에 모인 오백 명의 소년은 죄를 짓지 않겠다고 한목소리로 맹세했다. 물론 그들은 그 죄가 뭔지도 몰랐고, 설령 안다 해도 저지르는 게 불가능했다. 다섯 살짜리들이 이웃의 아내를 탐하지 않겠다고 엄숙하게 맹세했고, 아홉 살짜리들은 무슨 일이 있어도 우상을 조각하지 않겠다고 맹세했고, 열네 살짜리들은 설령 우상을 조각하더라도 섬기지 않겠다고 맹세했다. 그런 죄를 지으면 후손이 삼대나 사대까지 주님의 벌을 받을 것이었다. 사십오 분 동안 단잠을 잔 케일은 미사가 끝나자 다른 소년들과 함께 조용히 밖으로 나가 훈련장 끄트머리로 돌아갔다.

요즘 낮에는 훈련장이 비는 법이 없었다. 지난 오 년간 애콜라이트의 수가 엄청나게 늘어서 이제는 훈련, 식사, 목욕, 예배를 비롯한 거의 모든 일과를 돌아가며 해야 했다. 남보다 처지는 녀석들은 밤에도 훈련을 했는데, 끔찍이도 추워서 다들 야간 훈련이라면 질색했다. 스캐블랜드에서 불어오는 칼바람은 여름에도 에는 듯이 차가웠다. 안타고니스트와의 전쟁에 더 많은 부대를 공급하기 위해 성소의 인원을 늘린다는 건 비밀이 아니었다. 케일은 성소를 떠나는 자들이 대부분 동부 전선으로 영구 파병되지 않고 오랫동안 예비병으로 머문다는 것을 알고 있었다. 그들은 육 개월씩 양쪽 전선을 오갔고, 그러는 동안 일 년 이상을 예비병으로 머물렀다. 보스코에게 들어서 알게 된 사실이었다.

"질문은 두 개만 허락하겠다." 이 이상한 병력 배치에 대해 알려 준 날 보스코가 말했다. 케일은 잠시 생각에 잠겼다.

"예비병으로 머무는 시간에 대해 묻고 싶습니다. 앞으로도 계속 늘릴 계획인가요?"

"그렇다." 보스코가 대답했다. "다음 질문."

"두번째 질문은 없습니다."

"그래? 진심이냐?"

"전에 리디머 콤프턴이 당신께 하는 말을 들었습니다. 전선이 교착 상태에 빠졌다는 이야기요."

"그래, 나도 네가 엿듣는 걸 알고 있었다."

"두 분은 그 일이 대수롭지 않은 것처럼 말씀하셨죠."

"계속해라."

"지난 오 년간 당신은 엄청나게 많은 전투원을 양성하셨습니다. 너무 많죠. 그들에게 실전의 맛을 보여주시기는 하지만, 병력을 증강하고 있다는 사실이 안타고니스트들에게 알려지길 원하지 않으십니다. 그래서 예비병으로 머무는 시간을 늘리는 거고요. 이미 안타고니스트 첩자가 전선에 우글거린다는 소문이 나돌고 있습니다. 사실인가요?"

보스코는 빙그레 웃었지만 기분좋은 기색은 아니었다. "질문은 하나면 충분하다고 빼기더니 결국 두번째 질문을 하는구나. 너의 그 허영심이 네 녀석을 파멸시킬 거다. 물론 네 영혼을 걱정해서 하는 소리는 아니다. 나는……" 그는 뭐라고 해야 좋을지 모르는 듯 말꼬리를 흐렸다. 그런 모습은 처음이라 케일은 혼란스러웠다. "네게 기대하는 것이 많다. 요구도 할 것이다. 너는 그 요구와 기대에 부응해야 한다. 그러지 못할 바에는 차라리 맷돌을 목에 걸고 방벽 밖으로 내던져지는 게 훨씬 나을 거다. 난 네놈의 자만심이 가장 걱정스럽다. 다른 리디머들은 앞으로도 계속 너의 그 자만심이 나머지 스물여덟 가지 대죄의 근원이라고 하겠지만, 내겐 네 영혼보다 더 중요한 일이 있다. 자만심은 판단력을 흐리고, 피할 수도 있었을 상황으로 몰아넣지. 나는 네게 질문 두 개를 허락했지만, 너는 헛된 자만심에 젖어 나를 이기려고 쓸데없이 위험을 무릅쓰다가 벌을 자초했어. 자만심은 너를 약하게 할 뿐이다. 지금껏 오랫동안 너를 보호해줬지만, 과연 그런 보호를 받을 자격이 있는지 의심스럽구나." 그는 케일을 노려보았고, 케일은 바닥만 내려다보았다. 보스코의 보호를 받아왔다고 생각하니 혐오감이 밀려들고 코웃음이 났다. 이상하고 위험한 생각들이 머릿속을 스쳐가는 동안 케일은 기다렸다.

"네 두번째 질문에 대답해주마. 전선에는 안타고니스트의 첩자와 정보원들이 있지만 그들은 소수다. 물론 그 정도도 골칫거리지."

케일은 계속 바닥을 응시했다. 체념한 척하자. 처벌을 최소화하자. 하지만 보스코의 말대로 이 처벌을 모면할 수도 있었다는 생각이 들자 분노가 치밀었다.

"당신은 양쪽 전선에서 대대적인 공격을 감행하기 위해 예비병을 증강하고 있습니다. 하지만 전선의 병력 규모를 일정 수준으로 유지하지 않으면 적들이 눈치챌 겁니다. 예비병들이 실전 경험을 쌓아야 하는데 현재 인원이 너무 많습니다. 결국 전선에서 멀리 떨어져 지내는 시간이 더 많죠. 안타고니스트들을 끝장내려면 더 많은 병사가 필요합니다. 하지만 그들을 강하게 단련시킬 전투가 별로 없죠. 당신은 난처한 상황에 처하셨습니다, 로드."

"너의 해법은?"

"시간이 필요합니다, 리디머. 해법을 찾는다 해도 그것이 새로운 문제를 야기할 수도 있고요."

보스코가 웃음을 터뜨렸다.

"뭘 모르는군. 모든 문제의 해법은 언제나 새로운 문제를 야기하기 마련이다."

그때 느닷없이 보스코가 케일에게 주먹을 날렸다. 케일은 늙은이의 공격을 받아내듯 쉽게 막았다. 두 사람은 서로를 노려보았다.

"손 내려."

케일은 시키는 대로 했다.

"내가 곧 다시 칠 것이다." 보스코가 나직하게 말했다. "넌 손도 움직이지 말고 고개도 움직이지 마. 그냥 맞아. 받아들여. 인정하는 거야."

케일은 기다렸다. 이번에 보스코는 때릴 준비를 하는 모습을 똑똑히 보여주었다. 그러고는 다시 주먹을 날렸다. 케일이 움찔했지만 주먹은 얼굴에 닿지 않았다. 보스코의 손은 케일의 얼굴 바로 앞에서 멈췄다. "움직이지 말라고 했다." 그가 손을 뒤로 뺐다가 다시 펀치를 날렸다. 케일이 또 움찔했다. "움직이지 말라니까!" 보스코가 고함을 질렀다. 그의 얼굴은 분노로 시뻘겠다. 하지만 두 빰 한가운데 있는 아주 작은 흰 점들은 얼굴빛이 어두워질수록 점점 더 하얘졌다. 보스코가 다시 주먹을 날렸다. 이번에 케일은 돌처럼 꼼짝 않고 서서 맞았다. 잠시 후 다시 한 대, 또 한 대. 네번째 주먹은 워낙 세서 케일은 살짝 정신을 잃고 바닥에 쓰러졌다.

"일어서라." 목소리가 너무 나직해서 거의 들리지도 않았다. 케일은 독감에 걸린 사람처럼 부르르 떨면서 일어섰다. 다시 한 대. 소년은 또 쓰러졌다가 다시 일어섰다. 또 한 대. 그는 다시 일어섰다. 보스코가 손을 바꿨다. 약한 왼손으로는 다섯 번 만에 케일을 바닥에 쓰러뜨렸다. 케일이 일어서는 동안 보스코가 그를 내려다보았다. 이제 그들은 둘 다 떨고 있었다. "그대로 있어라." 보스코가 속삭이듯이 말했다. "만약 일어서면 그다음에 벌어질 일은 책임 못 진다. 난 이제 가겠다." 그는 몹시 당황한 표정이었다. 강렬하고 섬뜩한 자신의 분노에 지친 듯했다. "오 분 더 있다가 가거라." 그리고 보스코는 문밖으로 사라졌다.

케일은 일 분 동안 움직이지 않았다. 곧 현기증이 일었다. 다시 일 분 쉬고 나머지 삼 분 동안 뒷정리를 했다. 그리고 천천히, 금방이라도 쓰러질 듯 부들부들 떨면서 복도로 나가 벽을 붙잡고 비틀비틀 걸어, 안뜰 너머의 막다른 골목으로 들어가서 주저앉았다.

"허리 계속 곧게 펴고! 아냐! 아냐! 아니라고!" 넋이 나가 있다시피 하던 케일은 퍼뜩 정신을 차렸다. 훈련장의 소리가 들리지 않고 아무것도 보이지 않을 정도로 과거의 기억에 사로잡혀 있었던 것이다. 평소에도 그런 일이 종종 있었지만 성소 같은 곳에서 정신을 놓고 있는 건 좋지 않았다. 여기서는 정신을 바짝 차리지 않으면 순식간에 불쾌한 일을 당하기 십상이었다. 다시 주위의 소리가 또렷이 들리고 훈련하는 광경도 선명하게 보였다. 곧 떠날 애콜라이트 스무 명이 한 줄로 서서 공격 대형을 훈련중이었다. 흉측한 얼굴과 엄청난 힘 때문에 '고릴라 길'이라고 불리는 리디머 길이 동작이 서툰 훈련병들을 여느 때와 다름없이 꾸짖고 있었다. "죽음의 문이 눈앞에 보이지 않느냐, 개빈?" 지긋지긋하다는 말투였다. "그렇게 계속 왼쪽 옆구리를 노출하다가는 그날이 올 거다." 울상 짓는 개빈을 보고 같은 줄의 애콜라이트들이 싱글거렸다. 리디머 길은 힘이 세고 못생겼지만 리디머들 중에서 그나마 가장 인간적인 자였다. 리디머 나브라틸과 더불어 특이한 경우였다. "넌 오늘 야간 훈련이야." 운 나쁜 개빈에게 길이 말했다. 개빈 옆의 소년이 웃음을 터뜨렸다. "너도 함께 해라, 그레고르. 그리고 너도, 홀더웨이."

그 줄 바로 뒤에, 기껏해야 일곱 살 정도로 보이는 작은 소년이 땅에서 7피트 높이의 나무 가로대를 두 손으로 붙잡고 매달려 있었다. 두꺼운 천으로 싼 묵직한 추가 여러 개 달린 혁대가 두 정강이에 묶여 있어 오만상을 지은 얼굴 위로 고통의 눈물이 흘러내리고 있었다. 밑에서는 하급 리디머가 소년에게 무거운 두 다리를 들어 완벽한 L자 모양을 만들라고, 대충하면 쳐주지 않겠다며 계속 다그쳤다. "울어봤자 소용없다. 제대로 하는 것만이 살 길이야." 소년이 리디머의 지시대로 하려고 낑낑대는 동안, 케일은 소년의 복부에 선명하게 도드라지는 여섯 개의 복근을 보았다. 어른의 복근처럼 단단하게 불룩 튀어나와 있었다. "넷!" 하급 리디머가 수를 셌다.

케일은 걸어가면서 소년 다섯 명을 지나쳤다. 그중 몇몇은 어디서나 볼 수 있는 소년들처럼 웃고 있었고, 열여덟 살짜리들은 중년 남자처럼 보였다. 대략 여든 명씩 조를 이룬 소년들은 서로 밀고 밀리면서 리듬에 맞춰 함성을 질러댔다. 마치 두 거인이 으르렁거리며 씨름하는 것 같았다. 한쪽에서는 오백여 명이 대형을 이루고 소리 없이 행진하면서 깃발 신호에 따라 방향을 바꿨다. 처음에는 왼쪽, 다음은 오른쪽, 곧이어 정지, 다시 후진하다가 다시 정지하고 앞으로 나아갔다. 어느덧 케일은 성소를 둘러싼 거대한 방벽에서 50야드쯤 떨어진 궁술 훈련장 가장자리에 다다랐다. 그곳에서 클라이스트가 자기보다 적어도 네 살은 많아 보이는 애콜라이트 열 명과 언쟁을 벌이고 있었다. 그는 녀석들이 쓸모없고, 꼴사납고, 솜씨도 없고, 치아 상태도 나쁘고, 미간도 너무 좁다면서 욕을 해댔다. 그가 케일을 발견하고 말을 멈췄다.

"늦었구나. 운좋은 녀석 같으니, 오늘은 프리모가 아파서 못 왔어. 안 그랬으면 혼꾸멍이 났을 텐데."

"원하면 언제든 해봐."

"나? 난 네가 있건 없건 상관 안 해. 너만 손해지 뭐."

케일은 대답 대신 어깨를 살짝 으쓱했다. 그 말이 옳을 수도 있다고 마지못해 인정한 것이다. 허리 위로 알몸을 드러낸 클라이스트의 상체는 다부지고 특이했다. 어른의 상체를 열네 살짜리의 머리와 다리 사이에 끼운 듯 등과 어깨가 유난히 발달되어 있었다. 특히 오른팔과 오른쪽 어깨의 근육이 왼쪽에 비해 훨씬 더 울룩불룩해서 기괴해 보일 정도였다.

"좋아." 클라이스트가 말했다. "뭐가 문제인지 한번 볼까?" 자신의 우월함을 뽐낼 기회가 온 걸 반기는 눈치였다. 그리고 자신이 즐기고 있다는 것도 케일이 알아차리길 간절히 바라고 있었다.

케일은 클라이스트가 건넨 커다란 활을 들고 시위를 볼까지 당겨 조준한 다음, 잠시 그대로 있다가 80야드 너머의 표적을 향해 화살을 쏘았다. 케일은 화살이 활을 떠날 때도 끙 소리를 냈다. 화살은 크기와 모양이 사람 몸뚱이 같은 표적 쪽으로 포물선을 그리며 날아가다가 몇 피트나 벗어나버렸다.

"빌어먹을!"

"오, 맙소사." 옆에서 클라이스트가 이죽거렸다. "저런 걸 본 게 얼마 만인지…… 기억도 안 나는걸. 전에는 잘했잖아. 대체 어쩌다 그런 나쁜 버릇들이 생긴 거야?"

"제대로 쏘려면 어떻게 해야 하는지나 알려줘."

"아, 아주 간단해. 넌 시위를 그냥 놔야 하는 순간에 확 퉁겨. 이런 식으로." 클라이스트는 자기 활의 시위를 퉁겨 케일이 뭘 잘못하는지 보여주고 제대로 쏘는 요령을 알려주었다. 재미있어 죽겠다는 표정이었다. "게다가 활을 쏠 때 입을 벌리고, 쏘기 전에 시위를 당긴 팔이 내려가." 케일이 반박하려 들자 클라이스트는 가로막았다. "그리고 화살을 잡은 손도 동시에 앞으로 움찔거려."

"좋아, 알았어. 해결책이나 말해봐. 그저 나쁜 버릇이 조금 생긴 거잖아."

클라이스트는 이 사이로 숨을 들이쉬면서 한껏 과장된 표정을 지었다.

"단순히 나쁜 버릇 때문이 아닌 것 같은데? 어쩌면 강박성 능력 저하일지도 몰라." 그는 손가락으로 자기 머리를 가리키며 말을 이었다. "여기에 문제가 생긴 거야, 친구. 생각해보니 너처럼 심한 경우는 처음 봤어."

"그거 지어낸 말이지?"

"증세는 여러 가지야. 현기증, 경련 등등. 알려진 치료법은 없어. 입이 벌어지고 팔이 내려가는 것은 네 영혼의 상태를 알려주는 외적 징표지. 진짜 문제는 네 정신 속에 있거든." 클라이스트가 화살을 활에 걸고 시위를 당겨 쏘았다. 모두가 우아하게 한 동작으로 이루어졌다. 아름답게 포물선을 그리며 날아간 화살이 경쾌한 소리를 내면서 표적 한가운데 꽂혔다. "봐. 완벽하지. 내적인 아름다움의 외적 징표야."

케일이 웃기 시작했다. 그는 뒤로 돌아서서 벤치에 놓인 화살통으로 다가갔다. 그때 훈련장 한가운데를 가로질러 리디머 길에게 걸어가는 보스코가 보였다. 곧이어 리디머 길이 한 애콜라이트에게 앞으로 나오라고 손짓했다. 케일의 뒤에서 나직한 목소리가 들렸다. "쉭!" 고개를 돌려 뒤를 보니, 클라이스트가 자기 활로 멀리 떨어진 보스코를 몰래 겨누면서 화살 날아가는 소리를 내고 있었다.

"해봐. 그럴 배짱 있으면."

클라이스트가 웃음을 터뜨리더니 조금 떨어진 곳에 앉아 떠들고 있는 제자들 쪽으로 돌아섰다. 그중 한 명인 도노반은 늘 안타고니스트의 사악함에 대해 떠드는 녀석인데, 오늘도 잠시 쉬는 틈을 타서 설교를 시작했다. "그자들은 천국으로 가기 전에 죄를 불태우는 곳인 연옥을 믿지 않아. 이신득의*를 믿지." 듣고 있던 애콜라이트들 중 몇 명이 말도 안 된다는 듯 헉하고 숨을 내뱉었다. "그자들은 우리 모두가 리디머의 선택에 의해 구원이나 저주를 받는다고

---

* '오직 믿음으로서만 정의롭게 된다'는 뜻으로, 그리스도를 믿기만 하면 선행 여부와 상관없이 구원받는다는 개념.

주장해. 우린 그걸 바꿀 수 없다는 거야. 그리고 주정뱅이의 노래에서 곡을 가져다 자기들 찬송가로 써먹지. 놈들이 믿는 목 매달린 리디머는 애초에 존재하지 않았으니, 고해를 두려워하는 그들은 죄를 짊어진 채 죽을 거야. 평생 지은 죄를 모두 영혼에 새기고 저주 속에서 이승을 하직할 거라고."

"입 닥쳐, 도노반." 클라이스트가 끼어들었다. "훈련이나 해."

애콜라이트가 케일에게 전할 메시지를 갖고 떠나자, 보스코는 리디머 길을 손짓으로 불러 아무도 듣는 이 없는 곳으로 데려갔다.

"안타고니스트들이 라코니아 용병단과 교섭하고 있다는 소문이 들려."

"확실합니까?"

"소문 치고는 믿을 만해."

"그렇다면 걱정스러운 일이로군요." 퍼뜩 한 가지 생각이 떠오른 길이 물었다. "놈들이 우리를 무너뜨리려면 용병이 만 명 이상 필요합니다. 그 비용을 어떻게 감당하죠?"

"안타고니스트들은 라우리움에서 은 광산을 여럿 발견했다네. 이건 소문이 아니야."

"주여, 굽어살피소서. 지금 우리에게 라코니아 용병단을 상대할 만한 병력은 고작 몇천…… 삼천 정도뿐입니다. 그자들의 명성은 과장이 아닙니다."

"주님은 스스로 돕는 자를 도우시지. 주님의 영광이 아니라 오로지 돈을 위해서만 싸우는 자들을 쓸어버릴 수 없다면 우리는 몰락해야 마땅해. 이것은 시험이며, 기꺼이 받아들여야 하네." 보스코가 빙그레 웃으며 덧붙였다. "설령 불과 칼, 지하 감옥이 기다린다 해도 말이야. 안 그런가, 리디머?"

"글쎄요, 전투 로드. 이것이 시험이라면 저로서는 어떻게 통과해야 할지 알 수 없군요. 그리고 제가 모른다면 그걸 아는 리디머는 없습니다. 제 교만의 죄를 용서하십시오."

"확실한가? 정말로 아무도 없을까?"

"무슨 말씀을 하시는 거죠? 제 앞에서 속내를 감추실 필요는 없습니다. 저는 당신께 더 나은 대접을 받을 자격이 있습니다."

"물론이지. 내 의심에 대해 사과하네." 그는 자기 가슴을 가볍게 세 번 치고 말을 이었다. "메아 쿨파. 메아 쿨파. 메아 막시마 쿨파(이는 내 죄로소이다, 내 죄. 내 크나큰 죄로소이다). 전부터 나 이런 것을 예상했다네. 늘 우리의 믿음이 가혹한 시험에 들 거라고 느꼈지. 주님이 우리를 구원하려고 리디머를 보내셨지만 인류는 신의 선물인 그를 교수대에 매달아 화답했으니까." 신의 사자였던 리디머의 처형은 천년 전의 일이건만, 보스코는 마치 무언가를 목격했기라도 한 듯 먼 곳을 응시하며 눈빛이 흐려지기 시작했다. 그러고는 최근에 겪은 끔찍한 슬픔이 떠오른 듯 다시 깊은 한숨을 쉬고 길을 똑바로 보았다. "내가 더 해줄 수 있는 말은." 그는 길의 어깨를 가볍게 두드리면서 다정하게 말했다. "만약 그 소문이 사실이라면 내 노력이 헛되지 않았다는 것뿐일세. 변절자인 안타고니스트 무리를 파멸시키고, 신의 유일한 사자를 죽인 가공할 죄를 바로잡을 길을 찾으려는 노력 말이야." 그러고는 길을 향해 싱긋 웃었다. "새로운 작전을 구상해놓았네."

"무슨 말씀인지 모르겠군요."

"군사 작전은 아니야. 세상을 보는 새로운 방식이지. 이제 우리는 안타고니스트 문제만 생각해서는 안 돼. 인간의 악을 몰아낼 궁극의 해결책을 생각해야 한다네."

보스코는 길에게 더 바짝 다가오라고 손짓하고 목소리를 한층 낮췄다.

"우리는 너무 오랫동안 안타고니스트의 이교 행위, 그들과의 전쟁만 생각했어. 그들이 무얼 하는지, 무얼 하지 않는지만 생각했지. 그들보다 더 중요한 목적이 있다는 걸, 하나의 참된 신과 하나의 참된 믿음 이외에 어떤 신도 믿음도 용납해선 안 된다는 걸 잊었다네. 우리는 마치 이 전쟁이 목적인 것처럼 집착하게 됐어. 그 결과 온갖 다툼으로 점철된 이 세상에서 또하나의 다툼에 지나지 않는 것에 사로잡혀 있는 거야."

"죄송합니다만, 로드, 동부 전선은 천 마일에 이르고 시체도 수십만 구를 헤아립니다. 결코 사소한 다툼이 아닙니다."

"우리는 오로지 이득이나 권력 때문에 전쟁을 일삼는 마테라치 가문이나 제인 가문이 아니라네. 하지만 지금은 그런 꼴이 됐지. 만인이 만인의 적인 전쟁에서 여러 세력 가운데 하나일 뿐이야. 그들처럼 우리도 승리를 갈망하고 패배를 두려워하니까."

"패배를 경계하는 건 옳은 일입니다."

"우리는 리디머 그분을 통해 지상에서 주님의 대리인이 되었다네. 하지만 두려움에 사로잡힌 나머지 우리의 유일한 존재 목적을 망각했지. 따라서 이제 모든 것이 바뀌어야 해. 영원한 타락이 아닌 한 번의 타락으로 끝내는 거야. 주님이 우리 편이라고 믿어야 해. 믿는 척하는 게 아니라 진심으로 믿는다면, 앞으로는 오로지 압도적인 승리만을 추구해야 한다네."

"그것이 당신의 뜻이라면 따르겠습니다, 로드."

보스코가 아름다운 목소리로 웃었다. 정말로 기뻐하는 눈치였다.

"물론 나의 뜻이라네, 친구."

케일과 클라이스트 모두 애콜라이트가 다가오는 것을 느꼈다. 그 애콜라이트는 언짢은 메시지를 전할 기회가 생겨 즐거워하고 있었다. 언짢은 메시지일 거라고 확신하는 눈치였다. 그가 입을 열려고 하자 클라이스트가 선수를 쳤다.

"뭐야, 솔크? 난 바빠."

일부러 메시지를 천천히 전하면서 약을 올리려던 솔크가 순간 당황했다.

"안됐구나, 클라이스트. 너랑은 상관없는 일이야. 리디머 보스코가 케일더러 야간 기도 후에 자기 방으로 오래."

"알았어." 클라이스트는 지극히 일상적인 일이라는 듯 무덤덤하게 쏘아붙였다. "이제 그만 꺼져."

적대적인 무관심과 묘하게 노려보는 케일의 눈길에 어리둥절해진 솔크는 관심 없다는 듯 침을 뱉고 가버렸다. 케일과 클라이스트는 마주보았다. 다른 소년이라면 자신을 만나러 오라는 전투 로드의 전갈을 받고 겁에 질렸을 것이다. 하지만 보스코의 직속 애콜라이트인 케일에게는 드문 일이 아니었다. 이상한 점이라면 밤늦게 자기 방으로 불렀다는 점이었다. 이런 일은 지금껏 한 번도 없었다.

"보스코가 알고 있으면 어쩌지?" 클라이스트가 물었다.

"그랬다면 우린 이미 '특별한 목적의 집'에 들어갔을걸."

"일부러 고민하게 하려는 거겠지. 보스코는 그러고도 남아."

"그럴 수도 있지. 하지만 지금 우리가 할 수 있는 일은 없어." 케일은 활시위를 당기고 잠시 멈췄다가 화살을 날렸다. 표적을 향해 포물선을 그리며 날아간 화살은 족히 12인치는 빗나갔다.

세 소년은 이미 저녁식사에 빠지기로 합의했다. 애콜라이트가 정해진 장소가 아닌 곳에 있는 것은 위험한 짓이었다. 하지만 아무리 음식이 역겨워도 늘 굶주려 있는 애콜라이트가 식사에 불참한다는 건 상상할 수 없었다. 그런 이유로 저녁식사 시간은 리디머들의 감시가 가장 허술한 때였으며, 덕분에 케일과 클라이스트는 손쉽게 제4바실리카 뒤에 숨어 베이그 헨리가 성물실에서 음식을 가져오길 기다렸다. 이번에는 음식을 천천히 조금만 먹었다. 하지만 십 분이 지나자 모두 배가 아팠다.

삼십 분 뒤, 케일은 전투 로드의 방 앞 어두컴컴한 복도에 서 있었다. 한 시간 뒤에도 여전히 서 있었다. 이윽고 무쇠로 만든 문이 열리더니, 훤칠한 키의 보스코가 서서 케일을 바라보았다.

"들어오너라."

케일이 보스코를 따라 들어간 방안은 복도보다 조금 덜 침침할 뿐이었다. 지금껏 이 비밀스러운 사내의 사적인 면모를 보고 싶어 했다면 케일은 실망했을 것이다. 방금 들어온 방에는 다른 방들로 통하는 문은 여럿 있지만 전부 닫혀 있었고, 보이는 거라고는 서재와 그 안에 있는 약간의 물건들뿐이었다. 책상에 앉은 보스코는 앞에 놓인 서류 한 장을 살펴보았다. 케일은 서서 기다렸다. 그 서류가 파란 자루 열두 개의 회수 요청서이거나, 어쩌면 자신의 사형집행 영장일 거라고 생각하면서.

몇 분 뒤 보스코가 고개를 들지 않은 채 가볍게 심문하는 투로 말했다.

"나한테 하고 싶은 말 있느냐?"

"없습니다, 로드." 케일이 대답했다.

보스코는 여전히 고개를 들지 않았다.

"네가 나한테 거짓말을 하면, 나는 곤경에 처한 네게 아무것도 해줄 수가 없다." 그는 케일의 눈을 똑바로 쳐다보았다. 한없이 차갑고 한없이 어두운 눈빛이었다. 마치 죽음이 바라보는 것 같았다. "그러니 다시 묻겠다. 나한테 하고 싶은 말 있느냐?"

케일은 흔들림 없는 눈빛으로 내뱉었다. "없습니다, 로드."

전투 로드는 눈길을 돌리지 않았다. 케일은 자신의 의지가 녹아내리기 시작하는 것을 느꼈다. 마치 영혼에 무슨 산酸이 끼얹어지는 것 같았다. 솔직히 털어놓고 싶은 섬뜩한 욕망이 목구멍을 타고 올라오기 시작했다. 그것은 어릴 때부터 줄곧 알고 있던 것에 대한 두려움이었다. 눈앞의 리디머가 전능한 자라는 것, 고통과 괴로움이 늘 이 사내를 따라다닌다는 것, 그의 앞에서는 살아 있는 모든 것이 조용해진다는 것.

보스코는 다시 서류를 내려다보더니 서명했다. 그러고는 서류를 접어 빨간색 밀랍으로 봉인한 다음 케일에게 건넸다.

"이걸 규율 로드에게 가져다주거라."

차가운 바람 한줄기가 케일을 훑고 지나갔다.

"지금요?"

"그래. 지금."

"날이 어두워졌습니다. 몇 분 뒤면 기숙사 문이 잠길 텐데요."

"그건 걱정 마라. 내가 조치해뒀다."

리디머 보스코는 고개도 들지 않고 다시 무언가를 쓰기 시작했다.

케일은 움직이지 않았다. 리디머가 다시 고개를 들었다.

"다른 용건 있느냐, 케일?"

케일의 마음속 본능과 본능이 싸웠다. 자백하면 리디머가 도와줄지도 모른다. 케일은 어쨌거나 보스코의 직속 애콜라이트니까. 어쩌면 구해줄지도 모른다. 하지만 케일의 영혼 속에서 다른 존재들이 비명을 질러대기 시작했다. '절대로 자백하지 마! 절대로 잘못을 인정하면 안 돼! 절대로! 항상 모든 걸 부정해. 항상.'

"없습니다, 로드."

"그럼 어서 가라."

뒤로 돌아선 케일은 달아나고 싶은 충동과 싸우면서 문으로 걸어갔다. 밖으로 나와 철문을 닫은 그는 투명한 유리를 들여다보듯 방을 노려보았다. 증오와 혐오가 가득한 눈빛으로.

가장 가까운 복도로 걸어가던 케일은 벽감에 세워놓은 양초의 침침한 불빛 아래 멈춰 섰다. 이것이 보스코의 계획적인 시험이라는 생각이 들었다. 일부러 편지를 열어볼 기회를 준 게 아닐까. 그런 짓을 했다가는 즉각 처형당할 터였다. 만약 보스코가 어제 일을 알고 있다면, 이건 규율 로드에게 케일을 죽이라고 지시하는 편지일 수도 있었다. 케일에게 자신의 사형집행 영장을 손수 전하게 하는 것. 보스코는 그런 짓을 하고도 남을 위인이었다. 하지만 별일 아닐 수도 있었다. 틈만 나면 끊임없이 케일을 시험하려 드는 전투 로드의 또다른 장난일지도 몰랐다.

숨을 깊이 들이마신 케일은 두려움에 사로잡히지 않고 상황을 직시하려고 애썼다. 물론 답은 뻔했다. 어차피 이 편지 때문에 불쾌하고 괴로운 일을 당하겠지만, 치명적인 내용까지는 없을 듯싶었다. 그러나 일단 열어보면 죽음을 면하기 어려울 것이었다. 마음을 다잡은 케일은 규율 로드의 사무실 쪽으로 걷기 시작했다. 최악의 사태가 벌어지면 어쩌나 하는 걱정에 수많은 망치들이 머릿속을 때리는 기분이었다.

십 분 뒤, 미로처럼 얽히고설킨 복도를 헤매느라 잠깐 길을 잃었던 케일은 가까스로 '구원의 방'에 다다랐다. 짙은 어둠 속에 서서 거대한 문을 바라보고 있자니, 분노와 두려움에 심장이 쿵쾅거리기 시작했다. 잠시 후 그는 문이 잠겨 있지 않고 아주 조금 열려 있음을 알아차렸다.

어찌해야 좋을지 생각하느라 케일은 잠시 머뭇거렸다. 그는 들고 있던 문서를 내려다보다가 안이 보일 정도로만 문을 살짝 밀었다. 방 끄트머리에서 규율 로드가 뭔가의 위에 몸을 숙인 채 노래를 흥얼거리고 있었다.

우리 선조들의 믿음은 여전히 살아 있노라
불과 칼, 지하 감옥에도 아랑곳없이
다 덤 디 덤 디 덤 디 덤 덤
다 덤 디 덤 디 덤 디 덤
우리 선조들의 믿음, 덤 디 덤
우리는 죽을 때까지 주님께 진실하리라

잠시 후 그가 노래와 콧노래를 멈추고 무언가에 몹시 열중하기 시작했다. 양초로 불을 밝혀 놓은 그곳만 유난히 환했는데, 규율 로드의 구부정한 몸뚱이가 빛을 가리고 있어 마치 따스하고 환한 돔처럼 보였다. 이윽고 어둠에 눈이 익자 케일은 규율 로드가 가로 6피트 세로 2피트의 나무 탁자 위에 몸을 숙이고 있으며, 탁자 위에 무언가가 누워 있다는 것을 알아차렸다. 끄트머리는 천에 싸여 있었다. 잠시 후 콧노래가 다시 시작되었고, 규율 로드가 옆으로 몸을 돌리더니 작고 딱딱한 물건을 철판에 떨어뜨렸다. 그러고는 철판 옆에 놓인 가위를 집어들고 다시 일을 시작했다.

그들의 후손은 행복한 운명을 맞이하리라
그들처럼 주님을 위해 죽을 수 있다면!
다 덤 디 덤 디 덤 디 덤 디 덤
다 덤 디 덤 디 덤 디 덤

케일은 문을 조금 더 열었다. 방안에서 가장 컴컴한 곳에 또하나의 탁자가 있고 그 위에도 무언가가 누워 있었지만, 어둠에 가려서 잘 보이지 않았다. 그때 규율 로드가 다시 몸을 세우고 오른쪽에 있는 낮은 벽장으로 다가가 서랍을 들척거리기 시작했다. 케일은 멍하니 바라보기만 할 뿐, 규율 로드가 하는 일이 똑똑히 보이는데도 눈앞에서 벌어지는 일을 이해할 수가 없었다. 규율 로드는 탁자 위에 놓인 시신을 해부중이었다. 가슴은 하복부까지 뛰어난 솜씨로 절개되어 열려 있었다. 각 부위의 피부와 근육들은 신중하고 정확하게 잘라져 추처럼 생긴 물건을 달아 절개 부위 바깥쪽으로 당겨져 있었다. 케일이 큰 충격을 받은 것은 이렇게 훤히 내보이는 시신 때문이 아니었다. 사실 시신이라면 전에도 많이 봤다. 케일이 받아들이기 힘들었던 것은 그것이 여자의 몸이라는 점이었다. 게다가 아직 죽지도 않은 여자. 탁자 가장자리 너머로 늘어진 여자의 왼손이 몇 초마다 움찔거렸다. 그사이 규율 로드는 계속 서랍을 뒤적이면서 흥얼거리고 있었다.

케일은 등가죽을 따라 거미 떼가 기어다니는 것 같은 기분이 들었다. 지금은 규율 로드가 불빛을 가리지 않아 다른 탁자 위에 있는 것도 보였다. 그것도 여자였다. 여자는 손발이 묶이고 재갈이 물린 채, 소리를 지르려고 기를 쓰고 있었다. 그리고 케일은 그녀를 알았다. 이제 훔쳐본 축하 의식 한가운데서 하얀 옷을 입고 즐겁게 웃던 두 아가씨 중 더 아름다운 여자였다.

규율 로드가 콧노래를 멈추고 꼿꼿이 일어서더니, 여자를 내려다보면서 아주 다정하게 말했다.

"조용히 하렴."

그러고는 다시 허리를 숙이고 노래 부르며 계속 뭔가를 찾는 데 열중했다.

짧은 인생이었지만 지금껏 살아오면서 케일은 섬뜩한 광경을 많이 보았다. 온갖 끔찍하고 잔인한 행위, 형언하기 힘든 고통도 겪었다. 하지만 지금 이 순간 눈앞에서 벌어지는 일에 몹시 충격을 받았으며, 여자가 해부되는 광경을 이해할 수가 없었다. 여자의 손은 점점 움직임이 줄어들었다. 이윽고 아주 천천히, 케일은 문에서 멀어지면서 왔던 길로 다시 조용히 걸어가기 시작했다.

5

"아!" 규율 로드인 리디머 피카르보가 탄성을 질렀다. 찾던 물건을 발견해서 몹시 기뻐하는 눈치였다. 끝에 날카로운 집게가 달린 길고 가는 꼬챙이였다. "주님을 찬양할지어다." 피카르보는 그 도구를 시험해보았다. 짤깍! 짤깍!

흡족한 표정을 지으며 탁자 위의 여자 쪽으로 돌아선 그는 섬뜩하면서도 아름답게 난 상처를 골똘히 들여다보았다. 그리고 이제는 생기가 없는 손을 살며시 들어 옆구리에 놓았다. 오른손에 쥔 꼬챙이로 일을 시작하려 할 때, 방구석 탁자에 누워 있는 여자가 비명을 지르려고 다시 기를 쓰기 시작했다. 이번에는 피카르보가 인내심이 바닥났는지 좀더 단호하게 말했다.

"조용히 하라니까." 그가 빙그레 웃었다. "걱정 마. 금방 놓아줄 테니까."

소리를 들었는지 아니면 단순히 오랜 경험에서 비롯된 본능 때문인지, 규율 로드가 획 돌아서서 팔을 들어 케일이 뒤통수를 노리고 날린 일격을 막아냈다. 리디머 피카르보가 케일의 손목 밑을 잡았다. 워낙 강하게 날린 일격이라 케일이 쥐고 있던 벽돌 반 토막은 방을 가로질러 날아가 벽장에 부딪혔고, 쾅 소리와 함께 산산이 부서졌다. 케일이 균형을 잃고 비틀거리자 규율 로드가 그를 왼쪽으로 세차게 밀어 결박당한 여자가 누워 있는 탁자 밑으로 내동댕이쳤다. 그녀는 재갈 물린 입으로 다시 비명을 질렀다.

리디머는 너무 놀라 케일을 멍하니 바라보았다. 애콜라이트가 그를 공격한다는 건 있을 수 없는 일이었다. 이곳 성소에서는 언제 어느 곳에서도 불가능한 일이었다. 지난 천년 동안 그런 사건은 소문으로도 없었다. 두 사람은 잠시 서로 노려보았다.

"미쳤어? 여기서 뭐하는 거냐?" 광포한 분노에 사로잡힌 리디머가 다그쳤다. "이 일로 네놈은 목이 매달리고…… 사지가 찢길 것이다. 교수대에 매달린 채 아직 살아 있는 너의 배를 가르고 창자를 꺼내 네 눈앞에서 불태울 것이다. 그리고……"

정신없이 폭언을 쏟아내던 그가 말을 멈췄다. 자신이 공격당했다는 놀라움에 새삼 압도된 것이다. 케일은 충격을 받아 낯빛이 하얘졌다. 규율 로드가 한쪽으로 돌아서더니 푸주한이 쓰는 칼처럼 생긴 것을 집어들었다. 실제로 푸줏간에서 쓰이는 칼이었다.

"지금 그렇게 해주지, 이 어린 똥자루야." 그가 쓰러진 소년에게 다가와 두 다리를 벌리고 서서 칼을 쳐들었다. 그 순간 케일이 옆에 떨어져 있던 꼬챙이를 잽싸게 집어 규율 로드의 허벅지를 찔렀다.

리디머가 휘청거리면서 뒤로 물러났다. 아파서가 아니라 한층 더 놀라서였다. 이런 놀라움을 느낄 수 있을 거라곤 상상한 적도 없었다.

"나를 찌르다니!" 그가 소리쳤다. 놀랍고, 믿을 수 없고, 신기한 듯이. "네가 나를 찌르다니." 그는 소년을 내려다보았다. "맹세코 네놈을 천천히 죽여주마. 아무래도 그래야만……" 불현듯 리디머의 말이 도중에 멈췄다. 마치 까다로운 질문을 받은 듯 당황한 표정이 얼굴에 번졌다. 무언가에 귀를 기울이는 것처럼 고개가 한쪽으로 기우뚱했다.

이윽고 그가 천천히 주저앉았다. 마치 자애로운 거인의 손에 눌리는 것처럼. 그가 케일을 바라보는 동안 소년은 뒤로 움직이면서 그에게서 멀어졌다. 그때 규율 로드가 자신의 다리를 내려다보았다. 커다란 핏물 웅덩이가 수단 자락을 물들이고 있었다. 갑자기 케일은 겁먹은 소년 같지도, 성난 살인자 같지도 않아 보였다. 묘하게 차분해진 그는 호기심 많은 어린아이 같았다. 무척 흥미롭지만 엄청나게 신기하지는 않은 무언가를 바라보는 어린아이. 당황한 리디머 피카르보가 수단 자락을 당기자, 시뻘겋게 물든 속바지까지 드러났다. 그는 모욕당한 듯한 표정으로 옷에서 손을 떼고 케일을 바라보았다. '네가 무슨 짓을 했는지 보이느냐?'라고 말하는 것 같았다. 그러고는 상처 부위의 속바지를 찢어 허벅지 살갗을 드러냈다. 그 작은 상처에서 피가 울컥울컥 계속 쏟아져나오고 있었다. 그는 완전히 얼이 빠진 표정으로 상처를 내려다보다가 똑같은 표정으로 케일을 쳐다보았다. "수건을 가져다다오." 이윽고 죽은 여자 근처의 탁자 위에 쌓인 커다란 걸레 더미를 가리키며 그가 말했다. 케일은 자리에서 일어섰지만 그대로 서 있었다. 지금 보이는 것의 일부만이 진짜 같았다. 눈앞에 있는 리디머는 손으로 지혈하려고 애쓰면서, 많지는 않지만 몹시 불편할 정도로 피를 쏟았다는 듯 짜증스럽게 탄식하고 있었다. 시커먼 피 얼룩이 바닥을 가로지르면서 거침없이 퍼졌다. 케일은 그 광경과 그것의 의미를 도저히 받아들일 수가 없었다. 마음 한구석에서 방금 자신이 한 짓을 이해하지 못했다. 어쩐지 일 분 전의 상황으로 되돌아갈 수 있을 것만 같았다. 오래 기다릴수록 모든 것을 원래대로 되돌리기가 어려워질 것 같았다. 하지만 할 수 있는 일이 없다는 것도 알고 있었다. 모든 것이 변했다. 완전히 변했다. 끔찍하게 변했다. 문득 리디머들의 금언집에서 골백번 들었던 구절이 머릿속에 떠올라 끊임없이 되뇌어졌다. '우리는 땅에 쏟아져 다시는 주워담을 수 없는 물과 같도다.' 케일이 마비된 채 계속 지켜보는 동안, 피카르보는 몹시 피곤한 듯 뒤로 몸이 기울어지기 시작했다. 먼저 팔꿈치를 땅에 대더니, 이어서 등을 대고 누웠다.

케일이 지켜보는 가운데 그의 숨이 멎고 눈빛이 흐려졌다. 제50대 규율 로드인 리디머 피카르보가 죽었다.

6

클라이스트는 숨이 막히고 몸이 눌리는 느낌에 잠에서 깼다. 이유는 간단했다. 케일이 손으로 클라이스트의 입을 막고 베이그 헨리가 클라이스트의 두 손을 옆구리에 찰싹 붙이고 있었다.

“쉬잇! 우리야, 케일과 헨리.” 케일은 클라이스트가 버둥대지 않을 때까지 기다렸다가 손을 치웠다. 헨리도 손의 힘을 풀었다. “당장 우리랑 같이 가야 해. 여기 있다가는 죽어. 갈래?”

클라이스트가 일어나 앉더니 달빛 어린 어둠 속의 베이그 헨리를 바라보았다.

“정말이야?”

헨리가 고개를 끄덕였다. 클라이스트가 한숨을 쉬고 일어섰다.

“스파이더는 어디 있어?” 클라이스트가 기숙사 담당 리디머를 찾느라 주위를 둘러보며 물었다.

“담배 피우러 갔어. 얼른 여기서 나가야 해.”

케일이 돌아서서 걸어가자 나머지 두 소년도 따라갔다. 도중에 케일이 멈춰 서더니, 자는 척하는 소년 위로 허리를 낮게 숙였다. "스파이더한테 한마디라도 하면 네놈의 창자를 끄집어내줄 거야, 꼬맹아. 알았지, 사비오?" 자는 척하는 소년이 눈도 뜨지 않고 고개를 끄덕이자 케일은 다시 움직였다.

문은 열려 있었다. 평소 부주의한 스파이더가 잠그지 않고 나간 것이었다. 문밖으로 나온 케일은 친구들을 데리고 앰보로 간 후, 벽에 바싹 붙은 채 목 매달린 리디머 상이 있는 곳까지 가서 전날 발견한 입구로 향했다.

"뭐가 어떻게 된 거야?" 클라이스트가 물었다.

"조용이 해."

케일은 문을 밀어 열고 나머지 두 소년을 안으로 들여보냈다. 그리고 촛불을 켰다. 이제껏 그렇게 환한 불빛은 본 적이 없었다.

"이 문은 어떻게 열었어?" 클라이스트가 물었다.

"쇠지레로."

"그 초는 어디서 난 거야?"

"쇠지레를 구한 곳에서."

클라이스트가 베이그 헨리를 바라보았다. "넌 알아? 뭐가 어떻게 된 건지." 베이그 헨리가 고개를 저었다. 케일이 터널의 왼쪽 끄트머리로 가서 초를 쳐들었다.

"맙소사!" 바닥에 웅크리고 있는 겁먹은 형체를 보고 클라이스트가 소리쳤다.

"괜찮아." 케일이 여자 쪽으로 몸을 숙이며 말했다. "도와주러 온 애들이니까." 별로 자신 없는 말투였다.

"무슨 일인지 어서 말해." 클라이스트가 씩씩거렸다. "안 그러면 지금 이 자리에서 너랑 한판 뜰 거니까."

케일이 클라이스트를 바라보면서 살짝 음침한 미소를 지었다.

"잘 들어." 케일이 촛불을 불어 껐다. 이십 분 뒤, 그는 이야기를 마치고 다시 촛불을 켰다.

두 소년은 케일과 여자를 번갈아 바라보았다. 방금 들은 이야기에 놀랐지만 여전히 그 여자 때문에 얼이 빠져 있었다. 잠시 후 클라이스트가 정신을 차렸다.

"그자는 네가 죽였어, 케일. 어째서 우릴 끌어들인 거야?"

"멍청하기는. 내가 죽였다는 걸 알면 놈들은 헨리를 고문할 거야. 우리가 친구인 걸 아니까. 결국 헨리 때문에 너까지 엮이겠지. 네가 살려면 이 수밖에 없어."

"하지만 난 이 일과 전혀 무관한걸."

"그렇다고 뭐가 달라지는데? 지난 며칠 동안 넌 사람들이 보는 데서 나랑 적어도 두 번은 얘기했어. 놈들은 너를 본보기 삼아 죽일걸. 후환을 남기지 않으려고."

"무슨 계획이라도 있는 거야?" 헨리가 진정하려고 애쓰면서 겁먹은 얼굴로 물었다.

"응. 어쩌면 실패할지도 모르지만. 그래도 가능성은 있어." 케일은 다시 촛불을 불어 끄고 친구들에게 자신의 계획을 알려주었다.

"네 말이 맞아." 이야기가 끝나자 클라이스트가 말했다. "틀림없이 실패할 거야."

"그럼 더 좋은 계획이라도……?" 케일은 일부러 말을 끝맺지 않았다. 잠시 후 그는 다시 켠 양초를 여자에게 가까이 댔다. 여자는 두 팔로 자기 몸을 안고 와들와들 떨면서 먼 곳을 응시하고 있었다.

"넌 이름이 뭐니?" 케일이 물었다. 여자는 처음에는 듣지 못한 것 같았지만, 이윽고 눈을 돌려 케일을 물끄러미 쳐다보았다. 하지만 아무 말도 하지 않았다.

"딱하기도 해라." 베이그 헨리가 중얼거렸다.

"딱하면 뭘 어쩔 건데? 네 걱정이나 해." 구석에 웅크리고 있는 이상한 존재와 두려움 사이에서 혼란에 빠진 클라이스트가 콧방귀를 뀌며 말했다.

케일이 일어서서 베이그 헨리에게 초를 건넨 다음 문으로 다가갔다.

"지금이야." 그가 말했다.

헨리가 촛불을 불어 껐다. 문이 열리고 닫히는 소리가 들렸다. 그리고 베이그 헨리와 클라이스트는 여자와 함께 새까만 어둠 속에 남았다.

성소 안을 쏘다니는 동안 그날 일어난 사건들이 안겨준 충격이 가라앉기 시작했다. 물론 어두운 곳을 골라 다녔지만 케일의 마음은 이제 한결 차분해졌다. 그는 평생 가지고 있던 습관들이 점점 사라지고 있음을 깨달았다. 언제나 감시당하고 있다고, 모든 행동을 주시하면서 보고하려고 벼르는 눈들이 도사리고 있다고 의식했었다. 리디머들은 불순한 말이나 생각에 대해 가혹한 처벌을 내리고 자신들의 뛰어난 기술로 감시하는 한 애콜라이트들이 옴짝달싹 못할 거라고 생각했다. 밤에는 애콜라이트들이 녹초가 된 채 기숙사에 갇히고 그 결과가 두려워서라도 탈출을 시도조차 하지 못하기 때문에, 광기 어린 경계를 늦춰도 된다고 생각했다. 밤에 성소를 쏘다니는 건 이번이 세번째였지만, 지난 몇 시간 동안 케일은 고작 리디머 하나만을 멀리서 보았을 뿐이다.

묘한 흥분이 온몸에 퍼졌다. 그가 증오하던 사람들, 너무 강해서 무적처럼 보이던 자들이 실은 그렇지 않았다. 그는 보스코를 속였고, 규율 로드를 죽였으며, 지금은 성소 안을 마음껏 돌아다니고 있었다. 거만해지지 말라는 경고의 소리가 가슴속 깊은 곳에서 들려왔다.

'조심하지 않으면 교수대에 매달릴 거야.'

하지만 아무리 생각해도 규율 로드의 방으로 돌아가야 할 것 같았다. 너무 무모한 짓이라는 건 알고 있었다. 여자와 함께 방에서 나올 때 몇 가지 물건을 가져오긴 했지만, 그들 네 명이 성소 밖에서 살아남으려면 다른 물건을 조금 더…… 사실 뭐가 필요할지 막막했다. 그러나 죽은 사내의 방에서 쓸모 있는 물건을 엄청 찾아낼 수 있는 기회를 포기하는 건 어리석은 짓이었다. 운이 따른다면 죽은 리디머는 네 시간은 지나야 발견될 터였다.

십 분 뒤, 케일은 다시 피카르보의 시신 위에 섰다. 잠시 망설이다가 방안을 뒤지기 시작했다. 물건이 너무 많아서 기분이 묘했다. 애콜라이트들은 자기 물건을 소유할 수 없었다. 리디머들도 겨우 일곱 개만 소유할 수 있었다. 여덟 개나 여섯 개가 아니라 일곱 개인 까닭은 아무도 몰랐다. 피카르보의 방에는 물건이 가득했다. 대부분 케일이 모르는 것들이라 시간만 있다면 손안에서 이리저리 굴리며 용도를 궁리해보고 싶었다. 오소리 털로 만든 면도솔을 건드려보고, 향기로운 냄새가 나는 미끈미끈한 비누도 만져보았다.

정말 신기하고 재미있었다. 하지만 이내 죽음이 호기심에 찬물을 끼얹자, 그는 쓸 만한 물건들을 골라 역시 방에서 찾아낸 배낭에 넣기 시작했다. 작은 칼 몇 자루, 전에 보스코가 성가퀴에서 사용하는 걸 본 적이 있는 멋진 망원경, 피카르보의 의료 기구를 벼리는 도구, 리넨 자루, 상처 치료에 쓰는 걸 본 적이 있는 약초 몇 가지, 가는 바늘, 실, 끈 뭉치. 벽장들도 뒤져보았지만 대부분 여자들의 신체 장기 표본을 보존하는 데 쓰이는 쟁반들만 칸칸이 쌓여 있었다. 물론 케일은 그것들이 어떤 장기들인지 몰랐다. 비록 피카르보가 많은 아이들에게 공식적인 처벌을 가했고 심지어 한 명을 죽인 적도 있었지만, 케일은 그를 죽인 일을 정당화하고 싶지는 않았다. 그러나 세심하게 말려놓은 신체 장기들을 보니 역겹고 섬뜩한 기분이 들었다.

잠시 후 해부 탁자 위에 늘어져 있는 가련한 존재를 보지 않으려 애써 눈길을 돌리면서 다른 방들로 통하는 문 하나를 열었다.

문을 열자마자 퀴퀴하고 역한 사제司祭 냄새가 코를 찔렀다. 전에도 두 명 이상의 리디머와 함께 폐쇄된 공간에 있을 때면 늘 맡았던 이상한 냄새였다. 벽으로 둘러싸인 이 방은 그 냄새에 절어 있는 듯했다. 무언가가 썩는 냄새. 방안의 모든 것, 그 안에 서린 정기가 점점 부패하면서 나는 듯한 냄새였다. 밖으로 나오면서 케일은 여자의 시체를 보지 않으려 했지만, 무언가가 그쪽으로 눈길을 끌었다. 그는 세심하고 철저하게 해부된 아름다운 아가씨를 아주 잠시 바라보았다. 익숙지 않은 동정심이 밀려들었다. 저렇게 부드럽고 고운 것이 저런 식으로 무참히 버려지다니. 그때 쇠접시에 놓인 작고 단단한 물체가 눈에 띄었다. 케일이 처음 이 방을 훔쳐

보았을 때 규율 로드가 여자의 배에서 꺼낸 것이었다. 보기만 해도 소름 끼치는 뼛조각 따위가 아니었다. 빠르게 흐르는 냇물에 오랫동안 씻겨 반들반들해진 작은 조약돌 같았다. 뿌연 반투명 재질에, 금빛이 감도는 갈색이었다. 그는 조심스럽게 집게손가락으로 그것을 건드려보았다. 그러고는 집어들고 살펴보았다. 코를 킁킁대며 냄새를 맡아보았다. 그러자 너무나 강렬한 향기에 정신이 아득해졌다. 그 이상하고 놀라운 향기에 뇌세포 하나하나가 홀리는 것만 같았다. 기절할 듯 어지러워 케일은 잠시 그대로 서 있었다. 하지만 머뭇거릴 때가 아니었다. 심호흡을 하고 계속 방안을 들척이던 그는 쓸모 있어 보이는 물건을 몇 가지 더 훔쳐 배낭에 넣은 다음, 문밖으로 나가 조용히 은신처로 향했다.

7

케일은 지금껏 거의 이 년 동안 탈출을 계획했다. 그러나 성공 가능성이 아주 희박한 이런 탈출은 계획한 적도 없었고, 어떻게든 피하고 싶었다. 리디머들은 탈주자를 잡기 위해 물불 가리지 않았으며, 그들에게 체포되면 목이 매달리고 사지가 찢겼다. 케일이 알기로 지금껏 어느 누구도 낙원의 개들을 따돌리지 못했다. 리디머들에게서 벗어나기 위해 그가 세운 장기 계획은, 스무 살이 되어 전선에 보내질 때까지 참고 기다렸다가 기회를 노리는 것이었다. 하지만 그간 준비해온 것들이 이번 탈출에도 도움이 될 거라고 자위했다. 앰보를 따라 기어가는 동안 성공 가능성에 대해서 생각하지 않으려 애썼다. 그러나 괜한 일에 끼어들어 대가를 치른다는 사실에 자꾸만 화가 났다. 여자를 구해준 것은 무의미한 짓이었다. 그 일로 얻은 거라곤 눈앞에 닥친 자신의 죽음과 더불어, 조금 덜 중요한 문제이긴 하지만, 베이그 헨리와 클라이스트의 죽음뿐이었다. 바보짓이었어! 케일은 숨을 깊이 들이마시면서 마음을 가라앉히려 애썼다. 하지만 전날 밤 그녀는 너무 행복해 보였고, 그 미소는 너무나…… 뭐라고 하면 좋지? 케일은 행복에 대한 자신의 감정, 정말로 행복해하는 사람을 바라보는 기분을 설명하기가 어려웠다. 앰보에서 벗어나기 위해 어두운 복도에서 일어설 때 여자의 행복한 얼굴이 다시 생각났다. 그리고 규율 로드의 방에서 본 무시무시하고 역겨운 잔인한 광경이 떠올라 몸서리쳤다. 새삼 분노가 치밀었다. 분노에는 익숙해져 있었지만, 이번만은 난생처음 분노를 떨칠 수가 없었다. 하지만 너도 잘한 거 없어. 그는 마음속으로 중얼거렸다. 잘한 거 하나도 없다고.

이제 목적지에 도착했다. 그곳은 중앙 앰보에서 조금 떨어진 작은 벽감으로, 한쪽 끝에 있는 틈은 입구가 아니라 내벽의 일부가 성소의 외부 방벽에 제대로 닿지 않아서 생긴 것이었다. 케일은 숨을 들이마신 다음 몸을 옆으로 하고 그 틈을 힘겹게 비집고 들어갔다. 몇 달 지나 몸이 더 자라면 들어가기 어려울 터였다. 잠시 후 손을 뻗어 더 어릴 때 벽에 파놓은 손잡이를 움켜쥐고 간신히 몸을 안으로 쑤셔넣었다. 너무 어두워서 아무것도 보이지 않지만 이 좁은 은신처는 손에 익었다. 케일은 쭈그려 앉아 헐거운 벽돌 하나를 빼내고 그 옆의 벽돌도 빼낸 다음, 그 위의 반 토막 벽돌 두 개도 치웠다.

이번에는 안으로 손을 뻗어 정성스럽게 꼬아 만든 긴 밧줄을 꺼냈다. 밧줄 끄트머리에는 갈고랑쇠가 달려 있었다. 자리에서 일어나 다시 벽 사이를 비집고 밖으로 나왔다.

벽감으로 돌아와서 잠시 귀를 기울였다. 고요했다. 그는 팔을 위로 뻗어 거친 벽면을 더듬다가 몇 달 전 밧줄을 다 꼬고 나서 만들어놓은 작은 틈에 갈고랑쇠를 걸었다. 밧줄의 재료는 황마나 사이잘삼이 아니라 세면장 청소부로 몇 년 동안 일하면서 모은 애콜라이트들과 리디머들의 머리카락이었다. 물론 그 역겨운 작업을 하는 동안 무수히 욕지기가 솟았지만, 이것만이 살 길이라 믿으면서 꿋꿋이 버텼다. 밧줄을 당겨 잘 고정되었는지 확인했다. 그러고는 열네 살 소년이라고 믿기 어려운 놀라운 힘으로 자기 몸을 끌어올리더니, 한쪽 벽에 등을 대고 맞은편 벽을 두 발로 밟아 벽감의 두 벽 사이에 끼었다. 그러고는 갈고랑쇠를 풀고 다시 위로 뻗어 새로운 틈에 꽂은 다음, 같은 동작을 계속 되풀이했다. 그렇게 한 시간 동안 갈고랑쇠를 걸었다 풀고 벽 사이에 끼기를 반복하면서 기껏해야 한 번에 두 걸음씩 움직인 끝에, 케일은 성소의 방벽 꼭대기에 다다랐다.

몸을 굴려 꼭대기에 널브러진 케일은 기진맥진한 채 환희의 신음을 내뱉었다. 오 분 동안 그대로 누워 있었다. 두 팔이 묵직한 추처럼 느껴졌다. 끊어질 듯 아프다는 것만 빼면 시체의 팔 같았다. 더 머뭇거릴 시간이 없었다. 팔을 아래로 뻗어 풀어진 밧줄을 끌어올린 다음, 벽에서 가장 큰 틈을 찾아 갈고랑쇠를 걸었다. 그러고는 밧줄을 바깥쪽으로 늘어뜨렸다.

케일은 밧줄이 땅에 부딪히는 소리가 들리길 바라고 위아래로 흔들었지만 또렷이 들리는 소리는 없었다. 밧줄의 길이는 성소 방벽 높이의 1.5배였지만, 어쩌면 이 벽은 벼랑 끝에 세워져 있을지도 모를 일이었다.

헤아릴 길 없는 어둠을 내려다보던 그는 잠시 망설이다가 방벽을 넘어갔다. 그리고 갈고랑쇠가 틈에 단단히 걸리도록 오른손으로 밧줄을 팽팽히 잡아당겼다. 한 손으로 벽을 잡고 다른 손으로 밧줄을 움켜쥔 케일은 자신이 얼마나 위험한 상황에 처했는지 깨닫고 다시 한번 멈칫했다. 하지만 교수대에 매달려 통구이가 되는 것보다는 나아. 그렇게 마음속으로 자위하고 벽에서 손을 뗀 다음, 팽팽해진 밧줄을 잡고 천천히 내려갔다.

케일은 두 다리에 밧줄을 감고 두 손으로 번갈아 밧줄을 잡으면서 내려갔다. 몸을 끌어올릴 필요가 없어서 힘은 들지 않았다. 사실 밧줄을 시험해본 적이 없어 도중에 거친 벽에 쓸려 끊어질지도 모른다는 걱정만 없다면 뛸듯이 기뻐할 상황이었다. 물론 밧줄이 모자라 땅에서 100피트 위에 대롱대롱 매달릴 수 있다는 점도 불안했다. 10피트 위에서 떨어져도 바위에 부딪히면 다리가 부러질 터였다. 하지만 그런 걱정이 무슨 의미가 있겠는가? 이미 너무 늦었는걸.

8

클라이스트와 베이그 헨리는 케일이 규율 로드에게서 훔쳐온 초를 몇 분마다 한 번씩 켜고 여자를 보았다. 둘 다 수시로 살펴보는 게 좋겠다고 판단했기 때문이었다. 초가 아홉 자루나 있어서 여유를 부릴 수 있었다. 예전에도 이처럼 말이 없는 사람들을 본 적이 있었는데, 대개 백 대 이상 매를 맞은 소년들이 그랬다. 그 상태가 며칠 이상 지속되면 어딘가로 끌려가서 영영 돌아오지 않았다. 정신을 차린 녀석들도 종종 몇 주나 몇 달 뒤 한밤중에 비명을 지르기 시작했는데, 모르토의 경우는 몇 년이나 지나서 그랬다. 그러고 나면 그 아이들도 사라졌다.

그래서 계속 살펴보는 거라고, 두 소년은 스스로에게 말했다. 만약 여자가 비명을 지르기 시작하면 누군가에게 들킬지도 모르니까.

촛불을 켤 때마다 베이그 헨리는 여자에게 말했다. "다 잘될 거야." 그녀는 이따금 부르르 떨기만 할 뿐 대답하지 않았다. 세번째로 촛불을 켰을 때 헨리는 아주 까마득한 과거의 기억을 떠올렸다. 예전에 듣고 오랫동안 잊고 지낸 위로의 말이 생각났다. "자, 자." 그가 말했다. "그래, 그래."

하지만 그들이 계속 촛불을 켜는 건 여자의 상태를 확인하기 위해서만은 아니었다. 자꾸만 그녀에게 눈길이 갔다. 두 소년 모두 일곱 살 때 성소에 들어왔고, 그전의 삶은 이제 달처럼 아득하게만 느껴졌다. 베이그 헨리의 부모는 그가 태어나고 얼마 지나지 않아서 죽었다. 클라이스트의 부모는 그를 리디머들에게 5달러에 팔았는데, 모질기로 따지면 리디머보다 별로 나을 게 없었다. 두 소년은 거대한 문을 지나 성소에 들어온 이후로 아이든 어른이든 여자를 본 적이 없었으며, 언제나 리디머들은 여자가 악마의 노리개라고 말했다. 훗날 성소를 떠나 변경이나 동부 전선으로 투입되었을 때 혹시라도 여자를 보게 되더라도 즉각 눈을 내리깔라고 했다. "여자의 몸뚱이는 천국을 향해 복수를 외치는 죄악 그 자체다!" 혐오와 경계의 대상이 아닌 여자는 한 사람뿐이었다. 목 매달린 리디머의 어머니는 모든 여자를 통틀어 유일하게 순수했다. 그녀는 마르지 않는 동정심과 위안, 자애의 샘이었다. 물론 그런 미덕의 의미를 아는 소년은 없었으며, 그런 미덕이 소년들에게 베풀어지는 일도 없었다. 사실 리디머들도 여자가 악마의 노리개인 까닭을 잘 모르기는 마찬가지였다. 그래서 클라이스트와 베이그 헨리는, 두려움과 경탄이 뒤섞인 엄청난 호기심에 사로잡혀 자꾸만 여자를 보는 것이었다. 리디머들을 증오와 혐오의 도가니로 몰아넣을 수 있는 존재라면 틀림없이 아주 막강할 테고, 소년들이 짐작조차 할 수 없는 방식으로 두려움을 자아낼 터였다.

지금 촛불 빛 속에서 겁먹은 채 떨고 있는 여자는 별로 무서워 보이지 않았다. 하지만 소년들은 여전히 그녀에게서 눈을 떼지 못했다. 우선 모습이 아주 특이했다. 질 좋은 리넨으로 지은 시프트 드레스를 입고 있었는데, 소년들은 그렇게 좋은 옷을 입어본 적이 없었다. 그녀의 허리에는 끈이 묶여 있었다.

클라이스트가 손짓으로 베이그 헨리를 옆으로 데려가 고개를 숙이고 귀엣말로 소곤소곤 물었다.

"가슴에 불룩한 저것들은 뭐지?"

여자를 어떻게 대해야 하는지 전혀 모르는 베이그 헨리는 자신이 보여줄 수 있는 최대한의 존중을 보이며 초를 그녀의 가슴 쪽에 대고 골똘한 표정으로 바라보았다.

"모르겠는걸." 마침내 그가 나직하게 대답했다.

"살찐 게 틀림없어." 클라이스트가 속삭였다. "뚱자루 식량 로드처럼 말이야." 물론 성소엔 살찐 소년이 없었다. 만 명 전체를 통틀어 뚱보는 한 명도 없었다.

베이그 헨리는 클라이스트의 말을 곱씹었다.

"식량 로드는 둥글고 펑퍼짐해. 반면 저 여자는 굴곡이 있어."

"그럼 가서 확인해봐." 클라이스트가 대꾸했다.

베이그 헨리는 잠시 골똘히 생각하더니 말했다.

"아니, 건드리지 않는 게 좋겠어." 그리고 덧붙였다. "그 자식한테 두들겨 맞았을 테니까."

클라이스트는 한숨을 깊이 내쉬고 여자를 물끄러미 바라보았다.

"매질을 견딜 수 있을 것 같지 않은데. 특히 피카르보가 하는 매질은."

"이젠 그 짓도 못해." 베이그 헨리가 장난스러운 투로 대꾸했다. 죽은 리디머 때문에 엄청난 곤경에 처했지만, 두 소년은 묘한 쾌감에 사로잡혀 키득거렸다. "대체 저 여자를 왜 때렸을까?"

"아마도 악마의 노리개라서?" 베이그 헨리가 대답했다.

클라이스트가 고개를 끄덕였다. 그럴듯한 이유 같았다.

"넌 이름이 뭐니?" 베이그 헨리가 물었다. 벌써 몇번째였다. 이번에도 그녀는 대답이 없었다.

"케일이 얼마나 걸릴지 궁금하네." 베이그 헨리가 말했다.

"정말로 그 녀석한테 계획이 있다고 믿어?"

"응." 베이그 헨리가 완벽한 확신이 담긴 말투로 대답했다. "걔가 그렇게 말했으면 그런 거야."

"그렇게 굳게 믿는다니 기쁘구나. 나도 그럴 수 있으면 좋을 텐데."

그때 여자가 뭐라고 말했다. 하지만 소리가 너무 작아서 들리지 않았다.

"방금 뭐랬어?" 베이그 헨리가 물었다.

"리바." 그녀가 숨을 깊이 들이마셨다. "내 이름은 리바야."

9

짙은 어둠 속에서 밑으로 내려가는 동안, 케일이 가장 걱정했던 두 가지가 현실이 되었다. 첫째, 밧줄 끄트머리에 만들어놓은 커다란 매듭에 두 발이 닿고도 여전히 높이를 가늠할 수 없는 허공에 매달려 있었다. 둘째, 방벽 꼭대기의 틈에 걸려 있는 갈고랑쇠가 체중을 감당하는 것이 이제 한계였다. 이렇게 멀리서도 갈고랑쇠가 움찔거리는 것이 느껴졌다. "어차피 떨어지게 생겼군." 그는 중얼거렸다. 그리고 두 발로 벽면을 밀치고 양팔로 머리를 감싸 보호하면서 추락하기 시작했다.

2피트도 안 되는 높이에서 떨어지는 것을 추락이라고 할 수 있을까. 기쁨에 젖은 케일은 의기양양하게 일어서서 두 손을 번쩍 들었다. 그러고는 규율 로드에게서 훔친 양초 하나를 꺼내, 마른 이끼와 부싯돌로 불을 붙이기 시작했다. 잠시 후 불꽃이 일자 양초에 불을 붙여 광대한 어둠을 향해 쳐들었다. 하지만 불빛이 너무 약해서 아무것도 보이지 않았다. 게다가 바람까지 불어 금세 불이 꺼져 버렸다.

칠흑같이 어두웠다. 달도 짙은 구름에 가려 얼룩덜룩해 보였다. 섣불리 걷다가는 돌부리에 걸려 넘어질 수 있었다. 가벼운 부상이라도 입어 걷는 속도가 느려지면 죽게 될 터였다. 동이 틀 때까지 두 시간 정도 기다리는 편이 나았다. 결심이 서자 케일은 수단으로 몸을 감싸고 누워 잠을 청했다.

거의 두 시간이 지나 눈을 뜨자, 어둡고 칙칙한 새벽이 흐릿한 빛으로 주위를 밝히고 있었다. 뒤를 돌아보니 방벽에 매달려 있는 밧줄은 탈출이 시작된 장소를 거대한 손가락처럼 가리키고 있었다. 하지만 이제는 치울 수도 없었다. 열여덟 달 동안 역겨움을 참아가며 만든 것을 두고 가자니 서운했지만 어쩔 수 없었다. 언뜻 그것은 케일은 본 적도 없지만, 200피트 길이의 포니테일* 같았다. 주위가 점점 밝아오는 가운데 그는 돌아서서 성소 언덕의 길도 없는 바위 비탈을 내려갔다. 앞으로 한 시간은 지나야 규율 로드의 시신이 발견될 테고, 운이 따른다면 밧줄은 세 시간쯤 뒤에 발견될 거라고 생각하니 마음이 놓였다.

둘 다 운이 따르지 않았다. 리디머 피카르보의 시신은 동이 트기 삼십 분 전에 그의 하인에게 발견되었다. 그자가 미친듯이 비명을 질러 거대한 성소 전체가 잠에서 깨어났고, 몇 분 만에 엄청난 소동이 벌어졌다. 곧이어 모든 기숙사에 기상 소리가 울려퍼지고 점

* 뒤에서 묶어 밑으로 드리운 머리.

호가 실시되었으며, 애콜라이트 세 명이 사라졌다는 사실이 금방 드러났다.

성소를 탈출한 어리석은 애콜라이트들을 체포하라는 명을 받은 '길잡이' 브런트는 개몰이 리디머였다. 명을 받자마자 리디머 보스코에게 보내진 그는 난생처음 곧장 사무실로 들어갔다.

"세 놈 모두 생포해와라. 자네의 능력을 총동원해서 반드시 해내야 해."

"여부가 있겠습니까, 전투 로드. 저는 늘……"

"잠깐." 보스코가 브런트의 말허리를 끊었다. "지금 난 자네한테 부탁하는 게 아니라 지시하는 거야. 어떤 경우에도, 설령 자네 목숨이 위험하다 해도, 토머스 케일을 다치게 해선 안 된다. 클라이스트와 헨리는 부득이한 경우 죽여도 괜찮다. 물론 그놈들도 생포해오면 좋겠지만."

"어째서 케일의 목숨이 그토록 귀중한지 여쭤도 되겠습니까, 로드?"

"아니."

"다른 사람들에게는 뭐라고 하죠? 이해하려 들지 않을 겁니다. 다들 격렬한 분노에 사로잡혀 있으니까요."

보스코는 브런트의 말뜻을 알아차렸다. 이렇게 상상할 수도 없는 끔찍한 짓을 일개 애콜라이트가 저질렀다는 소식은 가장 온순한 리디머조차 격노에 휩싸이게 할 법했다. 보스코는 짜증스럽게 한숨을 내쉬었다. "나를 대신해 암약하던 케일이 살인범들을 따라갈 수밖에 없었다고 해라. 교황을 살해하려는 안타고니스트 무리의 계략이 포함된 끔찍하기 짝이 없는 음모를 밝히는 중이라고 말이야." 한심한 이야기였지만, 그 말을 듣자마자 침통해하면서 창백해지는 브런트를 보니 딱 맞는 핑계 같았다. 그는 거칠기로 유명한 개몰이 리디머들 사이에서도 유난히 사나운 자였지만, 교황을 보호하려는 그의 깊은 애정이 엄마를 향한 아이의 애정과 같음을 모두가 알고 있었다.

케일의 밧줄은 금세 발견되었다. 거대한 문이 우르릉거리며 열리자, 밧줄 냄새를 맡은 낙원의 개들과 수색대가 케일을 뒤쫓기 시작했다. 그 무렵 케일은 채 5마일도 달아나지 못한 상태였다. 하지만 그의 계획에서 가장 중요한 부분은 성공한 후였다. 탈출한 애콜라이트가 한 명뿐이라는 사실을 아무도 모르는 까닭에 성소 내부에선 어떤 수색도 없었다. 일단 베이그 헨리와 클라이스트와 그 여자는 안전했다. 물론 케일이 약속을 어기면 사정이 달라지겠지만.

케일이 4마일 더 이동했을 즈음, 개들이 우짖는 소리가 바람을 타고 희미하게 들려왔다. 그는 걸음을 멈추고 조용히 귀기울였다. 잠깐은 모래 바위를 할퀴고 가는 차가운 바람 소리만 들렸다. 하지만 곧 멀리서 또렷이 다른 소리가 들렸다. 위기가 닥쳐오고 있었다. 컹컹 짖어대는 보통 사냥개 소리가 아니라 괴상하고 날카로운 울음소리, 녹슨 톱에 멱이 따이는 돼지의 비명 같은 분노의 괴성이 계속 들렸다. 놈들은 돼지처럼 육중하고 멧돼지보다 훨씬 더 포악하며, 누가 자루에 담긴 녹슨 못을 주둥이 속에 쏟아부은 것처럼 엄니가 솟아 있었다. 소리가 다시 사그라지자 케일은 보이니치 오아시스의 흔적을 찾으려고 두리번거렸다. 스캐블랜드라는 이름에 걸맞게 바싹 마르고 병들어 보이는 작은 언덕들만 끝없이 뻗어 있을 뿐 아무것도 없었다. 케일은 아까보다 좀더 빠르게 다시 뛰기 시작했다. 갈 길이 먼데 사냥개들이 이렇게 가까우면 정오를 넘기기 전에 따라잡힐 가능성이 높았다. 너무 천천히 달리면 개들에게 붙잡힐 테고, 너무 빨리 달리면 지쳐서 쓰러질 터였다. 케일은 잡생각을 죄다 떨쳐버리고 자기 숨소리의 리듬에만 귀기울였다.

"여기 얼마나 오래 있었어, 리바?"

한순간 그녀는 베이그 헨리의 말을 듣지 못한 듯 보였다. 하지만 곧 그의 주의를 끌려는 듯 빤히 쳐다보며 대답했다.

"여기서 오 년 살았어."

두 소년은 놀란 표정으로 서로 마주보았다.

"그런데 여긴 왜 온 거야?" 클라이스트가 물었다

"신부 수업을 하러." 리바가 말했다. "하지만 그자들이 거짓말한 거였어. 그 남자는 레나를 죽였고, 나까지 죽이려 했어. 왜지?" 그녀는 어리둥절한 표정으로 호소했다. "대체 왜 그런 짓을 한 걸까?"

"우리야 모르지." 클라이스트가 말했다. "우린 너에 대해 아무것도 몰라. 네가 여기 산다는 것도 몰랐는걸."

"처음부터 차근차근 말해봐." 베이그 헨리가 말했다. "어떻게 여기 왔는지, 어디서 왔는지."

"천천히 해." 클라이스트가 다독였다. "시간은 많으니까."

"그애 돌아오는 거지? 아까 떠난 애 말이야."

"그 녀석 이름은 케일이야."

"우릴 위해 돌아올 거야."

"맞아." 베이그 헨리가 한마디 보탰다. "하지만 오래 기다려야 할 수도 있어."

"난 여기서 기다리기 싫어." 리바가 사납게 말했다. "춥고 어둡고 무섭단 말이야. 못 기다려!"

"목소리 낮춰."

"날 내보내줘. 당장. 안 그러면 비명 지를 거야."

클라이스트는 당황했다. 이성을 어떻게 대해야 하는지 몰라서가 아니라, 그렇게 감정적으로 행동하는 사람을 어떻게 다뤄야 하는지 몰라서였다. 분노를 다스리지 않고 터뜨리는 자는 대개 깅키스 필드로 끌려가 3피트 구덩이 속에 묻혔다. 클라이스트가 손을 들어 리바의 입을 막으려 하자, 헨리가 그를 뒤로 끌어당기고 리바에게 말했다.

"너, 조용히 해야 돼. 케일이 돌아오면 널 안전한 곳으로 데려갈 거야. 하지만 놈들이 우리 목소리를 들으면 모두 죽은목숨이야. 그걸 알아야 한다고."

광기가 귀엣말로 속삭이기라도 하듯 리바는 헨리를 잠시 노려보았다. 이윽고 그녀가 고개를 끄덕였다.

"네가 어디서 왔는지 우리한테 알려줘. 여기 온 이유도 아는 대로 말해봐."

리바는 몹시 성난 표정으로 벌떡 일어섰다. 풍만하면서도 키가 크고 몸매가 근사한 아가씨였다. 그녀가 다시 자리에 앉더니 심호흡을 하면서 마음을 가라앉혔다.

"내가 열 살이었을 때, 테레사 수녀님이 멤피스의 노예시장에서 나를 사오셨어. 레나도 함께."

"너 노예야?" 클라이스트가 물었다.

"아니." 수치심과 분노에 젖은 리바가 곧바로 대답했다. "테레사 수녀님은 우리가 자유인이니 언제든 마음대로 떠나도 된다고 하셨어."

클라이스트가 웃음을 터뜨렸다. "그럼 왜 안 떠났는데?"

"수녀님이 우리한테 잘해주시고 선물도 주면서 고양이처럼 예뻐해주셨거든. 맛있는 음식과 멋진 물건을 잔뜩 주셨고, 신부가 되는 법도 가르쳐주셨어. 그리고 우리가 준비가 되면 번쩍이는 갑옷을 입은 부유한 기사가 나타나 사랑해주고 영원히 지켜줄 거라고 하셨어." 리바는 숨이 차서 말을 멈췄다. 마치 자기가 하는 말은 현실이고 어제의 공포는 꿈이라는 표정이었다. 거기서 이야기를 끝낸 게 차라리 나았다. 두 소년 모두 터무니없는 그녀의 이야기를 헛소리로 여기고 있었다.

베이그 헨리가 클라이스트를 보고 말했다. "이해가 안 가. 그건 노예 소유의 서약에 위배되잖아."

"죄다 말도 안 되는 소리야. 리디머들이 뭐하러 계집애를 사서 그런 호강을 베푼 다음에 도살을……"

"조용히 해!" 베이그 헨리가 슬쩍 리바를 살펴보았지만, 지금 그녀는 자기만의 세계에 빠져 있었다. 클라이스트가 짜증스럽게 한숨을 내쉬었다. 베이그 헨리가 그를 끌고 옆으로 가서 나직이 말했다. "오 년 동안 함께 지낸 친구가 그런 일을 당하는 걸 지켜봐야 했던 사람도 좀 생각해줘. 네가 그 입장이었다면 어땠겠어?"

"케일 같은 얼간이가 구해주러 와줘서 기쁘다고 내 행운의 별들에게 감사하겠지." 클라이스트가 대꾸했다. "저 여자애 말고 우리 걱정이나 해. 대체 저 여자애가 우리한테 뭔데? 우리는 저 여자애한테 뭐고? 우리 모두에게 무슨 일이 닥칠지는 안 봐도 뻔해. 알려고 나설 필요도 없어."

"지나간 일은 지나간 일이야."

"아직 지나가지 않았어, 안 그래?"

그 말은 사실이었고, 베이그 헨리는 잠시 침묵에 잠겼다.

이윽고 그가 작은 소리로 물었다. "어째서 리디머들이 하고많은 사람들 중에서 하필 악마의 노리개를 성소로 데려와 먹여주고, 돌봐주고, 근사한 거짓말까지 들려주고 산 채로 배를 갈랐을까?"

"개자식들이니까." 클라이스트가 부루퉁한 얼굴로 대답했다. 하지만 그도 바보가 아니기에 그 질문에 호기심이 일었다. "어째서 애콜라이트의 수를 다섯 배나 늘린 거지? 어쩌면 열 배일 수도 있어." 그는 욕설을 내뱉고 주저앉았다. "어떨 것 같아, 헨리?"

"뭐가?"

"우리가 그 답을 알게 되면 기분이 좋아질까, 나빠질까?" 그후로 클라이스트는 쭉 입을 다물었다.

케일은 스캐블랜드의 반쯤 무너진 낮은 언덕 가장자리 너머로 오줌을 누고 있었다. 이제 비명 같은 개들의 울부짖음은 가까이서 계속 들렸다. 일을 다 본 케일은 오줌 냄새가 몇 분 동안 개들의 주의를 엉뚱한 곳으로 끌어주길 바랐다. 잠시 쉬었는데도 숨결이 거칠고 넓적다리가 무거워져서 자꾸만 몸이 밑으로 처졌다. 리디머 보스코의 집무실에서 발견한 지도를 보고 계산한 바에 따르면 이미 오아시스에 도착했어야 했다. 하지만 여전히 아무 표지도 없이, 낮은 언덕과 바위, 모래밭만 끝없이 펼쳐져 있었다. 그 지도를 발견한 순간부터 줄곧 가슴속에 품어왔던 의심이 굳어지기 시작했다.

이것이 전투 로드가 놓은 덫일지도 모른다는 의심.

이제 속도 조절은 무의미했다. 몇 분 후면 개들이 덮칠 터였다. 개 짖는 소리가 끊기지 않았다는 건 놈들이 오줌 냄새를 못 맡았거나 무시해버렸다는 뜻이었다. 지금 케일은 최대한 빨리 달리고 있었다. 물론 네 시간 동안 뛰느라 너무 지쳐서 좀처럼 속도가 나지 않았다.

개들은 미친듯이 짖어대고 케일은 점점 느려졌다. 그는 놈들을 따돌릴 수 없다는 걸 알고 있었다. 모래가 허파 속을 긁기라도 하듯 숨결이 거칠어지고, 케일은 비틀거리기 시작했다. 결국 쓰러졌다.

곧바로 일어서긴 했지만, 쓰러진 덕분에 주위를 둘러볼 수 있었다. 여전히 언덕과 바위가 대부분이지만 이제 모래밭에 키 큰 잡초와 풀숲이 보였다. 풀이 있는 곳에는 물이 있는 법. 곧이어 징 박은 채찍에 맞기라도 하듯 울부짖는 개들의 소리가 몰려왔다. 케일은 오아시스가 나타나길 바라며 달렸다. 오아시스 언저리를 돌아 다시 사막과 죽음을 향해 달려가는 게 아니라, 곧장 오아시스로 향하는 것이기를 신께 빌면서.

다행히 풀과 잡초가 점점 무성해졌고, 낮게 솟은 둔덕을 뛰어넘다가 넘어져서 앞을 보니 건너편에 보이니치 호수가 있었다. 사냥이 끝나가는 것을 감지한 개들이 미친듯이 짖어댔다. 케일은 계속 달렸지만, 슬슬 몸이 말을 듣지 않아 비틀거렸다. 뒤를 돌아보면 안 된다는 건 알았지만 참을 수가 없었다. 자루에서 쏟아지는 석탄처럼 언덕을 넘어온 사냥개들은 어서 케일을 갈가리 찢고 싶은 마음에 컹컹대고 울부짖으면서 서로 밀치고, 으르렁거리고, 허공을 물어뜯었다.

케일이 힘겹게 달아나는 동안 개들은 이빨을 드러내고 어깨를 들썩이면서 그를 뒤쫓았다. 이윽고 케일은 오아시스 초입의 나무 몇 그루 사이로 들어갔다. 개들 중 가장 빠르고 사나운 놈이 이미 그를 따라잡았다. 이런 추격에 익숙한 녀석은 앞발로 케일의 발꿈치를 쳤다. 그러자 케일은 중심을 잃고 나동그라졌다.

거기서 끝났으면 좋으련만, 사냥감에 너무 열중한 개도 중심을 잃었다. 오아시스의 축축하고 무른 땅에 익숙지 않아 발을 헛디디는 바람에 개는 거꾸로 뒤집힌 채 날아가 나무에 척추를 심하게 부딪혔다. 놈은 분노의 비명을 질러댔지만, 단단하지 않은 땅을 밟고 일어서려고 허우적거리며 발악하다보니 상황이 더 나빠졌다. 케일은 오아시스 한가운데 호수를 향해 달려갔다. 하지만 15야드쯤 갔을 때 짐승이 일어나 쫓아오기 시작했다. 지친 소년보다 네 배나 빨라 추격은 오래 걸리지 않을 듯싶었다. 금세 따라붙은 개가 뒤에서 덮치려는 순간, 케일은 펄쩍 뛰어 허공에 긴 포물선을 그리며 호수에 빠졌다. 물이 엄청나게 튀었다.

물가에서 멈춰 선 개가 분노의 괴성을 질렀다. 곧이어 다른 개가 나타나고, 또다른 개가 나타나더니 이내 모든 개들이 세상이 끝난 것 같은 소리로 케일을 향해 짖어댔다. 증오와 분노, 굶주림의 절규였다.

오 분 뒤, 조랑말을 타고 도착한 길잡이 리디머와 그의 부하들이 호숫가에 모여 있는 개들을 발견했다. 개들은 여전히 짖고 있었지만 아무것도 보이지 않았다. 길잡이 리디머는 호숫가에 서서 잠시 앞을 보며 생각에 잠겼다. 좌절감과 의심으로 어두워진 그의 얼굴은 결코 보기 좋은 모습이 아니었다. 마침내 부하 한 명이 말문을 열었다.

"그놈들이 확실합니까, 리디머?" 그는 개들을 내려다보며 덧붙였다. "이 멍청이들이 전에도 사슴이나 야생 돼지를 뒤쫓은 적이 있거든요."

브런트가 나직이 말했다. "조용히 해라. 놈들이 아직 여기 있을지도 몰라. 헤엄을 잘 치는 놈들인가보군. 더 나은 개들과 보초들을 호숫가에 배치해. 놈들이 여기 있다면 잡고 말겠다. 하지만 케일은 절대로 해치면 안 돼." 사실 브런트는 보스코가 지어낸 교황 암살 음모를 부하들에게 알리지 않았다. 물론 보스코에게 부하들이 화났다고 한 건 거짓이 아니었다. 그들 모두 당연히 화가 나 있었지만, 브런트가 시키면 무조건 따르는 자들이었다. 자신이 그 끔찍한 교황 시해 위협을 아는 유일한 일반 리디머라는 사실에 그는 교황에 대한 사랑이 한층 더 깊어졌으며, 그 사랑을 쓸데없이 남들과 공유해 허비하고 싶지 않았다.

고개만 살짝 끄덕이는 브런트의 몸짓에 곧 주위의 부하들이 움직이기 시작했다. 그리고 그로부터 한 시간 뒤, 오아시스는 쥐새끼 한 마리 빠져나가지 못할 만큼 단단히 봉쇄되었다.

성소의 비밀 통로 안에서 리바는 잠이 들었다. 클라이스트는 쥐를 잡으러 갔고, 베이그 헨리는 여자를 지켜보고 있었다. 그녀의 굴곡진 몸매에 자꾸 눈길이 갔고, 배고픔과 두려움 속에서도 정체 모를 새로운 충동이 일었다. 헨리가 겁을 먹는 건 당연했다. 리디머들은 탈주자가 잡힐 때까지 아무리 시간이 걸려도 수색을 중단하는 법이 없었다. 체포된 탈주자는 본보기로 극형에 처해졌는데,

그 광경을 지켜본 모든 애콜라이트들은 혈관 속의 피가 얼어붙고, 한순간 심장이 멎고, 긴장한 고슴도치의 가시처럼 털이 쭈뼛 섰다. 케일과 그 친구들이 겪을 처벌과 고통, 그리고 결국 맞이하게 될 죽음은 전설이 될 것이었다.

쥐를 잡느라 바빴지만 클라이스트도 같은 기분이었다. 두 소년이 똑같이 느끼는 것이 또 있었다. 케일이 지금 멤피스로 가는 중이며 영영 돌아오지 않을지도 모른다는 의혹. 사실 클라이스트는 의혹을 굳힌 상태였고, 의리 있는 베이그 헨리마저 케일이 돌아오리라 확신하지 못했다. 딱 잘라 이유를 말할 수는 없었지만, 그는 늘 케일의 친구가 되고 싶었다. 애콜라이트들은 우정에 대한 리디머들의 혐오가 두려워 언제나 서로를 경계했다. 게다가 리디머들이 놓는 덫 때문에 그럴 수밖에 없었다. 리디머들은 배신의 재능을 지닌 매력적인 소년들을 훈련시켜 더욱 매력적이고 배신에 능한 자로 키웠다. 미끼라고 불리는 이 소년들은 순진한 아이들을 꾀어 비밀을 나누고, 수다를 떨고, 함께 놀면서 우정을 쌓는 척했다. 그런 꾐에 넘어간 소년들은 같은 숙소의 애콜라이트 전원이 보는 앞에서 징이 박힌 장갑으로 서른 대를 맞은 다음, 피 흘리는 상태로 이십사 시간 동안 방치되었다. 하지만 그런 끔찍한 처벌에도 아랑곳없이 몇몇 애콜라이트들은 가혹한 전쟁에서 살아남기 위해, 리디머들의 신앙에 삼켜지지 않기 위해 끈끈한 우정을 맺고 동지가 되었다.

그러나 케일과의 우정에 대해서는 베이그 헨리도 늘 자신이 없었다. 헨리는 케일의 관심을 끌려고 일부러 그가 보는 앞에서 겁없이 리디머들에게 까불어 그가 자신의 재치와 대담함에 깊은 인상을 받길 기대했다. 하지만 몇 달이 지나도 케일은 그의 행동을 의식하는 것 같지 않았고, 설령 그런다 해도 대수롭지 않게 여기는 듯했다. 케일의 표정은 언제나 한결같았다. 과묵한 신중함. 어떤 상황에서도 그는 감정을 드러내는 법이 없었다. 훈련 성적이 남들보다 뛰어나도 전혀 기쁘지 않은 눈치였고, 종종 보스코가 그에게만 가하는 가혹한 처벌에도 괴롭지 않아 보였다. 애콜라이트들은 딱히 그를 두려워하진 않았지만, 그렇다고 좋아하지도 않았다. 아무도 그를 이해하지 못했다. 그는 반항하지도 않지만 신심이 깊지도 않았다. 다들 그를 멀리했으며, 적어도 겉보기에는 케일도 그편을 좋아하는 듯했다.

"뭘 그렇게 멍하니 생각해?" 쥐 사냥에서 돌아온 클라이스트였다. 허리춤에 꼬리 없는 전리품들이 대롱대롱 매달려 있었다. 다섯 마리였다. 그는 허리춤의 끈을 풀고 쥐들을 돌덩이 위에 내려놓은 다음 가죽을 벗기기 시작했다.

"저 여자가 깨기 전에 벗겨놓는 게 좋을 거야." 그가 빙그레 웃으면서 말했다. "껍질째 구운 쥐 고기는 좋아하시지 않을 테니까."

"왜 저애를 가만두지 않는 거야?"

"쟤 때문에 우리가 죽게 생겼잖아. 우린 살 가망이 별로 없어. 네 친구가 열두 시간 안에 돌아오지 않으면 우린……"

"우리가 뭐?" 베이그 헨리가 그의 말을 잘랐다. "더 좋은 계획 있으면 말해보든가. 다 들어줄 테니까."

클라이스트는 쥐의 내장을 빼면서 콧방귀를 뀌었다. 그러고는 손짓으로 쥐를 가리키며 말했다. "이걸 먹을 생각에 들떠 있지만 않다면 지금 내 기분은 아주 거지같은걸. 가망이 없을 것 같거든.

케일을 다시 만날 가망 말이야."

호숫가의 물풀 덤불에서 빠져나온 케일은 500야드쯤 걸어 채굴장으로 들어섰다. 지난 십오 년 동안 리디머들은 이 오아시스로 와서 울창한 숲 바닥에 형성된 비옥한 점토를 몇 톤씩 실어갔다. 그 마법 같은 흙을 뿌리면 성소 채마밭의 죽은 땅도 되살아났다. 토질이 워낙 비옥하다보니 그 흙을 사용하는 것만으로도 성소에서 훈련받는 애콜라이트의 수를 열 배 이상 늘릴 수 있었다. 하지만 케일은 오아시스 흙에 또다른 특성이 있다는 걸 이미 예전에 발견했다. 어느 날 채마밭에서 일하던 중, 애콜라이트들이 채소를 훔치지 않는지 감시하기 위해 세워놓은 개들의 눈총 속에서 짧은 휴식을 맞은 케일은 잠시 일을 멈추고 식당 바닥에서 발견한 개똥버섯 조각을 먹으려고 꺼냈다. 하지만 냄새를 맡자마자 그 버섯이 우연히 떨어진 게 아니라 버려진 것임을 깨달았다. 냄새가 고약해서 도저히 먹을 수가 없었다. 그때 근처에서 자고 있는 개 한 마리가 눈에 띄었다. 함께 있는 조련사는 마침 다른 곳을 보고 있었다. 케일은 버섯을 개가 있는 쪽으로 던졌다. 호의를 베푼 것이 아니라, 여느 사냥개들과 마찬가지로 뭐든 먹고 보는 그 개가 버섯을 삼키고 배탈이 나길 바라서였다. 그 똥자루 녀석에게 어울리는 보상이었다. 케일이 던진 개똥버섯 조각은 개의 머리 바로 옆, 소복이 쌓여 있는 오아시스 흙더미에 떨어졌다. 개가 소리를 듣고 고개를 들었다. 경계심과 긴장감이 서린 표정이었다. 하지만 코밑에 음식이 있는데도, 천 야드 밖에서 나는 벌레 오줌 냄새까지 맡는 코를 가지고도 버섯 쪽은 쳐다보지도 않는 것이었다. 대신 녀석은 케일을 노려보고 하품을 하더니, 머리를 긁은 다음 다시 잠들었다. 나중에 조련사와 개가 사라지자 케일은 버섯 조각을 집어들고 냄새를 맡아보았다. 지독한 악취가 코를 찔렀다. 어리둥절해진 그는 점토를 한 움큼 집어 버섯 조각을 흙으로 쌌다. 그리고 다시 냄새를 맡아보았다. 이번에는 강렬한 토탄 냄새만 났다. 점토 속의 무언가가 썩은 기름 냄새를 가린 것이다. 악취가 사라져버렸다. 하지만 흙이 버섯에 닿아 있을 때만 그랬다.

그후 며칠 동안 채마밭에서 개들을 상대로 실험을 해보았다. 물론 개똥버섯은 점점 더 썩어갔다. 냄새를 맡는 개는 한 마리도 없었다. 마지막으로 점토를 깨끗이 닦아낸 버섯을 돌바닥에 떨어뜨리자, 몇 분 뒤 개 한 마리가 냄새를 맡고 와서 코를 킁킁대다가 버섯을 삼켰다. 그리고 십 분이 지난 후 구석에서 거대한 배때기를 들썩이며 괴로워하는 개의 모습에 케일은 뛸듯이 기뻤다.

도서관 자료실에서 그 점토의 출처에 관한 자료를 찾는 것은 어렵기보다 위험한 일이었다. 종종 케일은 전투 로드의 지시를 받고 도서관에서 각종 지도와 자료를 가져왔다. 따라서 원하는 자료를 가져올 기회를 끈기 있게 기다리고, 도로 갖다놓을 기회를 더욱 끈기 있게 기다리기만 하면 되었다. 그러다 들킬 가능성은 별로 없었지만, 만약 걸리면 혹독한 처벌을 받게 될 터였다. 더구나 그 자료에 대한 케일의 관심이 원예와 거름에 대한 학구열 때문이 아니라 탈출 계획을 세우기 위해서란 걸 들키면 목숨을 부지하기 어려웠다.

흠뻑 젖은 꼴로 호수에서 나온 뒤에도 여전히 사냥개 짖는 소리가 들려왔다. 숲에만 들어가면 보이지도 않고 냄새도 나지 않겠지만, 한동안은 그럴 수가 없을 듯했다. 걷기 시작한 케일은 금세 리디머들의 채굴장에 들어섰다. 지금껏 줄기차게 점토를 퍼간 탓에 구덩이들이 길게 늘어서 있었다. 점토가 너무 물러서 보통 흙처럼 구덩이 벽이 꼿꼿이 서지 못하고 퍼졌지만, 도서관에서 찾은 자료에 따르면 거기 빠진 사람 위로 무너져내려 질식시킬 만큼 무르지는 않았다. 점토를 파내다가 리디머 십여 명이 죽었다는 기록을 읽었을 때는 기분이 좋았다. 하지만 땅을 파서 그 속에 자신의 모습과 냄새를 감춰야 하는 지금은 기분이 썩 좋지 않았다.

낮은 언덕 기슭의 작은 구덩이를 택한 케일은 위험하지 않을 만큼 깊이 흙을 퍼낸 다음, 방금 땅을 판 흔적을 수색대에게 들키지 않도록 주변의 성긴 흙을 그러모았다. 그는 깊어진 구덩이로 들어가 점토를 끌어다 조심스럽게 밑으로 끌어내렸다. 은신 작업은 오래 걸리지 않았다. 몸이 땅의 표면과 너무 가까워서 불안했지만, 흙이 무너져내릴까봐 더 깊이 팔 엄두는 나지 않았다. 눈에 띄거나 냄새가 나지만 않으면 된다고 마음속으로 되뇌었다. 개들에 대한 리디머들의 신뢰는 그들의 약점이었다. 개들이 냄새를 맡지 못하면 아무것도 없다고 생각했다. 간단한 수색조차 하려 들지 않았는데, 그럴 필요가 없기 때문이었다. 케일은 누워서 잠을 청했다. 자는 것 말고는 할일이 없었다. 휴식이 필요했다. 어차피 깊이 잠들지도 못할 터였다. 그는 오래전부터 순식간에 잠에서 깨는 훈련이 되어 있었다.

어느덧 정말로 잠이 들었다. 하지만 짖어대는 개들과 리디머들의 고함소리에 금방 깼다. 놈들이 점점 더 가까이 다가왔다. 이제 개들은 추격을 멈추고 느린 수색에 집중하느라 짖지 않고 코를 킁킁대기 시작했다. 그 소리가 점점 더 가까워지더니 마침내 개 한 마리가 몇 인치 앞에서 킁킁대는 듯했다. 하지만 오래 있지는 않았다. 당연하지 않은가? 점토가 다른 모든 냄새를 지워버리면서 제 몫을 다한 것이었다. 킁킁대는 소리와 이따금 짖는 소리가 금세 잦아들자, 케일은 잠시 기쁨과 승리의 순간을 만끽했다. 하지만 아직 몇 시간은 더 그대로 있어야 했다. 긴장이 풀리자 이내 잠이 들었다.

다시 잠에서 깼을 때는 오랫동안 달린 여파로 몸이 뻐근했다. 특히 오래전에 다쳐서 아픈 왼쪽 무릎이 욱신거렸다. 한기도 느껴졌다. 점토 속에서 오른팔을 빼 눈앞의 흙을 조금 치우고 보니, 날이 어두워져 있었다. 케일은 기다렸다. 두 시간 뒤 지저귀는 새 소리가 들리고, 잠시 후 하늘에서 번개가 번쩍였다. 케일은 리디머들의 낌새라도 보이면 다시 구덩이 속으로 사라질 태세를 취하고 천천히 밖으로 나왔다. 하지만 높은 나무에서 들려오는 새소리와 땅속에서 부스럭거리는 작은 동물 소리뿐 아무것도 없었다. 케일은 규율 로드의 방에서 가져온 리넨 자루를 꺼내 점토를 담기 시작했다. 최대한 많이 넣으려고 꾹꾹 눌러 담았다.

잠시 후 자루를 등에 짊어지고 리디머들과 개들을 찾으러 갔다.

그들을 발견한 건 세 시간 뒤였다. 어렵지 않았다. 리디머가 스무 명, 개는 마흔 마리나 됐다. 더구나 그들은 흔적을 지울 이유가 없었다. 200마일 근방에서는 제 발로 리디머 근처에 얼씬거릴 자가 없었다. 하물며 개떼를 몰고 다니는 리디머 스무 명에게 누가 범접하겠는가. 그들은 수색자이지 도망자가 아니었다. 그들을 따라잡은 케일은 십 분 동안 고민했다. 성소에서 그를 기다리는 세 명은 잊어버리고 멤피스로 탈출할까. 지금이라면 가능했다. 클라이스트에게는 빚진 게 없었고, 베이그 헨리에게는 조금뿐, 그리고 여자의 목숨은 이미 한 번 구해줬다. 문어가 위험한 적을 만나면 색깔이 빨강에서 노랑으로 파도처럼 변하듯, 달아나고픈 욕구와 남아야 한다는 의무감이 마음속에서 줄다리기를 벌였다. 한순간 명확하다가도 이내 뒤죽박죽 진흙탕으로 변했다. 지금 달아나야 할 이유는 또렷한 반면 성소로 돌아가야 할 이유는 흐릿하고 모호했다. 하지만 후자의 물살에 휩쓸린 케일은 몹시 주저하는 얼굴로 욕설을 내뱉으면서 개들과 리디머들을 뒤쫓기 시작했다.

비록 점토 찌꺼기에 덮여 있긴 하지만 케일은 바람이 불어오는 쪽에 개들을 두고 반 마일 이하로는 다가가지 않았다. 두 시간 뒤, 예상대로 그들은 수색을 중단하고 방향을 돌려 성소로 향했다. 케일은 그들이 포기하지 않았다는 걸 알고 있었다. 그들은 도망자를 신속히 잡기 위해서 보낸 1차 수색대였다. 대개 1차에서 잡히지만, 만약 서른 시간 안에 흔적을 놓치면 첫 수색대가 복귀하고 다섯 조로 이루어진 2차 수색대가 임무를 넘겨받았다. 물자를 완벽하게 갖춰서 자급자족이 가능한 그들은 필요하다면 몇 년이고 추적을 계속할 수 있었다. 지금껏 가장 오래 체포되지 않은 자는 두 달을 버텼는데, 결국 붙잡혀 참혹한 벌을 받았다.

케일은 계속 거리를 두고 맞바람을 받으며 열두 시간 동안 리디머들을 그림자처럼 뒤쫓았다. 개들이 자기 냄새를 맡지는 않는지 면밀히 살피며 점점 더 가까이 다가갔다. 결국 그들을 따라 성소로 돌아왔을 때는 거리가 아주 가까워서 이제 녹초가 된 수색대의 끄트머리에 끼어들기만 하면 됐다. 수단에 달린 두건으로 얼굴을 덮은 채, 칠흑 같은 어둠 속에서 그들을 따라 거대한 문을 통과했다. 검문 따위는 없었다. 어른이건 애건 어떤 미친놈이 성소에 침입하려 들겠는가?

비밀 통로에서 하루를 기다린 두 소년과 리바는 어둠 속에 앉아 각자 생각에 잠겼다. 비슷하게 음울한 생각뿐이었다. 가볍게 문 두드리는 소리가 들리자 모두 절박한 희망에 부풀었다가, 덫일지 모른다는 두려움에 사로잡혔다.

"놈들이면 어쩌지?" 클라이스트가 소곤거렸다.

"그렇다면 어떤 식으로든 들어오지 않을까?" 베이그 헨리가 대답했다. 두 소년은 문으로 다가가 문을 당겨 열었다.

"다행이다. 너였구나." 베이그 헨리가 안도의 한숨을 내쉬었다.

"그럼 누굴 기대했는데?" 케일이 물었다.

"그자들일지도 모른다고 생각했어."

지금껏 케일과 얼굴을 마주하고 말을 건넨 여자는 리바가 처음이었다. 그녀의 목소리는 부드럽고 나직했다. 만약 어둠 속에서 케일의 얼굴을 볼 수 있었다면, 몹시 놀라고 홀린 표정이었을 것이었다.

"리디머들이 우리한테 온다면 노크부터 하진 않을 거야."

"아냐." 클라이스트가 맥없이 반박했다. "속임수를 쓰는 것일 수도 있어."

케일이 문을 닫았다.

"속임수는 우리가 쓰고 있지."

"이제 지긋지긋해." 클라이스트가 투덜거렸다. "지금껏 뭘 하다 왔는지나 말해봐. 우리가 살아서 여길 나갈 수 있는 거야?"

"초를 켜. 불이 필요해."

이 분 뒤, 그들은 서로를 볼 수 있었다. 은은한 불빛 덕분에 아름다운 한 장면처럼 보였다. 네 명은 거리를 좁혀 앉았다.

"이게 무슨 냄새야?" 베이그 헨리가 물었다. 케일이 점토 자루를 바닥에 내려놓았다. "이걸 몸과 옷에 바르면 개들이 사람 냄새를 못 맡아. 무슨 일이 있었는지는 너희가 이걸 바르는 동안 이야기해줄게."

평범한 사람들의 세계에서라면 곧이어 벌어진 일이 이상해 보였을 것이다. 이런 상황에 충격을 받은 리바는 자신에게 프라이버시가 있다고 항의하려 했지만, 세 소년은 그녀뿐 아니라 서로에게도 등을 돌렸다. 다른 소년 앞에서 발가벗는 것은 천벌을 부르는 죄라고, 죽은 규율 로드는 입버릇처럼 말했었다. 떠들썩한 천벌을 부르는 죄는 한두 가지가 아니었다.

소년들은 옷을 벗기 위해 어둠 속으로 들어갔다. 뿌리깊은 습관에 따른 것이었다. 불빛 속에 홀로 남아 서 있던 리바는 항의할 대상이 보이지 않았다. 결국 그녀도 냄새나는 점토를 한 움큼 집어들고 어둠 속으로 들어갔다.

"준비됐어?" 케일이 장난스레 말했다. "그럼 이야기 시작한다."

네 시간 뒤 구중중한 새벽이 어둠을 뚫고 퍼져나갈 무렵, 각 조마다 사람 백 명과 개들로 이루어진 2차 수색대 다섯 조가 브런트의 지시에 따라 중앙 광장을 빠져나가기 시작했다. 마지막 조가 광장을 떠날 때, 추위에 두건을 덮어쓴 다른 네 명이 행렬 끄트머리에 붙더니 그들을 따라 대문 밖으로 나갔다. 수색대는 포장도로를 따라 성소 아래 덤불이 우거진 들판에 다다랐다. 거기서 오백 명의 리디머는 다섯 조로 나뉘어 사방으로 흩어졌다.

뒤늦게 합류한 네 명은 계속 마지막 조를 따라 남쪽으로 향했다. 그들과 보조를 맞추며 걷는 동안, 대장인 훈계 로드가 속죄의 행진가를 선창했다.

"거룩한 리디머여!"

"저희 죄를 몰아내소서!" 백사 명의 목소리가 힘겹게 화답했다.

"거룩한 리디머여!"

"저희 악행을 벌하소서!"

"거룩한 리디머여!"

"저희 욕망을 응징하소서!"

"거룩한 리디머여!"

"저희……"

그렇게 한 시간 동안 노래가 이어졌다. 그리고 스캐블랜드의 첫 언덕에서 굽이를 돌자, 백사 명의 목소리가 백 명으로 줄었다.

성가퀴에 서 있던 전투 로드는 낮게 깔린 안개 속에서 나타난 리디머 오백 명이 1, 2마일 전방에서 다섯 무리로 나뉘는 광경을 지켜보았다. 마지막 한 명이 시야에서 사라질 때까지 바라본 그는 곧 돌아서서 아침을 먹으러 갔다. 오늘 메뉴는 그가 좋아하는 블랙 트라이프* 한 그릇과 완숙 계란이었다.

골칫거리 리바만 없다면 소년들은 날이 저물기 전에 40마일, 어쩌면 50마일도 이동했을 것이다. 귀여움을 받으며 살아온 아름답

---

* 반추동물의 네번째 위인 주름위로 만든 요리.

고 풍만한 리바는 지난 오 년간 움직일 일이 별로 없었다. 그저 마사지 테이블에서 더운물이 담긴 욕조까지 걸어가고, 거기서 하루에 네 번 식당으로 가기만 하면 됐다. 끼니때마다 식탁에는 포도잎 쌈*, 족발이 든 애스픽**, 스파이스 케이크***를 비롯해 살을 찌우는 온갖 요리가 즐비했다. 그런 그녀에게 40마일 행군은 무리였다. 날개라도 달렸다면 모를까. 처음에는 클라이스트와 케일이 짜증을 내면서 빨리 걸으라고 재촉했다. 하지만 아무리 으르고 위협해도, 심지어 애원해도 이 가엾은 여자가 한 걸음도 더는 내디디지 못한다는 확신이 서자 모두 길에 주저앉았다. 베이그 헨리는 리바를 구슬려 평소에 성소의 비밀 영역에서 무슨 일이 벌어지는지 털어놓게 했다.

단순히 호화롭고 편안한 삶, 몸이 호강하는 삶, 관심과 애정이 넘치는 삶에 관한 꿈같은 이야기만 있는 건 아니었다. 이해할 수 없는 점도 많았다. 리바와 나머지 여자들이 귀여움과 사랑을 받고 이해와 배려 속에서 사는 이야기를 들을수록, 세 애콜라이트는 리디머가 누군가를 그런 식으로 대하는 까닭이 점점 더 아리송했다. 더구나 여자는 악마의 노리개가 아니던가. 그리고 그런 놀라운 친절을 베푼 자들이 리바의 친구인 레나에게 끔찍한 짓을 했다는 건 앞뒤가 맞지 않았다. 세 소년조차 리디머들이 그렇게 잔인하고 괴기스러운 짓을 했다는 걸 믿기 어려웠다. 하지만 이들 중 누구라도 그 끔찍한 사건, 세 애콜라이트와 리바와 전투 로드가 연루된 그

---

* 백미, 잣, 건포도 등을 포도잎에 싸서 찐 것.

** 고기 국물에 젤라틴을 넣어 만든 젤리.

*** 각종 향신료를 넣어 만든 케이크.

사건의 내막을 알아내기까지는 오랜 시간이 걸릴 터였다. 더구나 케일은 해부 접시에서 발견한 향기로운 물건을 거의 쓰지 않는 주머니에 넣고 까맣게 잊고 있었다.

하지만 당장 그들에겐 인류의 운명보다 더 절박한 문제가 있었다. 아름답지만 거추장스러운 리바를 데리고 다니며 살아남는 것. 이날 그들이 이동한 거리는 10마일이었다. 리바의 의지력에 상을 줘야 마땅했다. 그녀가 지금껏 살아오면서 해본 가장 힘든 일은 닭튀김 조각을 들어 입에 가져가거나, 자신의 완벽한 피부에 풍부한 거품을 내고 영양 크림을 바르기 위해 마사지 테이블 위에서 몸을 뒤집는 것이었으니까. 물론 세 소년은 오늘 리바가 보여준 노력을 대수롭지 않게 여겼다. 기진맥진한 그녀는 [illegible] [illegible] 걸음을 멈추자마자 땅에 누워 곯아떨어졌다. 잠시 후 세 소년은 클라이스트가 준비한 말린 고기를 먹으며 리바를 어떻게 할지 의논했다.

"여기 놔두고 도망치자." 클라이스트가 말했다.

"그럼 죽어버릴 텐데." 베이그 헨리가 대꾸했다.

"물을 두고 가면 돼. 봐." 클라이스트는 너무 많이 먹은 그녀의 몸뚱이를 훑어보면서 덧붙였다. "굶어죽으려면 한참 걸릴 거야."

"어차피 이 속도로 가면 저 여자애는 죽어. 그리고 저 여자애랑 함께 가면 우리도 죽게 돼." 이번에 입을 연 것은 케일이었다. 그는 언쟁을 벌이려는 게 아니라 단순히 사실을 지적한 것이었다.

베이그 헨리가 알랑거렸다. "내 생각은 달라, 케일. 넌 저들을 완전히 속였어. 저들은 이미 우리가 멀리 간 줄 알아. 아마 누군가의 도움을 받아서 손쉽게 달아났다고 생각할 거야."

"누가 리디머들에게 맞서 우릴 도와준다는 거야?" 클라이스트가 기가 막힌다는 듯 물었다.

"아무렴 어때? 저들은 우리가 도망친 줄 알아. 실제로도 도망쳤잖아. 우리가 어떻게 도망쳤는지 알아내려면 한참 걸릴 거야. 그러니 천천히 가도 돼."

"그러지 않는 게 훨씬 좋을걸." 케일이 고개를 저었다.

"이 속도로 가다간 붙잡힐 거야." 클라이스트도 케일의 말에 동의했다. "오소리 똥으로 흔적을 지우는 속임수 정도로는 어림없어."

"우린 그 모든 고초를 겪으며 리바를 구해냈어. 이제 와서 죽게 내버려둘 수는 없잖아."

"아니, 차라리 그게 나아." 클라이스트가 대꾸했다. "우리가 베풀 수 있는 최고의 호의는 저 여자애가 자는 동안 목을 베는 거야. 그게 저애와 우리한테 최선이라고."

케일이 짧은 한숨을 쉬었다. 딱히 후회가 담긴 한숨은 아니었다.

"헨리 말이 옳아. 지금 죽게 내버려두는 건 무의미해."

"그럼 뭐가 의미 있는데?" 클라이스트가 씩씩대면서 소리쳤다. "멍청한 자식들, 중요한 건 우리가 달아나야 한다는 거야. 자유롭게, 영원히."

나머지 두 소년은 대꾸하지 않았다. 맞는 말이었다.

"다수결로 정하자." 베이그 헨리가 말했다.

"아니, 다수결은 안 돼. 머리를 쓰자고."

"다수결로 해." 케일이 말했다.

"뭐하러? 너희가 이미 마음을 정했으니 하나마나잖아. 저 여자애 계속 데리고 가."

험악한 정적이 흘렀다.

"우리가 해야 할 일이 더 있어." 마침내 케일이 입을 열었다.
"이번엔 또 뭔데?" 클라이스트가 투덜거렸다. "거위털을 구해다가 저 뚱보 계집한테 매트리스라도 만들어줘?"
"목소리 낮춰." 베이그 헨리가 말했다. 케일은 클라이스트를 무시해버렸다.
"만약 리디머들에게 붙잡히면 누가 그걸 할지 정해야 해."
불쾌한 제안이었지만 다들 케일이 옳다는 걸 알고 있었다. 살아서 성소로 돌아가고 싶은 사람은 없었다.
"지푸라기 뽑기로 하자." 베이그 헨리가 말했다.
"여기 지푸라기 따윈 없어." 클라이스트가 참담한 표정으로 대꾸했다
"그럼 돌로 하지 뭐." 베이그 헨리가 잠시 주위를 살피다가 크기가 다른 돌멩이 세 개를 갖고 돌아왔다. 나머지 소년들에게 보여주자 둘 다 고개를 끄덕였다. "제일 작은 돌을 잡는 사람이 지는 거야." 헨리가 돌멩이들을 등뒤로 감추더니 곧 주먹 쥔 왼손을 앞으로 내밀었다. 잠시 모두 아무 말이 없었다. 늘 의심이 많은 클라이스트는 고르기를 꺼렸다. 케일이 어깨를 으쓱하고는 손바닥을 위로 하고 손을 내민 다음 눈을 감았다. 클라이스트에게 보이지 않도록 베이그 헨리가 재빨리 케일의 손에 돌을 떨어뜨렸다. 케일이 돌을 꽉 쥐고 눈을 떴다. 이어서 헨리는 남은 두 돌멩이를 양손에 하나씩 쥐고 내밀었다. 클라이스트는 자기가 모르는 어떤 속임수에 넘어갈까봐 여전히 망설였다.
"어서 골라." 베이그 헨리답지 않게 짜증스러운 목소리였다. 클라이스트는 몹시 마뜩잖은 표정으로 헨리의 오른손을 툭 치고 눈

을 감았다. 이제 모두 돌멩이를 하나씩 가졌다.

"셋에 보는 거야. 하나, 둘, 셋."

세 소년이 주먹을 폈다. 케일의 돌이 가장 작았다.

"뭐, 너라면 적어도 서툴게 하지는 않겠네."

"걱정할 거 없어, 케일." 클라이스트도 한마디했다. "나라면 아무 고민 없이 널 죽일 테니까."

케일이 클라이스트를 노려보았지만 얼굴엔 아직 웃음기가 남아 있었다.

"너희 뭐하니?" 리바가 이미 잠에서 깨어 소년들을 지켜보고 있었다. 클라이스트가 그녀를 건너다보며 대답했다.

"식량이 떨어지면 누굴 먼저 잡아먹을지 상의하고 있었어." 그러고는 답은 뻔하지 않느냐는 듯 의미심장한 표정으로 리바를 바라보았다.

"이 녀석 말 듣지 마." 베이그 헨리가 말했다. "우린 그냥 누가 먼저 불침번을 설지 정하고 있었어."

"내 차례는 언젠데?" 리바가 물었다.

도전적이면서 신경질적이기까지 한 리바의 말투에 세 애클라이트 모두 놀랐다.

"너는 최대한 휴식을 취해야 해."

"나도 내 몫은 할 수 있어."

"물론이지. 며칠 뒤 여행에 익숙해지면 그때 해. 지금은 가능한 한 많이 쉬는 게 좋아. 그게 최선이란 건 너도 알게 될 거야."

옳은 말이라 리바는 반박하지 못했다.

"뭐 좀 먹을래?" 베이그 헨리가 말린 쥐고기 조각을 들고 물었다. 먹음직스러워 보이지는 않았다. 달콤한 크림과 빵, 닭고기 파이, 맛난 고기 수프를 먹으며 자란 여자에게는 더욱 그랬다. 하지만 리바는 배가 몹시 고팠다.

"그게 뭐야?" 그녀가 물었다.

"음…… 고기." 베이그 헨리가 우물쭈물 대답했다.

그는 리바 쪽으로 다가가서 그녀의 코밑에 쥐고기를 댔다. 죽은 쥐답게 냄새가 지독했다. 코가 예민한 그녀는 반사적으로 혐오감을 느끼고 눈살을 찌푸렸다.

"우웩, 됐어." 하지만 재빨리 덧붙였다. "어쨌든 고마워."

"보아하니 한동안 굶고 지내도 별 탈 없겠네." 클라이스트는 나직이 중얼거렸지만 일부러 리바에게 들릴 정도로 말했다. 하지만 리바는 자기 몸이 조금도 이상하다고 생각하지 않았다. 완벽한 몸이라는 소리를 평생 들어왔기 때문이다. 그래서 클라이스트가 이죽거리는 걸 알면서도 전혀 모욕감을 느끼지 않았다.

"내가 먼저 불침번 설게." 케일이 말했다. 그러고는 돌아서서 근처의 바위 언덕 꼭대기로 걸어올라갔다. 남은 두 소년은 바닥에 누워 몇 분 만에 곯아떨어졌다. 리바는 다시 잠들지 못하고 조용히 흐느끼기 시작했다. 클라이스트와 베이그 헨리는 죽은듯이 잠들어 있었다. 하지만 바위 언덕 꼭대기에 있는 케일은 리바의 울음소리를 들으면서 그 소리에 대해 곰곰이 생각했다. 마침내 그녀도 잠이 들었다.

이튿날 아침 소년들은 여느 때처럼 다섯시에 일어났지만, 보잘것없는 잠자리를 굳이 치울 필요는 없었다. "저애는 자게 내버려둬." 케일이 말했다. "많이 쉴수록 좋으니까."

"저 여자애만 없으면 여기서 80마일, 어쩌면 100마일까지 갈 수 있는데." 클라이스트가 툴툴거렸다. 그때 칼 한 자루가 발 앞에 꽂혔다.

"피카르보의 방에서 가져온 거야. 원한다면 여자애 목을 베버려. 뭐든 해도 좋으니까 그만 징징대." 화난 목소리가 아니라 사무적인 말투였다. 클라이스트는 반감이 가득한 차가운 눈길로 케일을 노려보았다. 하지만 이내 눈을 돌렸다. 베이그 헨리는 클라이스트가 정말로 리바를 죽일 수 있을지, 만약 가장 작은 돌을 집었다면 칼로 케일을 찌를 수 있을지 궁금했다. 어쩌면 그냥 불평할 대상이 필요한 것은 아닐까. 어쨌거나 현명한 케일은 우쭐대는 기색을 조금도 내비치지 않고 다시 말했다.

"나한테 생각이 있어. 어쩌면 저 여자애 문제가 해결될지 몰라."

다시 고개를 돌린 클라이스트는 얼굴이 부루퉁했다. 하지만 이야기는 듣고 있었다. "우리 동쪽과 서쪽에 있는 수색대들과의 거리를 유지할 수 없다면, 실수로 그들과 마주치지 않도록 뒤를 밟는 게 최선이야."

케일이 몸을 숙여 칼을 집어들고는 모래 위에 그림을 그리기 시작했다. "헨리와 여자애가 남쪽으로 곧장 가면서 하루에 12마일만 이동하면, 클라이스트와 나는 너희 위치를 언제나 알 수 있어. 클라이스트는 서쪽으로 가고 나는 동쪽으로 가서, 가장 가까이 있는 수색대 둘을 찾아낼 거야." 케일은 헨리와 리바가 갈 길을 그린 직선을 가리키며 말을 이었다. "너희가 지그재그로 이동하는 수색대와 마주칠 것 같으면 우리가 돌아와서 너희를 반대 방향으로 데려갈게."

클라이스트가 생각과 의심이 교차하는 표정으로 물었다.

"네가 돌아와서 애들을 어딘가로 데려간다고 쳐. 그럼 만나기로 한 지점에 너희가 없으면 내가 무슨 수로 찾지?"

케일이 어깨를 으쓱했다. "우리 흔적을 뒤쫓을지, 아니면 혼자서 멤피스로 갈지 결정해야겠지. 약속 장소에서 얼마나 기다릴지는 알아서 판단해."

클라이스트가 콧방귀를 뀌고 고개를 돌렸다. 알았다는 뜻이었다.

"넌 괜찮겠어?" 케일이 헨리를 향해 고개를 끄덕이며 물었다.

"응." 베이그 헨리가 대답했다. "저애한테서 알아내고 싶은 게 많거든."

오 분 만에 식량과 물을 나눈 클라이스트와 케일은 각각 동쪽과 서쪽으로 떠났다. 다시 오 분이 지나자 둘의 모습이 시야에서 사라졌다.

앉아서 아침을 먹기 시작한 베이그 헨리는 자고 있는 리바를 물끄러미 바라보았다. 아름답고 창백한 피부, 빨간 입술과 긴 속눈썹, 아름다운 평온함. 그렇게 한 시간 동안 넋을 잃고 바라보았다. 마침내 리바가 눈을 떴다. 처음에는 세 걸음도 안 되는 거리에서 뚫어져라 바라보는 헨리를 보고 화들짝 놀랐다.

"그렇게 빤히 쳐다보는 건 무례한 짓이라고 말해준 사람 없니?"

"없어." 베이그 헨리는 솔직히 대답했다.

"무례한 짓이야."

헨리는 자기 발을 내려다보았다. 지금은 멋쩍은 기분이 들었다.

"미안해. 가혹하게 굴 생각은 없었어." 리바가 말했다.

그 말을 들은 베이그 헨리는 멋쩍은 기분도 잊고 웃음을 터뜨렸다. 리바가 성난 표정으로 물었다.

“뭐가 그렇게 우습니?”

“우리한테 가혹한 건 오백 명 앞에 질질 끌려나가 줄에 매달리는 거야.”

“그게 무슨 소리야?”

“교수대에 매달리는 거 말이야. 목 매달린 리디머처럼.”

“목 매달린 리디머가 누군데?”

헨리는 말문이 막혔다. 마치 해가 무엇이냐는 질문, 또는 짐승이 말할 수 있느냐는 질문을 받은 듯 멍하니 리바를 바라보았다. 한동안 침묵이 흘렀다. 하지만 그의 머릿속에서는 이 상황의 의미를 이해하려는 망치질이 계속되고 있었다.

“목 매달린 리디머는 창조주의 아들이야. 스스로를 희생해 자신의 피로 우리의 더러운 죄를 씻어주었지.”

“우웩! 뭐하러?”

리바는 헨리의 놀란 표정을 보자마자 그런 반응을 보인 걸 후회했다. “미안. 기분 나쁘게 하려던 건 아냐. 그냥 너무 이상해서.”

“뭐가?” 헨리는 여전히 입을 벌린 채 물었다.

“그러니까…… 어떤 죄였는데? 너희가 무슨 짓을 한 거야?”

“나는 태어날 때부터 죄인이었어. 우리는 누구나 혐오스러운 죄를 가득 안고 태어나.”

“말도 안 돼.”

“어째서?”

“어떻게 아기가 잘못을 할 수 있지? 더구나 끔찍한 잘못을 한다니 터무니없어.”

잠시 아무도 말하지 않았다. 이윽고 리바가 물었다. "그리고 왜 피로 씻어주지?"

"그건 상징이야." 방어적으로 대꾸했지만 헨리도 그 이유가 궁금했다.

"난 바보가 아냐." 리바가 대꾸했다. "그 정도는 나도 안다고. 하지만 이유가 뭐지? 어째서 피를 그런 상징으로 사용하는 거야?"

베이그 헨리는 원래 만사를 깊이 생각하는 소년이었다. 하지만 목 매달린 리디머 이야기는 아주 오랫동안 그의 중요한 일부였기 때문에, 리바의 질문은 그에게 팔이나 눈이 달린 의미를 물은 것이나 다름없었다. "다른 애들은 어디 있니?" 리바가 물었다. 방금 들은 이야기 때문에 여전히 혼란스러운 헨리는 진심으로 대답했다.

"아, 갔어."

"우릴 내버려두고?" 리바는 놀라서 눈이 휘둥그레졌다.

"며칠 동안만이야. 양쪽에 있는 수색대들을 쫓아가서 우리와 마주치지 않게 해줄 거야."

"걔들이 우릴 어떻게 다시 찾아?"

"그 녀석들은 추적의 귀재야." 헨리는 두루뭉술하게 대답했다.

"이해가 안 가. 너희는 성소를 떠난 적이 없다며? 네가 그랬잖아?"

"음…… 우리도 출발해야겠다. 가면서 설명해줄게."

리디머 보스코가 지팡이를 들어 문을 두 번 두드렸다.

거의 삼십 초가 지나서야 문이 열렸지만, 그의 얼굴에는 짜증난 기색이 전혀 없었다. 실은 아무 기색도 없었다. 마침내 문이 열리자 키가 큰 또다른 리디머가 전투 로드 앞에 나타났다.

"약속은 하고 오신 겁니까?" 키 큰 남자가 물었다.

"허튼소리 마시오." 보스코는 쌀쌀맞고 경멸적인 태도로 대답했다. "하이 리디머께서 내게 면담을 요청하셨소. 그래서 온 거요."

"하이 리디머께서는 지시를 내릴 뿐 절대 요청 따위는……"

보스코가 그를 밀치고 안으로 들어갔다. "내가 왔다고 전하시오."

"지금 당신 때문에 언짢아하십니다. 그렇게 진노하신 모습은 본 적이 없어요."

보스코는 그를 무시했다. 키 큰 사내가 방안의 다른 문으로 가서 노크를 하고 안으로 들어갔다. 짧은 정적이 흘렀다. 이윽고 문이 다시 열리더니 키 큰 사내가 미소를 지으며 나왔다. 물론 기분좋은 웃음은 아니었다.

"이제 당신을 만날 준비가 되셨습니다."

보스코는 방으로 들어갔다. 어둠에 익숙한 전투 로드의 눈으로도 앞이 잘 보이지 않을 만큼 캄캄했다. 하지만 닫혀 있는 작은 창문들과 오래되고 무시무시한 순교의 전설을 음침하게 재현한 거무스레한 태피스트리 때문만은 아니었다. 어둠의 중심은 구석에 놓여 있는 침대인 듯했다. 침대 위에는 한 남자가 십여 개의 불편한 쿠션에 등을 기대고 앉아 있었다. 보스코는 아주 가까이 다가가서야 그 얼굴을 알아볼 수 있었다. 새하얄 정도로 창백하고, 가는 주름이 자글자글한 볼과 목은 축 처져 있었다. 오래전에 총기를 잃은 듯 두 눈은 축축하고 흐릿했다. 하지만 보스코를 보는 순간 먼 등대의 불빛처럼 밝은 빛이 눈 속에서 번득였다. 증오와 흉계로 가득한 빛이었다.

“나를 기다리게 하다니!” 하이 리디머의 목소리는 희미하지만 날카로웠다.

“최대한 빨리 왔습니다, 각하.” 하이 리디머는 그 말을 믿지 않았으나 보스코도 그가 믿으리라 기대하지 않았다.

“내가 보스코 그대를 부르면 당장 모든 일을 그만두고 쏜살같이 와야 하거늘.” 그가 웃음을 터뜨렸다. 아주 기분 나쁜 웃음소리였다. 아마 성소 전체를 통틀어 그 소리에 기겁하지 않을 자는 보스코뿐일 것이었다. 오로지 사무친 원한과 분노만으로 생기를 띄는, 망자의 소리였다.

“무슨 일로 저를 보자고 하셨는지요, 각하.”

하이 리디머가 잠시 보스코를 노려보았다.

“그 케일이라는 소년.”

“네, 각하.”

“그놈이 자네를 물 먹였더군.”

“어째서 그렇게 생각하십니까, 각하.”

“자네가 그놈을 위한 계획을 세웠으니까.”

“알고 계셨군요, 각하.”

“놈을 반드시 잡아와야 해.”

“제 생각도 그렇습니다, 각하.”

“잡아다가 벌을 줘야 해.”

“여부가 있겠습니까, 각하.”

“그런 다음 목을 매달고 사지를 찢어버려.”

보스코는 곧바로 대꾸하지 않았다.

“놈은 리디머를 살해했어. 신앙 증명의 제물로 삼아야 해.”

보스코는 잠시 골똘한 표정이 되었다.

"제가 조사한 바에 따르면 범인은 나머지 두 애콜라이트가 확실합니다. 케일은 그놈들의 강요에 못 이겨 함께 달아난 것 같습니다. 녀석들은 무기를 지녔지만 케일에게는 없었죠. 이게 사실이라면 케일은 단순히 본보기로서만 처벌받아야 합니다. 하지만 제 생각에 사지 절단은 불필요해 보입니다. 나머지 두 놈은 죄를 물어 그리하겠습니다."

경멸의 코웃음 소리가 들렸다. 숨이 막혀 캑캑대는 걸로 착각할 만큼 이상한 소리였다.

"하! 동정이라니 자네답지 않군, 보스코. 허튼소리 집어치워. 피카르보를 죽인 게 케일이건 나머지 두 놈이건 상관없어. 솔직히 난 놈들과 함께 기숙사를 통째로 불태워버릴까 생각중이야."

하이 리디머는 너무 흥분한 나머지 자기 침에 사레들려 캑캑거렸다. 그는 침대 옆 탁자에 놓인 물잔을 손짓으로 가리켰다. 보스코는 천천히 그에게 컵을 건넸다. 그가 벌컥벌컥 물을 마셨다. 이윽고 하이 리디머가 돌려준 컵은 축축하고 미끈거렸다. 보스코는 희미한 혐오의 표정을 지으며 컵을 탁자에 내려놓았다.

하이 리디머의 호흡이 점점 느려지면서 정상으로 돌아왔다. 하지만 적의의 빛은 오히려 더 선명해져 있었다.

"피카르보에 관해서 이야기해봐."

"무슨 말씀입니까, 각하."

"시치미떼지 마, 보스코. 그 규율 로드 놈은 자기 방에서 배가 갈라진 계집과 함께 발견됐어!"

"아." 보스코는 생각에 잠긴 표정으로 대꾸했다. "그 사건 말씀이로군요."

"자넨 내가 늙고 병들어 이곳에서 벌어지는 일을 모른다고 생각하나? 미안하지만 이번에도 자네가 틀렸어. 내 비록 병들었다고는 하나 자넨 여전히 내 정보망을 간파할 만큼 철두철미하지 못해, 보스코."

"지능이 있는 자라면 어느 누구도 각하의 지혜와 경험을 얕보지 못합니다. 하지만……" 그는 체념한 듯 한숨을 내쉬고 말을 이었다. "리디머 피카르보의 방에서 발견한 혐오스러운 것들을 각하께 알리고 싶지 않았습니다. 각하처럼 뛰어난 통치자께 그런 일로 누를 끼치는 건 도리가 아니니까요."

"그런 아첨에 넘어가기에는 내가 너무 늙었어, 보스코. 난 놈이 그 계집을 데리고 뭘 하고 있었는지 알아야겠다. 그냥 씹만 한 건 아니겠지?"

어떤 일에도 흔들리지 않을 것 같은 보스코도 그런 단어에는 움찔했다. 성행위를 그렇게 노골적으로 표현한 자는 이제껏 없었다. 그것은 대개 '짐승 같은 짓'이나 '추잡한 짓' 같은 말로 에둘러 표현되는데, 그조차 좀처럼 듣기 어려운 단어였다.

"그의 영혼이 타락한 것 같습니다. 악은 늘 우리를 유혹하지요. 아마 애콜라이트들에게 정당한 처벌을 가하면서 폭력에 맛들인 것이 아닌가 합니다. 제가 알기로는 전에도 비슷한 사례가 있었습니다."

하이 리더미가 신음소리를 냈다. "놈이 어떻게 여자를 이곳에 들였지?"

"그건 아직 알아내지 못했습니다. 하지만 피카르보에게는 많은 열쇠가 있었습니다. 규율 로드에 관해 질문할 수 있는 사람은 각하와 저 둘뿐입니다. 따라서 시간이 걸릴 겁니다."

"아무 도움 없이 그런 짓을 했을 리 없어. 이건 단순히 추잡한 짓의 차원이 아니야. 이교 행위일 수도 있어."

"저도 그런 생각이 들었습니다, 각하. 현재 그의 친구 스무 명이 특별한 목적의 집에 격리되어 있습니다. 아직까지 상위 리디머들은 아는 바 없다고 잡아떼지만, 일반 리디머들은 피카르보의 지시에 따라 수녀원 둘레에 차단선을 하나 더 쳤다고 시인합니다. 어느 누구도 의심의 눈길을 던지지 못하도록 바깥 복도들을 막아버렸다고 합니다. 하지만 수녀원은 이미 완벽하게 격리되어 리디머들이 접근할 수 없죠. 아무도 신부들의 얼굴을 볼 수 없습니다. 피카르보는 상위 리디머들이 사용하는 조리실과 세탁실을 차단선 안으로 옮겨 수녀원 안팎에서 일어나는 일들을 숨겼습니다. 지금은 모든 것이 커다란 북을 통해 수녀원으로 드나듭니다. 피카르보는 식량 로드와 세탁 마스터를 자신의 소규모 이교도 패거리로 끌어들여 음식이나 옷가지를 빼돌리는 데 전혀 문제가 없었죠."

"하지만 우린 그 오래된 복도들을 1마일씩 개방하고 있어. 늦든 이르든 몰로이가 놈들을 찾아냈을 거야."

"불행히도 교화 마스터는 그들과 한패입니다."

"하느님 맙소사! 신앙심이 깊은 척하던 그 버러지 몰로이가 성소를 매음굴로 변질시키는 짓을 거들었단 말인가?" 하이 리디머는 드러누운 채 이 극악무도한 행태에 개탄했다. "우리에겐 정화가 필요해. 지금부터 올해가 끝날 때까지 신앙 증명의 제물을 바쳐야겠어…… 놈들의 창자를 꺼내서."

"각하." 보스코가 말허리를 잘랐다. "추잡한 행위가 이 매음굴의 목적은 아닌 듯합니다. 제 생각엔 사실 매음굴이라기보다는 격리된 장소 같습니다. 피카르보가 쓴 글들을 판독해보니, 물론 어처구니없는 내용이긴 하지만, 그자는 아주 특별한 무언가를 찾고 있었습니다."

"뚱보 계집의 뱃속에서 뭘 찾는다는 거야?"

"저도 아직 모르겠습니다, 각하. 우리에겐 정화가 필요할 겁니다. 그것도 아주 많이. 하지만 제가 이 사건의 내막을 파헤칠 때까지 기다려야 합니다. 주님 앞에 촛불을 켜는 것은 그다음입니다." 물론 주님 앞에 촛불을 켠다는 말은 밀랍이나 심지와는 전혀 상관없는 뜻이었다.

"조심해라, 보스코. 자넨 나보다 세상을 더 잘 안다고 믿지만 나는……" 그는 손가락으로 보스코를 가리키며 언성을 높였다. "악의 뿌리가 지식이라는 걸 안다. 그 잡년 이브가 지식에 욕심을 내는 바람에 우리 모두에게 죄와 죽음의 저주가 내린 거야."

보스코가 일어서서 문으로 걸어갔다.

"리디머 보스코!"

보스코가 돌아서서 자글자글 주름진 늙은 사제를 바라보았다.

"케일을 다시 데려오면 처형해. 난 오늘 그런 취지의 명령을 내릴 것이야. 그리고 피카르보 놈의 방탕한 행위를 조사한다는 생각은 잊어버려. 그냥 놈과 관계된 자들은 모조리 쓸어버리는 것으로 끝내. 죄가 있건 없건 상관없다. 이단이 퍼질 기회를 줘선 안 돼. 모두 불태워버리고, 그들을 죄에 따라 나누는 건 주님께 맡기도록 해. 죄 없는 자들은 영생으로 더 나은 보상을 받을 테니."

관찰력이 뛰어나서 무엇 하나 놓치지 않는 사람이라면, 방금 전투 로드가 무언가를 생각하다가 결심한 듯 눈을 깜빡인 것을 보았을 것이다. 하지만 빛이 거의 없어 잘못 본 것일 수도 있었다. 보스코는 앞으로 나아가더니 하이 리디머가 베고 있는 베개를 불룩하게 해주려는 듯 몸을 숙였다. 하지만 베개 하나를 집어들자마자 그는 신중하고 확실한 동작으로 하이 리디머의 작고 늙은 얼굴을 그것으로 덮었다. 그 과정이 어찌나 빠르고 능숙하던지 삽시간에 베개가 입을 막았고, 하이 리디머는 눈앞에서 벌어지는 일을 뒤늦게 깨닫고 공포에 사로잡혔다.

이 분 뒤, 보스코가 밖으로 나오자 키 큰 리디머가 방에 들어가려고 일어섰다.

"나와 얘기를 나누는 동안 잠이 드셨네. 평소의 각하답지 않아. 자네가 가서 살펴보는 게 좋겠어."

보스코는 하이 리디머를 살해했을 뿐만 아니라 그를 속였다. 피카르보가 젊은 여자를 실제로 얼마나 수집했는지 말하지 않았고, 죽은 규율 로드가 벌인 역겨운 실험의 목적이 몹시 수상하다는 말도 하지 않았다. 그 여자들을 어떻게 처리할지는 한동안 고심해야겠지만, 성소를 완전히 장악하기 위한 다음 작전 전개에 그녀들이 지극히 유용한 구실이 될 것은 틀림없었다. 또한 케일이 돌아오면 그에게 좋은 교훈이 되어줄 터였다.

셋째 날, 리디머들을 따라잡은 케일은 그들이 서쪽으로 방향을 돌려 베이그 헨리와 리바에게서 멀어지는 모습을 지켜보았다. 다시 하루가 지나자 동쪽으로 방향을 틀었다. 그러면 위험할 정도로 리바 일행에게 가까워질 터였다. 케일은 그들이 다시 방향을 바꾸길 바라면서 계속 뒤쫓다가 실로 이상한 경험을 했다.

스캐블랜드의 한 언덕 끄트머리에 다다랐을 때였다. 언덕은 한쪽이 무너져내려 가장자리가 톱니처럼 삐쭉삐쭉했다. 모퉁이를 돌다가 그는 맞은편에서 오는 한 남자와 충돌했다. 깜짝 놀라 하마터면 성긴 자갈밭에서 미끄러질 뻔했지만, 비탈진 곳에 서 있던 남자는 잡을 곳이 없어서 뒤로 쿵 자빠졌다.

덕분에 규율 로드에게서 훔친 칼을 뽑을 시간을 번 케일은 남자 위에 서서 칼을 겨누었다. 하지만 이 이상한 상황에 놀란 남자는 금세 평정을 되찾고 신음소리를 내면서 일어서기 시작했다. 케일은 그에게 칼을 흔들어 그대로 있으라고 지시했다.

"그래." 남자가 조금 지친 부드러운 목소리로 말했다. "처음에는 나랑 부딪치더니 이제는 목을 자르려 하는군. 썩 친절하지 않은걸."

"다들 나한테 그렇게 말하지. 당신 여기서 뭐하는 거야?"

남자가 빙그레 웃었다.

"스캐블랜드에서 뭘 하겠어? 빠져나갈 길을 찾는 중이다."

"두 번은 묻지 않겠어."

"네가 상관할 일이 아닌 것 같은데."

"칼을 가진 사람은 나야. 상관할 일인지 아닌지는 내가 정해."

"좋은 지적이다. 일어나 앉아도 될까?"

"허튼짓하면 재미없어."

남자는 산전수전 다 겪은 사람 같았지만, 스캐블랜드 한가운데서 이렇게 어리고 냉정한 소년을 만났다는 사실에 놀란 기색이 역력했다.

"네 집은 여기서 멀지, 꼬마야?"

"내 걱정은 마시지, 영감. 여기서 빠져나가는 동안 어디 가서 지팡이를 살지나 걱정해."

남자가 웃었다.

"너 리디머의 애콜라이트지?"

"그게 당신과 무슨 상관이야?"

"상관은 없어. 단지 내가 애콜라이트를 몇 번 봤을 때는 이백 명이 열을 맞춰 서 있었고, 이십여 명의 리디머가 채찍을 들고 있었지. 혼자 있는 애콜라이트를 본 건 이번이 처음인걸."

"그러시군." 케일이 대꾸했다. "모든 일에는 처음이 있기 마련이지."

남자가 씩 웃었다.

"그래, 옳은 말이다." 그가 한 손을 내밀며 덧붙였다. "난 이드리스푸케라고 한다. 최근까지 가울라이터 힝켈을 모셨지."

케일은 악수에 응하지 않았다. 이드리스푸케가 어깨를 으쓱하고 손을 내렸다.

"보기보다 어리지 않나보구나. 이런 데서는 조심하는 게 상책이지."

"충고 고맙수다."

이드리스푸케가 다시 웃음을 터뜨렸다.

"넌 타협을 모르는 꼬마구나, 그렇지?"

"맞아." 케일이 싸늘하게 대답했다. "그리고 날 꼬마라고 부르지 마."

"좋을 대로. 그럼 뭐라고 부르지?"

"뭐라고도 부를 필요 없어." 케일은 고갯짓으로 서쪽을 가리키면서 말을 이었다. "당신은 저쪽으로 가, 이드리스푸케. 만약 나를 따라오려고 하면, 내가 얼마나 타협을 모르는 놈이지 깨닫게 될 거야." 케일은 일어나라고 손짓했다. 이드리스푸케는 시키는 대로 했다. 그는 뭘 해야 할지 고민하는 듯 잠시 소년을 바라보았다. 하지만 곧 한숨을 쉬고는 돌아서서 케일이 지시한 방향으로 떠났다.

그로부터 열두 시간 동안 케일은 이드리스푸케와의 만남에 대해 강한 의심을 떨치지 못했다. 예컨대, 혹시 변장한 리디머일까? 가능성이 낮았다. 리디머치고는 너무 쾌활했다. 그럼 현상금 사냥꾼? 역시 가능성이 낮았다. 리디머들은 이런 일을 손수 처리했다. 하지만 케일이 규율 로드를 죽인 것은 지극히 악랄한 죄이므로 리디머들은 그를 잡기 위해 무슨 짓이든 할 수 있었다. 그래서 케일은 당장 떠나지 않고 계속 리디머 무리를 뒤쫓으며 그들이 방향을 바꾸길 기대했다. 하루가 지나자 그들이 다시 서쪽으로 방향을 틀었다. 대개 수색대는 적어도 이십사 시간 동안 한 방향을 유지했다. 이제 케일이 동료들에게 돌아가야 할 때였다. 그들을 찾을 수만 있다면.

열두 시간 뒤, 케일은 헨리와 리바에게 가라고 한 직진 노선에 다다랐다. 하지만 혹시라도 그들과 길이 어긋나지 않게 10마일 앞에서부터 거꾸로 되짚어갔다. 물론 클라이스트가 찾아내기로 한 리디머들과 맞닥뜨리지 않기 위해 최대한 몸을 숨기면서 전진했다. 몇 시간 안 되어 케일은 커다란 분지 안에 서 있는 세 명을 발견했다. 그런데 그들 주위에 잘린 시신이 스무 구쯤 널려 있었다. 어떤 것들은 잘게 토막 나 있기도 했다. 100야드 앞에서 케일을 본 셋은 그 자리에서 꼼짝 않고 기다렸다. 널브러진 시신들 사이로 걸어온 케일은 세 명을 향해 고개를 끄덕이며 말했다.

"리디머들은 서쪽으로 갔어."

"내가 뒤쫓던 놈들은 마지막에 동쪽으로 방향을 돌렸어."

클라이스트의 대답 이후 잠시 정적이 흘렀다.

"혹시 누구인지 알아?" 케일이 고갯짓으로 시신들을 가리키며 말했다.

"아니." 베이그 헨리가 대답했다.

"죽은 지 하루 정도 됐어. 틀림없어." 클라이스트가 말했다.

리바는 케일이 피카르보에게서 구출해줬을 때처럼 얼떨떨한, '말도 안 돼'라고 말하는 듯한 표정이었다.

"여기 온 지 얼마나 됐어?" 케일이 나직한 목소리로 물었다.

"이십 분쯤. 오다가 두 시간 전에 클라이스트를 만났어."

케일이 고개를 끄덕였다. "시신을 뒤져보자. 이런 짓을 한 놈들이 남긴 건 별로 없겠지만, 쓸 만한 게 있을지도 몰라."

시신들을 들척거리기 시작한 세 소년은 이따금 동전과 혁대, 찢어진 코트 따위를 발견했다. 잠시 후 잘린 머리 옆의 모래밭에서 반짝이는 물건을 발견한 베이그 헨리가 재빨리 모래를 치웠다. 놋쇠로 만든 평범한 너클더스터*였다. 실망스러웠지만 적어도 쓸모는 있는 물건이었다.

그때, 잘린 머리가 신음했다.

"살려줘."

헨리가 비명을 지르며 뒤로 펄쩍 뛰었다.

---

* 엄지를 제외한 나머지 네 손가락에 끼워 상대를 가격할 때 쓰는 쇠틀.

"저게 나한테 말을 걸었어. 저게 말을 했다고!"

"뭐?" 클라이스트가 짜증스럽게 대꾸했다.

"저 머리. 저게 말을 했어."

"살려줘." 머리가 다시 말했다.

"보라고!" 베이그 헨리가 소리쳤다.

케일이 칼을 들고 조심스럽게 다가가 머리의 관자놀이를 살짝 찔러보았다. 머리는 신음소리를 냈지만 눈을 뜨지는 않았다.

"누가 이자를 목까지 묻어버렸어." 잠시 유심히 살펴보던 케일이 말했다. 인간의 잔학성에 익숙한 세 소년은 그것이 초자연적인 현상이 아니라는 걸 깨달았다. 다들 땅에 묻힌 남자를 내려다보면서 어떻게 해야 할지 고민했다.

"꺼내줘야 해." 베이그 헨리가 말했다.

"안 돼." 클라이스트가 반대했다. "누구 짓인지는 모르지만 꽤 고생했어. 우리가 망쳐놓으면 놈들이 좋아하지 않을 거야. 그냥 내버려둬야 해."

"살려줘." 남자가 다시 웅얼거렸다.

베이그 헨리가 케일을 바라보면서 물었다. "어쩔까?"

케일은 말없이 생각에 잠겼다.

"우린 여유 부릴 처지가 아냐, 케일." 클라이스트가 재촉했다. 케일은 먼발치를 바라보고 있었다.

"맞아, 그럴 처지가 아냐." 무언가를 경계하는 듯 케일의 말투가 이상했다. 나머지 두 소년은 고개를 들고 그의 흔들림 없는 눈길을 따라갔다. 300야드 정도 떨어진 가장 가까운 언덕 마루에 한 줄로 늘어선 리디머들이 케일 일행을 내려다보고 있었다. 이윽고 그 줄이 움직이기 시작했다.

세 소년 모두 창백해진 채 그대로 서 있었다. 달아날 곳이 없었다. 리바가 먼저 움직였다. 줄지어 다가오는 사람들을 더 잘 보려고 앞으로 달려간 그녀는 같은 말을 되풀이했다.

"안 돼. 안 돼. 안 돼."

밀가루처럼 하얘진 베이그 헨리가 케일을 보더니 말했다.

"네가 작은 돌을 골랐잖아."

케일은 표정 없는 눈빛으로 친구를 물끄러미 바라보았다. 잠시 침묵이 흘렀다. 이윽고 케일이 칼을 꺼내더니, 다가오는 남자들에게서 눈을 떼지 못하는 리바 쪽으로 빠르게 걸어갔다. 그가 리바의 머리채를 뒤로 당겨 목을 드러내려고 다가갈 때 클라이스트가 소리쳤다.

"기다려!"

그 소리에 리바가 돌아섰다. 케일은 이미 칼을 내리고 감췄지만, 겁에 질린 상황에서도 그녀는 뭔가 이상한 일이 벌어지고 있음을 감지했다.

"저들은 리디머가 아냐." 클라이스트가 말했다. "누구인지는 모르지만 그것만은 확실해. 일단 상황을 지켜보는 게 좋겠어."

그들이 지켜보는 동안 더 많은 남자들이 언덕마루를 넘어왔다. 새로 나타난 자들은 말을 타고 있었으며, 뒤에 서른 명이 더 따라왔다. 말 탄 사내들이 걸어서 온 자들을 태우고 몰려오자 케일 일행은 채 일 분도 지나지 않아 오십 명가량의 험상궂은 기병에 에워싸였다. 그중 절반이 말에서 내려 남은 시신들을 조사하기 시작했다. 나머지 기병들은 칼을 뽑아들고 케일 일행을 노려보았다.

시신을 살피던 기병 한 명이 소리쳤다. "대장님, 아른헴랜드의 사절단입니다. 이자는 파르디 경의 아들입니다."

키가 거의 스무 뼘은 되는 거대한 말을 탄 우람한 사내가 앞으로 나와 말에서 내렸다. 대장이었다. 그가 케일에게 다가오더니 망설임 없이 소년의 얼굴에 묵직한 펀치를 날렸다. 케일은 땅바닥에 패대기쳐졌다.

"네놈을 처형하기 전에, 누구의 지시로 이런 짓을 했는지 알아야겠다."

당혹감과 고통에 말문이 막혀 대답이 나오지 않았다. 대장이 재촉의 발길질을 하려고 하자 베이그 헨리가 나섰다.

"우리와는 상관없는 일입니다, 대장님. 우리도 방금 시신들을 발견했어요. 우리가 이런 짓을 할 수 있을 것처럼 보입니까?" 헨리는 사실대로 말하는 게 상책이라고 생각했다. "우리한테는 칼 한 자루밖에 없습니다. 이걸로 어떻게 이런 짓을 하겠어요?"

대장이 헨리를 바라보다가 다시 케일을 보았다. 그러고는 케일의 배를 힘껏 걷어찼다.

"일리 있는 말이다. 그럼 살인 명목으로 네놈들을 참수하진 않겠다. 대신 약탈 명목으로 죽여주마."

그는 세 소년이 쌓아놓은 약간의 물건들을 바라보았다. 살인자들이 놓치고 간 물건들이었다. 자루 하나, 접시 하나, 부엌칼 몇 자루, 말린 과일 조금, 그리고 놋쇠 너클더스터. 헨리가 보기에도 약탈한 물건들 같았다.

"아직 죽지 않은 사람이 있어요. 우리가 막 꺼내주려던 참이었습니다." 헨리는 땅속에 묻힌 사내를 가리켰다. 지금은 의식을 잃어서 정말로 잘린 머리가 흙에 처박혀 있는 것 같았다.

병사들이 재빨리 그를 에워싸고 모래와 자갈을 파내기 시작했다. 그들 중 한 명이 말했다.

"이분은 비폰드 총리입니다."

대장이 그들에게 멈추라고 손짓한 다음 무릎을 꿇고 물병을 꺼내더니, 의식을 잃은 사내의 입속으로 조금씩 살며시 부었다. 사내가 기침을 하면서 물을 전부 도로 뱉었다.

곧이어 병사 한 명이 삽 두 자루를 가져오고, 오 분 만에 병사들은 사내를 모래 밖으로 꺼내 땅 위에 눕혔다. 그들이 사내의 심장에 귀를 기울이고 상처를 확인하느라 부산스러웠다.

"우린 저분을 구하려 했습니다." 헨리가 말했다. 그러는 동안 케일은 땅바닥에서 고통스럽게 꿈틀거리며 대장을 험악하게 노려보았다.

"그건 네 주장이지. 내가 확실히 아는 사실은 네놈들이 도적떼라는 것뿐이다. 저 계집애는 팔아넘기고 너희 셋은 죽여야 마땅해."

"이성적으로 행동하쇼, 브램리 대장 나리." 기병이 탄 말 뒤에서 어떤 남자가 소리쳤다. 제복을 입지 않은데다 양손에 묶인 끈이 앞에 서 있는 말의 안장에 매여 있는 걸로 보아 무리와 한패가 아닌 건 확실했다.

"그 입 닥쳐라, 이드리스푸케." 대장이 대꾸했다.

하지만 이드리스푸케는 결코 시키는 대로 하는 남자가 아니었다.

"한번 잘 생각해보쇼, 대장 나리. 비폰드 총리와 내가 까마득한 옛날부터 아는 사이라는 거 당신도 알잖소. 그를 구하려 했던 저 젊은 친구들을 죽이면 보나마나 총리가 좋아하지 않을 거요. 안 그렇소?"

대장이 처음으로 자신 없는 표정을 지었다. 이드리스푸케가 조롱하는 말투를 거두었다. "총리 스스로 결정하고 싶어할 거요. 그건 틀림없소."

대장은 의식 없는 사내를 내려다보았다. 총리는 돌돌 말린 담요를 베고 들것 위에 누워 있었다. 대장이 다시 이드리스푸케를 보았다.

"앞으로 한 마디만 더 지껄이면 하느님께 맹세코 네놈을 선 채로 배를 가르겠다. 알아들었지?"

이드리스푸케는 어깨만 으쓱할 뿐 아무 말도 하지 않았다. 베이그 헨리는 그가 현명하다고 생각했다. 대장이 병사 두 명을 불렀다. "그레이디! 포그! 이 떠버리 옆에 잘 붙어 있어. 만약 달아날 낌새라도 보이면 우라질 대가리를 날려버리고."

10

브랙리 대장은 세 소년의 손을 묶은 다음 걷게 하고, 이따금 말 뒤에서 뛰게 했다. 하지만 이드리스푸케는 주제넘게 군 벌로 계속 말안장에 매인 채 가야 했으며, '저 여자애처럼 나도 기병의 품에 안긴 채 말 타게 해달라'고 장난으로 애원할 때마다 수없이 발길질을 당했다.

날이 저물기 삼십 분 전쯤 야영 준비가 끝났다. 리바는 기병들과 함께 자유롭게 지냈고, 브랙리는 그녀를 건드리지 말라고 엄중히 경고했다. 그들은 지금껏 입에 담기도 싫은 험한 꼴을 무수히 보고 겪은 거친 사내들이었지만, 대부분에게 그런 경고는 필요 없었다. 물론 이 아리따운 아가씨에게 얼마든지 몹쓸 짓을 할 놈들도 더러 있었지만, 대부분은 자신들과 함께 떠들고 농담하는 리바에게 홀딱 반한 눈치였다. 순진무구한 표정으로 새롱거리던 그녀는 병사들이 앞다퉈 들려주는 끝없는 이야기에 눈이 휘둥그레졌다. 이따금 리바는 소년들을 바라보며 안쓰러워했지만, 그럴 때마다 그들 근처에 얼씬대지 말라는 소리를 들었다. 말이라도 붙이려 했다가는 그녀 역시 포박당할 거라는 경고와 함께.

리바 대신 이드리스푸케가 소년들의 동지가 되었다. 네 사람은 모두 케일 일행이 붙잡히고 얼마 후 기병대에 합류한 마차의 굴대에 사슬로 매여 있었다. 소년들에게는 절인 쇠고기와 소다빵*이 지급되었지만 이드리스푸케는 아무것도 받지 못했다. 다들 굶주려서 개처럼 허겁지겁 먹기 시작했다.

"조금 나눠주지 않을래?"

"우리가 왜 그래야 하죠?" 뒤에서 클라이스트가 음식을 우물거리며 물었다.

"저 개자식 브램리가 너희의 창자를 스캐블랜드의 굶주린 모래에 뿌리려고 할 때 내가 나서서 막아줬으니까."

클라이스트가 잽싸게 마지막 한입을 먹어치웠다.

"미안해서 어쩌나. 하지만 오늘 오후의 일은 고마웠어요."

나머지 두 소년은 좀더 너그러웠다. 물론 케일이 자신의 소다빵을 나눠준 건 이드리스푸케에게 물어보고 싶은 것이 있어서였다.

소년들과 달리 이드리스푸케는 케일이 준 빵과 베이그 헨리가 조금 남긴 절인 쇠고기를 천천히 먹었다.

"그 학살에 관해서 뭐 좀 알아요?" 케일이 물었다.

"내가?" 이드리스 푸케가 대답했다. "그건 내가 하려던 질문인데." 그는 소다빵을 한입 더 베어물고 말을 이었다. "정말로 비폰

---

* 이스트 대신 소다와 타르타르산으로 부풀린 빵.

드를 구해주려던 거였냐?"

베이그 헨리와 케일은 잠시 침묵하며 마주보았다.

"그럴까 생각중이었어요." 케일이 대답했다.

"아주 현명해. '남에게 호의를 베풀 때는 항상 먼저 깊이 생각해라.' 좋은 충고지." 이드리스푸케는 턱짓으로 클라이스트를 가리키며 한마디 덧붙였다. "네 친구 놈을 보니 그 충고를 따르지 않은 게 후회되는구나."

"그 충고를 따랐다면 당신 저녁밥은 아예 없었을 거예요."

이드리스푸케가 가볍게 웃었다. "목숨 셋 구해주고 빵 두 조각이라. 썩 공평한 거래도 아니구먼. 너희는 아직 나한테 빚이 있어."

"우리는 당신한테 아무것도 해줄 수 없어요." 베이그 헨리가 말했다.

"그렇겠지. 하지만 언젠가 내가 요구할 날이 올지도 몰라. 너희가 염치를 아는 녀석들이길 빈다."

케일이 웃었다.

"그러는 당신은 염치를 아는 사람인가요?"

"그렇지 않았다면 너희는 지금쯤 딴 세상 사람일걸."

베이그 헨리는 화제를 바꾸는 게 좋겠다고 생각했다.

"저들이 우리를 어떻게 할까요?"

이드리스푸케가 어깨를 으쓱했다. "너희를 멤피스로 데려갈 거다. 비폰드가 죽지 않으면 너희도 무사하겠지." 그러고는 빙그레 웃으며 덧붙였다. "너희가 그를 구하려 했다는 주장을 굽히기 전에는."

"만약 그가 죽으면요?" 베이그 헨리가 물었다.

"글쎄다. 너희를 재판할 수도 있고, 그냥 보조 수로에 던져버릴

지도 모르지."

"그게 뭔데요?"

"너희의 존재가 점점 잊혀가는 곳."

"우린 아무 짓도 안 했어요." 케일이 따지듯이 말했다.

"내 생각도 그래." 이드리스푸케가 다시 한번 웃었다. "하지만 저들한테는 그렇게 말해봐야 씨알도 안 먹혀."

"누가 그런 학살을 저질렀을까요?"

이드리스푸케가 생각에 잠겼다.

"스캐블랜드 변방에는 무법자가 많지만, 마테라치의 무장 사절단을 건드릴 생각을 할 만한 놈은 별로 없어."

"그게 누군데요?"

"맙소사, 성소에서는 아무것도 안 가르쳐주냐?"

세 소년 모두 돌처럼 굳은 표정으로 그를 바라보았다.

"알았어, 알았어. 마테라치는 멤피스를 비롯해 위로는 스캐블랜드, 아래로는 그레이트 바이트(거대한 만灣)까지 지배하는 가문이야. 거기가 어디인지도 들어본 적 없나보구나."

"멤피스는 어떤 곳이죠?"

"끝내주는 곳. 지상에서 가장 화려한 쇼가 펼쳐지는 곳이야. 멤피스에서는 못 구하는 게 없고, 사고팔지 못하는 게 없어. 또한 일어나지 않은 범죄가 없고, 못 먹는 음식이 없으며……" 그는 잠시 사이를 두고 말을 이었다. "하여간 없는 게 없어. 저들이 너희를 죽이거나 잊어버리지만 않는다면 황홀한 경험을 하게 될 거다. 물론 돈이 있어야 하지만."

"우린 돈 없어요." 케일이 대꾸했다.

"그럼 구해야지. 멤피스에서 돈이 없는 자는 목적도 없어. 그리고 너희가 멤피스에 있어야 할 목적이 없다면 누군가가 곧 목적을 찾아줄 거다."

"그게 무슨 소리—"

"질문은 그만. 온몸이 쑤시고 피곤하네. 아침에 이야기하자." 이드리스푸케가 눈을 찡긋했다. "그때까지 내가 여기 있다면." 그리고 말을 마치자마자 등을 돌리더니 오 분 만에 코를 골기 시작했다.

소년들은 툭하면 아리송한 농담을 하는 그가 이번에도 그런 거라고 생각했지만, 이튿날 아침에 잠에서 깨어보니 이드리스푸케는 정말 사라지고 없었다.

브램리 대장은 불같이 화를 내면서 세 소년을 힘껏 걷어찼다. 발길질을 당한 소년들은 몹시 언짢았지만, 그렇다고 대장의 기분이 썩 좋아지는 것 같진 않았다. 리바가 달려와 그만 때리라고 애원했다.

"그 사람이 도망치는 걸 애들이 도왔다면 뭐하러 같이 가지 않고 남았겠어요? 이러는 건 부당해요!"

부당한 행위에 익숙한 소년들은 입을 굳게 다문 채 몸의 약한 부분이 브램리 대장의 장화코에 맞지 않도록 조심했다. 다행히도 브램리는 소년들이 잘 아는 능숙한 사디스트들과 달리 분풀이 삼아 폭력을 휘두르고 욕을 퍼부을 뿐이었다. 부당함은 그들에게 물만큼이나 익숙했다. 특히 리디머들은 매를 때리기 전 종종 목 매달린 리디머의 가장 엄한 경고를 언급했다. 바로 아이를 다치게 하는 자는 목에 맷돌을 매달아 바다에 던져버려야 한다는 말씀이었다. 성소에 처음 온 소년들은 거룩한 리디머의 너그러움에 관한 일화를 수없이 들었다. 특히 아이들을 아꼈다는 그는 어린이에게 사랑과 행복을 주라고 늘 주변 사람들에게 일렀다 한다. 처음에 소년들은 그런 사랑과 친절에 관한 설교를 듣기 전후로 정당한 이유도 없이 매를 맞는다는 사실에 당혹스러움과 분노를 느꼈다. 하지만 세월이 흐르면서 아무도 그걸 모순으로 여기지 않게 되었으며, 평온과 기쁨에 관한 설교를 한 귀로 듣고 나머지 귀로 흘려버리게 되었다. 성소의 소년들에게 그런 설교는 그저 설교일 뿐 아무 의미도 없었다.

소년들에게 어느 정도 분풀이를 한 브램리가 옆에 서 있던 하사와 상병을 향해 돌아섰다. 그들은 자기 차례가 올까봐 조마조마해하고 있었다.

"너!" 브램리가 병장에게 소리쳤다. "크고 뚱뚱한 똥자루. 그리고 너!" 이번에는 훨씬 작은 상병을 가리켰다. "깡마른 작은 똥자루. 가장 뛰어난 병사 열 명을 데리고 가서 그 개자식 이드리스푸케를 찾아내라. 만약 그자를 잡지도 못한 채 멀쩡히 살아서 돌아온다면, 너희 두 놈 다 저녁밥을 챙겨서 나한테 와라. 내가 내리는 벌을 받고 나면 미치도록 배가 고플 테니까."

말을 마친 그는 씩씩대면서 자신의 막사로 향했다.

"포로들을 계속 심문해!" 도중에 그가 어깨 너머로 소리쳤다.

짜증을 참고 있던 하사가 경멸의 한숨을 길게 내쉬었다. "상병, 저 인간이 하는 말 들었지?"

상병이 세 소년에게 다가갔다. 그들은 마차 바퀴에 기댄 채 몸을 보호하려고 무릎을 세우고 있었다.

"같이 있던 포로가 어디로 도망갔는지 아나?" 상병이 물었다.

"몰라요!" 화가 나면서도 겁에 질린 클라이스트가 소리쳤다.

"이 포로는 모른다는데요." 상병이 차분한 목소리로 보고했다.

"정말인지 물어봐, 상병."

"정말이냐?"

"정말이라니까요." 클라이스트가 대답했다. "나 참, 그자가 뭐 하러 우리한테 행선지를 알려주겠어요?"

"일리 있는 말입니다, 하사님."

"그래." 하사가 따분한 표정으로 대꾸했다. "일리 있는 말이다." 잠시 후 그가 다시 말했다. "7소대 전원 말에 오르고 척후병을 깨워라. 십 분 뒤에 출발한다."

하사의 지시에 주위 병사들이 흩어지자, 아무 일도 없었던 것처럼 소년들과 리바만 남았다. 그녀는 소년들 옆에 무릎을 꿇고 앉아 가슴 아프다는 듯 연민의 눈길로 바라보았다. 하지만 그들은 연민이라는 감정을 인식하지 못했다. 그 이유는 첫째, 자신들의 타박상에 더 신경이 쓰였다. 둘째, 자신들의 고통을 리바가 정말로 느낀다는 걸 이해할 수 없었다. 다만 베이그 헨리는 예외였다. 일주일 동안 스캐블랜드에서 리바와 함께 지내다가 흔치 않은 개울을 발견하고 몸을 씻으러 상체를 드러낸 적이 있었다. 그때 그는 리바가 몰래 훔쳐보는 것을 눈치챘다. 그녀는 헨리의 등을 뒤덮은 홈과 골, 갖은 흉터를 애처롭게 바라보았다. 여자에게 연민의 대상이 되기는 난생처음인데도 헨리는 그 기묘한 힘을 감지했다. 당혹스러웠지만 사실이었다.

이윽고 캠프 전체가 움직이기 시작했다. 포로들은 멀건 죽을 먹고 출발했다. 소년들의 곁을 떠나기 전에 리바는 들뜬 목소리로 이틀 후면 멤피스에 도착한다고 속삭였다. 세 소년은 무슨 일이 자신들을 기다리고 있을지 몰라 리바처럼 마냥 즐거워할 수가 없었다.

"우리가 구해주려 했던 늙은이 말이야. 죽었어?" 클라이스트가 리바에게 물었다.

"아닌 것 같아."

"쓸모 있는 일을 해봐. 어떻게든 알아내란 말이야." 클라이스트가 쌀쌀맞게 말했다.

그의 비난에 리바의 눈이 휘둥그레지더니 이내 흐려졌다.

"제발 그만 좀 괴롭혀." 베이그 헨리가 클라이스트에게 쏘아붙였다.

"왜? 그자가 죽으면 우린 교수형이야. 그러니 이 뚱보 여자애도 느긋하게 말을 타고 멤피스로 갈 게 아니라 우리한테 필요한 정보를 알아내야 한다고."

리바가 눈물을 글썽이다 말고 분노를 터뜨렸다.

"왜 자꾸 나더러 뚱뚱하다는 거니? 난 날씬한 편이란 말이야."

"말싸움 좀 그만해." 케일이 짜증 섞인 투로 말했다. "클라이스트, 입다물어. 그리고 리바 넌 그 늙은이가 어떻게 됐는지 알아내."

리바는 충격과 분노에 젖어 케일을 노려볼 뿐 아무 말도 하지 않았다.

"죽기 싫으면 전진해! 죽기 싫으면 전진하라고!" 캠프를 거두고 이동할 때마다 들려오는 상병들의 고함소리는 더이상 위협적이지 않았다. 소년들이 매여 있는 마차가 비틀비틀 움직이기 시작했다. 뒤에 남은 리바는 성난 얼굴로 소년들을 노려보았다. 하지만 그날 저녁 그녀는 여전히 뾰로통한 얼굴로 소년들을 지나쳐가면서 하나도 중요하지 않은 소식인 양 무덤덤하게 말했다.

"그 사람 아직 살아 있어."

불과 100미터 앞에서 갑자기 스캐블랜드가 끝났다. 거친 모래와 화산재, 바위와 흉측한 언덕이 사라지고 나타난 비옥한 초록 들판에는 벌써부터 농장과 집, 일꾼들의 오두막이 듬성듬성 보였다. 한데 모여 있는 손수레들과 울타리 뒤에서 사람들이 나타나더니 구경하려고 다가왔다. 물론 오래 있지는 않았다. 병사들과 짐, 포로들의 모습이 흥미롭긴 했지만, 다들 이십 초 정도 구경하다가 일터로 돌아갔다. 남은 건 아이들뿐이었다.

그날부터 다음날까지 집과 사람의 수는 점점 많아졌다. 처음에는 작은 마을, 곧이어 큰 마을, 마침내 멤피스 근교가 나타났다. 하지만 멤피스의 거대한 성채가 보이려면 아직 두 시간은 더 가야 했다.

길이 혼잡해서 잠시 멈춰 섰을 때, 도시를 보고 놀라 눈이 휘둥그레진 소년들 쪽으로 상병 하나가 말을 몰아 다가왔다.

"저건 세상에 가장 큰 성벽이야. 가장 얇은 곳의 두께가 50피트에 둘레 길이는 5마일의 두 배나 되지."

소년들이 그를 빤히 쳐다보았다.

"그럼 10마일이란 소리잖아요." 클라이스트가 말했다.

고개를 숙인 상병이 말에 박차를 가해 앞으로 갔다.

11

멤피스 성채의 거대한 성문으로 가는 마지막 2마일은 각종 물건을 사고파는 시장으로 이루어져 있었다. 왁자지껄한 소음과 향기로운 냄새, 화려한 색깔에 눈이 휘둥그레진 소년들은 너무 좋아서 얼이 빠졌다. 평범한 여행자라면 망자의 날까지 가져갈 진기한 경험쯤으로 여기겠지만, 죽은 사람 발이라고 불리는 버섯을 주식으로 하고 가끔 쥐고기를 먹는 소년들에게 그곳은 천국 그 자체였다. 상상을 뛰어넘을 정도로 풍요롭고 신기한 천국. 숨을 들이마실 때마다 향신료인 커민과 로즈메리 냄새와 함께, 염소 파는 목동의 땀 냄새, 아낙네의 몸에서 풍기는 탠저린 기름 냄새, 오줌 지린내와 장미 향기가 났다. 사람들의 고함소리와 짐승들의 울음소리가 사방에서 들려왔다. 앵무새가 튀겨지면서 깍깍대는 소리, 미식가들이 좋아하는 멤피스 고양이 수육에 쓰이는 고양이 울음소리, 제물용 비둘기가 구구구 우는 소리, 개 짖는 소리 등등, 명절 요리에 쓰일 온갖 짐승들의 비명이 도시 주위의 언덕까지 울려퍼졌다. 돼지 멱따는 소리와 소 잡는 소리도 들렸다. 시장 한편에서는 한바탕 소동이 벌어졌는데, 내장을 바르려고 도마에 놓은 창꼬치가 힘차게 퍼덕거려 생선장수의 손에서 벗어나더니 자유를 찾아 하수도로 들어간 것이었다. 참담한 손해를 본 생선장수는 울부짖었고, 구경하던 사람들은 웃으며 놀려댔다.

소년들은 계속 걸어갔다. 그사이 장사치들은 소년들이 알아듣지 못할 소리를 질러댔다. "위디, 위디, 위!" 궤짝에 담긴 소꼬리를 파는 것 같았다. 껍질을 벗긴 소꼬리는 솜사탕처럼 연분홍색이었다. "에치-구다-문다!" 또다른 상인이 자기가 파는 채소들 위로 한 손을 휙 저으면서 마치 방금 허공에서 그것들을 만들어낸 마술사처럼 한껏 폼을 잡으며 소리쳤다. 그의 자랑이 이어졌다. "내 채소 좀 사쇼! 토마토 잘 익었수다. 파인애플은 끝내주지. 약초도 좋소. 이거야 원, 식물원이 따로 없구먼. 어서들 사쇼!"

노점도 적잖이 눈에 띄었다. 한쪽 구석에서는 반쯤 벗은 노인이 알록달록한 달걀 두 개를 팔려고 누덕누덕한 천에 담아 내밀고는 두 발을 번갈아 깡충거리고 있었다.

왼편을 구경하던 베이그 헨리는 한 줄로 늘어선 아홉 살가량의 소년들을 발견했다. 목에 맨 사슬로 연결된 그들은 가죽 재킷 차림의 우람한 남자들이 내려다보는 문 쪽으로 끌려갔다. 남자들이 고개를 끄덕이자 소년들이 안으로 들어갔다. 무덤덤한 표정이었지만, 베이그 헨리는 소년들을 보고 깜짝 놀랐다. 아이들의 입술이 빨갛게 칠해져 있고, 눈꺼풀에는 파란색 분이 곱게 발라져 있어서였다.

베이그 헨리가 옆에 있던 병사 한 명을 부르더니, 소년들과 문 너머의 건물을 고갯짓으로 가리켰다. 번지르르하게 칠해진 그 건물은 시장보다 훨씬 북적였다.

"저긴 뭐하는 데죠?"

끌려가는 소년들을 본 병사는 혐오감으로 얼굴이 창백해졌다.

"저기는 '키티 타운'이야. 절대로 가지 마라." 그는 잠시 입을 다물고 베이그 헨리를 불쌍하다는 듯이 바라보았다. "너한테 그럴 선택권이 있을지 모르겠다만."

"왜 키티 타운이라고 부르죠?"

"암투끼 키티가 다스리는 곳이거든. 더는 묻지 마라. 그는 여자도 아니고 토끼도 아니야. 가까이 해서는 안 될 사람이지."

문지기들을 지나쳐 멤피스시로 들어서는 동안 모든 것이 확 바뀌었다. 깊고 서늘한 터널로 들어서자 시장의 냄새와 소음, 야단법석은 사라져버렸다. 암흑 같은 터널은 30야드 만에 끝나고 다시 주위가 밝아졌다. 이번에도 새로운 세상이 펼쳐졌다. 사방이 온통 갈색이고 획일적이어서 거기가 거기 같은 성소와 달리 성채 안의 풍경은 한없이 다채로웠다. 구리 첨탑들이 우뚝 솟아 있고 신록이 우거진 궁전 옆에는 노란색 자주색 벽돌로 지은 저택이 있었다. 완벽하게 재단한 듯한 큰길은 백묵으로 나무줄기를 하얗게 칠한 가로수들을 따라 굽어 있고, 오래된 골목길들은 고양이조차 들어가기를 꺼릴 만큼 아주 좁았다. 케일 일행을 쳐다보는 사람은 거의 없었다. 무시하는 게 아니라 아예 안 보이는 것 같았다. 금빛 곱슬머리를 휘날리는 어린아이들만 공원 광장의 멋진 쇠울타리 뒤에서 그들을 보며 싱글거렸다.

이윽고 저 앞 도로가 소란스러워지기 시작하더니, 붉은색 금색 제복을 차려입은 왕실 기병 스무 명이 화려하게 장식된 마차 한 대를 호위하고 광장으로 들어왔다. 그들은 마차대 쪽으로 황급히 다가오더니, 비폰드 총리가 의식을 잃고 누워 있는 뚜껑 덮인 마차 옆에 멈춰 섰다. 화려한 마차의 널찍한 문 두 짝이 열리자, 중요해 보이는 남자 셋이 총리의 마차로 달려가 안으로 들어갔다. 케일 일행은 광장에 늘어선 나무들의 그늘 아래서 서늘한 산들바람을 맞으며 오 분 동안 서서 기다렸다.

다섯 살쯤 되어 보이는 꼬마 여자아이가 세 애클라이트에게서 가장 가까운 울타리로 다가왔다. 아이 엄마는 수다를 떠느라 딸이 사라진 것도 모르고 있었다.

"야, 너. 남자애."

케일이 최대한 험상궂은 표정으로 소녀를 노려보았다.

"그래, 남자애. 너 말이야."

"뭐야?" 케일이 대꾸했다.

"너 얼굴이 돼지 같아."

"꺼져."

"넌 어디서 왔니?"

케일이 소녀를 다시 노려보았다.

"밤에 너를 잡아다가 먹으려고 지옥에서 왔다."

소녀가 잠시 생각에 잠겼다.

"넌 보통 남자애처럼 보여. 지저분한 보통 남자애."

"외모는 속임수일지도 모르지." 케일이 말했다. 곁에서 지켜보던 클라이스트가 흥미를 느끼고 꼬마에게 말했다.

"두고 봐. 앞으로 사흘 뒤에 우리가 네 방에 숨어들 테니까. 너희 엄마가 듣지 못하도록 아주 조용히. 그런 다음 네 입에 재갈을 물리고 그 자리에서 먹어치울 거야. 우리가 떠나면 아마 뼈만 조금 남을걸."

보통 남자아이들이라고 믿고 싶은 소녀의 마음이 흔들리기 시작했다. 하지만 쉽게 겁먹는 아이가 아니었다.

"우리 아빠가 너희를 막아주고 죽여버릴 거야."

"아니, 못 그럴걸. 왜냐하면 우리가 너희 아빠도 먹어치울 거니까. 아마 너보다 먼저 먹을 거야. 어떻게 먹히는지 너한테 보여주려고."

그 말에 케일이 큰 소리로 웃음을 터뜨리고는, 아이와의 대화에 즐거워하는 클라이스트를 향해 고개를 저었다.

"애 성질 돋우지 마." 그가 미소 띤 얼굴로 말했다. "내가 보기에 이 계집애는 스파이 같아."

"난 스파이 아냐!" 꼬마 여자아이가 씩씩대며 소리쳤다.

"넌 스파이가 뭔지도 모르잖아." 클라이스트가 대꾸했다.

"아냐, 알아."

"그만해!" 케일이 나직이 말했다.

마침내 소녀의 엄마가 딸을 찾다가 허겁지겁 달려왔다.

"가자, 제미마."

"그냥 지저분한 남자애들이랑 얘기하고 있었어."

"입다물어, 요 겁도 없는 것! 이 불쌍한 오빠들을 그렇게 부르면 안 돼." 그녀는 두 소년을 보며 말했다. "미안하구나. 당장 사과해,

제미마."

"싫어."

그녀가 딸을 끌고 가기 시작했다. "그럼 오늘 푸딩은 없어!"

"우리는요? 우린 푸딩 안 주나요?" 클라이스트가 모녀를 향해 소리쳤다.

그때 앞쪽이 부산스러워졌다. 왕실 병사 여섯 명이 비폰드 총리를 마차에서 내리고 있었고, 예의 세 남자가 근심 어린 얼굴로 그 장면을 지켜보았다. 총리는 화려한 마차 안으로 조심스럽게 옮겨졌다. 잠시 후 화려한 마차가 광장을 떠나자 마차대가 천천히 뒤따르기 시작했다.

세 시간 뒤, 본성 안의 지하 감옥으로 끌려간 소년들은 옷을 벗고 몸수색을 당한 다음, 낯설고 불쾌한 화학약품 냄새가 나는 차가운 물을 한 양동이씩 뒤집어썼다. 이어서 몸을 가렵게 하는 하얀 가루가 뿌려진 옷을 돌려받고 감방에 갇혔다. 그들은 삼십 분 동안 말없이 앉아 있었다. 마침내 클라이스트가 한숨을 쉬더니 입을 열었다. "이게 누구 아이디어였더라? 아, 그래. 케일이었지. 깜빡했어."

"이곳과 성소의 차이는 여기서는 앞으로 벌어질 일을 모른다는 거야." 케일은 대답할 가치도 없다는 듯 무관심한 표정으로 대꾸했다. "반면 거기로 돌아가면 앞날이 뻔하지. 비명도 엄청 질러야 할 테고." 반박하기 어려운 말이었다. 몇 분 지나지 않아 셋은 모두 잠들었다.

비폰드 총리는 사흘 동안 점점 더 죽음에 가까워졌다. 온갖 약을 투여하고, 밤낮으로 향초를 태우고, 이런저런 연고와 물약을 상처에 발랐지만 허사였다. 멤피스에서 가장 뛰어난 의사들의 노력에도 아랑곳없이 그런 치료는 죄다 쓸데없거나 오히려 몸에 아주 해로웠으며, 타고난 체력과 건강이 없었다면 버티지 못했을 터였다. 마침내 비폰드가 의식을 되찾은 것은 후계자들에게 최악의 상황(그들의 관점에서 보면 최선의 상황)을 준비하라는 통보가 갔을 때였다. 그는 눈을 뜨자마자 창문을 열라고 쉰 목소리로 지시했다. 곧이어 하인들이 유독한 향초들을 치우고 뜨거운 물로 그의 몸을 씻겼다.

며칠 뒤, 차고 신선한 공기와 타고난 체력 덕분에 건강을 되찾은 그는 침대에 앉아 스캐블랜드의 왕모래에 목까지 묻히게 된 경위를 들려주었다.

"멤피스까지 나흘 정도 남았을 때 모래폭풍을 만났다네. 실은 모래가 아니라 자갈이었지. 그 폭풍 때문에 흩어진 사절단을 다시 정비하기도 전에 거리어 무리의 공격을 받았어. 놈들은 우리 편을 모조리 죽였어. 하지만 왠지 몰라도 나는 살려뒀다네. 자네가 날 발견했을 때의 그 상태로."

비폰드의 이야기를 듣고 있는 남자는 마테라치 첩보대의 수장인 앨빈 대위였다. 키가 크고 눈이 어린 소녀처럼 파랬다. 이 도드라진 특징은 날카롭고 차가운, 방금 다림질된 사람 같은 분위기를 풍기는 외모와 대조를 이루었다.

"단순히 거리어의 짓이라고 확신하십니까?" 앨빈이 물었다.

"난 도적떼 전문가가 아닐세, 대위. 하지만 파르디가 죽기 전에 그렇게 말했어. 달리 생각하는 이유라도 있나?"

"몇 가지 이상한 점이 있습니다."

"예를 들면?"

"사절단을 공격한 방식이 너무 조직적인 듯합니다. 거리어치고는 너무 능숙해 보이더군요. 그들은 기회주의적인 학살자들이라 대규모로 뭉치지 못하지요. 때문에 각하를 지키던 정예병을 상대하기 어렵습니다. 폭풍에 전열이 흐트러졌다 해도 그렇습니다."

"그렇군." 비폰드가 고개를 끄덕였다.

"그리고 각하를 살려둔 것도 이상합니다. 왜 그랬을까요?"

"죽인 거나 진배없지."

"물론 그렇죠. 하지만 이유가 뭘까요? 그냥 죽일 수도 있었는데." 앨빈이 창가로 다가가 마당을 내려다보았다.

"각하는 접힌 종이가 입에 꽂힌 채 발견되셨습니다."

앨빈을 바라보던 비폰드는 문득 턱이 강제로 벌려지는 불쾌한 기분을 다시 느꼈다. 숨을 쉬려고 바동거리다 의식을 잃어버리던 그 느낌.

"죄송합니다, 비폰드 각하. 아무래도 언짢으실 겁니다. 내일 다시 올까요?"

"아냐. 괜찮네. 무슨 내용이었나?"

"각하께서 마테라치 원수께 전하려고 가져오시던 가울라이터 힝켈의 서신이었습니다. 당대에 평화가 있을 거라고 약속하는 내용이더군요."

"지금 그 편지는 어디 있나?"

"마테라치 백작이 갖고 있습니다."

"쓸모없는 거라네."

"아." 앨빈은 골똘한 표정으로 말했다. "그렇게 생각하십니까? 흥미롭군요."

"어째서?"

"꽤 중요한 서신을 각하의 입에 쑤셔넣고 각하를 살려준 건 누군가가 메시지를 남기기 위해서인 듯해서요."

"이를테면 어떤?"

"모호한 메시지죠. 의도적인 행위일 겁니다. 확실히 거리어답지는 않습니다. 놈들의 관심사는 강간과 도둑질이지 정치적 메시지는 아니니까요. 분명하건 모호하건 말입니다."

"그게 메시지라면…… 좀더 명확해야 하지 않을까?"

"꼭 그렇지는 않습니다. 힝켈은 스스로를 장난의 귀재라고 생각하죠. 마테라치 가문의 대사에게 그런 위장 공격을 가해 우리가 의심과 혼란에 빠지면 틀림없이 재미있어할 겁니다." 앨빈은 겸손한 미소를 지으며 덧붙였다. "하지만 각하께서 가장 최근에 그자를 만나셨으니 더 잘 아시겠지요. 보시기에 어땠습니까?"

"내 생각도 크게 다르지 않아. 태도는 너그럽지만 눈빛이 너무 교활하더군. 영악한 자들이 대개 그렇듯 모두를 바보로 여겨."

"우리 대사를 바보로 여기는 게 틀림없습니다."

앨빈이 잠시 입을 다물었다. 도를 넘은 게 아닐까 걱정하는 눈치였다. 비폰드는 그를 유심히 바라보았다.

"자넨 많은 걸 알고 있나보군." 신중하면서도 은근히 재촉하는 말투였다.

"많이요? 저도 그랬으면 좋겠습니다. 하지만 실은 몇 가지뿐이죠. 며칠 후에 이 문제를 어떤 식으로든 명확하게 해줄 소식이 들려올지도 모르겠습니다."

"나한테 계속 알려주면 정말 고맙겠네. 나도 쓸 만한 정보를 제공할 테니."

"여부가 있겠습니까, 각하."

앨빈은 협정을 맺은 것 같아서 기분이 좋았다. 물론 비폰드의 신뢰성 여부를 고민할 필요는 없었다. 그는 별로 신뢰할 수 없는 자였다. 멤피스의 궁전은 독사들의 소굴이므로, 독을 잔뜩 품은 날카로운 이빨이 없는 자는 비폰드처럼 요직을 차지할 수 없었다. 그에게 진심을 기대하는 건 어리석은 짓이었다. 하지만 이 문제에 대해서는 어느 정도 합의한 기분이었다. 자신의 이익을 위해 비폰드를 배신해야 할 때가 오기 전까지는 그 합의에 따라야 할 듯싶었다.

"각하와 논의해야 할 사안이 한두 가지 더 있습니다. 물론 너무 피곤하시다면 내일 다시 오겠습니다."

"괜찮네. 이야기해보게나……"

"브램리가 발견한 이상한 젊은이 네 명에 관한 문제입니다. 당시에 그들은 각하를 내려다보고 있었는데……" 앨빈이 입을 다물었다.

"내가 목까지 묻혀 있었을 때?"

"네, 그렇습니다."

"난 그게 꿈인 줄 알았다네." 비폰드 총리가 골똘한 표정으로 말했다. "소년 셋과 소녀 하나였지."

"맞습니다."

"그애들이 뭘 하고 있었나?"

"이런, 저희는 각하께서 아실 줄 알았는데요. 브램리는 소년들을 처형하고 소녀를 팔아치우려 합니다."

"어째서?"

"그들이 각하를 공격한 거리어 무리와 한패라고 생각하거든요."

"내가 발견된 건 놈들이 우릴 공격하고 최소한 이십사 시간은 지나서였네. 그애들이 거리어 일당과 관련이 있다면 뭐하러 거기서 얼쩡대고 있었겠나?"

"브램리는 지금도 소년들을 처형하고 싶어합니다. 마테라치 가문의 대사를 공격하면 어떻게 되는지 경고의 메시지를 보내야 한다나요."

"피에 굶주린 놈 같으니. 브램리가 자네 부대 소속이던가?"

"그럴 리가요. 당치도 않습니다."

"그애들은 뭐라고 변명하던가?"

"거기 막 도착해서 각하를 꺼내주려던 중이었다더군요."

"자네는 그 말을 믿지 않나?"

"파낸 흔적이 전혀 없었습니다." 앨빈은 잠시 사이를 두었다. "제가 보기에 그들은 어린애가 아닙니다. 세 소년의 나이는 열세 살에서 열네 살 정도지만, 거칠고 강인해 보이는 녀석들이죠. 반면 소녀는 마치 비눗물에 담겨 있던 아가씨 같습니다. 대체 그들은 스캐블랜드 한가운데서 뭘 하고 있었을까요?"

"그 점에 대해서는 뭐라고 변명하던가?"

"자기들이 집시라더군요."

비폰드가 웃었다. "육십 년 전 리디머들이 쓸어버린 이후로 그 지역에는 집시가 한 놈도 없어."

그는 잠시 골똘한 표정을 짓다가 입을 열었다. "며칠 뒤에 몸 상태가 좋아지면 내가 그들과 직접 얘기해보겠네. 거기 물잔 좀 건네주게나."

앨빈이 침대 옆 탁자에 놓인 잔을 집어 비폰드에게 건넸다. 그는 몹시 창백해 보였다.

"이만 가보겠습니다, 총리님."

"두 가지 사안이 있다고 한 것 같은데?"

앨빈이 걸음을 멈췄다. "그렇습니다. 각하를 발견하기 전에 브램리가 여기서 4마일쯤 떨어진 곳에서 숨어다니던 이드리스푸케를 붙잡았습니다."

"잘했네." 비폰드는 호기심 어린 눈빛을 반짝였다. "내일 면담해야겠어."

"불행히도 탈출했습니다."

비폰드는 짜증스럽게 콧김을 내뿜더니 거의 일 분 동안 말이 없었다.

"이드리스푸케가 필요하네. 혹시라도 그가 자네 손아귀에 들어오면 나한테 데려오게. 아무한테도 알리지 말고."

앨빈이 고개를 끄덕였다. "여부가 있겠습니까." 그는 만족스러운 표정으로 비폰드의 방을 나섰다.

멤피스의 지하 감옥에 갇힌 지 엿새째였지만, 앞날이 불확실한 와중에도 세 소년은 기분이 좋았다. 꼬박꼬박 하루 세 끼를 먹었기 때문이다. 물론 보통 사람의 기준으로 보자면 세 끼 모두 역겨운 음식들이었지만. 잠도 마음껏 늘어지게 잘 수 있었다. 마치 평생 빼앗겼던 잠을 만회하려는 듯 그들은 하루에 열여덟 시간씩 잤다. 오후 네시 무렵, 간수가 감방 문을 열고 이미 소년들을 한 번 심문했던 앨빈을 들여보냈다. 그와 더불어 누가 봐도 고위 인사 같은 오십대 후반의 남자도 들어왔다.

“반갑구나.” 비폰드 총리가 말했다.

베이그 헨리와 클라이스트는 침대에 누운 채로 그를 유심히 바라보았다. 케일은 무릎을 가슴까지 끌어당긴 채 앉아 두건으로 얼굴을 덮고 있었다.

“비폰드 각하께서 방에 들어오시면 일어서야 한다.” 앨빈이 조용히 말했다. 베이그 헨리와 클라이스트가 느릿느릿 일어섰다. 케일은 움직이지 않았다.

“너, 일어서서 두건을 벗어라. 안 그러면 간수를 불러 강제로 일으켜 세우겠다.”

잠시 정적이 흘렀다. 이윽고 케일이 실패한 꿈에서 깨어나듯 벌떡 일어나 두건을 뒤로 젖혔다. 그러고는 흙 속에 뭐가 있는지 몹시도 궁금하다는 듯 바닥을 뚫어져라 보았다.

“그래, 나를 알아보겠느냐?” 비폰드가 물었다.

“그럼요.” 클라이스트가 대답했다. “스캐블랜드에서 우리가 구해드리려고 했던 분이잖아요.”

“맞다. 거기서 무얼 하고 있었느냐?”

“우린 집시예요. 길을 잃었죠.” 역시 클라이스트가 대답했다.

“어떤 집시 말이냐?”

“보통 집시요.” 클라이스트가 씩 웃으며 대답했다.

“브램리 대장은 너희가 내 물건을 훔치려 했다던데.”

클라이스트가 한숨을 쉬었다. “그 브램리 대장인가 하는 사람은 못됐어요. 아주 나쁜 사람이에요. 중요한 분인 당신을 구하려 했을 뿐인데, 그자는 우릴 죄인처럼 묶고 이곳에 처넣었어요. 배은망덕

하죠."

고위 인사를 대하는 클라이스트의 건방진 말투에서는 이상하고 위태로운 명랑함이 느껴졌다. 자기 말을 믿어주길 바라지도 않을뿐더러, 아예 믿건 말건 상관없다는 투였다. 비폰드가 이런 건방진 말투를 들어본 것은 살 길이 없음을 아는, 교수대로 끌려가는 사형수와 동행했을 때뿐이었다.

"우리는 당신을 도와드리려 했어요." 베이그 헨리가 말했다. 물론 그의 관점에서는 진실이었다.

비폰드가 케일을 바라보며 물었다.

"너는 이름이 뭐냐?"

케일은 대답하지 않았다.

"나를 따라오너라." 비폰드가 문으로 걸어갔다. 간수가 재빨리 문을 열었다. 비폰드가 케일을 돌아보았다. "따라오라고 했다. 무례한 녀석이 귀까지 먹었느냐?" 케일이 베이그 헨리를 바라보았다. 헨리는 따라가라고 재촉하듯 고개를 끄덕였다. 잠시 꼼짝도 않던 케일이 이내 천천히 감방 문으로 걸어갔다.

"괜찮다면 우릴 따라오게나, 앨빈 대위." 비폰드가 감방을 나서자 케일이 따라 나갔다. 앨빈은 단검이 들어 있는 칼집의 걸쇠를 손가락으로 풀고 두 사람의 뒤를 따랐다. 클라이스트가 철창으로 다가가자 감방이 잠겼다.

"나는요? 나도 산책 좋아한다고요!"

이윽고 감옥 정문이 열리고 케일이 멀어져가는 소리가 들렸다.

베이그 헨리가 클라이스트에게 화를 냈다.

"너 정말 머리가 어떻게 된 거 아냐?"

케일은 한가운데 잔디가 아름답게 펼쳐진 쾌적한 마당에 들어섰다. 벽을 따라 뻗은 길을 걷는 동안 그는 비폰드 총리와 보조를 맞추었다.

"내가 믿는 원칙이 하나 있지." 일 분가량 말없이 걷던 비폰드가 마침내 입을 열었다. "최악의 적에게 말할 준비가 되지 않은 이야기는 가장 가까운 벗에게도 말하지 않는다는 것. 하지만 지금 네겐 정직이 최선의 방편이야. 그러니 이제 집시니 뭐니 하는 허튼소리는 집어치워라. 너희가 누구이며, 스캐블랜드에서 무얼 하고 있었는지 사실대로 말해주기 바란다."

"가장 가까운 벗에게 말하듯 털어놓으란 말입니까?"

"내가 너의 가장 가까운 벗은 아니겠지만 너에게 최선의 희망인 건 맞다. 사실대로 말하면 지난 일은 너그럽게 봐주마. 덜떨어진 네 친구와 소녀는 나를 구해주려 했지만, 너와 그 시건방진 놈은 나를 버려두려 했다는 사실 말이다."

케일이 그를 빤히 쳐다보았다. "말이 나온 김에 저도 하나 여쭙겠습니다. 만약 각하께서 저희 같은 처지였다면 어떻게 해야 좋을지 고민하지 않으셨을까요?"

"물론 고민했겠지. 자, 하던 이야기를 계속하자. 만약 네가 거짓말을 한다고 판단되면 나는 너를 곧바로 브램리에게 넘기고 아무것도 묻지 않을 생각이다."

몇 초 동안 말이 없던 케일은 이내 결심한 듯 한숨을 내쉬었다.

"저희 셋은 샤토버의 대성소에서 온 애콜라이트입니다."

"아, 진실의 기운이 풍기는 말이구나." 비폰드가 빙그레 웃었다.

"그럼 그 소녀는?"

"저희는 리디머들이 막아놓은 터널과 복도의 미로 속에서 음식을 찾고 있었습니다. 그런데 지금껏 들어본 적도 없는 장소에서 그 여자를 우연히 만났습니다. 다른 여자들도 있었고요."

"성소에 여자가 있다고? 그거 정말 이상한 일이로구나! 어쩌면 아닐 수도 있고."

"저희는 그 여자애와 함께 있다가 들켰고, 그래서 선택의 여지가 없었습니다. 달아나야 했어요."

"엄청난 위험을 무릅썼구나."

"계속 거기 머물렀다면 위험이고 뭐고 없었을 겁니다."

"그랬겠지." 비폰드는 방금 들은 이야기를 일 분쯤 생각하면서 케일과 나란히 마당을 느릿느릿 거닐었다. "스캐블랜드에는 왜 갔지?"

"숨기에 가장 좋은 곳이었습니다. 수많은 언덕과 에스커*가 시야를 가려서 멀리 보이지 않거든요."

"리디머들은 사냥개를 추적에 이용하지. 나도 그 개를 본 적이 있다. 생김새는 추악하지만 냄새는 기막히게 잘 맡더구나."

"저는 그놈들을 피하는 방법을 알아냈습니다." 케일은 이중 탈출에 대해서는 이야기하지 않고 간략히 설명했다. 그들이 성소를 탈출한 것은 믿는 눈치였지만, 탈출의 원인이었던 사건들은 믿어줄 것 같지 않았다. 더구나 자기들이 집시라고 우긴 클라이스트의 한심한 거짓말 이후로 세 소년은 모두 누가 물어보면 간단히 대답하기로 한 터였다. 예전에 리디머들이 집시에 관해 들려준 이야기

* 자갈과 모래가 퇴적하여 생긴 길고 구불구불한 지형.

는 거짓이 틀림없었다. 육십 년 전 집시들이 약속을 어기고 성소를 공격해서 그들의 버릇을 고치기 위해 토벌대가 정당한 응징을 가했다는 이야기는 헛소리였다. 리디머들은 집시를 마지막 남은 아이 한 명까지 학살한 것이 틀림없었다.

"저희를 리디머 수색대에 넘기실 겁니까?"

"아니."

"어째서죠?"

비폰드가 웃었다. "좋은 질문이다. 우리가 그래야 할 이유가 없으니까. 그들과는 외교 관계조차 맺고 있지 않은 사이야. 듀에너를 통해 거래할 뿐이지."

"듀에너가 누구죠?"

"용병이 뭔지는 아느냐?"

"돈을 받고 살인하는 자들이죠."

"듀에너는 살인 대신 교섭을 해주고 돈을 받는 용병이다. 리디머들과의 거래가 거의 없는 우리에게는 그 일을 대신해줄 자를 고용하는 편이 더 저렴하지. 하지만 이제 바뀔 때가 온 것 같구나. 그동안 우리는 너무 태만해서 여전히 아무것도 모른다. 네가 많은 도움을 줄 수 있을 게다. 지난 백 년 동안 리디머들은 동부 전선의 전쟁 때문에 정신이 없었지. 어쩌면 그들이 거기서 무언가를 꾸미고 있을지도 모른다. 혹은 다른 곳에서. 이제 우리가 더 많은 것을 알아야 할 때야." 그는 소년을 보고 빙그레 웃었다. "그러니 넌 날 믿어도 될 거다. 네가 쓸모가 있을지도 모르니까."

"네." 케일이 생각에 잠긴 표정으로 대답했다. "그럴 수도 있겠죠."

얼마 후 그들은 감옥 정문으로 돌아왔다. 비폰드가 주먹으로 세게 치자 문은 바로 열렸다. 그가 케일을 향해 돌아섰다.

"며칠 후에 좀더 편안한 곳으로 옮겨주마. 그때까지 여기서의 대접도 나아질 거다. 음식도 좋아지고 운동도 시켜줄 거야."

케일이 고개를 끄덕이고 안으로 들어가자마자 문이 닫혔다.

비폰드가 뒤에서 다가온 앨빈을 돌아보며 말했다. "아주 특이한 녀석이야. 이제껏 저런 아이는 본 적이 없어. 혹시라도 저 소년들을 찾는 리디머가 나타나면 아무것도 알려주지 말고 본성 근처에 얼씬도 못하게 하게. 저 소년들은 연금 상태로 둬."

말을 마치고 걸어가던 비폰드가 어깨 너머로 소리쳤다. "그 소녀는 내일 열한시에 나한테 데려오게."

12

“자, 리바.” 비폰드는 인자한 교장처럼 다정하게 말했다. “그 세 소년이 너를 죽이려 했던 리디머를 때려 눕혀 기절시키기 전까지는 성소에 남자가 있다는 걸 전혀 몰랐다는 뜻이냐?”

“네, 각하.”

“하지만 너는 열 살 때부터 거기 살면서 어린 공주 대접을 받았다고 했지? 그것참 이상하구나, 안 그러냐?”

“저한테는 익숙한 일이었어요. 원하는 건 뭐든 거의 다 받았죠. 다만 엄격한 규칙이 하나 있었습니다. 성소 밖으로 나가면 안 된다는 규칙이었는데, 이를 어기면 끔찍한 처벌을 받게 돼 있어요. 하지만 성소는 엄청나게 넓을뿐더러 담장이 너무 높아서 기어오를 수도 없었죠. 그리고 저희는 행복했어요.”

“너희를 담당한 여자들이 그토록 친절하고 너그럽게 대해주는 까닭을 알려주더냐?”

리바는 오랫동안 품어온 꿈이 사라진 것에 탄식했다.

“저희가 열다섯 살이 되면 성소보다 훨씬 멋진 곳에서 신부가 되어 영원히 행복을 누릴 거라고 했어요. 하지만 그러려면 최대한 완벽해져야 된다고 했죠.”

“완벽해진다고? 어떤 식으로?” 비폰드가 살짝 놀란 표정으로 물었다.

“피부에 흉터가 없어야 하고, 머리카락은 윤이 나고 매끄러워야 해요. 눈은 크고 맑아야 하고, 볼은 발그레해야 하고, 가슴은 크고 둥글어야 하고, 엉덩이는 크고 보드라워야 해요. 그리고 머리 말고는 가랑이와 겨드랑이를 비롯해 어느 곳에도 털이 있으면 안 돼요. 항상 생기 넘치면서 매력적이어야 하고, 언제나 꽃향기가 나야 해요. 화를 내거나 잔소리를 하면 안 되고, 남에게 비판적이어선 안 돼요. 늘 상냥하고 사랑스러우면서, 언제든 키스와 애무를 할 수 있어야 해요.”

앨빈과 비폰드 모두 지금껏 살아오면서 이상한 일들을 많이 보고 들었지만, 리바의 이야기가 끝나자 어느 누구도 대꾸할 말이 떠오르지 않았다. 마침내 입을 연 쪽은 앨빈이었다.

“너를 죽이려 했던 리디머 이야기로 돌아가자. 그자를 전에 한 번도 본 적이 없었다고?”

“네, 남자를 본 적이 없어요.”

“그렇다면 어떻게…… 애무를 연습했지? 남자가 한 명도 없었다면서.” 비폰드가 물었다.

“저희끼리 했어요.” 그 말에 두 남자는 한층 더 놀랐다.

“번갈아 남자 행세를 했죠. 지치고 화난 남자가 소리를 질러대고 문을 쾅 닫는 시늉을 하면, 저희 중 한 사람이 상냥하게 남자를 달래줘서 기분을 풀어줬어요." 리바는 두 남자를 쳐다보다가 자신의 설명이 조금 부족했다는 걸 깨달았다. "인형도 사용했어요."

"인형?"

"네, 남자 인형요. 그것에 옷을 입히고 마사지와 애무를 해주면서 왕처럼 대했어요."

"그랬구나." 비폰드가 중얼거렸다.

"저와 레나는……" 리바가 잠시 사이를 두더니 말을 이었다. "레나는 그 리디머가 죽인 여자애예요. 저희가 선택받았다고 했어요. 결혼해서 영원히 행복하게 살 곳으로 보내질 거라고요. 하지만 이모들은 저희를 그 남자 방으로 데려갔어요. 저희를 키워주고 곧 결혼하게 될 거라고 말해준 여자들을 이모라고 불렀거든요. 하지만 얼마 후 그 남자가 와서 레나를 죽였어요."

"그 이모들은 너희가 무슨 일을 당할지 알고 있었느냐?"

"알고 있었다면 저희한테 왜 그렇게 잘해줬겠어요? 그분들도 틀림없이 속았을 거예요."

"기묘한 우연의 일치가 아니냐?" 지금 리바에게 속고 있는 건 아닌지 찜찜해진 앨빈이 말했다. 그는 생각했다. 만약 그렇다면 이 여자애는 영리한 거짓말쟁이야. "고작 이십사 시간 사이 네가 그 리디머와 케일 일행을 만나고, 케일이 때마침 너를 구해줬다니."

"맞아요. 저도 그 생각을 했어요. 성소에서 도망쳐나오는 동안에도요. 그토록 오랫동안 아무것도 모르다가 남자를 넷이나 동시에 만나다니 너무 이상하잖아요. 한 남자는 너무 잔인했고, 나머지 셋은 저를 위해 목숨을 걸었어요. 알지도 못하는 저를 위해서요.

이게 흔한 일인가요?"

"아니." 비폰드가 대답했다. "흔치 않은 일이지. 고맙다, 리바. 오늘은 이 정도로 끝내자꾸나." 그가 자기 앞의 종을 울렸다. 문이 열리더니 한 아가씨가 들어왔다. 귀족 가문의 열여섯 살 영애처럼 차갑고 도도한 분위기를 풍기는 아가씨였다. 마치 세상의 모든 것을 보았지만 아무것에도 관심이 없는 표정이었다. 그러나 리바의 검은 머리칼과 풍만하고 굴곡진 몸을 보자 눈이 휘둥그레졌다. 나란히 서 있는 두 여자는 인간이라는 점 말고는 전혀 다른 생물처럼 보였다.

"리바, 이쪽은 내 조카인 마드무아젤 제인 웰드란다. 앞으로 며칠 동안 너를 돌봐줄 거야."

마드무아젤 제인은 여전히 놀란 표정으로 살짝 고개를 끄덕였다. 리바는 불안한 표정으로 미소만 지었다.

"앨빈. 내가 마드무아젤 제인과 할 이야기가 있으니 리바와 함께 밖에서 기다려주겠나?"

앨빈이 리바를 데리고 밖으로 나가 문을 닫았다. 비폰드는 어리둥절해 있는 조카를 보고 말했다.

"입다물어라, 제인. 내 기분이 바뀌면 널 거기 그냥 세워둘 수도 있어."

마드무아젤 제인은 소리가 날 정도로 잽싸게 입을 닫았다가, 거의 동시에 다시 입을 열었다.

"대체 저 계집은 뭐죠?"

"앉아서 내 말 들어라. 제발 한 번이라도 내가 시키는 대로 해!"

마드무아젤 제인은 부루퉁한 얼굴로 의자에 앉았다. "앞으로 리바의 친구가 되어 저애가 방금 나한테 한 말과 그 밖에 다른 이야기를 모두 캐내라. 그리고 하나도 빠짐없이 적어서 나한테 보내. 아무리 사소하고 이상한 이야기라도……" 그는 젊은 아가씨를 보며 말을 이었다.

"아마 이상한 이야기를 듣게 될 거야. 리바가 남한테 자기 이야기를 하지 못하게 하고, 남쪽 섬에서 온 것처럼 굴도록 훈련시키거라. 저애도 나름대로 예절을 갖추고 있지만 네가 우리식 예절을 가르쳐줘. 잘 배우기만 하면 저애를 개인 하녀로 부리거나 말동무로 삼을 수 있을 거다."

"저더러 하녀를 훈련시키라는 건가요?" 마드무아젤 제인이 성난 목소리로 따지듯이 물었다.

"뭐든 내가 시키는 대로만 해. 이제 가보거라."

13

남쪽 수색대의 길잡이인 리디머 스테이프 로이는 부하 백 명과 개들을 30마일 떨어진 마을에 남겨둔 채 말을 타고 멤피스로 들어갔다. 이렇게 불안하기는 난생처음이었다. 지금껏 지옥 같은 경험을 숱하게 했으며 그 자신도 그런 짓을 무수히 저질렀다는 점에서 보면 이 불안감은 결코 우습게 볼 것이 아니었다. 키티 타운으로 다가가니 지상에 존재하는 지옥에 가까워지는 기분이었다. 멤피스의 악몽 같은 근교로 들어가는 입구는 요란스러운 불빛으로 환했다. 근처에서 멈추고 말에서 내린 스테이프 로이는 입구까지 말을 끌고 몇 야드 걸어갔다. 늦은 시간인데도 여전히 관광객과 주민들이 경비병들을 지나쳐 안으로 들어가고 있었다. 경비병들은 어쩌다 검문을 할 뿐 대부분 그냥 들여보냈다.

"그놈은 안으로 데려가지 못한다." 경비병 하나가 말을 가리키며 말했다. "당신, 혹시 무기를 소지하고 있나?"

온통 무기투성이라네. 스테이프 로이는 속으로 중얼거리며 대답했다. "안에 들어갈 생각은 없다. 암토끼 키티에게 전할 서신이 있다."

"그런 자는 들어본 적도 없다. 썩 꺼져!"

경비병들이 빤히 쳐다보는 가운데 스테이프 로이가 천천히 안장 주머니에 손을 넣어 주머니 두 개를 꺼내더니 그중 작은 것을 내밀었다. "이건 너희 몫이다. 나머지 하나는 암토끼 키티에게 줄 것이다."

"둘 다 나한테 넘겨. 키티님께는 내가 가져다드릴 테니까." 경비병 다섯 명이 스테이프 로이를 에워싸기 시작했다. 고르고 골랐는지 죄다 험상궂고 몸집이 우람했다. 그중 한 놈이 말했다. "내일 다시 와라. 모레 오면 더 좋고.

"그럼 그때까지 돈은 내가 갖고 있겠다."

"아니. 그건 곤란해." 경비병이 콧방귀를 뀌었다. "우리가 갖고 있는 편이 안전하겠어."

그는 체중이 128파운드에 이르는 거구답지 않게 재빨리 다가와 돈주머니에 손을 뻗었다. 스테이프 로이는 체념한 듯 보였다. 완전히 기가 죽은 사람처럼 어깨가 축 늘어졌다. 하지만 경비병이 그의 가슴팍을 미는 순간, 스테이프 로이의 손이 경비병의 손을 잡고 밑으로 내렸다. 그리 요란하지 않게 뚝 소리가 나더니, 고통스러운 비명과 함께 경비병이 무릎을 꿇었다. 갑작스러운 사태에 놀란 다른 경비병들이 재빨리 다가들었다. 하지만 경비병의 목에 단검 끝을 대고 있는 스테이프 로이를 보자 더는 움직이지 못했다. 인질로 잡힌 경비병이 뒤로 물러서라고 고함칠 필요도 없었다.

"이제 책임자를 데려와라. 빨리 해주면 고맙겠다. 이 쓰레기 같은 곳에서 필요 이상 머물 생각은 추호도 없으니까."

이십 분 뒤, 스테이프 로이는 대기실에 앉아 있었다. 그렇게 좋은 방에 앉아 있기는 처음이었다. 삼나무와 백단향으로 안을 댄 방은 소박한 아름다움으로 가득했으며, 아주 미묘하게 오감이 편안해지는 냄새가 났다. 향기를 조금 잘라내 가져가고 싶을 정도였다. 하지만 여전히 불안했다. 키티 타운 입구에서 벌인 싸움 때문이 아니라 안으로 들어오고 나서 본 광경 때문이었다. 동부 전선의 수많은 잔혹한 전투 중에서도 악명 높은 오데사 전투와 폴리시우드 전투의 대학살을 지휘했던 사내는 방금 오 분 동안 본 장면에 겁을 먹었다. 이윽고 방 끄트머리의 문이 열리더니, 한 노인이 앞으로 다가와 정중히 말했다. "암토끼 키티님이 당신을 만나시겠답니다."

문이 스르륵 열리는 동안에도 기묘한 냄새가 스테이프 로이 쪽으로 흘러나왔다. 살짝 불쾌하면서 향긋하기까지 한 냄새였지만, 그 향긋함 때문에 목덜미의 털이 곤두섰다. 지금껏 한 번도 맡아본 적이 없는 냄새였다. 무언가가 경고의 신호를 보내고 있었다. 악랄하고 용맹스러운 그를 두려움에 떨게 했다. 이미 키티 타운에서 본 광경들 때문에 불안해져 있던 그는 천천히 문 쪽으로 걸어갔다. 대기실에 남은 노인이 등뒤에서 문을 닫았다.

방안은 어두웠지만 교묘하게 밝혀놓은 불빛 덕분에 바닥은 잘 보였다. 허리보다 위로는 흐릿한 형체밖에 보이지 않았다. 방 한가운데 책상에 누군가가 앉아 있었지만, 마치 그림자로 만들어진 사람 같았다.

"어려워 말고 편히 있으시오, 리디머."

기묘한 목소리였다. 이제껏 그런 목소리는 들어본 적이 없었다.

잔인한 느낌도, 뱀처럼 사악한 기운도, 위협이나 증오도 없는, 아득히 오래전부터 귀에 익은 온갖 어조로 이루어진 목소리였다. 마치 비둘기가 구구 우는 소리, 엄청난 슬픔이 담긴 탄식의 소리, 깊은 흐느낌 같았다. 하지만 한편으로는 지금껏 한 번도 들어본 적 없는 섬뜩한 소리였다. 마치 키예프의 대성당에 있는 오르간이 내는 가장 깊은 저음처럼 뱃속에 울려퍼지는 듯했다. 현기증이 나서 쓰러질 것만 같았다.

"안색이 좋지 않군, 리디머." 목소리가 낭랑하게 말했다. "물 좀 드시겠소?"

"고맙지만 됐습니다."

암토끼 키티는 몹시 짜증스러운 듯 한숨 섞인 목소리로 말했다. 스테이프 로이는 상상을 초월할 정도로 불쾌한 무언가로부터 입맞춤을 받은 기분이었다.

"그렇다면 용건을 말씀해보시게나."

스테이프 로이는 의지력을 쥐어짜내 대답했다. 지금껏 수없이 변절자들을 불태워 죽이고 무고한 자들을 학살할 때 입증된 바로 그 의지력이었다.

숨을 깊이 들이마셔도 소용이 없었다. 오히려 섬뜩하게 향긋한 냄새만 더 맡게 될 뿐이었다.

"사실이오." 마침내 암토끼 키티가 말했다. "당신이 찾는 그 네 젊은이는 멤피스에 머물고 있소."

"그들을 찾아주실 수 있습니까?"

"아, 리디머. 찾을 수 없는 사람은 없소. 산 채로 데려오길 바라시오?"

"그래주실 수 있습니까?" 가엾게도 스테이프 로이는 당장이라도 기절할 것만 같았다.

"글쎄올시다, 리디머. 별로 내키지 않는구먼."

그리고 암토끼 키티는 온화한 웃음 같은 소리를 냈다. 웃음이 아닐 수도 있었다. 곧이어 문이 열리더니 스테이프 로이를 방으로 들여보내준 노인이 말했다. "이쪽으로 오십시오, 리디머. 나머지 이야기는 저와 하시면 됩니다."

십 분 뒤, 여전히 안색이 창백한 리디머 스테이프 로이는 암토끼 키티와의 소름 끼치는 면담의 충격에서 회복하기 시작했다.

"좀 나아지셨습니까, 리디머?" 노인이 물었다. 스테이프 로이는 그를 바라보았다.

"대체 이게 무슨—"

"무례하게 비춰질 만한 질문은 삼가십시오." 노인이 말허리를 끊었다. "이곳에서 벌어지는 일을 욕하는 것은 현명하지 못한 짓입니다." 노인은 심호흡하고 말을 이었다. "간단히 말씀드리면 이렇습니다. 당신은 우리가 저 오래된 도시에서 그 네 사람을 빼내오길 원합니다. 가능한 일이지만 그러지 않을 겁니다. 우리의 이익에 직접적으로 해가 되는 일이니까요."

"그렇다면 돌아가서 나의 주인께 알려야겠습니다. 그분은 나쁜 소식을 빨리 알고 싶어하시지요."

"경솔하게 굴지 마십시오, 리디머." 노인이 대꾸했다. "서두를수록 더 늦어지는 법이죠. 우리는 그들을 계속 지켜볼 겁니다. 조만간 그들이 도시를 벗어날 때가 올 테니까요. 그때 당신한테 알려드리리다. 호의의 표시로 그들을 털끝 하나 다치지 않은 상태로 내

보내드리죠. 이건 약속입니다."

"얼마나 오래 걸릴까요?"

"걸릴 만큼 걸리겠지요, 리디머. 우린 약속을 지킬 겁니다. 하지만 명심하십시오. 만약 당신이 그들을 직접 데려가려 한다면, 암토끼 키티님께서는 이를 자신의 권리에 대한 침해로 간주하실 겁니다."

문에서 노크소리가 들렸다.

"들어와."

문이 열리자 경비병 두 명이 들어왔다. "이들이 키티 타운 입구까지 호위해줄 겁니다. 호의의 표시로 말에게 여물과 물을 먹여놓았습니다. 안녕히 가십시오."

리디머 스테이프 로이가 건물에서 나오자 키티 타운의 바람이 그의 얼굴을 후려갈겼다. 엄청난 소음! 북적이는 사람들! 마치 눈을 뜨자마자 지옥의 무지개를 본 장님이 된 것 같았다. 귀가 들리게 되자마자 세상이 멸망하는 소리를 듣게 된 귀머거리가 된 기분이었다. 여봐란듯이 궁둥이를 까고 흔들며 고래고래 소리를 질러대는 난봉꾼들, "겁쟁이 짜샤, 와서 덤벼, 덤벼보라고" 하면서 시비 거는 장화 신은 껄렁패들. 젖가슴을 드러낸 채 희롱거리는 논다니들과 곤드레만드레 취해서 비척대는 주정뱅이들, 새빨간 루주를 입술에 바르고 반의 반 값을 외치는 늙은 포주들도 있었다. 밀주를 경매에 붙여 파는 위그노 교도들도 있고, 어수룩한 멍청이를 벗겨먹으려고 둘씩 짝지어 돌아다니는 잡배들도 보였다.

두려움과 충격에 휩싸여 돌처럼 굳어버린 리디머 스테이프 로이는 갑자기 지독한 혐오와 분노에 사로잡혀 고함을 내질렀다. 그리고 그를 호위하던, 어리둥절해진 두 경비병을 내버려둔 채 뛰기 시작했다. 그의 그을린 영혼이 키티 타운의 입구를 지나 어둠 속으로 달려갔다.

멤피스의 보호를 받는 마지막 마을로부터 30마일 떨어진 곳, 이드리스푸케는 도랑에 앉아 비를 맞고 있었다. 마른풀이나 나뭇가지가 없어서 불을 피우진 못했다. 물론 불쏘시개가 있다 해도 불을 피우는 건 너무 위험한 짓이었다. 지난 이십사 시간 동안 먹은 거라고는 감자 반 개가 전부였는데, 그나마도 썩어서 진득진득했다. 한때 3개국의 군대를 지휘하고, 여러 왕과 황제의 신임을 받고, 이 나라 저 나라 태수들의 아름다운 딸들을 건드리던 남자가 어쩌다 이 지경이 되었을까? 좋은 질문이다. 이드리스푸케는 그 답을 알고 있었다. 대부분의 사람은 자신의 운을 남용하는데, 이드리스푸케는 거의 매일 그랬다. 그는 자신이 씨를 뿌리지 않은 곳에서 수확을 했고, 주어진 것은 하나인데 열을 취했으며, 얻은 행운보다 더 많은 행운을 써버렸다. 그의 목숨 아홉 개는 이미 오래전에 소진되었다. 물론 군인으로서 그가 전장에서 보여준 명민함과 기지, 무기 다루는 솜씨는 어느 누구도 부정할 수 없었고, 그의 정치적 판단력은 전 세계에서 칭송받았다. 그랬던 그가 지금은 세계 곳곳에서 사형선고를 받은 신세인데, 개중에는 그런 재판과 선고를 거추장스럽게 여기는 곳도 적지 않았다. 한마디로 이드리스푸케가 달아날 수 있는 곳은 없었다. 어디로 가든 끓는 물에 던져지거나, 배가 갈리거나, 불에 태워지거나, 교수대에 매달리거나, 그 네 가지를 동시에 여러 번 당할 처지였다. 세계 역사상 가장 위대한 용병은 이제 현상범 사냥꾼 수십 명과 군인들을 피해, 비에 젖고 지쳐 도랑에 숨어 있는 신세로 전락했다. 마지막으로 먹은 썩은 감자 때문에 끔찍한 배탈까지 났다.

지난달에는 두 번 잡혔다가 곧바로 달아났다. 하지만 진짜 문제는 달아날 곳이 없다는 점이었다. 이드리스푸케가 할 일은 눈을 감고 자업자득의 날갯짓에 귀기울이는 것뿐이었다.

부스럭!

그는 생각할 겨를도 없이 무릎을 꿇고 도랑을 따라 최대한 빨리 기어가기 시작했다.

"횃불 켜! 놈이 우릴 봤다!"

사방에서 타오르는 횃불이 칠흑같이 어두운 들판을 환히 밝혔다. 하지만 불빛은 그들뿐 아니라 이드리스푸케에게도 도움을 주었다. 이제 30야드 너머에 구름처럼 모여 있는 나무들이 보였다. 그는 개처럼 빠르게 기어갔지만, 땅이 질어서 자꾸 미끄러지고 쓰러졌다.

"저기다!"

발각된 것이다. 그는 계속 기어가며 이쪽으로 몰려오는 횃불들을 보았다. 언제라도 화살이나 칼에 맞아 고통스럽게 죽을 수 있었다. 두려움에 사로잡힌 그는 숨을 헐떡이며 기어갔다. 아직은 잡히지 않았다. 숲으로 도망쳐야 했다. 이윽고 그는 미끄러지면서 비탈을 기어올라갔다. 그리고 꼭대기에 올라섰을 때 주먹이 날아왔다.

퍽!

그는 잠시 서 있었다. 세상이 멈추더니 눈앞이 번쩍이고 고통이 밀려들었다. 곧이어 다시 주먹이 날아오고 그는 뒤로 쓰러지기 시작했다. 그리고 도랑 바닥에 부딪히기 전에 한번 더 머리를 심하게 얻어맞고 의식을 잃었다.

정신이 들자 거대한 털북숭이 고릴라가 보였다. 고릴라는 한 손으로 그의 두 발을 꽉 잡고 마치 주부가 힘겹게 카펫을 두들기듯 태연히 그의 머리를 벽돌담에 부딪치고 있었다. 잠시 후 동작을 멈춘 고릴라가 이드리스푸케를 들어 얼굴을 마주하고 그의 눈을 노려보았다. 이드리스푸케는 그것이 고릴라라고 생각했다. 아른헴랜드의 서커스에서 본 적이 있었다. 그런데 이 고릴라는 훨씬 더 컸다. 숨결이 뜨겁고 축축했으며, 한 달 동안 썩은 듯한 고기 냄새가 났다. 코에서는 초록색 콧김이 구름처럼 쏟아져나왔다.

"아직 살아 있군." 고릴라가 말했다. 그제야 이드리스푸케는 자신이 여전히 의식을 잃은 채 꿈을 꾸고 있음을 깨닫고 조금 안심했다. 그때 고릴라가 다시 그의 머리를 기계적으로 벽돌담에 부딪치기 시작했다.

얼마 후 억지로 눈을 떠보니, 주위 풍경이 농부의 수레로 바뀌어 있었다. 그는 그 수레에 손발이 묶인 채 울퉁불퉁한 길을 지나면서 튀어오를 때마다 나무 측벽에 머리를 부딪히고 있었다.

의식을 잃지 않으려고 심호흡하면서 수레 한가운데로 머리를 옮겼다. 역시나 예상대로였다. 머리가 벽에 부딪히지 않으니 살 것 같았다. 그때 다시 격통이 밀려들었고 고마운 마음은 사라졌다. 신음소리가 절로 나왔다.

"정신이 들었나?"

현상범 사냥꾼이 아니라 병사였다. 고문이건 사형이건 적어도 약간의 형식적인 절차를 거친 다음에 시행하는 자에게 붙잡혔다는 뜻이었다. 즉 탈출의 희망이 있다는 뜻이다. 병사가 짧은 창의 손잡이 끄트머리로 이드리스푸케의 배를 푹 찔렀다. "내가 점잖게 물었으니 너도 점잖게 대답해야지."

이드리스푸케가 신음하듯이 말했다. "그래, 정신 들었다. 날 어디로 데려가는 거지?"

"주둥이 다물어. 어떤 경우에도 너한테 말을 걸지 말라던데, 당최 이유를 모르겠구먼. 별것도 아닌 놈 같은데 말이야." 병사는 또 창 끄트머리로 이드리스푸케를 찌른 다음, 등을 기대고 앉아 다시는 말을 걸지 않았다.

14

"그 녀석들을 어떻게 처리할까요?" 앨빈이 물었다.

비폰드는 책상에서 고개를 들고 곰곰이 생각했다. "흥미로운 놈들이야. 이제 좀더 쥐어짜야겠어. 자네가 녀석들을 심문해서 리디머들에 관한 정보를 캐내보게. 성소에 대해 더 자세히 파악해야 해. 요즘 리디머들이 하는 짓이 우리에게 어떤 의미일지도 알아내야 하고. 그동안 그 아이들은 몬드에 시종으로 보내놓게."

"솔로몬 솔로몬이 좋아하지 않을 텐데요."

비폰드가 탄식하듯 말했다. "젠장, 왜 다들 시키는 대로 하지 않는 거지? 싫어도 참으라고 해."

"몬드는 오만한 집단입니다, 총리님. 그 세 녀석이 버티기 쉽지 않을 겁니다."

"나도 알아. 자네가 녀석들을 계속 눈여겨봐줘. 몬드의 푸대접에 어떻게 반응할지 궁금하군. 그 녀석들이 나한테 거짓말한 걸 탓하지는 않지만—그런 처지였다면 나라도 그랬을 테니까—반드시 이번 일의 진상을 파헤쳐야겠어."

그리하여 이틀 뒤, 케일과 클라이스트, 베이그 헨리는 다른 시종 마흔일곱 명과 함께 전투 기술 숙련의 광장에 서서, 같은 수의 마테라치 귀족 자제들이 몬드의 무술 교관인 솔로몬 솔로몬 앞에서 몸을 푸는 모습을 지켜보게 되었다. 솔로몬 솔로몬은 눈빛이 험악하고 머리를 박박 깎은 우람한 사내였다.

새로운 시종들은 멍하니 서서 열네 살에서 열다섯 살 소년으로 이루어진 귀족 자제들이 준비운동으로 근육의 긴장을 푸는 모습을 선망의 눈길로 지켜보았다. 그들의 외모는 한결같았다. 키가 크고 놀라울 정도로 유연하며, 금발에 몸매가 호리호리했다. 긍지와 자신감을 온몸으로 발산하며 길쭉한 팔다리를 불가능해 보이는 각도로 뒤틀거나, 미끈한 팔에 마법의 엔진이 달린 것처럼 한 손으로 팔굽혀펴기를 했다. 놀란 표정으로 쳐다보는 시종 마흔일곱 명은 모두 부유한 상인들의 자제였는데, 마테라치 가문과 날마다 접촉할 기회를 얻으려고 솔로몬 솔로몬에게 큰돈을 주고 들어온 소년들이었다. 솔로몬 솔로몬은 최근에 대신 들어온, 스캐블랜드에서 온 신참들 때문에 일 년에 천 달러 이상의 손해를 보았다. 안 그래도 얼음처럼 차가운 그의 마음이 평소보다 훨씬 차가운 이유는 바로 그 때문이었다.

각각의 시종은 서로 다른 방패 휘장 아래 배치되었는데, 케일은 그것들이 뭔지 전혀 몰랐다. 하지만 근처에서 몸을 푸는 마테라치 자제들의 가슴에 배지가 하나씩 달려 있는 것이 보였고, 그중 일부는 몇몇 시종 뒤로 보이는 방패 휘장과 모양이 같았다. 잠시 후 케일은 자신의 방패 휘장과 똑같이 생긴 배지의 소유자를 알아보았다. 그는 나머지 소년들과 비슷했다. 다만 더 훤칠하고 더 짙은 금발에, 더 우아하고 더 강했다. 움직임도 굉장히 빨랐다. 여러 상대와 대련하면서 내지르는 주먹이 보이지 않을 정도였다. 케일은 몇 초 동안 고개를 돌려 몬드 한 명 한 명이 사용하는 엄청나게 많은 무기들을 훑어보았다. 대여섯 종류의 검, 단창과 중창과 장창, 도끼를 비롯해 케일이 난생처음 보는 여러 가지 무기들이 있었다.

"너! 너 말이다! 거기 그대로 서 있어!" 솔로몬 솔로몬의 고함소리였다. 그는 케일을 노려보고 있었다. 적군의 모형들로 가득한 거친 무대에서 준비운동을 지켜보던 그가 내려오더니 곧장 케일에게 성큼성큼 다가왔다. 케일 앞에 설 때까지 한순간도 눈을 떼지 않았다. 훈련장에서 몸을 풀던 마테라치 자제들이 동작을 멈추고 무슨 일이 벌어질지 지켜보았다. 오래 기다릴 필요도 없었다. 솔로몬 솔로몬은 케일에게 다가서자마자 거대한 손바닥을 펴서 소년의 옆머리를 후려쳤다. 몬드의 몇몇 소년들이 싸늘한 동정의 웃음을 터뜨렸다. 달리기 선수가 꼴사납게 넘어지거나 비실비실한 권투 선수가 자신을 기절시킬 상대의 주먹을 향해 몇 시간이고 돌진하는 모습을 볼 때 터져나오는 그런 웃음이었다.

케일은 비틀거리긴 했지만 솔로몬 솔로몬이 예상한 것처럼 쓰러지지 않았다. 다시 고개를 앞으로 돌렸을 때 반항하거나 성난 표정으로 그의 얼굴을 노려보지도 않았다. 제멋대로 폭력을 휘두르고 이유 없이 성깔을 부리는 관리자들의 횡포에 너무 익숙한 케일은 그런 실수를 저지르지 않았다.

"네가 무슨 짓을 했는지 아느냐?"

"모릅니다." 케일이 대답했다.

"모릅니다? 감히 나한테 모른다는 말을 해?" 납득할 만한 설명도 없이 일 년에 천 달러를 손해 본 구두쇠의 울분 가득한 말투였다. 그가 다시 케일을 때렸다. 세번째 펀치가 날아왔을 때, 케일은 자신의 실수를 깨달았다. 성소에서는 한 대 맞고 쓰러지면 한 대 더 맞았다. 이곳에서는 그와 정반대인 것이 틀림없었다. 케일은 천천히 바닥에 쓰러졌다. 솔로몬 솔로몬이 고래고래 소리쳤다. "이제부터는 앞만 바라봐. 너의 도련님에게서 눈을 떼지 말라고. 알아들었나?"

"알겠습니다."

말을 마친 솔로몬 솔로몬은 획 돌아서서 자기 자리로 성큼성큼 걸어갔다. 케일은 느릿느릿 일어섰다. 머리가 계속 울렸다. 다른 시종들은 모두 겁에 질려 앞을 바라보고 있었지만, 베이그 헨리와 클라이스트는 무얼 해야 하는지 알고 있었기에 앞만 바라보았다. 그런데 한 사람이 케일을 바라보고 있었다. 가장 훤칠하고 가장 우아한 마테라치 자제. 케일의 위에서 나부끼는 방패 휘장의 주인이었다. 주위의 다른 자제들은 웃고 있었지만 그 금발의 마테라치는 웃지 않았다. 얼굴이 분노로 벌게져 있었다.

케일을 그렇게 때리고도 솔로몬 솔로몬은 분이 풀리지 않았다. 막대한 금전적 손해로 인한 심적 타격이 그만큼 컸다. "각자 시종에게 가서 단검을 받아와라."

일렬로 늘어선 시종들 쪽으로 몬드들이 걸어가서 마주섰다. 키 큰 마테라치 자제가 케일을 보며 나직이 말했다. "만약 또 그런 바보짓을 했다가는 인간으로 태어난 걸 후회하게 만들어주지. 알아들었나?"

"알겠습니다." 케일이 대답했다.

"나는 콘 마테라치다. 앞으로 나를 대장님이라고 불러라."

"알겠습니다, 대장님."

"단검을 줘."

케일이 돌아섰다. 나무 막대에 검 세 자루가 걸려 있었다. 칼날의 길이는 같지만 곧은 것도 있고 구부러진 것도 있었다. 케일에게 칼은 그저 칼이었다. 그가 하나를 집었다.

"그거 말고. 다른 거." 그 말과 함께 콘 마테라치가 케일의 엉덩이를 걷어찼다. 케일이 옆의 칼에 손을 뻗었다. 이번에도 발길질이 날아왔다. 케일의 친구들과 몇몇 시종들이 요란하게 웃어댔다. 콘 마테라치가 말했다. "다른 거." 케일이 그 칼을 집어 싱글거리는 소년에게 건넸다. "좋아. 이제 교육적인 발길질에 감사한다고 말해." 이 말에 사방이 조용해졌다. 시종이 어리석게도 반항하거나, 심지어 무력으로 대들기를 기대하는 분위기였다.

"고맙다고 말해." 콘이 다시 말했다.

"고맙습니다, 대장님." 케일이 대답했다. 유쾌한 듯한 말투였다. 베이그 헨리는 한시름 놓았고, 클라이스트마저 안심했다.

"훌륭해." 콘이 동료들을 바라보며 덧붙였다. "배알도 없는 하인. 내가 원한 게 바로 이런 놈이야." 그의 환심을 사려는 웃음이 터져나왔지만 솔로몬 솔로몬의 우렁찬 명령에 모두 입을 다물었다. 그로부터 두 시간 동안 몬드의 훈련이 이어졌고, 케일은 머리가 지끈거리는 것을 참으며 지켜보았다. 훈련이 끝나자 도련님들은 몸을 씻고 밥을 먹기 위해 웃으면서 훈련장을 빠져나갔다. 곧이어 나이 많은 남자로 이루어진 정찰병들이 와서 시종들 뒤의 거치대에 걸려 있는 무기들의 사용법과 관리 요령을 알려주었다.

저녁에 세 소년은 모여 앉아 이야기를 나누었다. 놀랍게도 케일보다 베이그 헨리와 클라이스트가 더 침울했다.

"젠장, 마침내 행운이 찾아온 줄 알았는데." 클라이스트가 투덜거리며 씁쓸한 표정으로 케일을 보았다. "케일 넌 사람 성질 돋우는 데 선수야. 불과 이십 분 만에 하고많은 사람들 중에서 가장 구린 두 놈의 성질을 건드리다니."

케일은 그 말에 대해 곰곰이 생각했지만 대꾸는 하지 않았다.

"오늘밤에 떠날 거야?" 베이그 헨리가 물었다.

"아니." 케일은 여전히 생각에 잠긴 표정을 대답했다. "최대한 많이 훔치려면 시간이 필요해."

"시간 끌어서 좋을 것 없어. 무슨 일이 생길지 몰라."

"별일 없을 거야. 더구나 너희 둘은 떠날 필요 없어. 클라이스트 말이 옳아. 너희는 여기 있으면 안전해."

"퍽이나!" 헨리가 콧방귀를 뀌었다. "네가 사라지면 그들이 곧바로 우릴 닦아세울 텐데?"

"그럴 수도 있고 아닐 수도 있어. 어쩌면 클라이스트 말이 옳을 거야. 나 때문에 사람들이 화를 내는 거야."

"난 너랑 갈래." 베이그 헨리가 말했다.

"안 돼."

"난 간다고 말했다."

긴 정적이 흘렀다. 마침내 클라이스트가 침묵을 깼다. "젠장, 나 혼자 남을 수는 없잖아?" 그러고는 부루퉁한 얼굴로 가버렸다.

"저 녀석이 돌아오기 전에 우리끼리 떠나도 되지 않을까?" 케일이 말했다.

"우린 뭉쳐 다니는 게 좋아."

"그야 그렇지만, 저렇게 징징대는 녀석을 꼭 데려가야 해?"

"괜히 그러는 거야. 원래 그런 녀석이니까. 괜찮을 거야."

"정말 그럴까?" 케일이 살짝 걱정스러운 표정을 지었다.

"언제 떠날 생각이야?"

"일주일 뒤에. 이곳에는 훔칠 만한 물건이 많아. 비축해놔야 해."

"너무 위험한 짓이야."

"괜찮을 거야."

"괜찮지 않을 것 같은데."

"싫으면 관둬. 내 몸뚱이니까 내 맘대로 할 거야."

베이그 헨리가 어깨를 으쓱했다. "그야 그렇지." 그러더니 화제를 바꾸었다. "네가 보기에 몬드 놈들 어때? 너무 거만하지 않아?"

"하지만 꽤 훌륭하던데."

"그래, 훌륭하긴 하더라." 베이그 헨리가 빙그레 웃더니 다시 물었다. "리바는 괜찮을까?"

"괜찮지 않을 이유가 없잖아?"

베이그 헨리는 정말로 걱정하는 눈치였다. "문제는 리바가 너나나 같지 않다는 거야. 매질 같은 걸 견디지 못해. 그런 것에 길들여지지 않았으니까."

"괜찮을 거야. 비폰드 덕분에 우리도 멀쩡하잖아, 안 그래? 클라이스트 말이 옳아. 나만 없으면 너희는 여기서 행복할 거야." 사실 그는 행복이 뭔지 몰랐지만, 몇 번 들었던 그 말의 느낌이 좋았다.

"리바는 사람들과 어울리는 요령을 알아. 아마 잘 지낼 거야."

"그럼 넌 왜 사람들과 어울리지 못하는데?"

"모르겠어."

"거기서 벗어나려고 노력해봐. 그게 어려우면 그 표정이라도 좀 고쳐. 상대의 목을 따서 개들에게 먹이려는 사람 같잖아."

하지만 이튿날, 솔로몬 솔로몬과 콘 마테라치 때문에 결국 케일이 폭발할지도 모른다는 베이그 헨리의 예상은 빗나갔다. 솔로몬 솔로몬은 새로운 꼬투리를 잡아 전날의 폭행을 이어갔는데, 이번에는 모두가 똑똑히 보고 똑같이 따라 하도록 부추기기 위해 훈련장 한가운데로 무대를 옮겼다. 그러나 무술 교관보다 더 교활한데다 단순히 그를 따라 하는 모습을 보이기 싫은 콘 마테라치는 사소한 꼬투리를 잡아 계속 케일을 걷어차면서도 절대로 힘을 싣지 않았다. 상대를 모욕하는 재주가 있는 이 젊은이는 케일을 가능한 한 살살 다뤄야 하는 장난감쯤으로 취급했다. 평생 무술을 연마한 길고 유연한 다리로 케일의 엉덩이를 툭툭 치거나 귓가를 살살 건드렸는데, 마치 케일 같은 것에게 손을 쓰는 건 너무 과하다는 투였다. 그렇게 나흘이 지나자 베이그 헨리는 솔로몬 솔로몬의 거친 폭력보다 콘의 조롱이 더 걱정됐다. 케일은 솔로몬 솔로몬조차 생각할 수 없는 극단적이고 무자비한 폭력에 익숙했다. 하지만 사람들의 비웃음거리가 되는 조롱은 당해본 적이 없었다. 그런 케일이 약이 올라 반격할까봐 걱정되기 시작한 것이다.

"내가 보기에 요즘 그 녀석 너무 말이 없는 것 같아." 걱정하는 베이그 헨리 옆에서 클라이스트가 말했다.

"언제 도깨비가 튀어나올지 모르는 흉가처럼 조용하구나." 리디머들이 종종 읊어대던 이 말에 두 소년 모두 웃었다.

"이틀을 못 넘길 거야."

"내일 떠나자고 해야겠어."

"좋아."

콘 마테라치는 우스꽝스러운 바보의 너그러운 주인 노릇을 점점 더 악랄하게 계속했으며, 그 덕분에 친구들로부터 많은 감탄을 샀다. 솔로몬 솔로몬이 폭력을 휘두르는 사이사이 콘은 실수를 용서해주듯 케일의 머리를 헝클어뜨리곤 했는데, 마치 버릇없지만 안쓰러운 애완동물을 다루는 것 같았다. 툭하면 케일의 뒤통수를 툭툭 쳐서 약을 올리고, 칼날의 판판한 면으로 엉덩이를 살살 때렸다. 그럴수록 케일은 점점 더 말이 없고 조용해졌다. 콘은 알고 있었다. 물리적 폭력은 케일에게 응어리를 전혀 남기지 않지만, 조롱은 서서히 그의 단단한 영혼을 관통하고 있다는 것을. 콘 마테라치는 괴물이지만 바보가 아니었다.

마테라치 가문은 두 가지로 유명했다. 첫째, 뛰어난 무술 솜씨와 그에 어울리는 불굴의 용기. 둘째, 여인들의 탁월한 미모와 그에 걸맞은 극도의 냉정함. 마테라치 가문의 아내들을 보기 전에는 마테라치 남자들이 전장에서 죽는 걸 두려워하지 않는 까닭을 이해할 수 없다는 말도 있었다. 마테라치 가문은 개인과 집단 모두 무시무시한 전투 기계다. 하지만 누구든 그들의 아내와 마주치면 지금껏 어디서도 겪어보지 못한, 쌀쌀맞고 도도한 태도와 무시를 경험하게 된다. 하지만 한편으로는 그 미모에 깜짝 놀라기도 한다. 그리고 마테라치 사내들과 마찬가지로 그녀들을 미소 짓게 하거나 거만한 입맞춤을 받으려고 물불 가리지 않게 된다. 비록 마테라치 가문이 막강한 군사력과 경제력, 정치력으로 전 세계 3분의 1가량을 지배하고 있지만, 피정복자들은 그토록 기세등등한 마테라치 남자들이 그곳 여자들의 노예라는 사실을 위안으로 삼았다.

케일에 대한 폭력과 학대가 계속되는 동안, 과거에 애콜라이트였던 세 소년은 가능한 한 많은 시간을 도둑질에 쏟았다. 이곳에서는 물건 훔치기가 딱히 어렵거나 위험하지 않았다. 세 소년이 보기에 마테라치 사람들은 자기 물건에 대해 괴상한 태도를 가지고 있었다. 마치 물건을 사자마자 버리려는 사람들 같았다. 어떤 소유물도 금지된 애콜라이트들에게는 당혹스러운 일이었다. 처음에는 쓸모 있어 보이는 물건을 훔쳤다. 접칼과 숫돌, 때로는 도련님들 방에 아무렇게나 널린 돈을 훔쳤는데, 살짝 들킬 만큼 거금일 때도 있었다. 나중에 도둑질은 더 쉬워졌다. "저 물건을 정리하거나 다른 곳으로 치울까요?"라고 물으면 도련님들은 대개 그냥 버리라고 했다. 불과 나흘 만에 세 소년은 다 쓰지도 못할 만큼 많은 물건을 훔치거나 '받았으며', 심지어 사용법을 모르는 물건들까지 생겼다. 각종 나이프와 칼을 비롯해 클라이스트가 쉽게 고친 가벼운 사냥용 활, 작은 야전 주전자, 그릇, 숟가락, 밧줄, 실, 부엌에서 훔쳐온 비축 식량 등. 돈도 꽤 많이 모았는데, 세 소년이 도련님들의 방을 휩쓸고 나가면 다시 돈과 물건이 방안을 채우곤 했다. 그들은 그렇게 훔친 것들을 온갖 구석과 틈새에 잘 숨겨놓았다. 아무도 사라진 물건을 아쉬워하지 않았기 때문에 들킬 가능성은 거의 없었다. 이곳에서는 다른 사람들이 원치 않는 물건들만으로도 여유롭고 풍족하게 살 수 있어서 클라이스트와 베이그 헨리는 곧 떠나야 하는 사실을 몹시 안타까워했다. 하지만 베이그 헨리는 케일이 점점 더 말이 없어져서 걱정이었다. 콘 마테라치는 틈만 나면 케일을 조롱하고 괴롭히고 늘 찌르고 쑤셔댔다. 마치 말썽꾸러기 꼬마를 혼내듯 그의 귀를 가볍게 때리고 코를 잡아당겼다.

닷새째 되던 날 오후에 케일은 쓸 만한 물건을 훔치려고 성채 안의 어느 구역을 돌아다니고 있었다. 시종인 그에게는 금지된 장소였다. 멤피스에서의 '금지'는 성소에서의 '금지'와는 의미가 달랐다. 성소에서 금지 규칙을 어기면 징 박힌 혁대로 마흔 대를 맞고 과다 출혈로 죽을 수도 있었다. 하지만 이곳에서 그런 짓을 하면 조금 불쾌한 정도의 처벌을 받게 되는데, 말만 잘하면 쉽게 모면할 수도 있었다. 이번 경우에는 설령 붙잡혀도 성채 안에서 길을 잃었다고 변명하면 그만이었다.

케일이 돌아다니는 곳은 거대한 성채에서 가장 오래된 구역으로, 사실상 멤피스에서 가장 오래된 장소였다. 성채 안의 방들은 지금은 창고로 쓰이는데, 외벽이 대부분 부서지고 그 자리에 마테라치 가문이 좋아하는 거대한 창문이 달린 우아한 집들이 들어서 있었다. 하지만 멤피스의 이 오래된 구역은 어두컴컴했으며, 다른 통로에서 새어드는 빛만이 60피트 간격으로 벽 꼭대기를 밝히고 있었다. 일반적인 통로가 아니라 공성攻城에 대비해 만들어진 곳이었다. 케일은 어둠 속에서 조심조심 돌계단을 올라갔다. 방호물이나 난간이 전혀 없어서 자칫하면 40여 피트 아래 돌바닥으로 추락할 수도 있었다. 그때 위에서 누군가가 황급히 내려오는 소리가 들렸다. 계단이 구부러져서 보이지는 않았지만 상대는 제등을 들고 있었다. 계단 벽의 우묵한 곳으로 숨어 상대가 지나쳐갈 때 들키지 않기를 바랐다. 다급한 발걸음과 함께 희미한 불빛이 가까워지더니 이윽고 어떤 여자가 나타났다. 케일이 벽에 몸을 바짝 붙이자, 여자는 케일을 보지 못하고 황급히 지나쳐갔다. 하지만 이 크고 어둑한 곳에서 불빛은 너무 흐리고 돌계단은 고르지 않았다. 구부러진 계단을 너무 빨리 돈 탓에 안 그래도 비틀거리던 그녀는 우둘투둘한 돌계단에 신발 굽이 끼었다. 한순간 여자의 몸이 뒤틀리다가 균형을 잡으려고 버둥거리기 시작했다. 40피트 아래는 딱딱한 돌바닥이었다. 여자가 외마디소리를 지르면서 제등을 떨어뜨리고 곧이어 추락하려 할 때, 케일이 그녀의 팔을 잡고 끌어당겼다.

이 충격적인 등장에 그녀가 유령이라도 본 듯 겁을 먹고 소리를 질렀다.

"맙소사!"

"이제 괜찮아. 하마터면 밑으로 떨어질 뻔했어." 케일이 말했다.

"어머나!" 그녀는 밑을 내려다보았다. 부서진 제등에서 쏟아져나온 기름이 여전히 타고 있었다. 그녀가 케일을 보며 말했다. "너 때문에 놀랐잖아."

케일이 웃었다. "운좋은 줄 알아. 죽었다면 놀라지도 못했을 테니까."

"네가 잡아주지 않았어도 별일 없었을 거야."

"아니, 크게 다쳤을 거야."

그녀는 아찔한 높이의 계단 밑을 내려다보고 어둑한 빛 속의 케일을 다시 바라보았다. 그는 이제껏 그녀가 만난 그 어떤 소년이나 남자와도 달랐다. 키는 보통 키에 머리는 짙은 검은색이지만, 알 수 없는 무언가가 어른 같은 검은 눈 속에 담겨 있었다.

그녀는 갑자기 겁이 났다.

"가야겠어. 고마워." 말을 마친 그녀는 잽싸게 계단 아래로 달려갔다.

"조심해." 케일이 그녀의 뒷모습을 보며 말했다. 너무 나직해서 잘 들리지도 않는 목소리로.

이윽고 그녀가 사라졌다.

케일은 벼락을 맞은 것 같은 기분이었다. 아무리 경험 많고 현명한 사람이라 해도 방금 케일이 만난 여자에게서 눈을 떼지 못했을 것이다. 그리고 여자에 관해서 케일은 경험도 없고 현명하지도 못했다. 그녀는 멤피스 총독인 마테라치 원수의 딸 아르벨 마테라치였다. 하지만 그녀의 아버지 말고는 어느 누구도 아르벨의 성姓을 머릿속에 떠올리지 않았다. 다들 언제나 그녀를 '아르벨 스완넥(백조의 목)'이라고 불렀으며, 멤피스뿐 아니라 광대한 영토 전역을 통틀어 가장 아름다운 여인으로 추앙했다. 그녀의 아름다움을 설명해달라고? 백조 같은 여인을 상상해보라.

만약 그날 오후 거대한 성채 안에서 케일이 그녀와 마주치지 않았다면, 혹은 그 어둡고 미끄러운 곳에서 민첩하게 그녀를 끌어당기지 못했다면, 그리하여 결국 그토록 아름답고 길고 우아한 그녀의 목이 저 아래 돌바닥에 부딪혀 부러졌다면 그들의 운명은 얼마나 달라졌을까.

몇 시간 뒤, 사랑에 빠진 케일은 마음이 바뀌어 멤피스를 떠나지 않겠다고 친구들에게 말했다. 한 명은 어안이 벙벙했고 한 명은 화를 냈다. 물론 진짜 이유는 말하지 않고 둘러댔다. 어차피 자신은 솔로몬 솔로몬에게 당하는 폭력보다 더 심한 학대에 평생 시달렸으며, 콘 마테라치의 못된 장난은 그냥 무시하면 그만이라고. 머물러야 할 이유가 이토록 많은데, 심술궂은 자식의 한심한 장난 따위를 걱정해서야 되겠는가? 베이그 헨리와 클라이스트는 당황했다. 물론 케일을 의심할 이유는 전혀 없었다. 하지만 베이그 헨리는 그를 의심했다.

“저 녀석 말이 진심이라고 생각해?” 나중에 클라이스트와 단둘이 남은 베이그 헨리가 말했다.

“진심이건 아니건 무슨 상관이야? 저 녀석이 더 있고 싶다면 나야 좋지. 난 저 녀석이 늘 전능한 신처럼 구는 게 싫을 뿐이야.”

그로부터 며칠 동안 베이그 헨리는 계속되는 폭행과 놀림을 지켜보았다. 늘 그렇듯 헨리가 가장 걱정하는 것은 조롱이었다. 콘 마테라치는 단순히 심술궂은 자식이 아니라 가공할 무술 실력의 소유자였다. 마테라치 가문의 전사들 중에서 가장 노련하고 경험 많은 자들만이 콘을 이겼는데, 금요일마다 실전을 방불케 하는 살벌한 대련이 하루종일 이어졌다. 그리고 살인 기술로 무장한 인정사정없는 전사들에게 콘이 지는 횟수는 시간이 갈수록 점점 줄어들었다. 그의 명성이 자자한 건 너무나 당연한 일이었다. 따라서 공식 훈련이 끝난 마지막 주에 콘이 특별한 상을 받은 것도 놀랄 일이 아니었다. 마테라치 군대에 들어간 자들이 좀처럼 받기 어려운 그 상은 ‘포르차’ 또는 ‘단치히 생크’라고 불리는 검으로, ‘디 에지(칼날)’라는 이름으로 더 널리 알려져 있었다. 백 년 전에 마틴 베이컨이라는 위대한 검장劍匠이 제작한 그 칼은 강하면서도 유연한 독특한 강철로 만들어졌는데, 안타깝게도 그 비술은 베이컨이 마테라치 가문의 어느 도도한 젊은 규수 때문에 자살하면서 전수되지 못했다. 당시 그 칼의 주인이자 총독이었던 페테르 마테라치는 그의 죽음을 애통해하며, 베이컨 같은 천재가 그런 이유로 자살했다는 사실을 평생 믿으려 하지 않았다. "한낱 여자 때문에 죽다니!" 그는 탄식했다. "그 친구가 부탁만 했으면 내 마누라도 내줬을 텐데." 물론 냉정하기로 소문난 마테라치 여인들의 성품을 고려할 때 그의 말이 과연 현실성이 있는지는 지금도 의심스럽다.

어쨌거나 디 에지를 하사받는 것은 콘에게 대단한 영광이었다. 지난 이십 년간 그런 영광을 누린 이는 없었다.

디 에지 수여식과 훈련 종료 축하 퍼레이드는 화려하기 이를 데 없었다. 모자를 흔들며 환호하는 엄청난 군중, 멋진 음악과 위풍당당한 연설을 비롯한 온갖 축하 행사가 열렸다. 선조들 앞에 도열한 몬드는 거의 5천 명에 이르렀다. 이들을 평범한 병사와 혼동해서는 안 된다. 몬드는 세계에서 가장 잘 훈련된, 최고의 장비를 갖춘 엘리트 전사 집단이며, 고위 귀족 집안의 자제들로 이루어져 있었다.

그리고 그 중심은 콘 마테라치였다. 나이는 열여섯 살, 키는 6피트, 금발 머리에 몸은 근육질이며 호리호리하고 아름다운 그는 모든 관심을 한몸에 받는 군중의 우상이자 마테라치 가문의 자랑이었다. 디 에지를 하사받는 동안 쏟아진 환호와 갈채에 화답하는 그의 모습은 자신감이 넘쳤다. 그가 칼을 머리 위로 높이 쳐들자 세상이 끝날 것처럼 함성이 터져나왔다.

베이그 헨리는 튀어 보이지 않으려고 박수를 쳤다. 클라이스트는 콘이 자신의 쌍둥이 형제라도 되는 양 과장되게 갈채와 환호를 보내면서 열정적으로 증오를 드러냈다. 하지만 케일은 클라이스트가 옆구리를 쿡 찌르고 베이그 헨리가 나직이 애원하는데도 멀거니 쳐다보기만 했다. 이런 반응을 그의 도련님이 놓칠 리 없었다.

비록 천상의 번개에 맞은 것처럼 얼떨떨하고 들뜬 기분이었지만 콘의 눈은 날카로웠다.

원래 자부심이 강한 콘은 알랑쇠 무리 때문에 더욱 콧대가 높아졌고, 지금은 자기 자신에 대한 긍지가 하늘을 찌를 듯했다. 두 시간 뒤, 군중이 뿔뿔이 흩어지고 거대한 성채 안의 호젓함 속으로 복귀한 뒤에도 콘의 머릿속은 여전히 흥분한 벌들이 가득한 벌집처럼 윙윙거렸다. 하지만 친구들과 마테라치 가문 고위 인사들의 칭찬과 축하가 잠잠해지기 시작하자, 콘은 현실로 돌아와 자신의 위업에 박수조차 치지 않은 케일의 의도적인 모욕을 기억해냈다. 이 어처구니없는 반항 행위를 묵과할 수는 없었다. 콘은 자신의 무기 시종을 당장 데려오라면서 하인을 보냈다.

하인은 케일을 금방 찾지 못했다. 시종 기숙사에 도착했을 때 하필이면 운 나쁘게도 베이그 헨리에게 케일의 행방을 물었기 때문이었다. 베이그 헨리의 어물쩍 넘기는 재주는 한동안 필요가 없었지만, 심문당하듯이 질문을 받자 능구렁이 같은 본성이 다시 발동했다.

"케일?" 마치 그런 이름은 들어본 적도 없다는 듯한 말투였다.

"콘 마테라치 도련님의 새 시종 말이야."

"누구요? 어느 도련님이라고요?"

"머리가 검은 녀석 말이야. 아주 시건방진 자식이지." 하인은 상대가 아둔한 놈이라는 생각이 들자 한 손을 5피트 6인치 정도 높이로 쳐들었다. "키는 이 정도고 얼굴은 우거지상인 놈이야."

"아, 클라이스트 말이군요. 그 녀석은 아래층 부엌에 있어요."

하인은 자기가 찾는 사람이 클라이스트인가 싶었다. 콘 마테라치가 케일이라고 했지만 실은 클라이스트일지도 모른다고. 그러나 분위기가 살벌해서 차마 되돌아가 물어볼 엄두는 나지 않았다. 불행히도 때마침 케일이 잠깐 자려고 기숙사로 들어오는 바람에, 하인을 엉뚱한 곳으로 보내려던 베이그 헨리의 계획은 수포로 돌아갔다.

"저 녀석이야." 하인이 베이그 헨리에게 말했다.

"쟤는 클라이스트가 아니라 케일이에요." 베이그 헨리는 의기양양하게 대꾸했다.

케일이 여름 정원에 도착할 무렵, 콘을 에워쌌던 군중은 점점 줄어 마침내 모두 사라졌다. 하지만 마지막 한 명의 손님, 단연코 콘에게 가장 중요한 손님이 그제야 찾아왔다. 아르벨 스완넥. 경멸에 가까운 새침한 태도로 남자를 대하도록 교육받은 아르벨은 콘에게 어떤 사적인 감정도 드러낼 수 없었으며, 기껏해야 무관심하게 구는 것이 전부였다. 하지만 실은 백조처럼 아름다운 그녀도 여느 아가씨들과 다름없이 콘의 아름다움과 뛰어난 능력에 마음이 흔들렸다. 만약 콘이 아니라 다른 남자였다면 아르벨은 축하 행사 도중에 나타나 형식적인 축하의 말을 해주고 사라졌을 것이다. 하지만 평소처럼 무관심하기가 쉽지 않았다. 마테라치 가문에서 가장 냉정한 여인도 그토록 아름답고 젊은 전사와 군중의 함성, 보기 드물게 화려하고 위풍당당한 의식 앞에서 철저히 무심해질 수는 없었다. 사실 아르벨 스완넥은 보기와 달리 냉정한 여자가 아니었다. 콘이 디 에지를 군중을 향해 쳐들고 군중이 이 멋진 젊은이에게 함성으로 화답하는 순간, 그녀는 전율하는 자신에게 몹시 당황했다. 그 순간 젊은 남자에게, 심지어 멋진 젊은이에게도 철저히 무관심하게 굴던 재능이 자취를 감추었으며, 콘의 놀라운 성과를 칭찬할 때는 얼굴까지 붉혔다(콘이 눈치챌 정도는 아니었지만). 콘이 존경하는 사람은 단 두 명뿐이었다. 그의 숙부와 숙부의 딸. 콘이 아르벨을 지극히 경외하는 것은 그녀의 아찔한 미모와 그를 완전히 경멸하는 듯한 태도 때문이었다. 이미 콧대 높은 그에게 더욱 막강한 힘과 권위가 주어진 이날도 아르벨의 등장에 몹시 당황할 뿐, 자신의 목을 안고 키스를 퍼붓고 싶어하는 그녀의 속마음을 알아차리지 못했다. 몹시 얼떨떨한 상태로 축하 인사를 들으면서도 그녀의 말을 거의 이해하지 못했고, 그녀의 목소리가 떨린다는 것도 눈치채지 못했다. 케일이 도착한 것은 두 사람이 서로에게 허리 굽혀 인사하고 아르벨 스완넥이 떠나려는 순간이었다.

평소 같으면 아르벨은 일개 시종에게 눈길조차 주지 않았을 것이다. 그녀에게 시종은 회색 나방보다 못한 존재였다. 하지만 이미 가슴이 두근두근한 상태였던 그녀는 불과 며칠 전 오래된 성채 안에서 추락하던 자신을 구해준 이상한 소년과 갑자기 맞닥뜨리자 더 큰 혼란에 빠졌다. 너무 놀라서 바짝 긴장한 아르벨은 넋 나간 사람처럼 얼굴이 굳어졌다.

역사상 가장 위대하고 가장 노련한 전설의 연애 선수들이었던 네이선 조그나 니콜라스 패닉이라면 그런 무뚝뚝한 표정 아래 감춰진 젊은 여인의 콩닥거리는 가슴을 감지했을 것이다. 물론 위대한 연애 선수와는 거리가 멀어도 한참 먼 케일은 딱하게도 자신이 두려워하는 것만 보았다. 그녀의 표정이 싸늘한 멸시의 표시로만 보인 것이다. 그는 그녀의 목숨을 구해주고 사랑에 빠졌으나, 그녀는 그를 알아보지도 못했다. 아르벨 스완넥은 몹시 혼란스러운 상태였지만 이 뜻밖의 만남에서 벗어나려는 기색이 역력했다. 말없이 돌아선 그녀는 몇백 야드 너머 정원 끄트머리에 있는 입구 쪽으로 걸어가기 시작했다. 지금 정원에는 이 세 사람 말고는 일곱 명밖에 없었다. 콘 마테라치의 친구 네 명과 따분한 표정의 경비병 셋. 의전용 갑옷 차림의 그 경비병들은 진짜 전투에 들고 나갈 무기보다 세 배나 많은 무기를 들고 있었다. 그리고 지금 정원을 지켜보는 사람이 있었다. 친구가 염려스러운 나머지 지붕으로 올라가 굴뚝 뒤에 숨어 정원을 내려다보고 있는 베이그 헨리였다.

이제 콘 마테라치는 자신의 시종에게로 눈길을 돌렸다. 하지만 술에 취한 그의 친구 하나가 선수를 쳤다. 케일을 덜떨어진 놈으로 대하는 콘의 평소 행동을 흉내내면 모두가 재밌어할 거라고 생각한 그는 손을 뻗어 케일의 뺨을 두 번 가볍게 때렸다. 콘을 제외한 나머지 녀석들이 큰 소리로 웃음을 터뜨렸고, 아르벨 스완넥이 뒤를 돌아보았다. 케일이 뺨을 맞으며 조롱당하는 것을 본 그녀는 흠칫 놀랐다. 하지만 그녀의 표정은 케일에게 더욱더 경멸의 증거로만 보였다.

술 취한 녀석의 손이 케일의 얼굴로 네번째 날아올 때 일이 터졌다. 그로 인해 세상이 바뀌었다고 할 만한 사건이었다. 케일은 전혀 힘들이지 않는 표정으로 태연히 왼손으로 상대의 손목을 잡고 오른손으로 팔뚝을 잡아 비틀었다. 요란한 우두 소리와 함께 고통의 비명이 터져나왔다. 케일의 움직임은 결코 빨라 보이지 않았다. 비명을 질러대는 젊은이의 어깨를 붙잡은 케일은 놀란 콘 마테라치 쪽으로 그를 내동댕이쳤다. 그러고는 뒤로 한 걸음 물러서서 오른쪽 주먹을 왼손으로 감싸쥐고 가장 가까이 있던 마테라치 자제의 얼굴을 팔꿈치로 가격했다. 놈은 땅바닥에 쓰러지기도 전에 이미 의식을 잃었다. 나머지 두 명은 놀란 마음을 수습하고 뒤로 물러나 싸울 자세를 취했다. 그들은 아주 강해 보일 뿐만 아니라 실제로도 그랬다. 케일은 몸을 낮게 웅크리고 그들에게 다가가다가 석회 가루와 자갈을 한 움큼 집어 두 상대의 얼굴에 뿌렸다. 그들이 고통스럽게 몸을 뒤틀자, 케일은 가장 가까운 녀석의 신장 부위에 주먹을 날린 다음 나머지 한 놈의 명치를 쳤다. 그러고는 단검 두 자루를 집어들고 콘에게로 돌아섰다. 콘은 여전히 비명을 지르는 친구를 떼어내고 케일을 노려보았다. 여기까지 고작 사 초가 걸렸다. 케일과 콘이 서로 마주보는 동안 긴 침묵이 흘렀다. 콘 마테라치는 분노를 억누르는 표정이었고, 케일의 얼굴은 완전히 무표정했다.

답답한 갑옷 때문에 더워서 회랑 그늘에 있던 세 경비병들이 그제야 달려왔다. 경비대 하사가 말했다.

"저놈은 저희가 처리하겠습니다, 도련님."

"거기 그대로 있어." 콘이 담담하게 대꾸했다. "만약 저놈을 잡겠다고 끼어들면 평생 발똥이나 치우며 살게 될 테니. 내가 시키는 대로 해."

그 지시에 따를 수밖에 없었다. 경비대 하사는 뒤로 물러났다. 하지만 나머지 동료 한 명에게 경비병을 더 데려오라고 신호했다. 그러면서 생각했다. 어린놈이 건방지게시리. 한번 혼쭐이 나야 정신을 차릴 텐데. 하지만 그런 일이 벌어질 수 없다는 건 그도 알고 있었다. 탁월한 기술을 지닌 독보적 전사인 콘 마테라치는 열여섯 살에 이미 검술의 달인이었다. 그러니 비록 어리고 건방져도 그가 시키는 대로 해야 했다.

콘이 디 에지를 뽑기 시작했다. 그 칼은 이 특별한 의식 이외의 자리에 쓰이기에는 너무 귀중한 물건이어서 거대한 전시실에 안전하게 보관해야 마땅했다. 하물며 싸움에 쓰기에는 너무 아까운 칼이었다. 하지만 콘은 어쩔 수 없는 상황이었다고 변명하면 된다고 생각했고, 결국 디 에지는 사십 년 만에 처음으로 살인을 위해 칼집에서 뽑혀나왔다.

"그만둬요!" 스완넥이 소리쳤다.

콘은 그녀를 무시했다. 이런 일에는 그녀조차 간섭할 수 없었다. 케일은 그녀의 말을 들은 척도 하지 않았다. 지붕 위의 베이그 헨리는 자기가 할 수 있는 일이 없다는 사실에 탄식했다.

이윽고 싸움이 시작되었다.

콘이 엄청난 속도로 디 에지를 내지르고 연달아 내리치자, 케일은 의전용 단검 두 자루로 공격을 막아내면서 천천히 뒤로 물러났다. 그의 칼들은 금세 이가 빠져서 낡은 톱처럼 되었다. 콘은 우아하고 빠르게 움직이면서 찌르고 내리쳤다. 마치 검투사가 아니라 무용수 같았다. 케일은 계속 뒷걸음치면서 가까스로 공격을 막아냈다. 콘은 케일의 머리, 가슴, 다리 등등 어디든 틈만 보이면 찌르고 내리쳤다. 이 모든 것이 침묵 속에서 진행되었다. 들리는 소리라고는 낭랑하게 울리는 디 에지와 둔탁하게 화답하는 단검들이 부딪쳐 만들어내는 기묘한 음악뿐이었다.

콘 마테라치는 계속 압박했고, 케일은 위아래로 정신없이 막으며 계속 물러났다. 마침내 콘이 케일을 벽에 밀어붙였다. 더는 물러날 곳이 없었다. 상대를 궁지에 몰아넣은 콘은 케일이 좌우 어느 쪽으로 움직이든 봉쇄하려고 살짝 뒤로 물러났다.

"네놈은 개가 물어뜯듯이 싸우는구나." 그가 이죽거렸다. 하지만 케일의 표정은 변하지 않았다. 감정이 없는 사람처럼 무덤덤해 보였다. 마치 아무 말도 듣지 못하는 것 같았다.

콘이 좌우로 움직이면서 몇 번 우아하게 칼을 내질렀다. 지켜보는 자들에게 곧 상대를 죽이겠다는 신호를 보내는 것이었다. 이제 전혀 다른 존재가 될 거라는 흥분과 황홀감에 그의 가슴이 벅차올랐다.

그즈음 궁수가 포함된 병사 스무 명가량이 정원으로 들어와 하사의 지시에 따라 콘과 케일에게서 몇 야드 떨어진 곳에 반원을 이루고 섰다. 하사뿐 아니라 모두에게 이 싸움의 결말은 뻔해 보였다. 비록 콘의 지시에 따르긴 했지만 하사는 만약 콘이 조금이라도 부상을 당하면 문제가 생긴다는 것을 잘 알고 있었다. 콘이 마지막 일격을 가하려고 검을 쳐들자, 하사는 벽을 등지고 서 있는 소년이 진심으로 가여웠다. 콘은 검을 쳐든 채 케일의 눈빛에서 두려움을 읽으려 했다. 하지만 케일의 표정은 조금도 변하지 않았다. 영혼이 몸 밖으로 빠져나간 사람처럼 무표정하고 흐리멍덩했다.

어서 끝내버려, 망할 자식아. 하사는 속으로 중얼거렸다.

마침내 콘이 칼로 내리쳤다. 공기를 가르는 디 에지의 속도는 상상을 초월할 정도였다. 실로 번개보다 빨랐다. 이번에 케일은 그 공격을 막지 않았다. 그냥 한쪽으로 슬쩍 비켰을 뿐이다. 거의 움직이지도 않았다. 검의 일격이 빗나갔다. 하지만 겨우 모기의 날개 너비만큼이었다. 다시 가한 일격도 빗나갔다. 세번째는 찌르기였다. 이번에도 케일은 뱀처럼 잽싸게 옆으로 비켰다.

이제 케일이 처음으로 공격을 가했다. 콘은 아슬아슬하게 피했다. 케일의 공격이 계속되자 콘이 뒤로 밀리면서 결국 싸움이 시작된 곳으로 돌아왔다. 콘은 숨을 헐떡이고 있었다. 두려움이 커지자 숨결이 더욱 거칠어졌다. 오랜 세월 훈련을 거듭하며 뛰어난 검술을 익혔지만, 죽음을 앞둔 느낌과 공포에 익숙하지 않은 몸은 뜻대로 움직이지 않았다. 신경이 마비되고 창자가 녹는 기분이었다.

갑자기 케일의 공격이 그쳤다.

그는 공격권 밖으로 물러나 콘을 위아래로 훑어보았다. 그렇게 심장이 한 번인가 두 번 뛰었을 때, 콘이 필사적으로 공격을 다시 개시했다. 디 에지가 쉭 소리를 내며 바람을 갈랐다. 하지만 그 공격이 시작되기도 전에 움직인 케일이 한 칼로 디 에지를 막고 나머지 칼로 콘의 어깨를 찔렀다.

콘이 충격과 고통으로 비명을 지르며 칼을 떨어뜨리자, 케일이 그를 빙글 돌려 왼팔로 목을 감싸고 오른손에 쥔 칼을 콘의 배에 댔다.

"가만있어." 케일은 콘의 귀에 나직이 속삭인 다음, 콘을 구하려고 다가오는 병사들에게 큰 소리로 말했다. "다들 멈춰라! 안 그러면 이 자식의 배를 갈라버리겠다." 그리고 콘의 배를 세게 내리쳐 자신의 의지를 보였다. 겁에 질린 하사는 병사들에게 멈추라고 손짓했다.

그러는 동안 케일이 목을 점점 더 꽉 조여 콘은 숨을 쉴 수 없었다. 케일이 콘의 귀에 대고 다시 소곤거렸다.

"기절하기 전에 한 가지 알려주지, 대장. 싸움은 예술이 아냐."

그 말이 끝나자 콘이 고개를 떨구고 의식을 잃었다. 콘의 몸이 축 늘어지자 케일은 그의 목을 감싼 팔에서 힘을 뺐다.

"이 녀석은 아직 살아 있어, 하사. 하지만 당신이 괜한 만용을 부리면 이 녀석은 죽는다. 이제 난 저 칼을 집을 거야. 그러니 허튼 짓하지 마."

콘이 꽤 무거운 탓에 케일은 천천히 몸을 낮춰 디 에지 쪽으로 손을 뻗었다. 칼을 잡은 그는 병사들에게서 눈을 떼지 않고 다시 일어섰다. 그사이 정원 외곽의 여러 입구를 통해 몰려온 병사들은 이제 거의 백 명에 달했다.

"어디로 갈 셈이냐, 젊은 친구?" 하사가 물었다.

"그건 생각해보지 않았다." 케일이 대답했다.

그때 지붕에서 베이그 헨리가 밑으로 소리쳤다.

"케일, 콘을 해치지 않고 놓아주겠다고 약속해!"

화들짝 놀란 병사들이 헨리 쪽으로 화살 세 발을 쏘아 이 첫 협상 시도에 응답했다. 베이그 헨리가 고개를 숙여 시야에서 사라졌다.

"사격 중지!" 하사가 외쳤다. "앞으로 내 지시 없이 행동하는 자에게는 곤장 오십 대를 때리고 일 년간 변소 청소를 시키겠다!"

그가 다시 케일을 바라보았다. "네 생각은 어떠냐? 그 녀석을 놓아주면 우린 널 해치지 않겠다."

"그다음은?"

"그야 모르지. 내가 할 수 있는 일은 해주마. 이놈들이 널 괴롭혔다고 말해주겠다. 사람들이 내 말을 믿을지는 모르겠지만…… 어떻게 하겠느냐?"

"케일! 그 사람 말대로 해!" 지붕에서 베이그 헨리가 소리쳤다. 이번에는 신중하게 지붕 위로 고개만 살짝 내밀었다.

케일은 잠시 망설였다. 물론 어떤 선택을 해야 할지는 명백했다. 콘의 목에서 디 에지를 치운 그는 칼을 놓을 곳을 찾으려고 주위를 유심히 둘러보았다. 다행히 적당한 곳이 눈에 띄었다. 케일은 극도로 신중하게 뒤로 두 걸음 물러났다. 그곳은 무릎 높이보다 조금 낮은 오래된 담장의 한 부분으로, 거대한 주춧돌 두 덩이가 만나는 곳이었다. 케일은 그 두 돌덩이 사이에 디 에지를 10인치 정도 찔러넣었다.

"이봐, 지금 뭐하는 거야?" 하사가 외쳤다.

케일은 기절한 콘 마테라치를 땅에 내려뜨리고 돌아서서 커다란 돌덩이들 사이에 낀 칼을 있는 힘껏 밀었다. 그러자 세계 역사상 가장 위대한 칼이었을 디 에지가 종 울리는 소리를 내면서 부러졌다. 팅!

병사들이 동시에 기겁했다. 마치 한 사람이 내는 소리 같았다. 케일은 하사를 바라보다가 손에 쥔 디 에지 반 토막을 침착하게 내려놓았다. 하사는 옆에 있던 병사가 건넨 사슬과 수갑을 받아들고 케일 쪽으로 걸어갔다.

"돌아서라."

케일은 그가 시키는 대로 했다. 하사는 수갑을 채우면서 케일의 귀에 나직이 중얼거렸다. "녀석, 방금 그건 너무나 멍청한 짓이었다."

위생병 한 명이 기절한 콘을 진찰하기 시작했다(마테라치 군대는 병사 여섯에 위생병이 한 명씩 붙었다). 그가 하사를 향해 고개를 끄덕이고는 나머지 소년들을 살펴보았다. 그때 케일을 에워싼 원 안으로 아르벨 스완넥이 뛰어들어와 콘 옆에 무릎을 꿇고 맥박을 확인했다. 안심하고 일어서더니 병사 두 명 사이에 낀 케일을 쳐다보았다. 케일은 무표정하고 차분한 눈길로 그녀를 바라보며 말했다.

"앞으로는 두 번 다시 날 잊지 못하겠구나." 말이 끝나자마자 병사들이 그를 끌고 갔다. 그때 케일에게 행운이 찾아왔다. 지붕에는 베이그 헨리 혼자가 아니었다. 클라이스트가 베이그 헨리를 따라와 있었는데, 케일에게 일어날 일이 걱정되어서가 아니라 그저 호기심에서였다. 싸움이 시작되자마자 베이그 헨리는 클라이스트에게 앨빈을 데려오라고 했다.

클라이스트는 앨빈이 있을 만한 장소를 한 곳밖에 몰랐지만, 다행히 앨빈은 거기 있었다. 잠시 후 집무실 밖으로 나온 그는 함께 갈 부하들을 소집했다. 앨빈이 정원에 도착했을 때는 마침 경비병 네 명이 케일을 데리고 나와 시립 교도소로 가는 중이었다. 케일이 그 교도소에 간다면 하룻밤도 넘기기 어려울 터였다.

"지금부터 이 일은 우리가 맡겠다." 앨빈이 말했다. 검은 조끼와 중산모 차림의 제복 무리 열 명이 그의 뒤를 받치고 있었다.

"경비대 하사님이 저희한테 이 녀석을 교도소로 데려가라고 하셨습니다." 경비병들 중에서 최고참인 병사가 대꾸했다.

"나는 성채의 보안을 책임지고 있는 내무부의 앨빈 대위다. 따라서 이건 내가 맡아야 할 사안이다."

앨빈의 위압적인 존재감과 '불도그들'이라는 별명에 걸맞게 험상궂게 생긴 악명 높은 열 명의 사내 때문에 경비병들은 기가 죽었다. 좀처럼 성채 안에 들어올 일이 없는 그들은 이토록 이상한 곳에서 고위 관리에게 제지당하자 불안에 사로잡혔다. 하지만 고참 병사는 한 번에 물러서지 않았다.

"하사님께 여쭤봐야겠습니다."

"묻건 말건 알아서 해. 어쨌거나 이 아이는 이제 우리가 데려가겠다." 앨빈이 부하들에게 고갯짓으로 지시하자, 기가 죽은 경비병들은 미심쩍은 표정으로 케일을 내주었다. 고참 병사가 나머지 병사들 중 한 명에게 고갯짓을 하자, 병사는 지원을 요청하러 다시 정원으로 뛰어갔다. 하지만 불도그들은 이미 케일을 데리고 성채 안팎으로 미로처럼 얽혀 있는 통로에 들어서서, 경비병 무리가 도착했을 때는 모두 사라지고 없었다.

십 분 뒤, 케일은 비폰드의 사설 감방 한 곳에 갇혔다. 간수 한 명이 케일의 손에 채워진 수갑을 풀기 시작했다. 이십 분 뒤, 두 손이 자유로워진 케일은 어둑한 감방 한가운데 서 있었다. 곧이어 뒤에서 감방 문이 잠겼다. 감방 양쪽에는 다른 감방이 있었는데, 감방과 감방을 나누는 벽의 일부는 철창이었다. 케일은 자리에 앉아 자신이 한 일을 곰곰이 생각하기 시작했다. 기분좋은 생각은 아니었다. 그런데 몇 분 뒤, 오른쪽 감방에서 들려온 목소리가 생각을 방해했다.

"사고 쳤냐?"

15

“우린 매번 상황이 좋지 않을 때 만나는구나. 앞으로는 즐겁게 만날 방법을 찾아봐야겠는걸.” 이드리스푸케가 말했다.

“관심 없습니다, 영감님.” 케일은 나무 침대에 앉아 옆방의 동료 죄수를 무시하는 척했다. 이드리스푸케를 또 만나다니, 너무나 기막힌 우연이었다.

“너랑 내가 인연은 인연인가보다.” 이드리스푸케가 말했다.

“맘대로 지껄이세요.”

“정말이라니까.” 그는 잠시 침묵했다. “여긴 무슨 일로 왔냐?”

“싸움에 휘말렸어요.”

“단순히 싸움에 휘말린 걸로는 비폰드의 사설 감옥에 들어오지 않아. 상대가 누구였지?”

케일은 대답할까 말까 궁리했다. 까짓것, 무슨 상관이람? “콘 마테라치요.”

이드리스푸케가 웃음을 터뜨렸다. 하지만 놀라고 기뻐하는 기색이 역력했다. 케일은 우쭐해지지 않으려 했지만 쉽지 않았다.

"맙소사, 그 황금불알 녀석? 내가 들은 이야기가 사실이라면, 넌 지금 운좋게 살아 있는 거야."

케일은 그가 일부러 도발하고 있다는 것을 눈치채지 못했다. 아무리 특별한 능력을 타고났다 해도 케일은 아직 너무 어렸다.

"운이 좋은 건 그 녀석이에요. 지금쯤 정신을 차렸겠지만, 아마 대갈통이 욱신욱신할걸요."

"우아, 너 아주 놀라운 녀석이로구나?" 이드리스푸케는 잠시 사이를 두고 말을 이었다. "하지만 여전히 네가 여기 온 까닭에 대한 설명은 못 되지. 그 일이 비폰드와 무슨 상관이지?"

"아마 그 칼 때문일 거예요."

"칼이라니?"

"콘 마테라치의 칼이요."

"그 녀석의 칼이 이 일과 무슨 상관인데?"

"엄밀히 따지면 그 녀석의 칼은 아니죠."

"무슨 뜻이지?"

"사실은 마테라치 원수의 칼이니까요. 디 에지라는 칼이요."

이번에는 더 무거운 침묵이 흘렀다.

"내가 콘을 쓰러뜨리고 나서 그 칼을 돌 사이에 끼워 부러뜨렸거든요."

이드리스푸케의 침묵은 무겁고 싸늘했다. "무분별하기 짝이 없는 짓을 했구나. 그런 명검을 박살내다니."

"명검이고 나발이고 감상할 시간도 없었어요. 콘이 그 칼로 나를 두 동강 내려 들었으니까요."

"그러기 전에 싸움은 끝났지. 방금 네가 그렇게 말했잖아."

사실 케일은 칼을 부러뜨리는 순간 이미 자신의 충동을 후회했다.

"충고 하나 해주랴?"

"아뇨."

"싫어도 해주마. 누군가를 죽이기로 마음먹었으면 죽여. 살려주기로 마음먹었으면 살려주고. 하지만 어느 쪽이든 고민은 하지 마라."

케일은 이드리스푸케에게 등을 돌리고 누웠다.

"자면서 들어라. 네가 한 짓, 특히 칼을 부러뜨린 것은 네가 총독의 수중에 들어가야 한다는 뜻이다. 이곳에 있을 이유가 없어."

삼십 분 뒤, 감방 자물쇠가 열리는 소리에 케일은 잠에서 깼다. 그가 일어나 앉는 동안 앨빈과 비폰드가 들어왔다. 비폰드가 케일을 험악하게 노려보았다.

"안녕하쇼, 비폰드 총리." 이드리스푸케가 명랑하게 외쳤다.

"입다물어라, 이드리스푸케." 매섭게 쏘아붙인 비폰드가 여전히 케일을 노려보며 말했다. "자, 말해라. 하나도 빠짐없이, 전부다. 안 그러면 지금 당장 너를 총독에게 넘기겠다. 오늘 무슨 일이 벌어졌는지 정확히 말해라. 그 이야기가 끝나면 너의 정체가 뭔지, 어떻게 네가 콘 마테라치와 그 녀석의 친구들을 그토록 쉽게 이길 수 있었는지 숨김없이 말해라. 사실대로 털어놓으라는 뜻이야. 만약 거짓말을 하면, 삶은 아스파라거스에서 손을 떼듯이 당장 너에게서 손을 떼겠다."

물론 케일은 아스파라거스가 뭔지 몰랐다. 지금은 그저 자신은 아무 잘못도 하지 않았다는 것을 비폰드에게 납득시키기 위해 어디까지 말해야 할지 고민스러울 따름이었다.

"화가 나서 잠깐 이성을 잃었습니다. 누구나 그럴 때가 있지 않나요?"

"검은 왜 부러뜨렸지?"

케일은 멋쩍은 표정을 지었다. "멍청한 짓이었습니다. 한창 싸우던 중에 벌어진 일이에요. 총독님께 사과하겠습니다."

앨빈이 웃음을 터뜨렸다. "그게 사과로 해결될 문제냐?"

"그렇게 능숙하게 싸우는 기술은 어디서 배웠지?" 비폰드가 물었다.

"성소에서 배웠습니다. 지금까지 살아오면서 하루 이십사 시간, 일주일에 엿새 동안요."

"그렇다면 헨리와 클라이스트도 그렇게 잘 싸운다는 소리냐?"

케일에게는 그 질문이 이상하게 들렸다.

"아뇨. 물론 그 녀석들도 싸우는 훈련은 받았지만 클라이스트는…… 전문가입니다."

"무슨 전문가지?"

"창과 활의 전문가입니다."

"헨리는?"

"보급과 지도 제작, 첩보 전문가죠." 거짓말은 아니지만 완전히 맞는 말도 아니었다.

"그렇다면 그 아이들은 오늘 네가 한 것처럼 싸우지 못한다는 뜻이냐?"

"네. 말씀드린 대로 그렇습니다."

"너만큼 싸움을 잘하는 녀석들이 성소에 더 있느냐?"

"없습니다."

비폰드가 호기심 어린 표정으로 물었다. "어째서 너만 그렇게 특별하지?"

케일은 마지못해 대답하는 인상을 풍기려고 일부러 잠시 사이를 두고 말했다.

"전 아홉 살 때 싸움을 잘했습니다. 물론 지금 같지는 않았죠."

"그런데 어쩌다 지금처럼 됐지?"

"하루는 저보다 훨씬 더 나이 많은 녀석과 훈련을 했습니다. 붙잡기 금지도 없었고, 비록 칼끝과 날은 무뎠지만 진짜 무기를 가지고 싸웠죠. 저는 그 녀석을 압도해 땅에 쓰러뜨렸습니다. 하지만 너무 자만해서 방심한 탓에 오히려 지는였죠. 녀석이 들딩이로 세 옆머리를 쳤습니다. 그게 끝이었어요. 리디머들이 녀석을 뜯어말리지 않았다면 제 머리에서 뇌가 튀어나왔을 겁니다. 저는 두어 주 뒤에 의식을 되찾고 그로부터 이 주가 지나서야 정상으로 돌아왔습니다. 물론 옆머리의 뼈는 움푹 들어갔고요." 케일은 팔을 들어 손가락으로 자기 옆머리를 가리켰다. 그러고는 계속 이야기하기 싫은 양 머뭇거렸다.

"그때부터 달라졌다는 거냐?"

"네. 처음에는 오히려 전보다 더 못 싸웠습니다. 공격 타이밍이 늘 엉망이었죠. 하지만 제 머리가 쪼개지면서 무슨 일이 벌어졌는지는 모르겠지만, 얼마 후부터는 익숙해졌어요."

"익숙해지다니? 무엇에?" 앨빈이 물었다.

"사람이 주먹을 날린다는 것은 이미 상대의 타격 부위를 결정했다는 뜻입니다. 그럴 때는 항상 의도가 드러나죠. 바라보는 지점,

몸의 회전, 공격할 때 균형을 잃지 않으려고 허리를 굽히는 동작 등등이요. 그 모든 것이 상대에게 타격 지점을 알려줍니다. 만약 그 신호들을 제대로 읽지 못하면 맞는 거고, 제대로 읽으면 막거나 피하게 됩니다."

"그건 싸움꾼이나 운동선수라면 누구나 아는 사실이다." 앨빈이 말했다. "뛰어난 싸움꾼과 뛰어난 운동선수는 공격하는 척하며 허를 찌르지."

"저한테는 어떤 속임수도 안 통합니다. 지금은 그렇습니다. 저는 언제나 상대의 움직임을 읽을 수 있거든요."

"우리한테 보여줄 수 있겠느냐?" 비폰드가 물었다. "다치는 일 없이."

"앨빈 대위님께 두 손을 등뒤로 돌리라고 하십시오."

그 말에 앨빈은 불안해하는 눈치였다. 지금껏 말없이 지켜보던 이드리스푸케는 그것을 놓치지 않았다.

"나라면 그 녀석 안 믿겠수다, 대위 나리."

"입 닥쳐, 이드리스푸케." 앨빈은 케일을 빤히 바라보다가 천천히 두 손을 등뒤로 감췄다.

"이제 두 손 중 하나로 저를 잽싸게 가리키기만 하면 됩니다. 어느 손으로 할지는 마음속으로 정하세요. 제가 잘못 짐작하도록 속임수를 써도 상관없습니다. 엉뚱한 손을 고르게 몸을 움찔거려도 됩니다. 무얼 하든—"

그 말이 끝나기도 전에 앨빈이 케일 쪽으로 왼손을 휙 내밀었다. 하지만 케일은 세 살배기가 서툴게 던진 공을 잡듯이 느긋하게 오른손으로 앨빈의 손을 잡았다. 실험을 여섯 번 더 했지만 결과는 똑같았다.

"이번에는 제 차례입니다." 케일이 앨빈에게 말했다. 살짝 골이 났지만 무척 놀란 앨빈은 시키는 대로 했다. 케일이 등뒤로 손을 감추자, 두 사람은 입장을 바꿔서 같은 실험을 시작했다. 케일이 손을 내밀 때마다 앨빈은 잘못 골랐다. 여섯 번 모두 똑같았다.

"저는 대위님이 무얼 하려는지 읽을 수 있습니다." 케일이 말했다. "움직이기 시작하는 바로 그 순간에요. 지금은 다치기 전보다 아주 조금 더 빨라졌지만 예나 지금이나 거의 마찬가지입니다. 어느 누구도 제 움직임을 예상하지 못합니다. 아무리 빠르고 노련한 사람이라 해도."

"그게 다냐?" 앨빈이 대꾸했다. "머리 한 번 부딪힌 게?"

"아뇨." 케일은 왠지 모르게 화가 나서 퉁명스럽게 대답했다. "저는 평생 한 가지 훈련만 받았습니다. 콘 마테라치가 아무리 싸움 실력이 뛰어나도 어차피 제 상대는 못 됐습니다. 물론 지금처럼 손쉽게, 나머지 네 녀석까지 한꺼번에 처리하기는 어려웠겠죠. 어쨌거나 머리 한 번 부딪힌 걸로 이렇게 된 건 아닙니다."

"리디머들이 너의 변화를 눈치채고 어떻게 반응했느냐?"

케일은 키득거렸지만 즐거운 웃음은 아니었다.

"리디머들이 아닙니다. 한 명뿐이죠. 무술과 전투 훈련을 책임지고 있는 전투 로드인 리디머 보스코."

"무술이라…… 이곳의 무술과 비슷하냐?"

이번에 케일은 정말로 즐거운 표정으로 웃었다.

"여기 무술과는 차원이 다릅니다. 콘 마테라치와 그 친구들한테 물어보세요."

비폰드는 케일의 조롱을 무시해버렸다. "그 보스코라는 자는 네가 부상당한 뒤 변화한 것을 보고 어떻게 했느냐?"

"몇 달 동안 훨씬 더 나이 많고 강한 상대들을 붙여주고 실험을 했습니다. 심지어 동부 전선에서 말썽을 일으켜 사형선고를 받은 병사 다섯 명도 데려왔죠." 케일이 말을 멈췄다.

"그래서 어떻게 됐지?"

"나흘 내내 저를 그자들과 싸우게 했습니다. 양쪽 모두에게 '한 쪽이 죽을 때까지 싸워라'라고만 했죠. 그리고 나흘째가 되자 싸움을 중지시켰습니다."

"어째서?"

"그 정도 봤으면 제 변화를 충분히 확인했으니까요. 다섯번째 싸움은 필요 없었습니다. 쓸데없는 위험만 초래할 뿐이었죠." 케일은 빙그레 웃었지만 전혀 즐거워 보이지 않았다. "싸우다보면 종종 뜻밖의 일이 벌어지죠. 그럴 가능성은 언제나 있습니다. 행운의 일격 같은 것 말입니다."

"그후에는 어떻게 됐지?"

"보스코는 저를 모방하려 했습니다."

"무슨 뜻이지?"

"며칠 동안 제 머리의 상처를 관찰하면서 묘지에서 가져온 두개골들과 비교했습니다. 그러고는 찰흙 모형을 만들더군요. 그로부터 여섯 달 동안 그 일이 다시 일어나게 하려고 노력했습니다."

"이해가 안 가는구나. 뭘 했다는 거지?"

"나이와 몸집이 저와 같은 애콜라이트 십여 명을 데려다가 바닥에 묶어놓고, 정으로 머리를 쳐서 제 머리와 같은 모양의 상처를 냈습니다. 망치로 정을 내리쳐 두개골의 같은 지점을 찍었죠. 처음에는 세게 치다가 점점 살살 쳤습니다."

잠시 아무도 말하지 않았다.

"그래서 어떻게 됐느냐?" 비폰드가 나직이 물었다.

"그들 중 절반은 그 자리에서 죽었고 나머지는…… 실험이 끝난 뒤에 얼이 빠져버렸습니다. 그후로 그들을 본 사람은 없어요."

"다른 곳으로 데려간 거냐?"

"말하자면 그런 셈이죠."

"그후에는?"

"보스코가 직접 저를 훈련시키기 시작했습니다. 전에는 한 번도 없는 일이었죠. 가끔은 하루에 열 시간씩 훈련을 시켰습니다. 약점을 찾아내고, 제가 실수하면 모질게 매질을 하고, 잘못을 바로잡아 주었습니다. 그러고는 어느 날 사라졌다가 여섯 달 뒤 리디머 일곱 명과 함께 돌아왔습니다. 각자 자기 분야에서 최고의 전문가라더군요."

"무슨 전문가였지?"

"대부분 살인 전문가들이었습니다. 갑옷 입은 사람, 안 입은 사람, 칼이나 막대를 든 사람, 맨손으로 덤비는 사람을 죽이는 요령을 알려줬어요. 그리고 대량 학살을 계획하는 방법도……" 케일이 말꼬리를 흐렸다.

"죄수들 말이냐?"

"죄수뿐 아니라 누구든 죽일 수 있습니다. 그 리디머들 중 두 명은 일종의 전술가였어요. 한 사람은 전투나 퇴각 같은 큰 전술 전문가였고, 나머지 한 사람은 게릴라 전술 전문가였습니다. 적의 영토에서 벌이는 소규모 전투, 암살, 지역 주민을 위협해서 자기편으로 만드는 요령 따위에 훤했죠."

"뭐하러 그런 것들을 너한테 가르쳐줬지?"

"저는 그걸 물어볼 만큼 어리석지 않았습니다."

"동쪽에서 벌어지고 있는 리디머의 전쟁과 관련있는 거냐?"

"방금 말씀드렸잖아요, 묻지 않았다고."

"하지만 나름대로 짐작은 했겠지?"

"짐작이오? 네. 동쪽에서 벌어지는 전쟁과 관련이 있다고 생각했습니다."

비폰드는 케일을 한참 노려보았다. 케일은 건방진 표정으로 마주보았다. 이윽고 총리가 무언가 결심한 듯 앨빈 쪽으로 돌아섰다.

"나머지 두 녀석을 가능한 한 빨리 내 집으로 데려와."

앨빈이 간수에게 손짓했고, 곧이어 비폰드와 앨빈은 떠났다.

케일은 침대 위에 앉았다. 이드리스푸케가 철창 옆으로 다가와 말했다.

"아주 흥미진진한 인생이구나. 책을 써도 되겠어."

16

베이그 헨리와 클라이스트를 만난 비폰드 총리는 면담을 마치자마자 멤피스 총독인 마테라치 원수의 궁전으로 향했다.

의논하기를 좋아하는 총독은 고문을 여럿 두고 틈만 나면 오랫동안 얘기를 나눴다. 하지만 태어날 때부터 엄청난 권력을 손에 쥔 자들이 대개 그렇듯 타인의 충고를 거의 받아들이지 않았다. 남의 이야기를 듣지 않고 자기 말만 하는 이 원칙에서 유일하게 벗어난 자가 바로 비폰드 총리였다. 수많은 첩자와 정보원으로 이루어진 정보망과 감히 도전할 수 없는 위엄을 가진 덕분에 비폰드도 총독 못지않게 막강한 권력을 소유했다. 오죽하면 그를 기리는 유명한 노래까지 있었다.

> 비폰드 총리는 수확하거나 씨를 뿌린다네*
> 그러니 그가 모르는 건 알 필요가 없다네

썩 좋은 노랫말은 아니지만 아주 틀린 말도 아니었다. 마테라치 원수는 역사상 가장 거대한 제국을 다스리는 무자비한 사내였다. 지금껏 이십 년간 위기 한번 없이 제국을 지배하기 위해서는 엄청난 군사력과 정치적 수완, 뛰어난 정보력이 필요했다. 하지만 거의 그 기간 내내 비폰드를 총리로 중용했던 그는 비폰드가 어떻게 총독 못지않은 권력자로 성장했는지 이해할 수 없었다. 재임 삼 년째 되던 해의 어느 날, 총독은 비폰드가 없어서는 안 될 존재가 되었음을 깨닫고 두려움에 사로잡혔다. 그래서 한동안 그를 몹시 경계했다. 자신과 맞먹는 권력자가 있다는 것은 참을 수 없을뿐더러 암살 위험에 노출되는 일이기도 했으며, 더 큰 문제는 자칫 비폰드의 꼭두각시 노릇을 하게 될 수도 있다는 점이었다. 하지만 비폰드는 총독이 총리 업무에 간섭하면서 성가시게 굴지 않는 한 변함없이 충성을 바치겠다고 서약했다. 그때부터 둘의 관계는, 멤피스 근교 농부들의 말을 빌리자면, 아주 껄끄럽지는 않지만 전보다 더 야리꾸리해졌다.

마테라치 원수 앞에 선 비폰드가 고개 숙여 인사하자 마테라치가 자리를 권했다.

"기분은 어떤가, 비폰드?"

"좋습니다. 각하께서는 어떠신지요?"

"물론 좋지."

* 씨를 뿌린다는 뜻의 영단어 sow에는 문제의 소지가 있는 생각 따위를 싹트게 한다는 또다른 뜻이 있다. 이 노래에서는 두 가지 뜻이 중의적으로 쓰였다.

어색한 침묵이 흘렀다. 마테라치만 어색해하는 눈치였다. 비폰드는 너그러운 미소를 지으며 앉아 있었다.

"오늘 자네가 노르웨이 사절단을 만났다고 들었네만."

"그렇습니다."

십오 년도 전에 마테라치가 정복한 변경 민족 중 하나인 노르웨이인들은 피점령의 이점—도로, 중앙난방식 궁전, 사치스러운 수입품—을 철저히 챙기면서도 게걸스러운 전투 욕구를 포기하지 않았다. 거대한 제국을 유지하는 비용에 점점 부담을 느낀 마테라치 원수는 오 년 전 더이상 제국을 확장하지 않기로 결심했으며, 지금은 전쟁에 신물이 나 있었다. 노르웨이인들은 정복자에게 순순히 복종하면서도 늘 말썽을 일으켰고, 전쟁을 벌이지 말라고 아무리 명령해도 틈만 나면 북쪽으로 영토를 넓히려 들었다. 온갖 핑계를 대고 끊임없이 주변 국가들을 도발하면서, 오히려 자신들이 공격받았으니 스스로를 지키려면 침략자를 무찌를 수밖에 없다고 주장했다. 하지만 비폰드는 그들이 말하는 공격이 실은 이웃나라 군대로 변장한 노르웨이 병사들의 약탈 행위라는 것을 잘 알고 있었다.

"뭐라고 변명하던가?"

"여느 때처럼 자기들이 피해자라더군요. 평화를 사랑하는 피해자라나요. 충성을 바치는 제국과 스스로를 지키기 위해서일 뿐이라고 했습니다."

"그래서 자네는 뭐라고 했나?"

"저를 어린애 취급 하지 말라고 했습니다. 그리고 만약 군대를 물리지 않으면 우리가 그들을 독립시킬 수도 있다고 했지요."

"반응이 어떻던가?"

"여섯 명 모두 겁에 질려 창백해지더니 이번 주 내로 군대를 퇴각시키겠다고 약속했습니다."

마테라치는 비폰드를 주의깊게 바라보았다.

"아무래도 그들을 독립시키는 편이 낫겠어. 몇몇 다른 민족도 함께. 점령지의 행정과 치안에 들어가는 비용이 천정부지야. 세금으로 거둬들이는 돈이 훨씬 적지 않나?"

"거의 비슷하지요. 하지만 그들을 독립시키면 우리 군대의 규모를 줄여야 할 텐데, 그러면 엄청난 수의 포악한 병사들이 그 지역을 떠돌며 말썽을 일으킬 겁니다. 그 뒤치다꺼리를 하려면 또 돈이 들어가지요."

마테라치가 투덜거렸다.

"진퇴양난이군."

"그렇습니다, 각하. 하지만 원하신다면 제가 적당한 방법을 연구해……"

"내 칼을 부러뜨린 녀석은 왜 데려갔지?"

이렇게 갑자기 화제를 바꾸는 것은 마테라치 원수가 마음에 들지 않는 자를 불안하게 할 때 써먹는 오래된 수법이었다.

"이 도시의 치안은 제 소관입니다."

"자네가 할 일은 사회 불안을 예방하는 것이지 범죄자 체포가 아니야. 이 일은 자네와는 아무 상관이 없어. 그 소년은 내 칼을 부러뜨렸네. 값을 매길 수도 없는 명검을. 게다가 조정 대신 넷의 아들들과 내 조카에게 중상을 입혔어. 다들 그 녀석의 피를 원하고 있고, 솔직히 말하자면 나도 그렇다네."

비폰드는 골똘한 표정으로 원수를 바라보았다.

"디 에지를 고칠 수 있을지도 모릅니다."

"자넨 그 칼에 대해 아무것도 몰라. 아는 척하지 말게."

"물론 모르죠. 하지만 아는 사람을 알고 있습니다. 리벤에 사절단으로 갔던 월터 거니 지사가 며칠 전에 돌아왔습니다."

"어째서 그자가 나한테 보고하지 않았지?"

"몸이 좋지 않습니다. 아무래도 올해를 넘기기 어려울 듯싶습니다."

"그 일과 내 칼이 무슨 상관인가?"

"거니의 보고서에 리벤의 철공술이 길게 언급되어 있습니다. 그렇게 뛰어난 철공술은 본 적이 없다더군요. 저와 잠깐 얘기를 나눴는데, 그 친구 말이 디 에지를 수리할 수 있는 자는 리벤의 검장들뿐이랍니다." 비폰드는 잠시 사이를 두었다. "물론 그 칼의 안전은 제가 보장하며, 수리비도 제가 부담하겠습니다."

"어째서?" 마테라치가 물었다. "그 소년이 자네한테 뭐길래 이 모든 수고와 금전적 손해를 감수하려는 건가?"

"소중한 보검이 부러지고 조카분이 다쳐서 각하께서 진노하시는 것은 지극히 당연한 일입니다. 하지만 제 생각을 감히 솔직히 말씀드리자면, 그 분노로 인해 중요한 사실을 간과하시지 않았을까요. 마테라치 가문에서 가장 촉망받는 전사 다섯이 열네 살 소년에게 혼쭐이 났다는 사실 말입니다. 그들 중에는 현세대에서 가장 뛰어난 전사로 추앙받는 젊은이도 있었습니다. 각하께서는 이 문제에 관심이 없으신가요?"

"그렇다면 더욱더 그 녀석을 없애야겠구먼."

"어떻게 그런 비범한 재능을 갖게 되었는지 궁금하지 않으십니까?"

"어떻게 갖게 되었지?"

"케일이라는 이름의 그 소년은 성소에서 리디머들에게 훈련을 받았습니다."

"그자들은 우리에게 말썽을 부린 적이 없어."

"과거에는 그랬죠. 하지만 그 소년 말로는, 지난 칠 년 동안 성소에서의 생활과 훈련에 큰 변화가 있었습니다. 더 많은 병사를 더욱 혹독하게 훈련시키고 있다더군요."

"우리가 공격받을까봐 걱정하는 건가? 그건 그자들에게도 몹시 어리석은 짓이야."

"그런 일을 염려하는 것이 저의 임무입니다. 그리고 삼십 년 전, 각하에 대해 그런 생각을 한 왕과 황제가 얼마나 많았습니까?"

마테라치는 한숨을 내쉬었다. 짜증스럽고 기분이 언짢았다. 거대한 제국을 건설하는 동안 그는 피에 굶주린 무시무시한 존재였지만, 십 년 동안 평화를 누린 지금은 전쟁 욕구를 완전히 잃어버렸다. 한때 탐욕스러운 정복의 대명사였던 무자비한 전사가 이제는 초로에 접어들어, 일주일은 추위에 떨고 그다음 주는 죽을 듯한 갈증에 시달릴 일 없는 조용한 삶을 바라게 된 것이다. 한번은 술에 취해 비폰드에게 털어놓은 적도 있었다. 예전엔 운 나쁘게 절름발이 농부가 휘두른 낫에 베여 창자가 쏟아지면 어떡하나 상상하며 두려움에 떨었다고. 마테라치는 자기 생각을 좀처럼 남에게 털어놓지 않는 자였지만, 얼어붙은 스테틀 벌판에서 굶주리며 겨울을 나고부터는 전쟁이라면 치가 떨렸다. 그곳에서 배고픔을 견디다 못해 무척이나 아끼던 연대 특무 상사의 시신을 먹기까지 해야 했다.

“그래서, 녀석을 어쩔 셈인가? 물론 계획은 있겠지? 콘이 다친 일 때문에 내 동생이 성화라네. 그 문제를 해결할 수 있는 계획이어야 해.”

비폰드는 편지 한 장을 테이블에 내려놓았다. 콘 마테라치가 보낸 편지였다. 마테라치 원수가 편지를 펼쳐 읽기 시작했다. 다 읽고 나서 도로 테이블에 내려놓았다.

“콘 마테라치는 훌륭한 점이 많은 녀석이야. 더 큰 사내가 되려는 포부까지 있는 줄은 몰랐군.”

“인성을 판단하는 각하의 뛰어난 능력은 저희 모두에게 귀감입니다. 대범함은 사나이의 미덕이지요. 제가 콘을 찾아가 ‘너와의 싸움에서 이겼다고 케일을 처벌한다면 네 꼴이 우스워질 것이다’라고 말했습니다. 콘도 수긍하더군요.”

“자네가 데리고 있는 그 소년이 멤피스 시내를 돌아다니게 해선 안 돼. 이 도시의 수많은 아버지들이 용납하지 않을 테고, 나도 마찬가지니까. 내가 이 문제를 대수롭지 않게 여기는 걸로 비쳐서는 곤란하다네, 비폰드.”

“물론 그래서는 안 되죠. 하지만 제가 그 녀석을 감금하고 있다는 건 모두가 아는 사실입니다. 만약 그 녀석이 탈출하면 비난은 저에게 쏟아질 겁니다.”

“그 녀석을 풀어줄 셈인가?”

“사실 그러고 싶지는 않습니다. 그 소년은 독특한 재능을 갖고 있거든요. 더구나 리디머들의 의도에 관한 진짜 정보를 알려줄 수 있는 자는 케일과 나머지 두 소년뿐입니다. 지금 우리에게는 훨씬 많은 정보가 필요합니다. 제가 이미 첩자들을 풀어놓긴 했지만, 수집되는 정보의 신빙성을 확인하려면 그 소년들이 필요합니다. 너무나 귀중한 존재들이죠. 그 어떤 칼보다 중요하고, 죽도록 얻어터져 머리가 깨진 망나니들보다도 중요합니다."

"지금 나한테 반항하는 건가?"

"저로 인해 언짢으셨다면 당장 사임하겠습니다, 각하."

그 대답에 마테라치가 성난 표정으로 씩씩거렸다.

"맙소사! 또 시작이군. 싫은 소리 한마디 들었다고 그렇게 성질을 부리다니 원. 자넨 나이가 들수록 점점 더 신경질이 느는구먼, 비폰드."

"죄송합니다, 각하." 비폰드는 별로 후회하는 기색도 없이 대꾸했다. "아무래도 부상당한 이후로 불필요하게 예민해졌나봅니다."

"그래, 그거야! 앞으로는 조심하게나, 비폰드. 정말 끔찍한 고초를 겪었지. 끔찍한 일이었어. 내 자네를 너무 오래 붙들고 있었구먼. 너무나 이기적이었어. 자넨 쉬어야 해."

비폰드는 일어서서 원수의 염려에 묵례로 화답하고 자리를 떴다. 하지만 그가 문에 다다랐을 때, 마테라치가 명랑하게 외치는 소리가 들려왔다.

"그럼 그 칼은 자네 돈으로 수리하고, 나머지 문제도 알아서 처리하게!"

17

이틀 뒤 이드리스푸케와 케일은 7번 대로를 따라 느릿느릿 걷고 있었다. 멤피스에서 뻗어나오는 넓은 돌길들 중 하나인 그 도로를 따라 온갖 상품들이 세계 최대의 상거래 중심지를 밤낮으로 들락거렸다. 몇 시간째 입을 다물고 있던 케일이 질문을 던졌다.

"그 사람들이 나를 감시하라고 당신을 감방에 넣었나요?"

"그래." 이드리스푸케가 대답했다.

"아뇨, 그렇지 않아요."

"그럼 왜 물어본 거냐?"

"당신을 믿을 수 있을지 궁금해서요."

"글쎄, 넌 못 믿지."

"비폰드 총리가 당신을 믿나요?"

"나를 내던질 만큼은 믿지."

"그럼 어째서 나더러 당신과 함께 다니라고 한 거죠? 내 친구들의 안전을 보장하겠다는 조건으로 말이에요."

"그건 총리한테 물었어야지."

"물어봤어요."

"뭐라고 대답했는데?"

"'호기심이 신세를 망친다.'"

"그럼 됐구먼."

케일은 잠시 말이 없다가 다시 물었다. "나와 함께 다니는 조건으로 당신은 어떤 보상을 받았죠?"

"총리한테 돈을 받았지."

이는 새빨간 거짓말은 아니지만, 이드리스푸케가 케일과 함께 다니는 것은 단순히 돈 때문만은 아니었다. 어차피 돈은 쓸 곳이 있을 때 의미가 있었다. 그리고 돈을 쓸 곳이 없다는 것은 사형 혹은 그보다 더 나쁜 일을 당할 위험이 적다는 뜻이기도 했다. 그들이 멤피스를 떠나기 전 비폰드는 이드리스푸케의 미래에 관해 몇 가지 사실들을 열거한 다음—한마디로 미래가 없다는 얘기였다—탈출 방법을 제시했다. 우선 몇 달간 숨어 지내기에 썩 나쁘지 않은 장소를 알려주고, 시키는 대로만 하면 적어도 마테라치 가문의 지배를 받는 지역의 기관원들에게 처형당하는 일만은 한시적으로 모면할 수 있을 거라고 했다.

그 자리에서 이드리스푸케는 비폰드에게 물었다.

"기관원이 아닌 자들이 날 죽이려 들면 어쩝니까?"

"그건 네가 알아서 할 문제다. 하지만 그 소년과 함께 다니면서 유용한 정보를 알아내고 그 아이가 말썽에 휘말리지 않도록 해주면 나한테 상을 받을 수도 있다."

"조건이 좀 쩨쩨하네요, 각하."

"너처럼 찬물 더운물 가릴 처지가 아닌 자에게는 매우 너그러운 조건이지." 비폰드는 물러가라고 손짓하며 덧붙였다. "이보다 더 좋은 제안이 있다면 그걸 받아들이든가."

한 시간 동안 입을 다물고 있던 케일이 물었다. "우리 목적지가 어딘지는 모르겠지만, 거기 가서 뭘 할 건데요?"

"말썽은 일으키면 안 된다. 너에 관한 몇 가지 사실을 확인할 거야."

"어떤 거요?"

"도착할 때까지 기다려."

"우리가 미행당하고 있다는 거 아세요?" 케일이 조용히 말했다.

"초록색 재킷을 입은 흉측하게 생긴 자식?"

"네." 케일의 목소리에는 실망한 기색이 역력했다.

"조금 노골적이네. 안 그러냐?"

케일은 미행이 노골적이라는 것을 자기도 잘 안다는 듯 고개를 돌려 바라보았다. 이드리스푸케가 웃었다.

"누군지는 몰라도 그자는 우리가 엉뚱한 놈을 붙잡아 도랑에 처박길 바라고 있어. 진짜 꼬랑지는 200야드쯤 뒤에 있지."

"어떻게 생겼는데요?"

"그게 너의 첫 수업이다. 내가 처리하기 전에 네가 그자를 찾아낼 수 있을지 보자."

"그자를 죽일 건가요?"

이드리스푸케는 케일을 물끄러미 바라보았다.

"피에 굶주린 어린 살인마 같으니. 비폰드는 우리더러 남들 눈에 띄지 말라고 했어. 그러니 뒤에 시체를 남기는 건 좋지 않아."

"그럼 어쩔 셈이죠?"

"보고 배우려무나, 꼬마야."

멤피스에서 뻗어나오는 모든 길에는 5마일마다 병사 대여섯 명이 지키는 작은 검문소가 있었다. 그중 한 곳에서 이드리스푸케는 한 위병과 입씨름을 벌였다. 케일은 흥미롭게 지켜보았다.

"제기랄, 이건 비폰드 총리가 직접 서명한 명령서란 말이야."

위병은 송구해하면서도 단호했다.

"죄송합니다. 정식 문서 같긴 하지만 이런 건 본 적이 없어서 말이죠. 대개 이런 명령서는 총사령관이 발행합니다. 그건 자주 봐서 서명도 압니다. 제 입장을 생각해주십시오. 사람을 보내 웹스터 중위를 불러오겠습니다."

"얼마나 걸리겠나?" 이드리스푸케가 짜증스러운 말투로 물었다.

"이틀 정도 걸릴 겁니다."

이드리스푸케가 곤혹스러운 표정으로 투덜거리더니 창가로 걸어갔다. 잠시 후 그가 손짓으로 케일을 불러 소곤거렸다. "밖에서 기다려라."

"보고 배워야 하는 줄 알았는데요?"

"잔소리 말고 시키는 대로 해. 남들 눈에 띄지 않게 건물 뒤로 가 있어."

케일은 빙그레 웃으면서 시키는 대로 했다. 검문소 뒤에서는 병사 네 명이 담장 위에 앉아 따분한 표정으로 담배를 피우고 있었다. 오 분 뒤, 이드리스푸케가 나타나 케일에게 따라오라고 고갯짓하고는 말들을 끌고 대로에서 벗어나 뒷길로 들어섰다.

"어떻게 된 거예요?" 케일이 물었다.

"위병이 그자들을 체포해 이틀 동안 가둬놓을 거야."

"왜 마음이 바뀐 거죠?"

"왜일 것 같냐?"

"모르니까 묻죠."

"내가 뇌물을 먹였거든. 아까 그 위병한테는 15달러, 나머지 놈들에게는 5달러씩."

케일은 그 말에 진심으로 충격을 받았다. 리디머들은 악랄하고 잔인하고 옹졸하긴 해도, 돈 때문에 임무를 망각한다는 것은 상상도 할 수 없는 일이었다.

"명령서가 있는데 어째서 뇌물을 줘야 하죠?" 케일이 성난 표정으로 따졌다.

"이건 시시비비를 가릴 문제가 아냐." 이드리스푸케가 퉁명스럽게 대꾸했다. "그냥 교육의 일부라고 생각해. 사람의 참모습을 알게 해주는 새로운 사실로 받아들이라고." 그러면서 이죽거리는 투로 계속 말했다. "리디머들이 너를 개처럼 다뤘다고 해서 인간이라는 종족이 얼마나 썩고 타락한 무리인지 다 안다고 착각하진 마라."

신경질적으로 쏘아붙인 그는 계속 앞으로 걸어갔고, 그날 내내 다시 입을 열지 않았다.

위병의 비웃음에 기분이 상한 것보다 훨씬 더 불쾌한 일에도 익숙한 이드리스푸케가 그토록 짜증을 낸 까닭은 어쩌면 단순한지도 모른다. 엄청난 재난이 닥쳐야만 머리끝까지 화가 나는 사람이 과연 몇이나 될까? 열쇠를 잃어버리거나 뾰족한 돌을 밟는 등 대수롭지 않은 사고를 당하는 것만으로도 이성적인 사람들조차 자기도 모르게 불끈 화가 나곤 한다. 이드리스푸케도 마찬가지였다. 그리고 케일은 악랄한 광신도가 아닌 보통 사람의 인간성에 대해서는 잘 몰랐지만, 화가 가라앉을 때까지 그를 혼자 내버려두는 지각은 있었다.

그러나 만약 미행자들의 배후에 누가 있는지 알았다면 이드리스푸케는 자신의 분노가 정당하다고 생각했을 것이다. 또한 두려움에 떨었을 것이다. 암토끼 키티가 그렇게 쉽사리 발각될 첩자를 보낼 리 없다는 걸 알았기 때문이다. 이드리스푸케에게 발각된 두 남자는 한 시간 만에 감옥에 갇혔지만, 그들은 일부러 붙잡히라고 보낸 미끼였다. 케일과 이드리스푸케가 다시 대로로 들어서는 동안, 그리고 다음날 대로에서 벗어나 화이트 포레스트로 향할 때, 두 쌍의 눈이 이번에는 훨씬 더 신중하게 그들을 뒤쫓았다.

산지로 들어서는 동안 해는 빛났고 공기는 맑은 물처럼 쾌청했다. 전날 뿌루퉁했던 이드리스푸케는 언제 그랬느냐는 듯 여느 때처럼 느긋한 태도로 자신의 삶과 모험, 생각에 관해 줄줄이 읊어댔다. 이야기는 끝이 없었다. 마치 자기는 스승이고 케일은 제자인 듯했다. 광포한 분노와 섬뜩한 폭력에 익숙한 케일은 이런 동료가 따분하지 않았을까? 하지만 육체적으로 아무리 강인해도 케일은 아직 어렸다. 더구나 이드리스푸케가 겪은 성공과 영락, 사랑과 투쟁이 버무려진 이야기는 완전히 녹초가 된 사람마저 귀를 기울일 만큼 다채롭고 흥미진진했다. 무엇보다 특이한 것은 그가 자신이 겪은 실패와 좌절의 대부분을 자기 탓으로 돌리면서 스스로를 조롱한다는 점이었다. 케일에게는 자기 자신을 비웃는 어른이 너무나 이상해 보였다. 도무지 이해할 수 없었다. 리디머들은 웃음을 죄악으로 여겼다. 악마에게 홀린 자가 내뱉는 소리로 여겼다.

이드리스푸케는 세상을 긍정적으로 바라보는 사람이 아니었다. 달관한 사람처럼 싱글거리면서 비관적인 말을 늘어놓았다. 자기 자신조차 조롱거리로 삼는 그의 모습은 재미있을 뿐 아니라 케일에게 묘한 위안마저 주었다. 케일은 인간을 좋게 평가하는 사람의 이야기를 받아들일 수 없었다. 그가 날마다 겪었던 일들과 전혀 맞지 않았기 때문이다. 오히려 인간의 잔인함과 어리석음을 비웃는 사람의 말을 듣는 것이 한결 견디기 쉬웠으며, 심지어 마음이 편안해지기까지 했다.

이드리스푸케는 뜬금없이 이렇게 말했다. "사람들을 즐겁게 하는 방법 중 최근에 자기가 겪은 끔찍한 불행을 들려주는 것보다 좋은 건 없지."

이런 말도 했다. "너나 나 같은 사람들에게 인생은 여행이야. 어디 이를지 결코 알 수 없는 여행. 여행하는 동안 새로운 목적지가 생기고, 더 좋은 목적지가 계속 나타나지. 결국 원래 가려고 했던 곳은 까맣게 잊어버려. 우린 연금술사와 비슷해. 금을 만들어내려고 발버둥치는 와중에 갖가지 유용한 약과 물질, 사물의 원리를 발견하지. 하지만 결코 금을 만들진 못해!"

케일이 웃으며 대꾸했다. "내가 왜 당신 말에 귀기울여야 하죠? 우리가 처음 만났을 때 당신은 나랑 부딪쳐 쓰러졌고, 그후 두 번은 모두 죄수 신세였잖아요."

이드리스푸케의 얼굴에 경멸의 표정이 살짝 스쳤다. 마치 그런 반박은 너무 익숙해서 대꾸할 가치도 없다는 듯했다.

"그럼 내 실수들을 타산지석으로 삼으시게나, 애송이 선생. 하지만 내가 사십 년 동안 권력의 미로를 걸어오면서 여태 살아 있다는 사실을 명심해라. 나와 함께 그 길을 걸었던 자들은 대부분 이 세상 사람이 아니거든. 그리고 장담하건대 너도 지금껏 해온 것보다 훨씬 지혜롭게 굴지 않으면 그들과 같은 신세가 될 거야."

"난 지금까지 잘해왔어요."

"그러셔?"

"네."

"운이 좋았던 거란다, 꼬마야. 그것도 아주 많이. 난 네가 주먹을 얼마나 잘 쓰건 관심 없어. 지금까지 네가 교수대 밧줄 끄트머리에 매달리는 일 없이 살아온 건 순전히 운이야." 그는 잠시 사이를 두고 한숨을 쉬었다. "너는 비폰드를 믿느냐?"

"난 아무도 믿지 않아요."

"그런 말은 어떤 바보라도 할 수 있지. 문제는 이따금 누군가를 믿어야 할 때가 있다는 거야. 인간은 종종 고결하고 자기희생적인 일을 하지. 이런 훌륭한 품성은 정말로 존재하지만, 문제는 그런 고결한 미덕이 늘 한결같지 않다는 거야. 물론 마음씨 좋은 남자나 여자가 매일 매순간 상냥하거나 친절하길 기대하는 사람은 없지만, 한 달 혹은 일 년 동안 믿음직하던 사람이 놀랍게도 어느 날 갑자기 믿지 못할 사람이 되어버리곤 하지."

"항상 믿을 수 없는 사람은 믿지 말아야죠."

"그러는 너는 믿을 수 있는 사람이냐?"

"아뇨. 난 최근에 내가 고결한 행동을 할 수 있다는 걸 알았어요. 난 죄 없는 자를 사악하고 못된 자들로부터 구할 수 있어요." 케일은 비웃듯이 싱글거리며 대답했다. "하지만 나답지 않은 짓이에요. 내가 리바를 구한 게 잘한 일인지 모르겠어요. 앞으로는 두 번 다시 그런 일 없을 거예요."

"장담할 수 있어?"

"아뇨. 하지만 노력할 거예요." 그들은 입을 다문 채 삼십 분 동안 말을 달렸다. "당신은 비폰드를 믿나요?" 마침내 케일이 물었다.

"경우에 따라서는. 그건 왜 묻지?"

케일은 안장 위에서 불편한 표정으로 몸을 움직였다.

"내가 당신과 함께 다니면서 말썽 부리지 않으면 베이그 헨리와 클라이스트가 무사할 거라고 총리가 약속했어요. 자기가 보호해준다고요. 정말 그럴까요?"

"그러니까 네 말은…… 친구들이 걱정된다는 거냐? 냉정한 놈처럼 굴지만 아주 무정한 녀석은 아니로구나."

"쓸데없는 소리 하지 말고 대답해봐요. 총리의 약속을 믿어도 될까요?"

이드리스푸케는 웃음을 터뜨렸다. "비폰드에 관해서 기억해야 할 것은 그가 고관대작이고 그런 사람들에게는 큰 책임이 따른다는 사실이야. 약속을 지키지 않는 것도 그런 책임 중 하나지."

"멋대로 넘겨짚지 마요."

"절대 아냐. 비폰드에게는 당장 처리해야 할 중요한 문제가 많다. 너와 네 친구들은 그런 중요한 문제가 결코 아니지. 만약 수백 명의 목숨이나 멤피스와 수백만 시민의 앞날을 보장하기 위해 세 명의 꼬맹이와 약속을 깨야 한다면 어쩔래? 네가 총리라면 어쩌겠어? 설마 네가 그렇게 중요한 존재라고 생각하는 건 아니겠지?"

"클라이스트는 내 친구가 아니에요."

"비폰드가 너한테 뭘 바란다고 생각하는데?"

"내가 당신을 신뢰하게 돼서 리디머들에게 일어난 일을 전부 털어놓길 바라죠. 총리는 그들이 공격해올 수도 있다고 생각해요."

"그 생각이 옳으냐?"

케일이 이드리스푸케를 물끄러미 바라보았다. "리디머들은 지구상에 뿌려진 저주 같은 존재지만……" 케일은 더 말하고 싶은 눈치였지만 애써 입을 다물었다.

"할말이 더 있는 것 같은데."

"네, 그래요."

"뭔데?"

"궁금하면 직접 알아내세요."

"맘대로 해. 비폰드를 믿을 수 있냐고 물었지…… 믿어도 돼, 어느 정도는. 네 친구든 아니든 내쳐야 할 이유가 생기기 전까지는 돌봐줄 거야. 나쁜 쪽으로 중요한 존재가 되지만 않으면 둘 다 안전할 거다."

조용히 말을 타고 가는 동안 두 사람은 모두 암토끼 키티의 눈이 지켜보고 그 귀가 듣고 있다는 것을 알아차리지 못했다.

그날 오후 네시 이드리스푸케는 말에서 내려 케일에게도 내리라고 손짓한 다음, 길에서 벗어나 한 번도 사람의 손을 타지 않은 것처럼 보이는 숲으로 들어갔다. 숲이 워낙 울창해서 말이 없었더라도 지나가기가 쉽지 않았을 것이다. 꼬박 두 시간이 지나서야 빽빽한 나무와 덤불이 걷히고 길이 나타났다. 사람이 거의 다니지 않은 길이 틀림없었다.

"원래 알던 길인가보군요." 케일이 이드리스푸케의 등에 대고 말했다.

“너한테는 아무것도 숨기지 못하겠구나. 눈치가 장난이 아니셔.”

“어떻게 여길 알게 됐죠?”

“어릴 때 형과 함께 트리톱스에 가려고 늘 이곳을 지나갔거든.”

“형이 누군데요?”

“레오폴드 비폰드 총리.”

18

그후 트리톱스 사냥막에서 보낸 두 달은 행복이라곤 맛본 적 없는 케일의 인생에서 가장 행복한 시간이었을지도 모른다. 지옥의 제7계에서 지낸 두 달이 그나마 성소에서의 편한 시간이었던 케일에게 지금의 행복은 어떤 것에도 비할 수가 없었다. 그저 행복할 따름이었다. 하루에 열두 시간 이상 잠을 자고, 맥주를 마시고, 저녁에는 이드리스푸케와 함께 담배를 피웠다. 이드리스푸케는 담배가 처음에는 역하지만 그것만 견뎌내면 굉장한 즐거움을 느낄 수 있다고 우겼다. 인생이 선사하는, 드물게 진정으로 의지할 만한 위안 중 하나라는 것이었다.

저녁이 되면 그들은 오래된 사냥막에서 나와 널찍한 목재 베란다에 앉아서 찌르르찌르르 우는 벌레 소리를 듣고 황혼녘에 쏜살같이 허공을 가르며 오르락내리락 날아다니는 제비와 박쥐들을 지켜보았다. 가끔 몇 시간씩 말없이 앉아 있을 때면, 이드리스푸케가 인생의 즐거움과 덧없음에 관해 주절거려 침묵을 깨곤 했다.

"고독은 멋진 거야, 케일. 두 가지 면에서 그래. 첫째, 고독은 자기 자신을 돌아보게 해줘. 그리고 둘째, 고독은 남을 멀리하게 해주지."

케일은 고개를 끄덕였다. 지금껏 평생 깨어 있을 때나 잠잘 때나 수백 명과 함께 지내며 늘 감시당해온 처지이기에 진심으로 공감할 수 있었다.

이드리스푸케가 계속 이야기했다. "사교적인 사람이 되는 건 위험한 짓이야. 심지어 치명적일 수도 있지. 왜냐하면 그건 사람들과 접촉해야 한다는 뜻인데, 대개 따분하고 심술궂고 무례한 자들은 오로지 혼자 있는 걸 견디지 못해서 다른 사람을 찾거든. 심심풀이로 여길 뿐 진정한 친구로는 생각하지 않는 거지. 재롱부리는 강아지나 우스갯소리를 지껄이는 덜떨어진 배우처럼 말이야." 이드리스푸케는 배우를 유난히 싫어해서 툭하면 배우의 단점을 늘어놓았다. 물론 연극을 본 적이 없는 케일은 그런 혐오를 이해하지 못했다. 그리고 그에게는 돈을 벌려고 다른 사람 흉내를 내는 배우라는 직업이 도통 이해되지 않았다.

"물론 너는 어리니까 아직 세상에서 가장 강렬한 충동을 느껴보지 못했겠지. 여자에 대한 사랑 말이다. 때가 되면 너도 느끼게 될 거야. 모든 여자와 남자는 사랑하고 사랑받는 것의 의미를 느끼기 마련이거든. 지금껏 내가 본 가장 완벽한 그림은 여자의 육체란다. 하지만 너한테는 아주 솔직하게 말해주마, 케일. 물론 그런다고 네가 달라지지는 않겠지만. 어느 위대한 현자가 이르기를, 사랑을 갈망하는 것은 광기에 구속되길 갈망하는 것이라고 했다."

이야기가 끝나면 이드리스푸케는 다시 맥주 한 병을 따서 4분의 1을 케일의 잔에 따라주곤 했다. 더 주는 법도 없었고, 자주 주지도 않았다. 그리고 흡연이 아무리 좋다 해도 지나친 흡연은 젊은 사람의 허파를 망가뜨릴 수 있다고 경고하며 담배도 더 주지 않았다.

이드리스푸케와의 대화는 종종 이른 아침까지 이어졌다. 그러고 나면 케일은 이제 그에게 가장 큰 기쁨이 된 잠을 청했다. 따뜻한 침대와 부드러운 매트리스, 그리고 완전한 혼자만의 공간. 신음소리도, 요란한 잠꼬대도, 코 고는 소리도, 수백 명이 뀌는 방귀 냄새도 없었다. 근사한 고요와 평온만 있을 따름이었다. 이런 나날을 보내는 동안은 살아 있다는 것이 축복이었다.

케일은 한번 나가면 몇 시간씩 숲속을 정처 없이 돌아다니곤 했다. 아침에 눈뜨자마자 사라져서 땅거미가 질 무렵에야 사냥막으로 돌아왔다. 크고 작은 언덕과 이따금 나타나는 초원, 굽이치는 강과 겁 많은 사슴, 그리고 무더운 오후에 나무들 사이에서 지저귀는 비둘기들. 홀로 거니는 것만으로도 가없는 행복이 밀려들었다. 맥주나 담배보다도 훨씬 강렬한 기쁨이었다. 이런 행복을 방해하는 것이 딱 하나 있었으니, 바로 아르벨 스완넥에 대한 생각이었다. 밤늦게 뜬금없이 그녀의 얼굴이 눈앞에 어른거리곤 했다. 오후에 강가에 누워 있을 때도 그랬다. 그럴 때면 이따금 물고기가 튀어오르는 소리와 새 지저귀는 소리, 나무들 사이로 부는 희미한 바람 소리만 들렸다. 아르벨이 마음속에 떠오르면 기묘하고 언짢은 기분이 들었다. 그 기분과 케일이 느끼는 행복한 평온은 심술궂게 충돌했다. 케일은 아르벨 때문에 화가 났다. 그리고 다시는 분노를 느끼고 싶지 않았다. 그냥 이 거대한 여름 숲의 초록빛 아름다움과 따사로움 속에서 자유롭고 나른한 기분, 아무에게도 방해받지 않는 기분만 느끼고 싶었다.

케일이 발견한 또다른 큰 기쁨은 식사였다. 물론 살기 위해 먹고 엄청난 허기를 달래려고 배를 채웠지만, 거의 평생토록 냄새나는 버섯만 먹어온 소년에게 이 새로운 삶이 선사하는, 보통 사람에겐 당연한 좋은 음식은 놀라움과 행복의 원천이었다.

이드리스푸케는 굉장한 식도락가였다. 문명 세계의 웬만한 곳에서 한두 번씩 살아본 그는 거의 모든 음식에 대한 전문가를 자처했다. 그리고 음식을 먹는 것 못지않게 식사 준비하는 것도 좋아했다. 하지만 의욕적인 제자에게 음식의 세계에 관해 가르치려던 소망은 안타깝게도 처음부터 삐걱거렸다.

케일에게 놀라운 음식의 세계를 소개하려던 이드리스푸케의 첫 시도는 고약하게 끝이 났다. 그날 바깥을 쏘다니다가 열 시간 만에 사냥막으로 돌아온 케일은 사제도 잡아먹을 수 있을 만큼 몹시 배가 고팠다. 그런 그를 맞이한 것은 '황제의 성찬'이었다. 압스니시에 있는 이무르 란타나의 집에서 내놓는 이 특제 요리는 이드리스푸케가 먹어본 음식 중 가장 화려한 요리였다. 물론 즉석에서 만들다보니 재료가 많이 바뀌었다. 이 산골에서는 돼지를 지저분한 동물로 여기는 터라 돼지 족을 구할 수가 없었고, 사프란은 값이 너무 비싼데다 이곳 사람들은 그런 향료를 알지도 못했다. 더구나 많은 이들이 이 요리의 핵심이라고 여기는 것마저 빠졌다. 바로 브랜디에 재웠다가 뜨거운 화덕에 넣어 삼십 초 이상 구운 새끼 종다리 열 마리인데, 감상주의자와는 거리가 먼 이드리스푸케도 차마 그 짓만은 할 수가 없었다.

햇볕에 타서 얼굴이 가무잡잡해지고 쫄쫄 굶은 채 돌아온 케일은 이드리스푸케가 의기양양하게 늘어놓은 진미들을 보고는 큰 소리로 웃었다.

"거기서부터 시작해라." 요리사가 빙그레 웃으며 말하자, 케일은 다진 민물새우를 빵 위에 올려서 구워 새콤한 야생 라즈베리 소스를 뿌린 요리 한 접시를 게눈 감추듯이 먹어치웠다. 그렇게 케일이 빵 다섯 개를 먹어치우자, 이드리스푸케는 오리 구이와 자두 소스를 바른 닭가슴살 튀김을 턱으로 가리켰다. 그러고는 조금 천천히 먹으라고 살짝 주의를 준 다음, 빵가루를 묻혀서 튀긴 닭날개와 길쭉한 감자튀김을 손으로 가리켰다.

아니나 다를까, 케일은 먹은 것을 금세 맹렬히 게워냈다. 이드리스푸케는 지금껏 살아오면서 사람들이 토하는 모습을 많이 보았다. 물론 그 자신도 자주 토했다. 과거에 크벤랜드에서 보았던 식사 문화는 지금 생각해도 구역질이 났다. 그곳에서는 서른아홉 가지 요리로 이루어진 코스 요리를 먹으면서 수시로 구토실을 들락거렸다. 끝까지 다 먹으려면 열 가지 요리를 먹을 때마다 한 번씩 구토실에 다녀와야 했다. 더구나 서른아홉 가지 요리를 다 먹지 않으면 주인을 모욕하는 셈이기 때문에 피할 수 없었다. 케일은 몸을 심하게 들썩였다. 꽉 찬 위에서 이십 분 전에 먹은 음식이 죄다 쏟아져나왔다. 이드리스푸케가 보기에는 케일이 평생 먹은 다른 음식까지 몽땅 나오는 것 같았다.

마침내 기진맥진한 소년이 구토를 그치고 자기 방의 침대로 가서 누웠다. 이튿날 아침 밖으로 나온 케일은 낯빛이 창백한 녹색이었다. 이드리스푸케가 전에 보았던 사흘 묵은 시체의 낯빛이었다.

케일은 의자에 앉아 아주 조심스럽게 우유를 넣지 않은 연한 차를 한 잔 마셨다. 그러고는 맥없는 목소리로 어제 그토록 심하게 토한 까닭을 이드리스푸케에게 설명하기 시작했다.

리디머들의 음식 배급에 대한 케일의 설명이 끝나자 이드리스푸케가 말했다. "음, 내 너를 썩 좋아하지는 않지만 너그러이 용서해 주마. 죽은 사람 발을 먹으며 자란 애한테 무얼 기대하겠느냐." 잠시 정적이 흘렀다. "충고 하나 해줄 테니 언짢게 생각지 마라."

케일은 대들 기운이 없었다.

"알았어요."

"네 이야기를 남들이 모두 받아줄 거라고 기대해서는 안 돼. 분위기 좋은 자리에서 그 이야기가 화제로 떠오르면, 애콜라이트들이 쥐를 잡아먹는다는 소리는 하지 않는 편이 낫겠다."

19

베이그 헨리와 클라이스트는 케일이 서둘러 떠나기 전에 겨우 몇 분밖에 시간이 없어서 배웅도 제대로 못했고, 그 바람에 수상하기 짝이 없는 이드리스푸케의 재등장을 알아차리지도 못했다. 여름 정원 밖으로 끌려나간 케일에게 무슨 일이 있었는지 자세히 듣지 못했음을 말할 것도 없었다. 화가 머리끝까지 난 클라이스트가 케일의 경솔하고 이기적인 행동 때문에 자신과 베이그 헨리가 궁지에 몰렸다고 쏘아붙일 겨를도 없었다. 클라이스트는 케일 때문에 주위의 모든 사람이 적개심을 품게 되었다고 걱정했다. 틀린 생각은 아니었다. 하지만 양상은 그의 예상과는 전혀 달랐다. 물론 적대적인 분위기이긴 했지만, 앙갚음을 하려고 벼르는 몬드 놈들은 콘 마테라치 패거리가 케일에게 묵사발이 된 것을 보고 혹시 베이그 헨리와 클라이스트도 비슷한 재주를 갖고 있을지 몰라 극도로 조심했다. 몬드 놈들이 걱정하는 것은 심각한 부상이나 죽음이 아니었다. 사회적으로 매우 열등해 보이는 자들에게 두들겨맞는다는 수치심이었다.

비폰드는 두 소년을 몬드 일당과 마주칠 일 없는 주방에 배속시켰다. 하루에 열 시간씩 접시를 닦게 됐다고 클라이스트가 얼마나 줄기차게 케일을 욕했을지는 안 봐도 뻔하다. 하지만 하인들과 함께 있다보니 뜻밖의 이점도 있었다. 건방지고 오만한 몬드를 증오하는 그들은 베이그 헨리와 클라이스트를 감탄의 눈으로 바라보았다. 결국 한 달쯤 뒤부터 두 소년은 접시 닦기보다 더 재미있는 일을 거들게 되었다. 푸줏간에서 일하게 된 클라이스트는 고기 바르는 솜씨로 모두를 놀라게 했다. "타고난 재주죠." 물론 쥐를 가지고 기술을 익혔다는 말을 할 만큼 어리석지는 않았다. 하루는 클라이스트가 거대한 홀스타인 암소를 즐겁게 해체하면서 베이그 헨리에게 말했다. "난 말이야, 큰 짐승을 다루는 게 좋아."

베이그 헨리는 가축에게 여물 먹이는 일과 이따금 주변 궁전들의 하인들에게 메시지를 전하는 일을 맡았다. 그 덕분에 리바를 만날 기회가 생겨서, 요즘 그의 머릿속에는 늘 리바 생각뿐이었다. 만나는 시간이 결코 길지는 않았지만, 그럴 때면 리바는 환한 얼굴로 신나게 조잘거리면서 헨리의 팔을 살짝 건드리고 작고 아름다운 하얀 이를 드러내며 싱글거렸다. 하지만 헨리는 그녀가 누구한테나 그런 미소와 즐거운 표정을 내비친다는 것을 눈치채기 시작했다. 모든 사람에게 상냥하고 애교 있게 행동하는 것은 리바의 천성이었다. 그리고 사람들은 스스로도 놀랄 만큼 리바의 사랑스러운 미소에 열광했다. 하지만 베이그 헨리는 그 미소를 독차지하고 싶었다.

지금껏 헨리는 리바에 관한 음침한 비밀 하나를 가슴속에 품어왔다. 닷새 가까이 스캐블랜드에 단둘이 있을 때의 일이었다. 처음에 그는 경외감으로 리바를 대했다. 마치 천사와 함께 걸으며 여행하는 기분이었다. 물론 아름다운 여자에게 매료되지 않을 남자는 없겠지만, 그런 존재를 보거나 꿈꾼 적도 없이 커온 소년이 얼마나 홀딱 반했을지 상상해보라. 리바와 함께 며칠을 보내고 경탄이나 흠모보다 더 근원적인 감정이 샘솟기 시작하면서 흥분은 조금 가라앉았다. 헨리는 이 신비로운 존재에 대한 경외감을 잃지 않으려고 몹시 신중하게 행동했다(물론 경외감을 잃으면 어떻게 될지는 짐작도 하지 못했다). 하지만 정체를 알 수 없는 무언가가 마음속 깊은 곳에서 꿈틀거렸다. 며칠 뒤 그들이 도착한 작은 오아시스는 다행히 웅덩이에 물이 가득했다. 리바는 기뻐서 웃음을 터뜨렸고, 원래 성품이 세심한 베이그 헨리는 자리를 비켜주려고 웅덩이 옆 작은 언덕 너머로 갔다. 그곳에 등을 대고 눕자, 난생처음 겪는 악마와의 진정한 사투가 서서히 시작되었다. 성소에서는 유혹에 흔들릴 일이 별로 없었다. 거의 십 년 동안 헨리에게 교리를 설교해온 리디머 하우어가 이 모습을 보았다면 베이그 헨리의 저항력이 이토록 약하다는 사실에 분개했을 것이다. 성령의 뜻을 거스르는 범죄를 저지르는 자는 반드시 지옥에 떨어진다고 귀에 못이 박히도록 설교한 것이 죄다 허사였다는 데 화가 치밀었을 것이다. (이런 종류의 죄스러운 욕망에 특히 괴로워한 자가 성령인 까닭은 지금껏 아무도 설명해주지 않았다.) 갑자기 악마에게 의지력을 빼앗긴 헨리는 땅바닥에 배를 대고 엎드린 채 베엘제붑*의 졸개인 뱀처럼 언덕마루 바로 밑까지 기어갔다. 유혹에 굴복하고 이토록 값진 보상을 받은 자가 또 있을까? 리바는 넓적다리 중간까지 물에 잠긴 채 서서 느긋하게 물을 튀기고 있었다. 헨리는 그녀의 거대한 젖가슴과 비교할 만한 것을 알지 못했다. 그리고 한가운데 젖꼭지가 박혀 있는 신비로운 진분홍 유륜. 헨리는 그런 색깔을 한 번도 본 적이 없었다. 움직일 때마다 두 유륜이 아름답게 반짝이자 헨리는 숨이 멎을 것만 같았다. 그녀의 두 다리 사이에는…… 그곳 이야기는 하지 않는 게 좋겠다. 물론 베이그 헨리의 눈길은 한순간도 거기를 떠나지 않았다. 완전히 악귀에게 사로잡힌 것이다. 그는 리바의 가장 은밀한 부위를 보고 큰 충격을 받아 숨을 멈췄다. 지금껏 수많은 지옥의 형상을 영혼에 아로새겨온 헨리가 이 거룩한 순간 본 것은 천국이었다. 보드랍게 주름진 살갗 속에 담긴 아름다움, 무엇으로도 지울 수 없는 천상의 풍경, 훗날 죽는 순간에도 헨리의 영혼 속에서 생동하며 울려퍼질 아름다움이었다. 그렇게 성스러운 두려움에 사로잡혀 변모한 베이그 헨리는 언덕마루 아래로 천천히 미끄러져내려갔다. 죄악의 대상이었던 리바는 언덕 너머에서 갈등과 고뇌의 사투가 벌어지는 것도 모르고 한동안 물장난을 했다. 실령 헨리가 물가에 앉아 구경했다고 해도 그녀는 언짢아하지 않았을 것이다. 리바는 남자들을 즐겁게 해주는 것을 좋아했다. 어차피 그런 목적으로 키워진 소녀였다. 이날 큰 충격을 받은 가련한 베이그 헨리는 그후로도 몇 달 동안 소리굽쇠가 진동하듯 계속 떨렸다. 본래 강렬한 욕망을 품고 태어났지만 성소에서 살다보니 경험과 이해가 부족했던 그는 좀처럼 그 충격에서 헤어나지 못했다.

---

* 성서에 나오는 악령의 우두머리.

리바는 소년들보다 훨씬 좋은 곳에 배치되었다. 처음에는 마드무아젤 제인 웰드의 개인 하녀의 하녀의 하녀로 들어갔는데, 비록 살벌하기 짝이 없는 귀부인 하녀 세계에서는 낮은 자리였지만 그 바닥에서 십오 년 이상 일해야 오를 수 있는 자리였다. 비폰드 총리의 조카는 이 하잘것없는 소녀를 자신의 개인 하녀의 하녀의 하녀로 들여야 한다는 사실에 단단히 화가 났다. 하지만 리바가 귀부인 하녀들에게 가장 중요한 기술의 달인이라는 사실이 알려지자 제인의 분노는 사그라지기 시작했다(물론 이미 잔뜩 화가 난 다른 하녀들은 점점 더 뿔이 났다). 리바는 살갗에 최소한의 상처만 내고 뾰루지나 여드름을 짠 다음, 빨개진 자리가 보이지 않도록 교묘히 가리는 재주가 있었다. 리바가 직접 만든 크림과 로션을 바르면 마치 마법사의 약을 먹은 것처럼 낯빛이 환해졌다. 꼴사나운 손톱은 우아해지고, 듬성듬성한 눈썹은 풍성해지고, 입술은 붉어지고, 거친 다리는 매끈해졌다(아프기 직전까지 살갗을 한 겹 벗겨내는 것 같았다). 한마디로 리바는 뜻밖에 얻은 보물이었다.

이로 인해 마드무아젤 제인에게는 문제가 생겼다. 지금도 두 명이나 돼서 남아도는 개인 하녀들의 처리 문제였다. 그중 더 나이가 많은 하녀는 제인이 어릴 때부터 함께 지냈다. 비록 마드무아젤 제인은 차갑기로 소문난 미녀이긴 하지만 세심한 면도 있어서 차마 늙은 브라이오니에게 더이상 필요가 없어졌다고 말할 수가 없었다. 과거에 유모였던 그녀가 몹시 서운해할 테니까. 그리고 브라이오니를 내쫓을 생각을 하니 지금껏 그녀와 함께 나눈 수많은 비밀 때문에 걱정이 앞섰다. 옆에서 누가 부추기면 분풀이로 그 비밀들을 털어놓을지도 몰랐다. 하지만 결국 마드무아젤 제인은 십이 년 동안 충성스럽게 아씨를 섬겨온 브라이오니를 가혹하지 않은 방법으로 정리하기로 했다. 브라이오니에게 로즈메리 콜드크림 한 통을 사오라고 보내고는, 자리를 비운 사이 그녀의 짐을 싸버린 것이다. 불운한 하녀가 돌아왔을 때 방은 텅 비어 있었고, 하인이 편지봉투 하나를 들고 있었다. 20달러와 그동안 수고했다는 편지가 든 봉투였다. 편지에는 브라이오니를 먼 지방의 먼 친척에게 하녀로 보낸다는 내용과, 워낙 먼 곳이라 혼자서 가기 어려울 테니 편지를 전한 하인이 목적지까지 따라가면서 보호해줄 거라는 내용이 담겨 있었다. 마드무아젤 제인은 그녀에게 행운을 빌면서 앞으로 잘 살길 바란다고 했다. 결국 이십 분 뒤 말에 오른 브라이오니는 보호자와 함께 새로운 삶을 향해 출발했고, 그녀에 대한 소식은 영영 들려오지 않았다.

브라이오니가 아씨처럼 경솔하게 굴 경우에 대비해 붙여두었던 나머지 하녀도 비슷한 방식으로 쫓겨났다. 이제 마드무아젤 제인은 여드름과 뾰루지, 빈약한 입술과 꼴사나운 헤어스타일을 옛일로 추억하게 되었다.

그로부터 몇 달 동안 이 귀족 아가씨의 삶은 천국이었다. 리바의 탁월한 미용술은 제인의 평범한 미모를 눈부시게 탈바꿈시켰다. 그 덕분에 훨씬 더 많은 구혼자들이 몰려들었고, 제인은 그들을 전보다 더 경멸하고 비웃을 수 있었다. 그것은 마테라치 가문의 구혼 전통이었다. 제인은 그것을 즐겼다. 남자들의 꿈과 욕망의 한가운데 서서 미소와 눈길 한 번으로 그것들을 산산이 부숴버리는 쾌감은 아무리 귀하고 값비싼 약으로도 얻을 수 없는 것이었다.

이제 마드무아젤 제인은 얄미운 아르벨 스완넥보다도 더 자주 남자들에게 퇴짜를 놓았다. 처음에는 그 쾌감에 취해서 마냥 즐거웠다. 그런데 점점 아주 이상하고 생소한 일이 벌어지는 불쾌한 느낌이 들기 시작했다. 몇 주 동안은 그냥 괜한 상상이려니 했다.

구혼하려고 찾아온 귀족 젊은이들 중 일부는 계속 퇴짜를 맞아도 제인이 기대한 것처럼 몹시 실망하는 눈치가 아니었다. 물론 여느 구혼자들과 다름없이 탄식하고 슬퍼하면서 다시 생각해달라고 애원했지만, 우리가 앞서 보았듯이 (적어도 자기 자신에 대해서만은) 섬세한 아가씨인 제인은 그들이 정말로 실망한 게 아니라는 느낌을 받았다. 그렇다면 이건 무얼 뜻하는 걸까? 어쩌면 퇴짜 놓기에 너무 익숙해져서 쾌감이 줄어든 것일 수도 있었다. 맛난 음식도 자주 먹으면 맛있는 줄 모르게 되지 않는가. 하지만 이건 그런 게 아니었다. 왜냐하면 그녀의 쌀쌀맞은 태도에 정말로 상처받는 남자를 볼 때면 전과 다름없이 짜릿한 쾌감이 느껴지기 때문이었다. 무언가 일이 벌어지고 있었다.

마드무아젤 제인은 늘 늦은 오전 시간에 구혼자에게 퇴짜 놓기를 했다. 그리고 구혼자들에게 비통한 마음을 가라앉힐 시간을 넉넉히 주었는데, 그녀의 미모와 무정함, 잔인함에 유난히 슬퍼하는 자들을 삼십 분 동안 쉬고 가게 할 때도 있었다. 이날 제인은 오전 내내 구혼자를 맞이했다. 진심이 의심스러운 자들을 유심히 관찰하여 이 기분 나쁜 문제의 진실을 파헤치기 위해서였다. 제인의 집은 드나드는 구혼자들을 몰래 관찰할 수 있는 구조였다. 제인은 오전 내내 그 짓을 했다.

오전 중간 무렵에는 화가 머리끝까지 치밀었다. 차마 믿기 싫었던 일이 사실로 드러난 것이다. 이 모든 것이 고마움을 모르는 허튼 계집 리바 때문이었다.

이날 오전 제인은 젊은 사내 세 명이 거짓으로 비통해하는 것을 참아냈는데, 알고 보니 그들이 제인을 만나러 온 진짜 이유는 따로 있었다. 마드무아젤 제인 앞에서 비굴하게 구는 시늉을 한 다음 최대한 빨리 나가서 그 뚱보 창녀 리바에게 추파를 던지려는 속셈이었다. 이는 상상하기조차 어려운 모욕이었다. 그들은 멤피스에서 가장 아름답고 매혹적인 여인을 속이고 있을 뿐만 아니라(가장 아름답다는 건 과장이다. 제인은 멤피스의 미인 순위에서 기껏해야 열다섯번째 정도다. 하지만 몹시 흥분한 상태이니 이해해주도록 하자) 젤리 덩어리처럼 출렁거리며 걷는 집채만한 계집 때문에 그런 짓을 하고 있었다.

그러나 리바에 대한 이런 욕은 전혀 사실과 달랐다. 뚱보라는 욕은 마테라치 여자들에게는 치명적이었다. 물론 리바는 자신의 아씨와 몸집이 사뭇 대조적이고 실은 마테라치 가문의 모든 여자와도 그러했지만, 결코 젤리 덩어리처럼 출렁거리며 걷지는 않았다. 더구나 멤피스에서 두 달을 지내는 동안 너무 바빠서 성소에서처럼 많이 먹을 기회도 시간도 없었다. 그 결과 버터처럼 기름진 리바의 아름다움은 상당히 줄어들었다. 전에는 지나치게 특이하던 느낌이 이제는 매력적인 독특함으로 바뀌었다. 사내처럼 호리호리하고 성미가 강팔진 마테라치 여인들에게 익숙한 마테라치 남자들은 물결치듯 굴곡진 리바의 몸매에 점점 더 호기심을 느꼈다. 그래서 리바가 도도한 아씨와 함께 걸어갈 때면 다들 그녀에게서 눈을 떼지 못했다. 그녀의 쾌활한 미소와 상냥한 태도도 인기였다. 마테라치 남자들은 모든 남자를 먼지처럼 하찮게 여기는 냉정한 존재를 보답도 없이 절망적으로 흠모해야 하는, 격식과 체면을 따지는 사랑에 길들여져 있었다. 그러니 자신들을 고양이가 물어온 쥐처럼 내려다보지 않는 아름다운 몸매의 여인에게 수많은 젊은이들이 금세 끌린 까닭은 굳이 설명할 필요도 없었다.

불같이 화가 난 마드무아젤 제인은 숨어 있던 곳에서 뛰어내려와 자기 방 문을 지나 응접실로 들어갔다. 때마침 리바가 욕망과 설렘의 안개에 휩싸여 미소를 짓고 있는 마테라치 청년 한 명을 밖으로 내보내고 문을 닫은 직후였다. 마드무아젤 제인이 고래고래 소리치면서 집사를 불렀다.

"안나마리아! 안나마리아!"

놀란 리바가 아씨를 물끄러미 쳐다보았다. 제인은 분노에 젖어 얼굴이 시뻘겠다.

"왜 그러세요, 마드무아젤?"

"입 닥쳐, 배불뚝이 비곗덩어리 년." 마드무아젤 제인이 전혀 마드무아젤답지 않은 말투로 대답했다. 그사이 매서운 고함에 놀란 안나마리아가 황급히 방안으로 들어왔다. 마드무아젤 제인은 당장이라도 폭발할 것처럼 집사를 노려보면서 손가락으로 리바를 가리켰다.

"이 빌어먹을 사기꾼 계집을 내 집에서 쫓아내! 이 갈보 년을 다시는 보고 싶지 않아."

마드무아젤 제인은 리바의 얼굴에 따귀를 갈겨 대미를 장식하고 싶었지만, 처음에는 놀란 표정이던 리바의 얼굴이 심한 모욕감과 분노로 일그러지자 생각을 고쳐먹었다. "이년을 당장 내 눈앞에서

치워버려!" 안나마리아에게 소리친 그녀는 씩씩거리면서 방으로 돌아갔다.

20

이드리스푸케는 케일의 위장을 재교육하기를 포기하지 않았다. 그의 새로운 식단은 간단한 음식부터 시작해야 했다. 사실 뛰어난 요리사라면 간단한 요리를 잘해야 하지 않는가? 집으로 돌아온 케일을 맞이한 이드리스푸케의 특별 요리는 사냥막 근처 호수에서 잡은 신선한 송어를 살짝 쪄서 삶은 감자와 허브, 잎사귀를 곁들인 것이었다. 케일은 버터가 조금 녹아 있는 감자를 먹을 때 조심했지만, 한번 먹어보고는 더 달라고 했다.

그렇게 하루하루가 갔다. 케일은 이드리스푸케와 함께 또는 혼자서 오랜 산책을 즐겼다. 그들은 몇 시간씩 말없이 앉아 있거나 몇 시간씩 대화를 나눴는데, 이야기는 주로 이드리스푸케가 했다. 그는 케일에게 낚시도 가르쳐주고, 점잖은 자리에서 식사하는 요령도 알려주었으며(트림하지 말고, 소리내며 먹지 말고, 입을 다물고 먹어야 해), 자신의 특이한 인생 이야기도 해주었다. 스스로를 비웃는 그의 많은 이야기를 듣고 있노라면 케일은 여전히 어리둥절했다. 어른을 비웃는 것은 호된 매질을 의미했다. 이드리스푸케가 자신을 비웃는다고 덩달아 비웃을 수는 없었다. 하지만 잠자리에 들면 이따금 까닭 없이 웃음이 터져나오곤 했다. 이드리스푸케는 케일에게 자신의 인생철학을 설파하는 것도 잊지 않았다. "남녀간의 사랑은 이 세상의 희망이 헛된 망상이라는 사실을 보여주는 가장 좋은 본보기란다. 사랑처럼 지나치게 많은 걸 약속하고 지나치게 조금 실현되는 것도 없거든." 그는 이런 이야기도 했다. "물론 너한테 이 세상이 지옥이라는 말은 할 필요가 없겠지. 하지만 이건 알아둬라. 인간은 고통받는 영혼인 동시에 그 고통을 주는 악마이기도 하다는 것." 충고는 계속 이어졌다. "정말로 지성을 갖춘 자는 타인의 권위 때문에 무언가를 받아들이지 않아. 자신이 직접 확인하지 않은 건 어떤 것도 곧이곧대로 믿어선 안 돼."

케일은 리디머들과 살던 시절의 이야기로 화답했다.

"처음에는 매질만 무서운 게 아니었어요. 당시에 우리는 그들의 이야기를 믿었죠. 설령 나쁜 짓을 하다 들키지 않아도 우린 태어날 때부터 죄인이고 주님은 모든 걸 아시기 때문에 모든 죄를 인정해야 했거든요. 그러지 않고 죄인인 채로 죽으면 지옥에서 가서 영원히 불태워진다고 했어요. 그때 난 밤마다 기도를 했고 자리에 누워도 쉽게 잠들지 못했어요. 언제나 '오늘밤 내가 죽으면 어찌되나?'로 끝나는 기도였죠. 가끔은 내가 잠이 들면 죽어서 영원히 고통스럽게 불태워질 거라고 굳게 믿었어요." 케일은 잠시 사이를 두고 이드리스푸케에게 물었다. "당신은 몇 살 때 공포를 알게 됐나요?"

"한참 나이들어서였지. 고트강 전투에서였단다. 아마 열일곱 살이었을 거야. 우린 정찰에 나섰다가 매복한 적에게 당했어. 내 생애 최초의 실전이었지. 물론 전투 훈련은 받았단다. 솜씨도 내 또래 중에서 세번째로 좋았고. 하지만 드루즈 기병대가 언덕을 넘어다가오자 온통 떠들썩하고 혼란스러워졌어. 혼돈 그 자체였지. 나는 혀가 입천장에 들러붙어 말 한마디 안 나왔다. 온몸이 떨리기 시작했지. 그리고 뒤가 무지근해지면서…… 그 뭐냐……"

"똥이 마려웠다고요?" 케일이 대신 말했다.

"노골적인 표현이구나. 하긴 뭐, 아무렴 어떠냐? 고작 오 분 만에 전투가 완전히 끝났을 때 난 여전히 살아 있었단다. 하지만 칼도 뽑지 않은 상태였어."

"그걸 본 사람이 있었나요?"

"응."

"그들이 뭐라던가요?"

"익숙해질 거다."

"당신을 때리지는 않았나요?"

"아니. 하지만 다음 전투 때 또 그러면 오래 살기 어려울 거랬어." 잠시 침묵이 흘렀다. 마침내 이드리스푸케가 입을 열었다. "넌 그런 걸 느껴본 적 없냐?"

절대 무심코 던진 질문이 아니었다. 이드리스푸케의 형, 정확히 말하자면 그의 이복형이 동생을 놓아주고 케일을 맡기면서 내건 조건 중 하나는 그 소년에 관해 속속들이 알아내라는 것이었다. 무엇보다 케일이 두려움을 모르는 까닭을 알아내고, 그것이 예외적으로 타고난 특성인지 아니면 리디머들에 의해 길러진 특성인지 밝혀내는 것이 중요했다.

"어릴 때는 항상 두려웠어요." 잠시 후 케일이 대답했다. "하지만 언제부터인가 두려움을 모르게 됐죠."

"어째서?"

"모르겠어요." 물론 이 말은 사실이 아니었다. 적어도 어느 정도는 거짓이었다.

"그럼 지금은 두려움을 전혀 못 느끼는 거냐?"

케일은 이드리스푸케를 물끄러미 쳐다보았다. 지난 몇 주 동안 놀라운 일들을 겪은 케일은 이드리스푸케에게 고마웠다. 기묘하고 낯선 우정과 신뢰의 감정도 많이 느꼈다. 하지만 경계심이 흔들리려면 이드리스푸케가 앞으로 몇 주는 더 친절하고 너그럽게 굴어야 했다. 케일은 화제를 바꿀까 말까 고민했다. 하지만 다시 생각해보니 사실대로 말해도 별로 문제될 것 없을 듯싶었다.

"일반적으로 위험한 것들에 대해서는 두려움을 느끼죠. 나는 리디머들이 나한테 무슨 짓을 하려는지 알아요. 설명하기는 어려워요. 하지만 싸움은 달라요. 아까 당신이 말한 그…… 무슨 전투였죠?" 케일이 이드리스푸케를 쳐다보았다.

"고트강 전투."

"그런 상황에서 몸이 떨리거나 똥이 마려운 건……"

"내가 언짢아할까봐 걱정할 필요는 없어."

"난 정반대예요. 냉철해지죠. 모든 것이 아주 또렷해져요."

"그런 다음에는?"

"무슨 뜻이죠?"

"두려움을 느끼느냐?"

"아뇨. 대개 아무 느낌도 없어요. 하지만 콘 마테라치를 혼내줬을 때는 달랐어요. 기분이 끝내줬죠. 지금까지도 그래요. 하지만 보스코가 데려온 병사들을 죽일 때는 기분이 좋지 않았어요. 내게 아무 해도 끼치지 않은 사람들이었으니까요." 케일은 잠시 사이를 두더니 말했다. "그 이야기는 더 하고 싶지 않네요."

이드리스푸케는 무리하게 캐물을 만큼 어리석지 않았다. 그로부터 몇 주 동안 케일은 다시 이곳저곳 쏘다녔고, 저녁에는 이드리스푸케와 함께 식사를 하고, 술을 마시고, 담배를 피웠다. 케일은 서서히 기름진 음식에 익숙해져 바삭하게 튀긴 생선 요리와 버터를 잔뜩 바른 채소, 블랙베리를 곁들인 크림도 먹을 수 있게 되었다.

케일과 이드리스푸케가 트리톱스의 평온과 고요를 만끽한 두 달 동안, 남녀 한쌍이 줄곧 그들을 지켜보았다. 물론 걱정이나 염려 때문은 아니었다. 애정 어린 눈으로 아기를 뚫어져라 바라보는 엄마를 상상해보라. 다만 그 두 사람에게는 그런 애정이 없었다.

선한 자와 악한 자가 등장하는 이야기에서 끔찍한 불행과 불운, 실패를 겪는 쪽은 언제나 선한 자이다. 악한 자는 항상 약삭빠르고 치밀하게 행동하며, 그들의 교활한 계획은 마지막에 가서야 좌절된다. 그들은 늘 승승장구한다. 하지만 실제 삶에서는 악한 자도 선한 자와 마찬가지로 쉽게 피할 수 있는 단순한 실수를 저지르고, 힘겨운 나날과 실패를 맛보며 산다. 살인과 박해를 일삼는 악당, 가장 모질고 잔인한 인간에게도 약점은 있다. 가장 황량한 사막에도 물웅덩이와 그늘진 수풀, 작은 개울이 있기 마련이다. 비는 선악시비를 가리지 않고 모든 사람에게 내리듯이, 행운과 불운, 원치 않는 승리와 억울한 패배는 누구에게나 찾아온다.

대니얼 캐드버리는 뽕나무에 기대어 앉아 있었다. 그는 읽고 있던 책 『우울한 왕자』를 덮고 만족스럽게 끙 소리를 냈다.

"조용히 해!" 줄곧 그를 외면하고 있던 여자가 책 덮는 소리에 캐드버리 쪽으로 홱 고개를 돌렸다.

"여기서 저기까지는 200야드나 떨어져 있잖아. 잰 아무 소리도 못 들었어."

저 아래 강가에서 케일이 여전히 자고 있는 걸 재빨리 확인한 여자가 다시 캐드버리를 돌아보았다. 이번에는 말없이 노려보기만 했다. 살인자이자 과거에 갤리선 노예였고 현재는 이따금 암토끼 키티의 첩자 노릇을 하는 캐드버리가 보통 사람이라면 아마 겁에 질렸을 것이다. 이 여자는 못생긴 편이 아니고, 정확히 말하자면 지극히 평범한 축이었다. 하지만 오로지 적개심으로 가득한 그녀의 눈은 누구에게나 불안을 불러일으켰다.

"이거 빌려줄까? 아주 재밌어." 캐드버리가 책을 그녀에게 내밀며 말했다.

"난 글 못 읽어."

여자는 캐드버리가 자신을 놀리는 게 아닐까 생각했다. 사실 그는 여자를 놀리고 있었다. 평소 같았으면 캐드버리는 제니퍼 플런케트를 놀리는 어리석은 짓은 하지 않았을 것이다. 그녀는 암토끼 키티가 가장 어려운 암살 임무만 맡길 만큼 매우 신뢰하는 킬러였다. 캐드버리는 이번 임무의 파트너가 누구인지 암토끼 키티로부터 들었을 때 몹시 당황했다.

"제니퍼 플런케트는 안 됩니다, 제발."

"기분좋은 동료가 아니라는 건 나도 인정하네." 키티는 가래 끓는 소리로 대꾸했다. "하지만 나를 비롯해 아주 중요한 사람들 여럿이 그 소년에게 관심을 갖고 있다네. 그리고 내 예감에 따르면 제니퍼 플런케트의 뛰어난 솜씨가 필요한 험악한 일들이 많이 벌어질 거야. 나를 봐서라도 그녀와 함께 가주게나." 그리고 이렇게 된 것이었다.

캐드버리가 여전히 자신을 노려보고 있는 위험한 살인마를 놀리는 건 따분함 때문이었다. 그들은 지금껏 거의 한 달 동안 케일을 지켜보았는데, 그동안 그 소년이 한 일이라고는 먹고, 자고, 헤엄치고, 걷고, 뛰어다닌 게 다였다. 십이 년 동안 열두 번 읽었을 정도로 좋아하는 책 『우울한 왕자』가 아무리 재미있어도 점점 좀이 쑤셔오는 것은 어쩔 수 없었다.

"별 뜻 없이 한 말이야, 제니퍼."

"날 제니퍼라고 부르지 마."

"뭐라고 부르긴 해야 할 거 아냐."

"아니, 부를 필요 없어." 그녀는 시선을 돌리지도 않고 눈을 깜빡이지도 않았다. 그녀의 인내심에는 한계가 있고, 그 한계는 썩 크지 않았다. 캐드버리가 알았다는 뜻으로 어깨를 으쓱했지만 제니퍼는 꿈쩍도 하지 않았다. 캐드버리는 싸울 준비를 해야 하나 궁리하기 시작했다. 이윽고 제니퍼는 인간 동료를 좋아하지 않는 짐승처럼 고개를 돌려 다시 잠자는 소년을 바라보기 시작했다.

이상한 건 저 여자의 눈만이 아냐. 캐드버리는 생각했다. 눈 속에 있는 것도 이상해. 뭔가 들떠 있는데, 그 까닭을 콕 집어낼 수가 없어.

직업 특성상 캐드버리는 살인자들에게 아주 익숙했다. 사실 그 자신도 살인자였다. 그는 꼭 필요할 때만 사람을 죽였는데, 살인을 즐긴 적은 거의 없고 가끔은 마지못해 했으며, 나중에 후회한 적도 있었다. 살인 청부업자들은 대개 어느 정도는 자신이 하는 일을 즐겼다. 그런데 제니퍼 플런케트는 달랐다. 캐드버리는 그녀가 살인할 때 어떤 기분을 느끼는지 짐작할 수가 없었다. 제니퍼가 이드리스푸케에게서 뇌물을 먹은 병사들이 체포한 두 남자를 처치했을 때, 그 모습을 지켜본 캐드버리는 흠칫 놀랐다. 난생처음 보는 광경이었기 때문이다. 며칠 뒤 풀려난 그들은 자신들이 미끼였다는 사실도 잊은 채 우연히 트리톱스에서 반 마일 떨어진 숲으로 들어가 야영을 했다. 제니퍼는 캐드버리와 상의도 하지 않고—동료를 무시하는 무례한 행동이었지만 그는 이 일을 문제삼지 않기로 했다—그들 쪽으로 걸어가더니, 앉아서 차를 끓이는 두 남자를 칼로 찔러 죽였다. 캐드버리가 놀란 것은 너무나 조용한 제니퍼의 일처리였다. 그녀는 엄마가 아이들의 장난감을 집어들듯이, 마치 따분한 장난을 하는 것처럼 거의 힘도 들이지 않았다. 두 남자가 사태를 파악했을 때 그들은 이미 죽어가고 있었다. 캐드버리가 만나본 가장 악랄한 살인자들도 사람을 죽일 때는 긴장하거나 흥분했고, 또는 그러고 싶어했다. 하지만 제니퍼 플런케트는 달랐다.

몽상에 잠겨 있던 캐드버리는 저 아래 물가에서 소년이 잠에서 깨어 움직이는 소리에 퍼뜩 정신이 들었다. 소년은 강기슭에서 20야드쯤 뒤로 물러났다. 그러고는 나직이 "후우우우우!" 하고 소리를 지르면서 물가를 향해 점점 더 빨리 달려가더니, 최고조에 다다른 새된 목소리로 고함을 지르고 강둑에서 펄쩍 뛰어 공중에서 몸을 오그린 채 폭탄처럼 강물에 풍덩 빠졌다. 그러고는 순식간에 다시 수면으로 솟아오르더니, 얼음처럼 차가운 물이 좋은지 요란하게 웃음을 터뜨리며 다시 강둑으로 올라오기 시작했다. 실오라기 하나 걸치지 않은 알몸으로 물에서 오르락내리락하며 웃고 소리치며, 소년은 차가운 강물과 따뜻한 여름 바람의 오싹한 쾌감을 만끽했다.

"젊다는 건 좋아, 안 그래?" 캐드버리가 말했다. 소년의 기쁨이 그에게까지 전해지는 듯했다. 곧이어 그는 그 힘이 얼마나 강력한지 깨닫고 흠칫 놀랐다. 제니퍼 플런케트가 빙그레 미소를 짓고 있었다. 그녀의 얼굴이 그림 속의 성자처럼 변했다. 사랑에 빠진 것이었다. 캐드버리가 쳐다보는 것을 느낀 그녀는 소년을 따라 들어간 낙원에서 순식간에 빠져나왔다. 그리고 캐드버리를 노려보면서 매나 들고양이처럼 눈을 깜빡이고는 금세 다시 멍한 표정으로 강을 바라보았다.

"암토끼 키티가 저애한테 뭘 원하는 걸까?" 제니퍼가 말했다.

"그야 알 수 없지." 캐드버리가 대꾸했다. "하지만 절대로 좋은 건 아냐. 안타깝구먼." 그리고 진심 어린 말투로 덧붙였다. "아주 행복한 꼬마 녀석 같은데 말이야." 그 말을 내뱉자마자 괜한 소리를 했구나 싶었다. 하지만 방금 목격한 광경 때문에 여전히 당혹스러웠다. 마치 뱀이 얼굴을 붉히는 모습을 본 것 같았다. 역시 사람 속은 모를 일이야. 그는 생각했다. 남들이 무슨 생각을 하는지 안다고 자만하지 말아야겠어. 참으로 희한하고 기묘한 일이었다. 그는 다시 뽕나무에 등을 기대고 앉았다.

오래지 않아 제니퍼의 속내가 드러났다. 제니퍼 플런케트에게는 캐드버리가 자는 것처럼 보였지만, 그는 이 뜻밖의 상황을 완전히 파악하지 않고 넘어갈 만큼 허술한 남자가 아니었다. 그는 실눈을 뜬 채 제니퍼의 등을 주시하면서 모트 나이프를 꺼내 그녀 쪽에선 보이지 않는 오른쪽 넓적다리 밑에 숨겼다. 꼬박 삼십 분 동안 캐드버리는 꿈쩍도 하지 않는 제니퍼의 등을 지켜보았다. 그사이 이따금 소년이 또 "후우우우!" 소리치면서 물에 빠져 웃음을 터뜨리는 소리가 들려왔다. 잠시 후 제니퍼가 돌아서서 캐드버리 쪽으로 다가오더니, 손에 든 칼로 이번에도 조용히 그를 찌르려 했다. 캐드버리는 왼손으로 그녀의 공격을 막고 오른손에 쥔 모트 나이프를 위로 찔렀다. 그녀는 놀라운 속도로 칼을 피했다. 뒤엉킨 두 사람은 숲을 덮은 마른 낙엽 더미 위를 뒹굴었다. 입술과 입술이 닿을 만큼 가까이에서 상대의 눈을 노려보며 무시무시한 힘으로 엎치락뒤치락하는 동안, 그들의 귀에는 서로의 나직한 숨소리와 낙엽 부스러지는 소리만 들렸다. 이윽고 더 힘이 센 캐드버리가 서서히 제니퍼를 압도하기 시작했다. 그녀는 온 힘을 다해 몸을 뒤틀고 꿈틀대면서 몸부림쳤지만, 캐드버리가 꼼짝 못하게 내리누르자 결국 기력이 빠졌다. 하지만 제니퍼에게는 증오와 분노를 뛰어넘는 무기가 있었다. 지독한 사랑이었다. 어떻게 저 소년을 포기하고 죽는단 말인가? 그녀는 힘껏 한쪽으로 몸을 빼서 캐드버리의 균형을 무너뜨린 다음, 자신을 붙잡고 있는 그의 왼손을 뿌리치고 일어나 그토록 사랑하는 소년을 향해 언덕 아래로 뛰어내려가면서 소리쳤다.

"토머스 케일! 토머스 케일!"

벌거벗은 채 이끼 낀 강둑으로 올라오던 소년은 고개를 들더니 놀라서 입을 딱 벌렸다. 사람처럼 생긴 것이 언덕 아래로 죽어라 뛰어내려오면서 그의 이름을 미친듯이 불러대고 있었다.

"토머스 케일! 토머스 케일!"

기괴한 광경들로 점철된 그의 인생에서도 이렇게 해괴한 광경은 드물었다. 성별을 알 수 없는 험상궂은 얼굴의 괴물이 자기 이름을 외쳐대고 칼을 휘두르면서 광기 어린 눈빛을 번득이며 달려오고 있었다. 깜짝 놀란 케일은 허둥지둥 옷을 찾아 입고 칼을 집어들다가 떨어뜨렸다. 다시 칼을 집어든 그는 괴성을 지르며 눈앞에 다가온 괴물을 공격하려고 칼을 쳐들었다. 그때 날카롭게 윙 하는 소리가 들렸고, 곧이어 사람이 말의 옆구리를 손으로 치듯 나직이 턱 하는 소리가 들렸다. 그러자 제니퍼가 매섭게 기침을 내뱉고 거꾸러지면서 날아가더니, 겁에 질린 케일을 지나쳐 상수리나무 줄기에 쾅 부딪혔다.

케일은 잽싸게 다른 나무 뒤로 숨었다. 새장에 갇힌 새가 퍼덕거리듯 심장이 쿵쾅거렸다. 곧 달아날 곳을 찾기 시작했다. 나무 주위에는 폭이 50야드 정도 되는 빈터가 펼쳐져 있었다. 케일은 시체를 바라보았다. 이제 보니 여자였다. 나무 밑동에 쓰러져 엉덩이를 드러낸 채 구겨져 한쪽으로 기울어져 있었다. 3온스짜리로 보이는 화살이 등에 꽂혀 있고, 화살촉 끄트머리가 가슴 밖으로 튀어나와 있었다. 삼사 초마다 코에서 피가 한 방울씩 땅에 떨어졌다. 움직이는 표적을 맞히는 건 쉽지 않지만, 그렇다고 아주 탁월한 솜씨는 아니었다. 여자는 화살이 날아온 방향에서 달려왔으므로, 케일이 지금 뛰어가면 곧바로 사선射線을 가로지르게 될 터였다. 서 있는 상태에서 출발하면 은신처에 다다를 때까지 오륙 초. 기껏해야 화살 한 발이 날아올 시간이고, 아주 잘 쏘지 않으면 맞히기 어려웠다. 하지만 상대는 클라이스트처럼 명사수일 수도 있었다. 클라이스트라면 이런 상황에서 네 발 중 세 발을 명중시킬 수 있었다.

"어이! 어린 친구!"

200야드쯤, 정확히 정면. 케일은 생각했다.

"원하는 게 뭐야?"

"'고맙습니다'라고 말하는 게 어때?"

"고마워. 됐지? 이제 좀 꺼져주지그래?"

"배은망덕한 꼬마로구먼. 난 방금 네 목숨을 구해줬어."

이자가 움직이고 있는 걸까? 그렇게 들렸다.

"당신 누구야?"

"너의 수호천사지. 그 여자는 아주 못된 년이었어. 악랄한 년."

"저 여자가 뭘 원한 거야?"

"네 목을 따려던 거였어. 그게 직업이거든."

"어째서?"

"그야 나도 모르지. 비폰드가 자신의 사고뭉치 동생과 너를 지켜보라고 날 보냈다."

"그 말을 어떻게 믿지?"

"믿을 필요 없어. 신경쓰지 마. 난 그저 네가 날 쫓아오지 않기만 바랄 뿐이야. 너를 살리려고 사람까지 죽였는데, 그런 너한테 화살을 쏘기는 싫거든. 그러니 앞으로 십오 분 동안 거기 그냥 있어. 네가 참고 있는 동안 난 내 길을 갈 테니까. 그럼 아무 일 없을 거야. 알았지?"

케일은 잠시 생각했다. 잽싸게 저자를 쫓아가서 붙잡은 다음, 두들겨패서 사실대로 말하게 할까? 하지만 그러다가 화살에 맞을 수도 있었다. 어쩐지 이자는 노련한 암살자 같았다. 섣불리 굴지 않는 편이 나았다.

"좋아. 십오 분."

"약속하는 거지?"

"뭐라고?"

"아냐, 됐어. 이번에도 '고맙습니다'라고 하는 게 어때?"

그 말이 끝나기가 무섭게 캐드버리와 케일 모두 움직이기 시작했다. 캐드버리는 숲속의 가장 깊은 곳으로 돌아갔고, 나무를 장막 삼아 살그머니 강으로 미끄러져들어간 케일은 강가를 따라서 조심스럽게 헤엄쳐갔다.

세 시간 뒤 강둑으로 돌아온 케일과 이드리스푸케는 구름처럼 하늘을 가린 나뭇잎들 아래서 여자의 시신을 살펴보았다. 그리고 두 시간 동안 케일을 구해주었다는 사내의 흔적을 찾아보았지만 아무것도 나오지 않았다. 시신을 뒤척이던 이드리스푸케는 금세 나이프 세 자루, 교살기 두 개, 섬스크루*, 너클더스터를 찾아냈다. 그리고 그녀의 입을 살펴보니, 실크로 싼 1인치 길이의 유연한 칼날이 왼쪽 잇몸을 따라 끼워져 있었다.

"뭐하는 여자인지는 모르겠지만, 너한테 옷걸이를 팔려고 했던 건 아니겠구나."

"그자의 말을 믿어요?"

"너를 구해줬다는 거? 그럴싸하게 들리긴 하는데, 믿는다고 딱 잘라 말하긴 어렵구나. 하지만 생각해봐. 만약 그자가 너를 죽이고 싶었다면 지난 한 달 동안 언제든 그럴 수 있었어. 물론 그래도 미

* 엄지손가락을 죄는 고문 도구.

심적긴 해."

"정말로 비폰드가 보낸 자일까요?"

"그럴 수도 있지. 너 같은 녀석한테는 말썽이 끊이질 않으니까. 기분 나쁘라고 한 말은 아니야."

이드리스푸케의 말이 언짢지 않은 건 케일도 줄곧 같은 생각을 하기 때문이었다.

"이 여자는 어쩌죠?" 마침내 케일이 말했다.

"강에다 버려야지."

그리하여 두 사람은 여자의 시신을 강에 버렸다. 그것이 제니퍼 플런케트의 최후였다.

이날 저녁 케일과 이드리스푸케는 안전한 사냥막 안에서 식사를 하며 낮에 벌어진 이상한 일에 대해 어떻게 대처할지 의논했다.

"문제는 우리가 할 수 있는 일이 없다는 거야." 이드리스푸케가 말했다. "만약 그 젊은 여자를 죽인 놈이 너한테도 그럴 마음이 있었다면 이미 그랬을 거다. 아니면 내일 그럴 수도 있고."

"그자를 못 믿는군요."

"비폰드가 우리를 지켜보라고 사람을 보냈을 가능성은 얼마든지 있어. 물론 목적은 알 수 없지만. 아니면, 너에게 공개적으로 모욕당한 몬드 일당 중 하나가 너를 죽이려고 사람을 고용했을 수도 있지. 돈과 원한을 품은 놈들이니까. 아까 그 여자는 너를 공격하려 했던 것 같더구나. 손에 칼을 들고 있었잖아. 남자는 그 여자를 제지하고 달아났어. 우리가 아는 사실은 이것뿐이야. 물론 앞으로 다른 정황이 포착되면 완전히 새로운 관점으로 보게 될 수도 있겠지. 하지만 그때까지 다른 추측은 어려워. 계속 여기서 지내건 다른 데로 옮겨가건, 어차피 악의를 품고 있거나 현상금을 노리는 자에게 우린 속수무책이야. 그러니 우리가 아는 사실들의 의미를 파악하고 앞으로 닥칠 일에 대비하는 수밖에 없어. 다른 대책 있냐?"

"아뇨."

"그럼 됐어."

안에 숨어 있을 필요가 없다고 생각한 케일은 밖으로 나와 담배를 피웠다. 그는 이드리스푸케가 운명론에 빠져 있는 것을 감지했다. 물론 지금 위험에 처한 운명은 그의 운명이 아니었다. 이드리스푸케가 늘 혼잣말로 중얼거리듯이, 고통에 시달리는 당사자가 아니면 얼마든지 고통에 초연할 수 있다. 케일은 생각에 잠겨 있느라 매끈한 비둘기 한 마리가 테라스 탁자 위를 이리저리 거닐며 빵 부스러기를 먹는 것을 눈치채지 못했다.

"가만있어." 케일 바로 뒤에서 이드리스푸케가 나직이 중얼거리더니 빵 조각을 내밀고 천천히 비둘기에게 다가가 먹이기 시작했다. 그러고는 조심스럽게 한 손으로 새의 몸을 감싸다가 꽉 움켜쥐었다. 곧이어 그는 비둘기를 뒤집고 두 다리에 매인 작은 금속 원통을 떼어냈다. 케일은 어리둥절한 표정으로 구경만 했다.

"비폰드가 보낸 전서구군. 자, 잡고 있어." 이드리스푸케가 말했다. 그는 케일에게 비둘기를 건넨 다음 원통의 뚜껑을 돌려 열고 라이스페이퍼 한 장을 꺼내 읽기 시작했다. 그러는 동안 그의 표정이 점점 어두워졌다.

"소규모 리디머 부대가 아르벨 스완넥을 잡아갔다는데."

케일은 놀라고 당황해서 얼굴이 벌게졌다.

"왜요?"

"그건 적혀 있지 않아. 아르벨이 콘스탄츠 호수에서 잡혀갔다는 게 요지야. 여기서 50마일쯤 떨어진 곳이지. 성소로 돌아가는 가장 빠른 길은 코르티나 산길을 지나가는 건데, 여기서 북쪽으로 80마일쯤 떨어져 있어. 놈들이 거기로 간다면 우리가 찾아내서 비폰드가 우리 뒤에 보낸 부대에 알려야 해." 이드리스푸케는 걱정스럽고 당황한 표정이었다. "이해가 안 돼. 그건 선전포고나 다름없어. 리디머들이 왜 그런 짓을 하지?"

"모르죠. 하지만 뭔가 이유가 있을 거예요. 보스코의 허락 없이는 있을 수 없는 일이네요. 그리고 보스코는 생각 없이 행동할 위인이 아니죠."

"음, 오늘은 달이 없으니 놈들은 밤에 이동하지 못하고 우리도 마찬가지야. 당장 짐을 싸고 좀 자둔 다음 새벽에 출발하자." 그는 숨을 깊이 들이마시고 덧붙였다. "물론 우리가 놈들을 따라잡을 가능성이 있는지는 모르겠지만."

21

다음날 이드리스푸케는 주위가 또렷이 보일 정도로 날이 밝을 때까지 출발하지 않으려 했다. 케일은 위험을 무릅쓰고라도 빨리 가야 한다고 재촉했지만 이드리스푸케는 꿈쩍도 하지 않았다.

"어둠 속에서 말이 한 마리라도 다쳐서 절뚝거리면 오도 가도 못해."

케일은 그 말이 옳다고 생각하면서도 다급한 마음에 신경질적으로 툴툴거렸다. 이드리스푸케는 그런 케일을 무시했다. 그렇게 이십 분이 지나고 마침내 둘은 길을 나섰다.

그로부터 이틀 동안은 말들을 쉬게 하고 식사할 때만 멈췄다. 케일이 더 빨리 가자고 줄기차게 재촉하면, 이드리스푸케는 케일은 빨리 갈 수 있어도 자신과 말들은 그러지 못한다고 차분히 대꾸했다. 그리고 정말로 리디머들을 잡으려면 넷이 모두 함께 가야 한다고 했다. 상태가 좋은 말이 적어도 한 마리는 있어야 재빨리 마테라치 부대로 달려가 리디머들의 머릿수와 이동 방향을 알려줄 수 있다는 것이다.

"그 아가씨가 걱정되지 않나보군요." 케일이 말했다.

"그게 아니라 내 방식대로 하는 것이 옳다고 믿기 때문이야. 그런데, 아르벨 스완넥이 너한테 어떤 존재길래 이렇게 서두르는 거냐?"

"아무 존재도 아니에요. 하지만 리디머들에게서 그 아가씨를 구해오면 마테라치 원수가 내게 좀더 너그럽게 굴 이유가 생기겠죠. 게다가 멤피스에는 친구들이 인질로 잡혀 있어요."

"너한테 친구가 있는 줄은 몰랐는걸. 그냥 함께 탈출할 수밖에 없는 상황이었던 거 아니냐?"

"난 그 녀석들 목숨을 구해줬어요. 그 정도면 친한 사이 아닌가요?"

"아하, 그러셨군." 이드리스푸케가 빈정거리듯이 대꾸했다. "마지못해 영웅이 된 줄 알았는데."

"맞아요, 그랬죠."

"그럼 대체 뭐야? 고상한 사명감 때문이었냐, 아니면 단지 상황이 그랬을 뿐이냐?"

"고상한 사명감 같은 건 없어요."

"그래? 하지만 아직 자각하지 못한 영웅도 종종 있지."

"무슨 뜻이죠?"

"네 안에 영웅심이 자라나고 있을지도 모른다는 뜻이야."

케일이 웃었다. 하지만 유쾌한 웃음은 아니었다.

"정말로 그런 거라면 네 영웅심이 깨어나는 상황이 벌어지지 않기를 벌어야겠구나."

그 말과 함께 이드리스푸케는 입을 다물었다.

둘째 날 그들은 코르티나 산길로 가는 대로로 들어섰다. 길이 꽤 험했다.

"요즘은 아무도 사용하지 않는 길이거든. 육십 년 전부터 그랬지. 리디머들이 국경을 봉쇄해버린 뒤부터."

"코르티나 산길에서 성소까지는 얼마나 멀죠?"

"모르는 거야?"

"리디머들은 지도를 아무데나 두지 않아요. 애콜라이트의 탈출에 도움이 될 만한 것은 절대 함부로 두지 않죠. 몇 달 전까지만 해도 난 멤피스가 수천 마일은 떨어져 있는 줄 알았어요."

이드리스푸케가 아름다운 단풍과 황금빛 잠자리에 정신이 팔려 있지 않았다면, 케일이 실수했구나 생각하는 순간 그의 얼굴에 스친 거짓말쟁이의 표정을 보았을 것이다. 케일이 한마디 덧붙였다. "여기 와서야 그렇지 않다는 걸 알게 됐죠." 이번에는 이드리스푸케가 케일의 어색한 말투를 눈치챘다.

"왜 그래?"

"아무것도 아니에요."

"좀 긴장했나보구나."

드러내지 않으려 몹시 조심하던 것을 드러내버린 케일은 긴장했고, 그후로 십 분 동안 침묵에 잠겨 있었다. 얼마 후 다시 입을 연 이드리스푸케는 케일이 한 말을 죄다 잊은 것처럼 굴었는데, 실제로도 그랬다.

"성소는 코르티나 산길에서 족히 200마일은 떨어져 있지만, 그

놈들은 거기까지 갈 필요가 없어. 국경에서 20마일 거리에 마터 타운이라는 주둔지가 있거든."

"처음 들어보는 곳이에요."

"아주 큰 동네는 아니지만 방벽이 두꺼워. 점령하려면 군대가 필요할 거야."

"그럼 어쩌죠?"

"지켜보는 수밖에. 마테라치는 자기 딸을 애지중지하니까 놈들이 원하는 걸 줄 거야."

"어째서 그들이 뭔가를 바란다고 생각하는 거죠?"

"아니라면 납치할 까닭이 없잖아."

"당신 생각과 리디머들의 생각은 같은 상황에 대해서도 달라요."

"오호라, 뭔가 생각이 난 거로구나. 놈들의 속셈에 대해서."

"아뇨."

"이번 일이 너랑은 아무 상관도 없다는 거냐?"

케일이 웃었다. "리디머들은 쓰레기들이에요. 하지만 설마 그들이 남자애 세 명과 뚱보 계집애 하나 때문에 멤피스와 선쟁을 벌일 거라고 생각하는 건 아니겠죠?"

이드리스푸케가 퉁명스레 대꾸했다. "물론 그건 아니다. 그나저나 넌 지난 두 달간 나한테 거짓말을 했어."

"내가 당신한테 사실대로 말해야 할 의무라도 있나요?"

"너의 가장 친한 벗이잖아."

"그런가요?"

"그렇지. 이따금은 말이야. 그럼 나한테 하고 싶은 말은 없는 거냐?"

"없어요." 그리고 대화는 끝났다.

이십 분 뒤, 그들은 모닥불을 피웠던 잔재를 발견했다.

"어떤 것 같아요?" 이드리스푸케가 손가락으로 잿더미를 뒤척거리자 케일이 물었다.

"아직 따뜻해. 떠난 지 몇 시간밖에 안 됐어." 그는 판판하게 눌린 풀밭과 살짝 파인 땅을 턱으로 가리키며 물었다. "몇이나 될까?"

케일이 한숨을 쉬고 대답했다. "열 명 이상이지만 스무 명은 넘지 않는 것 같아요. 죄송해요. 저는 이런 일에 썩 능숙하지 않거든요."

"나도 마찬가지다." 이드리스푸케는 골똘하고 자신 없는 표정으로 주위를 두리번거렸다. "아무래도 우리 중 한 사람이 말을 타고 돌아가 적의 규모를 마테라치 부대에 알려야겠다."

"왜요? 그럼 그들이 더 빨리 달려온대요? 설령 그런다 해도 그들이 여기 와서 뭘 하죠? 요란한 전투가 벌어지면 리디머들은 그 아가씨를 죽일 거예요. 항복하지 않을 거라고요. 내가 장담해요."

이드리스푸케가 한숨을 쉬었다. "그럼 어쩌자는 거냐?"

"놈들의 눈에 띄지 않으면서 따라잡는 거죠. 적의 수를 정확히 알면 대책이 설 테니까요. 소수의 마테라치 병사들을 데려와서 조용히 처리하는 거예요. 물론 놈들을 따라잡으면 그때는 상황이 달라질 수도 있어요."

이드리스푸케가 콧방귀를 뀌고 땅바닥에 침을 뱉었다.

"좋아. 그놈들에 대해서는 네가 가장 잘 알겠지."

다섯 시간 뒤 날이 어두워질 무렵, 케일과 이드리스푸케는 코르티나 산길 입구 바로 앞의 작은 언덕마루로 기어올라갔다. 코르티나 산길은 리디머들의 영역과 마테라치 가문의 영역의 북쪽 경계를 이루는 화강암 산의 거대한 암벽 틈을 따라 난 길이었다.

언덕에서 밑을 내려다보니, 깊이 20피트 폭 80야드 정도의 저지에서 리디머 여섯 명이 야영 준비중이었다. 그들 한가운데 앉아 있는 아르벨 마테라치는 꿈쩍도 하지 않는 것으로 보아 묶여 있는 듯했다. 오 분 뒤, 케일과 이드리스푸케는 200야드쯤 떨어진 수풀로 돌아왔다.

"왜 여섯 명밖에 없는지 궁금하죠? 적어도 다른 네 명이 외곽에서 보초를 서고 있을 거예요. 또 한 명은 말을 타고 산길 너머의 주둔지로 가서 동료들을 맞이할 준비를 하고 있을 테고요."

"내가 말을 타고 돌아가 마테라치 부대를 만나야겠다." 이드리스푸케가 대꾸했다.

"왜요?"

"만약 그들이 가까이 있으면 위험을 무릅쓰고라도 어둠을 뚫고 달려올 거야. 설령 타고 온 말들을 도중에 절반쯤 잃는다 해도, 저기 있는 리디머는 기껏해야 십여 명이니까."

"하지만 동이 트기 전에 당신이 돌아와서 부대를 배치하지 않으면, 저들이 산길로 들어가서 손을 쓸 수 없게 될 거예요. 설령 떠나지 않는다 해도, 밝을 때 공격하면 저 아가씨는 죽게 돼요. 우린 저들이 여길 뜨기 전에 막아야 해요. 안 그러면 끝이에요."

"지금 여긴 우리 둘밖에 없잖아." 이드리스푸케가 반박했다.

"네. 하지만 그 둘 중 하나는 나죠."

"이건 자살 행위야."

"난 자살 행위 같은 짓 안 해요."

"그럼 대체 왜 하려는 거야?"

케일이 어깨를 으쓱했다. "만약 내가 저 아가씨를 구출하면 무법자 마테라치 원수가 한없이 고마워하겠죠. 많은 돈을 주고 안전한 여행도 보장해줄 거예요."

"어디로 갈 생각인데?"

"날씨가 따뜻하고 맛있는 음식이 있는 곳으로요. 세상 끝 낭떠러지로 떨어지지 않는 한 리디머들에게서 제일 먼 곳으로."

"그럼 네 친구들은?"

"친구들? 아, 걔들도 데려가죠, 뭐. 안 될 거 있나요?"

"이건 너무 위험한 짓이야. 차라리 저애를 인질로 내버려두고 마테라치 원수더러 리디머들이 원하는 걸 뭐든 주고 딸을 데려오라고 하는 게 낫겠어."

"어째서 저 아가씨가 인질일 거라고 단정하죠?" 케일의 목소리는 싸늘하고 신경질적이었다. 이드리스푸케가 그를 쳐다보았다.

"아하, 이제야 진실을 말하려나보군."

"진실은 당신이 잘못 알고 있다는 거예요. 당신은 리디머들이 당신과 비슷하다고 생각하죠. 단지 더 악랄하고 더 미친 작자들이라고. 당신이 원하는 것과 그들이 원하는 것은 근본적으로 같다고. 하지만 그렇지 않아요." 케일은 한숨을 쉬고 말을 이었다. "나도 이젠 리디머들을 모르겠어요. 그 끔찍한 광경을 보고 똥자루 리디머 피카르보를 죽이기 전까지는 그들을 안다고 생각했죠. 전에 말했잖아요. 그자가 그 여자애를 강갈하지 못하게 하려고 죽였다고요."

"강갈이 아니라 강간."

케일은 지적당한 것이 창피해서 얼굴을 붉혔다. "뭐든 간에, 피카르보가 한 짓은 그게 아니에요. 그는 여자애를 난도질하고 있었어요.” 그리고 그는 그날 밤 벌어진 일을 이드리스푸케에게 낱낱이 말했다. 케일의 이야기가 끝나자 이드리스푸케는 깜짝 놀랐다.

“맙소사. 대체 왜?”

“몰라요. 그래서 내가 그들의 추악한 마음속에서 무슨 일이 벌어지는지 안다고 믿지 않기로 했다는 거예요.”

“놈들이 아르벨 마테라치에게 왜 그런 짓을 하려는 거지?”

“말했잖아요. 모른다고. 어쩌면 마테라치 여인의, 그러니까 그……” 케일은 살짝 언짢은 표정을 짓고 말을 이었다. “몸속이 보고 싶은지도 모르죠. 하지만 돈 때문에 납치했다는 건 말이 안 돼요. 그건 그들답지 않아요.”

“놈들이 너를 다시 데려가려고 그랬다면 말이 되지.”

케일은 하마터면 웃음을 터뜨릴 뻔했다.

“물론 나를 본보기로 삼고 싶어하겠죠. 제대로 격식을 갖춰서 불태우려고 할 거예요. 그러기 위해 물불 가리지 않을 자들이라는 건 인정해요. 하지만 애콜라이트 한 명 때문에 마테라치 가문과 전쟁을 벌인다? 터무니없는 소리예요.” 그는 어두운 미소를 지으며 덧붙였다. “아마 마테라치 원수도 당신과 같은 생각을 했을 거예요. 장담하건대 우리 네 명을 당장 조금도 거리낌없이 몸값 대신 성소에 보내려 할걸요. 안 그래요?”

이드리스푸케는 대답하지 않았다. 그도 같은 생각을 하고 있었기 때문이다. 두 사람 모두 몇 분 동안 침묵했다.

“이건 모험이에요. 하지만 해낼 수 있어요. 사실 난 그 아가씨가 어찌되든 상관없어요.” 그건 거짓말이었다. “마테라치 가문의 말 괄량이 하나를 구한답시고 목숨을 걸 수는 없죠. 하지만 리디머들이 아르벨을 데려가면 내 인생이 꼬여요. 그 아가씨를 구해오면 인생이 필 테고요. 그건 당신도 마찬가지예요. 당신이 할 일은 날 엄호하는 것뿐이에요. 설령 내가 실패한다 해도 당신이 달아날 기회는 얼마든지 있어요. 그리고 생각해봐요. 당신이 아르벨을 따라잡고도 리디머들을 그냥 보내준 게 알려지면 아무도 좋아하지 않을 거예요."

이드리스푸케가 씩 웃었다. "삶의 부당함은 늘 최고의 화두지. 좋아. 너의 계획을 말해봐."

"보스코는 거의 매일 나를 두들겨패면서 세 단어를 각인시켰죠. 기습, 난폭, 강타. 이제 그걸 후회하게 될 거예요." 케일은 소나무 낙엽으로 덮인 숲 바닥에 원을 그렸다.

"이 원 주위에 보초가 네 명 있을 거예요. 동, 서, 남, 북. 오늘은 달이 없으니 동이 틀 때까지 기다렸다가 움직여야 해요. 당신은 서쪽 보초가 보이면 곧바로 죽여요. 그러면 내가 남쪽 보초를 처리할 거예요. 당신은 서쪽 보초 자리를 지키고 있어야 해요. 아르벨 옆의 바위 뒤를 공격할 수 있는 곳은 거기뿐이니까요. 내가 아르벨을 풀어주자마자 그 바위 뒤로 데려갈게요. 혹시 새소리 흉내낼 수 있어요?"

"올빼미 소리는 낼 수 있는데, 이 지역에는 올빼미가 살지 않아." 이드리스푸케는 불확실한 말투로 말했다.

"아마 리디머들은 모를 거예요." 케일은 잠시 사이를 두고 물었다. "올빼미가 어떤 소리를 내죠?"

이드리스푸케가 시범을 보였다. "그런데 내가 죽이려고 시도할 때 보초 놈이 소리를 내면 어쩌지?"

"시도요?" 케일이 놀란 표정으로 되물었다. "시도 같은 건 없어요. 최선을 다하겠다는 소리 따위는 듣고 싶지 않아요. 당신이 실수하면 난 죽어요. 알겠어요?"

이드리스푸케는 뿔난 표정으로 케일을 노려보았다. "내 걱정은 하지 마라, 꼬마야."

"아뇨, 걱정이 돼요. 그럼 내가 당신의 신호가 들리면 남쪽 보초를 죽일게요. 그자의 옷으로 갈아입으려면 일 분은 필요해요. 그런 다음 가능한 한 조용히 캠프로 걸어들어갈 거예요. 설령 남은 보초들이 눈치채도……"

"먼저 보초들을 전부 죽이면 되잖아?"

"거기까지 빙 돌아서 기어가다보면 십중팔구 들키게 돼요. 이게 가장 안전한 방법이에요. 놈들은 당황할 테고, 나는 캠프에 있는 다른 자들과 똑같아 보일 거예요. 동이 텄다고는 해도 아직 어두울 테니까요. 당신이 어떻게든 서쪽 보초를 처리하면, 나머지 일은 오래 걸리지 않을 거예요."

"그런 다음에 난 뭘 하지?"

"북쪽과 동쪽의 보초들이 활을 쏘기 전까지는 놈들이 어디 있는지 보이지 않을 거예요. 놈들의 공격이 시작되면 당신은 그들이 머리를 못 들도록 반격해요. 그사이 내가 아르벨을 저 바위 뒤로 데려갈 테니까요. 그러면 놈들은 우릴 공격할 수 없어요. 우리 머리 위에서 쏘지 않는다면." 케일은 빙그레 웃으며 계속 말했다. "어려운 건 이때부터예요. 당신은 내가 달려갈 수 있을 때까지 놈들이 위나 뒤에서 공격하지 못하도록 막아줘야 해요. 당신이 놈들에게 자리를 빼앗기지만 않으면 아르벨은 바위 뒤에서 안전할 거예요. 내가 언덕마루로 올라가기만 하면 2대2 상황이 돼요."

"거기까지 가려면 탁 트인 평지를 40야드나 지나야 하고, 마지막에는 15야드 높이의 가파른 비탈을 올라야 해. 놈들의 활솜씨가 좋다면 네가 성공할 가능성은 거의 없어."

"놈들 솜씨는 좋을 거예요."

"내가 걱정할 일은 아니지만, 이건 자살 행위나 다름없어. 더구나 그전에 무장한 리디머 여섯 명을 혼자서 죽여야 해. 말도 안 되는 짓이야. 마테라치 부대를 기다려야 해."

"마테라치 부대가 나타나면 놈들은 아르벨을 죽일 거예요. 그 아가씨가 살 길은 이것뿐이에요. 걱정 말아요. 실제로는 당신한테 설명한 것보다 더 빨리 끝낼 수 있어요. 놈들은 동틀 녘에 이런 일이 벌어질 줄 예상도 못했을 테고, 어둠 속에서는 동료들과 나를 구별하지 못할 거예요. 설령 상황을 알아차려도 마테라치 부대가 사방을 에워싼 줄 알걸요. 이런 기습은 상상도 못하겠죠."

"이런 한심한 작전을 누가 상상이나 하겠냐."

"당신 목숨이 아니라 내 목숨이 걸려 있어요."

"저 계집애 목숨도 걸려 있지."

"아르벨을 구해낸다면 그 정도 위험은 무릅쓸 가치가 있어요. 이 일을 해내지 못하면 당신은 하찮은, 아니, 그보다 더 한심한 존재로 전락해요. 그러니 선택은 간단하죠."

여섯 시간 뒤, 이드리스푸케는 서쪽 보초의 시체 위에 서 있었다.

이때껏 살아오면서 이드리스푸케는 수많은 전투를 지휘했고, 그 전장에서 수없이 많은 사람이 죽어나갔다. 하지만 눈앞에 있는 사람을 죽이기는 참으로 오랜만이었다. 그는 잠시 서서 시체의 멍한 눈과 벌어진 입, 그사이로 드러난 이를 내려다보았다. 그제야 온몸이 떨리기 시작했다.

그 바람에 목청이 긴장해서 올빼미 소리가 제대로 나오지 않았다. 올빼미 소리를 한 번이라도 들어본 사람이라면 수상한 낌새를 챘을 터였다. 하지만 일 분도 채 지나지 않아 천천히 비탈을 내려가는 케일의 모습이 어렴풋이 보였다. 소리내지 않으려고 조심하면서, 남은 두 보초가 볼까 일부러 서두르지 않는 눈치였다.

겨우 십대 소년인 녀석이 잠든 사내 여섯 명에게 태연히 다가가 살인을 시작하는 광경을 지켜보는 이드리스푸케는 문득 오싹한 공포를 느꼈다.

그가 예상한 것이 무엇이었든 간에 적어도 이런 광경은 아니었다. 케일은 단검을 뽑아들더니, 잠들어 있는 첫번째 형체를 한 동작으로 내리찔렀다. 사내는 움직이지도, 소리를 지르지도 않았다. 소년은 여전히 서두르지 않으면서 두번째 사내에게 다가갔다. 다시 힘껏 내리찌르자 이번에도 소리 없이 죽었다. 케일이 움직이는 동안 세번째 리디머가 꿈틀거리더니 고개까지 들었다. 또다시 찌르기. 설령 사내가 비명을 질렀더라도 이드리스푸케에게는 들리지 않았다. 케일이 네번째 리디머에게 다가가는 동안 사내가 일어나 앉더니 졸린 눈으로 케일을 바라보았다. 어리둥절했지만 겁먹은 표정은 아니었다. 케일이 목을 찌르자, 사내는 비명을 지르면서 뒤로 쓰러졌다. 숨이 막히는 소리였지만 꽤 컸다.

다섯번째 리디머와 여섯번째 리디머가 잠에서 깼다. 수많은 기습과 전투로 단련된 노련한 자들이었다. 그중 한 놈이 케일에게 고함을 지르면서 곧장 달려와 단창으로 얼굴을 찌르려 했다. 케일은 칼로 그의 목을 찌르려다 빗나가자 귀를 찔렀다. 리디머가 고통스러운 비명을 지르며 쓰러졌다. 나머지 리디머는 평정심을 잃고 얼이 빠져버렸다. 수년간의 전투도 지금은 무용지물이었다. 그는 피로 뒤덮인 낙엽들을 움켜쥐고 겁에 질린 채 동료를 바라보았다. 나무 그루터기처럼 굳은 사내가 말없이 지켜보는 동안, 케일은 홀린 듯한 표정으로 그의 흉골을 칼로 꿰뚫었다. 헉 소리와 함께 사내가 쓰러졌고, 나머지 리디머는 여전히 땅바닥에서 비명을 지르고 있었다.

처음으로 케일이 달리기 시작했다. 아르벨이 있는 방향이었다. 이미 깨어 있던 그녀는 두번째 리디머부터 네번째 리디머까지 세 명이 죽는 모습을 지켜보았다. 케일은 손발이 묶여 있는 아르벨을 재빨리 어깨에 들쳐메고, 그녀가 기대어 있던 커다란 바위 뒤로 달려갔다. 화살 하나가 왼쪽 귀 옆으로 휙 지나가더니 돌덩이들에 부딪혀 튕겼다.

머리 바로 위에서 이드리스푸케가 활을 쏘며 반격했다. 곧바로 두번째 보초의 화살이 이드리스푸케가 숨어 있는 수풀로 날아들었다.

그로부터 몇 분 동안 화살들이 오갔지만, 이드리스푸케는 상대의 패턴을 읽을 수 있었다. 보초 하나가 그에게 다가오고 나머지 보초는 엄호하고 있었다. 이제 시시각각 주위가 환해지면서 날이 밝고 있어서 케일의 작전이 성공할 가능성은 점점 줄고 있었다. 이드리스푸케는 곧 자리를 옮겨야 했다. 안 그러면 궁지에 몰릴 상황이었다.

케일은 아르벨에게 그곳에 조용히 그대로 있으라고 손짓한 다음, 바위 뒤에서 튀어나와 비탈 쪽으로 달려가기 시작했다. 이드리스푸케는 궁수 리디머가 케일의 움직임을 눈치채자마자 성급하게 활을 쏴서 자기 위치를 드러내길 기대하며 활시위를 당겼다. 하지만 그자는 영리했다. 케일이 비탈에 다다라 속도가 느려질 때까지 기다렸다가 활을 쏠 작정이었다. 사 초 만에 비탈에 도착한 소년은 위로 기어오르기 시작했지만, 성기게 쌓인 마른 솔잎 더미에 손발이 푹푹 빠져 속도가 점점 느려졌다. 결국 4분의 3쯤 올라갔을 때 점토가 덮인 나무뿌리를 밟고 미끄러져 멈추고 말았다. 케일이 발 디딜 곳을 찾느라 허둥댄 시간은 고작 일 초였지만, 궁수가 그를 조준하기에는 충분한 시간이었다. 우묵한 지대를 가로질러 말벌처럼 날아온 화살이 언덕 마루로 올라선 케일에게 꽂혔다.

이드리스푸케의 가슴이 쿵쾅거렸다. 어두워서 화살이 어디 맞았는지 보이지는 않았지만 소리는 확실했다. 푹! 나직하고 둔탁한 소리였다.

이제는 이드리스푸케가 난처해졌다. 지금 두 보초가 걱정할 상대는 이드리스푸케뿐이었다. 여기 계속 있으면 그가 불리했다. 하지만 다른 곳으로 가면 그들이 이 자리로 와서 저 아래 있는 아르벨을 손쉽게 처리할 터였다. 나머지 리디머들이 모두 죽었으니 그녀를 살려둘 리 없었다. 이드리스푸케를 에워싼 울창한 수풀은 그를 숨겨주지만, 이제는 그 보초들도 가려져 보이지 않았다. 모든 것이 그들에게 유리했고, 이드리스푸케에게 유리한 것은 하나도 없었다.

그후 오 분 동안 언짢은 생각들이 그의 머릿속을 스쳐갔다. 죽음이 다가오고 있다는 섬뜩한 생각과 당장 달아나야 한다는 유혹. 그가 여기서 죽으면—마음속 악마가 '넌 틀림없이 죽어'라고 속삭였다—아르벨에게도 좋을 것이 없었다. 하나가 죽느냐 둘이 죽느냐의 문제였다. 물론 전자를 택하면 다시 고독하게 살아야 할 것이다. 혼자 살 수 있어. 마음속 악마가 속삭였다. 죽은 사자보다는 살아 있는 개가 낫잖아.

하지만 이드리스푸케는 자기 앞의 땅에 칼을 꽂아두고 활을 쏠 준비를 한 다음, 머릿속을 두들겨대는 생각들을 억누르며 기다렸다. 기다리고 또 기다렸다.

케일에게 고통은 새로운 것이 아니었지만, 방금 어깨뼈 바로 위에 맞은 화살은 이제껏 겪어보지 못한 고통을 선사했다. 그는 이를 악물고 끙끙 신음하면서 괴로워했다. 용기나 의지로는 그 소리를 멈출 수 없었다. 따뜻한 피가 울컥울컥 쏟아져나와 등을 따라 흘러내리는 것이 느껴졌다. 마치 경련하듯 고통스럽게 몸이 떨리기 시작했다. 심호흡을 하려고 애썼지만, 고통이 계속 밀려와서 짧은 헐떡임만 되풀이되었다. 똑바로 앉아 정신을 차려야 했다. 이윽고 신음하면서 기어가기 시작했다. 그러다 결국 혼절했다. 다시 눈을 떴을 때는 얼마나 오랫동안 정신을 잃었는지 가물가물했다. 몇 초? 몇 분? 놈들이 다가오고 있으니 어서 일어서야 했다. 소나무 쪽으로 기어간 케일은 나무를 잡고 몸을 끌어올리기 시작했다. 너무 힘들었다. 잠시 멈췄다가 다시 힘을 냈다. 일어서지 않으면 죽는다. 하지만 그가 할 수 있는 것은 몸을 돌려 부상당하지 않은 등의 나머지 부분을 나무에 기대는 것뿐이었다. 케일은 구토를 하며 다시 기절했다. 잠시 후 흠칫 놀라면서 괴로운 신음과 함께 정신이 들었는데, 이번에는 10야드쯤 앞에 서 있는 리디머가 던진 주먹만한 돌멩이 때문이었다.

"죽은 척하는 줄 알았는데 아니군." 리디머가 말했다. "나머지 놈들은 어디 있지?"

"뭐라고요?" 케일은 정신을 바짝 차리고 계속 말해야 했다.

"나머지 놈들은 어디 있냐고."

"저쪽에 있어요." 케일은 손을 들어 이드리스푸케에게서 먼 곳을 가리키려 했지만, 또다시 정신을 잃고 말았다. 다시 돌이 날아오자, 케일이 다시 흠칫 놀라며 정신을 차렸다.

"뭐요? 뭐라고요?"

"놈들이 어디 있는지 말해. 안 그러면 네 녀석 사타구니에 화살을 꽂아줄 테니까."

"스무 명 있어요…… 저는 리디머 보스코님을 알아요…… 그분이 날 보냈어요."

케일이 쓸모없다고 판단하고 활시위를 당기던 리디머는 보스코의 이름을 듣고 깜짝 놀랐다. 어떻게 이곳에 그 위대한 전투 로드를 아는 자가 있지? 리디머가 활을 내렸다. 케일의 위기는 지나간 것이었다.

"보스코님이 말씀하시기를……" 다시 까무러칠 것처럼 케일이 웅얼거리기 시작하자, 리디머는 그의 말을 들으려고 별생각 없이 앞으로 몇 발짝 걸어갔다. 그 순간 케일이 멀쩡한 왼팔을 뻗어 돌멩이를 던졌고, 그 돌이 리디머의 이마 위쪽에 맞았다. 그는 눈이 뒤집히고 입이 딱 벌어지더니 땅에 쓰러졌다. 케일은 다시 혼절했다.

이드리스푸케는 삼면이 수풀로 둘러싸인 작고 둥그스름한 땅에서 여전히 기다리고 있었다. 수풀이 워낙 울창해서 밖을 내다볼 수도, 안을 들여다볼 수도 없었다. 그의 뒤에는 30피트 높이의 벼랑이 있고, 벼랑 밑에서는 여전히 아르벨이 기다리고 있었다. 물론 그건 이드리스푸케의 희망사항이었다. 수풀 너머에서 희미하게 부스럭거리는 소리가 들렸다. 그는 활을 들고 시위를 팽팽히 당긴 채 기다렸다. 돌멩이 하나가 근처에 떨어졌다. 이드리스푸케는 하마터면 활을 쏠 뻔했다. 돌을 던진 자는 그걸 노렸을 것이다. 그는 적이 어디서 불쑥 나타날지 몰라 활을 이리저리 돌리며 떨리는 목소리로 외쳤다.

"어디 한번 들어와봐라! 네놈들 배때기에 바람구멍을 내줄 테니!" 그는 자신의 위치를 들키지 않으려고 옆으로 세 걸음 이동했다. 곧이어 수풀을 뚫고 날아들어온 화살 하나가 딱 세 걸음만큼 이드리스푸케를 빗나갔다. "지금 물러나면 뒤쫓지 않겠다." 그는 고개를 숙이고 다시 옆으로 이동했다. 방금 그가 서 있던 바로 그 지점으로 화살이 또 날아왔다. 말을 하지 말 걸 그랬다. 이십 초가 지났다. 이드리스푸케는 자신의 숨소리가 너무 크게 들려서 틀림없이 리디머에게 위치를 들켰을 거라고 생각했다.

200야드쯤 떨어진 곳에서 고통과 두려움이 서린 날카로운 비명이 들렸다. 곧이어 정적이 흘렀다. 나뭇잎들 사이로 부는 바람 말고는 모든 것이 정지된 느낌이었다. 마치 몇 분은 흐른 것 같았다.

"방금 죽은 건 네 동료다, 리디머. 이제 너밖에 안 남았다." 다시 날아온 화살은 또 빗나갔다. "지금 달아나면 뒤쫓지 않겠다. 믿어도 좋다. 내가 약속한다."

"그 말을 어떻게 믿지?"

"이삼 분 뒤에 내 동료가 여기로 오면 보증해줄 거다."

"좋아. 믿어보지. 하지만 만약 날 쫓아오면 맹세코 네놈들 중 하나를 저승길로 데려가겠다."

이드리스푸케는 조용히 있기로 했다. 근처 어딘가에 케일이 있으니 그가 할 일은 기다리는 것뿐이었다. 비록 부상당하기는 했지만 분명히 케일은 살아 있었다. 사실 리디머를 죽이자마자 다시 까무러친 그는 의식을 되찾았을 때 거의 아무것도 할 수 없는 상태여서 이드리스푸케를 구하는 것은 언감생심이었다. 십 분 동안 기다리던 이드리스푸케가 점점 불안해지기 시작할 즈음, 그의 오른쪽 수풀 너머에서 케일의 나직한 목소리가 들려왔다.

"나예요. 지금 거기로 갈 테니 쏘지 마요. 당신 화살에 맞아서 죽긴 싫어요."

"정말 다행이다." 이드리스푸케가 활을 밑으로 내리고 시위를 풀면서 혼잣말로 중얼거렸다.

요란하게 부스럭거리는 소리가 나더니 이윽고 케일이 이드리스푸케 앞에 나타났다.

이드리스푸케는 땅바닥에 주저앉아 깊게 한숨을 내쉬고는 자신의 호주머니를 뒤적이며 담배를 찾기 시작했다.

"네가 죽었을지도 모른다고 생각했어."

"안 죽었어요." 케일이 대답했다.

"보초는 어떻게 됐지?"

"물론 죽었죠."

이드리스푸케가 암울하게 웃었다.

"너 진짜 물건이구나. 틀림없어."

"그게 무슨 소리죠?"

"몰라도 돼." 이드리스푸케가 담배를 다 말고 불을 붙였다. 그러고는 가느다란 여송연을 내밀며 물었다. "너도 한 대 줄까?"

"솔직히 말하면 지금 몸이 좋지 않아요." 말이 끝나기 무섭게 케일은 앞으로 고꾸라져 완전히 의식을 잃었다.

케일은 그로부터 삼 주 동안 깨어나지 않았다. 그사이 몇 번이나 죽을 고비를 넘겼다. 어깨에 꽂힌 화살촉 때문에 염증이 일어난 탓도 있었지만, 대부분 그를 밤낮으로 돌본 값비싼 의사들의 엉터리 치료 때문이었다. 한심하기 짝이 없는 그들의 치명적인 치료법(피를 뽑고 상처를 곪게 한 다음 고름을 긁어내는) 때문에 성소의 야만적인 생활도 견뎌낸 케일은 하마터면 이승을 하직할 뻔했다. 잠깐 열이 내려 몇 시간 동안 의식을 되찾지 않았다면 분명 죽었을 것이었다. 눈은 떴지만 어리둥절하고 어질어질한 상태였던 그는 빨간색 스컬캡*을 쓴 노인이 자신을 내려다보는 것을 발견했다.

"당신 누구야?"

"난 닥터 디란다." 짧게 대답한 노인은 다시 케일의 팔뚝에 칼을 댔다. 날카롭지만 썩 깨끗하지 않은 칼이었다.

"지금 뭐하는 거야?" 케일이 팔을 빼며 물었다.

"진정해라." 노인은 안심시키는 말투로 대답했다. "네 어깨의

* 사발을 엎은 것처럼 생긴 챙이 없는 모자.

상처가 심해서 염증까지 생겼어. 독을 빼내려면 피를 내야 해." 그는 케일의 팔을 붙잡고 꼼짝 못하게 하려 했다.

"놔줘, 빌어먹을 미치광이 늙은이야!" 케일은 소리쳤지만 기력이 너무 없어 기껏해야 웅얼거리는 소리로 들렸다.

"가만있어, 이놈의 자식!" 의사도 소리쳤다. 다행히 그 소리가 문밖으로 나가서 이드리스푸케를 놀라게 했다.

"무슨 일이에요?" 그가 문간에서 말했다. 곧 케일이 깨어난 것을 보고는 환성을 질렀다. "정말 다행이다!" 그는 침대로 다가와 소년 위로 몸을 숙였다. "이렇게 다시 보니 반갑다."

"이 멍청한 영감한테 좀 꺼지라고 해주세요."

"저분은 의사야. 네가 회복되도록 돕고 계셔."

케일이 다시 팔을 뺐지만 어깨가 아파 눈살이 찌푸려졌다.

"이 늙은이를 치워줘요. 안 그러면 맹세코 이 늙은 개자식의 목을 따버릴 테니까."

이드리스푸케가 의사에게 가라고 손짓했다. 자존심에 상처를 입은 기색이 역력했다.

"내 상처 좀 봐줘요."

"난 약에 대해서는 까막눈이야. 저 의사한테 와서 보라고 하자."

"내가 피를 많이 흘렸나요?"

"응."

"그럼 저 반편이한테 맡겼다간 과다 출혈로 죽을 거예요." 케일이 오른쪽으로 몸을 굴리고 말했다. "색깔이 어떤지 알려주세요."

이드리스푸케가 얼룩지고 더러워 보이는 붕대를 뗐다. 살살 뗀다고는 했지만 그래도 케일은 몹시 아파했다.

"고름이 꽉 차서 연한 녹색이야. 가장자리는 빨간색이고." 그의 얼굴이 어두워졌다. 전에 이런 치명상을 본 적이 있었다.

케일이 한숨을 내쉬웠다.

"구더기가 필요해요."

"뭐?"

"구더기요. 어떻게 해야 하는지 알아요. 구더기가 스무 마리쯤 필요해요. 놈들을 깨끗한 식수에 다섯 번 씻은 다음 가져다줘요."

"다른 의사를 데려오마."

"제발 부탁이에요, 이드리스푸케. 내 말대로 해주지 않으면 난 끝장이에요. 부탁해요."

결국 이십 분쯤 뒤 이드리스푸케는 집 밖 개천에서 발견한 죽은 까마귀에서 그러모아온 구더기 스무 마리를 깨끗이 씻어 불안 가득한 표정으로 가져왔다. 그는 하녀의 도움을 받아 케일의 상세한 지시에 따랐다. "두 손을 깨끗이 씻은 다음 끓인 물로 헹궈요…… 구더기들을 상처에 쏟아부어요. 깨끗한 붕대를 대고 그 가장자리를 살갗에 붙여줘요…… 내가 항상 바닥에 배를 대고 누워 있게 해줘요. 최대한 물을 많이 먹여주고요……" 말을 마치자마자 케일은 또다시 의식을 잃고 그로부터 나흘간 깨어나지 않았다.

케일이 다시 눈을 뜨자, 침대 옆에 있던 이드리스푸케가 안도의 한숨을 내쉬었다.

"좀 어떠냐?"

케일은 몇 번 심호흡을 했다.

"나쁘지 않아요. 네 몸이 뜨겁나요?"

이드리스푸케가 케일의 이마를 손으로 짚었다.

"썩 나쁘지 않구나. 처음 이틀 동안은 절절 끓더니만."

"얼마나 잤어요?"

"나흘. 물론 거의 편히 자지 못했어. 요란하게 신음을 해댔지. 너를 앞으로 눕혀놓기가 쉽지 않았단다."

"붕대 밑의 상처 좀 봐줘요. 가려워요."

이드리스푸케는 끔찍한 광경을 보게 될까봐 코를 찡그리면서 조금 불안한 표정으로 붕대 가장자리를 떼어냈다. 그가 불쾌한 듯 끙 소리를 냈다.

"안 좋은가요?" 케일이 걱정스러운 목소리로 물었다.

"하느님 맙소사!"

"왜 그래요?"

"고름이 사라졌어. 뻘겋던 자국도. 거의 다 사라졌어." 그가 붕대를 마저 떼어내자, 이번에는 통통해진 구더기들이 두세 마리씩 침대보에 떨어졌다. "이런 건 난생처음 처음 봤다."

케일이 한숨을 내쉬었다. 엄청난 안도감이 밀려들었다.

"구더기들을 버리고 새 구더기를 몇 마리 가져다가 지난번과 똑같이 해주세요." 말을 마친 케일은 깊은 잠에 빠져들었다.

22

삼 주 뒤, 이드리스푸케와 여전히 누렇게 뜬 케일은 멤피스의 거대한 성채를 향해 길을 나섰다.

케일은 내심 공식적인 환영 행사를 기대했다. 비록 마음속으로는 아니라고 부정했지만, 실은 그런 행사를 원했다. 어쨌거나 혼자서 여덟 명을 죽이고 아르벨 스완넥을 끔찍한 죽음에서 구해낸 그였다. 물론 엄청난 위험을 무릅썼다고 해서 많은 걸 바라지는 않았다. 길가에 늘어선 군중 수천 명이 꽃을 뿌리면서 자신의 이름을 연호하는 축하 퍼레이드, 그 끝에 실크로 장식된 연단 위에 서서 눈물을 글썽이며 환영하는 아름다운 아르벨, 딸의 옆에서 고마움 때문에 감정이 북받친 나머지 아무 말도 못하는 아버지. 그 정도면 충분했다.

하지만 아무 일도 없었다. 여느 때와 다름없이 멤피스에서는 돈을 벌고 쓰는 일만 쉼 없이 계속되고 있었다. 오늘은 우중충한 하늘 아래 폭풍이 몰려오고 있었다. 성채의 거대한 입구로 들어서던 케일은 갑자기 대성당에서 터져나오는 요란한 종소리에 가슴이 두근거렸다. 곧이어 다른 교회들이 모두 합세해 거대한 도시 전체에 종소리의 합창이 울려퍼졌다. 하지만 이드리스푸케가 케일의 기대를 산산조각냈다.

"번개가 치지 않게 하려고 종을 울리는 거야." 다가오는 폭풍을 턱짓으로 가리키며 그가 말했다.

십 분 뒤, 비폰드 총리의 저택에 도착한 그들은 말에서 내렸다. 하인 한 명만 나와서 그들을 맞이했다.

"잘 있었나, 스틸노치." 이드리스푸케가 인사를 건넸다.

"돌아오셔서 기쁩니다." 스틸노치의 얼굴은 주름이 하도 깊게 파여서 늙은이의 불알처럼 보였다.

이드리스푸케는 몹시 지치고 속이 상한 소년을 보며 말했다. "난 가서 비폰드를 만나야겠다. 스틸노치가 너를 방으로 데려다줄 거야. 오늘 저녁에 만찬이 있을 테니 그때 만나자." 그러고는 저택 현관으로 걸어갔다. 스틸노치는 케일에게 저택 끄트머리에 있는 작은 문으로 가라고 손짓했다.

또 냄새나는 헛간이겠지. 케일은 마음속으로 투덜거렸다. 점점 화가 치밀었다.

하지만 그가 지낼 곳은 실은 더없이 쾌적한 곳이었다. 방도 하나가 아니라 여러 개였다. 응접실에는 푹신한 소파와 떡갈나무 식탁이 있고, 욕실에는 변소가 딸려 있었다. 이런 욕실이 있다는 말은 전에 들은 적이 있었지만, 그때는 터무니없는 망상쯤으로 무시해버렸다. 지금 이곳의 침실에는 깃털을 채워넣은 커다란 매트리스가 깔린 큼직한 침대도 있었다.

"오찬을 준비해드릴까요?" 스틸노치가 물었다.

"네." 케일은 '오찬'이 음식을 뜻하는 것 같아 그렇게 대답했다. 스틸노치가 허리 숙여 인사하고 물러갔다. 이십 분 뒤 그가 맥주와 돼지고기 파이, 삶은 계란과 감자튀김이 담긴 쟁반을 들고 돌아왔을 때, 케일은 침대 위에서 잠들어 있었다.

스틸노치는 케일에 대한 소문을 들은 적이 있었다. 그는 쟁반을 내려놓고는 잠든 소년을 유심히 바라보았다. 하마터면 목숨을 앗아갈 뻔했던 감염 때문에 피부가 누렇고 몰골이 사나웠다. 스틸노치는 소년이 썩 강인해 보이지 않는다고 생각했다. 하지만 그 거만한 어린 개자식 콘 마테라치를 따끔하게 혼내준 녀석이라면 존경과 칭송을 받아 마땅했다. 그런 생각이 들자 스틸노치는 이불을 끌어 잠든 소년을 덮어주고 커튼을 친 다음 밖으로 나갔다.

"그 녀석은 마치 사신처럼 놈들의 캠프로 걸어들어가더군요. 지금껏 살아오면서 이런저런 킬러들을 봤지만 이 소년처럼 뛰어난 자는 없었습니다."

이드리스푸케는 이복형의 맞은편에 앉아서 차를 마시고 있었다. 혼란스러워하는 기색이 역력했다.

"그러니까 한마디로 그 녀석은…… 킬러군."

"솔직히 내가 본 것이 그게 다라면 꽁지가 빠져라 도망쳤을 겁니다. 그리고 형님더러 그 녀석한테 포상금을 주고 쫓아버리라고 했겠죠."

비폰드는 놀란 표정을 지었다.

"맙소사, 나이들더니 아주 감상적으로 변했구나. 그런 사람들은 쓸모가 있지. 암, 그렇고말고. 하지만 내가 궁금한 건 그 녀석이 단순히 흉악한 살인자만은 아니지 않느냐는 거야."

이드리스푸케가 한숨을 쉬었다.

"물론이죠. 만약 코르티나 산길에서의 싸움이 있기 전에, 그걸 싸움이라고 부를 수 있는지는 모르겠지만, 형님이 그런 질문을 했더라면 난 그 녀석이 아주 특별하다고 대답했을 겁니다. 가엾게도 이따금 무지를 드러내긴 하지만, 그런 고초를 겪었으면서도 영리하고 재치 있는 녀석이거든요. 더구나 심성도 착합니다. 하지만 난 이번 일로 충격을 받았어요. 딱히 뭐라고 설명하기 어렵군요. 그 녀석을 어떻게 받아들여야 좋을지 모르겠어요. 나는 케일을 좋아하지만, 솔직히 말하면 그 녀석이 두렵습니다."

비폰드가 의자에 등을 기대고 생각에 잠겼다. "흠." 마침내 그가 입을 열었다. "결국 미심쩍긴 해도 호감이 간다는 소리군. 솔직히 그건 나도 마찬가지다. 굳이 네 생각을 숨길 필요는 없다. 마테라치 원수가 너의 죄를 전부 용서해줬으니까. 지금 너는 빈객과 다름없는 환대를 받고 있어." 그는 이드리스푸케를 향해 빙그레 웃으며 말을 이었다. "사실 이번 일을 비밀에 부쳐야 하는 상황만 아니면 퍼레이드와 악단이 어우러진 화려한 환영 행사로 너와 케일을 맞이했을 거다." 이번에는 비폰드가 놀리는 미소를 지었다. "너도 좋아했을 텐데, 그렇지?"

"네, 그랬을 겁니다." 이드리스푸케가 대답했다. "좋아하지 않을 까닭이 없잖아요? 솔직히 날 보고 반가워하는 사람을 본 게 언젠지 까마득합니다."

"그게 누구 잘못이더라?"

"내 잘못이에요, 형님." 이드리스푸케가 웃었다. "전부 내 잘못이죠."

"환영식이 생략된 이유는 네가 그 소년한테 설명해줘야겠구나."

"솔직히 말하자면, 아마 그 녀석은 관심 없을 겁니다. 아르벨 스완넥을 구출한 것이 녀석에게는 목적을 위한 수단일 뿐이었으니까요. 자기한테 이익이 될 것 같아서 목숨을 걸었죠. 그뿐입니다. 단 한 번도 아르벨에 대해 물어본 적이 없어요. 내심 걱정스러웠지만 그래도 녀석의 용기를 칭찬해줬는데, 그놈은 날 바보 보듯 하더군요. 녀석이 원하는 건 돈입니다. 그리고 배를 타고 바다로 나가 리디머들로부터 영영 멀어지고 싶어해요. 칭찬이나 욕을 신경쓰는 놈이 아니죠. 남들이 기뻐하건 말건 상관 안 하는 녀석입니다."

"그렇다면 정말로 아주 특이한 녀석이군." 비폰드 총리가 일어서서 말을 이었다. "어쨌든 네 말이 사실이건 아니건 오늘 저녁 마테라치 원수가 그 소년에게 직접 감사 인사를 하고 싶어한다. 물론 아르벨 스완넥도 참석할 거야. 하지만 연회에 참석하라는 아버지의 말을 들을 때 그 아가씨 표정을 보니, 차라리 족제비를 잡아먹겠다는 듯 울상이더구나."

23

"대체 왜 그러느냐? 얼굴 좀 펴거라." 마테라치 원수가 딸에게 말했다.

"전 그 사람이 무서워요." 아름다운 아가씨의 얼굴은 시체처럼 창백했다.

"무서워? 그 소년은 네 목숨을 구해줬다. 뭣 때문에 이러는 거냐?"

"그 사람이 목숨을 구해준 건 저도 알아요. 하지만 끔찍했어요."

마테라치 원수는 짜증스럽게 한숨을 내쉬었다.

"당연히 끔찍했겠지. 살인은 끔찍한 일이다. 하지만 그 소년은 반드시 해야 할 일을 했고, 자기 목숨까지 걸었어. 죽지 않은 게 기적일 정도로 위험했지. 그런데 너는 그게 끔찍했다고 우는소리를 하고 있구나. 만약 그 소년이 구해주지 않았다면 얼마나 끔찍했을지 생각해봐라."

이런 꾸짖음이 익숙하지 않은 아르벨 스완넥은 한층 울상이 되었다.

"저도 그 사람이 저를 구해줬다는 건 알아요. 하지만 그래도 무서운걸요. 아버지는 그가 어떤 사람인지 못 봤잖아요. 전 봤다고요. 두 번이나. 지금껏 그런 사람을 본 적이 없어요. 인간이 아니에요."

"어처구니가 없구나. 그런 터무니없는 소리는 난생처음 들었다. 미리 당부하는데, 그 소년에게 예의 바르게 굴지 않으면 혼날 줄 알아라."

아르벨은 이런 으름장에도 익숙하지 않았다. 그녀가 애써 용기를 내어 좀더 활기찬 아가씨가 되려고 할 때, 작은 만찬장 문이 열리더니 하인의 목소리가 울려퍼졌다.

"비폰드 총리와 손님들이 오셨습니다, 각하."

"어서들 오시게나, 어서들." 싸늘한 분위기를 깨려고 마테라치 원수가 너무 열정적으로 반기는 바람에, 비폰드와 이드리스푸케는 오히려 방안의 어색한 분위기를 감지했다.

케일의 눈에는 오로지 아르벨 스완넥만 보였다. 아름다운 모습으로 창가에 서 있는 그녀는 떨지 않으려고 애썼지만 소용없었다. 그녀가 만찬에 참석한다는 이야기를 들은 뒤로 줄곧 열망과 두려움에 사로잡혀 있던 케일도 떨지 않으려고 노력했다.

"네가 케일이구나." 마테라치 원수가 케일의 손을 뜨겁게 잡았다. "고맙다, 고마워. 정말 장한 일을 해냈다. 그 무엇으로 네게 보답할 수 있겠느냐." 그는 자기 딸을 바라보았다. "아르벨." 북돋우는 동시에 을러대는 투였다. 키가 크고 날씬하며 우아하기 그지없는 아름다운 아가씨가 천천히 케일에게 걸어오더니 한 손을 내밀었다.

케일은 어찌해야 좋을지 모르는 듯 그 손을 잡았다. 그는 아르벨의 얼굴이 눈에 반사된 달빛처럼 창백해지는 것을 알아차리지 못했다(거짓말처럼 순식간에 낯빛이 변했다).

"저를 위해 해주신 모든 일에 감사드려요. 정말 고마워요."

아르벨의 인사치레를 들은 이드리스푸케는 교수대로 끌려가는 사형수의 마지막 말도 그보다는 더 생기 있고 성의 있을 거라고 생각했다. 마테라치 원수가 딸을 매섭게 노려보았다. 하지만 딸이 눈앞의 소년을 몹시 두려워한다는 것이 느껴졌다. 그는 아르벨의 무례함에 화가 났을 뿐 아니라 케일을 보고 무척 당황했다. 딸을 애지중지하는 그는 마음 깊이 고마운 것은 사실이었지만, 솔직히 케일의 모습에 조금 실망했다. 정확히 어떤 소년을 기대했는지는 총독 자신도 몰랐지만, 무시무시한 싸움꾼이라는 소문에 우람한 몸집과 엄청난 완력의 소유자를 상상한 것은 틀림없었다. 지금껏 그가 만난 난폭한 영웅들은 모두 그랬다. 반면 케일은 외모가 세련되진 않지만 그럭저럭 잘생긴 젊은 농부처럼 보였다. 왕족 앞에 서면 얼떨떨해져서 쩔쩔매는 비천한 농부. 어떻게 이런 자가 마테라치 자제들 중 가장 뛰어난 젊은이를 쓰러뜨리고 혼자서 그 많은 사내를 죽였을까? 정말이지 불가사의했다.

"식사부터 하자꾸나. 많이 시장할 테니. 와서 내 옆에 앉거라." 총독이 케일의 어깨를 잡고 말했다.

케일은 곧 아르벨의 맞은편에 앉았다. 그녀는 자기 앞의 접시만 내려다보았다. 자리에 앉은 케일은 다양한 크기의 온갖 포크들이 자기 앞에 줄줄이 놓여 있는 것을 알아차렸다. 날카롭거나 무딘 나이프도 포크 못지않게 많았다. 하지만 가장 해괴한 것은 아주 고통스러운 고문 도구처럼 생긴 물건이었다. 마치 코나 성기를 뜯어내는 도구 같았다. 생김새는 집게 같은데, 양쪽 끄트머리가 서로 교차되어 있어 어디에 쓰이는 것인지 도통 알 수 없었다.

케일은 이미 기분이 언짢았다. 맞은편에 앉아 있는 아가씨 때문이었다. 그녀는 케일이 손을 잡자 마치 죽은 생선을 만진 것처럼 움찔했다. 연모와 증오가 뒤섞인 정체 모를 감정이 그의 안에서 휘몰아쳤다. 고마움을 모르는 아름다운 못된 계집. 지금 케일은 자신이 한심해 보일 거라고 확신했다. 참을 수가 없었다. 끔찍한 고통은 물론 죽음조차 그에게 두려움을 주지 못했지만—그 두 가지에 대해 케일만한 달인이 또 있겠는가—한심한 놈으로 비칠 거라 생각하니 불안해서 쓰러질 지경이었다.

그때 뒤에서 스틸노치가 소리 없이 나타났다(결코 하찮은 재주가 아니었다). 그가 있는 줄도 몰랐던 케일은 깜짝 놀라 벌떡 일어날 뻔했다. 스틸노치가 케일 앞에 접시 하나를 내려놓고 동정 어린 목소리로 귀에 대고 소곤거렸다. "달팽이!"

스틸노치의 눈에 케일은 영웅으로 보였지만, 그걸 모르는 케일은 '달팽이!'라는 말이 상대를 조롱하는 욕일 거라고 생각했다. 그가 귀한 사람들 사이에 끼어 있는 것을 못마땅해하는 하인이 내뱉은 욕. 케일은 분을 가라앉히려고 애쓰면서, 어쩌면 이것이 경고일지도 모른다고 생각했다. 하지만 무슨 경고? 접시를 내려다보자 더 당혹스러워졌다. 앞에 놓인 여섯 개의 물체는 작은 소용돌이무늬 투구처럼 생겼고, 얼룩덜룩하고 끈적이는 섬뜩하게 생긴 덩어리가 밖으로 비어져나와 있었다. 먹지 말라고 경고하는 음식처럼 보였다.

"아!" 이드리스푸케가 아주 서툰 팬터마임 배우처럼 코를 킁킁거리며 말했다. "훌륭하군요. 마늘 버터를 바른 달팽이!" 케일 옆에 앉아 있던 그는 소년이 앞에 놓인 수많은 포크와 나이프에 놀라고 껍데기째 나온 달팽이 요리에 겁먹은 것을 곧바로 눈치챘다. 케일을 비롯해 테이블에 둘러앉은 나머지 모든 사람의 시선이 자신에게 쏠리자 이드리스푸케는 희한하게 생긴 집게를 오른손으로 들고 꾹 눌렀다. 그러자 작은 숟가락처럼 생긴 양쪽 끄트머리가 벌어졌다. 이드리스푸케는 그걸로 달팽이 껍데기를 잡았다. 꽉 눌렀던 손잡이에서 힘을 빼자 숟가락들이 껍데기를 단단히 움켜쥐었다. 그는 상아 손잡이가 달린 작은 꼬챙이를 들어 껍데기 속으로 찔러 넣은 다음, 케일이 잘 볼 수 있도록 큰 동작으로 능숙하게 내용물을 뽑아냈다. 마늘과 파슬리, 버터가 발려 있는 귓불만한 물렁한 덩어리는 회색과 녹색이 뒤섞여 얼룩덜룩했다. 이드리스푸케는 연극을 하듯 다시 탄성을 지르며 달팽이를 입에 넣었다.

테이블에 둘러앉은 사람들은 처음에는 그 이상한 행동을 보고 어리둥절했지만, 금세 이드리스푸케의 의도를 알아차리고 케일에게 눈길을 주지 않으려고 애썼다. 케일은 오만상을 지으며 첫 요리를 내려다보고 있었다.

서슴없이 쥐를 잡아먹는 소년이 달팽이 요리를 보고 코를 돌리는 것이 놀라울 수도 있다. 하지만 케일은 달팽이를 난생처음 보았다. 그리고 요리로 나온 달팽이가 아니라면, 통통하게 살이 오른 건강한 쥐 대신 썩은 통나무 밑에서 끈적끈적한 자국을 남기며 기어가는 달팽이를 누가 먹고 싶겠는가.

투구처럼 생긴 음식과 씨름하는 옆 사람들을 몰래 몇 번씩 훔쳐본 케일은 집게로 달팽이 껍데기를 움켜쥔 다음, 꼬챙이를 이용해 물렁물렁하고 끈적이는 회색 덩어리를 끄집어냈다. 다른 사람들은 애써 그를 외면하고 있었다. 그사이 케일은 잠시 머뭇거리다가 달팽이를 입에 넣고는 마치 자기 불알을 먹는 사람처럼 마지못해 씹기 시작했다.

다행히 나머지 요리는 꽤 익숙한 것들이었다. 적어도 이드리스푸케가 만들어주었던 음식들과 비슷했다. 케일은 자신의 스승을 힐끔힐끔 보면서 식기를 어느 정도 올바르게 사용했다. 하지만 포크 사용법은 여전히 알쏭달쏭해서 서툴렀다. 세 남자는 온갖 일상적인 이야기를 나누었다. 과거에 벌어진 이런저런 사건과 추억 따위에 대해서였다. 물론 예전에 이드리스푸케가 일으킨 추문과 추방 사건에 대해서는 일절 언급하지 않았다.

만찬 내내 아르벨 스완넥은 접시만 내려다보고 한 번도 고개를 들지 않았으며 음식도 별로 먹지 않았다. 이따금 케일은 그녀를 훔쳐보았는데, 보면 볼수록 더 아름다웠다. 긴 금발과 아몬드 모양의 초록색 눈, 창백한 피부와 대조되는 장미 열매 같은 입술! 목은 어찌나 길고 가느다란지 말문이 막히고 눈을 믿을 수 없었다. 다시 음식으로 눈길을 돌린 케일의 영혼은 세게 두들겨맞은 종처럼 울렸다. 하지만 그것은 기쁨과 연모의 울림만이 아니라 불쾌와 분노의 울림이기도 했다. 아르벨이 케일을 보지 않는 것은 그와 함께 있고 싶지 않기 때문이었다. 아르벨은 케일을 싫어했으며, 그래서 케일도 그녀를 증오했다(어떻게 안 그럴 수 있겠는가?).

마지막으로 딸기와 크림이 후식으로 나오자마자 아르벨 스완넥이 식사를 멈추고 말했다. "죄송하지만 제가 몸이 좀 안 좋은데, 먼저 일어나도 될까요?"

그녀의 아버지는 딸을 노려보며 말없이 고개만 끄덕였다. 손님들만 아니었으면 버럭 화를 냈을 것이다. 그는 자신의 신경질적인 고갯짓에 담긴 뜻을 딸이 눈치챘길 바랐다. 이따 나 좀 보자.

아르벨은 재빨리 다른 사람들에게 눈인사를 한 다음 자리를 떴다. 물론 케일에게는 눈길조차 주지 않았다. 케일은 앉은 채로 부글부글 끓었다. 산더미 같은 감정의 파도, 사랑과 슬픔과 분노의 거대한 물결이 소년의 바위 같은 영혼을 뒤덮고 흔들었다.

하지만 아르벨이 사라졌으니 더이상 이번 납치 사건과 그 수상한 목적에 대해 입다물 필요가 없어졌다. 그리고 아르벨 마테라치를 구출한 케일의 놀라운 용기에 한없이 감사하는 시민들의 환호성이 없었던 까닭도 밝혀졌다. 그 사실을 거의 아무도 몰랐던 것이다. 마테라치 원수는 케일에게 사과하면서 만약 납치 사실이 알려졌다면 전쟁을 피할 수 없었을 거라고 해명했다. 그와 비폰드 총리 모두 리디머들의 수상쩍은 행동에 대한 충분한 정보 없이 과격한 행동에 나설 수는 없다고 입을 모았다.

“우린 지금 장님이나 다름없단다.” 비폰드가 케일에게 말했다. “이대로 가다가는 실수로 엄청난 일을 저지르기 십상이지. 이드리스푸케 말로는 너도 리디머들이 그런 도발을 일으키는 이유를 모른다더구나.”

“네.”

“정말이냐?”

“뭐하러 거짓말을 하겠습니까? 그들의 행동은 여러분 못지않게 저도 이해가 안 됩니다. 리디머들은 언제나 안타고니스트와의 전쟁 이야기만 했습니다. 안타고니스트는 안티리디머를 숭배하는 이교도이므로 지상에서 몰아내야 한다고요.”

"멤피스에 대해서는?"

"혐오의 대상이라 거의 언급하지 않았습니다. 뭐든 사고파는 타락과 죄악의 장소라고만 했죠."

"지독하군." 이드리스푸케가 한마디했다. "하지만 아주 틀린 말도 아니네."

마테라치와 비폰드는 그를 노골적으로 무시했다.

"그렇다면 우리한테 해줄 말은 없는 거냐?" 총독이 물었다.

그가 이제 그만 가보라고 할 참이라는 걸 소년은 눈치채고 있었다. 케일은 권력자들과 엮일 기회는 지금뿐이라고 생각했다.

"드릴 말씀은 이것뿐입니다. 리디머들은 무언가를 하기로 마음먹었다면 멈추지 않을 겁니다. 그들이 각하의 따님을 원하는 까닭은 저도 모르지만, 어떤 대가를 치르더라도 놈들은 계속 따님을 납치하려 할 것입니다."

그 말에 마테라치 원수의 낯빛이 창백해졌다. 케일은 이 기회를 놓치지 않았다.

"각하의 따님은 매우……" 그는 적당한 말을 찾는 듯 잠시 머뭇거렸다. "명망 있는 분입니다." 케일은 그 말이 마음에 들었지만 정확한 뜻은 몰랐다. "그러니까 제 말은, 멤피스의 모든 시민이 그분을 이 제국의 가장 화려한 상징으로 여긴다는 말입니다. 많은 사람들이 그렇게 말하더군요. 그분을 흠모하는 것은 곧 마테라치 가문을 흠모하는 것입니다. 가문을 대표하는 존재죠. 안 그렇습니까?"

"그게 무슨 뜻이지?" 총독이 물었다.

"만약 리디머들이 메시지를 보내려고 했다면……" 케일이 말꼬리를 흐렸다.

"무슨 메시지 말이냐?" 총독이 점점 더 불안해하는 표정으로 물었다.

"아르벨 마테라치를 납치하거나 죽임으로써 리디머들의 손길이 멤피스의 최고위층에까지 뻗칠 수 있음을 보여주는 겁니다." 케일은 이번에도 긴장감을 주려고 잠시 쉬었다가 말했다. "아마 놈들도 두번째 납치는 불가능하다고 생각하겠지만, 제 생각에 그들은 이 일을 포기하지 않을 겁니다. 시작한 건 반드시 끝장을 보는 자들이니까요. 어느 누구도 그들의 마수를 피할 수 없다는 사실을 알리는 것 못지않게, 목표한 바를 이루는 것도 그들에게는 중요합니다. 놈들은 자신들이 결코 멈추지 않는다는 사실을 알리려 할 겁니다."

마테라치 원수는 완전히 창백해졌다.

"아르벨은 여기 있으면 안전하다. 울타리를 치듯이 사방에 보초를 세울 테니까. 아무도 여기 들어올 수 없어."

케일은 짐짓 난감한 표정을 지었다.

"콘스탄츠 호수의 성에 보초가 마흔 명이나 있었지만 따님이 납치되었다고 들었습니다. 거기서 살아남은 자가 있습니까?"

"아니." 총독이 대답했다.

"아마 다음번에는, 물론 이건 제 짐작일 뿐 장담은 못합니다만, 따님을 죽이러 올 겁니다. 과연 몇 명으로 놈들을 막을 수 있을까요? 팔십 명? 백팔십 명?"

"각하, 역사가 우리에게 가르쳐준 것이 하나 있습니다." 이드리스푸케가 거들었다. "자기 목숨을 희생할 준비가 된 자는 누구든 죽일 수 있다는 거죠."

비폰드는 이토록 긴장하고 불안해하는 총독을 난생처음 보았다.

"네가 그들을 막을 수 있느냐?" 총독이 케일에게 물었다.

"저요?" 케일은 그런 생각은 해본 적이 없다는 표정을 지었다. 그는 잠시 생각하다 대답했다. "아마 저보다 잘할 수 있는 사람은 없을 겁니다. 더구나 제 곁에는 베이그 헨리와 클라이스트도 있으니까요."

"그게 누구지?" 총독이 물었다.

"케일의 친구들입니다." 비폰드가 대답했다. 그는 케일의 이야기에 점점 흥미를 느끼고 있었다.

"그애들도 너처럼 잘 싸우느냐?" 총독이 다시 물었다.

"둘 다 자기만의 특별한 재주가 있죠. 저희 셋은 리디머들이 보내는 어떤 자객도 처리할 수 있습니다."

"네 능력에 대한 자신감이 대단하구나, 케일." 비폰드가 끼어들었다. "지난 십 분 동안 우리한테 리디머들이 무적인 것처럼 이야기하더니 말이다."

케일이 그를 바라보았다.

"저는 그들의 자객이 여러분께 무적이라고 말했지요." 그는 미소를 지었다. "저한테 무적이라고는 하지 않았습니다. 저는 이제껏 리디머들이 만들어낸 어떤 전사보다도 뛰어납니다. 자랑하려는 게 아니라 사실을 말씀드리는 것뿐입니다." 케일은 마테라치 원수를 바라보며 말을 이었다. "못 믿겠다면 따님과 이드리스푸케에게 물어보십시오. 그래도 미심쩍으면 콘 마테라치에게 물어보시고요."

"입다물어라. 어린놈이 건방지구나." 비폰드가 대뜸 쏘아붙였다. 호기심 대신 분노가 서린 말투였다. "마테라치 원수님께 그런 식으로 말하다니."

"더 무례한 말도 들어봤다네." 총독이 말했다. "네가 내 딸을 안전하게 지켜준다면 내 너를 부자로 만들어주고, 아무리 건방진 소리도 기꺼이 들어주마. 하지만 네가 한 말이 사실이어야 한다." 그가 자리에서 일어섰다. "아르벨을 어떻게 보호할지 글로 써서 내일 오후까지 나한테 가져오거라. 알았느냐?"

케일이 고개를 끄덕였다.

"지금 이 순간부터 멤피스의 모든 병사는 경계 태세에 돌입한다. 자, 넌 이제 가보거라. 이드리스푸케, 자네도."

두 사람은 자리에서 일어나 인사하고 만찬장을 나섰다.

"대단한 연기였어." 이드리스푸케가 문을 닫자마자 말했다. "네 이야기 중에 사실인 것도 있냐?"

케일은 웃기만 할 뿐 대답하지 않았다.

만약 그가 이드리스푸케에게 솔직히 대답했다면 아마 이러했을 것이다. 억지로라도 아르벨 스완넥이 자기에게 관심을 갖게 하고 싶어서였다고. 그래서 살벌하게 경고한 거라고, 다른 이유는 없다고. 케일은 아르벨의 배은망덕함에 화가 났다. 그리고 견딜 수 없이 그녀를 사랑하게 되었다. 하지만 케일을 벌레 대하듯이 하는 아르벨은 벌을 받아 마땅했다. 케일 옆에만 있어도 괴로워하는 그녀에게 그가 언제든 마음대로 그녀를 만날 수 있게 된 것보다 더 비참한 일이 있겠는가? 물론 아르벨이 케일을 그토록 싫어한다는 건 가슴이 미어지는 일이었다. 하지만 이 고통스러운 모순을 케일만큼 잘 견딜 수 있는 사람도 없었다.

딸에 대한 걱정에 사로잡혀 최악의 상황을 두려워하게 된 마테라치 원수는 케일이 미끼로 던진 불길한 예상에 쉽게 걸려들었다.

반면 비폰드는 이드리스푸케와 마찬가지로 전혀 넘어가지 않았다. 하지만 케일의 제안이 해로울 건 없다고 생각했다. 그리고 리디머들이 아르벨을 죽이려 들 거라는 말도 아주 황당무계한 소리는 아니었다. 어쨌거나 그 덕분에 마테라치 원수는 수상한 일이 벌어지지 않는지 의심하게 될 테고, 그사이 비폰드는 리디머들의 의도를 간파하기 위해 밤낮으로 일할 수 있었다. 어떤 식으로든 전쟁은 반드시 일어날 거라고 확신한 그는 은밀히 전쟁 준비를 하기로 결심했다. 하지만 적이 무엇을 원하는지 정확히 알지도 못하고 전쟁을 벌이는 것은 재앙을 부를 뿐이었다. 그래서 비폰드는 케일이 무슨 꿍꿍이인지는 모르지만 반대하지 않았다. 물론 그걸 알아내는 건 어렵지 않았다. 케일은 이번 납치 사건의 동기에 대해 전혀 모르는 것이 틀림없었지만, 그를 경호원으로 쓰면 아르벨 마테라치는 안전할 터였다. 사실 비폰드도 아르벨의 아버지처럼 케일이 고마웠다. 물론 딸을 되찾은 기쁨에 비할 바는 아니었지만, 온 국민이 흠모하는 왕실 처녀가 잔인하기 짝이 없는 흉악한 리디머들의 손아귀에 넘어갔을 경우의 정치적 파장은 상상하기도 싫었다. 리디머와 안타고니스트의 전쟁이 힘겨운 교착 상태에 빠진 동부 전선에서 들려오는 소식들은 믿기 어려울 정도로 끔찍했다. 하지만 가까스로 국경을 넘어 마테라치 영토로 탈출해온 극소수의 생존자들은 하나같이 놀랍도록 일관된 증언을 했다. 지금껏 비폰드의 첩자들이 수집하고 전해온 정보에 섬뜩한 신빙성을 더하는 것들이었다. 만약 리디머들과의 전쟁이 시작된다면, 어느 누구도 상상할 수 없는 전쟁이 될 게 틀림없었다.

24

"리디머와 안타고니스트의 전쟁에 대해 아는 대로 말해보거라."

비폰드는 거대한 책상 너머로 음울하게 케일을 바라보았다. 창가에 앉은 이드리스푸케는 저 아래 정원에서 벌어지는 일이 더 궁금하다는 듯 딴청을 피우고 있었다.

"안타고니스트는 안티리디머입니다." 케일이 대답했다. "그들은 리디머와 그분의 모든 신도를 증오하며, 그분을 파멸시키고 그분의 은혜를 지상에서 말살하려고 합니다."

"그건 네 생각이냐?" 비폰드가 물었다. 그는 정상적이던 케일의 말투가 갑자기 단조로워져서 놀랐다.

"하루에 두 번씩 미사 때마다 암송하라고 배운 말입니다. 저는 리디머들이 하는 말을 하나도 믿지 않습니다."

"그럼 안타고니스트에 대해서는 뭘 아느냐? 그들의 신앙에 대해서 말이다."

케일이 당혹스러운 표정을 짓더니 잠시 생각했다.

"전혀 모릅니다. 안타고니스트에게 신앙이 있다는 말은 들은 적이 없습니다. 그들의 관심사는 오로지 '하나의 참된 믿음'을 말살하는 것뿐입니다."

"물어보진 않았느냐?"

케일이 웃었다. "하나의 참된 믿음에 대해서도 물어보지 않았는 걸요."

"안타고니스트가 리디머를 그토록 싫어한다는 걸 알았다면, 어째서 넌 동쪽으로 탈출하지 않았지?"

"거기로 가려면 1500마일에 이르는 리디머의 땅을 지나 700마일에 이르는 동부 전선의 참호를 가로질러야 했을 겁니다. 설령 저희가 그런 짓을 해볼 만큼 멍청했다고 해도, 저희는 안타고니스트가 리디머만 보면 죽이려 든다는 말을 귀에 못이 박히도록 들었습니다. 놈들이 성 리디머 조지를 끓는 소 오줌에 산 채로 넣었고, 성 리디머 파울루스의 목구멍에 억지로 갈고리를 넣고 내장을 끄집어내 말들에게 먹였다는 이야기를 수시로 들었습니다. 틈만 나면 불과 칼, 지하 감옥 이야기를 하거나 섬뜩한 노래를 불렀죠. 방금 말씀드렸다시피 저는 안타고니스트가 리디머들을 죽이고 하나의 참된 믿음을 말살하는 것 이외에 다른 신앙을 갖고 있다는 생각을 해본 적이 없습니다."

"나머지 애콜라이트들도 모두 그렇게 생각했느냐?"

"저와 생각이 같은 녀석들은 일부였고 대부분은 아니었습니다. 어릴 때부터 줄곧 그렇게 배워서 의심하는 법이 없었죠. 녀석들에게는 그것이 세상의 참모습이었습니다. 믿으면 구원받고, 믿지 않으면 영원히 지옥에서 불태워질 거라고 생각했죠."

비폰드는 조바심을 내기 시작했다.

"리디머와 안타고니스트의 전쟁은 네가 태어나기도 전인 이백 년 전에 시작되었다. 지금까지 너는 너희 모두가, 특히 네가 하나의 참된 믿음을 따르면서 전사로 길러졌다고 줄기차게 말했어. 그런데 그 전쟁의 승리나 패배, 전술이나 전략, 이런저런 전투에서 이기거나 진 과정을 전혀 모른다는 거냐? 그건 믿기 어려운데."

비폰드가 의심할 만도 했다. 성소에서 지낼 당시 케일은 리디머 보스코 앞에서 리디머와 안타고니스트 사이의 온갖 크고 작은 전투를 분석했는데, 승리나 패배의 요인을 잘못 분석할 때마다 보스코가 케일을 혹대로 후려갈겼다. 케일은 십 년 동안 날마다 네 시간씩 동부 전선의 전투들을 먹고 마셨다. 하지만 안타고니스트의 신앙에 대해서는 전혀 모르는 것이 사실이었다. 케일이 자기가 아는 것을 감추기로 마음먹은 것은 계산이 아니라 본능에서 비롯된 것이었다. 만약 마테라치 가문과 리디머들이 전쟁을 벌이면 참혹한 비극과 죽음이 난무할 터였다. 케일은 거기에 절대로 엮이고 싶지 않았다. 만약 아는 것을 털어놓으면 비폰드는 무슨 수를 써서라도 그를 전쟁에 끌어들이려 할 터였다.

"리디머들은 눈부신 승리와 배신으로 얼룩진 패배에 대해서만 알려주었습니다. 그냥 이야기일 뿐 세세한 내용은 없었죠. 아무도 질문하지 않았습니다." 케일은 계속 거짓말을 했다. "저는 사람 죽이는 훈련만 받았습니다. 그뿐입니다. 근접전과 삼 초 살인. 제가 아는 건 그게 전부예요."

갑자기 창가에서 이드리스푸케가 물었다. "대관절 삼 초 살인이 뭐냐?"

"말 그대로입니다." 케일이 대답했다. "목숨이 걸린 실전에서는 삼 초 만에 승부가 나므로 거기에 모든 걸 걸어야 합니다. 몬드가 배우는 무술 나부랭이는 죄다 허튼짓입니다. 싸움이 길어질수록 우연이 끼어들 가능성이 커집니다. 실수로 넘어지거나, 약한 상대한테 재수없이 일격을 당하거나, 적에게 약점을 들켜 불리해질 수 있죠. 따라서 삼 초 안에 죽이지 못하면 앞일을 알 수 없습니다. 코르티나 산길에서 리디머들이 개처럼 죽은 건 제가 그들에게 다른 식으로 죽을 기회를 주지 않았기 때문입니다."

케일은 일부러 충격적인 말을 늘어놓았다. 그는 탁월한 킬러일 뿐 아니라 아주 어릴 때부터 능숙한 거짓말쟁이였다. 둘 다 같은 이유에서였다. 살아남기 위해서는 그래야만 했다. 케일은 밝히고 싶지 않은 과거의 한 면에 대한 그들의 관심을 돌리려고 다른 사실을 털어놓았다. 그리고 이럴 때는 당연히 충격적인 이야기일수록 좋다. 상대가 비폰드와 이드리스푸케 같은 노련한 자들이어도 마찬가지다. 만약 마테라치 원수가 케일을 젊고 무자비한 킬러로만 여긴다면, 이들 두 사람에게 확신을 심어주는 것이 케일한테 유리했다. 물론 거짓말은 아니기 때문에 비폰드를 납득시켰지만, 엄밀히 말하자면 전부 진실은 아니었다.

비폰드는 케일에게 몇 가지 더 물었다. 하지만 그가 게일을 완전히 믿건 아니건 더 캐낼 수 있는 건 확실히 없어 보였고, 그래서 아르벨 스완넥을 안전하게 지킬 방법에 대한 논의로 넘어갔다.

케일이 작성한 아르벨 보호 계획과 비폰드의 질문에 대한 대답은 훌륭했다. 살인하는 능력 못지않게 살인을 막는 능력도 뛰어날 것이 틀림없었다. 마침내 케일의 대답에 만족한—적어도 이 문제에 대해서는—비폰드는 책상에서 두꺼운 서류철을 꺼내 펼쳤다.

"네가 가기 전에 묻고 싶은 게 있다. 나한테는 안타고니스트 포로들의 증언과 이중간첩들의 첩보가 담긴 보고서가 많아. 그리고 '분산'이라고 불리는 리디머의 정책에 관한 문서도 입수했다. 그런 말을 들어본 적이 있느냐?"

케일은 어깨를 으쓱했다. "아뇨." 이번에 케일은 어리둥절한 표정을 지어 비폰드도 그의 대답을 믿었다.

비폰드가 이야기를 이어나갔다. "이 보고서에는 '신앙 증명의 제물'이라는 것에 대한 정보가 들어 있다. 그 말은 들어봤느냐?"

"신실한 자가 목격한 반종교 범죄에 대한 처벌입니다. 사형이죠."

"이 문서에 따르면 리디머들이 안타고니스트 포로들을 한 번에 천 명씩 마을 한가운데로 데려가 산 채로 불태운다고 한다. 안타고니스트의 이교를 버리는 자들에게는 목을 매달아 죽인 다음 불태우는 자비를 베푼다는구나." 그는 말을 멈추고 케일을 유심히 바라보았다. "이런 행위가 가능하다고 생각하느냐?"

"네. 가능합니다."

"우리가 입수한 다른 문서들에는 그런 처형이 시작에 불과하다고 적혀 있다. 그 문서들을 보면 '모든 안타고니스트의 분산'이라는 것이 언급되어 있는데, 어떤 이들은 그것이 리디머들이 전쟁에서 승리하면 안타고니스트를 전부 마다가스카르섬으로 이주시키려는 계획이라고 한다. 하지만 일부 안타고니스트 포로들은 '분산'이 안타고니스트를 그 섬으로 옮긴 다음 모조리 죽여 이교를 영원히 말살하는 계획이라고 주장한다. 난 그 주장을 믿기 어렵지만, 넌 리디머들의 본성에 대해 우리보다 많이 알 테니 말해보거라. 과연 그런 일이 가능하겠느냐?"

케일은 한동안 말이 없었다. 리디머들에 대한 혐오와 방금 들은 끔찍한 이야기 사이에서 갈등하는 기색이 역력했다. "모르겠습니다." 마침내 그가 대답했다. "그런 이야기는 들어본 적이 없어요."

"제가 한마디하죠." 이드리스푸케가 끼어들었다. "리디머들이 야만적인 집단인 건 틀림없습니다. 하지만 이십 년 전 몬트 반란 때가 생각나는군요. 당시 온갖 소문이 나돌았죠. 리디머들이 점령한 모든 마을에서 아기들을 전부 잡아다가 엄마들이 보는 앞에서 공중에 던져 칼로 찔렀다고 합니다. 다들 그 소문을 믿었지만 죄다 뻥이었어요. 그런 일은 일어난 적도 없습니다. 제 경험에 비춰볼 때, 흉악한 소문은 꼬리에 꼬리를 무는 법이죠."

비폰드가 고개를 끄덕였다. 이날의 만남은 별 소득이 없었다. 그는 동부 전선에 관한 소문들 때문에 찜찜하고 불안해졌다. 하지만 좀더 사소한 일이 그의 신경을 건드리고 있었다. 그는 의심 어린 눈으로 케일을 바라보았다.

"담배 피웠구나. 숨을 쉴 때 냄새가 나."

"그게 총리님과 무슨 상관입니까?"

"무슨 상관인지는 네가 알 바 아니다, 건방진 애송이 녀석." 비폰드가 이드리스푸케를 노려보았다. 그는 여전히 창밖을 내다보면서 싱글거리고 있었다. 비폰드가 다시 케일을 바라보았다. "생각 있는 놈인 줄 알았는데 아닌가보구나. 저런 놈을 흉내내다니. 이드리스푸케는 따라 하지 말아야 할 인간의 표본이다. 흡연은 유치한

겉멋이야. 눈에 나쁘고, 코에 해롭고, 뇌를 망치고, 폐를 썩게 하는 악습이지. 숨쉴 때마다 냄새가 나고, 장기간 흡연하면 결국 몸이 망가져서 골골거리게 돼. 이제 가보거라. 너희 둘 다."

25

네 시간 뒤, 케일은 베이그 헨리와 클라이스트를 데리고 궁전으로 가서 아르벨 마테라치의 안락한 거처로 들어섰다.

"우리가 경호원 노릇에 대해 아무것도 모른다는 걸 들키면 어쩌지?" 앉아서 식사하는 동안 클라이스트가 말했다.

"글쎄." 케일이 대꾸했다. "난 말할 생각 없어. 넌 할 거야? 어차피 그까짓 일이 얼마나 어렵겠어? 내일 궁전 안을 돌아다니면서 경비 상황을 점검하는 게 다야. 이런 일은 많이 연습해봤잖아? 안으로 들어오는 낯선 사람은 누구든 검문하고, 한 사람은 늘 아르벨 옆에 붙어다녀야 해. 설령 아르벨이 여기서 나간다 해도, 성채 밖으로는 나갈 수 없어. 물론 그러지 못하게 해야겠지만. 우리 중 두 사람이 경비병 십여 명과 함께 아르벨을 호위하면 돼. 할일은 그것뿐이야."

"그냥 포상받고 여길 뜨면 그만인데 왜 그러지 않은 거야?" 클라이스트가 다시 물었다.

좋은 질문이었다. 케일도 그것이 최선이라고 생각했고, 아르벨 스완넥에 대한 감정만 아니었다면 당연히 그랬을 것이다.

"우리한테는 이곳이 세상 어느 곳보다 안전하니까. 약속대로 포상을 받을 테고, 이번 일을 잘해내면 돈도 받을 거야. 손쉬운 돈벌이인 셈이지. 더구나 멤피스의 군대가 리디머들로부터 지켜주고 있잖아. 여기보다 더 좋은 데가 있다면 네 맘대로 해."

그걸로 이야기는 끝이었다. 그날 밤 아르벨은 베이그 헨리와 클라이스트를 문밖에 두고 잠들었다. "내일 이곳에 대해 계획을 세울 때까지는 조심하는 게 좋아." 케일이 말했다. 그는 다음날 아르벨의 전능한 보호자로 등장할 자신의 모습을 줄곧 머릿속으로 그리고 있었다. 케일이 그녀의 모든 것을 멸시하고 모욕하면 그녀는 겁에 질려 떨게 될 테고, 그는 기쁨과 참담함을 동시에 느끼리라.

아르벨 스완넥이 자기 방에서 나온 것은 이튿날 오전 아홉시였다. 문밖에 경비병 두 명과 더불어 꾀죄죄해 보이는 두 소년이 있다는 건 아침식사를 가져다준 하녀들에게 들어서 알고 있었다. 하녀들은 소년들이 마구간 치우는 모습을 본 적이 있다고 귀띔했다.

지을 수 있는 가장 싸늘한 표정으로 나온 아르벨은 차려 자세로 문 양쪽에 딱딱하게 서 있는 두 경비병을 발견했다. 하지만 나머지 두 소년은 한 번도 본 적이 없는 이들이었다. 케일은 눈에 띄지 않았다.

"너희는 누구야? 여기서 뭐하는 거지?"

"좋은 아침입니다, 아가씨." 베이그 헨리가 상냥하게 대답했다.

그녀는 헨리의 인사를 무시했다.

"뭐지?" 그녀가 물었다.

"우린 아가씨의 경호원입니다." 아르벨의 눈부신 아름다움에 놀란 클라이스트가 가까스로 진정하고 대답했다. 지금껏 살아오면서 아름다운 귀족을 수도 없이 봤기 때문에 이런 미인 정도로는 아무 감흥도 느껴지지 않는다는 표정을 지으며 애써 흥분을 감추었다.

"어디 있지? 너희의……" 아르벨은 모욕적인 단어가 잘 떠오르지 않아서 고민하다가 말했다. "두목 말이야." 썩 만족스럽지 않은 눈치였다.

"날 찾습니까?" 케일의 목소리였다. 그가 두 남자와 함께 기다란 종이 두루마리 여러 개를 들고 근처 복도에서 모퉁이를 돌아나왔다.

"이 사람들은 누구죠?"

"아가씨의 경호원들입니다. 이쪽은 헨리이고, 저쪽은 클라이스트. 그 친구들한테 제 권한을 모두 위임했으니 아가씨는 그들 지시에 따라주시기 바랍니다."

"그렇다면 당신 똘마니들이겠군요." 아르벨은 최대한 모욕적으로 들리기를 바라며 말했다.

"똘마니? 그게 뭡니까?"

"졸개 말이예요." 아르벨은 의기양양하게 대답했다. "베엘제붑이 지옥을 나설 때마다 졸졸 따라다니는 파리 같은 존재."

헨리와 클라이스트는 당연히 화가 났지만 케일은 즐거웠다.

"암요." 그가 두 소년을 보고 싱글거리며 말했다. "제 똘마니들이죠."

"경호원으로 삼기에는 조금 왜소하군요. 당신이 보기엔 안 그래요?"

케일은 두 소년을 안쓰럽게 쳐다보았다. "이 친구들의 상태가 좋지 않은 건 유감입니다. 저라도 이 녀석들을 하루종일 봐야 한다면 싫겠습니다. 하지만 왜소하다고요? 그럼 마테라치 자제 두 놈과 맞붙여보십시오. 과연 이들이 왜소한지 알게 되실 겁니다."

"그럼 둘 다 당신처럼 살인자인가요?"

이 말에 헨리는 몹시 언짢아했지만, 클라이스트는 그 모욕이 맘에 드는 눈치였다.

"네." 케일은 태연히 대답했다. "저랑 같은 살인자입니다."

대꾸할 말이 생각나지 않자 아르벨 스완넥은 다시 자기 방으로 들어가면서 문을 쾅 닫았다.

십 분 뒤, 문 두드리는 소리가 들리자 아르벨 스완넥은 개인 하녀에게 문을 열어주라고 손짓했다. 시킨 대로 문을 연 하녀는 놀라서 눈이 휘둥그레진 케일을 보고 즐거워했다. 그 하녀는 리바였다.

케일 못지않게 리바도 아주 묘한 방식으로 높은 자리에 올랐다. 마드무아젤 제인의 처소에서 리바를 쫓아낸 늙은 하녀 안나마리아는 곧장 이디스 마테라치 여사의 궁전으로 달려갔다. 이디스는 아르벨 스완넥의 어머니이자 마테라치 원수의 괴팍한 아내였다. 정략결혼으로 부부가 된 그들은 지금껏 이십 년간 남남이나 다름없이 살았다. 그녀가 아르벨 스완넥을 임신한 것은 역사상 가장 냉랭한 왕실 합방의 결과였다. 어떻게 해서든 아내를 피하려는 총독의 노력은 종종 성공을 거두었지만, 그녀가 멤피스의 국사에 간섭하고 영향력을 행사하는 것을 막으려는 시도는 번번이 실패로 돌아가다시피 했다. 이디스 마테라치 여사는 시체들이 어디 묻히는지 아는 여자였다. 멤피스에서 벌어지는 일들 중 어떤 식으로든 그녀가 모르고 넘어가는 일은 거의 없었고, 필요하다면 그녀는 그 근원까지 캐낼 수 있었다. 비록 공식적으로는 아무 힘도 없었지만—마테라치 원수는 그 점을 분명히 해두었다—이디스 마테라치 여사는 아무리 자부심 강한 세도가에도 있기 마련인 크고 작은 치부를 꿰고 있어 은연중에 입김을 미쳤다. 마드무아젤 제인이 리바에게 뜬금없이 폭언을 퍼부은 사건은 이디스 마테라치 여사가 심어놓은 첩자인 안나마리아의 입을 통해 삼십 분 만에 그녀의 귀로 들어갔다. 결국 분노와 당혹감에 사로잡혀 있던 리바는 그녀의 궁전으로 불려가서 자기 방을 얻었다.

그 소식이 전해지자, 리바가 지금 이디스 마테라치 여사의 수중에 있다는 말을 들은 비폰드는 당장 마드무아젤 제인을 불러 무섭게 호통을 쳤다. 그의 집무실에서 나온 제인은 겁에 질린 채 흐느끼며 울부짖었다. 이제는 그 늙은 마녀가 무슨 꿍꿍이일지 두고 보면서 기다리는 수밖에 없었다.

이디스 마테라치 여사는 뜸을 들이지 않았다. 그녀는 무언가 일이 벌어졌다는 것과 자기 딸이 연루되어 있다는 것을 눈치챘다. 삼주 전 아르벨이 콘스탄츠 호수를 방문하고 사라진 일에 대해 온갖 억측과 소문이 무성했다. 몰래 결혼하고 애를 낳았다는 풍문까지 나돌았다. 하지만 실제로 벌어진 일은 어떤 소문보다 끔찍했다. 이디스 마테라치 여사는 사건의 전말을 파헤치려고 많은 돈과 시간을 쏟아부었지만 별 소득이 없었다. 그녀는 그런 걸 참지 못하는 여자였다.

"사람들이 너에게 잘해주더냐?" 이디스 마테라치 여사는 다정한 미소를 띤 얼굴로 자기 옆의 소파를 토닥이고는 앉으라고 리바에게 손짓했다. 리바는 긴장된 표정으로 조심스럽게 지시에 따랐다. 이미 멤피스의 사회 풍토를 충분히 경험한 그녀는 무언가 이상한 일이 벌어지고 있음을 알아차렸다. 여기서는 신분이 조금만 달라도 마치 신이 정한 지위인 양 깍듯이 섬겨야 하고, 외부인은 고향에서 아무리 높은 신분일지라도 멸시당했다. 리바는 십여 년 전 멤피스를 방문한 카루 백작부인의 이야기를 여러 번 들었는데, 당시 그녀는 이곳에서 돼지를 선물로 받았다. 누구나 알다시피 카루에서는 돼지를 불결한 짐승으로 여기기 때문에 그것은 엄청난 모욕이었다. 리바는 앉아서 궁리했다. 어째서 이런 귀부인이 내게 이토록 친절하게 구는 걸까?

"우선 네가 제인한테 몹시 언짢은 일을 당해서 유감이다." 이디스 마테라치 여사가 말했다. "물론 내가 사과할 일은 아니지만, 죽은 그애 엄마랑 친구였던 터라 미안한 마음이 드는구나. 제인은 버릇없이 커서 늘 제멋대로 군단다. 물론 요즘 애들이 다 그렇지. 원하는 건 뭐든지 부모가 사주거든. 그런 애들이 커서 제인처럼 되는 거야. 하지만 현실이 그런 걸 어쩌겠니." 그녀는 한숨을 쉬고 리바의 손을 토닥였다. "그래서 내가 미안하구나."

리바는 뭐라고 대답해야 좋을지 몰라 머뭇거렸다. "아닙니다, 부인."

"좋아." 이디스 마테라치 여사는 만족스러운 표정으로 말했다. "이제 너한테 큰 부탁을 하고 싶구나."

리바는 자신의 귀를 믿을 수가 없었다.

"너도 알다시피 나한테도 딸이 있단다. 걔 때문에 걱정이야." 이디스 마테라치 여사의 목소리는 슬펐다. 그녀가 리바 쪽으로 돌아앉았다. "너도 그애를 본 적 있니?"

"아르벨 아가씨 말씀이세요? 네, 부인."

이디스 마테라치 여사는 아련한 기억을 떠올리듯 가볍게 한숨을 내쉬었다. "정말 아름다운 아이야, 안 그러니?"

"네, 부인."

이제 이디스 마테라치 여사는 리바의 손을 꼭 쥐었다.

"너한테 비밀을 털어놓고 싶구나. 그리고 너를 도와주고 싶어. 네가 마음이 따뜻한 아이 같고, 딸을 걱정하는 엄마의 마음을 이해해줄 것 같아서 그래. 내 말 맞니, 리바?"

"네, 부인. 저도 그러고 싶어요." 리바가 놀란 얼굴로 대답했다.

"그래, 틀림없이 그럴 거야." 이디스 마테라치 여사는 리바의 영혼에서 딸을 걱정하는 엄마에 대한 깊은 연민과 상냥한 마음씨만 발견한 듯 빙그레 웃었다.

"너한테 이런 이야기를 하기는 쉽지 않지만, 모성애는 자존심보다 강하단다. 아마 너도 언젠가는 알게 될 거야." 그녀는 한숨을 쉬었다. "내 남편은 날 미워해. 그래서 내가 딸을 만나지 못하게 하려고 온갖 수단을 동원한단다. 넌 이걸 어떻게 생각하니?"

리바는 놀라서 눈이 휘둥그레졌다.

"정말 슬픈 일이네요, 부인."

"그래, 슬픈 일이지. 그이는 나랑 딸을 못 만나게 하고 그애한테 내 험담을 늘어놓는단다. 하지만 난 남편한테 따질 수 없어. 아르벨과 총독의 사이가 틀어지면 그애 앞날을 망치게 되거든. 그렇게 되게 할 수는 없단다. 그러니 내가 참아야지. 사랑하는 내 딸이 나를 차갑고 무관심한 엄마로 여겨도 참아야 해. 넌 어떻게 생각하니?"

리바는 머뭇거리며 대답했다. "아…… 몹시 괴로우시겠어요."

"그래. 하지만 네가 도와줄 수 있어."

리바는 눈이 한층 더 커졌지만, 대꾸할 말은 떠오르지 않았다.

"네가 훌륭한 말벗이자 놀라운 기술을 가진 미용사라는 소문이 자자하더구나."

"고맙습니다, 부인."

"네 재주가 배은망덕한 제인을 탈바꿈시켰다고 다들 놀란단다. 솔직히 그애는 그렇게 예쁘지 않았는데, 네 덕분에 미인이 다 됐어."

"고맙습니다, 부인."

잠시 정적이 흘렀다.

"이제 내 부탁이 뭔지 말해주마. 내 부탁을 들어주면 너도 근사한 곳에서 살게 될 거야. 네가 내 딸의 미용사가 되도록 내가 손을 써놨단다."

리바는 살짝 놀랐다. "어머."

이디스 마테라치 여사가 빙그레 웃었다.

"멋지지 않니?"

"네, 부인. 멋져요."

"난 네가 잘해내리라 믿는다. 내가 부탁하는 건 두 가지뿐이란다. 그중 한 가지는 착하고 정직한 아가씨인 너한테는 쉽지 않을 거야." 그녀는 리바를 빤히 바라보았다. 리바는 이미 모든 것을 받아들일 준비가 되어 있었다. "네가 나를 통해서 왔다는 걸 그애한테 말하지 말아주렴." 그녀는 지극히 자연스러운 반발을 필사적으로 막으려는 듯 리바의 손을 꽉 쥐었다. "찝찝한 일이라는 건 나도 안다. 당연히 그렇겠지. 하지만 안 그러면 그애가 널 받아주지 않을 거야. 가끔은 좋은 일을 하기 위해 조금 나쁜 일을 해야 할 때도 있는 법이란다. 내가 바라는 건 네가 이따금 나를 찾아와서 그애가 어떻게 지내는지, 어떤 이야기를 하는지, 걱정거리는 없는지 알려주는 것뿐이야. 사랑하는 엄마한테 딸이 들려주는 소소한 이야기들 말이다. 그래줄 수 있겠니, 리바?"

물론 그래줄 수 있었다. 달리 어쩌겠는가? 이디스 마테라치 여사와 계약하게 된 리바가 설령 그녀를 완전히 믿지 못한다 해도 뭐가 달라지겠는가? 리바에게 선택의 여지는 없었으며, 두 사람 모두 그걸 알고 있었다.

*

거룩한 리디머 보스코는 자신의 발코니에 앉아서 밑을 내려다보고 있었다. 거대한 성소를 가득 채우고 행진하는 군대가 끝도 없었다. 병사들은 함성을 지르고, 노새들은 울어댔다. 말들이 씩씩거리며 흥분하자 말구종들이 욕을 퍼부었다. 어마어마한 전쟁 준비의 장관과 소음에 보스코 가슴 벅차게 기뻤다. 그가 평생 품어온 야망이 실현되기 시작한 것이다. 보스코는 수프를 한입 더 먹었다. 그가 좋아하는 수프였다. 재료는 닭발과 녹색 채소인데, 멤피스 사람들이 밑씻개라고 부르는 그 채소는 화장실에서는 잘 쓰이지만 음식으로는 인기가 없었다.

문에서 노크소리가 들렸다.

"들어와."

리디머 스테이프 로이였다.

"저를 보자고 하셨습니까, 각하."

"리디머 스무 명을 데리고 가서 아르벨 마테라치를 처치하게."

"하지만 각하, 그건 불가능합니다!" 스테이프 로이가 반발했다.

"그건 나도 잘 알고 있다. 가능한 일이면 자넬 보내지 않을 거야."

분노와 두려움에 휩싸인 스테이프 로이는 대체 무슨 소리냐고 따지고픈 충동을 가까스로 눌렀다.

"나한테 화났군, 리디머 스테이프 로이."

"저는 각하의 뜻에 따를 뿐입니다."

보스코가 자리에서 일어나더니 멤피스 요새의 지도가 놓여 있는 탁자 쪽으로 오라고 손짓했다.

"자네, 부레이스 포위 공격 때 참전했지?"

"네, 각하."

"함락하는 데 얼마나 걸렸나?"

"거의 삼 년 걸렸습니다."

보스코가 멤피스 요새 지도를 가리키며 물었다.

"베테랑으로서 볼 때, 멤피스를 괴멸시키는 데는 얼마나 걸릴 것 같나?"

"더 오래 걸릴 겁니다."

"얼마나 더 오래 걸리겠나?"

"훨씬 더 오래 걸릴 겁니다."

보스코는 스테이프 로이 쪽으로 돌아서서 그를 바라보았다.

"우리가 아무리 거대해도 무력으로 멤피스를 차지하려면 피해가 막심하겠지. 따라서 그런 일은 일어나지 않을 걸세. 우리가 아르벨 마테라치를 납치하려고 한 까닭에 대한 소문을 들은 적이 있나?"

리디머 스테이프 로이는 불안한 표정을 지었다.

"소문에 귀기울이는 것은 죄악이며, 소문을 퍼뜨리는 것은 훨씬 중한 죄악입니다, 각하."

보스코의 얼굴에 미소가 떠올랐다.

"물론 그렇지. 하지만 이번만은 내가 허락할 테니 말해보게. 소문을 퍼뜨린 죄는 이미 사해졌으니까."

"그 계집애가 실은 안타고니스트 추종자이고 그들의 말을 퍼뜨리는 마녀라는 소문이 대부분입니다. 난잡한 축제를 벌여 수천 명을 타락시켰고, 포로로 잡은 리디머들을 고문하고 강제로 참새우를 먹여 모독했다고 합니다."

보스코가 고개를 끄덕였다.

"그게 사실이라면 아주 가공할 만한 죄인이군."

"저는 소문을 전했을 뿐, 그걸 믿는다고 하지는 않았습니다."

보스코가 빙그레 웃었다. "그야 물론이지. 내가 그 계집애를 납치하라고 한 건 멤피스의 방벽 뒤에 숨은 마테라치 놈들을 밖으로 끌어내기 위해서야. 놈들의 제국에서는 누구나 그 계집애를 여왕으로 떠받들지. 워낙 젊고 아름다워서 하늘의 별처럼 숭배받고 있어. 어디서나 그 계집애를 칭송하기 바쁘고, 심지어 구더기가 끓는 가장 더러운 마구간에서조차 그런다네. 만인의 연인인 셈이지. 특히 그 계집애의 아버지가 그렇게 애지중지한다더군. 하지만 납치가 실패로 끝났다는 말을 듣고도 난 별로 실망하지 않았다네. 우리가 그토록 악랄한 짓을 저질렀다는 소문이 퍼지면 소기의 목적은 이루어진 셈이거든. 마테라치 놈들이 우리를 지구상에서 쓸어버리겠다고 길길이 날뛰며 멤피스 밖으로 뛰쳐나올 테니까." 보스코가 자리에 앉더니 눈앞에 있는 험상궂은 사내를 쳐다보았다. "하지만 물론 그런 일은 벌어지지 않았지. 아마 자네는 내가 틀렸다고 생각할 거야. 너무 예의 바르거나 두려워서 말하지 않을 뿐이지. 하지만 틀린 건 자네야, 리디머. 마테라치 원수도 나와 같은 생각이었다네. 사실 그는 딸을 사랑하는 아비이긴 하지만 감상적이진 않아. 그래서 납치 사건을 비밀에 부쳤지. 아마 앙갚음해야 한다는 사람들의 원성을 거부할 수 없다는 걸 알았기 때문일 거야. 그래서 내가 자넬 부른 거라네, 리디머. 자네가 그 암토끼인지 뭔지 하는 놈과 잘 알고 지내잖나. 그자가 사는 곳이……"

"키티 타운입니다, 각하."

"공격을 감행할 수 있게 도와달라고 그자를 설득해주게. 병사는 필요한 만큼 데려가. 삼십 명이나 오십 명 정도. 병사들에게는 리디머들 사이에 이미 널리 퍼진 소문이 사실이라고 말하게. 아르벨이 사악하고 부도덕한 배교자라는 소문 말이야. 그리고 그들이 싸우다 죽으면 순교자로 기록될 거라고 해. 자네가 고른 분대장들에게는 순교 증명서를 하나씩 주고 이번 일이 주님의 뜻을 받드는 것이라고 설명하게나. 운이 좋으면 그들 중 일부가 살아남아 마테라치의 고문을 못 이기고 사실대로 털어놓겠지. 이번에는 반드시 우리 행위가 만천하에 알려져야 해. 알아들었나?"

"네, 각하." 리디머 스테이프 로이가 창백한 얼굴로 대답했다.

"안색이 몹시 좋지 않군, 리디머. 자네까지 죽을 필요는 없네. 오히려 그 반대지. 가능하면 처벌 전과가 있는 병사들을 써먹도록 하게나. 그들을 기만해서 안됐지만, 이번 작전은 꼭 필요한 것이라네."

자신의 하찮은 목숨을 희생할 필요가 없다는 걸 알게 되자, 리디머 스테이프 로이의 뺨에 다시 핏기가 돌았다. "암토끼 키티는 자신이 어떤 일에 연루되는지 궁금해할 겁니다. 이렇게 미심쩍은 일에 엮여 이로울 게 없다고 생각하겠죠."

보스코는 그만 가보라고 손짓하며 말했다.

"원하는 건 뭐든 주겠다고 약속해. 멤피스 총독으로 앉혀줄 수도 있다고 말이야."

"그자는 바보가 아닙니다, 각하."

보스코는 한숨을 쉬고 잠시 생각에 잠겼다.

"스트라보의 욕망의 비너스 금상을 그자에게 갖다줘."

리디머 스테이프 로이는 놀란 표정을 지었다.

"그건 열 조각으로 부서져 델포이의 화산 속에 던져졌다고 들었는데요."

"소문일 뿐이야. 비록 불경스럽고 추잡한 물건이긴 하지만, 암토끼인지 뭔지 하는 작자의 귀를 막고 눈을 멀게 해서 판단력을 흐려놓기엔 충분한 걸세. 설령 그자가 바보가 아니라 해도 말이야."

26

그로부터 몇 주 동안 케일은 사랑하면서도 증오하는 사람 곁에서 스스로 삶을 불쾌하게 만드는 자기 파괴적인 쾌감을 만끽했다. 솔직히 말하면 그런 생활이 점점 지겨워졌지만 내색하지 않았다.

그는 아르벨 스완넥의 경호원이 되면 어떤 삶을 살게 될지 제대로 직시한 적이 없었다. 그녀에게 케일은 강렬한 욕망과 강렬한 분노를 동시에 느꼈다. 어느 누구도 화해시키기 어려운 두 감정이었다. 하물며 잔혹한 유년의 경험과 완벽한 순수가 기묘하게 뒤섞인 소년에게는 오죽하겠는가. 아르벨이 그에게 매력을 느낀다면 겁에 질린 듯이 움츠러들지 않고 말할 수도 있었겠지만, 케일 같은 소년에게서 무슨 매력을 찾겠는가? 그녀가 자신의 존재를 노골적으로 싫어하는 건 당연히 케일에게 엄청난 모욕이었고, 그럴 때마다 아르벨에게 한층 적대적으로 구는 것으로 응수할 뿐이었다.

리바는 자신이 모시는 아가씨와 케일 사이의 이 기묘한 분위기에 당혹스럽기 짝이 없었다. 리바는 야심 찬 아가씨였다. 자기가 모시는 사람이 아무리 훌륭한 귀부인이라 해도 하녀로 만족할 사람이 아니었다. 그리고 리바는 아르벨 스완넥이 좋았다. 아르벨은 친절하고 사려 깊었으며, 자기 하녀가 똑똑하다는 것을 안 뒤로는 아주 편하고 솔직하게 대해주었다. 하지만 리바는 숭배에 가까울 정도로 케일에게 헌신했다. 악몽을 꿀 때나 기억날 끔찍한 위기에서 자기를 구해주었기 때문이다. 그런 케일을 쌀쌀맞게 대하는 아르벨을 이해할 수 없었다. 그래서 자신이 모시는 아가씨의 잘못을 바로잡기로 마음먹었다.

그녀는 조금 괴상해 보일 수도 있는 방법을 썼다. 무언가에 발이 걸린 척하면서 일부러 뜨거운 차를 케일에게 쏟은 다음, 그가 정말로 화상을 입지는 않도록 잽싸게 찬물을 부었다. 하지만 그래도 꽤 뜨거웠다. 케일이 고통스럽게 비명을 지르더니 입고 있던 면 튜닉을 벗었다.

"어머, 미안해요, 미안해요." 리바는 일부러 근처에 놓아둔 찬물 컵을 집어들어 그것도 케일에게 쏟아부었다. "괜찮아요?"

"대체 왜 그래? 처음에는 뜨거운 물로 삶아 죽이려 하더니, 이젠 익사시킬 참이야?" 말은 그렇게 해도 성난 표정은 아니었다.

"어머, 정말 미안해요." 리바가 연신 사과하면서 케일에게 작은 수건을 건네고는 걱정스러운 표정으로 호들갑을 떨었다.

"괜찮아. 죽진 않을 테니까." 케일은 수건으로 몸을 닦고서 아르벨을 향해 고개를 끄덕였다. "옷을 갈아입어야겠습니다. 제가 돌아올 때까지 방을 나가지 마십시오." 그러고는 사라졌다. 리바는 자신의 계략이 먹혀들었는지 확인하려고 돌아섰다. 하지만 복잡한 계략은 복잡한 결과를 가져오기 마련이다. 아르벨은 채찍 자국과 흉터로 뒤덮인 케일의 등을 보고 연민을 느꼈다. 그녀는 자신이 케일에게 그런 감정을 느낄 줄은 상상도 못했다. 케일의 살갗에는 잔혹한 과거의 흔적이 남지 않은 곳이 거의 없었다.

"너 일부러 그랬구나."

"네." 리바가 대답했다.

"왜 그랬지?"

"케일이 겪은 고통을 아가씨한테 알려드리려고요. 그래야 앞으로는 그를 존중해주고, 불친절하게 대하지 않으실 테니까요."

"그게 무슨 뜻이지?" 아르벨이 깜짝 놀라며 물었다.

"솔직하게 말해도 될까요?"

"아니, 안 돼!"

"이왕 말이 나왔으니 계속할게요."

아르벨은 귀족들의 기준으로 보면 결코 거만한 편이 아니지만, 하녀는 고사하고 지금껏 어느 누구도, 아버지 말고는 어느 누구도 자신에게 이런 식으로 말한 적이 없었다. 그녀는 놀라 말문이 막혔다.

리바가 재빨리 말했다.

"아가씨와 저는 지금은 공통점이 별로 없을지 모르지만, 저도 한때는 거의 모든 것을 누리고 살았어요. 쾌락을 주고받는 인생을 살게 될 줄로만 알았죠. 하지만 그 모든 것이 한 시간 만에 끝나자, 삶이 얼마나 끔찍하고 잔인하고 거짓말 같은지 깨달았어요."

그녀는 눈이 휘둥그레진 아가씨에게 자신이 겪은 일을 낱낱이 이야기했다. 자기 친구의 비참한 운명, 그리고 죽음을 무릅쓰고 자신을 구해준 케일에 대해서.

"스캐블랜드를 가로지르는 동안 그는 항상 저를 구해준 일이 자기 인생에서 가장 멍청하고 미친 짓이었다고 말했어요."

"넌 그 말을 믿니?" 아르벨이 깜짝 놀라며 물었다. 리바가 웃음을 터뜨렸다.

"모르겠어요. 가끔은 진심인 것 같고, 가끔은 아닌 것 같거든요. 하지만 스캐블랜드에서 케일이 찾아낸 물웅덩이에서 몸을 씻을 때 그의 등을 봤어요. 그 삭막한 땅에서 오아시스를 어떻게 찾았나 몰라요. 그때 헨리가 제게 케일이 성소에서 겪은 일들을 말해줬어요. 어린아이일 때부터 리디머 보스코라는 자가 아주 사소한 일로도 그를 혼냈다고요. 늘 사사건건 걸고넘어졌는데, 사소한 일일수록 더 모질게 타박했다는 거예요. 기도할 때 두 엄지를 겹치거나, 숫자 9를 쓸 때 꼬리를 길게 그리지 않거나 하는 일로요. 보스코는 케일을 다른 아이들 앞으로 끌고 나와 무섭게 두들겨팼대요. 주먹으로 쳐서 바닥에 쓰러뜨리고 발길질을 해댔죠. 그러고는 킬러가 되도록 훈련시킨 거예요."

리바는 분노로 한껏 달아올랐다. 그 대상이 리디머들만은 아니었다. "케일은 목숨을 걸고 우릴 구해주었을 뿐 아니라 전에는 저를 돌봐줬고, 지금은 아가씨를 지켜주고 있어요. 제겐 그게 너무 놀라워 보여요."

그녀의 말투에 놀란 아르벨 스완넥은 믿기 어려울 정도로 훨씬 더 눈이 휘둥그레졌다.

"자, 아가씨. 이제 그 아름다운 코를 쳐들고 케일을 깔보는 짓은 그만두세요. 그리고 그에게 감사와 연민을 보여주세요. 케일은 그런 대접을 받아 마땅해요."

리바는 애초에 품었던 순수한 의도를 망각하고 자신의 분노와 아가씨의 괴로움을 즐기고 있었다. 하지만 결코 바보는 아니기에 여기서 그만해야 한다는 걸 깨달았다. 긴 침묵이 흐르는 동안 아르벨은 울지 않으려고 계속 눈을 깜빡거렸다. 그녀는 물기 어린 눈으로 방을 두리번거리다가 리바를 보고는 다시 방을 두리번거렸다. 마침내 그녀가 길게 한숨을 쉬고 말했다.

"몰랐어. 지금껏 난 아무것도 몰랐어."

그때 문에서 노크소리가 들리더니 케일이 들어왔다. 방안의 분위기가 완전히 바뀌었는데도 그는 자신이 떠난 뒤에 일어난 변화를 전혀 눈치채지 못했다. 그 변화는 리바가 예상한 것보다 컸으며, 심지어 그 변화를 느끼고 있는 아르벨이 생각하는 것보다도 컸다. 사랑받는 여인들 중에서도 가장 사랑받는 미녀인 아르벨 스완넥은 케일의 등에 난 끔찍한 흉터들을 보고 연민을 느꼈지만, 그와 동시에 조금 격이 떨어지는 감정도 느꼈다. 뜻밖에 강렬한 갈망이 밀려들었다. 허리까지 알몸을 드러낸 케일의 몸은 마테라치 자제들의 몸과 사뭇 대조적이었다. 그들은 강하고 민첩하지만 호리호리했다. 반면 케일은 어깨가 딱 벌어지고 허리가 비정상적으로 가늘었다. 그의 몸에서는 우아함이 전혀 느껴지지 않았다. 황소나 들소처럼 온통 근육질이고 억세 보였다. 아름답지 않았다. 이런 힘줄과 흉터 덩어리를 조각상으로 만들 사람은 없었다. 하지만 아르벨 마테라치는 케일의 몸을 보자마자 심장이 멎는 기분이었다. 그리고 그런 건 그녀만이 아니었다.

27

"글쎄올시다." 암토끼 키티가 웅얼거렸다. 손톱으로는 스트라보의 욕망의 비너스 금상이 놓인 나무 탁자를 두드리고 있었다. 그의 희미한 목소리를 듣고 있던 리디머 스테이프 로이는 상상조차 할 수 없는 끔찍한 무언가가 이제 곧 귀로 스멀스멀 기어들어올 것만 같은 기분에 사로잡혔다. "몹시 이상한 일이군." 암토끼 키티가 금상을 물끄러미 바라보며 중얼거렸다. 적어도 리디머 스테이프 로이는 그가 금상을 보고 있다고 생각했다. 여느 때와 다름없이 암토끼 키티의 얼굴은 잿빛 두건에 덮여 있었으며, 스테이프 로이는 그걸 아주 감사히 여겼다.

"우리를 도와주면 그 금상은 당신의 것입니다. 무슨 문제라도 있습니까?"

손톱으로 나무 긁는 소리가 희미하게 들렸다. 잠시 후 소리가 멈추자 스테이프 로이는 놀라서 움찔했다. 잿빛 천에 덮여 있던 암토끼 키티의 손이 금상 쪽으로 스르르 뻗어나왔다. 그런데 그것은 손이 아니었다. 회색 털이 살짝 뒤덮여 있는 개발을 생각해보라. 하지만 그것은 개발보다 훨씬 더 길고 손톱이 얼룩덜룩했다. 너무 기괴해서 어떤 말로도 설명하기 어려웠다. 그 손이 아기의 얼굴을 쓰다듬는 엄마처럼 잠깐 금상을 부드럽게 어루만지더니 이윽고 물러났다.

"아름답군요." 암토끼 키티가 웅얼거렸다. "하지만 이 금상은 열 조각으로 깨져 델포이의 화산 속으로 던져졌다고 들었는데."

"헛소문입니다."

암토끼 키티가 길게 한숨을 내쉬었다. 스테이프 로이의 얼굴에 그 숨결이 느껴졌다. 크고 사나운 개가 내뿜는, 뜨겁고 축축하고 역겨운 입김 같았다.

"성공하지 못할 거요." 암토끼 키티가 웅얼거렸다.

"그건 당신 생각이죠."

"명백한 사실이오." 암토끼 키티가 매섭게 쏘아붙였다.

"이건 우리 일입니다."

"당신네가 전쟁을 벌이려고 하니 내 일이기도 하지."

한동안 정적이 흘렀다.

"물론 나는 전쟁에 반대하지 않소." 암토끼 키티가 말을 이었다. "과거에 전쟁이 날 때마다 짭짤한 재미를 봤거든. 전쟁이 얼마나 수지맞는 사업인지 알면 놀랄 거요, 리디머. 아무리 하찮은 전쟁이라도 저질 식량과 음료, 그릇과 냄비 따위를 공급하면 큰돈을 벌 수 있지. 만약 당신네가 승리하게 되면 내 재산에 조금도 손실이 없을 거라고 서면으로 보증해주시오. 그리고 내가 어디를 가든 호위해줄 것도."

"좋습니다."

둘 다 서로를 믿지 않았다. 암토끼 키티가 전쟁을 돈벌이로 여기는 건 틀림없었지만, 그의 꿍꿍이속은 그보다 더 깊었다.

암토끼 키티가 다시 뜨겁고 축축한 숨을 내쉬었다. "시간이 좀 걸리겠지만, 삼 주 안에는 계획이 마련될 거요."

"너무 오래 걸리는군요."

"그렇게 생각할 수도 있지. 하지만 그 정도 시간은 필요하오. 잘 가시오."

잠시 후 경비병을 따라 암토끼 키티의 사실私室에서 나온 리디머 스테이프 로이는 안뜰을 지나 마을로 나왔다. 끽해야 열여섯 살쯤으로 보이는 젊은이 두 명이 교수대에 매달리는 모습을 구경하려고 사람들이 모여 있었다. 겁에 질린 사형수들의 목에는 '강간범'이라고 적힌 띠가 걸려 있었다.

"강간범이 뭐요?" 순수함과 악랄함이 평화롭게 공존하는 표정으로 리디머 스테이프 로이가 경비병에게 물었다.

"화대 안 내고 달아난 놈." 경비병이 대답했다.

케일은 생각에 잠긴 채 요즘 경비가 삼엄해진 아르벨 스완넥의 처소로 가고 있었다. 그녀에 대한 의심과 분노는 여전히 깊었지만, 태도가 누그러진 건 케일도 느끼기 시작했다. 아르벨은 더이상 그를 노려보지 않았고, 그가 옆에 왔을 때 움찔하지도 않았다. 이따금 케일은 그녀의 달라진 눈빛에 어떤 의미가 있는 건 아닐까 궁금했다(물론 그 속에 담긴 연민과 욕망은 알아차리지 못했지만). 하지만 금세 말도 안 되는 생각으로 치부해버렸다. 그럼에도 무언가 이상한 일이 벌어지고 있는 건 틀림없었다. 그런 생각에 정신이 팔린 케일은 열 살쯤 되는 소년들이 운동장 가장자리에서 험악한 표정으로 서로에게 돌을 던지고 있는 것을 알아차리지 못했다. 잠시 후 가까이 가보니 그중 한 아이가 다른 아이들보다 훨씬 나이들어 보였다. 열네 살 정도인 그 소년은 또래 마테라치 자제들이 대개 그렇듯 키가 크고 호리호리하며 잘생긴 얼굴이었다. 이상한 점은 어린 소년들이 서로 돌을 던지는 게 아니라 나이 많은 그 소년에게 돌을 던지면서 욕을 퍼붓고 있다는 것이었다. "팔푼이! 반편이! 침흘리개 천치! 주둥이 처진 똥 덩어리!" 그러고는 또 돌팔매였다. 소년은 덩치가 훨씬 큰데도 돌이 날아올 때마다 겁에 질리고 당황해서 등을 돌리기만 했다. 그러다 이마에 돌멩이를 맞고는 털썩 엉덩방아를 찧었다. 어린 소년들이 달려와 쓰러진 소년에게 발길질하려 하자, 때마침 도착한 케일이 한 녀석의 귀를 잡아 비틀고 또 한 놈을 넘어뜨려 살짝 걷어찼다. 어린 깡패들은 순식간에 달아나면서 고래고래 욕을 해댔다.

"어이, 꼬마 악당들!" 케일은 꼬마들을 향해 소리쳤다. "다음에 또 내 눈에 띄면 네놈들 거시기를 걷어찰 테니 각오해!"

케일이 쓰러진 소년 위로 몸을 숙이고 말했다.

"괜찮아. 다 갔어." 소년은 한 손으로 얼굴을 가리고 공처럼 몸을 오그린 채 울기만 할 뿐 반응이 없었다. 훌쩍임이 그치지 않았다. "난 널 해치지 않아. 녀석들은 갔어." 여전히 반응이 없었다. 조금 짜증이 난 케일이 소년의 어깨에 손을 댔다. 그때 갑자기 소년이 벌떡 일어나면서 주먹을 날렸다. 속도가 워낙 빨라 케일은 미처 피할 새도 없이 이마를 맞았다. 놀란 케일이 고통스럽게 비명을 지르며 뒤로 펄쩍 뛰자, 소년도 몹시 놀란 얼굴로 케일을 바라보며 뒤로 기어가 벽에 기댔다. 그러고는 겁에 질린 채 두리번거리며 자신을 괴롭히던 녀석들이 어디 있는지 살폈다.

"젠장!" 케일이 소리쳤다. "젠장! 젠장! 젠장!" 소년의 주먹은 무쇠 같았다. 마치 망치로 얻어맞은 기분이었다. 그는 눈이 휘둥그레진 소년에게 소리쳤다. "이 미친놈 같으니. 이게 무슨 짓이야? 난 널 도와주려고 했어. 하마터면 머리통이 날아갈 뻔했잖아."

소년은 한동안 케일을 물끄러미 쳐다보다가 마침내 입을 열었다. 하지만 말 대신 웅얼대는 소리만 나왔다.

절름발이나 장님에게 익숙하지 않은 케일은—성소에서 그런 아이들은 오래 살지 못했다—한참 후에야 소년이 벙어리라는 걸 알아차렸다. 케일이 손을 내밀었다. 소년이 느릿느릿 손을 잡자 케일이 끌어당겨 일으키고 말했다. "날 따라와." 소년은 케일을 멍하니 바라보았다. 벙어리에 귀머거리였다. 케일이 따라오라고 손짓하자, 소년은 아픔과 창피함에 울먹이며 천천히 따라갔다.

십 분 뒤, 아르벨 스완넥의 처소에 마련된 임시 경비 본부에서 케일이 소년을 닦아주고 있는데 아르벨이 리바를 대동하고 들이닥쳤다. 그녀는 케일 앞에 앉아 피 흘리고 있는 소년을 보고 기겁했다. "얘한테 무슨 짓을 한 거야?"

"미쳤어? 지금 무슨 소릴 하는 거야?" 케일도 맞고함을 쳤다. "이 녀석이 꼬마 깡패들한테 두들겨맞고 있길래 내가 놈들을 쫓아버렸단 말이야."

아르벨은 지난 며칠 좋아졌던 관계를 다시 악화시킨 걸 후회하며 케일을 물끄러미 보았다.

“미안. 미안해.” 후회가 가득한 그녀의 안쓰러운 말을 듣고 케일은 강렬한 쾌감을 느꼈다. 이번만은 그녀 옆에서 주눅들지 않았다. 사과를 거부하고 싶은 마음이 굴뚝같았지만 참았다. “정말 미안해.” 아르벨이 다시 중얼거렸다. 그러고는 근심과 걱정이 가득한 표정으로 소년에게 다가가 입을 맞췄다. 케일은 그녀가 누군가에게 이런 애정 표현을 하는 것을 본 적이 없었다. 그는 놀란 표정으로 계속 바라보았다. 소년은 곧 진정되기 시작했다. 아르벨 스완넥이 소년의 머리를 쓰다듬으며 케일을 바라보았다.

“이 아인 내 동생 사이먼이야. 사람들은 대부분 얘를 반편이 사이먼이라고 불러. 물론 내 앞에서는 절대 그러지 않지만. 얘는 귀머거리에 벙어리야. 대체 무슨 일이 있었던 거야?”

“사이먼이 운동장에 있었어. 어린애 몇 놈이 돌을 던지는 중이었고.”

“나쁜 놈들!” 아르벨이 동생 쪽으로 돌아섰다. “그 녀석들은 얘가 일러바치지 못할 걸 알고 멋대로 못된 짓을 해.”

“보호해주는 사람이 없어?”

“있지. 하지만 얘는 누가 간섭하는 걸 싫어해. 남들과 같아지고 싶어서 늘 운동장으로 몰래 빠져나가. 하지만 다른 애들은 얘가 너무 느리다고 싫어하고 무서워해. 얘한테 악귀가 씌었다고 수군거려.”

기분이 좋아진 사이먼이 케일을 손가락으로 가리키고 웅얼대면서, 애들이 돌을 던지고 케일이 구해주는 시늉을 했다.

“얘가 너한테 고맙대.”

“그걸 네가 어떻게 알아?” 케일이 퉁명스럽게 대꾸했다.

"글쎄, 그건 나도 잘 몰라. 하지만 사이먼은 좀 모자라긴 해도 마음씨는 착한 애야." 아르벨이 사이먼의 손을 잡고 손가락들을 펴더니, 악수하라고 그 손을 케일에게 내밀었다. 무얼 하라는 건지 알아차린 사이먼은 아주 힘차게 손을 흔들어댔다. 한참 그러고 나서야 케일이 가까스로 악수를 멈추게 했다. 그사이 케일이 사이먼의 상처에 임시로 대놓은 붕대에 계속 피가 스몄다. 케일은 소년에게 앉으라고 손짓한 다음, 아르벨이 걱정스럽게 지켜보는 가운데 붕대를 떼어냈다. 살갗이 거의 2인치가량 흉측하게 찢어져 있었다.

"그 어린 개자식들 때문에 하마터면 눈알이 빠질 뻔했어. 꿰매야겠는걸."

아르벨 스완넥이 놀란 얼굴로 케일을 바라보았다. "그게 무슨 소리야?"

"꿰매야 한다고. 셔츠나 양말을 수선하는 것처럼." 케일은 자기가 한 말에 웃으며 덧붙였다. "물론 넌 그럴 일 없겠지만."

"의사를 불러올게."

케일이 콧방귀를 뀌며 비웃었다. "지난번 나를 치료하던 마테라치 의사는 하마터면 날 죽일 뻔했어. 문제는 큰 흉터만이 아니야. 이렇게 비뚤비뚤 찢어진 상처는 좀처럼 아물지 않아. 십중팔구 염증이 생길 테고, 그러면 어떻게 될지 알 수 없어. 서너 바늘만 꿰매면 되니까 티도 거의 안 날 거야."

아르벨 스완넥은 몹시 당황한 얼굴로 케일을 바라보았다.

"우선 의사한테 보이자. 제발 그렇게 해줘."

케일이 어깨를 으쓱했다. "좋을 대로 해."

한 시간 뒤에 불려온 의사 두 명은 서로 요란하게 언쟁만 벌이다가 지혈에 실패했다. 오히려 쓸데없이 누르고 밀고 하다가 상처만 더 덧나게 했다. 사이먼은 너무 아프고 당황스럽기도 해서 의사를 가까이 오지도 못하게 했다. 그러는 동안 머리의 상처에서는 계속 피가 울컥울컥 흘러나왔다.

몇 분 후 케일이 밖으로 나갔다가 삼십 분 뒤에 돌아왔다. 한쪽 구석에 서 있는 사이먼은 아무도 자기를 건드리지 못하게 했다. 심지어 누나가 만지는 것도 거부했다.

케일은 난감해하는 아르벨을 한쪽으로 데려갔다. "방금 시장에 가서 지혈에 쓸 톱풀을 좀 사왔어." 그는 실랑이가 벌어지고 있는 방구석을 턱으로 가리켰다. "저래서는 소용없어. 너희 아버지한테 판단해달라고 하면 안 돼?"

아르벨 스완넥이 한숨을 쉬었다.

"우리 아버진 사이먼에게 눈곱만큼도 관심이 없어. 네가 이해할지는 모르겠지만, 집안에 저런 애가 있는 건 끔찍한 수치거든. 사이먼에 관한 일은 내가 결정할 수 있어."

"그럼 결정해."

잠시 후 의사들이 물러가고 방안에 케일과 아르벨만 남았다. 사이먼은 소리 지르기를 그쳤지만, 여전히 방구석에 앉아 의심 어린 눈으로 두 사람을 노려보았다. 케일은 사이먼에게 잘 보이도록 톱풀 가루가 담긴 종이를 펴서 자기 손바닥에 가루를 조금 부었다. 그러고는 손가락으로 가루를 가리키고 사이먼의 상처를 가리킨 다음, 자기 이마를 가리켰다. 그리고 잠시 가만있다가 톱풀 가루를 들고 있는 손을 펼쳐 보여주면서 조심조심 사이먼에게 다가가 허리를 굽혔다. 케일을 쳐다보는 사이먼의 눈빛이 의심에서 경계로 바뀌었다. 케일이 톱풀 가루를 조금 집어들고 천천히 사이먼의 이마로 가져갔다. 그러고는 자기 머리를 뒤로 젖히면서 사이먼에게 따라 하라고 손짓했다.

소년이 몹시 불안한 표정으로 살살 고개를 젖히자, 케일은 여전히 피가 나는 상처에 가루를 뿌렸다. 그렇게 여섯 번을 반복했다. 이윽고 케일이 뒤로 물러나자 사이먼은 긴장을 풀었다.

피는 십 분 만에 멎었다. 한결 차분해진 사이먼은 케일이 다시 다가와도 가만히 있었다. 케일은 상처에서 톱풀 가루를 닦아냈다. 꽤 아플 텐데도 사이먼은 케일이 신중하게 닦는 동안 잘 참았다. 아르벨 스완넥은 곁에서 줄곧 지켜보았다. 일을 마친 케일은 사이먼을 살살 달래서 다시 방 한가운데로 데려와 탁자에 앉혔다. 그러고는 사이먼이 여전히 의심 어린 눈으로 지켜보는 가운데, 안주머니에서 비단으로 싼 작은 물건을 꺼내 탁자 위에 펼쳤다. 비단 안에는 바늘이 여러 개 들어 있었는데, 그중 일부는 짧은 명주실이 이미 바늘귀에 꿰여 있는 구부러진 바늘이었다. 케일이 실이 꿰여 있는 바늘 하나를 집어들고 보여주자, 사이먼은 다시 경계의 눈빛을 띠었다. 케일은 다양한 몸짓으로 자신이 무얼 하려는지 보여주었지만, 사이먼의 얼굴에 서린 경계심은 깊어지기만 했다. 케일이 상처를 꿰매려고 바늘을 들이댈 때마다, 상황을 이해하지 못한 사이먼은 겁에 질려 고래고래 비명을 질렀다.

"자기 몸에 손대지 못하게 할 거야. 다른 방법을 써봐." 아르벨이 걱정스럽게 말했다.

케일은 점점 짜증이 나고 화가 치밀었다.

"저 상처는 너무 깊어. 아까 말했다시피 염증이 생길 거야. 그 지경이 되면 절로 비명이 나올걸. 아니면 영영 입을 다물게 되거나."

"저애 잘못이 아냐. 이해를 못할 뿐이지."

반박할 수 없었다. 결국 케일은 뒤로 물러나 한숨을 쉬었다. 그러고는 한 걸음 더 물러나 안주머니에서 작은 칼을 꺼내더니, 사이먼이나 아르벨 스완넥이 미처 반응하기도 전에 왼손을 펴고 엄지 밑의 통통한 살을 깊숙이 베었다.

처음으로 꽤 오랫동안 정적이 흘렀다. 방금 본 광경 때문에 충격과 두려움에 휩싸인 사이먼과 그의 누나는 멍하니 바라보고만 있었다. 케일은 칼을 치우고 탁자에서 붕대를 꺼내더니 피가 솟구치는 상처에 대고 꾹 눌렀다. 그로부터 오 분 동안 케일은 아무 말도 하지 않았고, 나머지 두 명은 그저 멍하니 바라보았다. 이윽고 케일이 붕대를 떼자, 상처에서 쏟아져나오던 피가 멎은 것이 보였다. 천천히 탁자로 다가간 그는 실이 꿰여 있는 바늘을 집어들고 마치 마술 공연이라도 하듯이 사이먼에게 보여주었다. 이어서 조심스럽게 바늘을 상처 옆에 대고 베인 자리의 한쪽에서 반대쪽으로 밀어넣기 시작했다. 그러고는 실을 팽팽히 당기면서 마치 양말을 꿰매듯이 열중하는 표정을 지었다. 잠시 후 실을 매듭지어 끊은 다음, 꾸러미에서 실이 꿰여 있는 다른 바늘을 집어 상처가 단단히 닫힐 때까지 같은 동작을 세 번 더 되풀이했다. 그러고는 다 꿰맨 상처를 사이먼의 얼굴에 들이대고 자세히 보게 해주었다. 사이먼이 상처를 다 보자, 케일이 그의 눈을 들여다보면서 고개를 끄덕이고 기다렸다. 불안으로 창백해진 사이먼이 숨을 깊이 들이마시고는 고개를 끄덕였다. 그러자 케일은 꾸러미에서 새로 꺼낸 바늘을 소년의 상처에 대고 밀어넣었다(두 소년은 같은 나이였지만, 케일은 사이먼을 아이로 여겼다).

겨우 다섯 바늘 꿰매는 동안 사이먼은 엄청나게 울부짖고 비명을 질러댔다. 그럴 만도 했다. 일이 끝나자 케일이 빙그레 웃으며 고개를 끄덕였다. 끔찍한 고통을 견뎌낸 사이먼은 멜크샴 우유처럼 낯빛이 하얘졌다. 케일이 아르벨 스완넥을 돌아보고 말했다. 그녀도 동생 못지않게 창백해져서 떨고 있었다.

"잘 꿰매졌어." 케일이 아르벨에게 말했다. "네 동생은 사람들이 생각하는 것처럼 한심하지 않아."

케일이 선보인 이 의도적인 쇼는 그가 기대한 효과를 얻고 있었다. 눈앞에 있는 비범한 존재를 바라보는 아르벨 마테라치는 당혹감과 충격, 두려움과 놀라움에 사로잡혔다. 그리고 거의 반쯤 사랑에 빠졌다.

인색한 기질로 악명 높은 겔프 부족의 속담 중에 이런 말이 있다. '좋은 일을 하면 반드시 벌을 받는다.' 머지않아 케일은 이 서글픈 격언이 이따금 사실이라는 것을 깨닫게 되었다. 불행히도 그는 못된 꼬맹이들의 유치하고 잔인한 행동을 단속하는 훈련은 받은 적이 없었다. 그는 살인하는 훈련만 받았다. 그래서 적당한 폭력은 너무나 낯선 개념이었다. 케일이 사이먼을 괴롭힌 꼬마들 중 한 놈에게 가한 발길질은 안타깝게도 본래 의도보다 너무 강했고, 상대는 갈비뼈가 두 개나 부러졌다. 더구나 공교롭게도 그 소년의 아버지는 바로 솔로몬 솔로몬이었다. 수제자 다섯 명이 케일에게 두들겨맞은 전력 때문에 이미 앙심을 품고 있던 그는 아들이 다친 것을 보고 화가 나서 실성할 지경이었다. 흉악한 악당들이 대개 그렇듯 솔로몬 솔로몬은 다정하고 너그러운 아버지였다. 그러나 점점 더 이글거리는 분노를 참아야 했다. 망나니 아들놈이 마테라치 원수의 아들을 괴롭히다가 다친 터라 그걸 빌미로 케일에게 결투를 청할 수는 없었다. 총독이 팔푼이를 후계자로 둔 것을 창피하고 분하게 여기는 건 사실이었지만, 가문의 명예가 공격당한 걸 알면 진노할 것이 뻔했다. 그렇게 되면 제아무리 중요하고 무술 실력이 뛰어난 솔로몬 솔로몬일지라도 중동으로 가는 배에 실려 어느 문둥이 마을로 쫓겨나 시체 묻는 일이나 감독하게 될지 몰랐다. 이미 케일에 대한 증오가 끓어오르던 그에게 이번 일은 살인 욕구마저 불러일으켰다. 물론 기회를 기다리는 수밖에 없었다. 그리고 그 기회가 찾아올 날은 그리 멀지 않았다.

총독과 아르벨이 없는 곳에서는 반편이라고 불리는 사이먼은 그날 이후로 거의 온종일 케일과 클라이스트, 베이그 헨리 곁에서 지냈다. 말도 못하고 듣지도 못하는 녀석이 따라다니면 짜증이 날 법도 한데, 놀랍게도 세 소년은 사이먼을 성가셔하지 않았다. 자신들과 마찬가지로 사이먼도 홀대받는 아웃사이더 신세이기 때문이었다. 하지만 그들에게는 천국처럼 여겨지는 것들—돈, 지위, 권력—을 모두 가질 수 있는 집안에 태어나고도 그것들을 차지할 수 없는 신세인 사이먼이 딱하기도 했다. 게다가 소년이 성가시게 구는 것은 용납되지 않았다. 사이먼의 행동이 괴팍하고 정서가 불안한 것은 사실이지만, 그건 지금까지 어느 누구도 세 소년이 생각하는 예의 바른 행동이라는 것을 사이먼에게 가르치려 노력하지 않았기 때문이었다. 세 소년이 택한 방법은 사이먼이 귀찮게 할 때마다 소리를 지르고 엉덩이를 잽싸게 걷어차는 것이었다. 사이먼이 귀가 안 들리니 전자는 소용이 없었지만 후자는 효과가 있었다. 하지만 그들이 금세 깨달은 가장 효과적인 방법은 사이먼이 아무도 알아들을 수 없는 소리로 웅얼거리거나 괴팍한 짓을 할 때 철저히 외면하는 것이었다. 사이먼은 그걸 가장 싫어했으며, 오래지 않아 리디머 애콜라이트의 기본적인 사교 기술을 터득하게 되었다. 물론 멤피스의 사교 모임에서 대단한 도움을 주진 못할 것이었지만, 지금껏 사이먼에게 사람 대하는 요령을 가르쳐준 사람은 이 소년들이 처음이었다.

아르벨은 케일에게 멤피스에서 가장 뛰어난 선생들이 사이먼을 가르쳐봤지만 죄다 허사였다고 말했다. 하지만 세 소년에게는 그런 선생들에게도 없는 비장의 무기가 있었다. 리디머들은 말하기가 금지된 며칠 또는 몇 주 동안 사용할 간단한 수화를 개발했다. 말하기가 자주 금지되는 애콜라이트들은 그 수화를 한층 발전시켰다. 사이먼이 몇 마디라도 하게 하려고 노력했다가 결국 실패한 케일은 그 수화를 가르쳤고, 사이먼은 몇 가지 단어를 금세 터득했다. 물, 돌, 사람, 새, 하늘 등등. 수화 공부를 시작한 지 사흘이 지났을 때, 케일과 함께 정원을 거닐던 사이먼이 커다란 연못에 떠 있는 오리 한 쌍을 보고는 케일의 소매를 당기면서 수화로 '물새'라고 말했다. 그때부터 케일은 어쩌면 사이먼이 아주 바보는 아닐지도 모른다고 생각했다. 그로부터 일주일 동안 사이먼은 바싹 마른 스펀지가 물을 빨아들이듯 리디머들의 수화를 흡수했다. 알고 보니 그는 반편이이기는커녕 아주 영리한 소년이었다.

네 소년이 경비 본부에 앉아 저녁을 먹는 동안 케일이 말했다.

"사이먼에게 필요한 단어들을 수화로 더 만들어줄 사람이 필요해."

"그 수화가 무슨 뜻인지 다른 사람이 모른다면 소용없잖아? 그게 얘한테 무슨 도움이 되겠어?" 클라이스트가 물었다.

"사이먼은 보통 사람이 아니라 총독의 아들이야. 사이먼의 수화를 읽고 큰 소리로 전달해줄 사람을 고용하자고 하면 기꺼이 돈을 지불할 거야."

"스완넥이 내주겠지." 베이그 헨리가 한마디했다.

하지만 그건 케일의 계획에 없었다. "아직은 아냐." 케일이 사이먼을 바라보며 말을 이었다. "난 사이먼이 스완넥을 제외한 모든 사람과 아버지한테 복수해야 한다고 생각해. 큰일을 해내서 그들에게 본때를 보여줘야 한다고. 사이먼한테 필요한 사람은 내가 찾아서 데려오겠어."

물론 그것도 케일이 품은 생각의 일부였지만 진짜 이유는 아니었다. 케일은 최근 자신에 대한 아르벨 스완넥의 태도가 변한 걸 잘 알고 있었지만 얼마나 변했는지는 몰랐다. 아름답고 인기 많고 젊은 여인이 여전히 자신이 두려워하는 남자에 대해 느끼는 감정. 케일은 그런 것에 전혀 익숙하지 않았다(그럴 수밖에 없지 않은가?). 그는 아르벨을 감동시킬 극적인 일이 필요하다고 느꼈으며, 그것이 충격적일수록 좋다고 생각했다.

그리하여 이튿날 케일은 이 문제에 대한 조언자인 이드리스푸케와 함께 흔히 대학이라고 불리는 기관인 학술원의 원장실로 찾아갔다. 그곳은 제국의 통치와 행정에 필요한 관료들을 양성하는 곳이었다. 물론 가장 중요한 요직들은 마테라치 자제들의 몫이었다. 각 지방의 지사 자리뿐 아니라 힘과 영향력을 행사하는 모든 직책이 그들 차지였다. 광활한 영토를 효과적으로 관리하는 데 필요한 두뇌와 센스가 있는 자가 태부족이었지만 물론 공식적으로는 그 사실을 인정하지 않았다. 그런 이유로 설립된 이 대학은 제국의 운영이 무능과 혼란에 빠지지 않도록 엄격한 규율과 성적에 따라 운영되었다. 마테라치 가문의 바보 아들이나 망나니 조카가 식민지 지사로 발령받으면, 그들이 끼칠 피해를 최소화하기 위해 상당수의 대학 졸업자들이 따라갔다. 사실 상인들의 영리하고 야심찬 아들들에게(머리 좋은 가난뱅이는 제외됐다) 야망을 펼칠 기회와 멤피스에서의 미래를 보장해주는 것은 순전히 귀족의 이익을 위해서였다. 즉, 그들을 관료로 양성함으로써 지금껏 수많은 귀족 사회를 붕괴시킨 반체제 음모 따위에 가담하지 못하게 하려는 것이었다.

학술원장은 의심의 눈으로 이드리스푸케를 노려보았다. 그의 평판이 워낙 오르락내리락했기 때문이었다. 그 옆의 험상궂게 생긴 어린 악당을 보자 원장의 의심은 더욱 깊어졌다. 한층 악명 높고 수상한 소년이었기 때문이다.

"제가 뭘 도와드리면 될까요?" 도울 마음이라고는 전혀 없는 말투였다.

이드리스푸케가 안주머니에서 편지 한 통을 꺼내 원장 앞 탁자에 내려놓았다. "비폰드 총리님이 원장님께 우리를 성심껏 도와달라고 요청했습니다."

원장은 의심 어린 눈으로 편지를 노려보았다. 마치 위조문서일 거라고 믿는 것 같았다.

"총독 집안의 귀한 자제를 보필할 최고의 학자가 필요합니다."

쓸모 있는 일일지도 모른다고 생각하는지 원장의 표정이 밝아졌다.

"알겠습니다. 하지만 그런 자리는 대개 마테라치 가문의 자제분들에게 돌아가지 않습니까?"

이드리스푸케는 불문율처럼 철저히 지켜지는 그 전통이 전혀 중요하지 않다는 듯 태연히 대답했다. "대개는 그렇죠. 하지만 이번 경우에는 머리가 좋고 재능이 뛰어난 보필자가 필요합니다. 언어적 재능이 있어야 해요. 스스로 생각할 줄 아는 융통성이 있는 자. 그런 사람이 있습니까?"

"많지요."

"그럼 그중 가장 뛰어난 자를 보내주시오."

그리하여 두 시간 뒤, 믿기 어려운 행운에 어리둥절해진 조너선 쿨하우스는 황급히 성채를 가로질러 궁전으로 향했다. 그는 마테라치 자제의 보필자에게 걸맞은 존대를 받으며 아르벨 스완넥의 처소로 갔고, 곧 경비 본부로 안내받았다.

만약 조너선 쿨하우스가 저 위대한 보이드 장군의 금언인 '좋은 소식도 나쁜 소식도 시간이 지나면 변하기 마련이다'라는 말을 들어본 적이 있다면, 이번에 그 말의 참뜻을 알게 됐을 터였다. 그가 기대한 것은 웅장한 저택과 호화로운 응접실, 화려하게 차려입은 사람들이었다. 그런 것이 자신의 재능에 어울린다고 생각했다. 하지만 그가 도착한 곳은 수많은 침대와 섬뜩한 무기가 벽을 따라 늘어선 경비 본부였다. 무언가 잘못된 것이 틀림없었다. 삼십 분 뒤, 케일이 사이먼 마테라치와 함께 들어왔다. 케일이 자기소개를 하는 동안 사이먼은 당황한 학자를 보면서 웅얼거렸다. 이윽고 조너선은 앞으로 자신이 할 일에 대해 들었다. 그는 자신의 능력을 발휘해 사이먼에게 맞는 수화를 개발하고, 사이먼이 어딜 가든 항상 따라다니면서 통역해줘야 했다. 가엾은 조너선. 그의 참담한 실망감을 상상해보라. 멤피스 사회의 정점에서 살게 될 눈부신 미래를 기대했는데, 실상은 마을 바보나 다름없는 마테라치 가문 벙어리의 대변인 노릇을 하게 생긴 것이었다.

케일의 하인이 보여준 그의 방도 대학에서 사용하던 방보다 별로 나을 게 없었다. 곧이어 하인을 따라 들어간 사이먼의 방에서 그는 자신을 기다리고 있던 베이그 헨리에게 리디머 수화의 기본 신호를 배웠다. 낙담한 쿨하우스는 그나마 이것 덕분에 실망감을 잊을 수 있었다. 언어적 재능을 타고났다는 명성에 걸맞게 그는 이 수화가 별것 아니라는 사실을 금세 알아차리고 두 시간 만에 모든 신호를 받아적었다. 서서히 흥미가 생기기 시작했다. 새로운 언어를 배우는 것보다 만들어내는 것이 더 재미있을 듯싶었다. 좋은 소식도 나쁜 소식도 시간이 지나면 변하기 마련이다. 어쨌거나 이 일을 하는 수밖에 없었다. 상대가 반편이라는 사실이 영 못마땅하긴 했지만.

그로부터 며칠이 지나자 쿨하우스의 생각은 바뀌기 시작했다. 평생 거의 자기 방식대로만 살아온 사이먼은 교육이나 규율의 통제를 받아본 적이 없었다. 한마디로 제멋대로였다. 쿨하우스가 그런 사이먼을 가르칠 수 있었던 건 두 가지 덕분이었다. 바로 케일에 대한 사이먼의 두려움과 숭배였다. 그리고 사이먼에게는 남들과 소통하는 요령을 배우고 싶다는 절박한 바람이 있었다. 리디머들의 단순한 수화로는 의사소통이 제한적이었지만, 그 정도만으로도 그에게는 놀라운 기쁨이었다. 그 두 가지가 결합된 사이먼은 첫인상과 달리 매우 적극적이어서 진도가 빨랐다. 하지만 이따금 선생이 시키는 것을 이해하지 못하고 하루에 두세 번씩 성질을 부려 수업이 중단되곤 했다. 참다못한 쿨하우스가 결국 사람을 보내 케일을 불러왔고, 케일이 얌전히 배우지 않으면 흠씬 때려주겠다고 을러대자 사이먼은 잠잠해졌다. 상처를 꿰맨 후로 케일을 만능으로 여기게 된 사이먼은 그가 시키는 대로 했다. 케일이 자신의 권한을 쿨하우스에게 넘겨주는 시늉을 하면서 다시 말썽을 피우면 마음대로 벌주라고 하자 그걸로 소동은 끝났다. 쿨하우스는 수화 가르치기에 전념했고, 어떻게든 케일을 기쁘게 해주고 싶은 사이먼은 배우기에 열중했다. 쿨하우스가 하는 일은 아무한테도 알리면 안 되기 때문에 남들에게는 사이먼의 임시 경호원이라고 둘러댔다.

아르벨 스완넥은 케일이 사이먼에 대해 어떤 야심을 품고 있는지 몰랐다. 하지만 자기 동생을 위해 애쓴다는 건 잘 알고 있었다. 성소에는 놀이가 없었다. 노는 것은 죄악이었다. 놀이와 비슷한 훈련이 하나 있긴 한데, 두 편으로 나뉘어 줄 하나를 사이에 두고 그 줄을 넘지 않으면서 끈이 달린 작은 가죽 자루를 던져 상대편을 맞히는 것이었다. 해롭지 않은 놀이처럼 보이지만, 실은 가죽 자루 속엔 커다란 돌멩이들이 채워져 있었다. 심각한 부상은 예삿일이었고, 흔치는 않지만 사망자도 나왔다. 멤피스에서 편하게 살다보니 셋 다 나약해졌다고 판단한 케일은 돌 대신 모래를 넣은 자루로 그 놀이를 다시 시작했다. 처음에는 여전히 훈련으로만 생각했는데, 끊임없이 상대에게 중상을 입혀야 한다는 압박감이 없으니 재미있고 웃음이 터져나왔다. 선수 한 명이 모자라 그들은 사이먼을 끼워주었다. 사이먼은 여느 마테라치 자제들처럼 날렵하지 못하고 서툴렀지만 그 놀이를 무척 좋아했다. 기운이 넘치고 너무 열심히 해서 툭하면 다치기 일쑤였지만 전혀 개의치 않는 눈치였다. 소년들이 서로의 실수를 놀리고 장난치면서 어찌나 크게 웃고 떠들던지, 그 소리가 아르벨의 귀에도 들렸다. 이따금 그녀는 창가에 서서 저 아래 정원에서 난생처음 남들과 어울려 놀며 웃는 동생의 모습을 말없이 지켜보았다.

이 역시 그녀의 가슴속 깊이 아로새겨졌다. 물론 케일의 기묘한 힘과 기운, 그가 달리고 던지고 쫓고 웃을 때 보이는 땀과 근육도.

케일이 밖에 나간 지 한 시간 정도 되었을 때, 아르벨은 리바에게 그를 안으로 불러오라고 했다. 그녀가 침실에서 여느 때처럼 아름다운 모습으로 단장하는 동안 케일은 거실에서 기다렸다. 처음으로 혼자서 주위를 둘러볼 기회가 생긴 그는 집안을 체계적으로 샅샅이 살펴보기 시작했다. 탁자 위에 놓인 책들, 벽에 걸린 태피스트리, 그리고 방 전체를 지배하는 거대한 부부 초상화. 케일이 그림을 유심히 살펴보는 동안 뒤에서 아르벨이 나타났다. "우리 증조부와 그분의 두번째 아내야. 서로 사랑에 빠진 두 분은 당시 엄청난 물의를 일으켰대." 케일이 그 두 사람의 초상화를 왜 벽에 걸어놓은 거냐고 묻기도 전에 아르벨은 화제를 바꿨다.

"사이먼을 위해 애써줘서 고맙다고 말하고 싶었어." 수줍고 나직한 말투였다. 케일은 대꾸하지 않았다. 뭐라고 대답해야 좋을지 몰랐다. 처음 보고 사랑에 빠진 순간부터 지금까지 증오와 애정이 뒤섞인 혼란스러운 감정을 품었던 그녀에게서 이토록 상냥한 말을 듣기는 처음이었다. "오늘 네가 사이먼이랑 같이 노는 걸 봤거든. 그애가 정말 행복해 보였어. 사람들이……" '놀아주니까'라고 말하려던 그녀는 어떤 때는 사납고 어떤 때는 친절한 이 젊은이가 오해할지도 모른다고 생각했다. "……친절하게 대해주니까. 정말 고마워."

케일은 그녀의 말이 무척 마음에 들었다.

"고맙기는. 사이먼은 눈치가 빨라." 그가 말했다. "요령만 알려주면 금세 따라 해. 우린 사이먼을 강하게 만들어주고 싶어." 그 말을 하자마자 문득 아르벨이 오해할지 모른다는 생각이 들어 덧붙였다. "자기방어 요령을 가르치겠다는 뜻이야."

"너무 위험한 걸 가르치지는 않겠지?"

"살인하는 법을 가르치진 않을 거야. 그걸 물어본 거지?"

"미안해." 아르벨은 케일을 언짢게 했다는 생각에 위축됐다. "기분 나쁘게 할 뜻은 없었어."

하지만 케일은 여느 때처럼 화가 나지 않았다. 그는 자신을 대하는 아르벨의 태도가 몹시 상냥하다는 것을 깨달았다.

"아니, 기분 나쁘지 않아. 내가 늘 너무 쉽게 화를 내서 미안해. 이드리스푸케는 내가 깡패라는 사실을 잊지 말라고 했어. 좋은 집안에서 자란 사람들 옆에서는 더 조심하라고."

"설마 진심으로 한 말은 아니었을 거야." 아르벨이 웃으면서 말했다.

"진심이었어. 그 사람은 내 감정을 별로 존중해주지 않아."

"넌 남의 감정을 존중해주니?"

"모르겠어. 그게 좋은 거라고 생각해?"

"멋진 거라고 생각해."

"그럼 그래볼게. 하지만 어떻게 해야 하는지는 몰라. 네가 도와줘. 내가 깡패처럼 굴면 그만하라고 해주는 거야."

"너무 무서워서 그럴 수 있을지 모르겠어." 아르벨의 눈꺼풀이 천천히 위아래로 떨렸다.

케일이 웃음을 터뜨렸다. "다들 내가 족제비보다 성질이 못된 놈이라고 생각하는 건 나도 알아. 하지만 난 깡패처럼 굴지 말라고 했다는 이유만으로 사람을 죽이진 않아."

"넌 그렇게 나쁜 사람이 아냐." 아르벨은 계속 눈을 깜빡거렸다.

"하지만 그래도 깡패인 건 변함없지."

"이거 봐. 또 신경질적으로 굴잖아."

"봤지? 나한테 그만하라고 했지만 난 아무도 안 죽였어. 앞으로는 더 잘하도록 노력할게."

아르벨이 미소를 지었고, 케일도 웃음을 터뜨렸다. 그는 그녀의 여리고 불안한 마음의 방안으로 한 걸음 더 내디딘 것이다.

클라이스트는 사이먼과 쿨하우스에게 거위 깃털로 화살 만드는 법을 가르치고 있었다. 세 번이나 실패한 사이먼은 화가 나서 화살을 부러뜨리고 방구석으로 던져버렸다. 클라이스트가 조용히 그를 노려보다가 쿨하우스에게 통역하라고 손짓했다.

"또 그러면 네 거시기를 걷어찰 테야, 사이먼."

"거시기?" 쿨하우스는 그렇게 천박한 말을 어떻게 통역하느냐고 따지는 눈치였다.

"당신 머리 좋잖아요. 알아서 전해요."

그때 베이그 헨리가 방안으로 들어오며 말했다. "내가 이곳 지하실에서 뭘 발견했는지 맞혀봐." 버터와 잼을 듬뿍 바른 빵을 먹은 듯한 표정이었다.

"그걸 내가 왜 맞혀야 하는데?" 클라이스트가 탁자에서 고개도 들지 않고 대꾸했다. "네가 지하실에서 뭘 발견했건 관심 없어."

그런 말에 기죽을 베이그 헨리가 아니었다. "가서 보면 생각이 달라질걸." 흥분한 기색이 역력한 헨리의 표정을 보자 클라이스트도 호기심이 생겼다. 그들을 데리고 궁전 지하로 내려간 헨리는 점점 어두워지는 복도를 따라 작은 문에 다다랐다. 힘겹게 문을 열고 안으로 들어가자, 높은 곳에 달려 있는 두 짝의 여닫이창에서 환한 빛이 쏟아져들어왔다.

"어느 늙은 병사가 자신이 겪은 온갖 전쟁 이야기를 나한테 들려줬어. 전쟁 이야기는 언제나 재미있지. 그런데 오 년 전 거리어 무리를 찾으려고 스캐블랜드를 정찰하다가, 리디머들의 마차 수송대에서 떨어져나온 마차 한 대를 발견했다는 거야. 그 마차를 지키며 서 있는 리디머가 두 명밖에 없어서 꺼지라고 한 다음 이 마차를 압수했대." 베이그 헨리는 타르 방수포로 다가가 한쪽으로 벗겼다. 방수포 밑에는 엄청나게 많은 성물이 모여 있었다. 나무와 쇠로 만든 다양한 크기의 신성한 교수대, 목 매달린 리디머의 거룩한 누이 조각상, 정교하게 장식한 작은 보관함에 들어 있는 온갖 순교자의 시커메진 발가락과 손가락 등등. 심지어 어떤 보관함에는 코도 들어 있었다. 적어도 베이그 헨리의 눈에는 코로 보였다. 사실 칠백 년이나 지난 물건이라 알아보기가 쉽지 않았다. 헝가리의 왕이었던 성 이슈트반의 오른쪽 팔뚝을 비롯해 완벽하게 보존된 심장도 있었다.

쿨하우스가 베이그 헨리를 보며 물었다. "이게 다 뭐야? 이해가 안 가는걸."

베이그 헨리가 4분의 3쯤 차 있는 작은 병을 들고 이름표를 읽었다. "이건 '성 발부르가의 관에서 떨어진 성스러운 기름'이야."

클라이스트는 결국 짜증을 냈다. 성물 더미를 보니 언짢은 기억들이 떠올랐다. "설마 이걸 보여주려고 우릴 데려온 건 아니겠지?"

"물론 아니지." 헨리가 작은 방수포 쪽으로 가더니 이번에는 멋들어지게 방수포를 걷었다. 지난주 궁전 2층에서 열린 마술 공연에서 마술사가 가장 놀라운 광경을 보여줬을 때와 똑같은 동작이었다.

클라이스트가 웃으면서 으름장을 놓았다. "이번엔 기대해보지. 시시하면 가만 안 둬."

바닥에 널려 있는 것은 온갖 종류의 크고 작은 쇠뇌였다. 베이그 헨리가 랙과 피니언*으로 시위를 당기게 되어 있는 쇠뇌를 집어들었다. "자, 봐. 쇠뇌야. 여기 특별한 게 있을 거야. 이건……" 그는 상자처럼 생긴 것이 위에 달린 작은 쇠뇌를 집어들었다. "연발 쇠뇌 같아. 이런 게 있다는 말은 들었지만 직접 보기는 처음이네."

"애들 장난감처럼 보이는데."

"볼트(쇠뇌용 화살)를 만들어서 걸어보면 알겠지. 그런데 여긴 볼트가 없어. 아마 마테라치 녀석들이 두고 왔을 거야. 뭔지 몰랐을 테니까."

사이먼이 손가락을 몇 번 움직여 쿨하우스에게 수화를 했다.

"네가 헨리한테 한 말 때문에 화가 난대."

---

* 랙은 직선 모양의 톱니, 피니언은 바퀴 모양의 톱니다.

클라이스트가 어리둥절해졌다. "난 아무 말 안 했는데?"

"가만 안 둔다고 했잖아. 네가 사과하지 않으면 네 거시기를 걷어차겠대."

사이먼이 소년들의 대화 방식을 이해하지 못하는 건 당연했다. 그들을 만나기 전까지 사이먼은 철저한 모욕이나 철저한 아첨에만 익숙했다. 클라이스트가 사이먼을 바라보자 쿨하우스가 재빨리 수화로 말했다.

"베이그 헨리는 마테라치 사람들 말로 하면……" 그는 적당한 말을 찾느라 잠시 머뭇거렸다. "'체키노'야. 청부 살인자. 헨리는 쇠뇌를 아주 잘 다뤄."

두 시간 뒤, 경비 본부에 나타난 케일은 쇠뇌 얘기를 듣자마자 눈살을 찌푸렸다.

"사이먼과 쿨하우스한테 그 일을 비밀로 하라고 말했지?"

"왜 그래야 하는데?" 클라이스트가 대꾸했다.

이제 정말로 화가 난 케일이 대답했다. "헨리가 저격수라는 사실을 남들이 알아서 좋을 게 없으니까."

"나쁠 건 또 뭐야?"

"성가신 일이 생길 수도 있어. 사람들이 우리에 대해 모를수록 좋아."

"여름 정원에서 떠들썩한 소동을 벌인 녀석이 잘도 그런 소릴 하는군." 클라이스트가 빈정거렸다.

"생각해봐, 케일." 헨리가 말했다. "내가 저 쇠뇌들을 꺼내다가 뭐든 하면 결국 남들 눈에 띌 거 아냐? 쇠뇌에 들어갈 볼트를 만들어서 연습이나 해야겠어."

어차피 되돌리기에는 이미 늦었다. 이틀 뒤, 세 소년은 앨빈 대위 앞으로 불려갔다. 그는 몹시 흥미로운 눈치였다.

"넌 살인자 타입으로는 안 보이는구나, 헨리."

"저는 살인자가 아닙니다. 저격수일 뿐이죠."

"조너선 쿨하우스 말로는 네가 체키노라던데."

"쿨하우스가 지껄이는 말을 곧이곧대로 믿지 마세요."

"그럼 넌 사람을 죽이지 않는 저격수로구나. 그게 무슨 쓸모가 있지?"

골이 난 베이그 헨리는 애써 대꾸하지 않았다. 하지만 앨빈이 한 말의 요지는 시범을 보여달라는 것이었다.

"그런 무기가 하나 있다는 말은 나도 들어봤다. 어떻게 사용하는지 한번 보고 싶구나."

"한 개가 아니라 여섯 개 있습니다."

"좋아, 여섯 개. 꿈의 훈련장에서 하면 되겠느냐?"

"거기가 얼마나 길죠?"

"300야드 정도."

"안 됩니다."

"얼마나 길어야 하는데?"

"600야드쯤이오."

앨빈이 말도 안 된다는 듯이 웃었다. "그 쇠뇌라는 무기로 600야드 떨어진 표적을 맞힐 수 있다는 소리냐?"

"여섯 개 중 하나로만 가능합니다."

앨빈은 미심쩍다는 표정이었다. "로열파크의 서쪽 가장자리를 막고 하면 되겠군. 닷새 뒤, 어떠냐?"

"여드레 뒤에 하죠. 볼트를 만들고 활시위도 다시 달아야 하니까요."

"좋다." 앨빈이 클라이스트를 보며 말했다. "쿨하우스가 너는 궁수라고 하던데."

"그 인간 진짜 떠버리군요."

"틀린 말은 아니라는 소리냐?"

"저보다 더 뛰어난 궁수는 본 적이 없으실걸요."

"그럼 네 시범도 보도록 하자. 넌 어떠냐, 케일? 그동안 숨겨온 나은 신기한 재주는 없느냐?"

여드레 뒤, 마테라치 원수와 비폰드 총리는 마테라치 가문의 장군 몇 명과 함께 커다란 범포 장막 뒤에 모였다. 평소에는 사냥을 즐기는 상류층 여인들을 위해 사슴을 몰아넣는 장소였다. 케일만큼이나 철두철미하고 신중한 앨빈은 궁술 시범 행사를 조용히 치르는 것이 낫겠다고 판단했다. 딱히 이유를 댈 수는 없었지만, 세 소년은 늘 무언가를 감추고 있어서 어떤 일이 벌어질지 알 수 없었다. 그리고 케일이라는 소년에게는 항상 재난이 따라다니는 것 같았다. 불안할 때는 조심하는 게 상책이었다.

궁술 시범이 시작되고 오 분 만에 앨빈은 자신이 끔찍한 실수를 저질렀음을 깨달았다. 능력도 모자라고, 성실하지도 않고, 머리도 나쁘고, 배우려는 의욕도 없는 자들이 귀족 집안에 태어났다는 이유만으로 시인 데미도프가 노래한 '삶의 거대한 돼지 여물통'에 언제나 제일 먼저 주둥이를 들이민다는 것은 받아들이기 어려운 사실이었다. 그것은 겉으로는 인정하는 척해도, 영혼 가장 깊숙한 곳에서 받아들이기는 쉽지 않았다. 성실하고 영리하며 탁월한 능력을 지닌 비폰드와 오랫동안 긴밀한 관계를 맺어온 앨빈은 여전히 마음속에 순진한 정의감을 품고 있어서, 만약 비폰드가 귀족이었다면 천치라 해도 손쉽게 총리가 되었을 거라고 생각했다. 시범이 시작되길 기다리는 장군들은 집안을 등에 업고 장군이 된 다른 놈들과 다름없이 무능했다. 멤피스에서는 제빵사나 양조업자, 석공 모두 출신에 따른 권리를 당연시했으며, 마테라치 가문에 시집온 여자들도 마찬가지였다. 넌 바보야. 앨빈은 속으로 자신을 꾸짖었다. 이런 모욕을 당해도 싸. 이런 상황이 벌어진 것은 단지 이 세 녀석이 아이들이기 때문만이 아니라—기묘하긴 해도 애들은 애들이다—평범하지도 않기 때문이었다. 멤피스에서는 석공이나 병기공도 존경받을 수 있었다. 마테라치 사람들 대부분은 하인을 함부로 대하는 것을 천박한 짓으로 여겼다. 하지만 이 세 소년은 어디에도 속하지 않는 정체불명의 이주자들이었고, 무엇보다 그중 한 녀석은 도를 넘어서는 짓을 했다. 이날 모인 장군들은 망나니로 널리 알려진 솔로몬 솔로몬과 몬드 패거리가 세 소년을 위협하는 문제를 해결해줄 생각이 없었다. 그들의 관심사는 자신들이 속한 마테라치 가문의 이익뿐이었다. 하층민이 부당한 일을 당하는 문제는 조용히 해결되기도 했지만, 만약 해결되지 않으면 해결되지 않은 채로 남았다. 그런 상황에서 권력자들이 효과적이고 모욕적인 방식으로 문제를 처리하는 것은 피해를 당한 약자를 위한 것이 아니었다. 케일이 자신의 불만을 스스로 해결한 것은 그들에게 고통스러운 위협이었다. 어쩌면 그들이 옳을지도 몰라. 앨빈은 생각했다.

먼저 클라이스트가 나섰다. 평소에는 검술 연습용으로 쓰는 나무 병사 열두 개가 300야드 너머에 세워져 있었다. 마테라치 사람들은 활에 익숙하지만 주로 사냥에 이용했다. 그들의 활은 거금을 주고 수입해온 우아하고 아름다운 복합궁*이었다. 클라이스트의 활은 그들이 보기에는 빗자루에 가까운, 도저히 구부릴 수 없을 것 같은 흉측한 활이었다. 클라이스트는 활의 한쪽 끝을 땅에 대고 왼발 발등으로 받치면서 시위의 고리 바로 밑을 잡고 활을 구부리기 시작했다. 뚱뚱한 남자의 엄지보다 두꺼운 활이 클라이스트의 엄청난 힘에 서서히 구부러지자, 그는 시위의 고리를 신중하게 활 끝의 홈에 걸었다. 그러고는 뒤돌아서 땅바닥에 반원 모양으로 꽂혀 있는 화살들 중 하나를 뽑아 시위에 매기고, 시위를 턱까지 당겨 조준한 다음 발사했다. 이 모든 과정이 물 흐르듯 한 동작으로 이루어졌다. 화살은 오 초마다 한 발씩 발사되었고, 과녁에 맞는 소리가 똑같이 열한 번 들렸다. 소리가 나지 않은 한 번은 빗나간 것이었다. 목재 들보를 쌓아 만든 보호 담장 뒤에서 앨빈의 부하 한 명이 달려나오더니, 깃발 두 개를 흔들어 점수를 알려주었다. 열두 발 중 열한 발 명중. 마테라치 원수가 열렬히 박수를 쳤다. 장군들은 마지못해 그를 따라 시큰둥하게 박수쳤다.

"이야, 잘하는구나!" 총독이 말했다. 장군들의 반응이 없어서 뿔이 난 클라이스트는 성난 표정으로 고개를 끄덕여 감사 인사를 하고 물러났다. 이어서 쇠뇌 사격 시범을 보이기 위해 베이그 헨리가 나섰다. 그는 관객들이 기대에 들떠 있으리라 믿고 명랑하게 말문

* 뼈와 나무, 가죽, 금속을 결합해서 만든 활.

을 열었다.

"쇠뇌의 종류는 기본적으로 세 가지입니다." 그는 자기 앞의 거치대에 걸려 있는 쇠뇌 두 자루 중 가벼운 것을 들었다. "이건 외발쇠뇌입니다. 한쪽 발을 여기다 끼우기 때문에 그렇게 부르죠." 헨리는 쇠뇌 꼭대기에 달린 등자*에 오른발을 끼우고 자신의 허리띠에 달린 갈고리를 시위에 건 다음, 발로 등자를 누름과 동시에 허리를 펴서 발사 장치에 시위를 걸어 고정시켰다.

그런데 장군들은 못마땅한 표정이었다. 분위기가 좋지 않은 것을 느낀 베이그 헨리의 목소리에서 명랑한 기운이 가셨다. "이제 볼트를 시위에 매기고……" 그러고는 돌아서서 조준하고 발사했다. 퍽! 볼트가 과녁에 명중했고, 300야드 너머에서도 그 소리가 요란하게 들렸다. "우아, 잘 쐈다!" 총독이 환호했다. 장군들은 베이그 헨리를 물끄러미 바라보기만 했다. 심드렁할 뿐 아니라 언짢아하고 경멸하는 눈빛이었다. 자신이 쏜 볼트의 힘과 정확성에 다들 감탄할 줄 알았던 헨리는 금세 자신감을 잃고 머뭇거리기 시작했다. 그는 다른 쇠뇌를 들고 말했다. 형태는 같지만 훨씬 더 큰 쇠뇌였다. "이건 두 발 쇠뇌입니다. 그렇게 부르는 까닭은…… 그러니까…… 한 발이 아니라 두 발을…… 등자에 끼우기 때문입니다. 그렇게 하면……" 그는 더듬거리며 말을 이었다. "그러니까 그게…… 더 힘껏 당길 수 있거든요." 헨리가 같은 동작을 되풀이하면서 두번째 과녁에 볼트를 발사했다. 이번에는 아주 강하게 맞아서 나무 병사의 머리가 둘로 쪼개졌다.

---

* 말을 탈 때 발을 끼우는 제구.

못마땅해하는 침묵은 솔트산의 거대한 빙하 꼭대기에 있는 얼음처럼 점점 더 싸늘해졌다. 베이그 헨리가 좀더 나이가 많거나 이런 시범을 보인 경험이 많았다면 거기서 멈추고 손실을 줄였을 것이었다. 하지만 나이도 경험도 많지 않은 헨리는 결국 마지막 대실수를 저지르고 말았다. 헨리의 옆에는 궁전 지하실에서 가져온 방수포로 덮어놓은 커다란 물건이 있었다. 이번에는 생기발랄하고 멋들어진 마술사의 몸짓 없이 케일의 도움만 받아 방수포를 걷었다. 방금 선보인 쇠뇌보다 두 배나 큰 강철 쇠뇌였다. 땅에 단단히 박아놓은 두꺼운 말뚝에 고정되어 있었다. 쇠뇌의 끝부분에는 시위를 당기는 커다란 장치가 달려 있었다. 베이그 헨리가 그 장치를 작동하면서 어깨 너머로 소리쳤다. "물론 전장에서 사용하기에는 너무 느리지만, 이 석궁에 달려 있는 윈치와 강철을 이용하면 600야드 떨어진 표적도 맞힐 수 있습니다."

그 말이 이끌어낸 반응은 적어도 싸늘한 침묵은 아니었다. 믿지 못하겠다는 듯 콧방귀 뀌는 소리가 들렸다. 헨리에게서 쇠뇌의 성능에 대해 듣지 못한 케일과 클라이스트도 비록 말은 안 했지만 장군들 못지않게 미심쩍어했다. 베이그 헨리는 이런 회의적인 반응에 신이 났다. 아직 어리고 어리석고 순진한 그는 사람들의 생각이 틀렸다는 걸 증명하면 다들 놀라 자빠질 거라고 믿었다. 헨리가 앨빈의 부하 한 명에게 깃발을 들라고 신호했다. 잠시 정적이 흘렀다. 이윽고 공원 끄트머리에서 다른 깃발이 올라가더니, 두번째 방수포가 벗겨지면서 지름이 3피트 정도인 하얀 과녁이 드러났다. 헨리가 쇠뇌 개머리에 어깨를 대고는, 긴장감을 조성하기 위해 잠시 뜸을 들이다가 발사했다. 강철과 삼에 붙들려 있던 반 톤의 힘이 풀려나면서 엄청난 소리를 냈다. 팅! 빨갛게 칠한 볼트가 마치 악마가 던진 화살처럼 발사되어 시야에서 사라지더니, 하얀 표적을 향해 날아갔다. 헨리가 일부러 빨간색 가루 페인트를 발라놓은 볼트가 과녁에 맞는 순간, 가루가 하얀 표면에 좍 퍼졌다. 기겁하는 소리가 들리고, 툴툴거리는 소리는 더 많이 들렸다. 심지어 클라이스트와 케일도 놀랐다. 어쩌면 그들이 가장 놀랐을 것이다. 확실히 놀라운 저격술이었지만, 실상은 눈에 보이는 만큼 놀랍진 않았다. 베이그 헨리는 윈치 쇠뇌를 정확히 그리고 단단히 고정시키고 과녁까지의 거리를 정확히 맞추느라 몇 시간 동안 고생한 터였다.

긴 침묵이 흘렀다. 결국 마테라치 원수가 그 침묵을 깨기 위해 베이그 헨리에게 걸어와 이것저것 물어보며 감탄했다. "정말이냐?" "맙소사!" "진짜 대단하구나!" 그가 장군들을 부르자, 마지못해 다가온 그들은 죽은 개를 봐달라고 부탁받은 귀부인처럼 억지로 쇠뇌를 살펴보는 척했다. 마침내 한 장군이 말했다.

"멀리 떨어져서 안심하고 살인해야 할 일이 생기면 이애들을 찾아야겠군요."

"빈정대지 말게, 헤이스팅스." 총독이 장군을 꾸짖었다. 못마땅해하면서도 여전히 명랑한 삼촌 같은 말투였다. 그가 다시 헨리를 보고 말했다. "저 친구는 신경쓰지 마라. 아주 멋진 무기 같구나. 잘했다."

그 말과 함께 궁술 시범은 끝이 났고, 이내 총독과 장군들은 자리를 떴다.

"너 운좋은 줄 알아." 케일이 헨리에게 말했다. "총독이 네 턱을 한 방 갈길 줄 알았다고."

"저거 말이야." 클라이스트가 말뚝에 고정되어 있는 커다란 강철 쇠뇌를 턱으로 가리키며 물었다. "준비하는 데 얼마나 걸렸어?

"오래 안 걸렸어." 헨리는 거짓말을 했다. 잠시 침묵이 흘렀다.

"며칠 전 멤피스 시장에서 새로운 말을 배웠어." 클라이스트가 말했다. "뻴짓."

이튿날 비폰드가 자기 집무실에 세 소년을 불러놓고 말했다. "마테라치 가문이 돌아가는 방식을 너희가 알 필요는 없지만, 이제 알아야 할 때가 되었다. 멤피스의 군대는 오직 마테라치 원수에게 복종하는 독립적인 조직이다. 나는 정책 고문으로서 그를 도울 뿐, 전쟁 문제에는 거의 관여하지 않아. 하지만 전쟁에 관심이 없는 것은 아니다. 특히 너희의 뛰어난 전투 능력에 대해서는 관심이 아주 많지. 이런 말 하기는 부끄럽지만, 앞으로 종종 너희의 능력을 필요로 할지 모르겠구나." 부끄러워하는 말투가 아니었다. "그래서 너희에게 몇 가지 사실을 알려주려는 것이다. 앨빈 대위는 뛰어난 군인이지만 마테라치 가문의 일원은 아니야. 그리고 오늘 너희 시범을 장군들에게 보여주면서 중요한 사실을 간과했다. 지금은 그도 깨달았을 거다. 그건 너희 셋도 깨달아야 할 문제야. 마테라치 사람들은 위험이 따르지 않고 손쉬운 살인을 지극히 혐오한다. 자신들에게는 결코 어울리지 않는 행위, 흔해빠진 살인자나 자객이나 하는 천한 짓으로 여기지. 마테라치 갑옷은 세계에서 가장 튼튼하다. 그래서 값이 끔찍이 비싸지. 마테라치 가문에는 그 갑옷 한 벌을 사느라 진 빚을 이십 년에 걸쳐 갚는 자도 많다. 갑옷을 입지 않고 훈련도 받지 않은 자와 싸우는 건 그들에게 수치야. 그렇게 거금을 들이는 것은 동등한 신분을 가진 자와 싸우기 위해서다. 그런 상대여야 죽일 수 있고, 떳떳하게 죽음을 받아들일 수 있거든. 죽으면서도 명예를 지키는 것이지. 돼지치기나 푸주한을 죽여서 무슨 명예를 얻겠느냐?"

"그들에게 죽임을 당할 수도 있죠." 케일이 대꾸했다.

"물론 그렇다. 하지만 마테라치 사람들의 관점으로 세상을 봐야 해."

"우리는 돼지치기나 푸주한이 아니라 훈련받은 전사입니다." 클라이스트가 한마디했다.

"언짢게 들릴지 모르겠지만, 너희는 사회적 가치가 전혀 없는 존재다. 너희가 사용하는 무기와 전투 방식은 그들에게 너무나 생소하고 이상하지. 그들에게 너희는 일종의 이교도야. 이교도가 뭔지는 알지?"

"그런다고 뭐가 달라지죠?" 케일이 대꾸했다. "볼트와 화살은 상대가 귀족인지 거지인지 알지도 못하고 관심도 없습니다. 살인은 살인일 뿐이에요. 황금 이빨을 가졌다 해도 쥐는 쥐일 뿐인 것처럼 말이죠."

"옳은 말이다. 하지만 네가 싫건 좋건 마테라치 가문은 지난 삼백 년 동안 그렇게 살아왔고, 네가 원한다고 그 방식을 바꿀 사람들이 아니야." 그는 클라이스트에게 물었다. "네 화살이 마테라치 갑옷을 꿰뚫을 수 있느냐?"

클라이스트는 어깨를 으쓱했다. "모르죠. 완전 무장한 마테라치 사람을 쏴본 적이 없으니까요. 하지만 100야드 거리에서 쏜 4온스짜리 화살을 막아내려면 엄청 튼튼해야 할걸요."

"그렇다면 시험해볼 방법을 찾아야겠구나. 너의 그 강철 활 말이다. 헨리, 리디머들은 그런 활을 많이 갖고 있느냐?"

"그런 게 있다는 말만 들었지 본 적은 없습니다. 제가 모시던 리디머도 두 개밖에 못 봤다고 했으니 많지는 않을 거예요."

"아까 보니 볼트를 매기는 데 시간이 오래 걸리더구나. 마테라치 장군들 말처럼 전장에는 어울리지 않겠어."

"그건 제가 쇠뇌를 보여드릴 때 한 말이에요." 베이그 헨리가 반발했다. "나머지 쇠뇌들 중 하나로 갑옷을 뚫을 수 있어요. 전에 봤습니다. 직접 한 적도 있고요."

"하지만 마테라치 갑옷은?"

"그야 해보면 알겠죠."

"머지않아 하게 될 거다. 내일 너희한테 내 비서 한 명과 군사고문 한 명을 보낼 생각이다. 너희가 아는 리디머들의 전술을 하나도 빠짐없이 종이에 적어야 한다. 알아들었지?"

그 말에 세 소년은 머뭇거렸지만 반대하지는 않았다.

"좋아. 이제 가봐라."

28

결투의 역사를 되짚어보면, 어떤 절박한 이유 때문에 상대를 죽이고야 마는 일이 종종 있었을 것이다. 하지만 그 이유가 기록으로 남는 경우는 거의 없다. 그런 이유 중 우리가 아는 몇 가지를 들어보자면, 진짜일 수도 착각일 수도 있는 사소한 모욕, 어느 여인의 아름다운 눈에 대한 엇갈린 평가, 카드놀이 도중 상대가 속임수를 썼다면서 내뱉는 욕설 등이 있다. 솔로몬 솔로몬과 토머스 케일의 악명 높은 결투는 쇠고기 덩이를 누가 먼저 고르느냐 하는 문제가 원인이었다.

케일이 이 일에 연루된 것은 아르벨 스완넥을 밤낮으로 지키는 데 필요한 경비병 서른 명의 식사를 담당하는 요리사가 부엌으로 배달되는 고기를 보고 불평하면서였다. 악취가 진동하는 버섯을 먹으며 자란 세 소년은 자신들이 먹는 음식이 썩 좋지 않다는 걸 알아차리지 못했다. 하지만 병사들은 요리사에게 불평했고, 요리사는 케일에게 불평을 늘어놓았다.

이튿날 케일은 고기 공급자를 만나러 갔다. 딱히 할일이 없었던 베이그 헨리도 따라나섰고, 당직만 아니었다면 클라이스트도 갔을 것이다. 아무리 굉장한 미녀라 해도 하루 이십사 시간 지키는 건 지루하기 짝이 없는 일이었다. 더구나 그녀가 처한 위험이 실은 순전히 지어낸 것임을 아는 상황이었다. 하지만 케일은 달랐다. 사랑에 빠진 그는 아르벨 스완넥을 몇 시간씩 지켜보았고, 그녀가 그와 같은 감정을 느끼게 하려는 계획을 실행에 옮겼다.

그의 계획은 먹혀들고 있었다. 케일과 베이그 헨리가 시장 안을 쏘다니며 고기 공급자를 찾는 동안, 아르벨 스완넥은 케일에 관한 이야기를 들려달라며 클라이스트를 졸라댔다. 클라이스트는 시큰둥하게 반응했다. 케일이 안쓰럽고 가엾게 보일 과거의 일화를 듣고 싶어 안달하는 것이 뻔했기 때문이다. 또한 아르벨에게 그런 이야기를 들려주면 케일이 흐뭇해할 텐데, 그 꼴만은 보고 싶지 않았다. 하지만 아르벨은 지극히 영리하고 매력적인 심문자인데다 몹시 집요했다. 몇 주 동안 그녀는 클라이스트에게서 여러 가지 사실을 캐냈고, 훨씬 협조적인 베이그 헨리에게서는 케일에 관한 아주 많은 이야기를 들었다. 클라이스트의 시큰둥한 태도에 오히려 그녀는 사랑하는 젊은이의 참혹한 과거를 더욱 믿게 됐으며, 베이그 헨리가 해줬다는 이야기를 클라이스트가 마지못해 어색하게 수긍하면 더욱 사실처럼 느껴졌다.

"그 보스코라는 남자가 잔인하게 굴었다는 게 정말이니?"

"응."

"어째서 케일을 괴롭힌 거야?"

"마음에 안 들었나보지."

"제발 사실대로 말해줘. 그 사람이 왜 케일을 학대한 거야?"

"그자는 미쳤거든. 특히 케일에 대해서 그랬지. 물론 헛소리를 지껄이고 고함을 질러대는 일반적인 미치광이를 말하는 건 아니야. 난 지금껏 성소에서 지내는 동안 그자가 언성을 높이는 걸 본 적이 없어. 하지만 아무리 그래도 틀림없이 미친놈이야."

"정말로 그 사람이 케일을 남자 네 명과 싸우게 했니? 죽을 때까지 싸우라고?"

"응. 하지만 그 녀석이 이긴 건 순전히 머리에 구멍이 났기 때문이야. 그 덕분에 상대의 의도를 간파할 수 있게 됐거든."

"너는 케일을 싫어하는구나, 그치?"

"좋아할 이유가 없잖아?"

"리바 말로는 케일이 네 목숨을 구해줬다던데."

"내 목숨을 위험에 빠뜨린 장본인이 케일이야. 그러니 난 그 녀석한테 빚진 거 없어."

"뭘 도와줄까, 젊은 친구?" 떠들썩한 시장의 소음 사이로 푸주한이 명랑하게 소리쳤다.

케일도 푸주한 못지않게 명랑한 목소리로 외쳐 대답했다. "앞으로는 죽은 개와 고양이 고기를 서쪽 공전 경비 본부로 보내지 마십시오."

명랑한 기색이 싹 가신 푸주한이 매대 밑에서 험악스러운 몽둥이를 꺼내들더니 매대를 돌아 케일 쪽으로 걸어왔다. "어린놈이 감히 어디서 그딴 식으로 말해?"

그가 몽둥이를 흔들며 다가왔는데, 덩치에 어울리지 않게 움직임이 놀랍도록 빨랐다. 푸주한이 몽둥이를 휘두르는 순간 케일은 고개를 숙였다. 몽둥이가 케일의 정수리 바로 위로 지나갔다. 푸주한이 균형을 잃고 비틀거리자 케일은 그의 발뒤꿈치를 잡았다. 푸주한이 앞으로 고꾸라지면서 진창에 처박혔다. 케일은 푸주한의 손목을 밟고 그의 손에서 몽둥이를 비틀어 빼앗았다.

"자." 케일은 몽둥이 끝을 푸주한의 뒤통수에 대고 위아래로 살살 튕기며 말했다. "이제 나랑 같이 고기 창고로 가서 제일 좋은 고기를 고르는 거야. 그리고 앞으로도 똑같이 질 좋은 고기를 보내. 알아들었지?"

"알았어!"

"좋아." 케일은 푸주한의 머리에 대고 튕기던 몽둥이를 멈추고, 그가 일어나도록 비켜주었다.

"따라와." 푸주한이 분노를 억누른 목소리로 말했다.

세 사람은 매대 뒤의 창고로 들어갔다. 그곳에는 소, 돼지, 양의 허릿살과 엉덩잇살이 가득했으며, 한구석에는 죽은 고양이와 개를 비롯해 케일이 알지 못하는 짐승의 시체들이 쌓여 있었다.

"제일 좋은 걸 골라주세요." 베이그 헨리가 말했다.

푸주한이 갈고리에 걸린 엉덩잇살과 허릿살 중에서 가장 좋은 것을 골라내기 시작했다. 그때 귀에 익은 고함소리가 들렸다. "멈춰!"

가장 노련한 병사 네 명을 대동하고 나타난 솔로몬 솔로몬이었다. 솔로몬 솔로몬 정도의 지위를 가진 자가 부하들이 먹을 고기를 고르러 온다는 게 이상해 보일지 모르지만, 무릇 병사들은 죽음과 부상, 궁핍과 질병은 참아도 질 나쁜 음식은 참지 못하는 법이다.

솔로몬 솔로몬은 가능한 한 부하들에게 최상의 식사를 제공하려고 노력했으며, 병사들도 그 사실을 잘 알고 있었다.

"지금 뭘 하는 거냐?" 그가 푸주한에게 물었다.

"궁전의 새 경비병들에게 줄 고기를 고르고 있었습니다." 푸주한은 턱으로 케일과 베이그 헨리를 가리키며 대답했다. 솔로몬 솔로몬은 두 소년을 못 본 척하고 고깃덩이 쪽으로 걸어가 유심히 살펴본 다음 창고를 둘러보았다.

"여기 있는 고기를 전부 오늘 오후까지 톨런드 병영으로 가져와. 물론 저쪽 구석에 있는 쓰레기 고기는 빼고." 그는 푸주한이 케일에게 주려고 골라놓은 고기를 내려다보았다. "이것도 보내."

"우리가 먼저 여기 왔습니다." 케일이 나섰다. "이 고기는 이미 임자가 정해졌어요."

솔로몬 솔로몬은 낯선 사람을 보듯 케일을 빤히 내려다보았다.

"고기를 공급받을 우선권은 나한테 있다. 이의 있나?"

비록 바깥은 따뜻하지만, 바위 속 깊숙이 지어진 창고 안은 구석마다 두껍고 판판한 얼음덩이가 높이 쌓여 있어서 추웠다. 솔로몬 솔로몬의 질문은 온도를 더욱 떨어뜨렸다. 케일이 잘못 대답하면 보나마나 무서운 일이 벌어질 터였다. 그걸 눈치챈 베이그 헨리는 솔로몬 솔로몬과 부드럽게 타협하려고 했다.

"우리는 많이 필요 없습니다. 서른 명 먹을 것만 있으면 돼요."

솔로몬 솔로몬은 베이그 헨리 쪽은 보지도 않았다. 실은 그의 말도 듣지 못한 눈치였다.

"고기를 공급받을 우선권은 나한테 있다. 이의 있나?" 그가 케일에게 같은 말을 되풀이했다.

"그럴 수도 있죠." 케일이 대답했다.

솔로몬 솔로몬은 케일이 똑똑히 볼 수 있도록 아주 천천히 오른 손을 들었다. 어떤 의식이 틀림없었다. 그리고 손을 펴더니 케일의 뺨을 살살 두드렸다. 그러고는 손을 내리고 기다렸다. 이어서 케일도 손을 들고 역시나 천천히 조심스럽게 솔로몬 솔로몬의 얼굴로 가져갔다. 하지만 마지막 순간 손목을 젖히고는 있는 힘껏 후려쳤다. 철썩! 긴장된 정적 속에 그 소리가 울려퍼졌다. 교회에서 성경을 덮을 때 나는 소리 같았다.

케일의 일격에 분노한 경비병 네 명이 돌진했다.

"멈춰!" 솔로몬 솔로몬이 케일을 보면서 말을 이었다. "오늘 저녁 그레이 대위가 널 찾아갈 것이다."

"아, 그러세요?" 케일이 대꾸했다. "왜죠?"

"두고 보면 알아."

말을 마친 그는 돌아서서 가버렸다.

"우리 고기는 어쩔깝쇼?" 떠나는 그를 보면서 케일이 명랑하게 소리쳤다.

그러고는 눈이 휘둥그레진 푸주한을 바라보았다. 그는 자신의 창고에서 방금 벌어진 살기등등한 일에 잔뜩 겁먹은 모습이었다.

"아무래도 당신은 내가 주문한 고기를 배달해줄 것 같지 않군."

"그랬다간 내 목숨이 달아날 거야."

"그럼 우리가 지금 가져가는 게 낫겠어." 케일은 커다란 소 허릿살을 들어 어깨에 짊어지고 밖으로 걸어나갔다.

29

바싹 마른 숲에 벼락이 떨어져 나무들이 금세 불길에 휩싸이듯이, 푸주한의 창고에서 벌어진 사건에 멤피스의 모든 집들이 떠들썩했다. 마테라치 원수는 소식을 듣자마자 펄펄 뛰었다. 비폰드도 마찬가지였다. 그들은 케일에게 사람을 보내 결투를 거부하라고 요구했다.

"하지만 제가 거부하면 누구든 저를 죽일 수 있다던데요. 예고 없이."

그 말은 사실이어서 반박하기가 어려웠다. 자신의 잘못을 인정하지 않는 케일로서는 결투를 거부할 수 없었다. 결국 총독과 총리는 솔로몬 솔로몬을 불러들였다. 하지만 총독이 온갖 욕을 퍼붓고 만약 결투를 치르면 중동에서 문둥이나 묻으며 여생을 보낼 수도 있다며 총리가 협박을 해도 솔로몬 솔로몬은 꿈쩍도 하지 않았다. 총독은 불같이 화를 냈다.

"결투를 철회하지 않으면 네놈의 목을 매달겠다!"

"저는 결투를 철회하지도, 목 매달리지도 않을 겁니다!" 솔로몬 솔로몬도 고함으로 맞받아쳤다. 그리고 그의 말이 옳았다. 솔로몬 솔로몬이 케일에게 맞은 터라 총독은 결투를 막을 수도, 결투 참가자를 처벌할 수도 없었다. 비폰드는 솔로몬 솔로몬의 자존심에 호소하고자 했다.

"열네 살짜리 소년을 죽여서 무슨 명예를 얻겠나? 오히려 치욕이지. 그 녀석은 하찮은 존재야. 어머니나 아버지도 없고, 심지어 결투 재판*을 할 때 부를 성姓도 없어. 대체 왜 이런 일로 자네의 명예를 깎아내리려는 건가?"

설득력 있는 말이었지만 솔로몬 솔로몬은 침묵으로 응수했다.

더는 어쩔 도리가 없었다. 총독이 썩 꺼지라고 소리치자, 솔로몬 솔로몬은 엄숙한 분노로 가득찬 채 묵묵히 사라졌다.

아르벨 스완넥과의 만남은 예상대로 케일의 마음을 심란하게 했다. 그녀는 결투를 그만두라고 애원했지만, 싸우지 않으면 훨씬 위험해진다는 사실을 알게 되자 성난 얼굴로 솔로몬 솔로몬을 욕했다. 그러고는 아버지를 찾아가 결투를 중지시켜달라고 청하겠다며 부리나케 뛰어갔다.

아르벨과 눈물의 재회를 하는 동안, 케일은 베이그 헨리를 불러오라고 사람을 보냈다. 친구의 의견을 듣고 싶어서였다. 걱정 때문에 심란해진 아가씨가 떠나자, 케일은 헨리가 자신을 바라보는 것을 알아차렸다. 못마땅해하는 기색이 역력했다.

* 결투를 벌여 승자가 정당하다고 인정해주는 것.

"뭐가 문제야?"

"너."

"왜?"

"넌 솔로몬 솔로몬이 너한테 고기에 대한 우선권에 이의가 있냐고 물었을 때, 앞으로 무슨 일이 벌어질지 모르는 척했어. 왜 그랬지?"

"거기 먼저 도착해 있던 사람은 나야. 너도 알잖아."

"그깟 고기 몇 덩이 때문에 사람을 죽이거나 죽임을 당할 셈이야?"

"아니. 그자가 나를 이유 없이 열 번도 넘게 두들겨팼기 때문이야. 이제 다시는 아무도 나한테 그러지 못해."

"솔로몬 솔로몬은 콘 마테라치가 아냐. 그리고 반쯤 잠든 리디머들처럼 네가 다가오는 걸 못 느끼는 자도 아니야. 그자는 널 죽일 수도 있어."

"정말?"

"그래."

"그자도 너처럼 내가 어리석다고 생각하면 좋겠어. 그러면 내가 그자를 접시 깨뜨리듯 박살낼 때 훨씬 더 놀랄 테니까."

30

멤피스만을 굽어보는 장엄한 반원형 극장 오페라 로소*는 세계 곳곳을 여행한 사람조차 놀라는 곳이다. 관람석이 워낙 가팔라서 이따금 너무 흥분한 관객이 위층에서 떨어져 죽는 일도 일어났다. 하지만 '일 라피도'라고 불리는 가파른 관람석의 목적은, 삼만 관중이 투기장을 가득 메울 때조차 가장 꼭대기 좌석에서도 손에 닿을 듯 실감나게 관람하도록 하는 것이었다.

결투의 종류는 두 가지였다. 승부만 가리는 결투와 끝장을 보는 결투. 전자는 한쪽이 피를 흘리면 싸움이 끝나지만, 후자는 둘 중 하나가 죽어야만 했다. 총독이 끝장 결투를 반대하는 것은 연민 때문이 아니었다. 물론 나이가 드니 그런 잔인한 구경이 조금도 즐겁지 않았다. 그러나 더 큰 문제는 그것이 일으키는 엄청난 말썽들

* '붉은 가극' 또는 '피의 가극'이라는 뜻.

이었다. 한 번의 사투가 야기하는 반목과 다툼, 복수와 살인은 사회 전반에 비극을 불렀다. 그렇기 때문에 총독은 자신의 공식적 권력과 비공식적 영향력을 총동원해 끝장 결투가 벌어지지 못하도록 했다. 죽을 때까지 싸우는 결투는 사회를 혼란에 빠뜨리고, 특히 지배 계층에 대한 존경심을 저하시켰다. 그래서 최근에 멤피스 사람들은 소싸움이나 곰 놀리기*를 구경하러 오페라 로소에 갔으며, 그나마 후자는 점점 인기가 시들해지고 있었다. 권투 경기와 죄수 처형도 그곳에서 시행되었다. 그러니 싸움의 고수들—케일에 대해서는 그렇게만 알려졌다—이 공개적으로 서로를 죽이는 광경을 볼 수 있는 이번 기회를 놓칠 수는 없었다. 이런 기회가 또 언제 올지 누가 알겠는가?

결투가 벌어지는 날 아침 일찍부터 오페라 로소 앞의 거대한 광장은 사람들로 북적였다. 열 개의 입구마다 이미 수천 명씩 줄을 서 있었고, 입장하지 못할 거라는 사실을 곧 깨달은 사람들은 이런 큰 행사에 어김없이 등장하는 시장과 노점으로 몰려들었다. 마치 도시 전체가 천막에 뒤덮인 것 같았다. 절도와 폭동을 감시하려고 곳곳에 배치된 경찰들은 실망에 사로잡힌 군중이 격렬한 패싸움을 벌일 것에 대비하고 있었다. 이 도시의 온갖 깡패와 불량배 무리도 모여들었다. 금색과 빨간색이 어우러진 조끼 차림에 은빛 장화를 신은 스웨드헤드** 패거리, 하얀 멜빵을 매고 검은색 실크해트를 쓴 훌리건 일당, 중산모를 쓰고 단안경과 가는 콧수염을 뽐내는 로

* 매어놓은 곰에게 개를 부추겨 집적거리게 하는 놀이.

** 스킨헤드보다 조금 긴 머리.

커 무리. 거리에는 여자도 많았다. 롱코트에 넓적다리까지 올라오는 부츠를 신고 머리를 박박 민 롤라드, 꽉 끼는 빨간색 보디스와 밤처럼 새까맣고 긴 스타킹 차림에 빨간 입술이 큐피드의 활처럼 생긴 티켓. 사방에서 고함과 야유, 웃음소리가 터져나왔다. 음악과 함께 팡파르가 울려퍼지면서 마테라치 자제들이 등장하자 모두 부러움으로 넋을 잃고 바라보았다. 이곳에서 벌어들이는 돈의 절반은 암토끼 키티에게 흘러들어갔다.

처형을 구경하는 군중은 죽은 고양이를 사형수에게 던지곤 했다. 범죄자와 배신자에게 딱 어울리는 짓이었지만, 오늘 같은 행사에는 그런 행위가 엄격히 금지되었다. 마테라치 가문의 일원이 연관된 일에 무례는 결코 용납되지 않았다. 하지만 이런 금지에도 아랑곳 않고 사람들은 죽은 짐승을 들여오려 했다. 시간이 갈수록 열 개의 입구 바깥에는 죽은 고양이와 족제비, 개, 담비의 시체가 잔뜩 쌓였으며, 간혹 죽은 땅돼지도 눈에 띄었다.

열두시에 솔로몬 솔로몬의 도착을 알리는 팡파르가 울려퍼졌다. 십 분 뒤, 케일이 베이그 헨리와 클라이스트를 대동하고 군중 사이로 지나갔다. 그러나 그들을 알아보는 사람은 없었다. 입장객을 통제하고 있던 경찰들이 움직이는 줄을 멈추고 소년들을 안으로 들여보낼 때만 모두의 눈길이 쏠렸다. 경찰들은 오페라 로소로 들어가는 소년들을 음침한 호기심의 눈으로 지켜보았다.

31

오페라 로소의 지하에는 피 튀기는 결투를 준비하는 마테라치 사내들을 위한 대기실이 있다. 그 어두침침한 방에서 케일은 베이그 헨리와 클라이스트 옆에 말없이 앉아 앞으로 벌어질 일을 생각하고 있었다. 이틀 전까지 그의 머릿속에는 단순한 분노와 복수심밖에 없었다. 강렬하지만 익숙한 감정들이었다. 하지만 아르벨 스완넥과 함께 화려한 면 이불 속에서 알몸으로 뒹굴면서 난생처음 행복의 놀라운 힘을 알게 되자 모든 것이 달라졌다. 굶주림과 폭력에 길들여진 킬러인 케일이 어떤 기분이었을지 상상해보라. 아름다운 아가씨가 홀딱 벗은 채 팔다리로 케일을 감싸고 그의 머리를 쓰다듬으며 열정적으로 끊임없이 키스를 퍼부을 때의 그 기분을. 그리고 지금 케일은 눅눅한 냄새가 희미하게 풍기는 어두침침한 방에서 결투를 기다리고 있으며, 그의 위에서 오페라 로소를 가득 채운 삼만 명의 관중은 그가 죽는 모습을 보게 되길 기대하고 있었다. 이틀 전까지 케일을 이끈 원동력은 살고자 하는 의지였다. 강렬하고, 동물적이고, 분노로 가득한 의지. 하지만 언제나 마음 한구석에선 죽건 살건 전혀 상관하지 않았다. 지금 그는 삶을 갈망했다. 그것도 아주 강렬하게. 그리고 난생처음 두려움을 느꼈다. 물론 삶을 사랑하는 것은 멋진 일이지만, 다른 날은 몰라도 이날만은 그래선 안 되었다.

그래서 셋이 함께 앉아 있는 지금, 베이그 헨리와 클라이스트는 둘 다 같은 기분을 느끼고 있었다. 좋건 싫건 지금껏 무적이라고 여겼던 녀석이 두려움에 사로잡혀 있다는 너무나도 낯선 기분. 지금 위에서는 함성과 환호가 아득하게 들려오고, 거대한 문과 리프트가 쿵쿵거리고, 어디선가 철컹거리는 기계소리가 울려퍼지고 있었다. 그때마다 기대와 믿음은 의심과 두려움으로 바뀌었다.

삼십 분쯤 남았을 때 가벼운 노크소리가 들렸다. 클라이스트가 문을 열자 비폰드 총리와 이드리스푸케가 들어왔다. 어두운 방안에 감도는 묘한 분위기에 놀란 그들이 조용히 말했다.

저 녀석 괜찮냐?

"네."

혹시 필요한 거라도 있나?

"아뇨. 고맙습니다."

곧이어 병상의 침묵 같은 정적이 흘렀다. 코르티나 산길에서 리디머들이 끔찍하게 학살당하는 믿기 힘든 광경을 목격했던 이드리스푸케는 당황했다. 영리하고 현명한 비폰드 총리는 이제껏 케일 같은 존재를 본 적이 없다고 생각했지만, 고함을 질러대는 관중 앞에서 참혹하게 죽으러 갈 소년을 보니 안쓰러웠다. 늘 이런 결투를 무모하고 부당한 행위로 여기는 그에게 이번 결투는 도저히 용납할 수 없는 해괴한 짓이었다.

"내가 가서 솔로몬 솔로몬에게 말해야겠다." 비폰드가 케일에게 말했다. "이건 범죄나 다름없는 어리석은 짓이야. 사과할 수 있는 자리를 내가 만들어주마. 그냥 나한테 맡겨."

그가 나가려고 자리에서 일어서자, 두 번 다시 느낄 수 없을 것 같은 놀라운 무언가가 케일의 마음속에 밀려들었다. 그래, 그만두자. 난 이걸 원치 않아. 싫어. 하지만 비폰드가 문에 다다랐을 때, 다른 무언가가 케일로 하여금 소리치게 했다. 자존심 때문이 아니었다. 현실을 분명히 파악하고 있어서였다.

"관두십시오, 비폰드 총리님. 그래봐야 소용없습니다. 그자가 원하는 건 제 목숨이 아니라 가죽이니까요. 무슨 말을 해도 달라지지 않을 겁니다. 쓸데없이 그자의 사기만 올라갈 겁니다."

비폰드는 대꾸하지 않았다. 옳은 말이기 때문이었다. 그때 요란하게 문 두드리는 소리가 들렸다.

"십오 분 전!"

곧이어 문이 열렸다. "아, 목사가 널 만나러 왔구나."

검은 정장 차림의 몹시 작은 남자가 부드러운 미소를 지으며 방으로 들어왔다. 개 목걸이처럼 생긴 하얀 띠를 목에 두르고 있었다.

"당신에게 축복을 내려주러 왔습니다." 그는 잠시 사이를 두고 말을 이었다. "당신이 원한다면."

케일은 이드리스푸케를 바라보았다. 그는 케일이 목사를 내던질 거라고 예상하는 눈치였다. 그걸 알아차린 케일은 빙그레 웃으며 말했다. "나쁠 거 없죠." 그가 한 손을 내밀자 이드리스푸케가 악수에 응했다.

"행운을 빈다." 그리고 그는 재빨리 방을 떠났다. 케일이 비폰드를 향해 고개를 끄덕이자 총리도 고개를 끄덕이고 떠났다. 이제 방 안에는 세 소년과 목사만 남았다.

"그럼 시작할까요?" 목사가 명랑하게 말했다. 마치 결혼식이나 세례식을 집전하는 듯한 태도였다. 그는 호주머니에 손을 넣어 작은 은상자를 꺼내 뚜껑을 열고, 안에 들어 있는 가루를 케일에게 보여주었다. "떡갈나무 껍질을 불에 태우고 남은 재입니다. 불멸의 상징으로 여겨지죠." 자신도 그 이야기는 썩 믿지 못하겠다는 말투로 덧붙였다. "발라줄까요?" 목사는 집게손가락을 재에 담갔다가 케일의 이마에 짧은 선을 그리듯 발랐다. 그러고는 명랑하게 읊조렸다.

"잊지 말라, 인간이여, 그대는 흙이며 언젠가 흙으로 돌아가리라. 하지만 이 또한 잊지 말라. 비록 그대의 죄는 진홍색이지만 눈처럼 하얘질 것이며, 그대의 죄는 피처럼 빨갛지만 양털과 같아지리라." 그는 은상자의 뚜껑을 닫고 호주머니에 도로 넣었다. 일을 잘 끝냈다는 듯 의기양양한 태도였다.

"음…… 아, 그렇지. 행운을 빕니다."

목사가 문으로 다가가자 클라이스트가 그를 향해 소리쳤다. "솔로몬 솔로몬에게도 같은 말을 해줬나요?"

목사는 돌아서서 클라이스트를 바라보았다. 기억을 떠올리려고 애쓰는 눈치였다.

"글쎄요." 그가 묘한 미소를 지으며 대답했다. "안 그런 것 같습니다만." 그리고 말을 마치자마자 사라졌다.

방문객은 한 명 더 있었다. 희미한 노크소리를 듣고 헨리가 문을 열자, 리바가 방안으로 슬그머니 들어왔다. 안으로 들어올 때 헨리의 손을 살짝 꼬집자 그의 얼굴이 빨개졌다. 케일은 넋 나간 표정으로 땅만 보고 있었다. 리바는 잠시 기다렸다. 이윽고 케일이 고개를 들더니 그녀를 보고 흠칫 놀랐다.

"행운을 빌어주려고 왔어." 그녀가 긴장된 말투로 빠르게 말했다. "미안하다는 말을 하려고. 그리고 이거 받아." 그녀가 편지 한 장을 내밀었다. 케일은 편지를 받아들고 우아한 봉인을 뜯었다.

사랑해. 꼭 돌아와줘.

잠시 아무도 말하지 않았다.

"미안하다는 건 무슨 뜻이야?" 케일이 물었다.

"나 때문에 네가 이렇게 됐잖아."

클라이스트가 비웃듯이 콧방귀를 뀌었지만 말은 하지 않았다. 케일은 리바를 바라보면서 베이그 헨리에게 편지를 갖고 있으라고 건넸다.

"저 녀석이 하려는 말은 이번 일이 모두 내 잘못이라는 거야. 난 친절한 사람이 아냐. 그건 사실이야."

"그래도 이건 내 잘못 같아." 리바는 자신의 죄를 확실히 용서받고 싶은 마음에 고집을 부렸다. 그녀와 같은 처지라면 누구라도 그럴 것이다.

"맘대로 생각해."

몹시 풀이 죽은 리바를 보자마자 안쓰러워진 베이그 헨리는 다시 그녀의 손을 잡고 훨씬 어두운 복도로 데리고 나갔다.

"난 정말 바보야." 자신에게 화가 난 리바는 눈물을 글썽이며 말했다.

"걱정 마. 케일은 네 탓이 아니라고 말한 것뿐이야. 지금 저 녀석은 이번 결투에 집중해야 해."

"어떻게 될 것 같아?"

"케일이 이길 거야. 저 녀석은 지는 법이 없거든. 나 그만 들어가야 해." 리바가 또 헨리의 손을 꼬집고 볼에 입을 맞췄다. 헨리는 온갖 묘한 기분을 느끼며 리바의 모습을 바라보다가 다시 대기실로 들어갔다.

이제 십 분밖에 남지 않자 케일은 말없이 자동적으로 몸풀기를 시작했다. 클라이스트와 베이그 헨리도 동참했다. 세 소년은 팔을 돌리고 다리를 뻗고, 흐릿한 빛 속에서 가벼운 신음소리를 내며 열심히 준비운동을 했다. 이윽고 요란한 노크소리가 들렸다.

"시간 됐습니다!"

소년들은 서로를 바라보았다. 잠시 후 방 끄트머리에 있는 두번째 문에서 빗장이 풀리는 요란한 소리가 들렸다. 우르르! 문이 끽끽거리면서 천천히 열리자, 마치 문밖에서 해가 케일을 기다렸다는 듯 한줄기 빛이 어둠을 가르며 새어들었다. 하지만 어두컴컴한 방을 가로지르며 날아온 환한 햇살과 함께 밀려온 거센 바람이 소년들을 다시 안전한 어둠 속으로 힘껏 밀어댔다.

문으로 걸어가는 동안 케일의 귀에 그녀의 마지막 말이 들렸다. "도망쳐. 떠나. 제발. 이게 너한테 무슨 의미가 있니? 달아나."

몇 걸음 만에 그는 문턱을 넘어 오후 두시의 해가 내리쬐는 밖으로 나왔다.

두번째 빛줄기와 함께 세상이 떠나갈 듯 쩌렁쩌렁한 관중의 함싱에 케일은 눈과 귀가 아팠다. 앞으로 열 걸음, 열다섯 걸음, 스무 걸음 나아가면서 환한 빛에 눈이 익는 동안 처음 그의 눈에 들어온 것은, 움직이고 야유하고 환호하고 노래하는 삼만 관중의 얼굴들로 이루어진 벽이 아니었다. 칼집에 꽂힌 칼 두 자루를 들고 투기장 한가운데서 기다리는 사내였다. 케일은 솔로몬 솔로몬 쪽을 보지 않으려고 애썼지만 뜻대로 되지 않았다. 케일의 왼쪽으로 30야드 떨어진 곳에서 솔로몬 솔로몬이 투기장 한가운데의 사내에게 눈길을 고정한 채 곧장 걸어가고 있었다. 케일이 마지막으로 봤을 때보다 덩치가 두 배는 불어난 듯 키가 더 크고 어깨는 더 벌어져 거인처럼 보였다. 케일은 두려움 때문에 무기력해지는 자신에게 놀랐다. 거의 반평생 자신을 무적의 존재로 만들어준 힘이 사라지는 기분이었다. 모래처럼 바싹 마른 혀는 입천장에 들러붙었고, 넓적다리 근육이 쑤셔서 서 있기도 힘들 지경이었으며, 떡갈나무처럼 억센 두 팔을 쳐드는 것조차 불가능하게 느껴졌다. 그리고 관중의 시끄러운 야유와 환호, 노랫소리보다 훨씬 더 크게 들리는, 귓속을 태울 듯한 기묘한 소리가 들렸다. 투기장 벽을 따라 수백 명의 병사가 4야드 정도씩 떨어져 차려 자세로 서서 관중과 거대한 원형 투기장을 번갈아 보고 있었다.

높다란 모자를 쓴 훌리건들이 신나게 노래를 불렀다.

모두가 우릴 싫어해도, 우린 상관없어
모두가 우릴 싫어해도, 우린 상관없어
하지만 우린 롤라드와 위그노를 좋아하지
정말? 정말? 정말? 정말?

~~우우우우우~~ 아냐, 내 생각은 달라
하지만 우린 말썽 많은 멤피스를 진짜 좋아해

곧이어 그들은 양손을 머리 위로 높이 쳐들고 새로운 노래의 박자에 맞춰 박수를 치면서 무릎을 올렸다 내렸다 했다.

살려고 발버둥쳐라, 안 그러면 죽는다
살려고 발버둥쳐라, 안 그러면 죽는다
살려고 발버둥쳐라, 안 그러면 죽는다
살려고 발버둥쳐라, 안 그러면 죽는다

이들을 압도하는 동시에 결투에 나선 자들을 조롱하려고 대머리 롤라드들이 즐겁게 노래했다.

안녕, 안녕, 넌 누구니?
안녕, 안녕, 넌 누구니?
루퍼트니? 프레드니?
넌 곧 죽을 거야.
넌 누구니?
우린 말하기 싫어, 우린 조잘대기 싫어
하지만 넌 곧 대리석 바닥에 쓰러질 거야
분노로 뒤덮인 돌바닥에 쓰러져
사라진 거시기를 그리워하고, 사라진 이빨을 그리워하면서
안녕, 안녕, 넌 누구니?

걸음을 내디딜 때마다 케일은 점점 더 가라앉는 기분이었다. 난생처음 느끼는 두려움과 무기력이 뱃속과 머릿속에서 난동을 피우는 것 같았다.

마침내 케일이 투기장 한가운데 다다르자, 솔로몬 솔로몬이 케일 옆에 섰다. 마치 또다른 태양처럼, 몸에서 힘과 분노가 이글거렸다.

진행자가 두 사람에게 자신의 왼쪽과 오른쪽에 서라고 손짓했다. 그리고 소리쳤다.

"오페라 로소에 온 걸 환영한다!"

그러자 모든 관중이 하나가 되어 함성을 지르며 일어섰다. 하지만 마테라치 가문 지정석의 사람들은 모두 심드렁하게 박수만 쳤다. 이들은 마테라치 사회의 최상위층은 결코 아니었다. 그런 자들은 이 천박한 행사나 마테라치 가문의 정식 일원이 아닌 솔로몬 솔로몬 따위와 엮이려 들지 않았다. 솔로몬 솔로몬은 군대 계급 사회에선 권력자로 존경받지만, 원래는 말린 생선을 팔아 부자가 된 사내의 증손자였다. 하지만 마테라치 사회의 지도층 인사 몇 명이 뒤늦게나마 나타났고, 마테라치 원수도 몹시 마뜩잖은 표정으로 참석했다. 그들은 따로 마련된 은밀한 특실에서 이날 아침 잡아올린 참새우를 먹으며 결투를 관람했다. 몬드 패거리는 자신들의 지정석에서 케일을 향해 파도처럼 손가락질을 해대고 조롱의 합창을 하며 이글거리는 증오를 토해냈다.

"넌 죽어죽어죽어, 넌 죽어죽어죽어, 반! 드! 시!"

서쪽 관중석 높은 곳에서 경찰들의 검색을 용케 피한 깡패 한 놈이 죽은 고양이를 힘껏 던졌다. 커다란 포물선을 그리며 날아온 시체는 케일에게서 고작 스무 발짝 앞 모래밭에 털썩 떨어졌다. 흥분한 관객들이 환호성을 질러댔다.

시들어가는 케일의 영혼 속에서 두려움이 난동을 부렸다. 마치 지난 세월 내내 마음속에 갇혀 있던 두려움의 저수지가 둑을 터뜨리고 쏟아져 그의 용기와 배짱, 의지를 전부 쓸어가버린 것 같았다. 결투 진행자가 주는 칼을 받아드는 케일은 두려움에 척추가 떨릴 지경이었다. 완전히 무기력해져서 칼집에서 칼을 뽑으려고 손을 들기조차 힘들었다. 칼이 너무 무거워 칼을 잡은 손이 옆으로 축 늘어졌다. 이제는 모든 것이 또렷이 느껴졌다. 혀에서 느껴지는 죽음과 공포의 씁쓸한 맛, 이글이글 타는 환한 태양, 관중의 소음과 얼굴들의 벽. 이윽고 진행자가 두 손을 들었다. 관객들이 입을 다물었다. 곧이어 진행자는 두 팔을 내려 옆구리에 댔다. 관중이 한 마리 야수처럼 포효했다. 케일은 자신을 죽이려는 사내를 멍하니 바라보았다. 검을 치켜든 그는 겁에 질려 부들부들 떠는 소년 쪽으로 주의깊고 신중하게 다가왔다.

케일의 마음속 깊은 곳에서 무언가가 보호해달라고, 구해달라고 애원했다. 이드리스푸케, 살려줘요. 레오폴드 비폰드, 살려줘요. 헨리와 클라이스트, 살려줘. 아르벨 스완넥, 살려줘. 하지만 어느 누구도 케일을 도울 수 없었다. 그가 세상에서 가장 싫어하는 사람만이 그를 도울 수 있었다. 리디머 보스코. 그가 휘두르는 폭력에 시달리며 살았던 세월, 날마다 느꼈던 공포와 두려움. 그것들이 치명타를 맞고 모래밭에 붉은 피를 쏟을 뻔했던 케일을 구했다. 가슴에서부터 두려움의 물이 얼어붙기 시작했다. 솔로몬 솔로몬이 빠르게 주위를 맴도는 동안, 케일의 가슴에서 시작된 냉기는 심장과 창자로 내려가 넓적다리와 팔뚝으로 퍼져갔다. 불과 몇 초 만에, 마치 기적의 약이 괴로운 통증을 가라앉히듯, 케일은 다시 죽음과 공포에 초연해졌다. 제 모습을 되찾은 것이다. 지금은 무덤덤해야 살 수 있다.

꼼짝도 하지 않는 케일을 보며 처음에는 조심하던 솔로몬 솔로몬이 공격하기 위해 빠르게 움직이기 시작했다. 칼을 쳐들고 뚫어져라 바라보며 신중하게, 광포하고 노련한 죽음의 사자처럼 다가왔다. 공격 범위 안으로 들어온 그가 잠시 멈췄다. 둘 다 서로의 눈을 노려보았다. 관중은 숨을 죽였다. 케일에게는 모든 광경이 마치 터널 안에 있는 것처럼 보였다. 관중 사이에 있는 한 노파가 다정한 할머니처럼 웃으면서 손가락으로 자기 목을 긋는 시늉을 했다. 땅에 떨어진 죽은 고양이는 너무 빳빳해서 마치 잘못 만든 인형처럼 보였다. 결투장 가장자리에 있는 어린 무희는 놀라움과 두려움으로 입이 딱 벌어졌다. 그리고 케일의 상대는 모래밭에서 이리저리 움직이고 있었다. 까마득히 먼 곳에 있는 같은 관중의 함성보다 그 소리가 훨씬 더 크게 들렸다. 이윽고 솔로몬 솔로몬이 힘을 모아 공격했다.

케일은 고개를 숙이고 상대의 팔 밑으로 지나가면서 칼을 아래로 찔렀고, 솔로몬 솔로몬은 칼로 상대를 두 동강 내려 했다. 두 사람의 자리가 바뀌었다. 몹시 흥분하고 어리둥절해진 관중이 함성을 질러댔다. 둘 다 서로를 건드리지 못한 것 같았다. 그때 케일의 손에서 액체가 뚝뚝 떨어지더니 이내 쏟아졌다. 그의 왼손 새끼손가락이 잘려나가 모래 위에 떨어져 있었다. 모래 위에 떨어진 그

손가락은 작고 우스꽝스러워 보였다.

케일이 뒤로 물러났다. 강렬하고 끔찍한 고통이 밀려들었다. 솔로몬 솔로몬은 피를 흘리며 괴로워하는 상대의 모습을 서서 유심히 지켜보았다. 아직 결투는 끝나지 않았지만, 참혹하게 죽이기 위한 첫 단추는 끼워졌다. 모래밭에 떨어진 피가 관중의 눈에 띄자, 오페라 로소에 함성의 물결이 서서히 퍼지기 시작했다. 어떤 자들은 야유를 퍼붓고, 어떤 이들은 패배한 개를 응원하고, 마테라치 사람들은 환호하고, 몬드 패거리는 조롱을 퍼부어댔다. 하지만 곧 서서히 조용해졌다. 이제 모든 것이 제 손에 달려 있다는 걸 아는 솔로몬 솔로몬은 출혈과 고통, 죽음에 대한 공포가 상대의 의욕을 꺾어놓길 기다렸다.

"가만있거라." 그가 말했다. "그러면 내가 빨리 끝내줄지도 모르니. 물론 장담은 못하겠다만."

케일은 조금 어리둥절한 표정으로 그를 쳐다보았다. 그러고는 마치 칼의 무게를 확인하듯 손에 쥔 칼자루를 몇 번 돌리더니, 상대의 머리를 향해 느릿느릿 천천히 칼을 한 번 찔렀다. 본능적으로 그런 약한 공격에는 반격하는 버릇이 있는 솔로몬 솔로몬은 곧바로 케일에게 달려들었다. 거대한 허벅지의 힘으로 힘차게 나아갔다. 하지만 두번째 걸음을 내디디는 순간, 마치 헨리가 쏜 볼트에 맞기라도 한 듯 그는 앞으로 고꾸라져 얼굴과 가슴을 모래에 처박았다.

관중 전체가 동시에 기겁했다. 엄청난 놀라움의 탄식 같았다.

케일의 첫 공격은 표적을 완전히 벗어난 게 아니었다. 솔로몬 솔로몬의 첫 일격이 케일의 손가락을 잘랐을 때 케일이 아래로 찌른 칼은 상대의 뒤꿈치 힘줄을 끊어버렸다. 그래서 손가락이 잘린 고통에 괴로워하면서도 케일이 어리둥절했던 것이다. 솔로몬 솔로몬이 너무 멀쩡해 보였다. 아주 허술하게 두번째 공격을 하는 척한 것도 같은 이유에서였다. 그저 상대를 움직이게 하기 위해서였다.

두려움과 놀라움에 당황한 솔로몬 솔로몬은 멀쩡한 다리로 재빨리 무릎을 꿇고 케일이 다가오지 못하도록 칼을 휘둘렀다.

"더러운 꼬마 똥자루 자식!" 속삭이듯 나직한 절규였다. 그리고 곧 그는 엄청난 분노와 좌절감에 사로잡혀 고래고래 소리를 질렀다.

케일은 상대의 칼이 닿지 않을 만큼 떨어져서 기다렸다. 솔로몬 솔로몬이 다시 분노의 욕설을 토해냈다. 케일은 그냥 지켜보기만 했다. 마침내 솔로몬 솔로몬이 패배를 인정했다.

"좋아. 네가 이겼다. 항복한다." 비통하고 성난 목소리였다.

케일은 진행자를 바라보았다.

"우리 중 한 사람이 죽어야 결투가 끝난다고 들었는데요."

"자비를 베푸는 것은 언제든 가능하다." 진행자가 말했다.

"지금 말입니까? 그런 이야기는 들은 기억이 없습니다."

"패자가 승자에게 자비를 구할 수는 있다. 물론 그 부탁을 반드시 들어줄 필요는 없고, 승자가 거부한다고 비난할 사람도 없다. 하지만 다시 말하건대, 자비를 베푸는 것은 언제든 가능하다." 진행자는 무릎을 꿇고 있는 사내를 보며 말했다. "솔로몬 솔로몬, 자비를 원한다면 청하시오."

솔로몬 솔로몬은 머릿속에서 엄청난 싸움이 벌어지기라도 하는지 고개를 흔들어댔다. 실제로 그의 머릿속은 혼란스러웠다. 케일은 처음에는 당혹스러웠지만, 곧 엄청난 분노가 점점 더 커지는 것을 느꼈다.

"괜찮다면 나에게 자비를 베풀—"

"닥쳐!" 케일이 소리쳤다. 그는 자신에게 진 상대와 진행자를 번갈아 보며 말을 이었다. "가증스러운 자들! 나를 강제로 이곳에 끌고 와서는, 상황이 불리해지니 멋대로 규칙을 바꾸려 들다니. 당신들이 지껄이는 품격이라는 게 결국 이런 거군. 모든 걸 자기 입맛대로 바꿀 수 있다고 믿지. 너희는 온통 거짓투성이야."

"솔로몬 솔로몬은 목숨 값으로 만 달러를 내야 살 수 있다." 진행자가 말했다.

그 순간 케일이 칼을 휘둘렀고, 솔로몬 솔로몬이 비명을 지르며 땅에 쓰러졌다. 그의 팔 윗부분이 깊게 베였다.

"억울하다고 생각해?" 케일이 말했다. "넌 날 이유 없이 무자비하게 두들겨팼어. 하지만 지금 네 꼴을 보시지. 아주 졸렬해. 지금껏 수많은 사람을 죽이면서 한 번이라도 자비를 베풀어봤어? 그런데 이제 네 차례가 되니까 봐달라고 징징대는 거야?" 케일은 기가 막히고 역겹다는 듯이 콧방귀를 뀌었다. "분해? 이게 너의 운명이야. 언젠가는 나도 그렇게 되겠지. 불만 있나, 영감?"

그러고는 곧바로 솔로몬 솔로몬 위에 서서 그의 머리끄덩이를 쥔 후 목덜미를 한 번에 찔러 죽였다. 케일은 축 늘어진 그 몸뚱이를 모래 위에 털썩 떨어뜨렸다. 얼굴은 옆으로 처박혔고, 보지 못하는 눈은 뜬 채, 코에서는 여전히 피가 조금씩 흘러나오고 있었다. 피는 이내 그쳤다. 그것이 솔로몬 솔로몬의 최후였다.

솔로몬 솔로몬의 숨이 끊어져가는 마지막 몇 초 동안, 케일은 다른 건 전혀 지각하지 못했다. 아픈 왼손도, 관중도. 그의 안에는 오로지 분노만이 가득했다. 이제 다시 통증이 밀려들었고, 관중의 소리가 들렸고 그들이 보였다. 하지만 소리가 조금 이상했다. 박수와 환호성이 아니었다. 너무 취해서 무얼 봤는지 모르는 술꾼들이 떠드는 소리, 여기저기서 들려오는 고함과 야유. 하지만 대부분은 너무 놀라서 믿지 못하겠다는 웅성거림이었다.

지시받은 대로 벤치에 앉아 기다리고 있던 베이그 헨리와 클라이스트는 큰 충격을 받은 채 지켜보았다. 베이그 헨리는 케일이 무슨 짓을 하려는지 알아차렸다.

"이리 와. 그러면 안 돼." 그는 혼잣말을 중얼거렸다. 하지만 곧 케일에게 소리쳤다. "그만둬!" 베이그 헨리가 앞으로 가려 하자 경찰 하나와 병사 하나가 그를 가로막았다. 오페라 로소 한가운데서 케일은 죽은 사내를 뒤집어 눕히고 그의 배 위에 칼을 내려놓더니, 시체의 늘어진 두 발을 양쪽 겨드랑이에 끼고 모래땅을 가로질러 마테라치 사람들이 모여 있는 특실 쪽으로 끌고 갔다.

죽은 사내의 두 팔은 뒤로 늘어졌고, 땅의 표면이 고르지 않아서 머리가 통통 튕겼으며, 시체에서 흐르는 피가 새빨갛고 불규칙한 얼룩을 남겼다. 그렇게 이십 초 정도 나아가다 멈춰 섰다. 진행자가 관중 앞의 병사들에게 서로 더 바짝 붙으라고 손짓했다. 마테라치 가문의 사람들과 어린 몬드 패거리는 망연한 표정으로 입을 다문 채 지켜보고만 있었다.

곧이어 솔로몬 솔로몬의 두 다리를 겨드랑이에 끼고 있던 케일이 마치 비웃듯 관중을 쳐다보더니 시체의 발을 떨어뜨렸다. 땅에서 털썩 소리가 났다.

케일은 두 팔을 머리 위로 높여 쳐들고는 관중을 향해 으르렁거리듯 승리의 함성을 질렀다. 진행자의 신호를 본 경찰은 헨리와 클라이스트에게 케일을 끌어내게 했다. 두 소년이 케일에게 달려가는 동안, 병사들과 그들이 보호하는 관중 앞에서 케일이 왔다갔다 하기 시작했다. 마치 족제비가 닭장으로 들어갈 구멍을 찾는 것 같았다. 그러다 갑자기 오른손으로 자기 가슴을 힘껏 세 번 치면서 기쁨에 넘치는 목소리로 소리쳤다. "메아 쿨파! 메아 쿨파! 메아 막시마 쿨파!" 관중이 알아듣지 못하는 말이지만 굳이 통역할 필요도 없었다. 그들은 분노를 터뜨리고 증오의 욕설을 쏟아내면서 한 마리 짐승처럼 앞으로 몰려나갈 기세였다. 그때 케일에게 다다른 두 소년이 팔로 그의 어깨를 감쌌다.

"이제 됐어, 케일." 클라이스트가 케일을 잡은 손에 힘을 줘 조심스레 꽉 조였다. "차라리 저들을 다 죽이지그래?"

"갈 시간이야, 토머스. 우리랑 같이 가."

친구들을 따라 대기실 문으로 돌아가면서 케일은 줄곧 관중에게 고함을 지르며 대들었다. 삼십 초 뒤 문이 닫히자, 세 소년은 두려움과 놀라움 때문에 얼떨떨한 상태로 다시 침침한 빛 속에 앉았다. 그들이 대기실을 나선 지 십 분 만이었다.

궁전에서 아르벨 마테라치는 참을 수 없는 두려움에 떨면서 소식을 기다렸다. 차마 오페라 로소에 가서 그가 죽는 모습을 볼 수 없었다. 그녀는 케일이 죽을 거라고 확신했다. 연인을 다시는 만나지 못할 거라고 모든 직감이 소리쳐댔다. 그때 문밖에서 다급한 발소리가 들려왔다. 곧이어 문이 벌컥 열리더니 눈이 휘둥그레진 리바가 숨을 헐떡이며 방안으로 뛰어들어왔다.

"살았대요!"

그날 밤 케일과 아르벨 둘만 있는 광경은 쉽게 상상할 수 있다. 기진맥진한 소년에게 빗발치는 끝없는 기쁨의 키스와 애무, 쉴새 없이 쏟아내는 사랑과 흠모의 고백. 이날 오후 죽음의 그림자의 골짜기를 지나온 케일은 밤에 천국의 풍경으로 보상받았다. 물론 지옥도 있었다. 손가락이 잘려나간 자리가 엄청나게 아팠는데, 과거에 더 심한 부상을 입었을 때보다 훨씬 통증이 심했다. 베이그 헨리가 큰돈을 주고 구해온 소량의 아편 덕분에 고통이 금세 욱신거리는 정도로 바뀐 뒤에야 아르벨의 환영에 집중할 수 있었다. 그래도 여전히 멍한 상태였다.

그날 밤 케일은 솔로몬 솔로몬과 싸우기 전에 자신에게 벌어진 일을 아르벨에게 설명하려고 노력했다. 논리적으로 말하려고 애썼지만 쉽지 않았다. 아편 때문일 수도 있고, 섬뜩한 죽음을 눈앞에 두고 느꼈던 엄청난 긴장과 공포 때문일 수도 있었다. 자기 자신을 그녀에게 설명하고 싶었지만 그러기가 두려웠다. 혼란과 두려움에 사로잡힌 케일이 딱한 나머지 결국 아르벨이 말을 가로막았다. 물론 그녀 자신을 위해서이기도 했다. 아르벨은 자신의 기묘한 연인이 킬러라는 사실을 새삼 떠올리고 싶지 않았다.

"말을 적게 할수록 빨리 나을 거야."

케일은 새벽 보초가 근무 교대를 하러 오기 전에 그녀의 방에서 나왔다(나오기 전에 그는 다시 한참 동안 키스와 사랑의 고백을 받았다). 밖에는 베이그 헨리 혼자 보초를 서고 있었다.

"좀 어때?" 베이그 헨리가 물었다.

"모르겠어. 이상해."

"차 한잔 할래?" 케일이 고개를 끄덕이자 헨리가 말했다. "그럼 가서 물 올려놔. 근무 교대하고 갈 테니까."

십 분 뒤, 케일이 차를 막 끓여놓았을 때 베이그 헨리가 경비 본부로 들어왔다. 그들은 말없이 앉아서 차를 마시고 담배를 피웠다. 케일에게 담배를 배운 베이그 헨리와 클라이스트는 요즘 담배를 입에 물고 있지 않을 때가 거의 없었다.

"아까 왜 그랬어?" 오 분 뒤, 베이그 헨리가 말문을 열었다.

"겁이 났어. 너무나도."

"난 네가 그자한테 죽는 줄 알았어."

"그가 덜 조심했다면 아마 난 죽었을 거야. 그자는 내가 움직이지 않는 걸 일종의 속임수라고 생각했어."

두 소년은 한동안 말없이 앉아 있었다.

"그런데 뭔가 변한 거야?"

"몰라. 몇 초 만에 그렇게 됐어. 마치 누가 얼음처럼 차가운 물을 나한테 쏟아부은 것처럼."

"그럼 운이 좋았던 거네."

"응."

"이제 어쩔 거야?"

"생각 안 해봤어."

"생각해보는 게 좋을 거야."

"무슨 뜻이지?"

"우린 이제 끝났어."

"어째서?" 케일은 다시 담배를 마는 데 열중하는 척하며 물었다.

"넌 솔로몬 솔로몬을 죽이고 그것도 모자라 그의 시신을 마테라치 놈들 앞에 던져놓고 시비를 걸었어."

"시비를 걸어?"

"어디 마음대로 해봐라, 그거였지?" 케일은 대답하지 않았다. "아마 놈들은 악랄하게 복수하려 들 거야. 그럴 것 같지 않아? 앞으로 결투 따위는 없을 거야. 누가 네 머리에 벽돌을 떨어뜨릴지도 몰라."

"그래. 무슨 소린지 알겠어."

하지만 베이그 헨리의 말은 끝나지 않았다.

"그리고 너와 아르벨 마테라치의 관계가 알려지면 어쩌지? 너를 보호해줄 사람은 비폰드와 아르벨의 아버지뿐이야. 만약 총독이 이 사실을 알게 되면 어쩔 것 같아? 결혼이라도 시켜줄까? 저 도도하고 우아한 아르벨 마테라치가 어린 돼지치기이자 사고뭉치인 토머스 케일을 합법적인 남편으로 받아들일 것 같아?"

케일은 피곤한 표정으로 일어섰다. "좀 자야겠다. 지금은 아무 생각도 못하겠어."

32

해가 막 떠오를 무렵, 베이그 헨리의 모진 말들이 귀에 울리는 가운데 케일은 깊은 잠에 빠져들었다. 그로부터 열다섯 시간 뒤, 교회 종소리가 케일을 깨웠다. 하지만 그것은 대부분 마지못해 주일 예배에 나가는 멤피스 시민들을 부르는 낭랑한 종소리가 아니라 사납고 시끄러운 경고의 종소리였다. 바지도 입지 않은 채 침대를 박차고 문밖으로 나온 케일은 복도를 따라 아르벨의 방으로 달려갔다. 문 앞에는 이미 마테라치 경비병 열 명이 서 있었고, 맞은편 복도에서 다섯 명이 더 오고 있었다. 케일이 문을 쾅쾅 두드렸다.

"누구세요?"

"나야, 케일. 문 열어."

잠겨 있던 문이 열리고 겁에 질린 리바가 나타났다. 곧이어 아르벨이 리바를 옆으로 제치고 밖으로 나왔다.

"무슨 일이야?"

"나도 모르겠어." 케일은 아르벨을 다시 방안으로 들여보내고 마테라치 경비병들에게 손짓했다.

"다섯 명은 안으로 들어가요. 밖에서 보지 못하도록 커튼을 치고, 아가씨들을 창가에서 떨어진 구석에 있게 하세요."

아르벨이 다시 복도로 나왔다. "무슨 일인지 알고 싶어. 우리 아빠가 다쳤으면 어떡해?"

"안으로 들어가!" 케일이 소리쳤다. "빌어먹을, 제발 좀 시키는 대로 해. 그리고 문 잠가."

리바가 놀란 귀족 아가씨의 팔을 살며시 잡고 방안으로 데려갔다. 아르벨이 그런 식으로 혼나는 것을 보고 놀란 경비병 다섯 명도 따라 들어갔다. 문이 잠기자 케일이 경비대장에게 고개를 끄덕이며 말했다. "소식 듣는 대로 전해드리겠습니다. 누가 칼 좀 주세요." 경비대장이 케일에게 무기를 주라고 부하 한 명에게 손짓했다. 그리고 한마디했다.

"바지도 갖다줄까?" 그 말에 나머지 병사들이 키득거렸다.

"내가 돌아오면 당신들 얼굴에서 웃음기가 사라질 겁니다." 케일은 부리나케 달려갔다. 자기 방에서 옷을 집어든 케일은 계단을 뛰어내려가 궁전 안뜰로 나왔다. 그러기까지 삼십 초도 채 걸리지 않았다. 이미 방벽을 따라 보초들을 세워놓은 베이그 헨리와 클라이스트는 활과 외발 쇠뇌로 무장하고 궁전 방어에 동참하려는 참이었다.

"어떻게 된 거야?" 케일이 물었다.

"확실치는 않아." 헨리가 대답했다. "제5방벽 너머 어딘가에서 수단 같은 옷을 입은 자들이 공격해왔다는데, 아닐 수도 있어."

"대체 리디머들이 어떻게 거기까지 들어온 거야?"

이는 간단히 설명할 수 있었다. 멤피스는 수십 년 동안 침략당한 적이 없고 지금도 그럴 가능성이 거의 없는 상업 도시였다. 날마다 이 도시에서 사고파는 어마어마하게 많은 상품은 적에게 포위당할 때 모든 통행을 차단하기 위해 만든 여섯 개의 안벽을 자유롭게 통과해야 하는데, 그중 마지막 안벽은 오십 년 전에 세워진 것이었다. 평화로운 시기에 이 안벽들은 아주 성가신 장애물이었고, 사람들이 끊임없이 들락거리고 쓰레기와 물, 똥오줌이 지나가는 통로도 거쳐가게 되면서 점차 방벽으로서의 기능을 크게 상실했다. 암토끼 키티는 하수도 관리인을 상부에 고발하겠다고 협박한 다음—리디머들이 성소에서 그러하듯 마테라치 사람들도 도시에서 벌어지는 위법 행위를 엄중히 처벌했다—오십 명가량의 리디머를 제5방벽 뒤로 안내했다. 물론 자신이 연루된 흔적은 전혀 남기지 않았다. 리디머들이 궁전을 공격하기 시작했을 무렵, 하수도 관리인은 목이 잘린 채 쓰레기통에 거꾸로 처박혀 있었다. 소수의 범법자들과 타락한 이들을 희생시켜 마테라치 가문의 보복 공격을 도발하려는 보스코의 작전은 경비가 가장 삼엄한 멤피스의 심장부에서 처절한 사투를 불러일으켰다. 제5방벽 뒤에서 리디머 열 명이 눈속임 공격을 하는 동안, 나머지 사십 명은 궁전 지하로 잠입해 맨홀 뚜껑을 통해 안뜰로 올라왔다. 검은 수단 차림의 그들이 하수구의 바퀴벌레처럼 쏟아져나오는 동안, 케일은 베이그 헨리와 클라이스트를 활과 쇠뇌로 무장시켜 방벽 위로 보내고 주위의 마테라치 경비병 열두 명을 어떻게 할지 궁리했다. 바로 그때, 리디머 사십 명이 그들 쪽으로 얼룩처럼 번지기 시작했다. 다들 그 광경을 보고 동시에 입이 딱 벌어졌다.

"일렬로 서! 일렬!" 케일이 경비병들에게 소리치자 곧이어 리디머들이 공격해왔다. 활을 쏘라고 케일이 클라이스트에게 외쳤지만, 양쪽이 너무 가까이 붙어 치고받는 양상이라 함부로 쏠 수가 없었다. 그런데 잠시 후 한 무리의 리디머들이 마테라치 경비병들의 저지선을 돌아 궁전 문으로 달려가기 시작했다. 베이그 헨리와 클라이스트가 쏜 볼트와 화살이 벌처럼 윙 소리를 내며 날아가 리디머들에게 맞았다. 그들 중 한 명이 마치 옷 속에 말벌이 들어가기라도 한 듯 가슴을 움켜쥐고 비명을 지르는 소리를 듣고 상황을 파악한 케일은, 저지선에서 물러나 궁전 문 쪽으로 달려가면서 리디머 한 놈의 아킬레스건을 자르고 두번째 놈도 똑같이 처리했다. 앞에 있던 세번째 리디머는 넓적다리 위쪽에 화살을 맞았는데, 그는 비틀비틀 뒷걸음치다가 케일이 내지른 칼에 입을 맞고 아래턱과 척추를 찔렸다. 이윽고 궁전 문에 다다른 케일이 공격해오는 리디머들 쪽으로 돌아섰다. 볼트와 화살 때문에 겁먹은 리디머들은 이미 공격을 멈추고 궁전 쪽으로 V자 형태로 뻗은 허리 높이의 담장 뒤에 숨어 있었다. 케일은 궁전 앞에 서서 놈들이 다가오기를 기다렸다. 리디머들이 케일에게 다가오려면 방벽에서 빗발치듯 쏟아지는 무시무시한 화살들 때문에 땅에 납작 엎드려야 했다. 그들은 케일 쪽으로 천천히 기어왔다. 케일은 정문을 장식하는 오래된 올리브나무가 심긴 6피트 크기의 화분에 손을 넣어, 아름답게 배열되어 있는 주먹만한 돌멩이를 꺼내 리디머들에게 던지기 시작했다. 이것은 아이들 장난이 아니었다. 돌멩이에 맞은 자들은 이가 부러지고 살이 찢어졌으며, 참다못해 일어서면 위에서 날아오는 볼트와 화살에 맞았다. 부상당한 리디머 다섯 명이 이제 필사적으로 케일을 향해 돌진했다. 그는 팔꿈치로 찍고, 걷어차고, 물어뜯었다. 하지만 목숨을 건 사투를 벌이며 적을 쓰러뜨리는 동안에도 마음속 한편에서 무언가 이상하다는 생각이 들었다. 그런 느낌이 점점 강해지는 가운데, 케일은 마치 이야기책에 나오는 영웅처럼 서서 키 큰 풀이나 잡초를 상대하듯 적을 손쉽게 처치했다. 치고, 막고, 베고, 찌르기로 마무리하면 끝이었다. 겨우 세 명으로 줄어든 마테라치 경비병들은 마침내 적을 밀어냈다. 사기가 꺾인 리디머들은 달아나기 시작했고, 뒤쫓는 마테라치 경비병들의 칼에 베이거나 클라이스트와 헨리가 쏜 화살에 맞았다. 케일을 보호하던 두 소년은 이제 맨홀로 도망치려는 리디머들을 쏴 죽이기 시작했다.

전투를 마친 케일은 심장이 쿵쾅거리고 피가 솟구치는 기분이었다. 눈앞에 펼쳐진 안뜰이 가까워졌다 멀어졌다 하면서 움직이는 듯했다. 공포에 질린 표정으로 죽어가는 리디머, 창자가 바닥으로 쏟아질까봐 배를 움켜쥔 마테라치 경비병, 당당히 싸워 이기고 살아남았다는 사실이 기뻐 나직이 "그래! 됐어!" 하고 중얼거리는 또다른 경비병. 그 옆에는 쓰러진 리디머 위에 마테라치 경비병 한 명이 서 있었고, 자신이 곧 죽는다는 것을 아는 젊은 리디머의 얼굴은 밀랍처럼 창백했다. 케일은 여전히 무언가 아주 이상하다는 기분에 사로잡혀 있었다. 자비의 일격을 가하지 말라고 마테라치 경비병들에게 소리치고 싶었지만, 너무 지쳐서 목소리가 나오지 않았다. 결국 살아남은 리디머들은 섬뜩한 비명을 지르는 가운데 흙 위에서 부르르 발을 떨어야 했다.

"얘야, 너 괜찮니?" 경비병 한 명이 물었다. 케일은 숨을 깊이 들이마셨다.

"저들에게 멈추라고 해요." 그가 가리킨 곳에서는 마테라치 경비병들이 부상당한 자들을 끝장내고 있었다. "리디머들을 심문해야 해요. 어서요!" 경비병이 소리치면서 달려가 케일이 시킨 대로 했다. 낮은 담장에 주저앉은 케일은 검은 피 웅덩이 가장자리에 내려앉는 나방 한 마리를 물끄러미 바라보았다. 나방은 조심스럽게 피맛을 보고는 만족스러운 듯 열심히 빨아먹기 시작했다.

"왜 그래?" 클라이스트가 의기양양하게 걸어오더니 케일에게 물었다. "너 아직 살아 있는 거 맞지?"

"뭔가 이상해."

"먼저 나한테 고맙다고 하셔야지."

케일이 클라이스트를 노려보았다. "가서 생존자가 있나 살펴보기나 해."

클라이스트는 자기가 부하냐고 따지려다가 케일이 평소와 달리 어딘가 이상해 보여 생각을 고쳤다.

베이그 헨리는 이미 시신들을 살펴보며 볼트를 세고 있었다. 그는 볼트에 맞은 자들이 모두 죽었기를 빌었다. 클라이스트도 합세해서 볼트를 세기 시작했다. 하지만 마테라치 경비병들은 아직 살아 움직이는 자들을 빠르게 끝장내고 있었다.

"케일! 이리 와서 좀 봐!" 화살이 등에 꽂힌 리디머를 뒤집던 클라이스트가 소리쳤다. 케일이 오더니 언짢은 표정을 지으며 멈춰 섰다. 베이그 헨리는 그 모습을 지켜보았다. "봐." 클라이스트가 죽은 리디머를 가리켰다. "웨스터비야." 케일은 열여덟 살 젊은

이의 죽은 얼굴을 물끄러미 바라보았다. 언제부터인지 기억도 나지 않을 만큼 오래전부터 성소에서 날마다 봐온 녀석이었다. 베이그 헨리가 말했다. "이 녀석은 개디스 쌍둥이 중 형이야." 잠시 침묵이 흐르는 동안, 헨리가 그 시신 옆 시신을 끌어당겨 앞으로 뉘었다. "동생은 여기 있고." 그때 안뜰 끄트머리의 맨홀 뚜껑 근처에서 고함과 욕설이 터져나왔다. 바닥에 쓰러져 있는 리디머 한 명을 마테라치 경비병 네 명이 걷어차고 두들겨패기 시작했다. 세 소년은 그곳으로 달려가 경비병들을 떼어놓으려 했지만 그들은 소년들을 옆으로 밀치기만 했다. 결국 케일이 칼을 빼들고 물러서지 않으면 사지를 베어버리겠다고 위협했다. 클라이스트와 베이그 헨리가 리디머를 끌고 가는 동안, 마테라치 경비병들은 성난 표정으로 그 모습을 지켜보았다. 험악한 분위기는 다른 경비병 한 명이 L자 모양으로 휘어진 칼을 들고 네 명에게 다가오자 누그러졌다. "이것 좀 볼래? 이것 좀 봐." 경비병이 계속 말했다. 천천히 뒤로 물러난 케일은 마테라치 경비병 네 명을 노려보며 클라이스트와 헨리 쪽으로 갔다.

케일과 클라이스트, 베이그 헨리는 궁전 담장에 등을 기댄 채 의식을 잃고 쓰러져 있는 리디머 위에 섰다. 그의 얼굴은 퉁퉁 부어 있고, 입술은 터지고 이는 여러 개 나간 상태였다.

"낯익은 얼굴인데." 베이그 헨리가 말했다.

"맞아. 이 녀석은 틸먼스야. 나브라틸의 애콜라이트." 케일이 대꾸했다.

"그 얼간이 리디머?" 클라이스트가 의식을 잃은 젊은이를 좀더 자세히 내려다보았다. "그래, 맞아. 이 녀석은 틸먼스야." 그가 손가락으로 틸먼스의 얼굴을 두어 번 두드렸다.

"틸먼스! 정신 차려!" 그가 쓰러진 리디머의 어깨를 흔들며 소리쳤다. 이윽고 틸먼스가 신음하면서 천천히 눈을 떴지만 눈동자는 흐리멍덩했다.

"놈들이 그를 불태웠어."

"누굴 불태웠는데?"

"리디머 나브라틸. 그가 소년들을 건드렸다면서 번철 위에 올려놓고 구워버렸어."

"그거 안됐군. 누가 뭐래도 꽤 점잖은 자였는데." 케일이 말했다.

"점잖기는. 그래도 전에 나한테 돼지고기 한 조각을 준 적은 있지." 클라이스트가 빈정거렸다. 그가 리디머에게 할 수 있는 최고의 찬사였다.

"그 비명소리가 너무 무서웠어. 거의 한 시간이나 괴로워하다가 죽었어. 그러고 나서 놈들이 나를 위협했어. 여기 오겠다고 자원하지 않으면 나도 똑같이 죽이겠다고."

"여기 올 때 누가 감시했어?"

"리디머 스테이프 로이와 그의 부대. 이곳에 도착하면 주님의 첩자들이 함께 싸울 거랬어. 우리가 잘해내면 새롭게 시작할 수 있을 거라고. 제발 날 죽이지 마!"

"우린 널 해치지 않아. 네가 아는 것만 말해주면 돼."

"몰라. 난 아무것도 몰라."

"나머지 녀석들은 누구야?"

"몰라. 나처럼 다들 병사가 아냐. 내가 원하는 건……"

틸먼스의 눈이 이상하게 움직이기 시작했다. 한쪽 눈은 초점이 흐려지고, 나머지 눈은 마치 멀리 무언가를 바라보듯 케일의 어깨 너머를 응시했다. 클라이스트가 다시 손가락으로 틸먼스의 얼굴을 두드렸지만 이번에는 아무 반응이 없었다. 눈빛이 더욱 흐려지고 호흡이 점점 이상해질 뿐이었다. 이윽고 잠시 정신이 돌아온 표정으로 그가 중얼거렸다. "저게 뭐지?" 그러더니 고개가 한쪽으로 기울어졌다.

"오늘밤을 넘기지 못할 거야." 베이그 헨리가 말했다. "가엾은 틸먼스."

"그래. 리디머 나브라널도 딱하지. 그렇게 골로 가다니 원." 클라이스트도 한마디했다.

케일은 세시에 총리 집무실로 와서 보고하라는 지시를 받았다. 함구하라는 지시도 들었다. 마침내 케일이 총리 앞에 나타나자, 비폰드는 그를 보지도 않고 말했다.

"네가 리디머들이 아르벨을 죽이려고 멤피스에 쳐들어올 거라고 했을 때, 솔직히 난 의심했다. 너와 네 친구들이 이곳에서 할 일을 만들려고 지어낸 이야기일 거라고 생각했지. 사과하마."

케일은 권력자가 자신의 잘못을 시인하는 데 익숙지 않았다. 더구나 자기들 생각이 틀리지 않았는데 잘못을 인정하는 경우는 아주 낯설었다. 그래서 미심쩍은 표정만 지었다. 비폰드가 전단 한 장을 케일에게 건넸다. 젖가슴을 드러낸 여자가 조악하게 그려져 있고, 그림 위에는 제목이 적혀 있었다. '멤피스의 창녀.' 그림 밑에는 아르벨이 사람을 타락시키는 악명 높은 대머리 창녀라고 쓰여 있었는데, 그녀가 악마를 숭배하고 제물을 바치는 대규모 난교

파티를 벌여 자기 자신과 무고한 여자들을 매음시킨다는 것이었다. 마지막 부분에는 단호한 선언조의 문장이 적혀 있었다. 이 여자는 죄악이자 복수의 화신이다!

상황을 이해하기 위해 케일의 머릿속이 분주해졌다.

"방벽 바깥에서 쳐들어온 자들은 줄곧 그 전단을 뿌리며 싸웠다고 한다." 비폰드가 말했다. "이번 일은 비밀에 부칠 도리가 없겠구나. 온 세상 사람들이 아르벨 마테라치는 눈보다 순결하다고 알고 있어."

물론 더이상 그녀는 순결하지 않았지만, 어처구니없는 거짓말들로 점철된 전단은 총리 못지않게 케일에게도 몹시 충격적이었다.

"혹시 이번 일에 대해 아는 게 있느냐?"

"없습니다."

"네가 포로를 심문했다던데."

"시체나 다름없는 상태였습니다."

"그자가 무슨 말 안 하더냐?"

"이미 우리가 아는 뻔히 사실만 말했습니다. 이번 공격은 절대 진짜 공격이 아닙니다. 심지어 진짜 병사들도 아니었죠. 제가 아는 놈이 열 명이나 있었습니다. 야전 요리사, 서기, 어쩌다 병사인 자도 게으른 놈들이었어요. 그래서 쉽게 막아낼 수 있었던 겁니다."

"그 말은 어디서도 하지 마라. 다들 마테라치 수비대가 리디머 자객 무리의 비겁한 공격에 맞서서 압승을 거두었다고 믿고 있으니까."

"리디머 돼지치기 무리죠."

"이번 일로 모두 단단히 화가 났고, 놈들을 물리친 우리 병사들의 능력과 영웅적 행위를 높이 칭송하고 있다. 그런 분위기에 찬물을 끼얹어서는 안 돼. 알아들었지?"

"보스코는 마테라치의 보복 공격을 도발하고 싶어합니다."

"그럼 제대로 먹혀들었군."

"보스코가 원하는 대로 해주는 건 어리석은 짓입니다. 제 말은 거짓이 아니에요."

"그런다고 달라지는 건 없어. 하지만 난 네 말을 믿는다."

"그럼 사람들에게 알리세요. 진짜 리디머 군대가 이번에 온 녀석들처럼 허술할 거라고 생각하면 후회하게 될 거라고."

비폰드가 처음으로 눈앞의 소년을 똑바로 쳐다보았다.

"맙소사, 케일. 넌 이 세상이 얼마나 부조리하게 돌아가는지 모르는구나. 인류에게 찾아온 모든 재앙에 대해 언제나 누군가는 경고를 했었지. 인류 역사를 통틀어 예외는 없었다. 하지만 결국 재앙이 닥치고 경고가 옳았음이 입증되어도 그 경고를 한 자를 알아주는 사람은 없었다. 마테라치 일가는 이번 일에 대해 어느 누구의 충고도 듣지 않을 거다. 하물며 토머스 케일의 충고를 받아들일 리는 만무하지. 세상은 그렇다. 너처럼 하찮은 존재뿐 아니라 나처럼 중요한 존재조차 아무 일도 할 수가 없어."

"그들에게 아무 말도 하지 않을 겁니까? 말려야 하잖아요?"

"아니, 난 입다물고 있겠다. 너도 그래야 해. 멤피스는 지상에서 가장 강대한 권력의 심장부야. 몇 가지 아주 단순한 힘들이 제국을 지탱하고 있지. 교역과 탐욕, 그리고 마테라치 가문이 너무 막강해 어느 누구도 감히 대항하지 못한다는 보편적인 믿음. 리디머들이 우리를 포위하고 공격하는데 멤피스의 방벽 뒤에서 마냥 기다릴 수는 없다. 보스코는 이길 수 없지만, 우리가 질 수는 있다. 그를 피해 숨는 모습을 보이면 지는 거야. 멤피스에 숨어 백년 동안 포위 공격을 견딜 수는 있지만, 육 개월만 지나면 여기서부터 피스포톤시 공국까지 사방에서 저항이 일어날 것이다. 이건 전쟁이야. 피해서 해결될 문제가 아니다."

"저는 리디머들의 전략과 전술을 압니다."

비폰드는 성난 표정으로 케일을 보았다. "그래서 뭘 기대하는 거냐? 군사軍師라도 될 셈이냐? 지금 전쟁을 계획하는 장군들은 세계의 절반을 정복했을 뿐 아니라, 솔로몬 솔로몬과 함께 전장에 나갔거나 그에게 훈련받은 자들이다. 물론 대부분이 그를 썩 좋아하지는 않았지만. 하지만 배고픈 개처럼 싸우는 어린 너는 그들에게 아무것도 아니야. 조언을 해주겠다고? 꿈도 꾸지 마라." 그는 케일에게 이만 가보라고 신경질적으로 손을 흔들면서 한마디 덧붙였다. "넌 솔로몬 솔로몬을 살려줬어야 했다."

"그자라면 저를 그렇게 해줬을까요?"

"물론 안 그랬겠지. 그러니 오히려 더 그의 약점을 이용했어야 해. 만약 그를 살려줬다면 마테라치 일가가 너를 높이 평가하고 솔로몬 솔로몬을 한심하게 여겼을 거다. 힘은 약자 못지않게 힘을 가진 자에게도 무자비한 법이야. 약자는 힘에 뭉개지고 강자는 힘에 중독되지. 사실 네가 가진 그런 힘은 어느 누구도 오래 지닐 수 없어. 운명의 여신에게서 그 힘을 빌린 자들은 그 힘에 너무 의지한 나머지 자멸하고 말거든."

"누가 그러던가요? 따분한 오후에 창자가 쏟아지는 광경을 보고 싶어 광분하는 관중 앞에 서본 적도 없는 자가 그러던가요?"

"자기 연민이냐? 그런 건 겪어보지 않아도 알 수 있다."

대꾸할 말을 찾지 못해 화가 난 케일은 홱 돌아섰다.

"그나저나 어제 벌어진 일에 관한 보고서는 너와 네 친구들의 공로를 상당히 감소시킬 거다. 너희는 그것에 대해 불평할 수 없어."

"어째서죠?"

"오페라 로소에서 벌인 짓 때문에 널 미워하는 자들이 늘었다. 네가 방금 한 말을 곰곰이 생각해보면 쉽게 알 수 있을 거야. 설령 모르겠다 해도 어제 벌어진 일에 대해서는 함구하고 있거라."

"저는 마테라치 사람들이 무슨 생각을 하건 관심 없습니다."

"그게 바로 네 문제라고 생각하지 않느냐? 남들의 생각에 무관심한 것 말이야. 그래서는 안 돼."

다음주 내내 각 지방의 마테라치 영주들이 멤피스로 쏟아져들어왔다. 그들이 거느린 기사와 병사, 부인, 그 부인들의 하인과 더불어 어마어마하게 많은 도둑, 남창, 갈보, 노름꾼, 깡패, 부랑자, 고리대금업자, 일반 장사꾼까지 전쟁으로 떼돈을 벌 기회를 노리고 몰려들어 거리는 통행이 힘들 정도였다. 하지만 돈 문제 말고도 알력과 다툼이 있었다. 마테라치 귀족들 간의 우선순위를 정하는 것은 아주 복잡한 문제였다. 전장에서의 위치는 마테라치 사회에서의 지위를 뜻했다. 마테라치 가문의 전쟁 계획은 군사 전략일 뿐 아니라 왕실 결혼식의 자리 배치 같은 것이었다. 그래서 툭하면 반목과 대립이 일어났다. 전쟁 준비로 바쁜 와중에도 마테라치 원수는 이런저런 모임을 열고 만찬을 베풀며 대부분의 시간을 보냈는데, 하찮아 보이는 일이 실은 더없이 중요하고 영예로운 일이라고 설명하면서 험악한 분위기를 누그러뜨리기 위해서였다.

케일도 그런 연회 중 한 곳에 초대받았다. 그를 사회로 복귀시키려는 계획의 일환으로 비폰드가 요청한 것이었다. 하지만 이번에도 역시 뜻밖의 일이 벌어졌다. 총독은 사이먼이 곁에 있는 것을 좋아하지 않았으며, 공공장소에서는 더욱 질색했다. 하지만 항상 아들과 떨어져 있을 수는 없었는데, 특히 아르벨이 사이먼도 초대해달라고 애원할 때는 도리가 없었다.

비폰드 총리는 정보의 통제자였다. 진짜 정보건 가짜 정보건 모든 정보를 쥐고 흔들었다. 그는 군주에서부터 천한 구두닦이까지, 멤피스 사회의 모든 계층에 폭넓은 인맥을 갖고 있었다. 무언가를 널리 알리거나 적어도 널리 믿게 하고 싶을 때 그런 자들에게 정보를 흘리면 알아서 소문을 퍼뜨렸다. 유용한 소문은 퍼뜨리고 해로운 소문은 차단하는 이런 기법은 지금껏 왕 중의 왕 오시만디아스* 부터 이름 없는 두메산골 촌장까지 모든 통치자가 써먹은 것이다. 영악하게 소문을 이용하는 그런 자들과 비폰드의 차이는 정보원들이 퍼뜨리는 말이 거의 다 사실이어야 한다는 점을 그가 안다는 것이었다. 그래야만 정말로 중요한 사안일 때 정보원들의 말이 신뢰를 얻을 수 있었다. 이런 차이 덕분에 비폰드가 널리 퍼뜨리고 싶어하는 거짓 소문은 거의 언제나 모두가 믿었다. 최근에 그가 케일을 위해 상당한 돈을 쓴 것은 솔로몬 솔로몬의 친인척들의 마음에 복수의 불길이 피어오르는 것을 또렷이 느꼈기 때문이다. 그들이 케일을 암살하려 들 것은 불 보듯 뻔했다. 비록 케일 앞에서는 힐

---

* 고대 이집트의 파라오 람세스 2세의 별칭.

난하듯 말했지만 사실 비폰드는 케일이 아르벨을 구하기 위해 마테라치 편에서 용감하게 싸웠다는 소문을 퍼뜨렸다. 그리고 그 덕분에 케일을 독살하거나 으슥한 골목에서 칼로 뒤를 치려는 위협이 완전히는 아니어도 상당히 줄었다. 하지만 어째서 그런 하찮은 존재를 위해 그토록 애쓰느냐고 묻는다면 비폰드는 대답하지 못했을 것이다. 물론 그렇게 물어보는 사람은 없었다.

비폰드와 마테라치 원수는 몇 시간 동안 함께 앉아 마테라치 사내들을 전장에 배치할 때 생길 복잡한 힘과 서열의 문제들을 해결할 전투 계획을 세우느라 골머리를 썩였다. 사실 그들은 솔로몬 솔로몬의 빈자리를 아쉬워하고 있었다. 영웅적인 전사로서 명성이 자자했던 그는 전열의 앞자리를 차지하려고 난리치는 온갖 마테라치 파벌을 진정시키고 타협시킬 수 있는 귀하디귀한 존재였다.

마테라치 원수가 참담한 표정으로 말했다.

"내 비록 이런 문제를 처리하는 자네의 치밀함은 존경하네만, 솔직히 말하자면 이러니저러니 해도 이 세상에서 막대한 뇌물을 먹이거나 캄캄한 밤에 적을 가파른 벼랑으로 밀어버려서 해결되지 않는 일은 없다고 생각하네."

"무슨 뜻입니까, 각하?"

"그 소년, 케일 말일세. 물론 솔로몬 솔로몬을 편드는 건 아니지만—자네도 알다시피 나는 그 싸움을 중지시키려고 애썼어—솔직히 난 그애가 이길 가망이 있을 줄은 몰랐네."

"아셨다 한들 뭐가 달라졌겠습니까?"

"그 거만한 말투 좀 집어치우게. 자네가 하는 일도 항상 옳은 건 아니잖아. 남보다 좀더 약았을 뿐이지. 내 말의 요지는 우리에겐 솔로몬 솔로몬이 필요하다는 걸세. 그 친구라면 채찍으로 저 망나니들을 후려쳐서 줄을 세우고 상황을 정리했을 거야. 한마디로 우리한테 필요한 건 솔로몬 솔로몬이지 케일이 아냐."

"케일은 각하의 따님을 구했습니다. 그 와중에 하마터면 목숨까지 잃을 뻔했고요."

"이보게, 비폰드. 다른 사람은 몰라도 자네는 내가 사적인 판단을 할 수 없다는 걸 알아야 해. 난 그애가 해준 일에 감사하고 있어. 하지만 그건 아버지로서일 뿐이야. 나는 통치자로서 이 나라에 케일보다 솔로몬 솔로몬이 훨씬 더 필요하다는 점을 지적하는 거라네. 그건 자네도 부정할 수 없는 명백한 사실이야."

"그래서 뭘 후회하시는 겁니까, 각하? 결투가 벌어지기 전에 케일을 벼랑 아래로 내던지지 않은 걸 후회하십니까?"

"그렇게 말하면 내가 당황해서 입을 다물 줄 아나? 난 그 녀석에게 커다란 금 자루를 주고 멤피스를 떠나라고 했을 거야. 영영 돌아오지 말라고 했겠지. 사실 이번 전쟁이 끝나면 그럴 생각이라네."

"케일이 싫다고 했다면 어쩌셨겠습니까?"

"몹시 의심했겠지. 이곳에서 어정거리는 속셈을 말일세."

"각하가 그 녀석에게 좋은 일자리를 주셨기 때문입니다. 덕분에 전 세계에서 가장 안전한 궁전 한가운데서 살 수 있게 됐죠."

"그럼 내 잘못이란 건가? 좋아, 그렇다면 잘못은 고쳐야지. 그 소년은 골칫덩어리야. 고래 뱃속에 들어간 그 친구처럼 재수없는 녀석이지."

"나사렛의 예수 말씀입니까?"

"그래, 그 친구. 리디머들과의 이번 일이 정리되는 대로 케일을 내쫓으면 다 해결될 거야."

마테라치 원수가 그토록 언짢은 이유는 또 있었다. 그날 저녁 내내 아들과 함께 앉아 있어야 한다는 사실이었다. 그 창피함을 견뎌낼 자신이 없었다.

하지만 막상 뚜껑을 열어보니 연회 분위기는 아주 좋았다. 참석한 귀족들은 해묵은 반목과 다툼을 잠시 잊으려고 애쓰는 기색이 역력했으며, 멤피스에 대한 리디머들의 위협 앞에서 단결된 모습을 보였다. 특히 아르벨 스완넥이 그랬다. 만찬이 진행되는 내내 아르벨은 지극히 상냥한 태도로 살짝 즐거운 표정까지 지었다. 놀랍도록 아름다운 그녀의 자태에 감탄한 귀족들은 전단에 그려진 아르벨의 초상화에 점점 더 분개하면서, 사소한 다툼은 잊고 그들 모두를 위협하는 광신도들에게 맞서겠다는 각오를 다졌다.

연회 내내 아르벨은 케일을 보지 않으려고 필사적으로 노력했다. 그를 사랑하고 갈망하는 마음이 너무 커서, 세상에서 가장 둔한 사람한테조차 들킬 것만 같았다. 반면 케일은 아르벨이 자신을 피하는 줄 알고 심통이 났다. 그가 보기에 아르벨은 사람들 앞에서 그와 함께 있는 걸 창피해하고 있었다. 한편 사이먼 때문에 창피를 당할 거라는 총독의 두려움은 괜한 걱정인 듯싶었다. 물론 소년은 벙어리답게 말없이 앉아 있었지만, 여느 때처럼 놀라거나 당황하고 겁에 질린 표정은 사라지고 없었다. 오히려 지극히 정상적인 표정이었다. 때로는 호기심 어린 표정이었고, 때로는 즐거워하는 표정이었다. 마테라치 원수는 자꾸 목이 따끔거리고 기침이 나서 점점 짜증이 났는데, 끊임없이 몰려드는 청원자들을 일일이 상대하며 대꾸한 탓인 듯했다.

총독의 신경을 건드리는 또하나는 사이먼 옆에 앉아 있는 젊은이였다. 총독이 모르는 그자는 저녁 내내 아무 말도 없이 오른손을 끊임없이 움직여대기만 했다. 작은 동작으로 손가락질을 하고, 짧게 주먹을 내지르고, 쉴새없이 원을 그리는 동작을 미친듯이 계속했다. 결국 짜증이 나기 시작한 총독이 하인 페피스를 불러 그에게 손짓을 멈추지 않으면 쫓아내겠다고 하라고 지시하려는 순간, 사이먼 옆에 앉은 젊은이가 일어서서 사람들이 조용해지길 기다렸다. 그런 자리에서 보기 드문 뜻밖의 행동이라 왁자하던 웃음소리와 이야기소리가 금세 잦아들었다.

"저는 사이먼 마테라치 도련님의 언어 가정교사인 조너선 쿨하우스입니다." 쿨하우스가 말했다. "사이먼 도련님이 하실 말씀이 있답니다." 그 말에 연회장이 고요해졌다. 존경심 때문이 아니라 놀라움 때문이었다. 곧이어 사이먼이 일어서더니 쿨하우스가 저녁 내내 했던 것과 똑같은 특이한 동작으로 오른손을 움직이기 시작했다. 쿨하우스가 통역했다.

"사이먼 도련님이 말씀하시기를, '저는 저녁 내내 케빈 로셀스 시장님 맞은편에 앉아 있었는데, 로셀스 시장님이 저를 벙어리 반편이라고 세 번 부르시더군요'라고 했습니다." 사이먼이 밝고 명랑한 웃음을 지었다. 쿨하우스는 계속 통역했다. "그리고 또, '로셀스 시장님, 벙어리 반편이에 대해서 아이들은 이렇게 말한답니다. 반편이는 반편이가 알아본다'라고 하셨습니다."

곧바로 폭소가 터져나왔다. 사이먼의 농담만이 아니라 로셀스의 불거진 눈과 상기된 얼굴도 웃음을 자아냈다. 사이먼의 오른손이 바쁘게 앞뒤로 움직였다.

"사이먼 마테라치 도련님이 말씀하시기를, '시장님은 저의 맞은편에 앉은 것이 엄청나게 창피하다고 말씀하시는데,'" 사이먼이 조롱하듯 케빈에게 허리 굽혀 인사하자 쿨하우스도 따라 했다. 사이먼의 오른손이 다시 움직였다. "'저도 한말씀 드리자면, 창피한 건 오히려 제 쪽입니다'라고 하셨습니다."

사이먼이 자애로운 미소를 지으며 앉자 쿨하우스도 자리에 앉았다.

한순간 손님 모두가 놀라서 멍하니 바라보았다. 간간이 웃음소리와 박수소리도 들렸다. 이윽고 마치 기묘한 무언의 합의가 이뤄지기라도 한 듯, 다들 방금 본 광경은 무시하고 아무 일도 없던 것처럼 굴기 시작했다. 다시 왁자한 웃음과 대화가 시작되고 모든 것이 방금 전과 다름없이 계속되었다. 적어도 겉으로 보기엔 그랬다.

어느덧 저녁 만찬이 끝나고 손님들이 연회장을 빠져나가 어둠 속으로 사라지자, 마테라치 원수는 비폰드와 함께 뛰다시피 자기 방으로 갔다. 그곳에는 총독의 아들과 딸이 아버지의 지시를 받고 기다리고 있었다. 총독은 문지방을 넘자마자 따지듯이 물었다. "어떻게 된 게냐? 이 무슨 몹쓸 장난이냔 말이다." 그는 딸을 노려보았다.

"저도 이 일에 대해서는 전혀 몰라요. 아버지 못지않게 저한테도 불가사의한 일이라고요."

그사이 놀란 쿨하우스는 아주 신중하게 사이먼에게 손짓을 하고 있었다.

"거기, 너. 뭘 하는 거냐?"

"이건…… 수화라고 합니다, 각하."

"그게 뭔데?"

"아주 간단합니다, 각하. 각각의 손가락 동작은 하나의 낱말이나 행동을 뜻합니다." 쿨하우스가 몹시 긴장한 나머지 너무 빨리 말해서 그의 말을 알아듣기가 어려웠다.

"천천히 말하거라!" 총독이 소리쳤다. 쿨하우스는 바들바들 떨면서 방금 한 말을 되풀이했다. 총독이 미심쩍어하며 노려보자, 그의 아들이 쿨하우스에게 손짓을 했다.

"사이먼 도련님이 말씀하시기를…… 음…… 저한테 화내지 마시랍니다."

"그럼 수화가 무엇인지 설명해보거라."

"간단합니다, 각하. 방금 말씀드렸듯이, 각각의 신호는 하나의 낱말이나 감정을 뜻합니다." 쿨하우스는 엄지로 자기 가슴을 건드리며 말했다.

"저는."

그러고는 총독을 가리켰다.

"당신을."

이어서 손목을 움직여 주먹을 앞뒤로 흔든 다음 엄지를 앞으로 내밀고 내리치는 동작을 하며 말했다.

"화나게 한 것에 대해."

마지막으로 주먹을 가슴에 대고 둥그렇게 문질렀다.

"사과드립니다."

이번에는 모든 동작을 빠르게 반복하며 말했다. 너무 빨라서 각각의 동작을 구별할 수가 없었다.

"저 때문에 언짢으셨다면 죄송합니다."

총독은 자신의 아들을 빤히 쳐다보았다. 그렇게 바라보면 진실이 드러나기라도 할 것처럼. 의심과 희망이 그의 얼굴에 또렷이 떠올라 있었다. 이윽고 그가 숨을 깊이 들이마시고 쿨하우스를 바라보았다.

"자네가 아니라 내 아들이 말한다고 어떻게 믿지?"

쿨하우스는 여느 때의 평상심을 되찾기 시작했다.

"그건 알 수 없습니다, 각하. 자신은 생각하고 느끼는 생명체지만 남들은 모두 느끼고 생각하는 척하는 기계라고 믿는 자가 그걸 확인할 길이 없는 것과 마찬가지죠."

"하느님 맙소사." 총독이 탄식했다. "대학 물 먹은 녀석처럼 말하는군."

"대학 물 먹은 건 맞습니다, 각하. 어쨌거나 제 말은 사실입니다. 시간이 지나서 진짜와 가짜를 구별할 수 있게 되면 남들도 나처럼 느끼고 생각한다는 걸 알게 되죠. 도련님은 비록 제대로 교육받지 못해서 지독히 무지하지만, 각하나 저 못지않게 명민한 정신을 갖고 있습니다. 저를 통해 아드님과 이야기를 나눠보면 아시게 될 겁니다."

무례할 정도로 진실한 쿨하우스의 태도에 감동받지 않기는 어려웠다.

"좋다." 총독이 대꾸했다. "그럼 사이먼에게 처음부터 오늘 저녁까지 자초지종을 설명하도록 해라. 사이먼이 실제보다 더 똑똑해 보이도록 말을 덧붙이면 안 된다."

그때부터 십오 분 동안 사이먼과 총독은 난생처음 아들과 아버지로서 대화했다. 이따금 총독은 질문을 던졌지만 거의 대부분 듣기만 했다. 그리고 사이먼의 설명이 끝날 즈음, 총독의 눈에서 눈물이 쏟아지고 놀란 아르벨도 흐느끼기 시작했다.

마침내 그가 일어서서 아들을 얼싸안았다. "미안하다, 아들아. 정말 미안하구나." 그러고는 경비병을 시켜 케일을 데려오도록 했다. 쿨하우스는 그 명령을 들으며 아주 복잡한 감정에 사로잡혔다. 그가 보기에 사이먼의 설명은 그에게 간단한 수화를 가르치자는 케일의 아이디어를 지나치게 과대평가한 것이었으며, 조악하고 단순한 손동작들을 생생한 진짜 언어로 탈바꿈시킨 자신의 노력은 과소평가된 듯했다. 이제 그의 공로를 무지렁이 케일이 모조리 빼앗아갈 것만 같았다. 사실 케일도 연회장에서 다른 손님들 못지않게 놀랐는데, 쿨하우스와 사이먼의 수화가 얼마나 발전했는지 전혀 모르고 있었기 때문이다. 쿨하우스가 모두를 깜짝 놀라게 해서 공로를 인정받으려고 사이먼에게 이 일을 비밀로 하자고 했던 것이다.

욕설이 퍼부어질 거라고 생각했던 케일은 아르벨과 총독이 구세주 대하듯 환영하자 살짝 당황했다. 총독은 케일은 내쫓으려 했던 배은망덕한—물론 나름대로 타당한—결심에 죄책감을 느꼈다.

하지만 죄책감은 아르벨도 느끼고 있었다. 오페라 로소에서 끔찍한 사건이 있은 후 며칠 동안 그녀는 밤에는 케일과 함께 열정적인 시간을 보내며 그의 온몸을 구석구석 뜨겁게 탐했지만, 낮에는 찾아온 손님들로부터 솔로몬 솔로몬의 죽음에 대한 섬뜩한 이야기를 들었다. 지금껏 아르벨이 수수께끼 같은 경호원을 싫어하는 내색만 했기 때문에, 다들 그 불쾌한 사건에 대해 그녀 앞에서 거리낌없이 조잘거렸다. 그런 이야기 중 일부는 선입견이 개입된 험담쯤으로 무시해버릴 수 있었지만, 정직하고 사람 좋은 마거릿 오브리조차 넌더리를 내자 그녀는 당혹스러웠다. "거기서 일찍 나올걸 그랬어. 처음에는 그 소년이 안쓰러웠지. 너무 작고 초라해 보였거든. 하지만 아르벨, 내 평생 그렇게 냉정하고 잔인한 광경은 처음 봤어. 그 소년은 상대를 죽이기 전에 말을 걸더라고. 심지어 웃기까지 하지 뭐야. 우리 아빠는 돼지도 저런 식으로 죽이진 않는다고 하셨어."

그 이야기를 들은 어린 공주의 마음은 엄청난 혼란에 빠졌다. 물론 자신의 연인에 대한 모욕에 화가 났지만, 백지 같은 표정으로 사람을 죽이는 기괴한 광경을 그녀도 직접 목격하지 않았던가? 아르벨은 두려움을 조용히 억누르고 가슴속 가장 깊은 곳에 가둬버리려 했지만 그러지 못했다. 누가 그녀를 비난할 수 있겠는가? 하지만 케일이 시체나 다름없던 그녀의 동생을 되살려냈다는 사실을 알게 되자 무서운 생각들은 감쪽같이 사라졌다. 아르벨은 케일의 손을 붙잡고 손등에 사랑과 경외의 키스를 퍼부었다. 그리고 그가 해준 일에 대해 감사했다. 케일이 쿨하우스에게 공을 돌렸지만 상황은 크게 바뀌지 않았다. 쿨하우스는 사이먼 마테라치의 숨겨진 지능을 발견하고 그것을 드러낼 방법을 찾아낸 사람이 케일이라는 사실을 쉽사리 망각하고 배신감에 치를 떨었다. 케일은 축하와 감사의 분위기로 쿨하우스를 끌어들이려 했지만, 쿨하우스는 케일이 교활하게 그를 그늘로 밀어내고 빛 속으로 들어갔다고 생각했다. 케일을 의심하던 두 사람이 마침내 그의 편이 된 이날, 그에게 새로운 적이 등장한 것이다.

33

그날 밤 아르벨 마테라치는 케일에 대한 모든 의심을 거두고 그를 품에 안았다. 그토록 용감한 케일을 의심하다니, 이 얼마나 배은망덕한 짓이란 말인가. 더구나 케일 덕분에 이제 그녀의 동생에게 기적 같은 변화가 생겼다. 이번 일로 사람들은 케일을 너그럽고 영리하고 지혜로운 소년으로 여기게 되었다. 연정에 불타오른 아르벨은 그날 밤 케일과 사랑을 나누면서 나긋나긋하고 섬세한 자신의 몸 구석구석으로 그를 숭배했다. 그러자 아름다운 마법이 토머스 케일의 닳아빠진 영혼을 달래고, 엄청난 기쁨과 놀라움이 그를 사로잡았다. 얼마 후, 아르벨의 우아한 팔과 긴 다리에 감긴 채 누운 케일은 자신의 차가운 영혼의 밑바닥에 햇살이 닿는 듯한 기분을 느꼈다.

"넌 절대로 다치면 안 돼. 약속해." 거의 한 시간 동안 말이 없던 아르벨이 입을 열었다.

"네 아버지와 장군들은 나를 전쟁터 근처에 보낼 생각 없어. 나도 따라갈 마음 없고. 나랑 상관없는 일이니까. 내 일은 너를 지키는 거야. 내 관심사는 그것뿐이야."

"하지만 만약 나한테 무슨 일이 생기면 어쩔 거야?"

"너한테는 아무 일도 생기지 않아."

"아무리 너라도 그건 장담할 수 없어."

"왜 그래? 무슨 걱정 있어?"

"아무것도 아냐." 아르벨은 두 손으로 케일의 얼굴을 감싸고 마치 무언가를 찾듯 그의 눈을 들여다보았다. "옆방 벽에 걸려 있는 그림 알지?"

"너희 증조부 그림?"

"응. 두번째 아내 스텔라와 함께 있는 그림. 내가 그걸 거기 걸어놓은 건 한 통의 편지 때문이었어. 어렸을 때 찾아낸 여행가방에서 오래된 가족 물건들을 뒤적이다 발견했지. 거의 백년 동안 아무도 열어보지 않은 것 같았어." 아르벨이 침대에서 일어나 방 끄트머리에 있는 서랍 쪽으로 걸어갔다. 한 마리의 어치처럼 알몸인 그녀를 보면 어떤 사내라도 심장이 멎어버릴 것이다. 저런 여자가 나를 사랑한다니. 케일은 생각했다. 아르벨은 잠시 서랍을 뒤지다가 편지 한 통을 갖고 돌아왔다. 빽빽이 쓴 편지 두 장을 꺼내고 서글픈 눈으로 바라보았다. "이건 증조할아버지가 예루살렘 공성전에서 전사하기 전에 스텔라 할머니께 보낸 마지막 편지야. 끝 부분을 읽어줄게. 이걸 듣고 네가 무언가 느끼면 좋겠어."

내 사랑 스텔라,

며칠 안에 공격이 재개될 거라는 징후가 농후하다오. 어쩌면 내일일 수도 있소. 다시 편지를 쓸 수 없을지도 모르니 지금 써야겠소. 어쩌면 이 편지가 당신의 눈 아래 당도할 즈음 나는 이 세상에 없을지도 모르오.

스텔라, 당신을 향한 나의 사랑은 불멸이라오. 그 사랑이 나와 당신을 이어주는 억센 끈은 신만이 끊을 수 있소. 나의 사랑 스텔라, 설령 내가 돌아가지 못하더라도 내가 당신을 얼마나 사랑했는지 절대 잊지 말아주오. 전장에서 마지막 숨을 내쉬는 순간에도 나는 당신의 이름을 속삭일 거요.

하지만, 스텔라! 만약 망자가 이승으로 돌아와 사랑하던 이들의 주위에서 눈에 보이지 않게 돌아다닐 수 있다면, 나는 언제나 당신 곁에 있을 거요. 눈부신 낮에도 칠흑같이 어두운 밤에도, 당신이 가장 행복할 때도 가장 슬플 때도, 언제나, 언제나. 그리고 만약 당신의 뺨에 산들바람이 불어온다면 그건 내 숨결일 거요. 만약 서늘한 바람이 당신의 욱신거리는 관자놀이를 식혀준다면, 그건 당신을 어루만지며 스쳐가는 내 영혼일 거요.

고개를 든 아르벨의 눈에 눈물이 그렁그렁했다. "그후로 스텔라 할머니는 영영 남편 소식을 듣지 못했대." 그녀는 침대 발치에서 케일 쪽으로 기어올라와 그를 꼭 끌어안았다. "나도 너랑 이어져 있어. 항상 기억해줘. 그 어떤 일이 생기더라도 난 늘 네 곁에 있을 거야. 내 영혼이 너를 굽어보고 있다는 걸 너는 언제나 느낄 수 있을 거야."

이 아름답고 열정적인 아가씨에게 압도되고 넋을 빼앗긴 케일은 대답할 말을 찾지 못했다. 하지만 곧 아무 말도 필요 없어졌다.

34

멤피스에서 북쪽으로 100마일 떨어진 요크 시, 파수병 윌프레드 '오겹살' 펜은 눈을 부릅뜨고 졸음을 쫓으며 도시 방벽 너머를 바라보았다. 도시를 에워싼 숲 위로 또다시 아름다운 해가 떠오르자 그는 황홀한 기쁨에 젖었다. 비록 야간 파수는 늘 지루하고 따분하지만 해가 떠오르는 모습을 보면 살아 있다는 기쁨이 느껴졌다. 그때 무언가 이상한 것이 눈에 띄었다. 어찌나 괴상하고 터무니없어 보이던지, 오겹살은 긴장하기는커녕 어리둥절했다. 자기 눈이 의심스러울 정도였다. 말도 안 되는 광경이 벌어지고 있었다. 1.5마일 너머에 늘어선 나무들 뒤, 불그레하고 푸르스름한 하늘을 배경으로 우뚝 솟아오른 크고 검은 물체가 도시 쪽으로 다가오고 있었다. 그 검은 물체는 점점 커지고 점점 빨리 움직이는 듯 보였고, 도살을 앞둔 짐승처럼 얼이 빠진 오겹살이 멀거니 지켜보는 가운데 황소만한 바위가 머리 위 20피트도 안 되는 높이로 날아왔다. 천천히 돌면서 날아온 바위는 곡선을 그리면서 도시로 떨어져 커다란 가옥 네 채를 박살내더니, 무너져내린 돌무더기와 흙더미를 가로질러 나이팅게일스 시립공원까지 굴러갔다.

그로부터 두 시간 동안 리디머들의 이동식 공성 투석기 네 대는 바위 열 덩이를 발사했고, 이내 거리를 맞추자 방벽에 큰 손상을 입혔다. 지금껏 한 번도 전장에 투입되지 않은 새로운 형태의 투석기였다. 그중 두 기는 발사 과정에서 거대한 지레 팔이 부러져버렸다. 리디머 프린셉스 장군의 제4군을 따라온 주교 산하의 공학자들은 신형 이동식 투석기의 약점을 면밀히 살펴보고 평가한 다음, 부러진 지레 팔들을 한 시간 만에 꾸려 메고 샤토버로 돌아가는 긴 행군을 시작했다.

그날 오후는 찌는 듯이 더워 새들의 노랫소리도 사라지고 매미 울음소리만 귀청이 찢어져라 들렸다. 세시 정각에 경기병 이백오십 명이 도시에서 나와 공격을 시도했다. 상대의 반격을 이끌어내 적의 정체와 규모를 가늠하기 위해서였다. 하지만 숲에서 화살이 빗발치듯 날아오는 바람에 곧 후퇴해야 했다. 이 일로 마테라치측은 두 명이 죽고 다섯 명이 부상당했다. 심하게 다친 군마 열 마리는 죽이는 수밖에 없었다. 숲 너머에 진을 친 리디머들은 기병대가 퇴각하는 모습을 지켜보았다. 다들 섬뜩한 긴장이 대기에 감도는 것을 느낄 수 있었다. 마치 무언가 무시무시한 것이 숨을 죽인 채 공격 준비를 하는 듯했다. 그런데 잠시 후 모두가 웃음을 터뜨렸다. 긴장을 야기한 장본인들 스스로 이 위협적인 침묵을 깨뜨린 것이다. 말들이 나타나자 조용해졌던 수많은 풀벌레가 말들이 사라지자 안심하고 다시 한 마리 짐승처럼 한목소리로 울어대기 시작했다.

진짜 험한 일은 그날 밤에 시작되었다. 트레버 빌 상사는 부하 열 명을 데리고 더들리 숲으로 순찰을 나갔다. 다들 영 내켜하지 않는 기색이 역력했다. 새벽녘에 빌과 그의 부하 일곱 명은 리디머 둘을 포로로 잡고 방벽 안으로 돌아왔다. 빌은 요크 수비대 사령관에게 간밤의 순찰 결과를 보고하러 갔다.

"대체 저 리디머들이 뭣 때문에 우릴 공격하는 거지?"

"모르겠습니다, 각하." 빌 상사가 대답했다.

"그냥 혼잣말한 거라네, 상사. 대답을 바라고 한 말이 아니라 그냥 궁금해서."

"알겠습니다, 각하."

"머릿수는 얼마나 되던가?"

"팔천 명에서 만육천 명 사이입니다."

"좀더 정확히는 모르나?"

"저희는 칠흑같이 어두운 밤에 울창한 숲을 헤매며 철저히 무장한 군대 한가운데서 엄청난 고생을 하고 왔습니다. 그러니 더 정확히는 모르겠군요. 아마 더 많으면 많았지 적지는 않을 겁니다."

"말투가 몹시 건방지군, 상사."

"저는 간밤에 부하 셋을 잃었습니다, 각하."

"그거 안됐군. 하지만 내 잘못은 아냐."

"압니다, 각하."

세 시간 뒤, 빌 상사는 아고스티노 사령관의 집무실로 다시 불려왔다.

"우리가 포로들에게서, 그러니까 그중 한 놈에게서 알아낸 건 놈들의 병력 규모뿐이라네. 그것도 그자의 짐작일 뿐이고. 놈이 영영 입을 다물기 전에 실토하기를, 숲속에 육천 명 정도가 있지만 사흘 전 본대에서 떨어져나온 부대라고 했어. 아, 그리고 프린셉스라는 자가 대장이라더군."

"저 혼자 포로들을 심문하고 싶습니다, 각하. 한 시간만 주십시오."

"자네가 브래드퍼드보다 포로 학대에 더 능할 것 같지는 않은데. 그건 브래드퍼드가 할 일이야. 더구나 자네와 자네 부하 셋은 멤피스로 가서 급보를 전해야 해. 각자 다른 길로 가게. 리디머 초소들을 지나쳐야 하니 자네는 가장 안전한 길로 가고."

빌과 그의 부하들이 도시를 떠나고 한 시간 뒤, 남쪽 방벽의 틈으로 쳐들어온 리디머들은 그들을 기다리고 있던 완전무장한 마테라치 병사 삼백 명과 맞붙었다. 짧지만 흉포한 전투였다. 리디머들은 이십 명을 잃고 퇴각했으며, 마테라치 측은 처음에는 심각한 부상자가 전혀 없는 듯 보였다. 그로부터 거의 한 시간이 지나고 나서야 마테라치 병사 세 명이 실종된 사실이 밝혀졌다.

몇 시간 뒤에는 더욱 이상한 일이 벌어졌는데, 리디머의 공성 투석기들이 있던 자리에서 연기 네 줄기가 파란 여름 하늘로 솟아오르기 시작한 것이다. 얼마 후 그곳에 다녀온 정찰대는 리디머 군대가 그토록 힘들여 요크시로 끌고 온 공성 투석기를 불태우고 철수했다고 사령관에게 보고했다.

사흘 뒤 빌이 멤피스에 도착했을 때는 이미 리디머 프린셉스 장군이 이끄는 제4군의 나머지 절반에 대한 소식이 온 도시에 퍼져 있어서 다들 그가 가져온 급보를 듣고도 크게 놀라지 않았다. 그 두번째 리디머 군대는 요크 못지않게 전략적으로 중요한 성곽 도시 세 곳을 모두 그냥 지나치고 곧장 '포트 인빈시블(무적의 요새)'로 향하고 있었다. 마테라치 사람들끼리 하는 흔한 농담이 하나 있는데, '포트 인빈시블은 사실 요새가 아니지만 어차피 무적도 아니니 상관없다'라는 것이었다. 사실 그곳은 넓은 평지와 완만한 비탈이 펼쳐지다가 갑자기 협곡과 바위투성이 고갯길로 바뀌는 곳이었다. 대조적인 두 지형이 공존하는 터라 중무장한 기병대와 보병대가 작전을 펼치기에 가장 좋은 동시에 가장 나빴다. 또한 제국 각지에서 온 마테라치 병사들이 수시로 드나들어서 그들을 훈련시키기에 최적의 장소이기도 했다. 때문에 그곳에는 언제나 최소 오천 명의 기병과 보병이 있었고, 대부분 전투 경험이 많은 베테랑이었다. 따라서 리디머들이 포트 인빈시블을 공격하는 것은 말이 안 되는 짓이었다. 마테라치 병사들이 매일같이 훈련하는 가장 막강한 군사기지 중 한 곳에 도전하는 것이기 때문이었다. 그러나 사천 명으로 이루어진 리디머 군대는 요새 앞의 완만한 비탈에 전투 대형을 갖추고 마테라치 군대에 싸움을 걸었다. 마테라치 군대는 싸움에 응했다. 불행히도 때마침 훈련을 마치고 돌아오던 마테라치 기병대 천 명이 후미를 덮치는 바람에 리디머 병력의 절반가량이 죽는 처참한 학살이 벌어졌다. 사투를 벌이며 탈출한 나머지 이천 명은 타메틱 골짜기로 후퇴해 거기서 기다리고 있던 리디머 사천 명과 합류했다. 그곳의 지형은 기병대에 훨씬 불리했다. 이번에 리디머들은 불운하지 않았다. 첫날의 전투는 격렬했지만 결판은 나지 않았다. 둘째 날은 없었다. 마테라치 병사들이 깨어났을 때는 이미 리디머들이 산속으로 후퇴해서 기병대가 따라갈 수 없었다. 멤피스에 있는 장군들을 어리둥절하게 한 것은 대체 리디머들이 포트 인빈시블을 공격해서 무얼 얻으려 했느냐는 의문이었다.

다음날 멤피스에 전해진 소식은 전혀 다른 방식으로 당혹감을 안겨주었다. 사실 '당혹감'이라기보다 공포와 혐오에 가까웠다. 그 달의 열한번째 날 오전 일곱시에 리디머 페타르 브르지카가 이끄는 기마보병 제2군이 인구 천삼백 정도의 마을인 '마운트 누젠트'로 들어섰다. 그들이 오는 것을 목격한 사람은 열네 살 소년 한 명뿐이었다. 마을의 한 소녀를 짝사랑하고 있던 그 소년은 형들에게 놀림받기 싫어 아침 일찍 일어나 근처 숲으로 가서 소녀를 생각하며 훌쩍이고 있었다. 그때 리디머 군대가 나타났다. 숲에서 지켜보는 소년에게 삼백 명의 병사가 마운트 누젠트로 향하는 모습은 기이하고 무서운 광경이었다. 하지만 난생처음 보는 수단 차림의 그들이 작은 당나귀를 타고 들썩거리며 이동하는 우스꽝스러운 모습을 보고 소년은 마음이 누그러졌다. 소년이 딱 한 번 멤피스에 가서 보았던 마테라치 기병대는 너무나 당당하고 위협적이어서 입이 다물어지지 않았는데, 리디머 군대는 그들과는 사뭇 달랐다. 하지만 여덟 시간 뒤 리디머들이 마을을 떠날 때는 마을 사람이 모두 죽고 소년만 살아남았다. 그곳 군수는 소년의 진술을 바탕으로 이 학살 소식을 멤피스에 전했으며, 그의 서신은 작은 리넨 자루와 함께 비폰드의 책상에 놓였다.

리디머들은 신속히 주민을 소집하고 확성기를 이용해 자신들은 마을을 잠시 점령할 뿐이며 순순히 협조하면 해치지 않겠다고 말했습니다. 그런 다음 남자와 여자를 떼어놓고, 열 살 미만의 아이들도 떼어놓았습니다. 여자들은 아직 밭의 작물을 거두지 않아서 비어 있는 곡식 창고에 몰아넣었고, 남자들은 마을회관에 가두었습니다. 아이들은 그 마을의 유일한 3층 건물인 시청으로 데려가 2층에 모아놓았습니다. 저희가 도착했을 때는 이미 리디머들은 사라지고 없었습니다. 그들은 마을 한가운데 말뚝을 세워놓고 그 위에 이 보고서와 함께 보내드린 도구를 올려놓았습니다.

비폰드는 리넨 자루를 열었다. 그 안에는 손가락 없는 장갑이 들어 있었는데, 겨울에 시장 상인들이 손을 따뜻하게 하면서 손가락은 잘 움직이게 하려고 끼는 장갑과 비슷했다. 아주 두꺼운 가죽으로 만든 것으로, 손바닥 가장자리의 두꺼운 부분에 칼이 달려 있고, 사람의 목을 따라 돌릴 수 있도록 끝이 살짝 둥글게 구부러져 있었다. 칼날 표면에는 만든 곳의 이름이 새겨져 있었다. '그라비소.' 장갑 안쪽에는 학생 교복에 붙은 명찰 같은 이름표가 있었고, 그 위에는 '페타르 브르지카'라는 이름이 파란색 실로 단정하게 수놓여 있었다. 비폰드 총리는 몸서리치면서 서신을 마저 읽었다.

리디머들은 여자부터 한 명씩 밖으로 내보내 무릎을 꿇렸습니다. 잠시 후 이 편지에 동봉한 도구를 손에 낀 리디머 한 명이 여자 뒤로 다가가 머리를 잡아당겨 목을 드러낸 다음 그 칼로 희생자의 목을 그었습니다. 그럴 목적으로 구부린 칼이더군요. 안 보이는 곳으로 시신을 끌어다 버리고는 건물에서 다음 희생자를 데려왔습니다. 저희가 찾아낸 생존 목격자는 한 명뿐이었습니다. 그 소년의 증언에 따르면, 한 명을 죽이는 데 처음부터 끝까지 삼십 초가 채 걸리지 않았다고 합니다. 자신의 운명을 알지 못한 그들은 불안한 표정이었을 뿐 겁먹지는 않았고, 워낙 순식간에 숨이 끊어져 비명도 지르지 못해서 온종일 마을이 조용했다고 합니다. 그런 식으로 리디머들은 오후 한시까지 모든 여자를 죽였습니다(391명). 그후 마을 남자들도 같은 방식으로 처리했습니다(503명). 하지만 열 살 미만 아이들(304명)을 죽일 때는 굳이 조용히 처리하려 들지 않았습니다. 그들은 제일 높은 발코니에서 아이들을 하나둘씩 떨어뜨려 목을 부러뜨렸습니다. 가장 어린 아기조차 살려두지 않더군요. 제 평생 그런 광경은 처음 봤습니다. 증언을 마친 목격자는 저희가 말리기도 전에 리디머들에게 복수하겠다며 숲속으로 달려갔습니다.

몰던 군수, 제프리 메너스 올림

*

케일은 사흘 동안 낮 시간에 로열파크 가장자리 숲에서 완전무장한 마테라치 군대의 훈련 광경을 지켜보았다. 한번은 아르벨의 궁전에서 복도에 놓인 갑옷을 들고 무게를 가늠해보기도 했다. 갑옷의 주인은 궁전의 한 방에서 자고 있었다. 매우 중요한 사람이 틀림없었다. 도시 전체가 이미 마테라치 사내들로 꽉 차서 사랑으로도 돈으로도, 그 둘보다 더 중요한 지위로도 번듯한 방을 구하기 어려운 상황이기 때문이었다. 케일의 어림으로 갑옷은 70파운드쯤 나갔다. 그런데 막상 보니 아무리 몸을 보호해준다 해도 이런 짐을 걸치고 빠르고 유연하게 움직이는 것은 불가능할 듯싶었다. 케일에게 속도와 유연성은 싸움의 기본이었다. 하지만 마테라치의 훈련 광경을 보고 그 생각이 완전히 틀렸음을 깨달았다. 놀랍게도 그들은 아주 빠르게 움직였고, 발걸음도 굉장히 가벼웠으며, 갑옷은 주인의 움직임에 맞춰 흐르는 듯 보였다. 말을 타고 내리는 동작도 놀랍도록 가뿐했다. 심지어 콘 마테라치는 탑을 점령하는 훈련을 할 때 사다리를 아랫면으로 기어올라가다가 꼭대기에서 몸을 돌려 윗면으로 올라서기까지 했다. 그들은 갑옷을 입지 않은 사람이라면 두 동강이 날 만큼 무시무시한 서로의 공격을 가볍게 받아내고 흘려버렸다. 갑옷에도 취약한 부분은 더러 있었지만—예컨대 넓적다리 맨 위의 안쪽—그곳을 공격하려 드는 것은 위험천만한 짓이었다. 이건 생각해볼 문제였다.

"왁! 놀랐지?" 나무 뒤에서 나타난 클라이스트가 말했다. 베이그 헨리와 이드리스푸케도 있었다.

"다가오는 소리를 오 분 전부터 들었어. 아이스크림가게의 뚱보 여자들도 너보다는 조용히 걷겠다."

"비폰드 총리가 너 좀 보재."

케일은 처음으로 그들을 바라보았다. "이유가 뭐래?"

"똥자루 코테스가 이끄는 리디머 함대가 '포트 콜러드'라는 곳을 공격해 도시의 절반을 불태우고 달아났거든. 병사 한 명이 그러는데, 그곳 사람들은 거기를 '리틀 멤피스'라고 부른대."

케일은 아주 나쁜 소식을 들은 것처럼 눈을 감았다. 실제로 나쁜 소식이었다. 그가 이유를 설명하자 다들 한동안 말이 없었다.

"우린 떠나야 해." 클라이스트가 말문을 열었다. "오늘밤 당장."

"옳은 말인 것 같아." 베이그 헨리도 말했다.

"내 생각도 그래. 하지만 난 그럴 수 없어."

클라이스트가 툴툴거렸다.

"제기랄. 그 잘난 계집이랑 결혼이라도 할 셈이야? 그걸 기대하는 거야?"

"닥치지 못해?"

"네가 비폰드에게 말해야 할 것 같다." 이드리스푸케가 나섰다.

"우린 이제 여기서 끝났어. 왜 아무도 그걸 모르는 거야?"

"이 이야기를 비폰드에게 하면 우리 셋 모두 멤피스만 기슭에서 우리 콩팥 기름을 물고기밥으로 주는 신세가 될 거야."

"케일 말이 맞을지도 몰라." 베이그 헨리가 맞장구쳤다. "이제 우린 눈엣가시로 비칠 테니까."

"그게 누구 잘못인지 우린 알지." 클라이스트가 케일을 노려보며 덧붙였다. "네 잘못이야. 혹시 궁금해할까봐 알려주는 거야."

"내일 비폰드에게 말하겠어. 너희 둘은 오늘밤에 떠나." 케일이 말했다.

"난 안 떠나." 베이그 헨리가 대꾸했다.

"아니, 떠나." 케일이 말했다.

"난 안 떠나." 베이그 헨리가 고집을 부렸다.

"아니, 떠나." 클라이스트도 고집스럽게 말했다.

"내 몫의 돈은 네가 갖고 가." 헨리가 클라이스트에게 말했다.

"네 몫 따윈 원치 않아."

"그럼 가지지 마. 너 하고 싶은 대로 해. 말리는 사람 없어."

"그건 나도 알아. 나도 가기 싫어졌어."

"왜?"

"어둠이 무서워서." 클라이스트는 그렇게 말하더니 칼을 뽑아들고 가장 가까이 있는 나무를 마구 내리치기 시작했다. "빌어먹을! 빌어먹을! 빌어먹을!"

결국 이렇게 세 소년 모두 남기로 에둘러 합의했으며, 이드리스 푸케는 케일이 비폰드를 만나러 갈 때 동행해주기로 했다.

이번에 케일은 비폰드의 집무실에서 차례를 기다리지 않고 곧장 안으로 들어갔다. 십 분 동안 그들은 비폰드에게서 세 차례에 걸친 리디머의 공격과 마운트 누젠트에서 벌어진 학살 소식에 관해 들었다. 그는 마을 한가운데 박힌 말뚝 위에 남겨져 있었다는 장갑을 케일에게 건넸다.

"안에 이름이 있다. 네가 아는 사람이냐?"

"브르지카? 이자는 성소의 즉결 처형 집행인이었습니다. 신앙 증명의 제물에 해당되지 않는 자들의 처형을 담당했죠. '신자들의 종교적 묵상을 위한 공개 처형'이오." 외운 것을 읊조리는 말투였다. "처형식은 브르지카보다 거룩한 리디머들이 거행했습니다. 저는 그자가 이 도구를 쓰는 걸 본 적은 없지만, 브르지카는 이 도구로 순식간에 사람을 죽이는 것으로 유명했습니다."

"내가 책임지고 이자를 찾아내기로 했다."

비폰드는 조용히 말하고 자리에 앉아 숨을 깊이 들이마셨다.

"그 공격들은 전부 이상해. 혹시 리디머들이 쓰는 전략에 대해 해줄 말이 있느냐?"

"네."

비폰드는 의자에 등을 기대고 케일을 쳐다보면서, 소년의 말투가 조금 이상하다고 느꼈다.

"저는 그들의 전술을 잘 압니다. 제가 만든 전술들이니까요. 지도를 보여주시면 설명해드리겠습니다."

"그 말을 들으니 보여주지 못하겠는걸. 먼저 설명부터 해봐라."

"제 도움이 필요하면 지도를 보여주십시오. 그래야 놈들이 뭘 하려는지 설명하고 그들을 막아낼 지점을 판단할 수 있습니다."

"대충이라도 말해보거라. 그러고 나면 지도를 보여줄 테니까."

케일은 비폰드가 단순히 의심하는 게 아니라 몹시 부정적이라는 것을 눈치챘다. 그는 케일을 믿지 않았다.

"팔 개월 전쯤 리디머 보스코가 저를 '목 매달린 리디머의 밧줄의 도서관'으로 데려갔습니다. 리디머가 애콜라이트를 거기 데려간다는 말은 들어본 적이 없었죠. 보스코는 지난 오백 년 동안 리디머들이 사용한 전술에 관한 모든 자료를 마음껏 보게 해주었습니다. 그리고 자신이 개인적으로 수집한 마테라치 제국에 관한 자료도 전부 줬죠. 아주 방대하더군요. 그는 저더러 침공 계획을 세우라고 했습니다."

"왜 너한테 맡겼지?"

"그는 저에게 십 년 동안 전쟁에 관해 가르쳤습니다. 그것만을 위한 리디머 학교도 있죠. 학생이 이백 명가량인데, 저희는 '워킹스(일하는 자들)'라고 불립니다. 그중 제가 최고죠."

"겸손하기도 하구나."

"사실입니다. 이건 겸손과는 아무 상관이 없어요."

"하던 이야기 계속하거라."

"몇 주 뒤 저는 기습을 배제하기로 했습니다. 물론 저도 전술로

서의 기습은 좋아하지만, 이번에는 아니라고 판단했거든요."

"이해가 안 가는구나. 이번 공격은 기습이야."

"아뇨, 그렇지 않습니다. 지난 백년 동안 리디머들은 안타고니스트들과 싸워왔습니다. 대개 참호 전투였고, 현재는 거의 교착 상태죠. 그 참호들은 십여 년 동안 거의 제자리에 있었습니다. 이 교착 국면을 깨뜨릴 새로운 무언가가 필요한데, 리디머들은 새로운 것을 좋아하지 않습니다. 그들의 법에 따르면 리디머는 엉뚱한 짓을 한 애콜라이트를 그 자리에서 죽일 수 있죠. 하지만 보스코는 다릅니다. 그는 늘 생각이 많았고, 특별한 애콜라이트인 저를 언젠가 써먹을 수 있다고 생각했습니다."

"안타고니스트와의 교착 국면을 깨뜨리려고 우릴 공격했다는 거냐? 그게 가능하다고 생각하느냐?"

"저도 그걸 이해할 수가 없었습니다. 그래서 물었죠."

"그랬더니?"

"아무 대답도 없었습니다. 그냥 저를 흠씬 두들겨패더군요. 결국 저는 보스코가 하라는 대로 했습니다. 어쨌거나 제가 마테라치에게 기습이 통하지 않을 거라고 생각했던 것은 그들의 전투 방식이 전혀 다르기 때문입니다. 리디머와도 다르고, 안타고니스트와도 다르죠. 리디머 군대에는 변변한 기병대가 없고, 갑옷도 입지 않습니다. 궁병대가 리디머의 주력 부대죠. 반면 마테라치는 궁수를 거의 사용하지 않습니다. 우리는 공성전을 벌일 때마다 거대하고 조악한 공성 투석기를 그 자리에 하나씩 짓습니다. 마테라치 가문이 거느린 마을과 도시 사백 곳의 방벽은 리디머들이 아는 어떤 방벽보다 다섯 배는 두껍죠."

"요크에서 사용된 공성 투석기는 두 기만 망가졌는데 너희는 네 기 모두를 불태웠다. 왜지?"

"그것들이 첫날 요크시의 방벽을 뚫었다고 하지 않으셨습니까?"

"그래."

"놈들은 성소에서 멀리 떨어진 곳에서 새로운 종류의 적을 상대로 진짜 전장에서 새로운 무기를 시험했습니다. 비록 두 기는 망가졌어도 나머지 두 기는 제대로 작동했죠."

"하지만 두 기는 고장났지."

"그럼 이제 더 잘 만들 겁니다. 원래 그게 목적이었으니까요."

"무슨 뜻이냐?"

"적을 신속히 괴멸시킬 자신이 없다면 상대에게 유리한 적지에서의 기습은 무의미한 짓입니다. 보스코는 제가 쓸데없는 모험을 너무 많이 한다며 늘 저를 때렸습니다. 이번에는 아닙니다. 저는 리디머들이 준비되지 않았다는 걸 알고 있었습니다. 우리는……" 케일은 말을 바꿨다. "……그들은 마테라치의 전투 방식, 무기와 갑옷의 성능에 대해 가능한 한 많은 정보를 얻으려고 짧은 전쟁을 벌인 다음 후퇴한 겁니다. 지도를 보여주십시오."

"내가 널 어떻게 믿지?"

"여기까지 와서 다 말씀드리고 있지 않습니까? 우린 그냥 달아날 수도 있었어요."

"혹시 또 모르지. 어쩌면 네가 정직을 가장하고 있고, 보스코가 줄곧 너를 조종하고 있는지도."

케일이 웃음을 터뜨렸다.

"그럴싸한 생각이군요. 저도 언젠가 써먹어야겠습니다. 지도나 보여주세요."

잠시 후 비폰드가 말했다.

"여기서 본 것은 절대 발설해서는 안 된다."

"총리님 말고 누가 제 말을 귀담아듣겠습니까?"

"그야 그렇지. 하지만 확실히 해두는 게 상책이다. 만약 네가 이번 일에 관여했다는 사실을 누구라도 알면 그 대가로 교수대에 매달릴 거야." 비폰드는 방 끄트머리에 있는 선반으로 다가가 두꺼운 종이 두루마리 하나를 꺼냈다. 그러고는 케일을 뚫어져라 바라보며 자기 책상으로 돌아왔다. 그렇게 노려보면 평생 자기 생각을 감추며 살아온 소년에게 변화가 일어나기라도 할 것처럼. 하지만 곧 될 대로 되라는 심정으로 책상 위에 종이를 펼쳤고, 베네치아 유리 서진과 그가 가장 좋아하는 『우울한 왕자』 책으로 가장자리를 눌러 놓았다. 케일은 지도를 뚫어져라 살펴보았다. 비폰드는 케일이 그토록 열중하는 모습을 본 적이 없었다. 그로부터 삼십 분 동안 케일은 리디머들의 공격을 받은 네 곳의 피해 상황과 병력 규모와 배치에 관해 꼬치꼬치 묻고 비폰드는 대답했다. 이윽고 질문을 멈춘 케일은 십 분 동안 말없이 지도를 살펴보았다.

"물을 마시고 싶습니다." 그의 말에 곧바로 하인이 물을 가져왔고, 케일은 단숨에 들이켰다.

"그래, 어디 말해보거라."

"마테라치의 마을과 도시는 모두 방벽으로 둘러싸여 있습니다. 그러니 도시에서 도시로 쉽게 이동할 수 있는 훨씬 가벼운 공성 투석기가 없다면 나팔을 불어 그 소리에 방벽이 무너지길 기대하는 편이 낫죠. 저는 보스코에게 주교 산하 공학자들이, 현재 투석기보다 훨씬 가벼운 투석기를 만들어야 할 거라고 말했습니다. 올리고 내리기 쉬운 투석기 말입니다."

"그 설계를 네가 했느냐?"

"제가요? 아뇨. 전 그런 것에 대해서는 전혀 모릅니다. 그냥 뭐가 필요한지 알 뿐이죠."

"하지만 보스코가 동의하진 않았겠지? 네 계획을 실행에 옮기겠다고 말이다."

"네. 그 공격 소식을 처음 들었을 때 저는…… 그러니까……" 케일은 손가락을 머리에 대고 빙빙 돌리며 덧붙였다. "살짝 돌아버리는 줄 알았습니다."

"설마 진짜 미친 건 아니겠지?"

"제가요? 아주 말짱합니다. 어쨌거나 그들은 요크에서 필요한 정보를 얻었기 때문에 퇴각한 겁니다. 그리고 마테라치 병사 세 명을 데려간 건 포로를 원해서가 아니라 갑옷 때문입니다. 지금쯤이면 성소까지 절반쯤 갔을 테고, 성소에서는 공학자들이 갑옷을 면밀히 살펴보기 위해 대기중일 겁니다."

"너희는 포트 인빈시블에서 패퇴했다."

"전 아닙니다. 리디머들이 그랬죠."

"넌 가끔 그들을 '우리'라고 하던데."

"습관의 힘이죠."

"어쨌거나 네 계획은 포트 인빈시블에서 호되게 당했어."

"그건 아닙니다. 운이 나빴을 뿐이죠. 그곳에서 마테라치 기병대는 리디머들의 뒤를 치려던 게 아니라 공교롭게도 그때 도시로 돌아오던 중이었을 뿐입니다. 리디머들이 운이 없었던 거죠. 신을 웃기려면 신에게 네 계획을 말해라. 멤피스의 대부업자들이 그렇게 말하지 않던가요?"

"게토(유대인 거주 지역)에 갔던 거냐? 거기 들어가려면 허가가 필요한데."

"그런 말은 아무도 해주지 않던데요."

"넌 너무 날카로워서 언젠가 스스로를 벨 거야."

"죄송하지만 아직은 살아 있습니다."

"난 여전히 포트 인빈시블 공격이 실패였다고 생각한다."

"아뇨, 그렇지 않습니다."

"어째서?"

"리디머가 몇이나 죽었습니까?"

"이천오백 명쯤."

"그들은 마테라치 기병대와 두 번 싸웠고, 나머지 병력은 탈출했습니다. 그들의 목적은 마테라치 군대가 어떤지 봐두는 것이지 전투에서 승리하는 것이 아니었습니다."

"포트 콜러드는 불태웠어."

"거기를 리틀 멤피스라고 부르던데, 왜죠?"

"멤피스만을 쏙 빼닮은 천연 항구에 세워진 도시거든. 똑같이 생긴 해안선을 따라 세워졌지. 덕분에 한때는 번성했다. 촌뜨기들은 따라 하는 걸 좋아해서……" 비폰드는 말을 하다 말았다. "그래, 알겠다." 그러고는 무겁게 한숨을 내쉬었다. "미안하다. 그래서 이제 어떻게 되는 거냐?"

케일은 어깨를 으쓱했다.

"저는 그 계획의 다음 단계가 뭔지 압니다. 하지만 리디머들이 그대로 한다는 보장은 없죠."

"하지 않을 까닭이 없지 않느냐? 지금까지는 꽤 성공적이었으니 말이다."

"꽤 성공적이 아니라 대성공이었죠. 그들은 제가 계획한 목적을 전부 이뤘습니다."

잠시 어색한 침묵이 흘렀다. 놀랍게도 침묵을 깬 것은 케일이었다. "죄송합니다. 제가 크나큰 오만의 죄를 지었군요. 보스코는 그렇게 생각할 겁니다."

"그의 생각이 틀린 거냐?"

"아닐 수도 있죠."

"프린셉스라는 자에 대해서는 아느냐?"

"한 번 만난 적이 있습니다. 당시에는 북부 해안의 군사령관이었습니다. 그 지역은 온통 산악지대라 참호 전투가 벌어지지 않죠. 그래서 그가 이번 전쟁을 지휘하는 겁니다. 군대를 이동시키며 전투를 벌이는 데는 그를 따라올 자가 없거든요. 게다가 보스코와 친분이 깊습니다. 하지만 제가 알기로 다른 사람들 사이에서는 별로 인기가 없다더군요."

"그 이유는 아느냐?"

"아뇨. 하지만 저는 그의 전투 기록을 모조리 읽었습니다. 자기 생각대로 싸우는 자입니다. 그런 태도는 불관용청으로부터 미움을 사죠. 보스코가 그를 비호한다더군요."

"그럼 어째서 프린셉스가 네 계획에 따라야 하지?"

"보스코에게 물어보십시오." 케일은 지도를 가리키며 물었다. "지금 그들은 어디 있습니까?"

비폰드는 멤피스에서 100마일쯤 떨어진 스캐블랜드 북단의 한 지점을 가리켰다.

"놈들은 스캐블랜드를 가로질러 성소로 갈 것 같다."

"그래 보이죠. 하지만 군대를 이끌고 여름에 스캐블랜드를 가로지르는 것은 너무 위험합니다. 군대 규모가 작다고 해도요."

"그럼 그건 너의 원대한 계획의 일부가 아니냐?"

"제 원대한 계획의 일부는 그들이 헤셀 숲을 통해 스캐블랜드로 향하는 것처럼 보이도록 하는 겁니다. 그러면 마테라치 군대가 거기 먼저 가서 리디머들이 오길 기다리겠죠. 하지만 숲으로 들어간 리디머들은 서쪽으로 방향을 돌려 여기 스탬퍼드 다리로 강을 건너 이곳 서해안에 있는 포트 에롤로 향할 겁니다. 그리고 리틀 멤피스를 불태운 함대가 항구에서 그들을 싣고 갈 겁니다. 제가 도서관에서 읽은 자료에 따르면, 이쪽 해변은 물이 얕아서 배를 못 댈 수도 있습니다. 그러니 필요하다면 노 젓는 보트를 사용하겠죠." 케일은 지도 위의 한 산길을 가리켰다. "설령 날이 궂고 함대 승선이 지연돼도 이 베어링 갭만 통과하면 리디머 몇백 명으로도 대부대를 며칠 동안 막아낼 수 있습니다."

비폰드는 한 마디도 하지 않고 한동안 케일을 바라보았다. 그 시간이 너무 길어지자 케일은 처음에는 불편하다가 이내 짜증이 났다. 그가 입을 열려고 할 때 비폰드가 먼저 질문을 던졌다.

"너처럼 어린 녀석이 이런 전쟁 계획을 세우고 그대로 실행되었다는 말을 내가 믿길 바라느냐? 나라면 좀더 그럴싸한 거짓말을 하겠다."

처음에 케일은 그냥 시체처럼 멍한 표정이었다. 비폰드는 자신의 직설적인 말투를 후회하기 시작했다. 그리고 이 소년이 솔로몬 솔로몬을 죽일 때 내비쳤던 싸늘한 쾌감의 표정을 기억해냈다. 그는 생각했다. 이 녀석은 제정신이 아냐. 그런데 갑자기 케일이 재미있다는 듯 짧게 웃음을 터뜨렸다. "게토에서 대부업자들이 체스 두는 모습을 보신 적 있습니까?"

"봤다."

"대부분 노인들이지만 애들도 있죠. 저보다 훨씬 어린 아이들 말입니다. 그중 한 아이가 항상 이기죠. 심지어 온갖 고리를 주렁주렁 달고 우스꽝스러운 모자에 수염을 기른 늙은 라비트조차 그 녀석을 못 이깁니다. 그래서 그 라비트가 말하기를……"

"라비겠지."

"아, 어쩐지 좀 이상하다 했네요. 하여간 그 라비가 말하기를, 체스는 우리가 신의 거룩한 계획을 볼 수 있도록 신이 주신 선물이며, 글도 못 읽는 그 아이는 만물의 바탕이 되는 질서를 믿게 해주는 징표라고 했습니다. 저는 두 가지 재능을 타고났습니다. 하나는 접시를 깨뜨리듯 쉽게 사람을 죽일 수 있는 재주입니다. 다른 재주는, 지도를 보거나 한 장소에 서면 어떻게 공격하고 어떻게 수비할지 아는 능력입니다. 게토의 그 소년이 체스를 쉽게 이기는 거랑 같은 거죠. 물론 저는 그것이 신의 선물이라고 생각지 않습니다. 제 이야기를 못 믿으시겠다면 어쩔 수 없습니다. 총리님만 손해죠."

"그렇다면 너는 그들을 어떻게 막을 생각이냐?" 비폰드는 잠시 사이를 두고 덧붙였다. "네가 그래야 한다면 말이다."

"우선 그들이 베어링 갭에 다다르지 못하게 하겠습니다. 안 그러면 놓칠 테니까요. 하지만 여기서 여기까지 좀더 자세한 지도가 필요합니다. 생각할 시간도 두세 시간 필요하고요." 케일은 20평방마일 정도의 지역을 가리켰다.

비폰드는 고민했다. 눈앞에 있는 이 이상한 존재를 믿어야 할까, 아니면 그냥 무시해버릴까? 위기가 닥칠 때마다 비폰드의 아버지가 즐겨 하던 농담이 하나 있었다. 그럴 때는 대개 기다리는 게 낫다는 것이었다. '그냥 아무 일도 하지 말고 서 있거라.'

"옆방에서 기다리고 있으면 내가 직접 지도를 가져다주마. 창가에서 떨어져 있도록 해."

케일이 일어서서 옆방 쪽으로 걸어갔다. 하지만 문을 닫으려는 순간 비폰드가 케일을 불렀다. "그 학살도 네 계획의 일부였느냐?"

케일은 묘한 눈빛으로 그를 바라보았다. 하지만 성난 표정은 아니었다.

"총리님의 생각으론 어떨 것 같습니까?" 그는 조용히 되묻고 문을 닫았다.

비폰드는 이복동생 쪽을 보았다. "넌 오늘 아주 조용하구나."

이드리스푸케가 어깨를 으쓱했다. "무슨 말을 하겠습니까? 믿고 안 믿고는 형님 마음인데."

"그럼 너는 저애 말을 믿는 거냐?"

"저는 저 소년을 믿습니다."

"그게 무슨 차이지?"

"저애는 제게 늘 거짓말을 하죠. 감당할 수 없는 위험에 처할까봐 두렵기 때문이에요. 지나치게 비밀스러운 것도 때로는 잘못입니다. 그리고 저애는 여전히 그 잘못을 저지르고 있죠."

"글쎄, 그게 그렇게 잘못인지 모르겠는걸." 비폰드가 대꾸했다.

"하지만 형님도 케일처럼 비밀스러운 사람입니다."

"지금은 어떤 것 같으냐?"

"저애는 진실을 말하는 것 같은데요." 이드리스푸케가 대답했다.

"내 생각도 그렇다."

개입하기로 결심한 비폰드는 점점 긴장하면서 케일의 계획이 궁금해 조바심을 냈다. 세 시간이면 된다던 케일의 계획은 완성까지 사흘이 넘게 걸렸다. 개략적인 내용이라도 알려달라고 비폰드가 계속 보채자 케일이 대답했다. "훌륭한 계획을 원하십니까? 아니면 지금 그냥 드릴까요?" 지극히 냉철한 사색가인 비폰드가 그답지 않게 초조해진 것은 마을 사람들의 죽음으로 몹시 심란해서였다. 또한 북쪽에서 오는 안타고니스트 피난민들의 기묘한 증언과 이번 학살의 관계도 불안을 증폭시켰다. 브르지카의 장갑도 그의 신경을 곤두세웠다. 마치 그 장갑의 형태와 섬세한 바느질, 칼날을 정교하게 가죽에 달아놓은 방식에 이 세상의 모든 원한과 앙심이 서려 있는 듯했다. 세상에 통달한 자, 냉소적이다시피 한 비관주의자를 자처한 그이기에 불안은 한층 더 컸다. 비폰드는 사람에 대해 거의 기대를 품지 않았고, 자신이 기대한 일에 좀처럼 놀라지 않았다. 이 세상이 살인과 폭력으로 얼룩져 있다는 사실은 그에게 전혀 새롭지 않았다. 하지만 이 장갑은 상상조차 못할 만큼 끔찍한 무언가의 가능성에 대한 증거였다. 마치 그가 오래전 아이들을 겁줄 때 쓰던 지옥이 뿔과 갈라진 발굽 대신 정교하게 만든 가죽장갑의 모습으로 전령을 보낸 것만 같았다.

비폰드가 마테라치 군대의 전술에 영향을 끼치는 것은 결코 쉬운 일이 아니었다. 마테라치 가문은 전쟁 문제에 관하여 거의 병적으로 자신들이 모든 것을 결정해야 한다고 생각했다. 비폰드는 군인이 아니라 정치인이었으며, 군인과 정치인은 절대 서로를 믿지 않았다. 마테라치 원수의 건강이 점점 나빠지고 있다는 것도 문제였다. 그를 괴롭혀온 인후염이 폐렴으로 발전해 악화되는 바람에, 전쟁 준비를 위해 소집한 수많은 회의에 참석하는 횟수가 점점 줄었다. 비록 일시적이기는 하나 비폰드는 새로운 현실을 감당해야 했다. 하지만 그는 여느 때처럼 능란하게 대처했다. 마테라치 정찰대가 헤셀 숲에서 리디머 군대의 자취를 잃어버렸을 때도 크게 동요하지 않았다. 리디머들이 스캐블랜드로 가는 유일한 통로로 향할 거라고 예상하고 있었기 때문이다.

그 무렵 마테라치 원수의 오른팔인 아모스 나르치세 장군을 비밀리에 만난 비폰드는 자신의 정보망을 이용해 리디머들의 진짜 속셈을 알아냈지만 여러 가지 복잡한 이유로 나서지 않을 생각이라고 말했다. 그러고는 만약 나르치세가 이 정보를 자신의 이름으로 마테라치 위원회에서 발표한다면 상당한 영예를 얻게 될 것이며, 장군이 원한다면 함께 제공해줄 전투 계획도 큰 영예를 가져다줄 거라고 했다. 비폰드는 나르치세가 소심한 사내란 걸 알게 되었다. 비록 그는 바보는 아니지만 유능한 군인 그 이상도 아니었고, 총독의 건강이 악화된 지금 자신이 실질적인 총사령관이라는 사실을 부담스러워했다. 누구에게도 말하지는 않겠지만, 자신은 그 직책을 감당할 만한 위인이 아니라고 생각했다. 비폰드는 나르치세에게 엄청난 혜택을 안겨줄 새로운 조세법이 도입되도록 철저히 협력하겠다고 은근하면서도 분명하게 약속했으며, 지난 이십 년간 막대한 유산을 놓고 벌어진 오랜 다툼을 종식시켜주겠다고 제안했다. 나르치세도 해당되는 이 논쟁은 현재 그에게 불리하게 진행되고 있었다.

하지만 나르치세 장군은 돈에 흔들리는 사내가 아니었으며, 제국 전체를 위태롭게 하는 전략에는 동의할 생각이 없었다. 그는 사실 케일의 계획인 비폰드의 계획을 몇 시간 동안 유심히 살펴보았다. 그리고 자신의 재정적 이해와 군인으로서의 양심이 결국 같은 것임을 깨달았다. 그는 비폰드에게 누가 생각해낸 계획인지는 모르지만 훌륭하다고, 다만 다른 사람의 공을 가로채는 것 같아 찜찜하다고 했다. 그러자 비폰드는 어차피 여러 사람이 수립한 계획이며 정말로 중요한 것은 그 계획을 실행하는 사람의 지도력이라고 안심시켰다. 사실상 나르치세의 계획이나 다름없다는 것이었다. 결국 그가 위원회에서 그 계획을 발표하고 밀어붙일 무렵에는 비폰드의 말은 사실로 받아들여졌으며, 나르치세가 정확히 예상한 곳에서 리디머 군대가 나타나자 위원회의 반발이 쑥 들어갔다.

한때는 터무니없이 막대한 전쟁 비용만 아니면 인간은 결코 전쟁을 멈추지 않을 거라는 말이 유행했다. 그리고 그것 못지않게 옳은 말이지만 사람들이 늘 잊어버리는 금언이 있으니, 정당한 전쟁과 부당한 전쟁은 있어도 돈이 적게 드는 전쟁은 없다는 말이었다. 마테라치 쪽의 문제는 그들의 제국에서 가장 막강한 돈줄이 게토의 유대인들이라는 점이었다. 유대인들은 다른 민족의 전쟁에 관여하는 것을 몹시 꺼렸는데, 결과에 상관없이 툭하면 자신들이 피해를 보기 때문이었다. 패자 쪽에 돈을 댔을 때는 빌려준 돈을 받을 수 없고, 승자 쪽에 투자했을 때는 전쟁의 일차 원흉으로 몰려 추방당하기 일쑤였다. 결국 어느 쪽에 돈을 대도 돌려받는 일은 없었다. 따라서 전쟁 빚을 갚을 테니 돈을 빌려달라는 마테라치 측의 요청은 유대인들의 입장에선 신뢰하기 어려웠다. 게토의 대부업자들은 이자를 어마어마하게 준다면 모를까 그런 막대한 금액을 빌려주기는 곤란하다고 응수했다. 협상이 벌어지는 동안 암토끼 키티가 기회를 포착하고 문제를 해결해주었다. 마테라치측이 진 전쟁 빚을 전부 탕감해주기로 한 것이었다. 키티 타운을 주님의 눈엣가시로 여기는 유대인들은 뜻밖에도 이 제의를 크게 반겼다. 그들이 어떤 경우에도 키티 타운의 주인과는 거래하지 않으며, 그런 짓을 하느니 차라리 추방당하겠다고 공언해온 것은 널리 알려진 사실이었다. 하지만 키티의 관심사는 마테라치 쪽이었다. 뇌물 증여와 공갈, 정치적 범죄를 일삼는 그는 키티 타운에서 되풀이되는 혐오스러운 관행에 대한 멤피스의 여론이 점점 악화되어 결국 언젠가 반발이 일어날 거라고 생각했다. 그래서 이번처럼 대중의 관심이 몹시 뜨거운 전쟁을 이용하면 자신의 사업장에 대한 반대 정서를 일시적으로나마 누그러뜨릴 수 있으리라 계산했다. 이번 전쟁이 오래가지 않을 거라고 판단한 암토끼는 전쟁 자금을 대기로 마음먹었다. 그러면 멤피스에서 입지가 오랫동안 안전하리라 확신한 것이다.

드디어 마테라치 군대는 리디머들과 싸울 준비를 마쳤다. 나르치세의 훌륭한 계획이 그들을 인도할 터였다. 완전무장한 삼만 병사는 엄청난 군중의 환호 속에서 도시를 떠났다. 마테라치 원수는 전략을 마저 세우고 후발대로 따라갈 거라고 알려졌다. 이는 사실이 아니었다. 폐렴 때문에 극도로 쇠약해진 총독은 이번 전쟁에 참여할 가망이 없었다.

하지만 리디머들의 상황은 훨씬 더 나빴다. 이질이 창궐했기 때문이다. 사망자는 많지 않았지만 상당수가 쇠약해졌다. 더구나 마테라치 군대를 속여 스캐블랜드 앞에서 기다리게 하고 자신들은 반대 방향으로 가려던 계획도 물거품이 되었다. 그들이 헤셀 숲을 빠져나오자마자 마테라치 선발대 이천 명이 옥수스강 건너편에서 그들의 뒤를 밟기 시작했다. 그 순간부터 리디머 군대의 모든 움직임이 관찰되고 나르치세 사령관에게 낱낱이 전해졌다.

프린셉스는 조금 놀랐다. 그들이 리디머 군대의 행군을 지연시키려 들지 않았기 때문이다. 덕분에 그들은 사흘도 안 돼서 거의 60마일을 이동했다. 그 무렵 이질 때문에 병력의 절반가량이 심하게 골골대자, 프린셉스는 번트 밀스에서 한나절 쉬기로 했다. 그는 마을 수비대에 대표단을 보내 마운트 누젠트에서 그랬던 것처럼 주민 모두를 학살하겠다고 위협하면서, 당장 항복하고 병사들에게 음식을 제공하면 살려주겠다고 했다. 마을 사람들은 시키는 대로 했다. 이튿날 아침 리디머들은 다시 베어링 갭으로 진군했다. 그 학살 사건으로 지역 주민들이 겁에 질렸다는 사실을 알게 된 프린셉스는 이제 이백 명으로 이루어진 소규모 부대를 미리 보내 같은 수법으로 계속 식량을 공급받아 여전히 골골대는 병사들에게 먹였으며, 평소 먹는 것보다 훨씬 좋은 음식을 섭취한 그들은 병세가 크세 호선되었다.

케일이 계획한 마테라치 제국 탐색 공격은 지금까지는 성공적이었지만, 이제 그들이 들어서는 지역은 성소 도서관 자료에 간략한 지도로만 나와 있는 곳이었다. 이번 작전의 가장 중요한 목표 중 하나는 함께 데려온 지도 제작사 스무 명을 열 조로 나누어 이듬해 리디머들이 공격할 지역을 최대한 상세하게 지도로 만드는 것이었다. 전방 지역의 지도를 만드는 세 조가 아직 돌아오지 않았기 때문에 지금 프린셉스는 아주 대략적으로만 아는 풍경 속으로 들어서고 있었다. 이튿날 그는 자신의 군대를 이끌고 화이트 벤드에서 옥수스강을 건너려 했지만, 강 건너편에서 그들의 뒤를 밟아온 군대는 이제 오천 명으로 불어나 있었다. 어쩔 수 없이 도강을 포기한 프린셉스는 험한 지대로 들어섰다. 그러나 그들이 식량 보급에 사용할 만한 마을 몇 곳은 이미 마테라치 군대가 주민들을 소개시켜 쓸모 있거나 값나가는 것은 죄 사라지고 없었다.

그로부터 이틀 동안 리디머들은 계속 나아가면서 점점 필사적으로 강을 건널 방법을 찾았고, 건너편 강기슭의 마테라치 군대는 그들 못지않게 필사적으로 도강을 막으려 했다. 시간이 갈수록 리디머들은 점점 지치고 식량 부족과 이질로 쇠약해져 하루에 간신히 10마일을 이동했다. 그러나 이윽고 그들에게 행운이 찾아왔다. 리디머 정찰대가 그 동네 소치기와 그의 가족을 붙잡아온 것이었다. 어떻게든 가족을 살리고 싶었던 소치기는 지금은 사용하지 않는 오래된 다리가 있다면서, 거기라면 대규모 군대도 건널 수 있을 거라고 알려줬다. 그곳을 살피고 돌아온 정찰대는 도강이 쉽지 않고 다리도 많이 고쳐야 하지만 수리가 끝나면 건너갈 수는 있겠다고 보고했다. 더구나 다리는 완전히 무방비 상태였다. 그들의 행운은 계속되었다. 옥수스강 건너편에 펼쳐진 드넓은 늪지 때문에 마테라치 보초가 서 있는 강과의 거리가 꽤 떨어져 있어 눈에 띄지 않았다. 좌절하기 직전이었던 리디머들은 희망에 부풀었다. 두 시간 만에 옥수스강 건너편에 교두가 세워지고, 나머지 리디머들이 주변의 집들에서 가져온 돌로 다리를 수리하고 길을 냈다. 정오 무렵에 일이 끝나자 본대가 옥수스 강을 건너기 시작했다. 해가 질 무렵에는 마지막 리디머까지 안전하게 건너편 강기슭으로 건너갔다. 소수의 마테라치 병사들이 먼발치에서 나타나 리디머들의 도강을 마지막 한 시간 동안 지켜보았지만, 여태 그래왔던 것처럼 그들은 이번에도 나르치세에게 전갈만 보냈다.

다음날 3마일을 이동한 리디머들은 충격적인 광경에 맞닥뜨렸다. 그걸 본 프린셉스는 자신의 군대가 끝났음을 깨달았다. 눈앞의 진흙길은 엉망으로 갈아놓은 밭처럼 휘저어져 있었고, 길 양쪽으로 10야드 펼쳐진 덤불은 납작하게 짓눌려 있었다. 마테라치 병사 수만 명이 그들보다 먼저 지나간 것이었다. 자신의 군대보다 훨씬 규모가 큰 군대가 그들과 베어링 갭 사이에서 기다리고 있다고 확신한 프린셉스는 지금까지 수집한 정보를 보존하기 위한 조치를 취했다. 케일이 세운 계획의 가장 중요한 목적은 늘 정보였다. 남아 있는 지도 제작사들은 지금껏 만든 지도들을 가능한 한 많이 베껴 그린 다음, 지시에 따라 변장을 하고 그들 중 하나라도 성소에 도착하기를 바라며 십여 개의 방향으로 흩어져 떠났다. 프린셉스는 짧은 미사를 드리고 병사들을 계속 행군시켰다. 이틀 동안 그들 뒤로 뻗어나가는 진흙의 강 너머로 적의 모습은 보이지 않았고 아무 소리도 들리지 않았다. 이윽고 섬뜩하리만치 차가운 비가 억수같이 쏟아지기 시작했다. 그들은 비바람에도 아랑곳하지 않고 가파른 언덕을 질서정연하게 올라갔다. 하지만 언덕마루에 다다랐을 때 리디머들의 눈앞에 펼쳐진 평지에는 어마어마한 규모의 마테라치 군대가 도열한 채 기다리고 있었다. 양쪽의 골짜기에서는 새로운 병력이 계속 밀려들고 있었다. 비가 그치고 해가 나자 마테라치 군대는 크고 작은 깃발들을 풀어 휘날렸다. 빨간색, 파란색, 금색 깃발들이 활기차게 펄럭였고, 병사들의 은빛 갑옷에 해가 비쳐 번쩍거렸다.

리디머 프린셉스 장군이 그토록 피하려고 기를 썼던 전투는 이제 불가피했다. 하지만 이날은 아니었다. 날이 거의 어두컴컴해졌고, 리디머들에게 죽음과 지옥의 두려움을 불러일으키는 마테라치 군대는 북쪽으로 조금 물러났다. 그 모습을 본 리디머들도 짧은 거리를 후퇴해 작은 은신처를 찾아냈다. 그전에 프린셉스는 궁병들에게 양쪽 숲에서 각자 6인치 길이의 방어용 말뚝을 잘라오라고 지시했다. 마테라치 군대가 밤에 공격해올지 모르니 진지가 노출되지 않도록 불을 피우지 않아야 했다. 축축하고 춥고 배고픈 리디머들은 그곳에 자리를 잡고 참회하고, 미사 집전하는 소리를 듣고, 기도하면서 죽음을 기다렸다. 프린셉스는 병사들 사이를 다니며 잃어버린 명분의 수호성인인 성 유다의 신성한 메달을 나눠주었다. 그리고 자신의 영혼과, 똥오줌 구덩이 파기 전문 병사들부터 보병 지휘를 맡고 있는 대주교 두 명까지 모든 병사의 영혼을 위해 기도했다. 프린셉스는 모든 사제와 병사에게 쾌활한 목소리로 말했다. "잊지 마라, 제군. 우리는 흙이며 언젠가 흙으로 돌아갈 것이다."

"내일 이맘때면 모두 흙으로 돌아갈 겁니다." 수사 한 명이 그에게 말했고, 그 말에 프린셉스가 웃자 부주교들은 몹시 놀랐다.

"자네가 그랬나, 던바?"

"그렇습니다." 던바가 대답했다.

"그래, 틀린 말은 아니야."

마테라치 병사 대부분은 반 마일쯤 떨어진 곳에서 모닥불을 환히 밝히고 있었다. 그들의 노랫소리와 리디머에 대한 온갖 시끄러운 욕설이 리디머 진영에까지 들리더니, 밤이 깊어가면서 바람이 잠잠해지자 수런거리는 일상적인 대화가 들려왔다. 트레버 빌 상사는 훨씬 더 가까이 있었다. 나르치세의 참모진에 배속된 그는 50야드쯤 떨어진 곳에 바짝 엎드린 채 무언가 이익이 될 만한 일이 없을지 살피고 있었다.

비참하고, 축축하고, 춥고, 배고프고, 다가올 일에 대한 두려움에 사로잡힌 리디머 콜름 말릭은 제4군이 가져온 몇몇 막사 중 한 곳으로 들어가며 생각했다. 하지만 결국 내 잘못이야. 성소에서 안전하게 지낼 수 있었는데 굳이 자원했잖아. 망할 애콜라이트 놈들.

고개를 숙인 채 막사 입구를 젖히고 안으로 들어가니, 리디머 페타르 브르지카가 소년 한 명을 내려다보고 있었다. 열네 살쯤으로 보이는 소년은 두 손이 등뒤로 묶인 채 바닥에 앉아 있었는데, 표정이 기묘했다. 두려워서 창백해진 것은 이해할 수 있지만, 콕 집어 말할 수 없는 다른 무언가가 표정에 서려 있었다. 어쩐지 증오 같았다.

"저를 보자고 하셨죠, 리디머."

"그래, 말릭." 브르지카가 대답했다. "자네한테 부탁하고 싶은 일이 있는데 괜찮겠나?"

말릭은 상대의 신경을 건드리지 않을 만큼 최대한 시큰둥하게 고개를 끄덕였다.

"여기 이 녀석은 마테라치 놈들이 보낸 첩자나 자객이 틀림없네. 마운트 누젠트에서 벌어진 일을 목격했다고 주장하거든. 처리해야겠어."

"네?" 말릭은 일부러 삐딱하게 굴려는 게 아니라 정말로 어리둥절했다.

"보초들이 이 녀석을 붙잡아 이리로 데려오기 전에 대주교가 직접 내 모든 죄를 사해주셨다네."

"그러셨군요."

"자넨 아닌 것 같군. 설령 죽어 마땅한 자였다 해도 무장하지 않은 자를 죽이면, 나중에 정식으로 죄 사함을 받아야 하지. 내가 이 녀석을 죽이면 다시 대주교 앞에서 참회해야 해. 그랬다가는 대주교가 날 천치로 여길 거야. 자네는 고해성사를 보았나?"

"아직 안 했습니다."

"그럼 문제없겠군. 이 녀석을 숲으로 데려가서 없애버려."

"다른 사람한테 시키시면 안 될까요?"

"안 돼. 어서 가봐."

결국 말릭은 겁에 질린 소년을 데리고 가랑비에 젖은 진지를 가로질러 서로 미사를 올려주는 수많은 수사와 진지 외곽의 보초를 지나쳐 근처 숲으로 들어갔다. 걸음을 내디딜 때마다 말릭의 가슴은 젖은 장화보다 깊이 가라앉았다. 엉덩이를 걷어차고 두들겨패는 것과 목을 따는 것은 전혀 다른 문제였다. 더구나 그 자신마저 역겨워서 가담하기 싫었던 일을 목격한 소년을 죽이는 것은 감당하기 힘들었다. 어차피 내일이면 말릭도 개인적으로 조물주 앞에 나아갈 터였다. 진지에서 보이지 않는 곳에 이르자 말릭은 수풀로 들어가 소년을 붙잡고 속삭였다. "널 놓아주마. 저리로 계속 달려가. 절대 뒤돌아보지 말고. 알았지?"

"네." 겁에 질린 소년이 대답했다. 말릭은 소년의 손목에 묶인 끈을 자르고, 훌쩍이며 어둠 속으로 비틀비틀 걸어가는 소년을 지켜보았다. 그리고 몇 분 동안 서서 소년이 겁에 질린 나머지 실수로 리디머 진지로 되돌아오지 않는지 확인했다. 내일이면 누가 알아도 상관없었다. 이 자비로운 행동이 지금껏 소년들을 괴롭혀온 자신의 많은 죄를 가볍게 해주길 바라며 진지로 돌아오던 말릭은 트레버 빌 상사의 나이프에 정통으로 맞았다.

케일은 동이 트기 한참 전에 일어나 있었다. 하늘이 서서히 밝아올 무렵 베이그 헨리가 케일 옆에 섰고, 이어서 클라이스트, 그리고 마침내 해가 뜨자 마지막으로 이드리스푸케가 다가왔다. 그들이 서 있는 실버리힐 꼭대기에서는 전장이 훤히 내려다보였다. 사실 실버리힐은 둥그렇고 거대한 인공 언덕으로, 누가 어떤 이유로 지었는지는 오래전에 잊혔다. 뛰어난 전망대 노릇을 하는 평평한 꼭대기에는 적의 동태를 감시하는 파수병만 있는 게 아니라—물론 마테라치 군대 쪽에서는 어느 곳에 서도 전장이 잘 보였다—궁정에서 따라온 대사, 군무관, 민간인 고위 인사를 비롯해 마테라치 가문의 귀부인 등등이 모여 있었다. 아버지와 케일이 거세게 반대하는데도 따라오겠다고 고집부린 아르벨 스완넥도 있었다. 두 남자 모두 아르벨이 리디머들의 일차 표적인데다 어지럽고 혼란스러운 전투가 벌어지면 어느 누구의 안전도 보장될 수 없다며 만류했지만, 그녀는 다른 마테라치 여자들도 가는데 자기만 빠지는 건 창피한 일이라고 반박했다. 더구나 이번 전쟁은 그녀의 목숨을 구하기 위한 것이니 물러나 있을 수 없다고 했다. 병사들은 목숨을 걸고 싸우는데 정작 당사자가 나타나지 않는 건 비겁한 짓이라는 것이었다. 이 논쟁은 출정 전날까지 계속되었다. 총독은 리디머 군대가 소규모인데다 식량 부족과 질병으로 고생하고 있으며, 아르벨이 실버리힐에 있으면 안전하다는 나르치세의 말을 듣고야 뜻을 굽혔다. 실버리힐은 너무 가팔라서 적이 쉽사리 공격할 수 없으며, 빠르고 안전한 탈출로가 있어서 방어하기도 수월했다. 케일도 더는 반대할 수 없었다. 하지만 계획은 이미 세워놓았다. 위험해질 기미만 보이면 곧바로 아르벨을 옮길 생각이었고, 필요하다면 강제로 그럴 작정이었다. 하지만 이날 아침 전열이 형성되는 광경을 보고는 걱정을 크게 덜었다.

전장은 세모꼴이었다. 케일이 서 있는 실버리힐은 밑변의 왼쪽 모서리에 있고, 사만오천 명가량의 마테라치 군대는 오른쪽 모서리에 두텁게 늘어서 있었다. 리디머들은 그 삼각형의 뾰족한 꼭짓점에 자리잡고 있었다. 삼각형 양쪽에는 너무 울창해서 통과하기 힘든 검푸른 숲이 펼쳐져 있고, 중앙의 넓은 들판은 대부분 최근에 땅을 갈아놓았지만, 일렬로 늘어선 싯누런 그루터기들이 마테라치 군대의 위치를 나타내고 있었다. 두 군대 사이의 거리는 900마일 정도로 보였다.

"몇 명이나 되는 것 같아?" 케일이 리디머 군대를 고갯짓으로 가리키며 베이그 헨리에게 물었다.

삼십 초는 족히 지나서야 베이그 헨리가 대답했다.

"궁병은 오천 명쯤. 보병은 천구백 명가량."

"이제 전투는 나르치세에게 맡겨." 이드리스푸케가 하품을 하며 말했다. "리디머들은 후퇴할 수도 없어. 만약 승산 없는 싸움을 걸어오면 나르치세한테 박살이 날 테고. 난 아침이나 먹으러 가야겠다." 클라이스트가 그를 따라갔다. 식사를 준비하는 늙은 하인은 불을 피우느라 얼굴이 바닷가재처럼 새빨갰고, 그의 옆에는 접시에 담긴 갈색 달걀들과 말 다리만한 훈제 햄이 있었다. 그들이 서서 지켜보는 가운데, 한 마테라치 귀부인이 데리고 온 붉은 세터* 한 마리가 자기도 식사에 끼워주길 기대하며 다가와 꼬리를 흔들어댔다.

저 아래 마테라치 진지에서는 나르치세가 골머리를 앓고 있었다. 비록 그의 작전은 아주 노련하고 뛰어난 전사들로부터 폭넓은 지지와 호응을 얻고 있었지만, 지난 이십 년간 그들은 마테라치 원수가 전열에 자리를 정해주는 데 익숙해져 있었다. 불행히도 그가 전장에 나타나지 못하자 한동안 묻혀 있던 경쟁심이 다시 고개를 들었고, 이 문제를 해결할 묘책은 딱히 없었다. 게다가 나르치세는 이번 전투 계획을 세 차례 수정해야 했다. 물론 위대한 장군들도 종종 그러기 마련이었다. 하지만 그 바람에 원래 최전선에서 중요한 임무를 맡았던 왕실 귀족들이 지금은 눈에 띄지 않는 후방 지휘를 맡게 되었다. 그것도 아주 중요한 임무이긴 하지만, 군인으로서의 영광과 용맹을 존재 가치로 여기며 삶을 바쳐온 자들에게는 수치스러운 좌천으로 여겨졌다. 리디머들을 좁은 들판에 가두려던

* 사냥감을 발견하면 서서 그 위치를 알리도록 훈련된 사냥개.

영리한 작전이 이제는 오히려 골칫거리가 되었다. 마테라치 군대에는 풍부한 경험과 실력, 용기를 지닌 자가 너무 많았고, 그들이 설 땅은 너무 비좁았다. 더구나 하나같이 자기가 이번 전투의 적임자라고 확신했으며, 단순히 화합 차원에서 양보하는 것은 그들 모두 영예롭게 목숨 바쳐 지키려는 제국에 해를 끼칠 수 있는 지나친 타협이라고 생각했다. 다들 자신이 앞장서야 하는 까닭을 내세웠고, 대부분의 명분은 합당했다. 이런 상황에서 결론을 내려면 마테라치 원수가 수십 년간 쌓아온 기술과 권위가 필요했는데, 나르치세는 유능하기만 할 뿐 그런 기술이나 권위는 없었다. 결국 가장 막강한 귀족들이 최전선에서 각자 부대를 이끌게 하고, 그가 감당할 수 있을 것 같은 자들에게만 덜 중요한 임무를 맡기기로 했다. 그로 인해 명령 체계는 지독히 복잡해졌지만 나르치세로서는 그것이 최선의 해결책이었으며, 새로 도착한 수많은 귀족까지 이 대전투에서 합당한 자리를 요구하자 상황은 점점 더 혼란스러워졌다. 나르치세는 자신보다 프린셉스가 당면한 문제가 한없이 더 간단하지만 동시에 한없이 더 나쁘다는 사실로 스스로를 위로했다. 그는 적의 동태를 살펴야겠다면서 귀족들이 언쟁을 벌이는 화이트 텐트를 빠져나왔다. 그때 완전무장한 사이먼 마테라치가 병사 십여 명에게 에워싸인 채 새로 배운 검술을 선보이는 소란스러운 광경이 눈에 띄었다. 나르치세는 자신의 시종무관 한 명을 옆으로 데리고 가서 나직이 속삭였다.

"총독의 반편이 아들놈을 당장 후위로 데려가 이번 전투가 끝날 때까지 꼼짝 말고 있게 해. 저놈이 괜히 얼쩡대다가 싸움에 휘말려 죽기라도 하면 나만 곤란해지니까." 확실히 하기 위해서 그는 시종무관이 사이먼을 데려가는 모습을 끝까지 지켜보았다. 사이먼은 불같이 화를 냈지만 어쩔 도리가 없었다. 쿨하우스는 물을 마시러 자리를 뜬 상황이라 그 광경을 보지 못했다.

케일과 베이그 헨리는 줄곧 전장을 내려다보며 상의했다. 하지만 자신들이 프린셉스라면 어떻게 할지 아무리 토론해봐도, 둘 다 이드리스푸케의 예상을 반박할 수 없었다. 이제 그들도 긴장이 풀리기 시작했다.

"사실 이건 네 작전이야." 베이그 헨리가 위풍당당하게 줄줄이 늘어선 병사들과 화려한 깃발들을 감탄의 눈길로 내려다보며 말했다.

"내 아이디어였지. 저 아래 펼쳐진 광경은 나르치세가 한 일이고. 괜찮아 보여. 조금 복작거리긴 하지만." 케일은 발아래 진지에 있는 리디머들의 음울한 미래를 음미하여 몹시 흡족해했다.

하지만 전장을 내려다보는 두 소년은 증오와 두려움이 뒤섞인 불쾌한 기분이었다. 이제 리디머 군대의 대형이 바뀌기 시작했다. 작은 부대 둘로 나뉜 기병대가 보병대를 세 부대로 나누고, 좌우 양쪽에는 궁병대가 자리잡았다.

리디머들을 끔찍이 증오하는 케일과 베이그 헨리도 그들의 상황이 얼마나 나쁜지 알 수 있었다. 지금 리디머들은 식량이 거의 없었고, 춥고, 옷은 축축했다. 잠시 해가 나고 그들이 움직이기 시작하자 몸에서 김이 피어오르는 것이 보였다. 설사로 고생하는 자들의 상황은 더 나쁠 터였다. 그들은 전장을 벗어날 수 없어서 선 채로 대변을 봐야 했다. 그리고 그런 그들 앞에는 잘 입고, 잘 먹고, 머릿수도 압도적으로 많은 군대가 있었다. 리디머 군대의 전망은 몹시 암울했다.

들판 너머 마테라치 군대의 보병들은 대략 네 무리로 나뉘어 있었는데, 모두 중무장을 했고(아직 갑옷을 입지 않은 자도 많았다) 각각의 무리는 팔천 명이었다. 이 네 열의 양쪽과 뒤쪽에 포진한 장갑 기병대는 천이백 명가량이었다. 마테라치 군대의 최전선에는 아직 대형이 갖춰지지 않았다. 대부분 앉아서 먹고 마시는 중이었으며, 사방에서 고함소리와 환호성, 웃음소리가 들렸다. 맨 앞줄에 자리를 잡으려고 허가 없이 끼어들거나 속임수를 쓰는 자도 많았다. 여기저기서 말이나 양을 굽고, 펄펄 끓는 솥들에서 김이 줄줄이 피어올랐다. 여태 갑옷을 입지 않고 싯누런 그루터기에 맨다리로 올라앉아 식사하는 병사들도 있었지만, 너무 들뜬 나머지 그러지도 못하는 이들은 갑옷을 차려입고 자신의 전투 위치에 서서 더 앞쪽 자리를 맡으려고 힘껏 밀쳐댔다. 물론 폭력 사태가 벌어질 만큼 함부로 구는 자는 없었다.

두 시간이 지났지만 아직 아무 일도 없었다. 창백한 표정의 아르벨 스완넥이 케일과 헨리 곁으로 다가왔고, 곧이어 이제 배를 채운 이드리스푸케와 클라이스트를 비롯해 리바도 합류했다. 지난 몇 달간 풍만함이 많이 사라졌지만 여전히 그리고 언제나 그녀의 아씨와 지극히 대조적이었다. 리바는 아르벨보다 거의 8인치나 작고, 가무잡잡하고, 눈동자는 갈색에 여전히 굴곡 있고 살집이 있는 몸매인 반면, 아르벨은 금발에 훤칠하고 호리호리했다. 그들은 마치 비둘기와 백조처럼 달라 보였다.

조마조마한 아르벨이 앞으로 어떻게 될 것 같으냐고 묻자, 다들 조만간 프린셉스가 공격을 개시할 수밖에 없을 테니 마테라치 군대는 가만히 있는 게 옳다고 말했다. 케일이 아무리 살펴봐도 절박한 쪽은 리디머 군대였다.

"누가 사이먼 못 봤나요?" 아르벨이 물었다.

"총리님과 함께 있을 거다." 이드리스푸케가 대답했다. 요즘 사이먼과 총리는 떨어져 있는 법이 없었다.

"아버지랑 아들 같잖아." 클라이스트는 아르벨이 듣지 못하게 나직이 이죽거렸다. 여전히 불안한 아르벨이 동생이 안전한지 확인하기 위해 하인 두 명을 보내려 할 때, 말 탄 병사 다섯이 다가왔다. 그들 중에는 콘 마테라치도 있었다. 케일과 싸운 이후로 그가 케일에게 이렇게 가까이 오기는 처음이었다.

"나르치세 장군께서 아가씨가 안전하신지 살펴보라고 저를 보내셨습니다."

"아주 안전해요. 제 동생 보셨나요?"

"네. 본 것 같습니다, 한 시간 전쯤에. 도련님의 말씀을 통역해주는 얼간이와 함께 화이트 텐트에 계셨습니다."

"당신은 쿨하우스에 대해 그런 식으로 말할 권리가 없어요. 사이먼을 찾아서 이리로 보내주세요." 곧이어 아르벨은 두 하인에게 같은 지시를 내리고 그들을 화이트 텐트로 보냈다.

처음으로 콘 마테라치가 케일을 바라보았다.

"넌 여기 있으니 안전하겠구나."

케일은 아무 대꾸도 하지 않았다. 콘 마테라치가 클라이스트에게로 고개를 돌렸다. "넌 어때? 겁쟁이처럼 여기 앉아 있지 않고 우리와 함께 싸울 용기가 있다면 내가 맨 앞줄에 한자리 마련해주마."

클라이스트는 흥미로워하는 표정을 지었다.

"좋아." 그가 흔쾌히 대답했다. "여기서 한두 가지 할일이 있지만, 네가 먼저 가 있으면 좀 이따 따라가지."

콘은 유머 감각이 뛰어난 편은 아니지만, 자신이 놀림받고 있다는 걸 모를 만큼 아둔하진 않았다.

"네놈들의 광신도 친구들은 적어도 스스로를 위해 싸울 용기는 있지. 반면 너희 세 녀석은 여기 서서 우리가 대신 싸워주길 바라고 있어."

클라이스트는 덜떨어진 놈에게 설명하듯이 대꾸했다.

"개가 있는데 주인이 짖을 필요는 없잖아?"

하지만 콘은 쉽사리 놀려먹을 수 있는 상대가 아니었다. 태어날 때부터 자신을 굉장히 중요한 존재로 여겨온 그는 그 말을 한 귀로 흘려버린 듯했다.

"오늘 이 전투에는 우리보다 너희가 나서는 것이 옳다. 내 말이 우습나? 그렇다면 굳이 광대가 나서서 네놈들이 겁쟁이라는 사실을 모두에게 알릴 필요도 없겠군."

싸늘하게 쏘아붙인 콘은 말을 돌려 진지로 내려갔다. 사실 그의 말을 듣고도 베이그 헨리는 무덤덤했고 클라이스트도 아무렇지 않았지만, 케일은 아픈 데를 긁힌 기분이었다. 솔로몬 솔로몬과의 싸움에서 이긴 뒤 그는 자신의 기술이 언제 닥칠지 모를 공포에 좌우된다는 사실을 깨달았다. 무서워지면 사라지는 재능이 무슨 쓸모가 있겠는가? 케일은 자신이 이 언덕 꼭대기에 머무는 까닭을 알고 있었다. 엄밀히 말하면 이번 전투는 그의 싸움이 아니었으며, 그는 아르벨 마테라치를 지켜야 한다는 의무감과 사랑에 사로잡혀 있었다. 하지만 그날 느꼈던 떨림과 나약함, 창자가 녹아내리는 것 같은 느낌을 잊지 못하는 것도 사실이었다. 나약한 겁쟁이가 되는 섬뜩한 공포.

그때 또 한 사람이 실버리힐 꼭대기로 찾아왔다. 그가 나타나자 거기 모여 있던 중요 인사들이 놀라 술렁이기 시작했다. 언덕 기슭에 도착한 그는 안이 전혀 보이지 않는 가마로 옮겨탔다. 마차가 들어갈 수 없는 오래된 마을의 좁은 길을 다닐 때 마테라치 귀부인들이 사용하는 가마와 비슷했다. 가마를 멘 여덟 명은 비탈을 오르느라 몹시 지쳤고, 또다른 열 명이 가마를 호위하고 있었다.

"누구죠?" 케일이 이드리스푸케에게 물었다.

"난 어지간해서는 잘 놀라지 않지만 이건 정말 놀라운걸."

"왜요? 저게 성궤*라도 되나요?"

"좋은 의미가 아니라 나쁜 의미로 놀란 거야. 만약 악마의 넋을 빼놓을 자가 있다면 바로 저자일걸. 암토끼 키티."

케일은 호기심 어린 표정으로 잠깐 말없이 호위병 열 명을 살펴보았다. "솜씨가 좋아 보이는 자들이군요."

"당연하지. 라코니아 용병들이거든. 고용하려면 돈깨나 드는 자들이야."

"저자가 여긴 무슨 일이죠? 소문만 무성할 뿐 아무도 본 적 없는 귀하신 몸이라던데."

"마음껏 비웃어라. 그러다 키티를 만나면 후회하게 될 테니. 아마 자신이 투자한 전쟁을 시찰하러 왔을 거야. 더구나 오늘은 역사가 만들어지는 광경을 안전하게 구경할 수 있는 기회거든."

---

* 모세의 십계명 석판이 보관되어 있는 나무상자.

그때 가마 문이 열리더니 한 남자가 내렸다. 케일은 실망한 듯 툴툴거렸다.

"저건 키티가 아냐." 이드리스푸케가 말했다.

"그것참 다행이군요. 베엘제붑이라도 나올 줄 알고 기대했는데."

"가끔 네가 아직 애라는 걸 잊는구나." 이드리스푸케는 가마에서 내린 사내를 가리키며 덧붙였다. "잊지 마라, 범 무서운 줄 모르는 하룻강아지 선생. 앞으로 저자를 만날 일이 생기면 급한 약속이 있다고 자리를 피하는 게 좋아."

"어이쿠, 겁나서 오줌 지리겠네요."

"건방진 꼬마 녀석. 저자는 대니얼 캐드버리야. 어떤 놈인지 궁금하면 존슨 박사의 대사전에서 '하수인' 항목을 찾아봐. '자객'과 '살인자'와 '양 도둑' 항목도 찾아보고. 하지만 꽤 매력적인 사내지. 간이며 쓸개며 다 내줄 것처럼 자상하게 굴거든."

케일이 이 흥미로운 말을 곱씹는 동안, 캐드버리가 싱글거리며 다가왔다.

"오랜만이군요, 이드리스푸케. 여전히 바쁘게 사십니까?"

"자네군, 캐드버리. 여긴 어쩐 일인가? 또 누구 죽이러 가는 길에 잠깐 들렀나?"

캐드버리는 이드리스푸케의 목소리에 서린 적의를 진심으로 반기는 듯 빙그레 웃었다. 그리고 이 훤칠한 사내는 케일을 만족스럽게 내려다보았다.

"참 재미있는 양반이야, 그렇지? 네가 케일이구나." 그는 케일을 존경하는 말투로 덧붙였다. "오페라 로소에서 네가 솔로몬 솔로몬을 죽이는 걸 봤다. 그런 꼴을 당해도 싼 놈이었지. 정말 대단했단다. 정말 대단했어. 이 불쾌한 일들이 끝나면 언제 점심이나 같이 하자꾸나." 그리고 그에게 머리 숙여 인사했다. 케일을 존경하지만 자신도 그만한 존경을 받을 자격이 있다는 태도였다. 그리고 곧 돌아서서 가마로 돌아갔다.

"꽤나 친절해 보이는군요." 케일은 빈정거리는 투로 말했다.

"몹시 안쓰러워하며 네 목을 따는 순간까지 그럴 거다."

그때 베이그 헨리가 소리쳤다. 리디머 진영이 움직이기 시작한 것이다. 십 열 정도로 늘어선 궁병 오천 명과 보병 천구백 명이 서서히 전진하고 있었다. 50야드쯤 이동한 리디머 군대는 거의 마테라치 진영이 있는 곳까지 뻗어 있는 경작된 밭 가장자리에서 멈추고 맨 앞줄이 무릎을 꿇었다.

"대체 저놈들, 뭘 하는 거냐?" 이드리스푸케가 물었다.

"흙을 한줌 집어서 입에 넣는 겁니다." 케일이 대답했다. "자신들은 흙이고 언젠가 흙으로 돌아간다는 사실을 상기하는 거죠."

잠시 후 맨 앞줄이 일어서더니 경작된 밭으로 걸어들어갔다. 이어서 그 뒷줄이 앞으로 나아가 무릎을 꿇고 흙을 한줌 집어 입에 넣고 앞줄을 따라갔다. 나머지 줄들도 그렇게 했다. 오 분도 지나지 않아 다시 느슨한 전열을 이룬 리디머 군대 전체는 보조조차 흐트러진 채 거친 땅을 어슬렁어슬렁 걷기 시작했다. 마테라치 군대와 실버리힐에서 관망하는 자들은 그저 기다리면서 지켜보는 수밖에 없었다.

"저들의 공격 속도는 언제 빨라지지?" 이드리스푸케가 물었다.

"그럴 일은 없습니다." 베이그 헨리가 대답했다. "마테라치 군대에는 궁병이 없으니까요. 보병이나 기병의 공격 거리가 얼마나 되겠어요? 끽해야 6피트? 리디머들이 서둘러 공격할 이유가 전혀 없죠." 리디머 군대가 십 분 동안 700야드를 전진하고, 이제 마테라치 군대의 최전선까지의 거리는 200야드 정도였다. 그때 각각 병사 백 명씩을 지휘하는 리디머 백부장들이 고함을 지르자 전진이 멈췄다.

백부장들이 다시 소리치자 궁병과 보병이 좌우로 퍼지기 시작했고, 잠시 후 그 줄이 전장의 한쪽 면을 완전히 막았다. 채 삼 분도 지나지 않아 그들은 다시 1야드씩 떨어져 서서 전열을 갖췄다. 맨 앞줄 뒤로 늘어선 일곱 줄은 궁병들이 앞에 위치한 병사들의 머리 위로 더 잘 보고 수월하게 활을 쏠 수 있도록 체커판처럼 엇갈려 섰다.

지난 몇 분 동안 리디머들은 각자 6피트 길이의 창처럼 생긴 것을 들고 있었다. 그들이 훨씬 가까이 서 있는 지금, 또렷하게 보이는 그것들은 창이 아니었다. 창이라고 하기에는 너무 굵고 무거웠다. 백부장들이 다시 명령을 내리자 그 물건의 용도가 드러났다. 방어용 말뚝이 틀림없었다. 궁병들이 묵직한 망치로 그것들을 비스듬히 땅에 박는 소리가 한동안 들려왔다.

"어째서 방어선을 구축하는 거지?" 이드리스푸케가 물었다.

"모르겠습니다. 너희는 알겠냐?" 케일이 친구들에게 물었다.

클라이스트와 베이그 헨리 둘 다 어깨만 으쓱했다.

"이해가 안 가는걸. 적을 공격해야 하는 상황이잖아." 케일은 불안한 표정으로 이드리스푸케를 보고 물었다. "마테라치 군대가 공격하지 않을 거라고 확신하나요?"

"유리한 상황을 팽개칠 까닭이 있겠느냐?"

그 무렵 리디머들은 말뚝 끄트머리를 뾰족하게 깎느라 바빴다. 잠시 후 케일이 이드리스푸케를 바라보고 말했다.

"놈들은 상대가 공격해오도록 도발하려는 거예요. 그들의 화살은 마테라치 군대에 닿습니다. 궁병 오천 명이 일 분에 여섯 발을 쏘죠. 육십 초마다 삼만 발씩 날아오는 화살을 마테라치 군대가 감당할 수 있겠습니까?"

이드리스푸케는 콧방귀를 뀌고 대꾸했다.

"250야드는 엄청나게 먼 거리야. 화살을 아무리 많이 쏴도 소용없어. 마테라치 병사들은 죄다 머리부터 발끝까지 강철로 덮여 있거든. 담금질한 강철 갑옷은 저 거리에서 화살로 꿰뚫을 수는 없다. 물론 소나기처럼 쏟아지는 화살 세례가 어떨지는 상상하기 어렵지만, 운이 좋아야 백 발 쏴서 겨우 하나 명중할 정도일걸. 더구나 오랫동안 삼만 발씩 쏘려면 한 사람이 수십 발을 쏴야 할 텐데, 그렇게 많이 갖고 있을 리는 없지. 만약 그게 저들의 계획이라면……"

그는 결과를 짐작하기 어렵다는 듯이 어깨를 으쓱했다.

케일은 실버리힐 꼭대기에서 리디머들을 관찰하는 마테라치 신호수들을 바라보았다. 그들 중 한 명이 리디머들이 땅에 방어용 말뚝을 박고 있다는 소식을 전하기 위해 밑으로 내려가고 있었다. 마테라치 군대의 앞줄에서는 리디머들이 잘 보이지 않았다. 리디머들이 말뚝으로 무얼 하는지 파악하고, 전령을 보내서 알려야 할 만큼 중요한 일인지 고민하는 데 시간이 소요된 것이었다.

언덕 끝 너머로 사라지는 전령을 지켜보던 케일은 다시 리디머들 쪽으로 눈길을 돌렸다. 목 매달린 리디머가 빨갛게 그려진 하얀 깃발을 기수 십여 명이 쳐들었다. 백부장들이 목표를 조준하라는 명령을 내렸다. 너무 멀어 소리가 정확히 들리지는 않았지만, 궁병 수천 명이 활시위를 당기고 높이 겨냥하는 모습은 또렷이 보였다. 잠시 후, 백부장들의 고함소리와 함께 깃발들이 내려졌다. 화살 구름 네 덩이가 공중으로 100피트 치솟더니, 마테라치 군대의 앞줄 쪽으로 포물선을 그리며 날아갔다.

삼 초 뒤, 화살들이 마테라치 군대를 두들겼다. 병사들은 화살을 피하느라 고개를 숙였다. 화살 오천 개가 갑옷에 부딪히고 튕기면서 요란한 소리를 냈다. 마테라치 병사들은 마치 바람과 우박 쪽으로 몸을 기울이듯이 강철 비를 향해 몸을 숙였다. 좌우 양쪽에서 화살에 맞은 말들이 비명을 터뜨렸다. 하지만 이미 화살 오천 발이 다시 발사된 후였다. 십 초 뒤, 또 발사되었다. 이 분 동안 화살 소나기가 끊임없이 마테라치 군대에 쏟아졌다. 사망자는 거의 없고, 부상자는 더러 있었다. 마테라치 병사들을 감싼 갑옷이 제 몫을 할 거라던 이드리스푸케의 말은 옳았다. 하지만 그 소음을 생각해보라. 끊임없이 쇠가 부딪치는 소리, 잠깐의 정적, 다시 쏟아지는 화살, 말들의 비명, 재수 없게 눈이나 목에 화살을 맞은 자들의 울부짖음. 그리고 어느 누구도 이토록 적개심에 불타는 소름 끼치는 공격을 참아낸 적이 없었다. 맞붙어 싸울 용기나 기술, 예의가 전혀 없는 겁쟁이 광신도들의 화살을 멀거니 서서 받아준다는 게 말이 되는가?

침묵을 깬 것은 양쪽의 기병대였다. 왼쪽 기병대가 먼저였다. 그들의 기수 두 명이 언제 쓰러졌는지는—그것이 신호였을까?—확실치 않았다. 다친 말들이 비명을 질러대자 멀쩡한 말들도 흥분해서 당장 뛰쳐나갈 것처럼 들썩였고, 갑옷에 뚫린 눈구멍만으로는 주위에서 펼쳐지는 광경을 제대로 살피기 어려웠다. 겁에 질린 말 세 마리가 앞으로 나아가기 시작했다. 돌격하려는 걸까? 뒤에 남아 겁쟁이로 비치길 원하는 자는 없었다. 긴장한 채 출발 신호를 기다리는 달리기 선수들은 한 명이 뛰쳐나가면 전체가 움직인다. 지금이 그런 상황이다. 전열을 유지하라고 뒤에서 질러대는 소리는 주위 소음에 묻혀버린다. 그리고 이어서 화살이 다시 쏟아진다.

그때 갑자기 좌익 기병대가 전진한다. 조바심과 분노, 두려움과 혼란이 그들을 앞으로 내몬 것이다.

화이트 텐트에서 지켜보던 나르치세는 욕설을 쏟아낸다. 하지만 곧 그들을 다시 불러들일 수 없다는 걸 깨닫는다. 그가 기수에게 손짓하자, 우익 기병대도 함께 공격하라는 깃발이 올라간다. 그제야 실버리힐에서 보낸 전령이 도착해 리디머 군대 양쪽의 궁병들이 말뚝을 땅에 촘촘히 박고 있다고 경고한다.

실버리힐 꼭대기에서 케일은 기병대의 전진을 보고 놀라서 어리둥절해한다. 곧이어 기병들이 말에 박차를 가해 한 줄로 늘어서더니, 금세 삼 열을 이루고 무릎이 맞닿을 정도로 바짝 붙는다. 그들과 마주하고 늘어선 리디머 궁병대까지의 거리는 300야드. 처음에는 등자를 밟고 서서 오른쪽 겨드랑이엔 창을 끼고 왼손으로는 고삐를 잡은 채, 사람이 가볍게 뛰는 정도로 말을 몬다. 계속 그 속도로 사십 초 동안 200야드를 이동하면서 그들은 이만 발의 화살을 견뎌내며 돌격한다. 이제 마지막 50야드. 이천 명의 병사와 말, 강철로 이루어진 선봉대가 궁병들을 짓밟기 위해 질주한다.

궁병들은 여전히 두려운 마음으로 흙을 우물거리면서 한번 더 화살을 쏜다. 말들이 비명을 지르며 쓰러지자 기병들이 땅에 부딪혀 등을 다치고, 옆에 있던 자들도 덩달아 나동그라진다. 하지만 돌격은 멈추지 않는다. 충돌을 눈앞에 둔 상황이다.

일부러 사람을 짓밟거나, 뛰어넘을 수 없는 장애물에 달려드는 말은 없다. 제정신 박힌 사람이라면 돌진해오는 말과 창을 보고 멀거니 서 있을 리 없다. 하지만 짐승과 달리 사람은 죽음을 택하기도 한다. 훈련으로 그렇게 될 수 있다.

말들이 거센 파도처럼 덮쳐오려고 하자, 궁병들은 뾰족한 말뚝 덤불 속으로 잽싸게 움직였다. 몇몇은 미끄러졌고, 몇몇은 너무 느려서 짓밟히거나 창에 찔렸다. 하지만 말뚝에 너무 일찍 다다른 말들은 멈춰 서지 못했다. 말뚝에 찔린 말들은 세상이 끝난 것처럼 비명을 지르고, 말에 타고 있던 기병들은 앞으로 날아가 목이 부러졌다. 땅에 쓰러진 자들이 물고기처럼 퍼덕거리자, 리디머들은 망치로 그들을 때려죽이거나 동료들이 누르고 있는 동안 적의 갑옷 이음매를 칼로 찔렀다. 갈색 흙이 벌겋게 물들어갔다.

대부분의 말들은 멈춰 섰다. 일부는 미끄러지면서 기병들을 내동댕이쳤고, 나머지는 이 대규모 돌격이 잠시 후 멈출 때까지 기다렸다. 하지만 몇몇은 밀려드는 말들과 부딪쳤고, 어떤 놈들은 양쪽 숲으로 달아났다. 병사들은 욕을 해대고 말들은 비명을 질러댔다. 겁에 질린 나머지 작고 가벼운 짐승처럼 잽싸게 돌아선 말들은 안전한 후위 쪽으로 달아났다. 그 와중에 말에서 수백 명이 떨어지자, 궁병들은 곧바로 말뚝 뒤에서 뛰쳐나와 말에서 떨어져 당황한 기병들의 머리와 가슴을 망치로 난타했다. 비틀비틀 일어서서 칼을 뽑는 마테라치 기병 한 명에 흙투성이 수단 차림의 리디머 셋이 들러붙어 밀고, 미끄러뜨리고, 넘어뜨리고, 눈구멍과 갑옷 이음매를 칼로 찔렀다. 그들 뒤쪽의 고슴도치 같은 말뚝들 사이에서는 이제 두려움에서 벗어난 궁병들이 후퇴하는 기병대를 향해 다시 활을 들었다. 화살에 맞은 말들은 계속 쓰러지고, 나머지는 미친듯이 달아났다.

상황은 더욱 나빠졌다. 기병대를 지원하고 돌격에 힘을 보태기 위해 나르치세는 최전선의 보병대를 전진시켰다. 보병 팔천 명이 여덟 열을 이루고 리디머 진영까지 절반쯤 진격했을 때, 공포와 부상 때문에 겁먹고 흥분한 말들을 몰고 퇴각하는 기병대가 마테라치 보병대와 충돌했다. 워낙 북적이는데다 양쪽엔 울창한 숲이 늘어서 있고 뒤에서는 장갑 병사들이 밀려드는 터라, 돌진해오는 말들이 지나가도록 비켜서기란 거의 불가능했다. 병사들은 달려드는 말에 부딪혀 죽지 않으려고 필사적으로 옆 사람을 붙잡고 밀고 당기면서 길을 내려고 발버둥쳤다. 뒤쪽과 좌우 양쪽으로 파도가 치듯 사람들이 밀리는 동안, 곳곳에서 병사들이 쓰러지고 동료에게 매달리며 아우성이었다.

그 바람에 진격이 중단되고 전열은 깨져버렸다. 진창에 미끄러진 병사들은 욕설을 퍼부으면서 서로 붙잡고 일어나다 도로 쓰러지기 일쑤였다. 이제 여유가 생겨 전열을 다시 갖춘 리디머 궁병들이 남은 화살을 발사했다. 하지만 이번에는 마테라치 병사들이 겨우 80야드쯤 떨어진 곳에 가만히 서 있어서, 정확히 맞히기만 하면 화살촉이 강철 갑옷을 뚫을 수 있었다.

달아나는 말에 밟혀 죽거나 화살에 맞아 다친 병사는 고작 몇백이었지만, 남은 보병 수천 명은 기가 죽어 서로의 뒤로 웅크렸다. 그 모습에 장교들이 고함을 지르며 전열을 재정비하고 다시 진격하라는 명령을 내렸다. 이런 소동으로 한동안 허둥대고 60파운드짜리 갑옷 차림으로 질척한 경작지를 300야드나 걸어왔던 그들은 다시금 힘찬 공격을 시작했다. 50야드. 20야드. 10야드. 그리고 마지막 몇 걸음은 적의 가슴에 창끝을 겨누고 달리기 시작했다.

하지만 양쪽이 충돌하려는 순간 리디머들이 한몸인 것처럼 잽싸게 몇 야드 뒤로 빠졌고, 그들의 적이 내지른 창은 허공을 찔렀다. 그리고 이번에도 마테라치 군대는 앞줄은 정지하고 나머지는 밀쳐대는 바람에 비틀비틀 멈춰 섰다. 돌격해오던 엄청난 힘이 멈칫하다가 또 사라져버린 것이다.

그러나 허둥지둥 공격하는 와중에도 마테라치 병사들은 승리를 확신하고 있었다. 그들은 세상에서 가장 뛰어난 장갑 보병이고, 마침내 백병전을 벌이게 되었으며, 병력 규모도 네 배나 크기 때문이었다. 승리를 확신한 그들은 다시 진격했다. 병사들의 고함과 비명으로 가득한 대기에 창 부딪치는 소리와 마테라치 군대가 용을 쓰는 소리까지 더해졌다. 하지만 다들 전투와 명예가 있는 앞쪽으로 가려고 밀어대는 통에 움직이기가 힘들었다. 무려 수십 명이 몰린 곳들도 있었다. 그러나 싸울 수 있는 것은 맨 앞줄뿐이었다. 즉, 천 명도 안 되는 병사들만 공격할 수 있었다. 수가 더 적은 리디머들은 공간의 여유가 있어서 고작 10여 피트 너비의 접전 지역을 쉽게 들락거렸다. 더 전진할 수 없는 상황에서 마테라치 보병대의 맨 앞줄 병사들은 바로 뒤의 동료에게 계속 밀렸다. 더 힘든 것은 그 뒤에 십여 명이 더 있다는 것이었다. 뒷줄의 병사들은 앞에서 무슨 일이 벌어지는지 몰라 계속 밀어댔고, 중간에 있는 병사들도 마찬가지였다. 한 명이 밀면 계속 앞으로 앞으로 압력이 가해졌다. 앞줄의 병사들은 리디머들의 공격을 피하거나 옆으로 비키거나 뒤로 물러나려 했지만 그럴 공간이 전혀 없었다. 그럴 때 도저히 버틸 수 없을 만큼 강하게 뒤에서 밀면 리디머들이 내지르고 휘두르는 창과 망치에 속절없이 찔리고 맞았다. 병사들은 부상을 당하고 쓰러졌다. 어떤 병사들은 압력을 견디지 못하고 도끼 기름처럼 미끄러운 진창에 미끄러졌는데, 그러면 그들 뒤에 선 병사도 뒷사람에게 밀려 고꾸라졌다. 중간 열의 병사들은 쓰러진 동료들을 넘어 적과 맞붙으려 했다. 하지만 앞의 상황을 볼 수 없는 뒷사람들이 밀어대는 통에 자신의 뜻과는 상관없이 동료를 밟고 나아가야 했다. 그러다보니 대부분이 진창에 미끄러져 쓰러지거나, 발밑에서 꿈틀거리고 발버둥치는 자들 때문에 균형을 잃고 넘어졌다. 움직일 공간이 없는 상황에서 갑옷은 쓸모가 없었다. 쓰러졌다 일어서거나 두세 구씩 쌓인 시체 더미를 올라갈 때 거치적리기만 할 뿐이었다. 그리고 앞쪽에서는 날카로운 창과 묵직한 망치가 쉴새없이 공격해 오고 있었다.

물론 리디머들도 쓰러졌지만 그들은 쉽게 일어날 수 있었고, 동료들이 빼내줄 수도 있었다. 삼사 분 뒤, 쓰러진 마테라치 병사들은 앞쪽에 담처럼 쌓여 공격을 방해하면서 리디머들을 보호해주는 구실을 했다. 그리고 여전히 앞에서 벌어지는 일이 보이지 않는 뒷줄 병사들은 계속 밀어댔다. 그들은 앞줄에서 사람이 쓰러질 때마다 자신들이 전진하는 것으로 알고 오히려 더 열심히 밀어붙였다. 땅에 쓰러져 있는 병사들은 대부분 죽지 않았고 심각한 부상자도 거의 없었지만, 한번 쓰러지면 뒤에서 밀어대는 힘과 미끄러운 진창 때문에 일어서기가 어려웠다. 쓰러진 병사 위에 한 명이 더 쓰러지면 움직이기는 거의 불가능해졌다. 거기에 한 명이 더 쓰러지면 아이처럼 무력해졌다. 그들의 분노와 두려움을 상상해보라. 수년간 훈련을 거치고 수많은 전투를 치르며 온몸이 흉터투성이가 되었건만, 이제 동료들의 발에 밟혀 죽거나 진창에 쓰러진 채로 농부 같은 놈들의 망치에 가슴을 얻어맞아 죽거나, 투구의 눈구멍이나 겨드랑이의 이음매 사이로 창이 들어오길 누워서 기다리는 처지가 된 것이다. 그들은 분노와 두려움, 무력함에 치를 떨었다. 그 와중에도 줄곧 승리를 확신한 뒷줄의 병사들은 전투가 끝나기 전에 반드시 전공을 세우겠다고 무섭게 밀어붙였다. 이제 전장의 후미가 된 곳 주변에 자리잡고 새 소식을 애타게 기다리던 전령들은 앞쪽에서 벌어진 참사로 인해 이미 전투에 졌다는 사실을 알지 못했다. 그들은 오히려 승리가 눈앞에 있으니 전투를 마무리짓도록 추가 병력을 보내달라는 전갈을 보냈다.

화이트 텐트 안에서는 앞줄의 병사들이 쓰러져가는 모습이 똑똑히 보이는 실버리힐에서 보내온 전혀 다른 소식에 분위기가 뒤숭숭했다. 하지만 실버리힐에서도 참혹한 전황을 제대로 파악한 사람은 세 소년과 이드리스푸케뿐이었다. 함께 전장을 지켜본 다른 이들은 전황을 확신하지 못해 차마 군대를 퇴각시키라고 권고할 수 없었다. 마테라치 군대의 퇴각은 상상도 할 수 없는 일이었고, 전황이 급변할 수도 있기 때문이었다. 결국 전령을 보내 경고하긴 했지만, 다들 믿지 못하겠다며 구시렁거렸다. 전투를 마무리지으려면 병력을 더 보내야 한다는 전갈을 받은 나르치세는 실버리힐에서 보내온 음울한 소식을 듣고 고민에 빠졌지만, 이미 전투에 졌다는 사실은 차마 인정할 수 없었다. 그러지 않는 것이 더 낫겠다고 판단했음에도 불구하고 자신의 병력 대부분을 한꺼번에 쏟아붓기로 결심한 터였다. 적은 병약하고 무기도 빈약했으며, 세계에서 가장 뛰어난 마테라치 군대는 지난 이십 년간 전투에서 진 적이 없었다. 그런데 패배라니, 말도 안 된다. 때문에 실버리힐에서 보낸 메시지가 마음에 걸리면서도 나르치세 사령관은 신속하게 두번째 보병대와 세번째 보병대에게 공격 지시를 내렸다.

언덕 위의 소년들과 이드리스푸케는 전선으로 이동하는 두 보병대를 내려다보면서 당혹감과 놀라움, 분노의 탄식을 내뱉었다.

"왜 그래?" 아르벨 스완넥이 케일에게 물었다. 그녀의 연인은 손을 쳐들고 투덜거렸다.

"모르겠어? 전투는 이미 졌어. 죽으러 가는 거야. 저들의 시체가 저 아래 들판에서 썩어가면 멤피스는 누가 지키지?"

"그럴 리 없어. 그렇지 않다고 말해줘. 상황이 그렇게 나쁘지는 않을 거야."

"네 눈으로 직접 봐." 케일은 전선 쪽을 가리켰다. 이미 수천 명의 리디머 궁병이 마테라치 보병대의 양쪽을 에워싸고 심지어 뒤쪽까지 막은 채 창과 망치로 학살하고 있었다. 마테라치 병사 한 명이 땅에 쓰러지면 주변의 병사 서너 명까지 함께 쓰러졌다. 케일이 나직이 중얼거렸다. "여길 떠야겠어." 그가 아르벨의 말구종을 불렀다. "롤런드, 아씨의 말을 가져와. 어서!" 그리고 고뇌에 찬 표정으로 소리쳤다. "맙소사! 나도 내 눈으로 보지 않았다면 믿지 못했을 거야."

케일이 베이그 헨리와 클라이스트에게 고갯짓하자 두 소년은 막사 쪽으로 돌아가기 시작했다. 그런데 그때 한 사람이 숨을 헐떡이고 절룩거리며 다가와 소리쳤다. "기다려요!" 쿨하우스였다. 흥분해서 얼굴이 벌겠다.

"아씨, 큰일났습니다. 사이먼 도련님이 저와 함께 후위에서 기병대를 구경하다가 사라졌어요. 북적이는 사람들 틈에서 놓친 줄로만 알았는데, 도련님 막사로 돌아와서 보니 아씨 아버님께서 도련님에게 생일 선물로 주신 갑옷이 없어졌더라고요. 한 시간 전에 똥자루 파슨 장군과 함께 있었는데, 그자가 도련님을 첫 공격에 데려가겠다고 농담을 했습니다." 그는 잠시 사이를 두고 조용히 말했다. "아무래도 도련님이 저 아래 전장에 계신 것 같습니다."

"세상에! 어떻게 그렇게 부주의할 수가 있어요?" 아르벨이 쿨하우스에게 소리쳤다. 하지만 곧 케일 쪽을 바라보았다. "제발 내 동생을 찾아줘. 제발 나한테 데려다줘."

케일은 너무 놀라서 아무 말도 못했지만 클라이스트는 그렇지 않았다.

"둘 다 죽게 하려면 그 방법이 좋겠는걸." 그는 아르벨에게 전장을 보라고 손짓했다. "몇 분만 지나면 저 아래 삼만 명이 모여들어 감자밭처럼 북적일 거야. 이미 리디머들이 이겼어. 앞으로 두 시간 동안 학살 광경을 보게 될 거야. 그런데 케일을 저곳에 보내겠다고? 짚더미에서 지푸라기 하나 찾는 격이야. 더구나 불붙은 짚더미에서."

하지만 아르벨은 아무 말도 듣지 못한 듯이 절박한 애원의 표정으로 케일의 눈만 쳐다보았다.

"제발 사이먼을 구해줘."

"클라이스트 말이 옳아." 베이그 헨리도 한마디했다. "사이먼이 어찌되든 우리가 해줄 수 있는 일은 없어." 이번에도 아르벨은 아무 말도 들리지 않는 듯 계속 케일의 눈만 보았다. 하지만 곧 절망적으로 고개를 떨궜다.

"알았어." 그녀가 인정했다.

그 말은 케일을 꿰뚫었다. 마치 아르벨이 가슴을 칼로 찌른 것 같았다. 믿음을 잃었다는 말처럼 들렸다. 견딜 수가 없었다. 케일은 그녀의 눈을 보고 자신이 그녀에게 신 같은 존재가 되었다고 느꼈다. 이제 와서 그녀의 존경과 사랑을 포기할 수는 없었다. 이 와중에 눈이 휘둥그레진 리바는 줄곧 입을 다문 채 다른 사람들이 케일을 말려주길 기대했다. 그녀는 케일이 아르벨의 일에 대해서는 완전히 이성을 잃는다는 것을 알고 있었다. 리바는 자신을 구해준 기묘한 소년에게 일종의 두려움을 품고 있었다. 집안일을 하면서 지나갈 때면 케일은 대개 무뚝뚝하고 무관심하게 대했다. 하지만 지난 몇 달간 케일이 아르벨의 일에 대해서라면 광적으로 반응하는 것을 자주 보았다.

"하지 마, 토머스." 그녀는 엄마처럼 단호하게 말했다. 아르벨은 이런 식으로 자신에게 반항하는 하녀를 보고 충격과 분노에 휩싸였다. 하지만 리바에게 입다물라고 할 수 없었고, 결국 아무 말도 하지 못했다. 그러나 달라진 것은 없었다. 케일은 리바의 말이 들리지 않는 것 같았다.

그는 언덕 아래에서 펼쳐지는 패전의 광경을 어깨 너머로 돌아보았다. 가슴이 내려앉았다. 그는 베이그 헨리와 클라이스트를 보며 말했다. "나를 최대한 엄호해줘. 하지만 너무 늦지 않게 여길 뜨도록 해."

"그래줄 생각 없었는데." 클라이스트가 대꾸했다.

케일이 웃었다. "잊지 마. 만약 너희가 쏜 화살에 내가 맞으면 누구 짓인지 뻔하다는 거."

"내가 네 입장이어도 마찬가지일걸."

"아르벨의 호위병들과 함께 멤피스로 돌아가. 나도 가능하면 따라갈 테니까."

두 소년은 각자 장비를 가지러 막사로 달려갔다. 케일은 이드리스푸케를 한쪽으로 데려갔다. "상황이 나빠지면 트리톱스로 가세요."

"넌 저기 내려가면 안 된다." 이드리스푸케가 말했다.

"압니다."

각자 무기를 가지고 돌아온 베이그 헨리와 클라이스트가 자리를 잡기 시작했다. 이드리스푸케는 아르벨의 호위병 한 명에게 입고 있는 정복 셔츠를 벗으라고 했다. 그 셔츠에는 파란색과 금색 용들이 그려져 있고, 마테라치 가문의 가훈이 수놓여 있었다. 변절하느니 죽음을. 이드리스푸케는 셔츠를 케일에게 건넸다. "그 꼴로 내려가면 모두가 널 죽이려 들겠지만, 이 옷을 입으면 적어도 마테라치 병사들은 달려들지 않을 거야."

아르벨도 한마디 거들었다. "설령 붙잡혀도 인질로 삼을 거야. 몸값을 잔뜩 받아낼 수 있을 줄 알고."

그러자 클라이스트가 그렇게 우스운 농담은 난생처음 들었다는 듯 깔깔대기 시작했다.

"아르벨을 괴롭히지 마." 케일이 쏘아붙였다.

"네 걱정이나 하지그래? 아르벨은 무사할 테니 신경 꺼."

클라이스트의 말이 끝나기가 무섭게 케일은 언덕 가장자리까지 달려가서 가파른 비탈을 뛰다시피 미끄러져내려가 삼십 초 만에 전장에 다다랐다. 앞에서는 두번째 보병대가 이미 첫 공격의 참혹한 살육 현장으로 들어서고 있었다. 사천 명에게도 비좁은 공간에 팔천 명이 들어차서 북적거렸다. 이미 리디머들은 양쪽으로 퍼지면서 새로 도착한 적을 가두고 있었다. 그들에게 마테라치 지원 부대는 느긋하게 죽이고 쓰러뜨릴 수 있는 병사 인형들일 뿐이었다.

밀집한 병사들이 서로 밀고 밀리면서 전열 여기저기 틈이 벌어졌고, 10피트 높이까지 쌓인 거대한 시체 더미들도 있어서 마치 바닷물이 바위 주위로 돌아 흐르듯 피해가야 했다. 케일은 빠른 걸음으로 다가가 이 분 만에 마테라치 보병대 꽁무니에 다다랐다. 언덕에서 내려다볼 때와 달리 지금은 상황을 전혀 알 수 없었다. 후위 병사들 중 일부는 확신이 서지 않아 머뭇거렸고, 나머지는 계속 전진했다. 언덕에서 전장을 지켜본 덕분에 케일은 마테라치 군대의 앞쪽과 양쪽을 따라 학살이 벌어지고 있다는 걸 알고 있었다. 후방인 이곳은 별로 소란스럽지 않았다. 그저 병사들이 무리 지어 앞으로 나아가면서 틈이 보일 때마다 방향을 바꾸고, 전방에서 무너지는 소리가 들리면 리디머들의 전열이 또 깨진 줄 알고 우르르 몰려갈 따름이었다. 전공을 세우고 싶어 조바심이 난 병사 수천 명이 그렇게 천천히 끔찍한 죽음을 향해 다가가고 있었다.

케일은 사이먼을 찾으려고 뒷줄을 따라 뛰어다녔다. 물론 클라이스트가 말한 대로 가망 없는 일이었다. 실버리힐에서 내려다볼 때는 애써 자신을 속였지만, 막상 와서 보니 절망적이었다. 설령 사이먼이 아직 죽지 않았다 해도 찾아내기는 불가능했다. 앞으로 케일에게 벌어질 일은 여기서 쓰러져 죽거나, 아르벨의 눈에 실패자로 비치는 것뿐이었다. 설령 케일이 할 수 있는 일이 없었다는 걸 그녀가 인정한다 해도, 그는 아르벨이 그 사실을 인정하는 게 싫었다. 사랑받고 존경받기를 포기하기 싫었다.

이윽고 케일에게 다른 문제가 생겼다. 꾸역꾸역 전진하는 마테라치 병사들 옆으로 리디머 이십여 명이 나타났다. 그들은 세 놈씩 무리 지어 다니면서, 전투가 벌어지는 앞쪽으로 가지 못하고 허둥대는 병사들을 공격했다. 한 놈이 기다란 낫으로 상대를 넘어뜨리면 다른 놈이 나무 말뚝을 땅에 박을 때 쓰던 묵직한 망치로 후려치고, 나머지 놈이 겨드랑이나 투구의 눈구멍을 칼로 찔렀다. 뒤처진 병사들을 처치한 그들은 앞쪽으로 몰려가는 병사들의 다리에 낫을 걸어 뒤로 끌어당기기 시작했다. 다른 곳에서라면 거의 무적이었을 병사들은 이런 공격을 예상하지 못하고 북적이는 진창에 미끄러져 갓난아기처럼 무력하게 버둥거리다 차례차례 죽어갔다.

리디머 한 무리가 케일을 보고는 세 방향에서 달려들었다. 그때 화살 한 발이 케일의 왼쪽에 있는 리디머의 눈에 맞고, 볼트 한 발이 오른쪽 리디머에게 맞았다. 전자는 말없이 쓰러졌고 후자는 비명을 지르며 케일의 가슴을 긁어댔다. 나머지 놈은 여전히 놀란 표정을 짓고 있었다. 케일은 그의 목을 찔러 척수에 닿을 만큼 깊이 베었다. 놈은 불과 몇 초 전에 자신이 죽인 마테라치 군수 옆에 털썩 쓰러졌다. 곧바로 두번째 싸움에 돌입한 케일은 공격자의 팔을 한쪽으로 젖히고 그의 얼굴에 박치기한 다음, 능숙하게 심장을 찔렀다. 낫을 든 리디머는 헨리가 쏜 볼트에 맞고 입을 벌린 채 쓰러졌지만, 클라이스트가 쏜 화살은 망치를 휘두르는 리디머의 팔에 맞았다. 그러나 놈의 행운도 이 초 후에 끝장났다. 케일이 진창에 미끄러지면서 휘두른 칼에 배를 맞은 것이었다. 비명을 지르며 쓰러진 리디머는 몇 시간 동안 괴로워하다가 죽을 처지였다. 잠시 후 새로이 몰려든 병사들이 남은 리디머들을 밀쳐냈고, 피와 무력감에 뒤덮인 케일은 어느 방향으로 가야 할지 몰라 멍하니 서 있었다. 제아무리 잘 싸우는 그라 해도 혼란스럽고 북적이는 곳에서는 속수무책이었다. 지금 그는 죽어가는 자들 틈에 끼어 있는 소년일 뿐이었다.

케일이 돌아서려고 할 때 다시 전열이 무너졌다. 병사들이 가장 많이 몰려 있는 앞쪽에서 틈이 벌어지더니 최전선까지 열리기 시작했다. 한순간 케일은 겁에 질려 망설였다. 이 틈이 자신을 향해 열린 죽음의 아가리라는 것을 알고 있었다. 하지만 연인의 눈에 실패자로 비칠 거라는 두려움이 그를 잠시 벌어진 틈으로 내몰았다. 주위에서는 장갑 보병들이 미끄러지면서 허둥대고 있었지만, 그들보다 훨씬 빨리 달릴 수 있는 케일은 최전선을 십여 걸음 남겨둔 곳까지 갔다. 하지만 거기서 맞닥뜨린 것은 이미 죽었거나 죽어가는 마테라치 병사들이 쌓여 만들어진, 뚫고 지나갈 수 없는 인간 담장이었다. 다친 사람은 한 명도 없고 그냥 쓰러져서 차곡차곡 쌓인, 위에 쌓인 자들의 몸무게와 뒤에서 미는 압력에 짓눌린 더미였다. 처음에는 시신들로만 보였지만 이내 여기저기서 이상하고 나직한 신음소리가 들렸다. 투구가 헐거워진 자들도 더러 있었고, 몸이 낀 채 손만 나와 있는 자들은 투구를 벗고 필사적으로 숨을 쉬었다. 얼굴은 자줏빛이었으며, 거의 검게 변한 자도 있었다. 몇몇 병사들은 신음하면서 숨을 들이마시려고 처절하게 헐떡거렸지만, 가슴이 너무 꽉 눌려서 허파로 바람이 들어가지 않았다. 케일이 지켜보는 동안에도 강기슭으로 올라온 물고기처럼 입들이 뻐끔거리는 가운데 여기저기서 숨이 멎었다. 케일에게 말을 거는 자도 여럿이었다. 섬뜩한 속삭임이었다. "살려줘! 살려줘!" 케일은 몇 명을 빼내려 해보았지만, 마치 쌀가루와 콘크리트로 지은 성소의 담장에 박혀 있는 것 같았다. 케일은 돌아서서 시신 더미들과 신음하며 죽어가는 자들을 둘러보았다.

"살려줘!" 죽어가는 목소리였다. 케일이 밑을 내려다보니, 한 젊은이가 푸르스름하고 섬뜩한 얼굴로 애원하고 있었다. "살려줘!" 케일은 고개를 돌렸다. "케일, 살려줘!"

놀란 케일이 다시 돌아보았다. 이윽고 그가 젊은이를 알아보았다. 얼굴이 부어 있고 검푸르지만 틀림없었다. 콘 마테라치였다. 그때 화살 한 발이 케일의 오른쪽 귀를 지나쳐 장갑 보병의 시신에 맞고 튕겼다. 케일이 콘 옆에 웅크려 앉았다.

"내가 널 금방 끝내줄 수 있어. 좋아, 싫어?"

하지만 콘은 듣지 못하는 것 같았다. "나 좀 살려줘! 나 좀 살려줘!" 소름 끼치도록 나직하고 귀에 거슬리는 소리였다. 자신이 아는 사람의 충격적인 모습에 다시 정신을 차린 케일은 이곳에서 얼쩡대는 것이 위험하다고 느꼈다. 그리고 얼마나 부질없는 짓인지도. 걱정스럽게 어깨 너머로 돌아보니, 최전선으로 다가갈 수 있도록 벌어졌던 틈이 점점 좁혀지고 있었다. 리디머들이 양쪽 가장자리에서 마테라치 병사들을 다시 가운데로 몰고 있기 때문이었다. 케일이 달려가려고 일어섰다. "나 좀 살려줘!" 콘 마테라치의 눈을 본 케일은 목덜미 털이 얼어붙는 기분이 들었다. 섬뜩한 공포와 절망이 서린 눈빛이었다. 그는 시신 더미 속으로 손을 넣어 있는 힘껏 콘을 끌어당겼다. 분노와 두려움이 힘을 보탰다. 하지만 콘은 꽉 끼여 있었다. 밑에 한 명이 깔려 있고, 위에 세 명이 쌓여 있었다. 시신들과 갑옷 철판의 무게까지 천 파운드는 되었다. 케일이 다시 당겨보았다. 소용없었다. 그가 콘에게 말했다. "미안해, 친구. 시간이 없어."

그때 케일은 무언가 묵직한 것에 등이 떠밀려 땅바닥에 나동그라졌다. 놀라고 겁에 질린 그는 진창에 미끄러지면서 칼을 뽑고 공격자에게서 벗어나려고 허둥지둥 기어갔다.

그것은 말이었다. 녀석은 케일을 바라보면서 기대에 찬 표정으로 콧김을 뿜어댔다. 케일은 말을 빤히 쳐다보았다. 타고 있던 주인이 죽은 녀석은 자신을 전장 밖으로 데려다줄 사람을 찾고 있었다. 케일은 잽싸게 안장에 달려 있는 끈을 잡고 튼튼한 앞머리에 동여맨 다음, 콘에게 달려가 겨드랑이 밑으로 가슴을 묶었다. 콘의 얼굴은 거무스레하고 눈에 초점이 없었다. 다행히 싸구려가 아닌 고급 끈이라 가늘면서도 아주 질겨서 쉽게 한쪽 팔 밑으로 넣은 다음 나머지 팔 밑으로 넣을 수 있었다. 케일은 서둘다가 세 번 만에 가까스로 끈을 묶었다. 화가 나서 고함이 터져나왔다. 안장에 뛰어오르다가도 진창에 미끄러져 넘어졌다. 어느 때보다 절박한 심정으로 안장 앞머리를 움켜잡고 틈이 좁혀지는 것을 보면서 말의 귀에 대고 고함을 질렀다. 놀란 말은 앞으로 나아가려고 진창에 미끄러지며 버둥대느라 하마터면 쓰러질 뻔했지만, 평소 300파운드의 짐을 등에 싣고 다니는 커다란 사냥말답게 마침내 있는 힘껏 끌기 시작했다. 처음에는 아무것도 움직이지 않았지만 곧 갑자기 콘의 오른쪽 다리가 딱 하고 부러지면서 자신을 누르고 있던 시체 더미에서 빠져나왔다. 갑작스러운 움직임 때문에 말이 또 넘어질 뻔했고, 케일도 하마터면 안장을 놓칠 뻔했다. 곧이어 그들 셋은 전열의 틈을 향해 시속 4, 5마일이 안 되는 속도로 달려갔다. 힘이 세고 잘 훈련된 말은 등에 사람이 타서 마음이 놓이는지, 살육전이 벌어지는 주위를 아랑곳하지 않고 나아갔다. 대학살의 전장 한가운데를 십오 분 넘게 배회하면서도 죽지 않은 말의 본능이 이번에도 자신을 살렸다. 말등에 몸을 찰싹 붙인 케일은 만약 콘 때문에 속도가 느려지면 끈을 자르려고 칼을 뽑을 준비를 했다. 하지만 지금껏 수많은 마테라치 병사를 죽음으로 몰아넣었고 앞으로 더 많은 병사들을 죽게 할 진창이 콘을 살렸다. 의식을 잃고 축 늘어진 콘은 눈 위의 썰매처럼 어느 방향으로든 잘 끌려왔다. 고개를 숙인 채 발로 말을 재치던 케일은 느릿느릿 달리는 말을 보고 다가오는 리디머 두 명을 보지 못했다. 그리고 그들이 공포와 고통의 비명을 지르며 동시에 쓰러지는 모습도 보지 못했다. 줄곧 매섭게 전장을 노려보던 클라이스트와 베이그 헨리가 그들을 처리해준 것이다.

말은 전장 한가운데로 밀리는 수많은 병사를 지나쳐 불과 삼 분 만에 아무 소동 없이 전장을 빠져나와 들썩이는 케일을 등에 태우고 기절한 콘을 끌면서 전장을 에워싼 울창한 숲과 실버리힐 사이의 좁은 길로 들어갔다. 적의 시야에서 벗어나자 케일은 말을 세우고 내려가 콘을 살펴보았다. 죽은 것처럼 보였지만 숨을 쉬고 있었다. 케일은 재빨리 콘의 갑옷을 벗기고 몹시 힘겹게 그를 안장에 얹었다. 그사이 콘은 의식을 잃은 상태로 신음하면서, 부러진 갈비뼈와 오른다리가 아파서 끙끙댔다. 케일은 말을 끌고 계속 전진했다. 오 분쯤 지나자 전장의 소리가 희미해지고 지빠귀 울음소리와 숲의 나뭇잎 사이로 부는 바람 소리만 들렸다.

한 시간 뒤, 케일은 갑자기 밀려드는 피로감에 쓰러질 지경이었다. 숲으로 진입하는 길을 찾아보았지만 나무들 사이에 가시덤불이 빽빽해서 쉽사리 들어갈 수가 없었다. 결국 덤불을 쳐내면서 들어가야 했는데, 그러다보니 얼굴과 팔이 온통 가시에 찔리고 쓸렸다. 숲 가장자리를 벗어나자 덤불이 사라지고 낙엽 더미가 나타났다. 케일은 말을 매어놓고 콘을 조심스럽게 땅에 내려놓았다. 그러고는 어쩌다 이곳에 함께 왔는지 이해할 수 없다는 듯 몇 분 동안 그를 물끄러미 내려다보았다. 다리를 살살 들어 물푸레나무에서 잘라온 가지 두 개를 양쪽에 대고 끈으로 묶었다. 그러고는 땅에 눕자마자 깊고 끔찍한 잠에 빠져들었다.

두 시간 뒤, 케일은 더이상 악몽을 견딜 수 없어 깨어났다. 여전히 기절해 있는 콘 마테라치는 시체처럼 창백했다. 최소한 물이라도 찾아야 한다는 걸 알았지만 케일은 여전히 기진맥진한 상태여서 마치 넋이 나간 사람처럼 십 분 동안 멍하니 앉아 있었다. 이윽고 콘이 신음하면서 꿈틀거리다가 눈을 뜨더니, 자신을 내려다보는 케일을 보고 두려움과 혼란에 고함을 질렀다.

"진정해. 넌 괜찮아."

겁에 질린 콘은 눈을 휘둥그레 뜨고는 케일에게서 물러나려 했다. 하지만 고통의 비명이 터져나왔다. "내가 너라면 움직이지 않을 거야. 넓적다리가 부러졌거든." 콘은 몇 분 동안 아무 말도 없었다. 그사이 다리에서 끔찍한 통증이 서서히 사라졌다.

"어떻게 된 거야?" 마침내 콘이 물었다. 케일은 자초지종을 말해주었고, 이야기가 끝나자 콘은 한동안 아무 말도 하지 않았다. 그가 입을 열었다. "사실 난 한 놈도 못 봤어. 리디머 말이야. 한 놈도. 혹시 물 있어?" 콘의 지독한 절망과 고통, 그의 참담한 상태를 보고 있노라니, 연민과 짜증이 동시에 밀려들기 시작했다.

"여기 오기 직전에 연기를 봤어. 실버리힐 근처에 마을이 있다는 말을 어제 들은 것 같아. 가능한 한 빨리 돌아올게." 케일은 말의 투구를 벗기고 등과 옆구리에서 쇠미늘 갑옷을 최대한 많이 잘라낸 다음 길로 끌고 나갔다. 곧이어 말에 올라탄 그는 말의 정수리를 톡톡 두드리며 말했다.

"고맙다." 그리고 잠시 후 말을 몰고 떠났다.

35

세 시간 후, 동네의 한 농부가 콘 마테라치를 집으로 데려가 침대에 눕히고, 개암나무 부목 네 개와 가죽 끈 여덟 개로 다리를 다시 잘 묶어주었다. 케일이 다리를 펴서 뼈를 맞추는 동안 콘은 애처롭게 신음하다 다시 기절했고, 그후로 오랫동안 의식을 되찾지 못했다. 시체처럼 너무나 창백한 표정이라 두 번 다시 깨어나지 못할 것만 같았다.

케일이 농부에게 말했다. "리디머들이 올지 모르니 이 녀석의 머리카락을 자르고 갑옷은 숲속에 묻어버리세요. 그자들에게는 일꾼이라고 하세요. 제가 멤피스에 도착하면 사람들이 데리러 올 겁니다. 그들이 당신한테 포상금을 줄 거예요. 아니면 이 녀석이 건강을 되찾고 나서 직접 포상해주거나."

농부는 케일을 바라보며 대꾸했다. "충고해줄 필요 없다. 돈도 필요 없고." 그러고는 둘만 남겨둔 채 밖으로 나갔다. 잠시 후 콘이 깨어났다. 두 소년은 한동안 서로를 뚫어져라 바라보았다.

"이제 기억나." 콘이 말했다. "내가 너한테 살려달라고 했지."

"그래."

"여긴 어디야?"

"전장에서 두 시간 거리에 있는 농가야."

"다리가 아파."

"앞으로 육 주는 그대로 둬야 해. 제대로 나을지 어떨지는 알 수 없지만."

"왜 날 구해줬지?"

"글쎄."

"나라면 너한테 그러지 않았을 거야."

케일은 어깨를 으쓱했다. "그건 실제 상황에 처하기 전까지는 알 수 없지. 어쨌거나 난 그랬어. 그뿐이야."

둘 다 한동안 말이 없었다.

"이제 어떻게 할 거야?" 콘이 물었다.

"난 내일 아침 멤피스로 갈 거야. 도착하면 사람을 보낼게."

"그런 다음에는?"

"친구들과 함께 저 멍청하고 미친 군대가 없는 곳으로 가야지. 그렇게 유리한 상황에서 질 줄은 상상도 못했어. 내 눈으로 보지 않았다면 믿지 못했을 거야."

"우린 같은 실수를 되풀이하지 않을 거야."

"그럴 기회가 있을 거라고 생각해? 프린셉스가 실버리 근처에 머물면서 거울에 비친 자기 모습에 감탄이나 하고 있을 것 같아? 너희 군대 엉덩짝을 차면서 멤피스 입구까지 쫓아갈걸."

"군대를 재편성할 거야."

"무슨 군대로? 이미 마테라치 병사 4분의 3이 죽었는데."

콘은 대꾸할 말이 없어 참담한 표정으로 누워서 눈을 감았다.

"죽었더라면 좋았을걸." 마침내 그가 말했다.

케일은 웃음을 퍼뜨렸다. "마음만 먹으면 되는 일이야. 하지만 오늘 아침에는 그렇게 말하지 않았어."

콘의 표정이 한층 침울해졌다. 절망의 나락에서 허우적거리는 것만 같았다.

"난 고마움을 모르는 놈이 아냐." 그가 중얼거렸다.

"고마움을 모르지 않아? 그럼 안다는 뜻이냐?"

"그래, 고마움을 알아." 콘이 다시 눈을 감았다. "내 친구들, 내 친척들, 내 아버지, 모두 죽었어. 한 명도 남김없이."

"아마도."

"틀림없어."

그럴 가능성이 높기에 케일은 대꾸해줄 말이 떠오르지 않았다.

"좀 자둬. 네가 할 수 있는 일은 건강을 되찾고 리디머들에게 네 방식대로 빚을 갚아주는 것밖에 없어. 잊지 마. 복수가 가장 좋은 복수야."

이 충고 한마디를 건네고서 그는 비참한 생각에 잠긴 콘 곁을 떠났다.

이튿날 첫새벽에 케일은 말을 타고 떠났다. 콘에게 작별 인사를 할 필요는 없다고 생각했다. 어제 그에게 호의 이상을 베풀었다고 생각했고, 이젠 목숨을 걸고 그를 구해준 것이 어쩐지 창피했다. 자기라면 그러지 않았을 거라고 스스로 시인한 녀석을 구해주다니.

문득 트리톱스에서 달빛 환한 밤에 이드리스푸케와 함께 담배를 피우며 들은 말이 떠올랐다. "항상 첫 충동을 조심해라. 안 그러면 종종 뜻밖의 보답을 받게 될 테니." 당시에는 괴팍한 농담쯤으로 여겼지만 이제는 참뜻을 깨달았다.

당장 멤피스로 돌아가 아르벨 스완넥이 무사한지 확인하고 싶어서 조바심이 났지만, 케일은 도시를 멀리 빙 돌아 북동쪽으로 갔다. 이 난리통에 배회하는 리디머들과 마테라치 병사들이 너무 많을 테고, 다들 아무나 죽이려 들 것이 뻔했다. 케일은 크고 작은 마을들을 피해 다니면서, 도중에 마주치는 외딴 농가에서만 음식을 구했다. 하지만 그런 곳에조차 이미 대전투 소식이 전해졌는데, 대승이라는 소문과 대패라는 소문이 엇갈렸다. 케일은 전투에 대해 아무것도 모른다고 말하고 재빨리 자리를 떴다.

셋째 날, 그는 서쪽으로 방향을 돌려 멤피스로 향했다. 마침내 솜케티에서 수도로 뻗어 있는 애거로路가 나타났다. 한적했다. 길 위쪽의 숲에서 기다리던 케일은 한 시간 동안 아무도 지나가지 않자 위험을 무릅쓰고 도로를 따라 달렸다. 결국 그것이 나흘 사이 그가 저지른 세번째 실수가 되었다. 멤피스에 다가갈수록 묘한 불안감이 밀려들었다. 십 분쯤 달렸을 때, 급하게 꺾인 길모퉁이를 돌아나오는 마테라치 순찰대가 보였다. 너무 갑자기 나타나서 피할 겨를도 없었다. 다행히 리디머들은 아니었다. 놀랍게도 순찰대를 이끄는 자는 앨빈 대위였다. 마테라치 첩보대의 수장이 이런 데서 무얼 하는 걸까. 어리둥절했지만 마음은 놓였다. 하지만 어리둥절함은 곧 다시 놀라움으로 바뀌었다. 앨빈을 따르는 병사 스무 명이 케일을 보고 무기를 꺼내든 것이다. 그들 중 말 탄 궁수 네 명이 가슴 한복판에 활을 겨누었다.

“왜 이러는 거죠?” 케일이 물었다.

“널 체포하려는 거다.” 앨빈이 대답했다. “우리도 어쩔 수 없다. 괜한 말썽 부리지 말고 시키는 대로 해라. 네 손을 묶어야겠다.”

케일은 앨빈의 지시에 따르는 수밖에 없었다. 자신이 아르벨을 클라이스트와 베이그 헨리에게 맡기고 떠나서 총독이 화가 났을지도 모른다고 생각했다. 문득 불안한 생각이 뇌리를 스쳤다.

“아르벨 마테라치는 무사합니까?”

“아가씨는 살 있디.” 대위가 대답했다. “하지만 아가씨를 버려두고 떠나기 전에 그 생각을 했어야지.”

“사이먼 마테라치를 찾으러 간 겁니다.”

“그건 내가 알 바 아니다. 이제 눈을 가릴 테니 쓸데없이 소란 피우지 마라.”

“왜요?”

“그래야 하니까.”

홉 냄새가 나는 묵직한 삼베 자루가 케일의 머리에 씌워졌다. 워낙 두꺼워서 소리뿐 아니라 빛까지 차단되었다.

다섯 시간 뒤, 갑자기 길이 가팔라지자 케일은 자신을 태운 말이 힘들어하는 것을 느꼈다. 잠시 후 말굽이 나무를 밟는 소리가 삼베 자루를 통해 나직이 들렸다. 그들은 멤피스의 세 입구 중 한곳으로 들어가고 있었다. 삼베 자루를 뒤집어쓴 케일은 이제 도시 안으로 들어섰으니 주위가 소란스러워질 거라고 생각했다. 하지만 이따금 고함소리가 들려오는 가운데 계속 비탈을 올라가는 느낌만 들었다. 성채로 가고 있는 것이 틀림없었다. 아르벨에 대한 걱정 때문에 뱃속이 뒤틀리기 시작했다.

마침내 그들이 멈춰 섰다.

"그 녀석을 내려줘라." 앨빈이 명령하자 병사 둘이 케일의 왼쪽으로 다가오더니 그를 살살 끌어내려 두 발로 서게 해주었다.

"앨빈." 케일이 삼베 자루를 뒤집어쓴 채 말했다. "이거 좀 벗겨줘요."

"미안하다."

두 병사가 케일의 양팔을 한 짝씩 잡고 앞으로 밀었다. 문이 열리는 소리가 들리더니, 이윽고 건물 안으로 들어온 느낌이 들었다. 병사들을 따라 걸어간 곳은 복도 같았다. 끼익 소리를 내면서 또다른 문이 열리더니, 이번에도 병사들이 케일을 조심스럽게 끌고 갔다. 몇 야드 만에 병사들이 그를 멈춰 세웠다. 잠시 후 머리에서 자루가 벗겨졌다.

눈에 온갖 티끌이 묻어 있고 몇 시간 동안 캄캄한 어둠 속에 있었던 탓에 처음에는 앞이 보이지 않았다. 묶인 두 손으로 눈을 비벼 홉 가루를 떨어내자 넓은 방안에 있는 남자 두 명이 보였다. 한 사람은 금세 알아보았다. 입에 재갈이 물린 채 두 손이 묶여 있는 이드리스푸케였다. 하지만 곧 옆에 서 있는 남자를 알아보자 케일은 끔찍한 공포와 분노가 밀려들어 심장이 멎을 것만 같았다. 전투로드 리디머 보스코였다.

처음 몇 초 동안 충격과 증오에 휩싸였던 케일은 이내 무릎을 꿇고 아이처럼 울고 싶어졌다. 그 충동을 이겨낼 수 있었던 것은 오로지 증오의 힘 덕분이었다.

"자, 케일." 보스코가 말문을 열었다. "주님의 뜻이 우리를 처음 그 자리로 되돌려놓으셨구나. 심술궂은 개처럼 나를 노려보기만 하지 말고 한번 생각해보거라. 너의 모든 분노와 방황이 무엇을 가져다주었느냐?"

"아르벨 마테라치는 어떻게 됐습니까?"

"아, 그 아가씨는 무사하다."

너무나 큰 충격을 받은 케일은 베이그 헨리와 클라이스트의 안부를 물을 엄두도 나지 않았다. 그는 침묵했다.

"네 친구들은 걱정되지 않느냐?" 보스코는 그렇게 묻더니 큰 소리로 외쳤다. "리디머!" 곧이어 방 끄트머리에서 문이 열리더니, 베이그 헨리와 클라이스트가 입에 재갈을 물고 두 손이 묶인 채 리디머를 따라 안으로 들어왔다.

둘 다 멍이나 상처는 없지만 겁에 질린 기색이 역력했다.

"이제부터 너에게 해줄 이야기가 많다, 케일. 그러니 상투적인 불신의 말들로 시간을 낭비하는 일은 없으면 좋겠구나. 지금껏 내가 너에게 거짓말을 한 적이 있느냐?"

케일은 평생 보스코에게 날마다 잔인하게 두들겨맞았고, 그가 시킨 대로 다섯 번이나 살인을 했지만, 방금 받은 질문에 대해서는 반박할 수 없었다. 그가 아는 한 보스코는 케일에게 일반적인 거짓말을 한 적이 없었다.

"없습니다."

"내가 하는 말을 듣는 동안 그 점을 잊지 말거라. 이제부터 내가 하려는 중대한 이야기는 그런 치졸한 언행 따위와 차원이 다르다는 걸 명심해. 그리고 네가 내 진심을 믿도록 친구들을 풀어줄 생각이다. 세 명 모두."

"증명해보십시오." 케일이 대꾸했다.

보스코가 웃었다. "예전에 그런 식으로 말했다면 고통스러운 벌을 받았을 거다."

그가 한 손을 내밀자 리디머 스테이프 로이가 가죽으로 제본된 두꺼운 책 한 권을 건넸다. "이것은 목 매달린 리디머의 성경이다." 케일은 난생처음 보는 것이었다. 보스코가 손바닥을 책 표지에 올려놓고 말했다.

"지금 내가 한 약속과 오늘 내가 말하는 모든 것은 전부 진실이며, 진실 이외의 어떤 것도 아님을 내 영원한 영혼을 걸고 주님 앞에 맹세하노라." 그는 케일을 바라보았다. "이제 됐느냐?"

지금껏 보스코는 케일에게 온갖 흉악한 짓을 했지만 거짓 맹세를 한 적은 없었다. 물론 그 사실만으로 그를 믿을 수는 없었다. 하지만 보스코는 맹세를 무엇보다 중요히 여겼다. 더구나 케일에게는 선택의 여지가 없었다.

"네." 케일이 대답했다.

보스코가 리디머 스테이프 로이를 돌아보았다. "합당한 선에서 저들이 원하는 것과 통행증을 주고 풀어주게."

스테이프 로이가 이드리스푸케에게 다가가 한 팔을 잡고 베이그 헨리와 클라이스트 쪽으로 데려갔다. 그러고는 세 사람을 문 쪽으로 밀고 갔다. 케일은 보스코의 약속이 사실일지도 모른다고 생각했다. 그들에게 너무 많이 주지 말라는 지시와 여느 죄수처럼 거칠게 대하는 태도에서 신빙성이 느껴졌다. 너무 관대하거나 덜 거칠게 대했다면 의심스러웠을 것이다.

"아르벨 마테라치는 어쩌실 겁니까?"

보스코가 빙그레 웃었다. "네가 세상에 대해 얼마나 착각하고 있는지 알고 싶어 조바심이 나느냐?"

"무슨 뜻이죠?"

"곧 알려주마. 대신 입에 재갈을 물고 손이 묶인 채 저 그늘 속 칸막이 뒤로 가서 어떤 말이 들려도 얌전히 있어야 한다."

"제가 왜 그런 약속을 해야 합니까?"

"네 친구들의 목숨을 살려준 대가라면 어떠냐? 터무니없는 요구는 아닌 것 같은데."

케일이 고개를 끄덕이자 보스코가 손짓으로 경비병 한 명을 불러 케일을 방 뒤쪽의 작은 칸막이 뒤로 데려가게 했다. 칸막이에 다다르기 직전에 케일이 보스코 쪽으로 돌아섰다.

"어떻게 이 도시를 점령했습니까?"

보스코는 거의 자조적으로 웃었다. "싸움 한번 없이 손쉽게 점령했지. 프린셉스가 제4군의 대승 소식을 세 시간 거리에 있는 포트 에롤로 보내 우리 함대에게 지체 없이 멤피스를 공격하라고 지시했다. 이곳 시민들은 죄다 가장 불경한 겁쟁이로 변했지. 허겁지겁 멤피스를 탈출하는 배들이 50마일 떨어진 우리 함대에서도 보이더구나. 덕분에 전투 한번 없이 그대로 상륙했어. 어처구니없는 일이지만 우리에게는 아주 만족스러웠다. 거기서 조용히 있으면 전부 보고 듣게 될 거야."

그는 케일에게 칸막이 뒤로 가라고 손짓했다. 경비병이 주머니에서 재갈을 꺼내 케일에게 보여주었다.

"쉽게 할 수도 있고 어렵게 할 수도 있다. 어느 쪽이든 나는 상관없다."

하지만 아르벨이 보고 싶어 조바심이 난 케일은 반항하지 않았다. 정적이 흐르는 몇 분 동안 케일은 보스코의 존재와 그의 이상한 태도 때문에 점점 불안해졌다. 케일이 지켜보는 사이, 탁자 하나와 의자 세 개가 방 한가운데 놓였다. 곧이어 문이 열리더니 마테라치 총독과 그의 딸이 안으로 들여보내졌다.

케일은 한시름 놓았다. 그토록 깊은 안도감을 느낄 수 있다는 것이 놀라울 따름이었다. 엄청난 행복과 환희가 밀려들었다. 아르벨은 창백하고 겁먹은 표정이었지만 다친 데는 없어 보였다. 그녀의 아버지도 비슷했지만 눈이 퀭하고 얼굴이 수척했다. 이십 년은 더 늙어 보일뿐더러 이십 년간 앓은 환자처럼 보였다.

"앉으시오." 보스코가 부드럽게 말했다.

"날 죽여라." 총독이 말했다. "하지만 내 딸은 살려달라고 간곡히 부탁한다."

"난 당신이 상상하는 것처럼 피를 볼 생각이 전혀 없소." 보스코는 여전히 부드러웠다. "앉으시오. 같은 말을 다시 하진 않겠소." 너그러움과 위협이 뒤섞인 불길한 말에 한층 겁먹은 두 사람은 시키는 대로 했다.

"본론으로 들어가기 전에 한마디하겠소. 당신 같은 사람들은 목매달린 리디머를 섬기는 자들의 신념과 열정을 이해할 수 없소. 그 점을 명심하기 바라오. 물론 당신의 이해를 바라지도 않고 이해시킬 마음도 없지만, 현실을 깨닫는 건 당신들에게 꼭 필요한 일이니까." 보스코가 리디머 한 명에게 고갯짓하자 그가 세번째 의자를 뺐다. 보스코는 그 의자에 앉으며 말했다. "이제 단도직입적으로 말하겠소. 지금 우리는 멤피스를 완전히 장악했소. 당신 군대에는 정규군이 이천 명도 남지 않았고, 그들도 대부분 우리 포로가 됐소. 당신의 방대한 제국은 이미 붕괴되기 시작했소. 인정하시오?"

잠시 정적이 흘렀다.

"그렇소." 마침내 총독이 대답했다.

"좋소. 나는 멤피스시를 당신에게 돌려주고 당신이 제국에 대한 지배력을 회복하도록 군대 재건을 허락할 생각이오. 물론 약간의 세금을 내고 몇 가지 조건에 동의해야겠지만. 자세한 내용은 나중에 알려주겠소."

눈이 휘둥그레진 총독과 아르벨은 희망과 의심의 눈길로 보스코를 빤히 쳐다보았다.

"어떤 조건이오?" 총독이 물었다.

"착각하지 마시오." 보스코는 케일에게 들리지 않을 만큼 나직이 대답했다. "이건 협상이 아니야. 당신은 테이블에 내놓을 것이 없으니까. 지금 당신은 아무런 힘도 없고, 내가 원하는 것도 오직 하나뿐이오."

"그게 뭐요?" 총독이 물었다.

"토머스 케일."

"안 돼요! 절대로 안 돼요!" 아르벨이 필사적으로 반대했다.

보스코는 골똘한 표정으로 그녀를 바라보며 중얼거렸다.

"이거 흥미롭군."

"대체 이유가 뭐요?" 총독이 물었다.

"소년과 제국을 바꾸려는 이유 말이오? 물론 어이없게 느껴질 거요."

“케일을 죽이려는 거예요.” 아르벨이 말했다.

“아니오.”

“입에 담지 못할 짓을 한 당신네 사제 한 명을 케일이 죽였기 때문이잖아요.”

“음, 그건 맞소. 케일이 사제 한 명을 죽였고, 그자는 입에 담지 못할 짓을 했지. 나는 케일이 달아나던 날에야 그런 이단의 관습이 자행되고 있다는 걸 알았소. 그 일에 연루된 자들은 나중에 모조리 색출해서 정화시켰소.”

“죽였다는 뜻이겠죠.”

“정화시킨 다음 처형했지.”

“케일은 당신이 그 일을 꾸몄다고 생각해요. 왜죠?”

“그건 케일을 만나면 물어보겠소. 하지만 잔인한 이교도 타락자를 죽였다는 이유로 케일을 처형하려고 제국을 통째로 건넨다는 건……” 그는 정말로 어처구니없다는 표정이 되었다. “내가 왜 그런 짓을 하겠소? 말도 안 되지.”

“다른 꿍꿍이가 있어서 거짓말하는 것일 수도 있잖소.” 총독이 말했다.

“그럴 수도 있겠지. 하지만 굳이 그럴 필요도 없소. 어차피 조만간 케일을 찾게 될 테니까. 다만 빨리 찾고 싶은 거요. 당신은 내가 원하는 걸 줄 수 있는 수단을 갖고 있소. 내 비록 인내심이 많긴 하지만, 그 인내심이 바닥나면 당신은 아무것도 얻지 못할 거요.”

“이 사람 말 듣지 마세요.” 아르벨이 말했다.

“아가씨는 왜 그리 관심이 많지?” 보스코가 그녀에게 말했다. “둘이 연인 사이라도 되나?”

총독이 딸을 빤히 쳐다보았다. 실토하라고 다그치는 성난 표정도, 왕실의 피를 더럽혔다는 비난의 표정도 아니었다. 그냥 오래 침묵할 뿐이었다. 마침내 그가 다시 보스코를 바라보았다.

"내가 뭘 해주면 되겠소?"

보스코는 숨을 깊이 들이마셨다.

"당신이 할 수 있는 일은 없소. 지금 케일이 믿는 사람은 많지 않소. 실은 거의 없겠지. 그리고 당신을 믿지 않는 건 확실하오. 물론 당신 딸은 예외요. 그 이유는 방금 우리 모두가 확인했고. 내가 요구하는 건 아가씨가 케일한테 편지를 써서 케일의 친구 한 명에게 몰래 전해주는 거요. 정해진 약속 시간에 방벽 바깥에서 만나자는 내용의 편지 말이오. 나는 케일이 항복할 만한 병력을 데리고 거기 가 있을 거요."

"당신은 케일을 죽일 거예요." 아르벨이 말했다.

"죽이지 않는다니까." 보스코가 처음으로 언성을 높였다. "절대 그러지 않을 거요. 그 이유는 케일이 내 말을 믿는다는 확신이 설 때 그 녀석에게 설명하겠소. 케일은 내가 무슨 말을 하려는지 짐작도 못하고 있고, 그걸 알기 전까지는 성소를 떠난 이후의 삶이 계속될 거요. 폭력과 분노로 점철된 삶, 자신과 아무 상관도 없는 모든 이를 이유 없이 파멸시킬 뿐인 삶 말이오. 그 녀석이 당신들의 삶에 가져온 재앙을 생각해보시오. 나만이 이런 상황에서 그를 감당할 수 있소. 당신들은 케일을 아무리 가엾어한들 그 녀석이 어떤 존재인지 이해할 수 없어. 아가씨가 쓸데없이 녀석을 구하려다가는 아버지와 친척, 당신 자신, 그리고 무엇보다 케일에게 파멸을 가져다줄 뿐이란 말이오."

"네가 편지를 써야겠다." 총독이 딸에게 말했다.

"전 못해요." 아르벨이 대꾸했다.

보스코는 동정하듯 한숨을 쉬었다.

"권위와 권력을 휘두르기란 때로는 괴로운 법이지. 지금 아가씨가 해야 하는 선택을 부러워할 자는 아무도 없을 거요. 어떤 선택을 하든 잘못된 선택 같을 테니까. 아가씨가 사랑하는 아버지와 모든 사람을 파멸시키는 것도, 그들 못지않게 사랑하는 한 남자를 파멸시키는 것도." 아르벨은 보스코에게서 눈을 떼지 못했다. "물론 괴로운 선택이겠지만 아가씨가 걱정하는 것만큼 괴로운 선택은 아니오. 나는 절대 케일을 해치지 않을 것이고, 어차피 조만간 그 녀석을 찾아낼 거요. 케일의 앞날은 주님의 뜻과 밀접하게 연관되어 있기 때문에 그 녀석은 우리 일원이 될 수밖에 없소. 아주 특별한 일원이." 보스코는 뒤로 기대앉으며 다시 한숨을 쉬었다.

"말해보시오, 아가씨. 보아하니 케일에 대한 당신의 사랑은 진심인 것 같은데……" 그는 아르벨이 이 달콤한 독을 삼키기를 기다렸다가 말을 이었다. "혹시 그동안 케일에게서……" 그는 적당한 말을 찾느라 다시 머뭇거렸다. "무언가 섬뜩한 걸 느낀 적은 없소?"

"당신의 잔혹한 행위가 케일을 그렇게 만들었잖아요."

"그렇지 않소." 보스코는 그런 비난을 이해한다는 듯 차분히 말을 이었다. "내가 케일을 처음 본 건 그 녀석이 아주 어릴 때였는데, 그때 무언가 충격적인 것을 느꼈소. 그 정체를 파악하는 데 오랜 시간이 걸린 건, 도무지 말이 안 되었기 때문이오. 그건 두려움이었소. 내가 그 꼬마를 두려워했던 거요. 그래서 이미 그 녀석 안에 있는 것을 정돈하고 다스려야 했소. 하지만 인간의 힘으로는 케일의 본성을 변화시킬 수 없었소. 잘난 체하려는 게 아니오. 난 그저 주님의 대리인으로서 그분의 뜻을 전해 인류를 이롭게 하고 주님을 섬기게 할 뿐이오. 하지만 아가씨도 케일에게서 섬뜩한 면을 보았고, 그 때문에 겁이 나는 건 당연한 일이오. 당신이 이따금 케일에게서 본 다정함은 타조의 날개와 같소. 아무리 퍼덕거려도 날 수 없지. 케일을 우리한테 맡기고 아버지와 친지들, 당신 자신을 구하시오." 그는 일부러 잠시 사이를 두고 덧붙였다. "그래야 케일도 구할 수 있소."

아르벨이 대꾸하려고 하자 보스코가 손을 들어 말을 가로막았다. "나는 더이상 할말 없소. 생각해보고 결정하시오. 우리가 케일을 만날 정확한 시간과 장소는 나중에 알려주겠소. 편지를 쓸지 말지는 아가씨 마음이오."

문 옆에 서 있던 리디머 두 명이 다가오더니 총독 부녀에게 따라오라고 손짓했다. 아르벨이 문간을 넘어설 때 보스코가 그녀의 곤경을 마지못해 안쓰러워하듯 소리쳤다. "수많은 인명이 당신한테 달려 있다는 걸 명심하시오! 그리고 다시는 케일에게 손찌검을 하지 않겠다고 약속하겠소! 다른 어느 누구도 그러지 못하게 하겠소!" 문이 닫히자 보스코는 나직이 혼잣말을 했다. "지금 저 녀석에게 꿀처럼 달콤한 입술은 머지않아 쑥처럼 씁쓸해지고, 양날 검처럼 날카로워질 것이다."

전투 로드가 돌아서서 케일에게 그늘 밖으로 나오라고 손짓했다. 경비병이 재갈을 벗기고 케일을 보스코 쪽으로 데려왔다.

"아르벨이 정말로 당신을 믿을 거라고 생각하십니까?" 케일이 물었다.

"안 믿을 이유가 없지. 전부는 아니어도 대부분 진실이니까."

"뭐가요?"

보스코는 케일의 얼굴에서 무언가를 읽어내려는 듯 그를 빤히 보았다. 하지만 확신이 서지 않는 눈치였다. 케일은 그런 보스코를 난생처음 보았다.

"아니다." 마침내 보스코가 말했다. "그 아가씨의 대답을 기다리자."

"뭘 두려워하는 겁니까?"

보스코가 빙그레 웃었다. "그래, 이제는 우리 사이에 조금 솔직해져도 나쁠 것 없겠지. 당연히 내가 두려워하는 건 진정한 사랑이 모든 걸 이겨내서 그 아가씨가 너를 내 손에 넘기지 않겠다고 버티는 거다."

궁전으로 돌아온 아르벨 스완넥은 사적인 소망과 공적인 도리 사이에서 갈등하며 참담한 고통에 시달렸다. 어떤 선택을 하건 한쪽을 배신해야 하는 끔찍하고 어처구니없는 상황이었다. 하지만 그녀가 괴로워하는 진짜 이유는 따로 있었다. 마음속에 있는 마음속에서(그리고 그 마음속에 숨어 있는 더 비밀스러운 마음속에서) 아르벨은 이미 토머스 케일을 배신하기로 결심했다. 그녀의 상실감을 이해해야 한다. 지금껏 자신이 알던 모든 것이 눈앞에서 무너지는 광경을 목격했으니 충격이 오죽하겠는가. 그리고 보스코가 한 말이 아르벨에게 끼친 섬뜩한 영향도 감안해야 한다. 그녀의 머릿속에는 온갖 무서운 생각이 날뛰고 있었다. 그녀는 케일을 보면 기묘한 흥분을 느꼈지만, 그 기묘한 느낌 때문에 케일이 싫어지기도 했다. 케일은 너무 광포하고 분노에 사로잡혀 있으며, 늘 죽음의 냄새가 났다. 보스코는 아르벨의 심리를 정확히 꿰뚫어보았다. 그녀 같은 귀족 아가씨는 세련되고 우아하기 마련이었다. 그리고, 당연히 케일은 그 세련미와 우아함을 흠모했다. 하지만 그는 공포와 고통의 끔찍한 불구덩이 속에서 두들겨맞으며 자랐다. 그런 케일 곁에 아르벨이 오래 머물 수 있겠는가? 언제부턴가 아르벨은 마음 한구석에서 은밀하게 자신의 연인과 헤어질 방법을 찾고 있었다. 다만 의식하지 못했을 뿐이다. 그래서 케일이 그녀가 자기를 구해주길 기다리며 그녀를 구할 방법을 모색하는 동안, 아르벨은 이미 괴롭지만 합리적인 길을 택했다. 하나를 포기하고 다수를 구하는 올바른 길. 어느 누가 그녀를 비난할 수 있겠는가? 시간이 지나면 케일도 틀림없이 이해하리라.

36

거의 여섯 시간 뒤, 보스코는 케일이 갇혀 있는 잠긴 방을 열고 들어갔다. 그는 편지 두 통을 들고 있었다. 그중 하나를 케일에게 건넸다. 케일은 표정 없는 얼굴로 두 번 읽는 것 같았다. 곧이어 보스코가 두번째 편지를 내밀었다.

"그 아가씨가 눈물을 글썽이며 부탁하더구나. 널 체포하고 나면 이 편지를 전해주라고. 널 나한테 넘기는 것이 너무나 괴로운 일이었다는 걸 믿어달라는 편지다. 그러니 자기를 용서해달라고."

케일은 받아든 편지를 불에 던지고 말했다.

"근사한 꿈을 꾸었습니다. 이제 잠에서 깨니 나 자신에게 화가 나는군요. 나한테 할말이 있다고 했죠? 하세요."

보스코가 탁자 뒤에 앉았다. 방안에 가구라고는 그것과 의자가 전부였다.

"삼십 년 전, 내가 사제가 되기 전에 단식기도를 하러 황야로 들어갔을 때, 목 매달린 리디머의 어머니인 성모의—성모께 평온과 안식이 있으시길—환상을 세 번 보았다. 맨 처음 그분이 내게 말씀하시기를, 주님은 당신의 아들을 죽인 인류가 회개하기를 기다리셨지만 결국 그들의 오만과 악행에 절망하셨다고 했다. 인간의 사악함이 지상에 가득하고, 그들의 마음속의 모든 생각은 끝없이 추악했다. 주님은 인간을 만드신 걸 후회하신다. 두번째 환상에서 성모는 내게 주님의 말씀을 들려주셨다. '모든 생물의 종말이 눈앞에 닥쳤노라. 내가 만들어낸 살아 있는 모든 남녀를 그대가 지상에서 절멸시켜라. 그 일이 이루어지면 세상이 끝날 것이며, 구원받은 자들은 낙원으로 들어가고 남녀는 더이상 존재치 않으리라.' 내가 어떻게 그런 일을 할 수 있느냐고 성모께 여쭙자, 그분은 나더러 단식하면서 세번째 마지막 환상을 기다리라고 하셨다. 세번째 마지막 환상에서 성모께서는 작은 사내아이를 데려오셨는데, 그 아이가 들고 있는 산사나무 막대 끝에서 식초가 똑똑 떨어졌다. '이 아이를 찾아라. 그리고 이 아이를 발견하면 훗날을 위해 준비시켜라. '신의 왼손', 또는 '죽음의 천사'라고도 불리는 이 아이가 그 모든 것을 가능케 하리니.'"

이야기하는 내내 보스코는 무언가에 홀린 사람 같았다. 마치 지금 멤피스의 방에 있는 게 아니라 삼십 년 전 파티마 사막으로 돌아가 성모의 말을 듣고 있는 것 같았다. 이야기가 끝나자 마치 불이 꺼진 것처럼 그가 돌아왔다. 보스코가 케일을 보았다.

"십 년 전 성소로 들어오는 그 소년을 보자마자 나는 한눈에 알아보았다." 그는 케일을 향해 아주 기묘한, 사랑과 연민이 담긴 미소를 지었다. "그 소년이 너였단다."

일주일 뒤, 성채 안에서 행렬이 잠시 멈춰 섰다. 말 탄 자들 중에 전투 로드 리디머 보스코가 있었고, 그 옆에 케일이 있었다. 그들이 떠나는 모습을 보려고 모인 자들 중에는 마테라치 원수와 비폰드 총리를 비롯해 실버리힐에서 전투를 지켜본 부하들도 있었다. 두 무리 사이에는 케일이 말썽을 피우지 못하도록 리디머 병사들이 두 줄로 늘어서 있었다. 케일은 손발이 묶여 있지는 않지만 무기도 없었다. 보스코는 일부러 총독을 한동안 거기 나와 있게 했다. 하지만 현명하게도 케일을 자극하지 않으려고 총독의 딸은 참석시키지 않았다. 그녀의 아버지와 멤피스의 모든 사람이 공식적으로 모욕당하는 자리에 나오지 말라고 개인적으로 지시한 것이었다. 아르벨은 크게 안도했다. 대신 근처 창가에서 보고 듣기로 했다. 창밖으로 모습을 드러내지 말라고 경고할 필요는 없었다. 이렇게 예방 조치를 취해놓긴 했지만, 보스코는 케일을 묶어놓지 않은 것이 잘한 일인지 걱정스러웠다. 케일이 말을 세우고 병사들의 머리 위로 총독을 바라보았다. 그의 옆에는 정신이 딴 데 팔린 사이먼이 서 있었다. 케일은 사이먼에게 눈길도 주지 않는 듯했다. 그가 총독을 바라보며 나직이 말했지만, 들뜬 말들의 요란한 콧소리 때문에 거의 들리지 않았다.

"총독님 딸에게 전해주십시오. 나와 그녀는 신도 끊을 수 없는 끈으로 이어져 있다고. 낮에 그녀의 뺨에 산들바람이 불어오면 그것은 내 숨결일 것이며, 밤에 서늘한 바람이 그녀의 머리카락을 흩날리면 그것은 지나가는 내 그림자 때문일 거라고."

이 섬뜩한 위협을 남기고 케일이 앞을 바라보자 행렬이 다시 움직이기 시작했다. 일 분도 지나지 않아 그들은 사라졌다. 아르벨 스완넥은 그늘진 자기 방에서 설화석고처럼 창백하고 싸늘하게 서 있었다.

총독과 멤피스 사람들은 금세 말없이 자리를 떴다. 이제 그들에게는 울분을 곱씹을 일만 남았다. 앨빈 대위와 함께 자신의 궁전으로 돌아가던 비폰드가 그를 바라보며 조용히 말했다. "이보게, 앨빈. 나이들수록 점점 이런 생각이 들어. 눈에 보이는 것으로 판단한다면 사랑은 우정보다 증오에 가깝다고 말일세."

한나절 뒤 멤피스 외곽을 벗어난 리디머들의 행렬은 스캐블랜드 너머 성소 쪽으로 방향을 틀었다. 그동안 전투 로드 리디머 보스코와 케일은 한 마디도 나누지 않았다.

길에서 조금 떨어진 작은 숲에서 베이그 헨리와 클라이스트, 이드리스푸케가 시야에서 사라지는 행렬을 지켜보고 있었다. 이윽고 세 사람은 그들을 뒤쫓기 시작했다.

(2권으로 이어집니다)

옮긴이 **이원경**
경희대학교 국어국문학과를 졸업하고 번역가의 길로 들어섰다. 주로 영미권 소설과 아동문학을 우리말로 옮기고 있다. 옮긴 책으로 『스펜스 기숙학교의 마녀들』『고스트 라디오』『내가 당신의 평온을 깼다면』『레드셔츠』『안녕, 우주』『어린 여우를 위한 무서운 이야기』 등이 있다.

문학동네 세계문학

신의 왼손 1

초판 인쇄 2021년 2월 26일 | 초판 발행 2021년 3월 5일

지은이 폴 호프먼 | 옮긴이 이원경

책임편집 양수현 | 편집 김지연
디자인 김현우 이원경 | 저작권 한문숙 김지영 이영은
마케팅 정민호 정진아 김혜연 정유선
홍보 김희숙 김상만 이소정 이미희 함유지 김현지 박지원
제작 강신은 김동욱 임현식 | 제작처 한영문화사

펴낸곳 (주)문학동네 | 펴낸이 염현숙
출판등록 1993년 10월 22일 제406-2003-000045호
주소 10881 경기도 파주시 회동길 210
전자우편 editor@munhak.com | 대표전화 031) 955-8888 | 팩스 031) 955-8855
문의전화 031) 955-8896(마케팅) 031) 955-2684(편집)
문학동네카페 http://cafe.naver.com/mhdn | 트위터 @munhakdongne
북클럽문학동네 http://bookclubmunhak.com

ISBN 978-89-546-7745-5 04840
978-89-546-7744-8 (세트)

잘못된 책은 구입하신 서점에서 교환해드립니다.
기타 교환 문의 031) 955-2661, 3580

www.munhak.com